U0596654

创意写作书系

小说写作
完全手册
（第三版）

【美】

《作家文摘》编辑部（the Editors of *Writer's Digest*）
编

赵俊海 谭旭东 柳伟平 张杏莲 等
译

The Complete Handbook
of Novel Writing

（Third Edition）

中国人民大学出版社
·北京·

"创意写作书系" 顾问委员会

（按姓氏笔画排名）

刁克利	中国人民大学
王安忆	复旦大学
刘震云	中国人民大学
孙 郁	中国人民大学
劳 马	中国人民大学
陈思和	复旦大学
格 非	清华大学
曹文轩	北京大学
阎连科	中国人民大学
梁 鸿	中国人民大学
葛红兵	上海大学

目 录

第一部分 卓越叙事的艺术与技巧

畅销建议：灵感与创意

畅销建议：情节与结构

畅销建议：人物

畅销建议：技巧与风格

第二部分　写作过程

畅销建议：开始动笔

畅销建议：仪式和方法

畅销建议：修订和编辑

第三部分　类型小说写作探索

第四部分　为你的作品寻找和培育市场

畅销建议：出版

第五部分　小说家访谈

畅销建议：读者

畅销建议：写作的目的

第一部分

卓越叙事的艺术与技巧

畅销建议：灵感与创意

不要试图弄清楚别人想从你这里听到什么；想想你要说什么。这是你唯一需要做的事。

——芭芭拉·金索沃（Barbara Kingsolver）

每个人每天都会遇到一千个故事创意。好作家能从中看出五六个，而大多数人一个也看不到。

——奥森·斯科特·卡德（Orson Scott Card）

趁你还有激情时写作……作家如推迟记录自己的思想，无异于拿着冷却的烙铁去烧洞。

——亨利·戴维·梭罗（Henry David Thoreau）

但事实是，这与创意无关，从来都与创意无关，关键在于你用创意来做什么。

——尼尔·盖曼（Neil Gaiman）

用诗歌、散文、戏剧、故事、小说、电影、漫画、杂志和音乐填满大脑，每天早晨灵感都会像老忠实泉一样喷发。我的灵感从未干涸，这主要得益于不断培育，使它处于喷发的临界点。我每天醒得很早，听到灵感如同跳豆般在脑海里跳跃。我迅速起床，要在它们逃跑之前将它们抓住。

——雷·布雷德伯里（Ray Bradbury）

每一个创意都是我的最后一个。我对此很有把握。所以，当每个创意到来时，我都会尽全力对待它，这是我的责任所在。但我从不等待创意的出现。我寻找它们，从不间断。如果我不使用这些找到的创意，它们就会消失。

——佩格·布拉肯（Peg Bracken）

好的写作是记住细节。大多数人都想忘记。不要忘记那些痛苦的、尴尬的或愚蠢的事情，把它们变成讲述真相的故事。

——葆拉·丹齐格（Paula Danziger）

不要在一个地方扎根太深。我在四个国家生活过，我认为我作为一个作家的生活和我的家庭的生活都因此而丰富起来。我认为作家必须体验新的环境。有句谚语说：没有人能真正成功，除非他离开出生的地方。我相信对于作家来说尤其如此。

——阿瑟·黑利（Arthur Hailey）

作家不必吞下一整只羊才能了解羊肉的味道，但至少要吃一块。除非他把事实都弄清楚，否则想象会把他带入各种荒谬的境地，而他最可能弄清楚的事实就是他自己的经验。

——W. 萨默塞特·毛姆（W. Somerset Maugham）

坐下，沉下心来。沉浸在某一段记忆里，细节就会到来。让画面流动。你会惊讶于呈现在纸上的文字。我还在学习我想写的过去是什么。我不担心。它将会出现。它一定会被述说的。

——弗兰克·麦考特（Frank McCourt）

我的建议是，不要等着被一个创意打动。如果你是一个作家，就坐下来，然后下定决心拥有一个创意。这就是获得创意的方法。

——安迪·鲁尼（Andy Rooney）

我从来没有觉得自己在创造什么。对我来说，写作就像穿越沙漠，突然间看到一个烟囱尖从硬土层里钻出。我知道那下面有栋房子，我很确定，只要我想就可以把它挖出来。这就是我的感受。就好像故事已经在那里了。它们给了我信心的飞跃："如果我坐下来做这件事，一切都将水到渠成。"

——斯蒂芬·金（Stephen King）

作为作家，我们经历了两次人生，就像一头牛吃了一次食物，然后反刍，再次咀嚼和消化。我们有第二次机会细细咀嚼我们的经验并加以研究。这就是我们的生活，不会永远持续下去。没有时间去谈论将来写短篇故事、诗歌或小说的事情。现在就慢下来，以对每个时刻和细节的关心与共情，来触摸你周围的事物，拿起笔开始写作吧。

——娜塔莉·戈德堡（Natalie Goldberg）

1. 训练创意：如何驾驭灵感

N. M. 凯尔比[①]

1965 年，杜鲁门·卡波特（Truman Capote）[②] 费尽心血写出了让他一举成名的畅销书《冷血》（*In Cold Blood*）。他跟别人说，他的下一部暂定名为《应许的祈祷》（*Answered Prayers*）的小说，相比之下就容易多了："十拿九稳喽！"

事情并没有那么简单。卡波特是一个完美主义者，而他头脑中的小说是一头未驯服的野兽。他的写作标准高得常人难以企及，直至 1984 年去世，他把 19 年中的大部分时间都用在写作、修改、错过交稿日期、出版部分节选、靠酒精来麻醉自己上，而这部作品最终未能发表。

有哪位作家未曾经历过把创意用文字表达出来的艰难时刻呢？尤其是像小说这样复杂的创意。经常有无数的想法在我的脑海里蹦来蹦去，就像宠物收容所里的小狗。我想写爱情小说，而且是那种一时头脑发热的爱情，还有推理小说。我也想写得既深刻又有趣。我想把读者带到他们想象不到的地方，去感受他们从未感受过的事物。这还不够，我想让文字本身发挥非凡的作用，就好比让读者去身临其境地感受法语区周日早午餐上古老的爵士四重奏乐队演奏的精确音符。

当然，我也希望最终的作品能畅销。

听起来不陌生吧？

---

① N. M. 凯尔比（N. M. Kelby）是多部小说的作者，包括《粉色西装》（*The Pink Suit*）、《冬天的白松露》（*White Truffles in Winter*）和《天使的陪伴》（*In the Company of Angels*），这些小说广受好评。她获得了许多著名的资助和奖项，包括布什艺术家文学奖学金、佛罗里达州图书奖以及佛罗里达州和明尼苏达州艺术委员会的奖学金。

② 杜鲁门·卡波特（1924—1984），本名杜鲁门·史崔克福斯·珀森斯，美国作家，代表作有中篇小说《蒂凡尼的早餐》（*Breakfast at Tiffany's*）与长篇纪实文学《冷血》（1965）。从 17 岁起在《纽约客》（*New Yorker*）、《大西洋月刊》（*The Atlantic*）等刊物上发表文章。早期作品体现了美国南方文学的传统。代表作《冷血》是根据作者六年来实地调查堪萨斯城凶杀案所记录的材料写成的。1975—1976 年根据日记和亲友来信撰写的真人真事《应许的祈祷》，由于亲友反对未能发表。1984 年 8 月 25 日晚，卡波特因用药过度猝死，享年 59 岁。——译者注

想要写就皇皇巨著的欲望犹如狂野不羁的野兽般强烈。如果你养过狗，就能明白我的意思。你是主人，而狗是牲畜，它应该受你管控。如果管控不了，那就麻烦了。你得拥有冷静、注意力集中的头脑，有力的手腕和强烈的使命感才能控制它，不然它就会乱跑。

写小说与此同理。创意往往携无穷精力而来，想要引起你的注意。但当它们化为文字时，却并不总是你最初所想。当写出的作品情节做作、情感平淡时，很容易让人感到挫败。你反复地修改某个段落或章节，但似乎总也不能称心如意。创意如果得不到管束，就很容易击倒并最终压垮你。

这也是许多作家放弃的原因，但你不该如此。

相反，你要学会如何驾驭这头野兽。

养成冷静、专注的心态

电视的声音大得刺耳，爱人四处寻找车钥匙，邻居在他家后院进行萨尔萨舞蹈课教学。生活在嘈杂和混乱的漩涡之中，如何保持内心的平静，安心进行创作呢？很简单。拿起一份卷起的报纸，使劲敲打报纸的一端——不需要猛烈用力，但要足以引起所有人的注意，包括你自己。搞不清界限、期望值不明确及缺乏计划安排是作家失败的原因。你要成为自己的主宰。

把你的工作空间当成圣地。要有固定的工作时间。尽可能把门关上。如果不能，那就戴上耳机，听听音乐。写作是对生活的冥想。你需要与世界隔绝，这样才能客观地看待它。

要笃定。记住，即使是像 F. 斯科特·菲茨杰拉德（F. Scott Fitzgerald）和欧内斯特·海明威（Ernest Hemingway）这样的大作家也需要修改自己的作品。你随时可以回头修改瑕疵。小说写作不可能一蹴而就。

要满怀希望。写作不可能一帆风顺。如果你写不下去了，要么咬牙坚持，要么休息一下，明天继续。睡一觉往往会有意想不到的效果。

要给自己营造宽松的写作环境。急于写好开头一章或将正在写作的书稿拿去征求别人的意见都会让自己裹足不前。最好先完成草稿，再寻求别人的评价。在小说创作的开始阶段，寻求写作小组的评价可能弊大于利。

创作时，不要把自己的书稿和同类型的最新畅销书做比较。要想写一本畅销书，最好的做法是把它写成任何人都能看的书，包括你的岳母和那个跳萨尔萨舞的邻居。真正的佳作能让人在其中看到自己的内心。

这些佳作会让读者觉得是在写他们。要写出这样一部货真价实的作品，最好的方法是从真实的自己出发，而不是纠结于书的卖点和怎么样把书卖出去。

把自己当作运动员，注意锻炼并合理饮食。如果你已工作到了极限，那就停下来，邀请朋友一起喝杯咖啡。平衡才是王道。

大胆设定自己的节奏，并以对自己最有意义的方式进行创作。是的，你最喜欢的作家每年出版一本书，但你不必如此。设定一个适合你的流程，按照自己的时间节奏写作。

研究作品的品类

你不能轻易地训练一只吉娃娃去猎鸭子，因为这不是它的本性，同理，写作时你必须考虑读者对体裁的需求。每一本书都如同一个动物品种，都有与生俱来的天性。历史传奇必须涉及历史。推理小说一定要有某种程度的推理。纯文学小说往往不以情节取胜。

搞懂作品的"品类"是把小说搬上书页的第一步。一旦明确了自己的期望所在，你就能够坚守自己的期望，写作的时候就可以腾挪闪躲，驾驭自如。

南希·霍兰（Nancy Horan）在创作《爱上赖特》（*Loving Frank*）这部畅销书时，选择的"品类"本身就带着一长串的期待。这是一部历史想象小说，讲述了建筑师弗兰克·劳埃德·赖特和梅玛·博思威克·切尼的悲剧爱情故事。霍兰的首要任务是必须根据真实的人塑造小说人物。关于梅玛，人们知道的不多，留下的记录也不多。大家只知道梅玛是个天生尤物，她为了弗兰克抛弃了年幼的孩子和无可挑剔的丈夫——而且是在一个特别忌讳这种行为的年代。霍兰面临的挑战是，既要构思梅玛的决定注定会带给她自己及她周围的人巨大的痛苦和折磨，又要让她获得读者的同情。霍兰笔下的梅玛还必须聪明且有志气，这样才不会让她看起来只是个建筑师的盲目追随者。

实际上，霍兰必须走进梅玛的内心，这样才能把她刻画得入木三分。

当然，弗兰克这个人物也必须小心处理。他的口碑向来不太好。在传记作家的笔下，他傲慢、虚荣、不可靠，而且没受过什么教育（因为缺乏建筑设计方面的训练，他的许多建筑徒有其表）。他不是现代读者所喜爱的人物。但作家的本能告诉霍兰，读者需要一个理由来理解是什么让梅玛爱上了这个男人，又是什么让她为了一个有问题的（而且是已婚的）男人而放弃自己看似完美的生活。

不仅如此，霍兰还必须考虑历史因素。她必须尽可能让所有细节忠于那个时代。在 20 世纪早期，婚外情靠电报而不是短信沟通，且通奸被视为犯罪。更重要的是，霍兰必须以一种聪明、新鲜且简单的方式来描述赖特的建筑及他的美学观点，而不能简单处理，不然会让那些已经了解赖特工作的人感到厌烦。

所有这些对霍兰历史小说的期待，在她动笔之前就已经勾勒出来了，并为她指明了一条从创意到成书的清晰道路。

因此，你看，读者对“品类”的期待既是一个很好的开始，也是一条一般准则，可以帮助你扔掉那些不合适的想法。

站在读者期待的角度构建好框架之后，接下来你需要明确如何讲述故事。

以《绿野仙踪》（*The Wonderful Wizard of Oz*）和《魔法坏女巫：西方坏女巫的一生》（*Wicked：The Life and Times of the Wicked Witch of the West*）为例，两部小说的故事都发生在相同的世界。L. 弗兰克·鲍姆（L. Frank Baum）所著《绿野仙踪》里的主角是多萝西。格雷戈里·马奎尔（Gregory Maguire）的《魔法坏女巫：西方坏女巫的一生》里有多萝西的房子倒塌这一不幸事件，只是小说的主角是邪恶女巫。小说表达了对女巫困境的同情——而这改变了一切。

相比鲍姆传达的简单信息——“没有比家更好的地方”，马奎尔所创造的故事则揭示了善恶本质的复杂性。两部作品截然不同，但都取得了巨大的成功。

故事的讲述方式数不胜数，越是别具一格，效果越好。

学会聚焦

构建好框架之后，就得狠心删除那些与故事没有密切关联的内容。小说中的一切都必须服务于故事的发展。要把故事想象成某段电视新闻报道。如果该新闻关于一场谋杀，那么经常会有谋杀现场或尸体被发现之处的照片，受害者的照片，一段对目击者的采访，他们要么听到了什么，要么认识受害者，以及一段来自奉命调查案件的警官的录音。受害者喜欢狗这件事通常不会被包括在新闻当中，除非狗叫声惊动了邻居，而且接着邻居就发现了受害者的尸体。新闻报道中的每一个元素都在讲述故事，小说也应如此。

创作伊始，你可能会构思很多想法，而不考虑故事能否容纳这些想法，到了真正写作的时候，切记不能仅凭个人喜好来填塞内容。例如，你最初想写一个厨师，为此你还花了三个月的时间研究不同菜系的烹饪方法。但完成初稿后你意识到这个人物不适合科幻惊险小说的故事框架，你只好把他删掉。这很痛苦，但却必要。

当然，如果你确实花了三个月的时间研究某事，那就很难把它扔掉，也没必要抛弃它。也许你书写到一半，发现它真的合适，只是一开始没有察觉。或者你发觉自己更想写一个厨师，那么你完全可以创建一个新的框架。不要扔掉任何东西。我喜欢把我所有感兴趣的东西写在鼹鼠皮笔记本①上。我还把明信片和名片贴在笔记本上。如果看到一个我喜欢的名字，我会在本子上记下来，有时也会把照片贴进去。当我完成写作的时候，笔记本里塞满了各种想法——就像我曾经的头脑一样。有些我现在可以用，有些可以留着以后用。

驾驭思想这头野兽

拥有冷静、专注的头脑，欣赏"品类"的智慧，训练自己的专注力——

---

① 鼹鼠皮笔记本（Moleskine notebooks）：鼹鼠皮为意大利手工笔记本品牌，自我介绍说它的产品为一些艺术家和思想家所青睐，其中包括文森特·凡·高、巴勃罗·毕加索、欧内斯特·海明威和布鲁斯·查特文等。——译者注

让我们看看这个模型在现实世界中是如何发挥作用的。

假设你刚刚读到一篇文章，讲的是在鲨鱼出没的水域里，一个 16 岁的男孩在救生艇上生活了 227 天后被救出的故事。读完这个故事，你可以设身处地地想象一下，你能感受到这个男孩的恐惧，并开始明白在开放水域中生存那么多天意味着什么。也许你想加点《鲁滨逊漂流记》（*Robinson Crusoe*）那样的感觉进去，就像丹尼尔·笛福（Daniel Defoe）一样，把它写成一次冒险——这样你就有了一个模式。现在你知道你所写作的故事属于什么"品类"了吧。

接下来，你必须考虑读者期望从冒险故事中得到什么，以及实际情况是什么。基于男孩生活在海上救生艇的现实，小说的人物也要像鲁滨逊·克鲁索一样，必须以艰苦的努力和足够的耐心克服巨大的障碍。你也想象得到，一个在木筏上漂流的男孩会开始怀疑上帝是否真的万能，因为他现在正经受大自然的磨难。

因此，当你坐下来创作这个故事的时候，如果不增加一个把 200 多千克重的孟加拉虎放到船上的情节，你就会认为这不过是对《鲁滨逊漂流记》的再创作。而船上有了一只危险且饥肠辘辘的大老虎，小说就变成了《少年 Pi 的奇幻漂流》（*Life of Pi*）。这部小说是扬·马特尔（Yann Martel）对冒险、生存、信仰和真理本质的思索。马特尔根据自己感兴趣的主题，如信仰和动物学，为这个简单的故事添加了自己独到的见解。通过忠实于自己和自己对世界的看法，他大胆地创作了一个寓言，使其成了国际畅销的佳作。

写作是艺术，而写出来的东西得卖出去，写得出来和卖得出去是两码事。艺术要你勇担风险、再造现实、敢于冒险，以及打破一切藩篱，恨不得让你一飞冲天。而卖书讲究的是销售、销售、销售，它把你搞得心神不宁，茶饭不思。如果你一边写作一边盘算着能卖出多少书，那你永远也驾驭不了思想这头野兽。

不要担心失败。大胆地把最佳的创意驯化出来，把那些不能适用于写作模式的东西通通丢掉。去走一条能够照亮你的选择且与众不同的道路吧。一旦养成驾驭思想这头野兽的习惯，前方说不定会有无限风光在等着你。

四个简单的步骤带你完成从创意到成书的过程

没有什么比脑海中有故事更令人兴奋的了，但要把故事写在纸页之上，你需要明确自己到底应该怎么做才能让它落实。你得拟出一个可行的提纲，设计吸引读者并让他们欲罢不能的游戏环节，扔掉那些让读者感到困惑的场景和细节。下面这些简单的步骤可以帮助你构建起故事的框架。

● **坚持从主角开始你的故事。** 读者需要知道谁是主角，以及为什么要力挺他。用开头的 300 个词语直接或间接地介绍主角。

● **确立时间和地点。** 读者应该有明确的时间和空间感觉，否则他们会跟不上故事的节奏，进而放弃阅读。必须使读者相信故事在你的掌控之中，没有人喜欢不着边际的故事。

● **亮出利害性。** 伟大的散文经久不衰，篇幅只要 2 500 个字词上下。超过这个篇幅，即使对文学情有独钟的读者也会好奇他们为什么要阅读。其实一个简单的句子就可以搞定。在《士兵的重负》（*The Things They Carried*）第一部分的末尾，蒂姆·奥布莱恩（Tim O'Brien）写到吉米·克罗斯收到来自家乡一个名叫玛莎的女孩的几封来信。他提到这些信件的签名是"爱你的玛莎"，但坦言使用"爱"这个词只是出于习惯，仅此而已。在这部分的结尾处，奥布莱恩写道："慢慢地，他有点心烦意乱地站起来，在他的士兵中间走动，四处察看，然后在天完全黑下来的时候，他回到自己的坑道，凝视夜色，思忖玛莎到底是不是处女。"就在这里，作者让我们知道了这个年轻人真实的想法和故事的要旨。

● **组织故事。** 一旦你围绕设定的开头搭好了框架，看看你写过的所有片段和做过的所有笔记，然后问自己："我到底要将故事写向何方？"如果你没有答案，或者偏离了出发时的方向，那么在继续写作之前，你需要集中精力更好地明确故事所涉及的各个方面。

2. 弯曲、充实、敲打、剥离：
如何将创意变成伟大的故事

伊丽莎白·西姆斯[①]

不久前，我参加了一个发明家俱乐部的会议。一些成员已经推出了成功的产品，并正在开发更多的产品，而另一些成员虽有着不错的创意，但还算不上真正的发明家。他们正苦着脸诉说融资、原材料、制造、促销等都太难弄了。这时，一位老练的发明家突然站了起来。"听着，"他不耐烦地说，"创意都是浮云，只有把创意落到实处才能让你出人头地。尽你所能把创意变成实实在在的产品，然后把它推向市场。"

我吃了一惊，因为我一直以为一个巧妙的创意就能让人赚得盆满钵满。但我很快意识到我这个新朋友说的没错：创意只是个开始。

小说家和那些发明家有很多共同之处。从一个不错的创意中获得灵感，然后将其拿到桌上、工具房或地下室，开动脑筋进行构思，甚而开始将故事写在纸上不难，但最终，我们中的许多人都失去了动力。为什么？因为故事不会自发完成。事实上，我认为思想的形成是作家应该具备的首要技能。

伟大的作家是如何完成令人惊叹的叙事，摆脱传统束缚，并推进小说成形的呢？在开始阶段他们把想到的东西通通收进头脑，然后再将那些缺乏新意的想法筛除。无论你想到什么——爱情故事、友情故事、悬疑故事和探险故事，你都可以像伟大的发明家那样弯曲它、充实它、敲打它、剥离它。

弯曲、充实、敲打、剥离。

[①] 伊丽莎白·西姆斯（Elizabeth Sims）创作了"农夫丽塔悬疑系列"（Rita Farmer Mysteries）和获得兰姆达奖的"莉莲·伯德犯罪系列"（Lillian Byrd Crime Series）作品，她还写过短篇小说、诗歌和散文。西姆斯经常在《作家文摘》（*Writer's Digest*）发表作品，是该杂志的特约编辑。2013 年出版了写作技巧指南《人人皆可当作家：如何毫无压力地写出梦想之作》（*You've Got a Book in You：A Stress-Free Guide to Writing the Book of Your Dreams*）。

合在一起就是 BADS①，朋友，就是 BADS。

弯　曲

恰克·帕拉尼克（Chuck Palahniuk）曾公开表示，他大量借鉴了《了不起的盖茨比》（*The Great Gatsby*）来创作自己的小说《搏击俱乐部》（*Fight Club*）。这两本书我都读过很多次，但没有发现它们有相似之处。他说："的确，我不过是在《了不起的盖茨比》上加了一点东西。这是一部'使徒'小说——一个幸存的使徒讲述主角的故事。有两个男人和一个女人，而其中作为主角的那个男人被枪杀了。"经帕拉尼克之手，一个发生在美国 20 世纪 20 年代繁荣的上流社会中的传统爱情故事，变成了一个发生在腐朽世界的关于性痴迷、邪教和社会混乱的暴力血腥故事。

帕拉尼克把《了不起的盖茨比》背后的思想完全转化成了自己的思想。

下次当你拥有一个不错的故事创意时，不要止步于此。你要弯曲最初的概念，每一步都要使它更独特、更强大。

● **给予人物感同身受的体验。**赋予人物无法理解且认知上难以应对的内在渴望（比如性或其他）。帕拉尼克赋予他道貌岸然的主角一种难以名状的冲动，一种腺体层面的渴望，这种渴望驱使他假装成癌症患者，加入互助群体，在那里大家都需要彼此安慰。这种脱离常规的束缚，让人物体验自己身上不存在的痛苦的做法，不仅能让人物获得慰藉，还能推动故事向前飞跃式发展。

● **通过构思人物的动机，设想他们可能成为什么样的人。**假设你有这样一个想法：主角是个失眠症患者，需要吃巧克力才能入睡。将这种动机转化为除主角外让所有人都深感不安的东西。比如他一定要在睡觉前一小时从商店里偷一件昂贵的物品，这样是不是更加不同凡响？

● **学会另辟蹊径。**大多数作家笔下的人物都有与作家本人相似的背景，至少在阶级、教育和金钱方面是这样。扔掉这些吧。写亿万富翁、流浪汉、瘾君子、穷途末路者以及英雄人物，赋予他们糟糕、自私的习惯，让

---

① BADS 是原文中英文单词 bend、amp、drive、strip 的首字母缩写。——译者注

他们怨恨和嫉妒。把这些特征揉在一起。把那些不解世故的乡野匹夫变成都市中的精于算计之人，把都市中的精于算计之人变成不解世故的乡野匹夫。

● **把人物变疯癫**。让一个人物的疯癫行为变得令人信服且入迷，关键在于合理化其言行，不管是不起眼的怪异表现还是离经叛道的行为。人物是真的疯了，还是有其他事情发生？如何分辨呢？疯癫的人物需要借助很多东西来让他们摆脱麻烦，而且会对其他人产生重要影响。这很好玩，你不妨试试。

● **打破常规**。用现存问题来颠覆读者认为他们已经学到的生活经验：什么是痛苦？什么是快乐？什么东西值得抛弃？什么东西值得珍惜？有没有什么东西是两者兼得的，而有些东西两者皆无？让人物抛弃固有认识，探寻新的答案。

充　实

《相见恨晚》（*Brief Encounter*）是一部英国电影，改编自诺埃尔·科沃德（Nöel Coward）的剧作《寂静人生》（*Still Life*），讲述了两个婚后过着平静生活的人相遇并坠入爱河，由于受到良心的谴责，还没来得及进一步发展便结束了这段关系的故事。这部小巧精致的悲剧呼应了战前英国所推崇的优雅浪漫的行为准则。

后来田纳西·威廉斯（Tennessee Williams）的戏剧《热铁皮屋顶上的猫》（*Cat on a Hot Tin Roof*）出现了，这个爱情故事的核心中有类似的主题，却颠覆了我们对文明假象的认识。威廉斯是如何充实他的戏剧的呢？首先他心知肚明，一个关于崇高理想的故事是不会奏效的。于是戏剧背景被设定在战后美国南方充斥着野蛮情感的大杂烩之中，主角和反派们隐秘的内心世界变得一览无余，表面上把人们联系在一起，背后却将撕裂他们的弱点与妄想通通暴露无遗。

提取故事精华并加以充实的方法如下：

● **添加人物并积累情感**。剧作家过去常常限制故事中人物的数量，不想让舞台过于拥挤。但当威廉斯把六到八个人同时置于一个场景，让他们彼此扼住喉咙时，我们能感受到他们的情感幽闭恐惧症和彼此间的嫌恶。

你可以通过加入狡猾、报复、嫉妒、害怕接触、愚蠢甚至死亡等元素来增强故事的冲击力。

● **让配角也变得凶猛且不可或缺。** 还记得《热铁皮屋顶上的猫》中梅和古柏的五个孩子吧，拙劣的作家会用了无生趣的语言把他们描述为"兔崽子"，断然不会给他们出场的机会。不用看到他们，你就感受到了他们是多么调皮捣蛋（他们毁了玛吉的裙子），听到了玛吉叫他们"没有脖子的怪物"。你都不用见到他们，内心的恐惧感就会油然而生。但威廉斯给了他们登台的时间，他们在舞台上的每一秒都让你浑身不自在。

● **暴露内心的伤痛。** 最深、最痛苦的创伤是人类用五花八门的方式对他人和自己造成的无形伤害，如背叛、自私、抛弃。试着描写一些经不起痛苦打击的人物，揭穿他们的秘密，使他们颜面尽失。揭露人物的内心，看着他的内心被撕裂，发出咝咝声。

● **建立血缘关系。** 血缘关系是故事的黄金宝藏。拿它阴暗的一面来耐心雕琢，比如嫁祸于人、偏袒、嫉妒。血缘关系可以瞬间使冲突加剧，因为这种关系是你无法改变或逃离的。要让人物经历某种磨难来明白这一点。

敲 打

许多伟大的现代小说都萌芽于古老的民间故事。例如，对年轻女性的压制是最古老的压迫方式中的一种，也是危害最深重的压迫之一，所以它仍然能激发所有观众的共鸣。我们第一次认识灰姑娘是在洗碗间，那时她是一个需要满足继母和姐姐们苛刻要求的奴隶。当灰姑娘提出一些要求以改善处境时，她得到的只有压制和惩罚。（我想强调的是，鉴于半亲半疏关系所产生的精神分裂力量，继子关系可以给作者提供特别肥沃的创作土壤。）

玛格丽特·阿特伍德（Margaret Atwood）在其里程碑式的反乌托邦小说《使女的故事》（*The Handmaid's Tale*）中，将灰姑娘这一原型从家庭和一切关系中抽离出来。阿特伍德创造了一千个灰姑娘，所有的灰姑娘都因为拥有唯一无法合成的资产（至少现在还不能）而活了下来，这一资产就是她们充满生命力的子宫。她们存在的价值就是繁衍出一个生生不息的社会。故事中也没有英俊王子的到来，什么都没有改变。

阿特伍德彻底颠覆了灰姑娘的固有形象。这就是力量。

通过把故事推向超乎想象的结局，你也可以让小说产生扣人心弦的魔力：

● **从故事的关键点出发，然后马力全开。** 代理人和编辑常常告诫新手作家，"不要从头开始写，从中间开始"，意思是"不要浪费笔墨来给故事设置核心"。这个建议很高明。试着从最棘手的地方开始，然后用与你获得这一创意的过程相同的技巧推动故事向前发展。比如所有人都从血泊中站了起来，喘着粗气，大家的心都碎了，都在拼命挣扎。那么接下来呢？让故事开始吧！

● **将影响力升级。** 一个组织会用何种手段恐吓和压制他人，一步一步让它的行为合法？相比社会的公序良俗在坏人的操弄下分崩离析，法度的失控并不那么可怕。一个组织可以小到一个卡车停靠站，一个兄弟会会堂，或者一场新娘派对。让一切从正常开始，然后逐渐让它退化、恶化、酿成大错。把人物关在一列开往灾难的火车上。

● **让受害者成为同谋。** 一个文明、政治正确的社会对受害者因受到压迫而与坏人同流合污是难以容忍的。没错！这种感觉源于这样一个事实，即人人都知道这种扭曲人的精神是存在的，但不想知道它为何存在。它是真实存在的，因为自欺欺人也是真实存在的。打破禁忌，使你的故事惊心动魄，就像轮船碰上暗礁而碎裂。

● **提供一个艰难的选择。** 阿特伍德小说中的女性每天都生活在艰难的选择中，是逆来顺受还是奋起反抗？逆来顺受意味着自我的毁灭，奋起反抗则意味着必然招致外部力量的摧毁。还可以让一个被勒索的人、某个必定处于矛盾中的人以及其他任何可能的人去面临艰难的选择。这样做有一个无可比拟的优势，即引导故事向新的方向发展。

剥　离

战争是创意作品的不竭源泉。在创作《战争与和平》（*War and Peace*）时，列夫·托尔斯泰（Leo Tolstoy）穷尽了他所能想到的一切，因为战争包含的东西实在太多了。为了表现法国对俄国的入侵以及随之而来的拿破仑时代，他写了一部涉及几十个人物的史诗。《战争与和平》中那些构思巧妙又极有分量的细节帮我们认识到了战争对个人和被他们认为坚不可摧的体制的影响。

但欧内斯特·海明威，一个从一战炮火中走出来的年轻人，却把一切细节都剥离了，因为战争和个人一样渺小。面对战争的现实，他写下了自己对战争的感受，然后对这种感受进行剥离，用砂纸细细打磨，最后只剩下坚硬且明亮的碎片。结果，造就了《我们的时代》（*In Our Time*）这部短篇小说集，让读者感受到了战争这一最可怕的人类活动所带来的压迫式恐惧和挥之不去的痛苦。

如果找不到什么词来描述某些现实，那么尝试剥离你的想法，从而实现以小见大的效果：

● **学会去粗取精。**如果你已经接受了弯曲、充实及敲打的建议，你可能已经有了一个笔记本或文件，里面塞满了各种创意、大段的故事、人物说明，以及你想写进去的心动时刻清单。这些是很棒的素材！现在，与其试图通过想出更多内容来进一步开发故事，不如仔细看看你已经拥有的东西。看看其中有没有宝石，或者有哪些东西经过严格打磨能成为宝石。要注重质量而非数量。在写作和修改的过程中继续将这种心态落到实处。

● **情感传递，行胜于言。**有些缺乏经验的作家喜欢模仿托尔斯泰的手法，结果往往是东施效颦，眉毛胡子一把抓，事无巨细地讲述人物的感受。真失败！把它扔到西伯利亚去吧！要像海明威那样，在《我老爹》（*My Old Man*）中，当乔的爸爸被压死在赛马场上时，海明威只是让乔告诉我们：警察把他拖了回来，他死去时脸上的表情，以及乔遏制不住的泪水。你也可以不动声色地展现生死攸关的情感。从开发创意的一开始就采用这种方法，以后便可以少走弯路且少了很多修改的累赘。

● **用小细节让大事情充满生命力。**一朵蘑菇云，还是一个被烧伤的哭闹不止的婴儿？一场数千人参加的婚礼，还是情人的亲密味道？一篇旅行日记，还是在陡峭山路上速降的感觉？现在开始考虑细节并不为时过早。要精挑细选。是什么让你心跳加速？那些稍纵即逝的瞬间可能提供了你所需要的所有描述。

当你使用这些技巧时，不要过于依赖其中的任何一个，不妨采取一种轻松的办法，让一个创意去激活更多的创意。如此，与生俱来的创造力将被源源不断地激发出来，而且你不用担心它会跑偏！一旦你真正进入状态，创意似乎会自动发生，而且思路会越来越清晰，变得一发不可收拾。

学习最优秀的发明家，学习他们把绝妙的创意与勇气结合起来，然后努力使它们成为现实，这样你就不会在书桌前无所适从。你将创作出十分优秀的故事，并获得绝佳的成功机会。

3. 驯服灵感：通过技巧和游戏激发灵感

保拉·穆尼尔①

作家和棒球运动员一样迷信灵感。仪式、图像和护身符等不一而足，都是为了博得灵感女神的垂青，似乎只要她一高兴就会让你文思泉涌、想象力爆棚，并助你抵御潜在的弊害，如干瘪的文辞、情节漏洞及作家心理阻滞②。

列夫·托尔斯泰和弗里德里希·尼采（Friedrich Nietzsche）都坚持认为，召唤灵感的最佳方式是散步。威廉·伯勒斯（William Burroughs）写下了他所有的梦，因为他相信灵感会在他入睡时来拜访。肯·凯西（Ken Kesey）的灵感来源是威廉·福克纳（William Faulkner），他的写作总是以阅读福克纳的作品开始。

一些作家用美丽的事物来召唤灵感。谭恩美（Amy Tan）将与她正在创作的作品有关的历史文物放在书桌上，爱丽丝·霍夫曼（Alice Hoffman）将书房涂成与她当前的写作相呼应的颜色。其他作家则依赖特定的工具。约翰·斯坦贝克（John Steinbeck）只用圆铅笔而不用六角形铅笔，埃尔默·伦纳德（Elmore Leonard）把他所有的小说都写在便笺簿上。也许最为人

---

① 保拉·穆尼尔（Paula Munier）是 Talcott Notch 文学服务公司的高级文学代理人和内容策划师。作为一名出版记者、作家、撰稿人和鬼才，保拉撰写了无数的新故事、文章、随笔、小册子和博客，并撰写或与人合著了十几本书，其中包括《设计完美的情节》（*Plot Perfect*）、《平静写作》（*Writing with Quiet Hands*）和《作家的故事开局指南》（*The Writer's Guide to Beginnings*）。

② 作家心理阻滞（writer's block）：指作家害怕失败、害怕成功或完美主义等其中一种或几种心理状况交织所带来的结果，它会使作家不能进行写作。国外常把它作为写作中的术语使用，陆谷孙主编的《英汉大辞典（第二版）》中将它归为心理学术语。——译者注

所知的还是许多作家以酒来激发灵感。田纳西·威廉斯说，他的写作离不开酒。诺曼·梅勒（Norman Mailer）需要一罐啤酒来"打底"。事实上，如此多的作家靠酒来激发灵感，以至于酗酒常被称为"作家之病"。

虽然你可能认为所有这些与灵感有关的仪式和措施都是无稽之谈，但你不能否认，有灵感的作品能直达编辑、代理人及读者的内心。简而言之，有灵感的作品才畅销。所以，让我们来看看如何掌握技巧以激发灵感。

以乐趣召唤灵感

木匠们知道，仅仅把东西造好是不够的——最成功的作品不仅要造得好，还应该有美感。形式和功能一样重要。

震教徒①的家具也许代表了形式与功能的终极表达，他们认为每件家具的建造都是由上帝的恩典激发的祈祷行为。你可能不认为写作是一种祈祷行为，或来自对上帝恩典的呼唤，或来自灵感祝福的启发。但如果你这样认为，你就是在尊重"灵感"这个词的本义，因为它来自拉丁语 inspiratio，意思是"上帝（或神）的气息"或"神圣的指引"。

然而，为了得到最好的结果，你需要定义你的神或灵感。一个愤怒、复仇心强的旧约中的上帝，或一个爱骂人的灵感女神，都不会对你的工作有什么帮助，甚至可能会完全扼杀你的创造力。你需要的是一点乐趣。

你没看错，乐趣。如果你觉得写作是一种折磨，是对灵魂的摧残，那么你应该找些别的事情来做。哪怕你是为了发财或出人头地而写作，也应如此。许多压力和负担都小得多的道路也可以让你扬名立万。如果你从事写作是为了赚钱，现在就放弃吧，做银行投资去。如果你想要成为一个家喻户晓的名人，趁早放弃吧，学金·卡戴珊（Kim Kardashian）去。

成为作家的唯一原因是你喜欢写作，或者你已试过停止写作却停不下来。如果你属于后者，那么你需要学会享受这个过程。你需要将它变得有趣。它必须是有趣的，或者，至少是令人着迷的。这就是灵感的意义所在。

---

① 震教徒（The Shakers）：又称震教教友会教徒（Shaking Quakers），属于基督再现信徒联合会，是贵格会在美国的分支，1774 年由安·李（Ann Lee，1736—1784）在美国建立。现已基本消亡。——译者注

如果连你自己都无法投入其中，又怎能指望读者投入呢？如果连你自己都觉得无趣，又怎能指望读者觉得有趣呢？如果你连自己都不能愉悦，又怎能指望愉悦读者呢？

让头脑风暴刮起来

无论你是否相信上帝（或某种宇宙力量）花了六天或数百万年创造地球，你必须承认，从作家的角度来看，这家伙看起来做得很开心。多么神奇的想象啊！他创造了一个惊人的环境，里面有沙漠、山脉、沼泽、海洋、风暴、地震、病菌、昆虫、哺乳动物和克鲁马努人，然后他又加入了一些情节元素，如进化和冰河时代。最后，他赋予智人主角——抑或是魔鬼——以自由意志和好奇心，以及与之并列且有可能互相冲突的怜悯之心和暴力倾向。然后他在一旁静静地看着万事万物生生不息。看看这个由贪玩的上帝创造的世界，真不是一般人能够创造的。

扮演上帝是作家的工作。我们都以为自己想要成为上帝，并幻想着如果我们真的掌控了宇宙，生活会变成什么样子。如果我是你和其他一切的主宰者，就不会有快餐和停车计时器，就会有比律师更多的图书管理员，比政治家更多的诗人，还有免费的无线网络和大学，以及每个人的瑜伽和……看到了吗？这听起来不错，但无论做什么，我们都是要对此负责的。对于战争和世界性的饥饿，以及街头那个拒绝打扫自家院子的废材，该当如何？

决定故事中谁生谁死只是责任的一部分，这种责任会阻碍我们的写作进程，导致失眠、烂尾的书稿以及不菲的治疗开销。但只要你的想象力火力全开，扮演上帝也可以很有趣。

贪玩的上帝喜滋滋地从零开始创造世界，先挑选好环境，再让人类和其他物种在这个环境中繁衍生息，既让他们享受饕餮盛宴，也让他们饱受饥饿折磨；既让他们体验爱情的甜蜜，也让他们经历战争的残忍、死亡与毁灭，以及自然的和人为的灾难。他是一位语言学家，将中土世界设计得精细入微——从精致复杂的地图，到龙、矮人、霍比特人、精灵、人、兽人、巫师和战士的豪华阵容，再到上述他虚构梦境中的居民所讲的无数复杂语言。

他就是约翰·罗纳德·瑞尔·托尔金（John Ronald Reuel Tolkien）①。她是一位来自亚利桑那州的美国科学家，通过将不同的体裁结合在一起，构思了一部精巧而又引人入胜的历史科幻冒险爱情史诗。故事讲述了战后英国北部的一名英国前战地护士被送回到 18 世纪的苏格兰，在那里作为统治者的英国人和反叛者苏格兰高地人之间正在进行着小规模冲突，护士发现自己被卷入其中。她就是戴安娜·加瓦尔东（Diana Gabaldon）。

诱发潜意识

正如我们所看到的，作家会诉诸有趣的、有时是激烈的手段来邀请灵感女神祝福他们的作品。得益于脑科学的不断发展和发现，我们可以利用某些技术让我们与自己的潜意识接触。潜意识是名副其实的故事之神的游乐场，是直觉、情感、梦想、记忆和集体无意识等的家园。

我一直很羡慕视觉艺术家，因为他们似乎能直接连接到自己的潜意识。从我作为一个作家的角度来看，视觉艺术家似乎只是出现在工作室，接入他们的潜意识，然后将其倾泻到画布上。想想杰克逊·波洛克（Jackson Pollock）随意滴落的颜料，在分形②被发现的几年前，他就下意识地重新创造了大自然的分形图案。我曾经一整个下午在现代艺术博物馆欣赏波洛克的《一：第 31 号》（One：Number 31，1950），怀着肃然起敬的心情凝视着这幅作品，看着来自世界各地的人们探访它，和我一起凝视。

人们说，写作是最难的艺术，因为它不能直接诉诸一种感官。音乐直接吸引我们的听觉，绘画吸引我们的视觉，烹饪艺术吸引我们的嗅觉和味觉，纺织艺术吸引我们的触觉。当这些与感官有关的艺术从业者进行表演时——迈尔斯·戴维斯（Miles Davis）用小号演奏，玛莎·格雷厄姆（Martha Graham）编排舞蹈，大厨埃默里尔·拉加斯（Emeril Lagasse）在厨房里雕刻，克里斯托（Christo）和珍妮-克劳德（Jeanne-Claude）在纽约市中央公园的 7 503 个门上串起藏红花旗，他们可以使用直接吸引受

---

① 约翰·罗纳德·瑞尔·托尔金（1892—1973），生于南非布隆方丹，英国作家、诗人、语言学家，牛津大学教授，以创作经典严肃奇幻作品《霍比特人》（The Hobbit）与《魔戒》（The Lord of the Rings）而闻名于世。——译者注

② 分形（fractal）：几何学术语，用以代表一个粗糙或零碎的几何形状，由曼德尔布罗（B. B. Mandelbrot）在 1973 年首次提出。——译者注

众感官的方式，而作家则不能。

故事必须在读者的大脑中经过翻译，才能被处理和理解。通常，作家在一个白色的表面上生产一系列的黑色符号（纸张或屏幕上的字母），它们必须由读者来解读。运气好的话，这种解读会与作家想表达的意思非常吻合。这一额外的步骤使作家与读者之间隔了一段距离——一种其他艺术家不必考虑的距离。

因此，我们在写作时更应该利用潜意识。以下是一些可能对你有所帮助的技巧：

● **散步。** 成千上万的作家以长距离步行开始一天的工作，朱莉娅·卡梅伦（Julia Cameron）、亨利·戴维·梭罗和让-雅克·卢梭（Jean－Jacques Rousseau）也在其中。更重要的是，根据匹兹堡大学最近的一项研究，每周三次 40 分钟的散步实际上可以让你的海马体生长，它是大脑中形成、存储和组织记忆的部分。

● **热身。** 就像热身乐队在音乐会的主角登场前娱乐观众一样，你可以通过取悦灵感女神让写作肌肉热身。试着做一个填字游戏，写一封信，或写一首俳句。对我来说，写轻松的诗句每次都很有效。

● **冥想。** 冥想可以提高创造力，而创造力是你工作中的灵感源泉。莱顿大学最近的一项研究表明，在坐下来写作前冥想 35 分钟，你便能体验到发散性思维（产生新想法）和聚合性思维（集中精力一次解决一个问题）的提升。发散性思维和聚合性思维都对讲好故事至关重要。库尔特·冯内古特（Kurt Vonnegut）和爱丽丝·沃克（Alice Walker）都曾从冥想中受益。

● **听音乐。** 听音乐对大脑也有好处。《认知科学趋势》（*Trends in Cognitive Science*）最近引用的研究表明，听音乐可以让你更快乐，可以缓解焦虑和抑郁，激活大脑中与运动、记忆、规划和注意力有关的部分。查尔斯·布考斯基（Charles Bukowski）一边写作一边听着收音机里的古典音乐。亨特·汤普森（Hunter Thompson）则更喜欢滚石乐队。不管是什么类型的音乐，只要能激发灵感就行。

● **演奏。** 如果你会演奏乐器，那就更好了。波士顿儿童医院的研究人员说，经常演奏乐器可以提高大脑的执行能力，其中包括解决问题的能力和集中注意力的能力。最著名的作家乐队——或者唯一的作家乐队——可能是"谷底余生"（Rock Bottom Remainders），其成员包括斯蒂芬·金、谭恩美、戴夫·巴里（Dave Barry）和米奇·阿尔博姆（Mitch Albom）。

● **手写。**华盛顿大学、印第安纳大学和杜克大学等知名机构越来越多的研究表明，手写拥有打字所没有的认知益处。手写所涉及的手指动作会影响大脑中与语言、记忆、思考和产生想法有关的部分。许多作家总是把便笺本或索引卡放在手边，在上面为他们正在进行的作品涂写笔记。对于每个项目，我都有一个大的素描笔记本，可以在上面记笔记、画地图、制作人物家谱、规划故事情节、粘贴人物和房子的图片，以及故事需要的任何其他东西。我所用之物有钢笔、铅笔、彩色铅笔、魔法马克笔、便利贴和回形针。就潜意识而言，玩具越多越好。

● **睡一觉。**期待是乐趣的一半。当你睡觉时，意识也会休眠，但潜意识仍然保持清醒。睡觉之前，思考你的人物、故事情节，那些你还没写的大场面。让潜意识对故事感到兴奋，然后让它来完成工作。同时你还能得到良好的休息，就像约翰·斯坦贝克喜欢做的那样。

三条不费脑筋的用脑规则

● **保持真实。**潜意识无法区分现实和想象。所以，当你想象自己每天下午 3 点坐下来写东西，或者每天晚上在电脑上敲出 10 页书，又或者写一部比希区柯克的电影更曲折的惊险小说时，你的潜意识会相信你——所以让你的想象尽可能真实。

● **保持简单。**你的大脑一次只能专注于一个习惯。所以，如果你专注于召唤灵感，也就是养成创造的习惯，就不要同时尝试减肥、戒烟或跑步。在关注其他习惯之前，给自己两到六个月的时间来建立与灵感的联系。

● **保持肯定。**潜意识无法处理否定表达，所以当你和灵感甜言蜜语时，一定要使用肯定的陈述，比如"我是一个富有想象力的作家"（而不是"我不是一个无聊的作家"）。

招之即来的灵感

当我在脑海里检索谁是喜欢玩耍的作家时，就会想到雷·布雷德伯里。在职业生涯早期，我在圣巴巴拉作家大会上见过他一次。布雷德伯里是作家中的精神导师，一个给人以启迪的故事叙述者，像孩子一样对技巧充满热情。他的快乐颇具感染力。他让你对成为一名作家感到高兴，并鼓励你像他一样地享受写作的整个过程。正如他告诉我们的——我把这句话铭记于心——"作家要做的第一件事就是兴奋起来。"

如果你想知道兴奋是什么样子的，就花点时间和孩子们在一起。任何正在玩耍的孩子都可以，但小孩子是最好的，因为他们还没有为流露出兴奋而感到羞愧。想想蹒跚学步的孩子们在后院挖蠕动的虫子；幼儿园的孩子们拿着手指画和几卷白纸放学回家；学龄儿童在沙滩上顶着太阳，用沙子和海水建造城堡和堡垒。即使是不在大人身边的青少年，在发短信、玩说唱或电子游戏时也会放下青春期的冷漠面具。

作为一名作家，重新以孩童般的热情对待玩耍是你的使命。这种玩耍的能力也是一种快乐的能力。我并不是说你写的每一个字都必须是有趣或愉快的经历，但仅是一个好玩的经历，其前景就足以使你兴奋。

兴奋通常由焦虑、期待和最终的欢愉等组成。看看孩子如何跟跄学步：向虚空迈出第一步时的恐惧，不可避免的跌倒带来的挫折感，不顾一切要成功的决心，以及最后，标志着胜利的蹒跚所带来的无与伦比的喜悦。

学步孩童的道路正是每一个有创造力的人应走的道路。诀窍是用充溢于孩童心中的兴奋重新点燃作家的灵魂。对于学步的孩子来说，学习走路是一场他们必须赢得的游戏。当然，他们可以继续爬行，这是一种更安全、更可靠的移动方式。但他们一个接一个地爬起来，掌握了行走的艺术。然后，在父母的惶恐不安中，他们赢得了终极的福利——他们跑起来了！

幼儿的生活是一个接一个令人兴奋的时刻，认真的游戏会收获认真的回报。当我还是个孩子的时候，我经常和邻居的孩子们一起玩战争游戏。（别太苛刻地评判我们，请注意，我住的地方是一个武装营地，我童年的大部分时间都是在陆军基地度过的。在那里，战争是我们童年生活的主要标志。我们玩战争游戏就像其他孩子玩捉迷藏和踢罐子一样。）

我是个好士兵。但是，由于注意力持续时间太短，我经常会对战争游戏感到厌倦，并试图说服伙伴们玩上课游戏。当然，我总是坚持演老师，这可能解释了他们为什么不愿意和我一起玩。我喜欢当发号施令者，为我和我的玩伴们安排游戏时间，而我的指挥性游戏被证明是对写作生活的良好准备。

因为当你写作时，你是在玩，你在指挥这场游戏。如果你写的是惊险小说，它可能是一场悬念重重、令人恐惧的猫捉老鼠的游戏。如果你在写爱情故事，它可能是一个黑暗、悲惨的单相思故事，或者是一个男孩遇到女孩的寓言故事，有一个相见恨晚的时刻和一个诺拉·艾芙隆（Nora Ephron）① 式的幸福结局。如果你在写一部家庭剧，它可能是一场家庭战争，让《灵欲春宵》（Who's Afraid of Virginia Woolf?）看起来像小孩子的游戏。

说到游戏，即使是像爱德华·阿尔比（Edward Albee）的代表作《灵欲春宵》这样严肃的戏剧也被称为游戏是有原因的。想想看：在剧院里，戏剧是由一个人所写的语言和行动组成的，在舞台上由演员扮演虚构的男人和女人，在虚构的地方做虚构的事情，以娱乐观众。作为一名作家，你也在做同样的事情，只是你没有借助舞台、演员或观众。你一个人坐在房间里，在虚构的地点虚构一些人，做一些虚构的事情。这就是游戏，不管你是否喜欢这个过程。因此，你不妨学学从我们的朋友雷·布雷德伯里那里得到的启示，享受它的乐趣。

"灵感结合技巧"等于"练习结合游戏"

在写作中获得乐趣意味着重新发现你的游戏意识。想想你小时候喜欢的游戏，特别是你独自一人时玩的游戏，在其中寻找线索：如何以游戏的态度对待工作。

作为独生子女，我长时间独处。特别是在我们搬到一个新地方后的夏天，没有学校上课，很多孩子在度假，我不得不自娱自乐。所以我常常和我的贵妇犬罗格在树林里长途散步，爬爬苹果树，吃吃酸苹果，在高高的

① 诺拉·艾芙隆（1941—2012），出生于美国纽约市，编剧、导演、制作人、演员，曾担任《心火》（Heartburn）、《当哈利碰上莎莉》（When Harry Met Sally）、《西雅图未眠夜》（Sleepless in Seattle）、《电子情书》（You've Got Mail）等爱情电影的编剧，多次获得奥斯卡最佳原创剧本奖。——译者注

树枝上读读书，忠实的罗格就等在下面。我在成年后的写作生活中也重复着这种玩耍时刻。只要我身边有苹果、书和一只狗，我通常就能定下心来愉快地写作。当我失去灵感时，就到树林里去走一走。

游戏意识对于建立和保持定期的写作实践至关重要。为了掌握技巧，你必须日复一日、周复一周、月复一月、年复一年地努力。这里的悖论很简单：要做好一件事，你必须足够喜欢，并投入足够的时间；但要喜欢做一件事，你必须做得足够好。我们大多数人喜欢做自己擅长的事情，但最终我们会停止做自己感觉不擅长的事情。

游戏和实践是相辅相成的，就像灵感和技巧一样。或者至少它们应该如此。多萝西·帕克（Dorothy Parker）曾说过一句名言：她讨厌写作，但热爱结笔。从那以后，许多作家都加入了这个行列。但别忘记她饮酒过度了。

最好成为那些热爱写作过程的作家之一，且永不厌倦。说到榜样，你最好选择雷·布雷德伯里而不是多萝西·帕克。

毕竟，布雷德伯里说过："你必须醉醺醺地写作，这样现实才无法摧毁你。"

4. 测试故事创意的强度：
如何确保创意能够承载一部小说的重量

弗雷德·怀特[①]

"我有一个很棒的故事创意。"你对朋友、配偶或自己喊道，但在写下开头段落后，这个想法就失去了动力。一个作家花几个月甚至几年的时间写一部小说，写了几十页，甚至几百页，才意识到故事不够完整或缺乏特色，或者冲突不够强烈，或者缺少一个有价值的目标，或者人物缺乏血肉，这种情况并不罕见。

---

① 弗雷德·怀特（Fred White）是美国圣塔克拉拉大学的荣誉英语教授，他在那里教了 30 多年的写作和文学课程。他是《每日作家》（*The Daily Writer*）、《你的创意从何而来》（*Where Do You Get Your Ideas?*）和《作家的灵感宝库》（*The Writer's Idea Thesaurus*）等书的作者。在杰出的职业生涯中，他还写过几十篇评论文章、散文和小说作品。

在开始起草或撰写大纲之前，你可以先用一些关键问题来测试你的故事创意，这样可以减少把自己逼到墙角的可能性。提问是产生内容的一种有效方式。想想记者们著名的"5Ws＋H"模式（谁、什么、何时、何地、为什么以及如何）。我建议小说作家们使用自己的一套内容生成问题，将5Ws＋H模式换成CCSP模式：冲突（conflict）、人物（characters）、背景（setting）和目的（purpose）。

- 创意中有没有强烈的冲突？
- 人物是否贴近生活？
- 背景是否有独特性？
- 目的是否清晰？

在我解释如何使用这些问题来测试故事创意的有效性之前，让我们先提出两个初步的问题：第一，你是否拥有一个有发展前景的故事创意作为起点？现在就用一句话来说明你的想法，找出答案。如果你不能想出任何听起来值得一读的故事，那么就继续尝试，直到想出为止。

> 我的故事讲的是一个精神病医生爱上了他的一个已婚病人。

我们有合理的故事前提吗？也许吧。让我们把它再具体化一点，从而获得更加清晰的故事脉络。

> 我的故事关于一个精神病医生，他屈服于一个已婚病人的多情求爱，违反了道德和职业准则。（病人迷恋他们的精神病医生并不罕见，医生也意识到了这一点。）但他也开始怀疑她的爱慕可能是假的，她想勾引他，以报复他的妻子曾经睡过她的丈夫——当他偶然翻看妻子的电话记录时，发现了这个秘密。

现在，这个精心设计的创意展示了更强烈的冲突，凭借这个意外披露的信息，它与许多其他医生爱上病人的故事有所不同。

第二，你是否对主题进行了彻底的研究？如果你要写一本关于精神病医生的小说，那么你需要对精神病学、精神分析学以及精神病医生通常如何与病人交往有相当的了解。你的研究不仅要包括背景阅读，还要采访执业精神病医生和接受过精神分析的人。永远不要轻视研究，一部好的小说或短篇故事，无论是警匪小说、间谍惊险小说还是关于火星探索的幻想故事，都是建立在坚实的真实性基础之上的。

现在，基本的故事元素已经准备好了，可以使用 CCSP 模式的四个问题进行测试了。正如你将看到的，这些基本问题中的每一个都将作为更具体问题的出发点。

创意中有没有强烈的冲突？

"故事"意味着冲突：目标、价值观和欲望的冲突；不确定性；所做决定带来的后果。生活充满了冲突，但对于在小说中发挥作用的冲突来说，它必须迫切得到解决，且必须难以解决。迫切性和困难性能增加冲突的强度。让故事主角面对几个令人生畏的障碍，但他必须想办法解决。想想丹·布朗（Dan Brown）笔下的人物罗伯特·兰登，在《地狱》(*Inferno*)中，他循着一条又一条的线索（有些是假的），希望能找到（假定的）对手设置的有可能毁灭人类的可怕陷阱。当然，如果你的故事更侧重于人际关系，那么障碍可能就不那么明显，但也应同样令人生畏。例如，在肯·凯西的《飞越疯人院》(*One Flew over the Cuckoo's Nest*) 中，兰德尔·麦克墨菲试图说服拉契特护士，她（以及医院）对精神病患者的治疗只会让患者病情恶化，而不是好转。

回到那个被已婚病人吸引的精神病医生，冲突不仅涉及他的职业道德，还涉及这个女人的婚姻状况。在探究这种冲突情况的强度时，要深入挖掘。在你探索可能的后果、目的和情节转折时，可能会出现以下更具体、更有深度的问题。

● 精神病医生与他的已婚病人发展恋爱关系会有什么后果？（可能性：这个女人看到了一个敲诈的机会；病人的丈夫发现自己被戴了"绿帽子"并寻求报复；在知晓她的病情后医生无力医治这个女人的病；这个女人对男人有一种超乎理智的憎恨，这就是她把目标瞄准精神病医生的原因；等等。）

● 精神病医生希望达到什么目的？（可能性：保持两人的诚实；履行他作为治疗者的义务；拒绝治疗女人，因为已经了解了她的动机；等等。）因为小说中意想不到的结果往往会让读者的阅读体验获得加倍回报，所以不要觉得必须守着现在的想法不放。如果你在起草过程中偶然发现了一个令人惊奇且有效的创意，就用上它吧。

● 你能给冲突添加哪些讽刺性的转折，使故事更有特色？（可能性：这个女人的精神问题是，她忍不住想诱使职业男性向他们的标准妥协——这正是她寻求精神帮助时想要解决的问题。）

对于小说来说，你也可以把上面的问题改编后用于次要情节中的人物，比如可以涉及精神病医生的童年或病人的精神病史、她与男人的关系，等等。

为了进一步研究冲突的动态变化，让我们考虑一个不同的故事创意，一个关于及时处理社会问题的故事：高中老师试图阻止一个学生欺负某个同性恋学生。主要的冲突发生在老师和恃强凌弱者之间，前者担心欺凌可能导致暴力犯罪，后者认为同性恋学生威胁到了他的宗教信仰——或者可能暴露他不愿承认的同性恋冲动。冲突足够强烈吗？同样，把困难性和迫切性都记在心里，下面四个次要问题将帮助你做出决定：

● 如果欺凌者的父母干扰了老师的目的，会发生什么？（困难性因素）

● 在造成严重后果之前老师应该采取什么行动，让欺凌者和［（或）他的父母］意识到欺凌可能造成的伤害？（迫切性因素）

● 尽管这位老师知道还有许多其他学生反对同性恋，但她将如何让其他学生站出来反对霸凌？（困难性因素）

● 老师、被欺凌者的家长和（或）同学们必须做什么来防止被欺凌者伤害自己或他人？（迫切性＋困难性因素）

通过提出这些探索性的问题并对其做出回应，就能为小说创造出足够的内容。

人物是否贴近生活？

好的小说展示了人性的本质：有缺陷的、英勇的、挣扎的、快乐的、仇恨的、腐败的、自私的、自我牺牲的、叛逆的，以及构成人类状态的其他许多属性。好的小说也使我们能够通过他人的心理体验生活，他们与我们虽然有不同之处，但也拥有足够的共同品质，使我们能够认同他们。这就是为什么读小说可以培养同情心和宽容。的确，小说——尤其是类型小说——有时会在主角与反派、好人与坏人之间划出明显的界限，但即使在最公式化的惊险小说或谋杀悬疑小说中，人物的复杂性也应该被表现出来。当人物的行为和决定听起来很真实时，无论其高尚或卑鄙，都能让人记忆深刻，使我们能够设身处地地考虑他们的情况。通过询问人物是否贴近生活，你也提出了第二个问题：怎样才能让读者认同你故事中的人物，特别是主角？

在这个关于精神病医生在他对病人的爱和职业道德之间挣扎的故事中，你希望读者能同情他，并间接体验他的（以及病人的）情感混乱。只有巧妙地结合对话、内心独白和叙述，你笔下的人物才能唤起读者的情感共鸣。如果想戏剧化地表现精神病医生的矛盾冲动，你可以描述他强烈地渴望与病人做爱，但当对她说话时，他的话语却完全掩盖了这些感情。他可能会冷酷无情地告诉她："请不要再来这里了。"

在关于老师和攻击同性恋的欺凌者的故事中，你可能想指出，欺凌者暗地里憎恨他严格的宗教教养。也许他的攻击性行为是对他自己所谓"娘娘腔"倾向的补偿。他的父亲嘲笑他喜欢跳芭蕾舞，这样的场景可以增加这个人物的心理复杂性。

如要努力让人物变得真实，你还应该问自己以下问题：

● 如何描述他们的身体和行为特征，使之更加突出？（可能性：他们外表的显眼之处，如伤疤、文身或发型；古怪的行为特征，比如扭手、走路一瘸一拐或奇特的说话方式。）

● 如何描述我的人物，以暗示某种特定的个性或心理障碍？（可能性：咬指甲，这可能表明他有神经质的性格；不能或不愿进行眼神交流，这可能暗示他缺乏自信或问心有愧。）

背景是否有独特性？

背景（物理的及环境的）有助于读者对故事进行整体体验。在《1984》（*Nineteen Eighty-Four*）中，乔治·奥威尔（George Orwell）用娴熟的笔触在开篇几段迅速地设定了一个反乌托邦的背景。时钟敲响 13 点（暗示军国主义政府），布满温斯顿·史密斯公寓大楼的"老大哥"的特大号海报，不可靠的电梯（"……电流在白天被切断了。这是为仇恨周做准备的经济活动的一部分。"）——这些背景细节将读者带入故事的世界。同样，F. 斯科特·菲茨杰拉德对杰伊·盖茨比豪宅奢华的描写，也揭示了盖茨比渴望赢回黛西·布坎南的心（黛西的心只有奢华才能打动）的强烈愿望。或者想想埃德加·爱伦·坡（Edgar Allan Poe）在《厄舍古屋的倒塌》（*The Fall of the House of Usher*）中对破旧房屋的描述是如何投射罗德里克·厄舍内心的破旧状态的。一个充分描述的背景是为故事增加深度和吸引力的有力工具。

用下面这些问题来测试故事创意中背景的有效性：

● 如何让我的故事背景反映冲突情况？

● 背景是如何投射主角人格的？

● 背景如何影响故事的氛围？

例如，在被爱情搞得神魂颠倒的精神病医生的办公室里，可能会有一张西格蒙德·弗洛伊德（Sigmund Freud）的照片，或者一份希波克拉底誓言①的复制品，以表明他致力于维护医生职业的最高标准。同时，誓言也代表了职业责任和内心非理性冲动之间的冲突。

至于那位老师，她决心阻止学生欺凌性取向与常人不同的人（或其存在本身就是对学生宗教教养的侮辱），对此，你可以选择在学校的体育馆或教室，或在欺凌者的家里设置一个章节或场景。在那里，你可以将欺凌者矛盾个性的某一重要方面放到最大。

目的是否清晰？

当读者想知道一个故事的要点时（或者更直白地问："那又怎样？"），他们想知道故事的目的或主题。精神病医生是否切断了与病人的恋情，坚持认为维护自己的诚实比屈服于内心的需求更重要，这为何重要呢？那位老师是否不顾欺凌者父母不准干涉的警告，决定执行她的计划以阻止学生欺负同性恋同学，这又为何重要呢？

有时，作者会因为把目的写得太明确而忘乎所以，这样的话，故事就会变得充满说教意味或迂腐。测试故事创意是否满足了明确的目的，需要

---

① 希波克拉底誓言（Hippocratic oath）：希波克拉底是古希腊伯里克利时代的医师，西方医学奠基人，被西方尊为"医学之父"。西方国家医学院的学生，通常入学的第一课就要学"希波克拉底誓言"，而且被要求正式宣誓。——译者注

提出以下这些问题：

● 主要人物——主角和反派——应该如何传达他们各自的信念或价值观？

● 读者如何才能意识到主角的信念在此种情况下最可敬或最合乎情理？

第一个场景中的精神病医生和第二个场景中的教师都致力于维护各自的职业道德（以及他们的个人道德准则），但二人面临的情况——试图勾引医生的女病人，欺凌者的行为需要在师生互动礼仪之外予以解决——使这些道德承诺面临严峻的考验，这使故事扣人心弦。

话到临末，诸君且听我说：与所有艺术形式一样，小说艺术也没有固定的公式。故事能以不可预测的方式展开，这是件好事。不可预见性往往能闪现出独到的见解，让故事与众不同、令人难忘。我提出的创意测试指南旨在让你深入思考冲突、人物、背景和主题。人类是微妙、复杂和不可预测的，而艺术的挑战之一便是在坚持故事设计的同时捕捉这些微妙、复杂和不可预测性。要成为一名优秀的小说作家，就应该学习人类行为，对他们做事的动机——或者无法做想做之事的原因——始终保持好奇心。

5. 让你的小说"燃起来"：用激情和目的点燃小说
唐纳德·马斯[①]

许多投稿到我的文学代理公司的小说手稿平淡无奇。不少类型小说让人不胜其烦，还有很多主流小说和纯文学作品也让我觉得毫无新意。即使稿子写得还不错，也常常无法吸引和激发我的兴趣。

---

① 唐纳德·马斯（Donald Maass）于 1980 年在纽约成立了唐纳德·马斯文学社。他的机构每年向美国和海外的主要出版商出售 150 多部小说。马斯创作了《职业小说家》（*The Career Novelist*）、《写出突破性小说》（*Writing the Breakout Novel*）、《写出突破性小说工作手册》（*Writing the Breakout Novel Workbook*）、《点燃小说的激情》（*The Fire in Fiction*）、《突破性小说家》（*The Breakout Novelist*）、《21 世纪的小说创作》（*Writing 21st Century Fiction*）和《小说的情感技巧》（*The Emotional Craft of Fiction*）。马斯是美国作家代理人协会的前任主席。

　　羞羞答答不敢见人的手稿究竟缺少了什么呢？并不是这些小说缺乏独创性。独创性并不能保证小说热卖，不然受伤的侦探是没有机会声名大噪的，一个新的吸血鬼系列作品恐怕刚出版就销声匿迹了。即使那些多得让人厌倦的老调重弹，有时也能再度火爆并赚得盆满钵满。那些别无二致的主流小说和纯文学作品也是如此。

　　因此，问题的关键不在于故事是否有一个很酷的新想法。不管是走在熟悉的小路上，还是开拓未知的荒野，成功的书稿无一例外都由灵感点燃，在书页间呈现激情。

　　激情是如何实现的？这里有一些练习，可以被应用于你正在创作的小说中。它们旨在挖掘故事中的重要内容，并以有效但不明显的方式将其注入你的手稿中。

从寻常的经历中发现不寻常

　　让故事充满激情，得用故事中的人物来实现。使你愤怒的东西也可以使他人愤怒。鼓舞他人的东西反过来也会激励我们。即使是普通人也可以成为诗人、先知或圣人。这在生活中是真实的，那么为什么不把它放在你的小说中呢？

　　这里有一个练习，旨在发现和利用人物寻常经历中的共同点，特别是他们也和你我一样是普通人。

　　阅读下面的提示，并写下你的想法：

　　● 你的故事现实吗？人物是普通人吗？

　　● 故事世界里有什么让你生气的点？我们没有看到的是什么？最重要的问题是什么？什么谜题没有答案？故事世界里有什么危险？什么导致了痛苦？

　　● 在你的故事里，什么地方有意外的增色？什么是美丽的？谁是不为人知的主角？什么需要拯救？

　　● 将你的感情赋予一个人物。谁能代表某些意义？谁能把情节的主要问题变成一个原因？

　　● 创造一个情境，让人物必须为自己的行为辩护、解释或证明。如何让情节的主要问题看起来更重大？为什么这对我们所有人都很重要？

在你的手稿中植入上述情感、意见和想法。

在不寻常的经历中发现寻常

如果你的主角已经是一个真正的英雄人物，情况会怎样？如果你的主角是一个超出常人的、勇敢的、有原则的、不可阻挡的好人，那么你可能会认为已经没有什么问题了。欢呼声将自发响起，对吗？

错了。完美的男女主角是不现实的。读者知道这一点。他们不可能与这样的人物产生强烈的情感联系。如要建立情感联系，他们需要感觉到这样的优秀人物是真实的。

你的故事世界也是如此。国家政治的精英阶层、国际阴谋或任何其他不寻常的环境都不会吸引读者，除非他们能找到与之相联系的方式。

为使主角人性化，并使故事中的异国世界对我们普通人来说变得真实，可以采取以下步骤：

● 你的故事是关于不寻常事件的吗？你的主角是否与众不同？

● 为你的主角寻找一个普通人的弱点，一个寻常的挫折，一次令人羞辱的退败，或大家都有过的经验。在写作的早期加入这一点。

● 在故事世界里，什么是永恒的事实？什么是不能改变的？基本人性是如何展现的？哪些东西在今天和一百年前一样，在未来一百年后也会一样？

● 主角所做的什么事情与众人相同？他的幸运符是什么？给他一句座右铭。他从父母那里学到了什么？

● 创造一种情境，让你那杰出的主角在其中不知所措、毫无准备且迷失了方向，或者让其以任何其他方式不得不承认自己的不完美。

在你的手稿中植入上述步骤的结果。

阐述故事的寓意

如果小说已经有了明确的信息，情况会怎样？假设它的目的是唤醒我们，这很好，但如果你是在说教，它反而会使读者抗拒。为了避免这种情况，让你的故事来上一课，授课的是中心情节问题，听课的则是主角。

以下这些元素可用来表达你的观点：

- 故事有什么寓意或经验教训吗？
- 主角什么时候意识到他搞错了某事？
- 最终，故事中谁看待事情的方式会变得完全不同？
- 最终，主角如何变得更好？
- 最终，主角有什么遗憾？
- 在故事中，有谁肯定找不到解决办法，或肯定没有任何办法来完全理解中心情节问题？
- 为什么中心情节问题是好的、及时的、普遍的或注定的？

在你的手稿中植入上述问题的结果。

点燃小说的激情

你曾经在写稿中途迷失方向吗？你是否曾想过，在不断修改的过程中，故事是否保持一致，是否仍然有意义？你是否曾失去动力？

从生活中偷取故事。这就是生活的用途，是不是？曾几何时，当不幸发生在你身上时，你是否告诉过自己：好歹这将是未来写作的好材料？

现在你的机会来了。发生在你身上的大事小情就是工具，你可以利用它们使每个场景都强大且与众不同。当你陷入困境或缺乏灵感时，请使用以下提示。

- 选择一个看起来不起眼或不确定的场景。谁是这里的主角？
- 找出人物在这个场景中最强烈的感受。愤怒？徒劳无功？背叛？希望？喜悦？兴奋？羞愧？悲痛？骄傲？自厌？安全？
- 针对上一步骤中所确定的情绪，回忆一下你生活中对这种情绪最强烈的感受。它具体发生在何时？有谁在场？你周围有什么？你对那一刻印象最深的是什么？你最想忘记什么？灯光的质量如何？究竟说了哪些话？发生的最小和最大的事情是什么？
- 在你人生的这段经历中，是什么给你伤口撒盐，又是什么为你锦上添花？你的处境当然是引起这种感觉的部分原因，但真正激起这种感觉的又是什么呢？
- 当你意识到这次经历的重要性时，你想到了什么？

把自己经验中的细节赋予你的人物，就是现在，就在这个场景里。

畅销建议：情节与结构

情节似人。人类的情感和欲望建立在现实生活的基础之上，它们相互碰撞，在相互攻击中变得越来越激烈，直到最后爆发——这就是情节。

——利·布拉克特（Leigh Brackett）

记住：你的人物正前往那些不可思议的目的地，情节不过是他们奔跑后留在雪地上的足印。

——雷·布雷德伯里

情节就如同进化，是生命对环境做出的反应；这种反应不仅总是以冲突的形式出现，而且是真正伟大的、史诗般的创造斗争；这种反应也是个人内心的斗争，是对灵魂的刻画。

——威廉·华莱士·库克（William Wallace Cook）

对我来说，小说中的一切都归结于人们做出的选择。你必须事先弄清楚这些选择将会带来什么后果。

——玛丽昂·齐默·布拉德利（Marion Zimmer Bradley）

对我来说，关键在于找到自己的情节。找到它们需要很长时间。……我喜欢看情节发生，就如同发生在我们自己的生活中一般。我们并不总是知道情节将如何发展，不要指望在某个特定的夜晚做出正式的决定、写下事件列表就能高枕无忧，因为这种办法几乎从来没有成功过。

——诺曼·梅勒（Norman Mailer）

在我动笔之前，我会为一切事物列出严格的提纲。……提纲亦是某种程度上的写作，因为这是在为你将来的作品搭建框架。我发现只要搞清楚写作目标，实际写作则无需太多时间。

——汤姆·沃尔夫（Tom Wolfe）

作品要成功，形式和功能必须齐头并进，就像建筑一样，任何一个小有成就的建筑师都会这样告诉你。

——崔西·雪佛兰（Tracy Chevalier）

过渡是至关重要的。我希望读者在翻页时对自己的动作毫无察觉。故事必须无缝衔接。

——珍妮特·伊万诺维奇（Janet Evanovich）

有时作者会过度预设结构，而我尽量不这么做。在很大程度上，大部分的结构必须从写作中自然产生。我认为，试图预设结构会扼杀自己。你只需有一个大致的想法，故事的其余部分必须从写作、叙述、人物和情境中自然产生。

——罗伯特·陆德伦（Robert Ludlum）

没有比推理小说更精美的小说形式了。它有结构，有故事情节，有地点和节奏感。它是读者和作者相互对立的一种体裁。读者不希望猜到结局，但他们也不希望因困惑过度而烦恼。……你所做的研究至关重要。在推理小说中，你必须说真话。别指望愚弄读者后还能轻易脱身。

——苏·格拉夫顿（Sue Grafton）

太多的作家认为写好就行了，但这只是一本好书的其中一部分。用一本好书讲一个好故事才是最重要的。首先要关注故事。问问自己，"这个故事已经有趣到读者愿意与他人分享的程度了吗？"请记住：畅销书通常遵循一个简单的道理，即"故事精彩，讲得也精彩"，而不是"这是一个讲得很精彩的故事"。

——尼古拉斯·斯帕克斯（Nicholas Sparks）

英雄和英雄国王的时代已经过去了。如果我们不能创作关于普通人的故事，那我们还能创作谁的故事呢？我们大部分的生活基本上是平凡而乏味的，这就需要作家想办法让它们变得有趣。

——约翰·厄普代克（John Updike）

6. 主角的旅程：使用经典的故事叙述模式

保拉·穆尼尔

所有的故事——无论是在饮水机旁给朋友讲你在拉斯维加斯参加的单身派对，还是给孩子讲睡前童话故事——都由三个部分组成：开头、中段和结尾。三幕式结构是经典的故事模式：从"从前"到"从此过着幸福快乐的生活"，以及中间所有的精彩内容。

一旦理解并开始采取基本的三幕模式后，你就可以进一步完善故事结构了。其中一种方法便是跟随主角的旅程，即主角在叙述过程中所经历的有意义的转变。但在深入研究这种方法之前，让我们先从最基本的层面来探索三幕式结构。

理解三幕式结构

把一个故事拆分成三幕是情节设计的第一步。开头、中段和结尾：我们不断地听到和使用这些术语，但是从讲故事的角度来定义它们并不像你想的那么简单。

● 开头：故事的开头是一切将要改变的起点。这是旅程的第一步，是主角人生的第一个岔路口，是第一次向正确（或错误）方向的转弯。开头是这样的："很久以前，有一个主角 X，然后发生了 Y，改变了 X 的一切。"

● 中段：在中段，X 必须克服障碍，掌握本领，并吸取经验教训，以勇敢面对最终考验——Y 的平方，即故事的高潮（将在结尾出现）。中段是故事的核心，在通往终点的旅程中，所有的转折、反转与曲折都在挑战 X，让他成为最好或最坏的自己。

● 结尾：如果 X 从中段幸存下来，那么他已经为结尾做好了准备。这就好像主角为奥运会而训练，现在他克服的所有障碍、掌握的所有技能，以及学到的所有教训都将他全副武装以应对最后的比赛，这是所有考验和磨难之母：Y 的平方。Y 的平方是 X 最可怕的噩梦——为了生存，X 需要永远成为最好的自己。

下面两个原型故事在长度、类型、起源、受众和时间上都有很大差异，但在结构上有很多共同之处，让我们看看三幕式结构是如何被应用在两者之中的。

《灰姑娘》（*Cinderella*）

这个经典的童话故事仍是有史以来最受欢迎的故事之一。它给了我们一个可爱的女主角——灰姑娘，和一个坚定而残忍的反派——邪恶的继母，且灰姑娘被完美映射于两个配角——丑陋的继姐妹。

第一幕（开头）：灰姑娘邪恶的继母不让她去参加舞会。

第二幕（中段）：仙女教母帮助灰姑娘优雅地来到舞会，在那里她遇到了白马王子，坠入爱河，并丢失了水晶鞋。

第三幕（结尾）：灰姑娘被迫回到被奴役的生活。白马王子带着水晶鞋出现了，他把水晶鞋穿在灰姑娘的脚上，完美贴合。他们结了婚，从此幸福地生活在一起。

《星球大战》（*Star Wars*）

《星球大战》是一个规模宏大的史诗故事，但它的核心是一个年轻人追求冒险和寻找自我的成长故事。

第一幕（开头）：莱娅公主被俘后，发出了求救的请求。在他的婶婶和叔叔被谋杀后，卢克·天行者响应了莱娅公主的召唤——与欧比-旺一起营救公主并摧毁死星。

第二幕（中段）：卢克在欧比-旺的教导下成为一名绝地武士。他们一起寻求汉·索洛和楚巴卡的帮助，以拯救莱娅公主。

第三幕（结尾）：叛军计划攻击死星。在冲突中，为了摧毁死星，卢克必须相信原力。

完善三幕式结构

只要确定了故事的开头、中段和结尾，你就可以通过将这三幕分成更小的单元来构建情节。完善三幕式结构的一种方法是将主角的旅程融入其中。这是一种由人物驱动的方法，即描述主角在故事发展过程中必须经历的转变。如果你喜欢读和写由人物驱动的故事，那么融入主角旅程的方法可能会与你共鸣。

或者，如果你的故事是由情节驱动的，而你知道主角需要得到进一步的完善，那么将故事视为主角的旅程可能会帮助你打造更立体的人物形象。

著名的神话学家约瑟夫·坎贝尔（Joseph Campbell）在他的开创性作品《千面英雄》（*The Hero with a Thousand Faces*）中介绍了原型主角的旅程。坎贝尔将主角的旅程定义为一个故事，主角在其中开始一场冒险，他必须付出一切以面对考验和启示。他迎难而上，并在此过程中有了改变。

逐步推进的主角之旅

主角的旅程包括三幕，每一幕都由主角在旅程中必须采取的步骤组成，这将不可逆转地改变他，使他成为一个完整的人。

主角之旅中的每个步骤代表了他转变的各个阶段。让我们一步步地研究这种转变。（注意：主角之旅的步骤有各种术语。在这里，我将这些术语做一定转换，使之符合现代故事的最新说法。）

第一幕（开头）

现状：初见主角，是在他的日常生活中，在他的生活被旅程改变之前。

导火索：这是一个需要主角行动起来的事件，使主角离开他熟悉的世界，踏上一段未知的旅程。

拒绝：通常情况下，主角会拒绝冒险，直接拒绝这个机会——通常是出于恐惧、犹豫或傲慢。

与大师相遇：每个主角都需要导师，他的知识和智慧对主角的转变至关重要。这位智者能帮助主角渡过人生的曲折，更重要的是能帮助他走完未来的艰险旅程。

接受与行动：这是促使主角改变主意，接受新的生活现实的事件。他决定采取行动，这意味着他要把日常生活抛在脑后，跨过生理和心理的门槛，进入一个新的世界。

第二幕（中段）

考验和磨难，朋友和敌人：在这个新的世界里，主角遇到了会在旅程中帮助他的人，以及会挫败他的人。带给他挑战的考验将帮助他分清敌友。

深渊的边缘：现在，主角在第二道门槛的边缘蓄势待发，但在跨过这道门槛之前，他必须重整旗鼓，养精蓄锐，并谋划下一步行动。

跌落：主角跳进深渊，在与死亡的对抗中直面他最大的恐惧（字面上的或隐喻的）。

回报：在深渊中幸存下来后，主角获得了奖励。

第三幕（结尾）

途中：在故事的这一阶段，主角正在返回的路上，准备迎接最大的考验。他可能正在逃避从第二幕中释放的力量——这就是为什么途中的场景常常是追逐。

真正的考验：这是最后的考验，在这次考验中，主角必须证明他真的吸取了教训。

回归新常态：旅程改变了主角，他拿着奖励（物质的和象征的）回了家。

让我们用这种方法来完善《星球大战》的三幕式结构。请注意，在《星球大战》中，主角之旅各个阶段的顺序略有不同。这表明，旅程的步骤不一定要按照上面列出的确切顺序出现，也不一定要全部出现在你的故事中。把主角之旅当作一个指南，而不是束缚。

第一幕（开头）

现状：卢克·天行者和他的叔叔婶婶待在农场里，感到很无聊。

导火索：卢克发现了来自被绑架的莱娅公主的信息。

与大师相遇：卢克遇见了本，也就是欧比-旺·克诺比。

拒绝：欧比-旺提议训练卢克成为绝地武士，但卢克拒绝了。

接受与行动：帝国冲锋队杀死了卢克的家人，他开始接受成为绝地武士的训练。

第二幕（中段）

考验和磨难，朋友和敌人：卢克与欧比-旺、C-3PO 和 R2-D2 来到酒吧，遇到了汉·索洛和楚巴卡。

深渊的边缘：卢克和队员们登上了死星，去拯救公主。

跌落：卢克遇到了一系列磨难，包括污水中的怪物、倒塌的垃圾房，以及进攻的帝国冲锋队，等等。

回报：卢克救出了公主。

第三幕（结尾）

中途：卢克和同伴们躲过了达斯·维德，回家为攻击死星做准备。

真正的考验：卢克使用原力摧毁了死星。

回归新常态：卢克回家受到了英雄般的欢迎。

三幕式结构的主角之旅法是一个经典的故事讲述模式，它概述了主角的转变（或称戏剧性弧线①），是人类几千年来一贯的故事讲述方式。根据主角之旅勾勒出他的转变，你的故事就会像古老的神话一样与读者产生共鸣。

将主角的旅程运用到自己的作品中

为了确定故事中主角之旅的步骤，请分阶段提出以下问题。

第一幕（开头）

● 现状：什么构成了主角的平凡世界？只工作，不娱乐？单身并在所有错误的地方寻找爱情？困在郊区，梦想着去巴黎？

● 导火索：什么唤醒了主角？他被解雇了吗？考试不及格？发现他的妻子有外遇？被绑架了？被甩了？谋杀他的老板？遇到一个可爱的女孩？在城外得到一份新的工作？

● 拒绝：女主角会马上对导火索事件采取行动吗？还是拒绝？她想出了什么借口来忽视正在发生的事件？她为什么不能采取行动？

● 与大师相遇：谁是主角的导师、顾问或知己？他的母亲？他的老板？兄弟姐妹？最好的朋友？牧师？邻居？同事？这个人是如何引导主角的？

---

① 戏剧性弧线（dramatic arc）：通常可以把戏剧或故事的叙事分为五个部分，它们是阐述、上升动作、危机、高潮、下降动作（结尾）。将它们以图示的方式连在一起，可以得到一条弧线，因此被称为戏剧性弧线或叙事弧线。——译者注

●接受与行动：什么改变了女主角的想法？为什么她会接受正在发生的事件并决定现在就行动？她做了什么？她会去哪里？她必须进入什么样的新世界？

第二幕（中段）

●考验和磨难，朋友和敌人：在新的世界中主角遇到了谁？谁是他的朋友？谁是他的敌人？他们是如何帮助（或是阻碍）他的？他必须掌握什么新技能？他必须吸取什么教训？他必须克服什么障碍？

●深渊的边缘：女主角现在面临的最大挑战是什么？她将如何在心理上、身体上和精神上为此做好准备呢？她有什么计划？

●跌落：主角会进行怎样的冒险？他是否冒险宣布他的爱情？他是否攻打城堡？他是否会纠正错误？他必须克服哪些恐惧？他如何面对死亡（字面上的或隐喻的）？

●回报：女主角的勇敢冒险得到了什么回报？名声？财富？性？爱情？承诺？她的渴望是什么？

第三幕（结尾）

●中途：谁正在追逐主角？主角的敌人或恶魔是否在他身后紧追不舍？他将如何准备以迎接下一个考验，即最大的考验？

●真正的考验：什么考验能够一劳永逸地证明女主角已经真正吸取了教训？她将如何通过这一考验？她为什么会通过？

●回归新常态：主角胜利的象征是什么？一枚钻戒？一顶皇冠？一个瑞士银行账户？现在，主角已安然无恙地回家了，他的转变已经完成，他将如何庆祝这一转变？一场婚礼？重逢？毕业典礼？拿到通往城市的钥匙？在加勒比海的一个小岛上度假？

7. 小说结构的两大支柱：如何为故事搭建坚固的平台

詹姆斯·斯科特·贝尔①

结构是用来翻译想象的软件。

作为作家，你有一个想讲的故事。你感觉到它，看到它，用人物来填充它。但是，要将所有这些原始材料转化为小说，并非将其转化为书页或屏幕上的文字那么简单。你必须对其进行"翻译"，使其与读者建立关联。

这就是结构的作用。如果你不重视结构或理不清头绪，就有可能让读者感到沮丧，更有甚者会失去读者。

许多年前，一位颇有名望的写作老师在听众面前振振有词地说，根本不存在结构这回事，我不禁哑然失笑。他一直坚持自己的看法。后来，我看到了他写的东西和用来描写故事节奏的术语，你猜他的故事是如何展开的？没错，他用的恰恰就是传统的三幕式结构。

谈到写作过程时，小说家往往分为两个阵营：喜欢在写作前列出大纲的人，以及认为大纲过于束缚的人。结构支柱对这两种类型的小说家都是同样有用的工具。如果你是一个喜欢列提纲的小说家，那么你可以通过从一开始就描绘出一些关键的结构性场景来学习建立一个强有力的故事。而如果你喜欢凭感觉，那么你可以继续在初稿中随心所欲，畅快写作。只是你需要清楚一点，即今后还得考虑如何编排写作的结构——因为不重视结构的书稿是卖不出去的。

但是，你可能会问，那些故意玩弄结构的作者，即某种程度上被称为"实验性"作品的作者，该当何论？我只想说，这些作者其实是故意为之，

---

① 詹姆斯·斯科特·贝尔（James Scott Bell）是写给作家的头号畅销书《情节与结构》（*Plot and Structure*）的作者，也是《罗密欧的规则》（*Romeo's Rules*）、《以身犯险》（*Try Dying*）和《不要离开我》（*Don't Leave Me*）等众多畅销惊险小说的作者。除了他的传统小说，贝尔还以各种形式发行自己的作品。他的中篇小说《又一个谎言》（*One More Lie*）是第一部获得国际惊险小说作家奖（International Thriller Writers Award）提名的自行出版的作品。他曾担任《作家文摘》的小说专栏作家，并撰写了《从中间写小说》（*Write Your Novel from the Middle*）、《超级结构》（*Super Structure*）、《作家兵法》（*The Art of War for Writers*）、《冲突与悬念》（*Conflict and Suspense*）等深受欢迎的写作技巧类图书。

他们接受自己的书可能不如那些结构很好的作品那样受读者欢迎。至少，任何作者在有能力玩弄结构之前先应该充分了解结构。（这就好比士兵要使用手榴弹，就得先了解手榴弹的构造。）

一座通向某处的桥

对于故事结构，我最心仪的视觉表达是悬索桥：

悬索桥的关键基础元素是两根支柱，或称塔。这些支柱被安置在基岩中，使悬索能够吊起坚实和安全的平台——桥梁本身。

想想看：每个故事都要有开头，每个故事都要有结尾，而中间部分必须抓住读者的兴趣。结构技巧将告诉你如何以轰轰烈烈的方式开头，如何在结尾处让读者震惊，并让他们欲罢不能。忽视结构的后果是小说会像那些风中的悬索桥一样，在 1 000 英尺①的峡谷上疯狂摇摆，没有多少读者会愿意从桥上走过去。

第一根支柱

小说的开头告诉我们谁是主角，并介绍了当前的情形（故事世界）。小说的开头设定了故事的基调和利益攸关方。但是，小说在通过第一根支柱之前并没有真正开始或成为"故事"。把第一根支柱想象成一条"不归路"。这种感觉必定是：主角一旦通过，就不能再回家，直到情节的主要问题得到解决。

让我们以《飘》（Gone with the Wind）为例。在第一幕中，斯佳丽·奥哈拉坐在自家门廊上，同塔尔顿家的两兄弟布伦特和斯图特打情骂俏。我们了解到在战前她是一个自私、有心机且享有特权的风骚女子。她用自

---

① 1 英尺约合 0.3 米。——译者注

己的魅力迷惑周围的男人，把他们当作鱼钩上的鱼来玩弄。塔尔顿家那对
孪生兄弟的一个妹妹说，斯佳丽是"我所见过的最会来事儿的人"。

如果这本小说用一千页来描写斯佳丽的风流韵事，那我们肯定读不过
十页。一部成功的小说一定要隐藏巨大的危机。人物真实的一面只有在危
机中才能显露出来，所以玛格丽特·米切尔（Margaret Mitchell）制造了
一些开场麻烦（我称之为开场烦心事）：斯佳丽得知阿希礼要和玫兰妮
结婚。

这一麻烦本身可能足以促成一个争风吃醋的爱情故事，但不足以成为
一部反映旧南方①的宏大史诗。一定要有某个事件迫使斯佳丽为自己的生
活方式而斗争，这就是第一根支柱：它把斯佳丽推入第二幕。当然，这一
事件就是美国南北战争的爆发。

在《飘》中，当查尔斯·汉密尔顿在十二橡树庄园的大型烧烤会上匆
匆赶到斯佳丽面前时，我们第一次看到了这根支柱：

> "你听说了吗？保罗·威尔逊刚从琼斯博罗骑马过来，带来了一
> 个消息！"
>
> 他走到她面前时停了下来，喘着粗气。她什么也没说，只是盯
> 着他。
>
> "林肯先生已经召集了人手，士兵——我是说志愿兵——有七万
> 五千人！"

当然，南方认为这是一种挑衅。查尔斯告诉斯佳丽，这意味着打仗：
"不过你别担心，斯佳丽小姐，过一个月就完了，我们会让他们号啕大
哭的。"

对于南北战争这个令人震惊的事件，斯佳丽既无法忽视也不能摆脱。
她宁愿留在南方，保护她的家——塔拉庄园，以及她熟悉的生活方式。拿
时髦的话来说，斯佳丽希望生活在"平凡的世界"。但战争的爆发迫使斯
佳丽进入了第二幕的"黑暗世界"。

这就是为什么把它看作一条不归路是有道理的。已经无法回到从前那
个舒适的世界了。斯佳丽现在必须面对巨大的麻烦，而不仅仅是感情问

---

① 旧南方（Old South）：指南北战争前的美国南方。——译者注

题。她需要拯救她的家庭和土地。她需要钱和聪明才智。她要么克服困难，要么被困难克服。

在经典的三幕式故事结构中，第二幕"生死攸关"。

也就是说，身体上的、职业上的或心理上的，死亡的这三个方面中必须有一个处于危险之中。

对斯佳丽来说，这是心理上的死亡（尽管她的生命在很多时刻都处于危险之中）。如果她不保留塔拉庄园和她对旧南方的憧憬，可以说，她将"在内心死去"。《飘》的故事中提出的问题是，斯佳丽会从过去的自己成长为她需要成为的自己吗？她不想要战争，却被战争推到了死亡边缘。

第一根支柱出现的时机应该在小说的前 1/5。在电影中，通常将各幕划分为 1/4-1/2-1/4 结构。但在小说中，最好让第一扇门出现得更早。在《饥饿游戏》（*The Hunger Games*）这样一部情节快速推进的小说中，这种情况发生得很早。在第一章中，凯特尼斯听到妹妹被选中参加比赛；在第二章的开头，她自愿代替妹妹前往。

《飘》有一千多页。战争爆发在大约前 1/10 的位置。

下面是第一根支柱在其他一些通俗小说中的例子：

● 在托马斯·哈里斯（Thomas Harris）的《沉默的羔羊》（*The Silence of the Lambs*）中，克拉丽丝·史达琳被迫与汉尼拔·莱克特进行了一场猫捉老鼠的游戏，因为这可能是解决连环杀手案的唯一方法。

● 侦探萨姆·斯佩德在达希尔·哈米特（Dashiell Hammett）的《马耳他之鹰》（*The Maltese Falcon*）中接受了客户布里吉德·奥肖内西的委托。

● 在哈珀·李（Harper Lee）的《杀死一只知更鸟》（*To Kill a Mockingbird*）中，阿迪克斯·芬奇接受了为一名黑人辩护的工作，这名黑人被指控强奸了一个白人女孩。对于阿迪克斯的女儿斯库特·芬奇（故事的叙述者）来说，这意味着该事件将她推入了一个充满偏见和不公的黑暗世界。她不能继续做一个不谙世事之人。

看看你自己正在创作的小说，然后问以下问题：

● 你是否给了读者一个值得追随的人物？

● 你是否在开篇就为这个人物制造了麻烦？

● 你是否确立了故事中的生死攸关之事？

- 你是否创造了一个场景，迫使人物进入第二幕的对抗？
- 这个场景是否足够强大，以至于人物不得不去战斗？
- 第一条"不归路"是否出现在故事的前 1/5？

第二根支柱

第二根支柱是另一种"不归路"：它使最后的战斗和解决问题成为可能或不可避免。

第二幕应在两根支柱之间，是故事的主要情节发生的地方。攸关之处是死亡（身体上的、职业上的或心理上的），主角必须战斗（字面上或比喻意义上的）。记住：第一扇门已被"砰"地关上。第二幕是一系列的行动，在这些行动中，主角面对和抵抗死亡，并与反派对抗。

然后第二根支柱，或者说入口之门，就出现了。这往往是一个感觉像重大危机或挫折的事件，也可以是一条线索或一个发现。不管怎样，这把主角推向了第三幕。它迫使主角走向最后的战斗，也就是问题的解决。事实上，它使解决问题成为可能。

回到《飘》的例子，斯佳丽在第二幕中有很多战斗。她得在北方佬接管之前带着玫兰妮离开亚特兰大。她需要钱才能在繁重的赋税下挽救塔拉庄园。她需要弄清楚如何处理那个不断出现在她生活中的迷人的瑞德·巴特勒。这些事件都与整个故事的问题有关，即与对斯佳丽性格的考验（和成长）有关。

这一切导致了第二根支柱：斯佳丽与瑞德结婚时的危机。斯佳丽仍然相信"她永远、永远属于阿希礼"，可她还是答应了瑞德的求婚。为什么？因为这是"他说出的话心口不一，而她身不由己地答应了"。

这段婚姻使得斯佳丽心中的最后一战不可避免，危机加剧。瑞德终于意识到斯佳丽永远不会放弃对阿希礼的爱，决定结束这段婚姻。然而，斯佳丽也有了自己的认识：她一直在为一个虚假的梦想而活，而家和瑞德才是她真正需要的。但是，这当然为时已晚。瑞德根本不屑一顾，而斯佳丽将不得不回到塔拉庄园去考虑如何让他回心转意。

以下是第二根支柱的其他一些例子：

- 莱克特告诉克拉丽丝，水牛比尔觊觎他每天看到的东西（线索）。这条信息让她找到了凶手。

- 萨姆·斯佩德的办公室里，身中数弹的船长瘫倒后死亡。他携带的包裹里有一只黑鸟（重大发现）。
- 汤姆·鲁宾逊，一名无辜的黑人男子，被一个全是白人的陪审团判处强奸罪，尽管有相反的证据（挫折）。

看看你自己正在创作的小说，然后问以下问题：

- 你是否制造了主角必须克服的重大危机或挫折？
- 你是否另外（或补充）提出了一个对故事问题的解决有关键作用的线索或发现？
- 这条最后的"不归路"是否使问题解决成为可能或不可避免（或两者兼有）？

另一面

这两大支柱永远不会让你失望。定义故事的三幕，并为你的人物（以及你的读者）创造"不归路"，将确保你拥有强大的故事平台。它们将使你能够随心所欲地发挥这些故事要素，即人物、声音和场景的创造性，而不必担心从桥上跌入"无人问津的小说之谷"。

让创造开始吧。

8. 无缝编织幕后故事：创作人物往事的挂毯

卡伦·迪翁[①]

《冰点》（*Freezing Point*）是我的第一部科学惊险小说，它以一艘拖网渔船的船员在纽芬兰省圣约翰海岸面对着汹涌的海浪开始：

---

① 卡伦·迪翁（Karen Dionne）是《沼泽王的女儿》（*The Marsh King's Daughter*，G. P. Putnam's Sons，2017）的作者，这是一部以密歇根州上半岛荒野为背景的黑暗心理悬疑小说。迪翁是在线作家社区"退格键"（Backspace）的联合创始人，并负责组织两年一度在巴哈马群岛的一个私人岛屿上举行的盐岛作家静修会。她是国际惊险小说家协会的成员，在董事会中担任技术副主席。

狂风如愤怒的天神一般在孤零零的拖网渔船周围咆哮着。在舵手室里，本·梅基努力保持身体平衡，因为一阵排头浪击中了船舷，使得拖网渔船使劲向右舷倾斜。浮冰的碎片溅落在左舷窗上。白色的冰块告诉他，他们即将靠岸。船长咧嘴笑了，本希望那是微笑，也可能是苦笑，因为船长的嘴里叼着一支未点燃的雪茄。

本·梅基是谁？他为什么在这艘船上？他要做什么？

读者不会在我的开篇中找到这些问题的答案。为什么呢？因为答案是小说幕后故事的一部分。

幕后故事指的是人物的历史和其他故事元素，它们为小说的开篇奠定基础。幕后故事为小说设定背景，使读者关心人物的境遇。

但作为作者，我们须留意，幕后故事（backstory），顾名思义，是讲述过去的事。无论我们是采用倒叙、人物的沉思或回忆，还是通过文字的叙说来揭示以前发生的事情，每一次搬出幕后故事都会阻断小说前进的势头，并有可能使小说无疾而终。

太多，太快

在我应邀对一些有志作者的书稿发表评论时，我注意到一个最常见的错误，那就是作者在开篇中提供了太多的幕后故事。有时，作者费尽心机创作故事，小说的发展却拖泥带水，我只好逼迫自己耐着性子读下去。还有的时候，小说的开篇妙不可言，但就在作者带着我屏气凝神地读完让人紧张得透不过气的第一章时，我还在想，这个作者有两下子，结果第二章就陷入了讲故事模式，我说的是糟糕的故事模式。

在开篇加入幕后故事，等于对读者说："等一下，等等。在我告诉你这个故事之前，你先要了解一下这些人物和这种情况。"

实际上，在阅读过程中触及不到的人物历史和动机，读者是不需要去了解的。打断故事，告诉读者在故事开始之前发生的事情，有悖于我们极力想实现的目标：吸引读者，让他们进入小说的世界。

有些作者一开篇就很不明智地破坏了自己的故事，然后眼看着灯光熄灭，我喜欢为他们指出这个问题，因为它很容易被解决：他们所要做的就是分离出不必要的幕后故事，并将其删除。

如果你找不到经验丰富的读者来帮助你，这个解决方案可能会说起来容易做起来难。记住，强大的小说开篇好比是拍电影，这会很有帮助。观众不会质疑电影开始时屏幕上显示的内容，因为他们确确实实看到故事在他们面前上演。

同样，把读者带入故事，而不解释人物是如何走到那一步的，也足以确立故事的真实性。把人物放在一艘船上，并展示由于被固定住的冰山意外翻倒，他们的船倾覆时发生的事情，就足够了。

小说剩下的全部内容会围绕他们当初为何会在那里而展开。

时机至关重要

小说的幕后故事是可操控的。一个好的故事叙述者不难为他的人物想出丰富的历史。但优秀的小说家会隐藏这些细节，只在最有利于故事发展的时候才将其透露出来。

《纽约时报》（*The New York Times*）畅销书《我在雨中等你》（*The Art of Racing in the Rain*）的作者加思·斯坦（Garth Stein）说："仓促抛出幕后故事是一种可怕的浪费。""许多作家试图过早地拿出太多东西。如果地震将在今天发生，就不要在两天前开始你的故事，即使两天前主角身上发生了重要的事情。从地震说起。然后，之前的两天成为幕后故事，为主角'现在'的行动提供信息——他与妻子的争吵，他的车没有汽油（或现金），或者他的孩子被困在夏令营，他必须去找他们。读者所知与未知之间的张力将驱动他们阅读你的故事。"

非必要的细节会搅乱叙事轨迹，作者过早透露太多信息也会干扰斯坦所说的"读者的期待和对故事的预测"。他解释道："读者玩的预测游戏是阅读体验的一部分。作为读者，我们总是试图收集主角行动的原因，并根据作者提供的线索拼凑出自己认为的幕后故事。有时它们被证明是对的，有时却不是。这很有趣。当我们发现作者揭示的真相时，可以将其与我们的预测进行比较，看看它是否符合我们的预期。"

如果小说开头的幕后故事是个麻烦，为什么这么多新作家还要把它写进去呢？大多数情况下，这是因为他们没有意识到，他们认为的开始写作其实并不是真正在写故事。最初的几页可能看起来像小说，但实际上是准备工作。

《纽约时报》畅销小说《悲喜边缘的旅馆》（*Hotel on the Corner of Bitter and Sweet*）的作者杰米·福特（Jamie Ford）说过："写幕后故事感觉就像在讲故事，但事实并非如此。它是在重复事实，或者说在装扮小说世界建筑的方方面面——基本上是插入作者已知的东西，希望它能娱乐和启发读者。但它会产生相反的效果。少即是多。幕后故事就像绘制一幅连线图，你只需要给出点，读者会将它们连成线。"

开始写作时，我们在故事中打下基础，探索人物，在发现人物是谁以及他们想要什么时给出他们的历史。这些早期工作是写作过程中的一个关键部分。作为作者，我们需要知道之前的一切，以及为什么该人物会这样做。

然而读者却不需要。过早、过于简单地回答读者的问题将大大降低他们继续阅读的动力。

用批判的眼光来审视你的开篇，问问自己：读者真的需要知道人物的有关情况吗？或者我觉得这个细节很有趣，但对故事并不重要？如果我隐瞒这个信息，故事会崩溃吗？

如果结论是读者绝对需要知道有关情况或人物的某一细节，那么问问你自己：读者需要在开篇就知道这些吗？或者我可以稍后再透露，等读者更多地参与到人物中来，并完全投入故事中去？

除了简单地介绍这个关键的幕后故事外，还有更好的方法吗？我是否可以通过暗示和影射来更巧妙地完成同样的事情，从而让读者利用他的想象力来填补空白，更充分地参与到故事中来？

一个好的开篇设定了场景，介绍了人物，并使故事开始运转。但它从未回答过"为什么"这个问题。为什么人物会有这样的行为和想法？他们是如何走到开篇的这一步的？对这些问题的解答应贯穿全书。

正确的平衡

如何辨别哪些幕后故事对小说至关重要，哪些又无足轻重？弗里欧文学管理公司的杰夫·克兰曼（Jeff Kleinman）给出了一个简单的答案："幕后故事是作者认为读者应该知道的东西，而不是人物急切地想告诉读者的东西。如果它对人物至关重要，那么对读者也是如此，那它就不是幕后故事了。"

再读一遍克兰曼的说法。好的故事叙述与作者想说什么无关，而与人物需要说什么有关。作为作者，我们不用自己的声音说话，而是为人物说话。因此，人物说"我在新泽西州的一个小镇长大"或者"我在一个宗教保守的家庭里是中间儿"是完全可以的——只要这些细节是人物迫切想告诉读者的。

以斯坦的《我在雨中等你》为例，它以一只狗为叙述者。很明显，开篇有一些叙述者迫切希望读者知道的事情：

> 我只能靠身体动作进行沟通，有时还要做出夸张的动作。虽然我偶尔会越界，做得很夸张，但唯有如此我才能清晰且有效地沟通，以使我的观点不被误解。我很沮丧，我没有可以依赖的语言，因为我的舌头天生又长又扁又松弛。光是在咀嚼时用它往嘴里送食物就很困难，更别指望它能发出巧妙而复杂的多音节声音，然后将声音连成句子。这就是为什么我正趴在厨房冰凉的瓷砖地板上，在一摊自己的尿液中，等待着丹尼回家——他应该快到了。

除了向我们展示斯坦的犬类叙述者具有出色的自知之明外，这个开篇提出的问题比它做出的回答还要多。我们所知道的是，这只狗正在计划一些事情——"夸张的动作"——而且这涉及趴在一摊尿液中等待主人回家。

正如斯坦所说，这是故事的"现在"。他说道："把你的故事看成有两个要素——'现在'和'那时'。""'现在'指的是此刻在我们面前上演的故事，'那时'指的是'我们如何到达现在'——如果你喜欢，也可以称之为幕后故事。"

如果你意识到自己无意中在小说的开篇添加了幕后故事，不要绝望。福特坦承："我的编辑总是说，'把这个从开篇中删掉，把它编入叙事中'"，"所以我也在与那些幕后故事做斗争"。

有疑问时

对于处理幕后故事有困难的作者，克兰曼的建议是："在几乎所有情况下，只要是幕后故事，都应该删掉。"

这似乎有些极端。如果你未被说服，试试如下挑战：梳理开篇章节，寻找幕后故事。然后删除每一个幕后故事，看看故事读起来是不是更好。

这是我的经验之谈。除了代理斯坦和其他成功的作家，克兰曼还是我的文学代理人。当我把我的第一部小说的终稿寄给他时，开篇的章节包含了几段幕后故事，我认为读者需要知道这些故事才能理解书中发生了什么。更具体地说：本·梅基是谁？他为什么在那艘船上？他希望完成什么？

但克兰曼认为这些都是多余的。他是一位才华横溢的编辑，也是一位出色的文学代理人，我相信他的判断。所以我听从了他的建议，把开篇的幕后故事都删掉了。

后来，在我的小说售出后，伯克利出版社的编辑将《冰点》寄给选定的读者，希望获得署名背书[①]。《纽约时报》畅销惊险小说作家道格拉斯·普雷斯顿（Douglas Preston）写道："开篇是一流的，一个真正漂亮的作品，是我在很长一段时间内读到的最好作品之一。"

无论我们的故事从哪里开始，总会有一些事情在这之前发生。倾听你的人物，弄清楚他们迫切想告诉读者什么。然后尽可能长时间地隐藏这些细节。在你的小说中以聪明、富有想象力的方式逐步揭示它们，你的故事就会坚定且动人地保持在"现在"。

9. 关键的终局结构：有效结束小说的技巧

拉里·布鲁克斯[②]

有很多作家和老师，他们中的许多人比我名气大（这年头出名并不难），他们不喜欢给故事结构划分顺序，也不喜欢区分故事的轻重缓急。

---

① 署名背书（endorsement blurbs）：指由同行作家或名人署名的背书，通常会在书的封面上对作者大加赞扬。——译者注

② 拉里·布鲁克斯（Larry Brooks），小众畅销书作者，他的三部作品曾在亚马逊网站和其他网站榜单上排名第一，分别是《故事工程》（*Story Engineering*）、《故事力学》（*Story Physics*）和《故事修复》（*Story Fix*），这些书属于《作家文摘》书系。他还是小说创作网站 storyfix.com 的创始人，并经常在国际会议和研讨会上发言。他出版了六部广受好评的小说，均为心理惊险小说（由特纳出版社出版），其中包括一本名为《今日美国》（*USA Today*）的畅销书。

他们说这样做太公式化了，失去了乐趣和创造力。少数人则直言不讳地辩称：这样做不过是一般写手毫无创造性的写作。

当他们谈论故事结构时，他们倾向于用一些不那么机械的描述——"主角的旅程""诱发事件""反转"等——而这些描述更适合牛津大学的文学课。这让他们听起来——或者更准确地说，感觉起来——更像作家。或者他们只是不习惯用左脑来做故事叙述这种右脑活动。

有趣的是，这些作家创作的故事，或他们在教学中用作例子的故事，几乎都遵循相同的结构范式。鉴于这不是一门精确的科学，无论他们是否愿意受此约束，这都使他们处于这种左脑的游戏中。

在研讨会上探讨如何标记故事结构本身没有错，但也没什么意义。你怎么称呼它不重要，如何实施它以及对它理解到何种程度才重要。

谢天谢地，有了编剧，他们的确配得上这个称谓。事实上，大多数编剧都认为牛津大学出版社不干什么正事。

有效故事叙述的四个部分

我更愿意以故事结构应有的样子来称呼它，即结构包含四个部分，也就是四个各具特色的背景及对应场景中的相应任务，以两个主要情节点和一个情节中点划分。如果你愿意，可以称它们为情节转折。牛津大学出版社的人是难解其妙的。

让引人注目的主角欲求不满。然后设置巨大的阻力妨碍他达成欲求，让他层层闯关。刻画一个不断学习和成长的主角，他应该是一个能让读者产生共情并支持的人。再补充一些场景，让它们互相联结组成一个整体。然后设计新颖而引人注目的概念、明确的主旨意图、与众不同的世界观以及巧妙的情节，再将所有内容放入其中。

大致就是这样，在我看来够有创意了。

换句话说，它就是故事叙述的蓝图。一旦掌握了它，再辅以艺术性细节，加上干净的写作，它就会如圣杯一般，成为小说写作的灵丹妙药。

这并不容易。但是，也许是第一次，小说写作变得如此清晰。然后我们来到了第四部分：故事的结局。你猜怎么着？结局没有蓝图，也没有规则可循。嗯，呵呵，也可以说有。

如何写出扣人心弦的结局

第四部分，也就是故事的结局，遵循这一原则：它一旦被触发，就不会有新的阐述性信息进入故事。如果某件事出现在最后一幕，那么之前一定已经有所铺垫，或有参照，或已经在运作。这也包括人物。

原则归原则，你得依靠自己来构思故事的结局。当然，如果你不考虑此原则，等到的将会是退稿的结局。明白这条原则的作家都是按照以下的指导方针和专业做法来写作的。

指导方针一：主角是催化剂

在故事的第四部分，主角需要现身并参与其中，成为主要的催化剂。他需要站出来，发挥主导作用。他不能仅仅坐在一旁观察或叙述，不能满足于当一个配角，并且最重要的是，不能由别人来拯救。

在未出版的手稿中，我见过很多次这种情况。但我很少在已出版的书中看到相同情况。即使有，也不会是有较高知名度的书。

指导方针二：主角内心成长

主角应该证明他已经征服了过去阻碍他前进的内心恶魔。新出现的胜利可能是从第三部分开始的，但在第四部分被主角利用。通常情况下，第三部分展示了主角内心的恶魔试图在最后一刻凌驾于主角的灵魂之上，这一时刻也让他明白必须以不同方式向前迈进。第四部分的结局会展示他已吸取了教训。

读者见证了主角在故事发展过程中沿着内心学习曲线成长，向横亘在成长道路上的外部冲突发起攻击。

指导方针三：一个新的、更好的主角出现了

主角应该表现出勇气、创造力和不拘一格的思维，以及推动故事发展的才华。这样的主角才当之无愧。

读者越能通过主角的行为感受到结局，结局就会越有效，当然这取决于你在第四部分之前对读者情感上的投入程度。这是一个成功故事的关键，是你叙事彩虹尽头的那一罐金子。如果你能让读者流泪，让他欢呼鼓掌，让他铭记于心，让他感同身受，那么你已经完成了作为故事叙述者的工作。

如果能让所有这些情绪呈现出来，你可能就会得到一份出版合同。

第四部分的执行计划

这就是第四部分的真正魔力：如果你在故事的前 3/4 部分做得很好，如果你用强有力的重要事件来策划一个引人注目的、引人共情的主角的追求和不断发展的弧线，那么当你到达那里时，你很可能会凭直觉知道故事需要如何结束。或者，如果不是凭直觉，那么在经过认真的内省和带着数码录音机在树林中长时间行走后，你就会知道故事需要如何结束。

我所说的"到达那里"，并不是建议你先写前三部分，然后再思考如何结局。

有人认为上述建议听起来像故事叙述的自然顺序，这也不奇怪，事实是，除非你在前三个阶段以故事的关键原则、各部分内容和重要事件为基准来展开故事，否则你在第四部分将严重迷失方向。如果没有一个故事执行计划来作为第四部分自然展开的基线，你将不可能避免上述结局。

也就是说，最好提前计划好第四部分。即使途中你对如何结束故事有了更好的想法，也能为另一种结局提供最丰富的场景。

我想说的是，你应该事先制定战略，策划所有主要的故事点。即使你还不确定如何结局，但在开发前三部分的过程中，你会发现，最后一幕作为过程的一部分开始变得具体化。

如果你是通过一系列草稿而不是大纲来规划故事的，那么你需要写足够多的草稿来最终理解第四部分的内容应该是什么样的。这是同样的过程，只是忍受痛苦的程度不同。

但这样做是有风险的。如果你喜欢用草稿的方式来写作，那么你沦为平庸之辈的可能性将成倍增加，你写完的前 300 页也得推倒重来。

避免故事走向糟糕的结局

结局糟糕的故事多如牛毛，但还是出版了，甚至在某种程度上成功了。这是因为故事的其余部分，也就是结构和人物的巨大魅力在一定程度上取得了胜利，结局对故事的成败无关紧要。就是这样。

与新作者相比，糟糕的结局在知名作家中更常见，因为如果结局不能带给读者最好的阅读体验，那么新作者的书被出版的概率将大大降低。一个糟糕的结局——不令人满意、平淡无奇、逻辑混乱或错误百出——会比写错编辑的名字更快地让你被拒绝。

你的目标应该是呈现完美的结局，在写第一部小说时更是如此。因为反过来说也是如此，精彩的结尾可能会让编辑放你一马，不在某些问题上过分较真。

结构可以为有效的故事结局赋能。如果你在深入研究了前三部分的基础结构之后还不能精心设计一个结局，那说明你的研究还不够到位。

结构为什么重要

你经常会读到某个刚学会游泳的人在深水区溺水，而当一个水性很好的人游过来帮忙时，精疲力竭的他却拒绝救援的故事。

恐慌和抵抗会让你丧命。然而让你死得更快的是你不知道自己需要救援。

故事结构之于作家也是如此。这个类比很有道理，因为每隔一段时间，以超乎想象的频率，我会遇到一些作家就是不接受故事结构无可置疑的真实性和有效性。他们反抗它，就好像他们的写作梦想被抢走了。他们拒绝它，认为它公式化，因而没有价值。也许他们曾经听说过某位著名作家谈论他神乎其神的写作方式，他并没有意识到自己在写作时应用了故事结构的原则，还对纠正故事所做的改写工作夸夸其谈。

别搞错了，改写就是一种纠正措施。没什么好吹嘘的。

事实上，每一部出版的小说都是坚实故事结构的自然产物，不管它是如何形成的。如果不这么认为，就好比说凡尔赛宫大厅的美感与浇筑的混凝土地基及无缝砖石毫无关系，与架构无关。也有一种说法，认为施工时没有真正的蓝图。又或者，这些地基的浇筑是无须费脑的，以至于它不需要任何形式的智力支持。

这些建筑无神论者信誓旦旦地说，小说写作是（或者应该是）一个随机探索的过程，在人物身上碰运气，随他们进入死胡同，允许他们设定自己的节奏，却不知道他们要去哪里。

　　这就好比说，打高尔夫的乐趣就在于在球场上漫步，在球道上穿梭，手拿球杆，在草皮上随心所欲地击球。我并不质疑这种做法带来的内在刺激。很多东西都能给人带来内在刺激：毒品、酒精、与前配偶发生性关系、俄罗斯轮盘赌……但这并不能让他们变得聪明或富有成效。

　　有可能，这些人把过程和产品混淆了。如果只是为了这个过程，那是一回事，指望作品在本世纪内获得出版就是另一回事了。

　　写作时如果没有扎实掌握故事结构，就像没有上过医学院就做手术。你可以像恋爱中的莎士比亚（Shakespeare）一样写作，也可以像吸毒时的蒂姆·伯顿（Tim Burton）一样有想象力，但如果你的故事不是建立在坚实和约定俗成的结构上，那么你的房间里只会贴满退稿通知。换言之，你不能用自己创造的结构范式搞写作。

　　我不是说你必须为故事列出大纲。故事结构不是这个意思。我要说的是，不管有没有大纲，你都必须把故事结构的原则应用到叙事发展过程中，天然的或完全左脑式的。如果你想出版的话，至少要这样做。事实就是如此。

10. 次要情节：通过次要情节增加小说的深度

杰西卡·佩奇·莫雷尔[①]

　　次要情节是编织在主要故事中的微型故事，其本身完整而耐人寻味，

　　[①]　杰西卡·佩奇·莫雷尔（Jessica Page Morrell）作为编辑和作家，熟悉编辑部的情况，并对写作和教学有深刻的实践经验。她对与写作和创作有关的主题以及其他主题进行了深入、睿智且清晰的写作，著有《来稿恕难录用：为什么你总是被退稿》[*Thanks, But This Isn't for Us: A (Sort of) Compassionate Guide to Why Your Writing Is Being Rejected*]、《恶霸、混蛋和婊子：如何写小说中的坏人》（*Bullies, Bastards and Bitches: How to Write the Bad Guys in Fiction*）、《作家的易经：创意生活的智慧》（*The Writer's I Ching: Wisdom for the Creative Life*）、《来自街头的声音》（*Voices from the Street*）、《字里行间：掌握小说写作的微妙元素》（*Between the Lines: Master the Subtle Elements of Fiction Writing*），以及《写出风暴》（*Writing out the Storm*）等作品。她的作品还出现在八种选集、《作家》（*The Writer*）和《作家文摘》杂志上。莫雷尔创立并协办写作会议，自1998年以来一直在创作有关写作生活的专栏，并在北美和爱尔兰的作家会议上担任颇受欢迎的发言人。莫雷尔住在俄勒冈州的波特兰市，在作家和花园的怀抱中看天空云卷云舒。

用于对比、加强或转移读者对主要情节的注意力。这些小情节包含了开头、中段和结尾，有助于主角的情感成长，推动引人注目的行动，反映或呼应主题和前提的意义。

次要情节可以以主角为中心，在主要情节之外展开，也可以以配角为中心。有时两者也结合使用。这些"故事中的故事"可以贯穿整个情节，并在接近高潮处或高潮中解决；或者它们也可以很短，在远未到高潮之处就结束了。它们还可以充当放大镜，突出主要情节的行动，或在故事中包含暴力、悲剧或其他无情元素时提供宽慰。

使用次要情节的原因

次要情节通常被杂乱地嵌入主要事件中，你甚至没有注意到它们的存在。但如果仔细研究一下你最喜欢的一些小说，你可能会发现次要情节是如何扩展情节范围、提供额外的高潮和低谷，并创造真实性的。在优秀的故事中，人物形象丰满，行动具有主题意义，整个故事充满了魔力。次要情节通常围绕问题、关切或人物的计划展开，可以通过以下方式来实现：

● 证明主角的生活和故事世界是复杂而丰富的。

● 将两个或三个配角的故事穿插到主角的处境中，从而揭示主角在主要行动中不一定能表现出来的一面。

● 减轻主要情节的压力，使它不会变得过于阴郁或令人疲惫。

● 在适当时引入喜剧性调剂和欢乐。

● 通过引入纠纷、问题以及要做出的更多决定和选择来增加故事的复杂性。

● 揭示主角的成长和变化。

● 通过在情节点之间构建虚构的世界来充实故事。

● 提供社会和政治背景。

● 强化主题，证明前提。

● 增加紧张感或悬念。

● 通过时不时地转移主角或事件的话题来避免主要情节过早被了结。

● 通过揭示人物的世界观——与主要情节无关的价值观和理念——来深化人物。

● 用更多需要回答的问题、更多需要解决的事件与影响推动故事向前发展。

读者想要相信你虚构的世界和那里存在的情况，因此次要情节起着至关重要的作用。在次要情节中发生的事件、转折和短暂的插曲使小说有了真实的感觉，并使情节不至于太容易被预测。

这里有一个立竿见影的测试方法，可以帮助你决定一个特定的次要情节对故事是否必要：如果一个次要情节可以被删除而不会在故事中产生漏洞，那就不需要它。

作家们经常发现，次要情节随着故事的发展而发展，就好像人物在低声暗示。如果你的次要情节是在主要故事的基础上自然发展而来的，并且不是毫无来由或后来的追加，它将会更加可信。

次要情节可以围绕人物的日常行为展开，如购物、打电话、亲密时刻或表现友谊。例如，罗伯特·B. 帕克（Robert B. Parker）的"斯宾塞"（Spenser）系列刻画了一个粗犷、有男子气概的大块头侦探斯宾塞，和一个同样阳刚的跟班霍克。他们一起健身，去优雅的酒吧和餐馆，在那里喝顶级香槟或进口啤酒。斯宾塞还是一名厨师，他的爱人苏珊是一名心理学家，而霍克的约会对象则是同样受过良好教育的优秀女性。这些活动和关系可以防止人物形成老套的侦探形象，在讨论案件之时使人能喘口气，并适时增加一些幽默感。

创造复杂事件

因为小说由冲突驱动，所以复杂的情节是必要的，它可以让人物纠缠在越来越复杂的困境与麻烦之中。复杂事件是指进入故事世界并改变故事进程的行动。最引人注目的复杂事件与煽动性事件有关，它是开启故事的第一个变化、让故事开始运转并导致不平衡的事件。随着故事的发展，主角的情况不断恶化，而这是由基于复杂事件的次要情节造成的。

最好的复杂事件是出人意料但又现实的，并且能以某种方式扩展故事。它们可以是正面的，也可以是负面的；可以阻挠主角或反派；可以来源于其他人物、事件或发现；能够基于任何事情，可以是错误或误解，也可以是恶劣天气或人身威胁。

负面的复杂事件为主角和配角制造麻烦，并通过增加沿途必须克服的新障碍而使解决主要冲突更加困难。复杂事件能创造出令人眼花缭乱的效果，并为小说增添扣人心弦的时刻。

如果你曾经看过日间肥皂剧，你会注意到它没有单一的情节线。相反，其中有许多相互关联、复杂和交织在一起的故事情节。在以全体演员为特色的电视剧中，如《唐顿庄园》（*Downton Abbey*）、《实习医生格蕾》（*Grey's Anatomy*）、《国土安全》（*Homeland*）等，次要情节与故事情节交织在一起，有时很难从中区分出主要故事来。在这些剧中，人物也要处理家庭问题、个人健康问题、分分合合的恋情、问题儿童、竞争或同事之间的不和等。这个问题列表只是冰山一角——对于一个庞大的演员阵容来说，次要情节的可能性是无穷无尽的。

如果你爱看电视剧，那么你可以花一周左右的时间，记录下你最喜爱的节目中的次要情节。给次要情节编号并命名，注意有哪些次要情节会持续一季或整个系列。这个小练习会证明在使整个故事变得复杂和迷人方面，次要情节有其重要性。

扩展故事世界

次要情节最常被作家们用来拓展故事中的世界。如果没有次要情节，小说就会像南极一样，只有企鹅才能在那里生存——一个只有一个物种去关注的广阔、白色、恶劣的环境。为了冲突、趣味和多样性，你需要其他生物——尤其是捕食者。

埃莉诺·李普曼（Elinor Lipman）的《伊莎贝尔的床》（*Isabel's Bed*）包含了一些次要情节，以扩展故事世界的范围。主要故事以哈丽雅特为中心，她搬到科德角代写伊莎贝尔的丑闻故事。其中一个次要情节追溯了哈丽雅特和伊莎贝尔试图寻找和理解真爱的过程。另一个次要情节是关于女人之间的友谊，以及漂亮女人是如何与其他女人相处的。还有一个（滑稽的）次要情节关注写作群体，对这些有时不正常的文士聚会投以讽刺的目光。

简·斯迈利（Jane Smiley）的《诚信》（*Good Faith*）讲述的是里根政府时期的房地产行业。故事主要围绕40岁的离婚独居中年人乔·斯特拉特福德的命运起伏展开。故事的主线是经典的"陌生人进城"情节。这个陌生人叫马库斯·伯恩斯,之前是一名美国国税局特工,现在担任投资顾问,他把乔拉进了一桩生意。许多次要情节反映了那个时代,描绘了一幅房地产行业和其他利益交织的画面。其中一个次要情节反映了不受监管的储蓄和贷款行业的内爆,而另一个次要情节则关注了日内交易①和黄金投机的危险。斯迈利的特长是将她的研究转变成可读的戏剧;她的次要情节,即使是教授高尔夫球场如何建造和土地开发如何运作,也从不让人觉得是教学指导,而是像一个庞大娱乐世界的一部分。

连接人物

在由一群演员组成的小说中,通常有一条单一的连接线——一个家庭、一个地方、一个事件、一家公司、一场战争——将一系列正在进行中的、复杂的、与主要情节并行的次要情节联系起来。已故的爱尔兰畅销书作家梅芙·宾奇(Maeve Binchy)将这类小说作为她的主打作品。她的小说特别以丰满的配角、复杂性、巧妙交织的次要情节和主角而闻名,这些元素结合起来共同创造了一个完全生动真实的世界。《红羽毛》(*Scarlet Feather*)就是一部这样的小说,它讲述了都柏林一家初创餐馆一年来的情况。

故事的主线围绕着餐馆的业务展开,从除夕夜开始,合伙人汤姆·费瑟和凯茜·斯卡利特找到了一个适合经营的地点,并买下了这栋楼。餐馆的生意刚开始很火爆,但没有持续多久,他们的个人生活也随之开始崩溃。这部小说以全知视角②写成,每一章都以一个月为单位,以餐馆的事件为主线,包括一个童话般的婚礼、派对灾难、抢劫、付款缓慢的客户以及在电视直播节目中烹饪等。

这些事件向前推进,错综复杂地交织在以下的次要情节中,与美食一起酝酿:

---

① 日内交易(day trading):指一种持仓时间短、不留过夜持仓的股票交易模式。——译者注
② 全知视角(omniscient viewpoint):指小说创作中常用的一种叙述形式,通常以第三人称为主,又称上帝视角、零度焦点叙事。叙述者无固定视角,也可在不同人物之间切换,像一个全知全能的上帝,洞察一切。——译者注

- 凯茜的丈夫尼尔是个工作狂律师，他并不真正支持凯茜。
- 尼尔爱管闲事的母亲觉得凯茜配不上她儿子。
- 凯茜的母亲曾经是尼尔母亲的女佣。
- 汤姆与美女玛塞拉的关系陷入了困境。
- 凯茜的父亲穆蒂·斯卡利特在赌马上有赢有输。
- 玛塞拉渴望成为一名模特，但她年龄太大不适合高级时装。
- 汤姆的父亲因心脏病发作住进了医院。
- 凯茜怀孕了，然后流产了。
- 尼尔的侄女和侄子，一对不断制造混乱的九岁双胞胎，失踪了。

宾奇通过使用许多半场景①来完成复杂的故事结构，从一个地方转到另一个地方，从一个人物转到另一个人物，几乎没有解释和过渡，她严重依赖对话，使用最少的背景细节，并使最生动真实的场景保持简短。由于使用了全知视角，因此她能够潜入许多人物的思想，同时穿梭于几十种生活之中。

这类小说对大多数初出茅庐的作家来说很难尝试，但研究一下还是很有启发意义的，尤其是如果你渴望深入描写大量的人物。请注意宾奇的叙事在场景中来来去去转换的速度有多快。还要注意的是，她的对话中包含了大量的潜台词，每个人物都有自己的计划，主角很有同情心，主要情节反映了她足够了解食品行业，令人信服。

要避免的次要情节误区

在主要情节和次要情节之间找到平衡需要高超的技巧。你可能要做出一些艰难的决定：加入哪些内容，删除哪些内容。这里有一些告诫性的指导方针可以帮助你。

- 不要把次要情节当成松散的线头挂起。如果你的故事有多个次要情节，最好不要同时解决它们。在高潮部分解决太多的枝节，往往会造成混乱，并抢走主要结局的焦点。

---

① 半场景（half-scenes）：指由几句对话和描述组成的场景片段，被嵌入原本是简述的地方或不同的场景中，能够涵盖要点、增加故事背景或推动情节发展。——译者注

● **不要用与主线故事相同的精力和字数来关注次要情节。** 设计次要情节时要注意比例。一般来说，它们不应该占据比主要情节更多的场景。

● **不要为了占用篇幅或增加字数而在故事中加入次要情节。** 它们始终应该是故事的具体内容，并能够突出人物、故事情节、主题或前提的某些方面。

● **不要忘记为次要情节提供起伏动作。** 次要情节基于导致人物形成新的行为、情感或思想的行动和事件。正如在主要情节中，最重要的事件是那些导致人物情感变化的事件。

● **不要让次要情节削弱故事主线。** 在小说中，当你使用多视角或交替的时间框架时，故事将会分裂并扩大成独立的部分。同样的情况也会发生在次要情节上——但它们会让故事偏离主要话题，除非这个话题被精心设计过，否则可能会让人分心或显得无关紧要。

创造重要的次要情节

将次要情节加入故事中不能像播种草籽一样随随便便。

有些次要情节可能会随着主要情节出现在你的想象中，有些则会随着你对人物的了解而显现。

为了帮助你想象交织在一起的事件、人物和关系，请画出故事线和相关的次要情节图。虽然绘图有多种选择，而且你可能想绘制不止一个，但这里有一个相当简单的方法可以作为开头：在一张纸的中央用粗体字写下主角的名字。从这个名字出发，创建一个网络或带有辐条的轮子，将主角与故事中的其他人物连接起来。将反派也写上，再添加配角，并绘制一条线将他们与主角联系起来。通过找出重要的次要情节和冲突，确保把故事中的每段关系都联系起来。

除了创建关系网络，你还可以写一个简要的大纲来概括一个次要情节。例如，假设你的主要情节围绕着珍妮弗寻找她从大学宿舍失踪的姐姐布伦达展开。同时，一个关于爱情的次要情节被编织进来，使事情变得复杂。你的次要情节大纲可以相当简单，例如这样：

　　布伦达失踪几周后，萨姆和珍妮弗在一个聚会上相遇，发现他们都酷爱微酿啤酒和麻将。两人开始经常聚在一起，但后来萨姆家里出了急事，离开前没有联系珍妮弗就去了宾夕法尼亚。在他离开后，珍妮弗感到被嫌弃、困惑和愤怒，开始和她的前男友贾斯廷约会，贾斯廷承诺会帮助她寻找姐姐。贾斯廷开始强迫珍妮弗嫁给他。随着有关珍妮弗姐姐下落的奇怪线索不断堆积，萨姆回来了；他和珍妮弗就他们的关系状况争吵后决定分手。

　　三个月后，萨姆和珍妮弗在一次麻将比赛中相遇，他们一起组队，打败了所有对手。珍妮弗戴着订婚戒指，所以他们是强颜欢笑的。后来，在一次庆祝活动中，萨姆观察到珍妮弗和贾斯廷在一起，看出贾斯廷并不适合她。萨姆大胆地告诉了她。

在主要的故事情节中，珍妮弗发现她的姐姐被谋杀了，她意识到生命是脆弱的，并想起她的姐姐总是冒险，于是她解除了婚约，并与萨姆恢复了关系。

如果你的次要情节以主角为基础，那么在开启主线故事之后，就要在早期章节中动手写最重要的一个次要情节。如果你的次要情节基于一个配角，最好将它的启动向后推迟，直到读者熟悉主角和故事背景、理解故事问题。在这些次要情节开始之前，必须为主线故事打下坚实基础，这样读者才不会感到困惑。

在构建故事时，把主要情节和次要情节想象成一张网或一个迷宫，而不是像铁路轨道一样的平行线。最好的情节是在主要情节和次要情节之间迂回曲折的。你不需要在写主要情节时停下来写次要情节，然后退出这个序列再回到主要情节。相反，次要情节应与主要情节相互交织，反之亦然。

次要情节最容易从离主角最近的人物中构思出来。因此，当你寻找次要情节时，你不必看得太远。在珍妮特·伊万诺维奇的"斯蒂芬妮·普拉姆"（Stephanie Plum）系列小说中，斯蒂芬妮与乔·莫雷利分分合合的爱情故事以及她对兰杰危险的吸引力构成了最大的次要情节。但主角古怪的家庭也提供了次要情节和喜剧性调剂。

　　这里有一个建议：使用最接近主角的人物；次要情节中的人物和主角之间的情感联系越紧密，你的故事就越有深度。

　　次要情节是情节设计的有力工具，但需要预先考虑和规划。小说中单一的情节往往不足以承载足够的兴趣，你需要构思出一个人物丰富而又迷人的世界，此时有许多令人兴奋的选择可供考虑。在考虑到主题和前提的情况下，明智地选择次要情节，如果有可能，将其融入主角的主要行动。

11. 增强场景：制作更强大场景的五种技巧

詹姆斯·斯科特·贝尔

　　没有坚实场景的支撑，再伟大的故事前提也无法成立。假如形象丰满的人物没有加入激烈的战斗中，哪怕你费再多的笔墨来描写他们，读者也根本不会在意。

　　不要让场景落入俗套或老生常谈，要想办法让它们焕然一新。这里有五个技巧可以帮助你做到这一点。

让对话流动起来

　　试着只用对话来写一个场景，让它流动起来。不要想太多。当你完成后，可以回头看看，并弄清楚这个场景到底是关于什么的。

　　我曾经写过一个律师之间斗争的场景。部分内容是这样的：

　　　　"你认为你能逃脱吗？"

　　　　"管用就好。"

　　　　"取消律师资格也管用。"

　　　　"你想证明一下吗？知道那会让你看起来像什么吗？"

　　　　"不要妄想知道我会或不会做什么。"

　　　　"我比你妻子更了解你，菲尔。"

　　对话的最后一句有些莫名其妙。人物为什么要这么说？

　　当然，我本可以直接把它删掉，但探究其中的含义似乎要好得多。它引出了一个情节点，其中一名律师透露，他曾让一名调查员跟踪了菲尔六个月——他有菲尔不愿向妻子透露的照片、地点和日期。

所有这些都是通过对话来实现的。尝试一下，你会发现之前没意识到的场景下的暗流。

删减或隐藏阐述

任何时候作者以叙述的形式提供信息，眼前的故事就会被搁置。如果你不注意，那么这种阐述会使一个好的场景变得臃肿和压抑。

寻找你不需要的阐述。如果它对当时的情况不重要，就推迟它。如果它对整个故事不重要，就删掉它。更重要的信息通常可以"隐藏"在对话或人物的想法中。

翻转平淡无奇的事物

我们的大脑通过寻找最熟悉的选项来工作。但对于作家来说，这通常意味着陈词滥调。所以你要学会翻转事物。

如果人物性格呆板，场景就无法吸引读者。想象一下，一名卡车司机驾车在午夜的高速公路上隆隆驶过，他一只手握着方向盘，另一只手拿着一杯热咖啡。

有画面了吗？

我敢打赌，你脑海中浮现的第一个形象是一个魁梧的男性，可能戴着棒球帽或牛仔帽。这是一个我们都熟悉的卡车司机形象。这太平庸，因此不是很有趣。但如果你把它翻转过来呢？如果卡车司机是个女人呢？

试一试。

现在你有一个可以随心设计的形象了。但我打赌你仍然想象了一个相当"强悍"的女人，因为所有的卡车司机都很强悍，对吧？

翻转过来。给这位女士穿上漂亮的晚礼服。这对你脑海中的形象有什么影响？她为什么穿成那样？她要去哪里？谁在追她？

你也可以通过描述和对话来玩这个游戏：

"现在是时候开会了，"约翰逊说，"我们来核对一下日程安排。"

　　"没问题，"史密斯说，"一，诺伍德计划。二，损益报表。三，人员配置。"

　　停一下，翻转这个平淡无奇的回应：

　　"现在是时候开会了，"约翰逊说，"我们来核对一下日程安排。"
　　"关我什么事，"史密斯说。

　　这个练习的好处在于，即使你决定坚持原来的对话，你列出的对话清单也会为你提供关于人物的潜台词或深刻见解。

　　玩这个游戏保证能为你的人物、对话和场景提供新鲜的素材。

运用闭眼技巧

　　要想创设一个生动的场景，对物理环境进行丰富的细节描述至关重要。这些细节从何而来？假设主角刚刚进入一个朋友居住的房子。闭上眼睛，"看看"这所房子。然后记录你所看到的，就像你是现场记者一样。描述所有它向你展示的细节，然后删掉你不需要的。这种方式，可以给你提供很多用来写作的好的原始材料。

了解你的目标

　　小说中的每个场景都应该有一个"瞄准"时机。这个时机可以是几句对话，它能扭转行动或揭示出一些惊人的东西，也可以是一个难以捉摸的领悟时刻，或是一个明确的心脏被击中的时刻。很多时候，它出现在最后一两个段落中。

　　确定"瞄准"时机，这样你就能知道自己的写作目标。

　　然后"射击"目标。你的初稿可能会有点偏离目标，但这正是改写的用武之地。第二次或第三次你会正中靶心的。

现在就开始写你的小说吧

　　一旦有了想法，我就想立马动笔。在不同的阶段我都有很多想法，有时我只是想冒险，用凯鲁亚克式①写作方式，进入比波普式散文②狂想曲的领域。所以我制定了一个小型的行动计划，它让我写一点东西，同时也推动我进入下一个阶段的预案。

如果你也是急性子，也许这些步骤会对你有用。

写一个剧情梗概

使用不寻常的语句。用一行字来概括你的想法，直到你满意为止。

保险推销员和性感火辣的富婆密谋杀死富婆的丈夫，以获得双倍的保险赔偿。

将剧情梗概写入封底文案③

封底文案不必是完美的，但一定要让你感到兴奋，足以让你继续下去。

狡猾的保险推销员沃尔特·内夫以为他掌控了整个世界。然后他遇到了菲莉丝·狄特里克森，她是客户的妻子，年轻又性感。也许是因为她戴的脚镯，也可能是空气中弥漫着的金银花的味道。

但不管是什么，都是谋杀。

在欲望和贪婪的驱使下，沃尔特帮助菲莉丝计划谋杀她的丈夫。

沃尔特知道如何将谋杀伪装成意外，这样菲莉丝就能根据双倍赔偿条款得到赔偿。

但有一个问题，巴顿·凯斯。作为一名传奇的保险调查员，巴顿·凯斯能在几英里④之外就发现一桩诈骗案。沃尔特知道一切都要完美。一切看起来确实很完美。

---

① 凯鲁亚克式（Kerouac-style）：指一种由杰克·凯鲁亚克（Jack Kerouac）提出的写作方式，写作时作者会进入一种恍惚状态，写作速度快，想到什么就写什么，类似于超现实主义者。——译者注
② 比波普式散文（be-bop-prose）：比波普是开始于20世纪40年代早期、在当时看来比较极端的一种爵士乐类型。杰克·凯鲁亚克，凯鲁亚克式（写作）的提出者深受此种音乐的影响。此处所说的比波普式散文应是指以凯鲁亚克式写作方式创作出来的散文。——译者注
③ 封底文案（back-cover copy）：指写在书的封底或折口上的文字，可用于吸引潜在读者，是一种重要的营销方式。——译者注
④ 1英里约合1.6千米。——译者注

直到火车上的那一晚……

写下开篇的骚动

在你的脑海中想象一个画面。你对人物有足够的了解，可以做到这一点。选派演员来塑造你的人物。你可以使用任何演员，不管是在世的还是不在世的。

你可以想象让弗莱德·麦克莫瑞（Fred MacMurray）或米基·鲁尼（Mickey Rooney）来演沃尔特。

对于菲莉丝，也许你会想到让芭芭拉·斯坦威克（Barbara Stanwyck）或凯特·温斯莱特（Kate Winslet）来演。

现在写下开篇吧。

写出下一个场景

制造更多的麻烦，或者写出人物对刚发生的事情的反应。

头脑风暴

快速列出接下来可能发生的20件事。不要想太多。然后对你的主角进行头脑风暴，深化他，给他内心的挣扎和冲突。

现在再计划三个场景。

写下这些场景

现在你处于一个很好的位置，可以对故事进行评判了。花上一周时间，去实验、改写、尝试不同的视角，并列出提纲。好好享受这个过程。

你的小说会自然成长，而且你几乎没出什么力。

畅销建议：人物

从一个人物开始写作，不知不觉你就创造了一种类型；从一种类型开始写作，你会发现什么都没有创造。

——F. 斯科特·菲茨杰拉德

不要指望你头脑中的木偶成为故事中的人物。如果它们不是你头脑中的现实，那么纸墨中也没有神秘的炼金术能把木偶变成血肉之躯。

——莱斯利·戈登·巴纳德（Leslie Gordon Barnard）

写小说时，作家应该创造鲜活的人；是人，而不是人物。人物就是对真实的人的夸张表达。

——欧内斯特·海明威

人不是凭空出现的，也不是一下子成熟的——他们从婴儿时期开始，一天天慢慢变成自己。他们是环境和遗传共同作用的结果，而为了让你虚构的人物可信，也必须这样。

——路易斯·邓肯（Lois Duncan）

真正的创作应该围绕人物，而且这个人物应该个性鲜明；他应该有血有肉，而且光彩照人。

——詹姆斯·希尔顿（James Hilton）

书页上的人物决定了故事的走向——它的音乐、节奏、词汇选择和界限——然而，至少在一开始，我决定了人物。通常，虚构的人物一旦被释放，就会获得自己的生命和意志，因此故事也获得了自己难以言喻的流动性。这就是我写作的原因之一："听到"一个不完全属于我的声音，但它是由我自己召唤出来的。

——乔伊斯·卡罗尔·欧茨（Joyce Carol Oates）

让情节设计见鬼去吧。我要写一些我感兴趣的人的故事，以我看待他们的方式来写。我已经厌倦了公式。我受够了主角、女主角、严肃角色。我厌倦了整齐划一的、被阉割的情感，厌倦了每一个小木偶都在按照"应该是什么"和"不应该是什么"的步伐前进。我讨厌人物。我要在我自己的能力范围内，写关于一切阶层、类型和条件的男人和女人。他们有缺点，脾气暴躁，有弱点，敢爱敢恨，有恐惧，互相抱怨。因为认识并了解，他们是我能信任的人。他们与其他人写的人物不同，因为这就是他们自己，不管你喜欢或不喜欢……然后突然之间，我的书就开始大卖了。

——利·布拉克特

当我还是好莱坞的新闻经纪人时，我了解到好莱坞的选角系统是如何运作的。有一个演员花名册，上面都是完美的医生、律师或劳工，导演只是挑选他们需要的类型，并把它们塞进一部又一部电影。我（对我的人物）也是这样，每本书都如此。

——理查德·康登（Richard Condon）

当你在处理人类灵魂最黑暗的一面时，必须要有一个表现英勇的人来平衡。必须要有一个英雄。

——安·鲁尔（Ann Rule）

作者必须始终为人物的成长和改变留出空间。如果你把人物从一个情节点移到另一个情节点上，就像常规作画一样，那么他们通常仍是粗线条的。他们永远不会有自己的生活。而最令人兴奋的是，你发现一个人物做了一些令人惊讶或不在计划之中的事情。就像一个人物对我说："嘿，理查德，你可能认为我为你工作，但我不是。我就是我自己。"

——理查德·诺斯·帕特森（Richard North Patterson）

作家不应该爱人物太甚，否则会忽略他们要完成的目标。我们的想法是要写一个完整的故事，一整本书。作家必须能够着眼于故事并判断人物是否有效，某个人物是否需要进一步的界定。

——史蒂芬·昆兹（Stephen Coonts）

12. 人物研究：用真实人物填充你的小说

爱丽丝·霍夫曼[①]

　　人们常说，梦中的所有人物都是做梦者的意识碎片。做梦者是他自己梦中形形色色的人物，包括猫和狗。同样，小说中的每个人物都是作家意识中的一部分。完全想象出来的人物——也就是说，不是基于真实的人的人物——来自我们自己的潜意识。我们应该很了解这些人物，无论一个人物是大屠杀凶手还是修女，因为在某种程度上，我们就是人物。

　　在关注一个人物内心最深处的东西时，这个人物的故事里往往还包含着一个故事——一个读者可能永远不会知道，但作者必须知道的故事。人物的内心创伤或过去的经历是创作其他内容的核心。对一个人物的灵魂进行如此细密的写作，起草过程需要足够的自由，这样才能允许作家进入另一个人的意识。在某种程度上，这是作家在塑造人物方面的最大成就。当能够"在别人的脑袋里思考"时，我们就知道自己已经成功地把生命注入了一个虚构的人物。这种情况一出现，我们就可以退后了。人物可以自己控制命运。

　　有的老师可能会告诉你，要写你知道的东西，要写你见过的、遇到的、无意间听到过的或者和你坐在一张桌子上吃家庭晚餐的人。但是，如果一个作家知道情感体验的内在真相，他就可以在各种背景设定下写出这种体验。作为小说作家，我们可以置身于每一种情况和每一个人物的经历之中。女作家也可以写男性人物，即使是以第一人称写，反之亦然。

　　不同于非小说类或回忆录类文学作家，小说作家的艺术是做自己，但又要有能力想象自己处于别人的环境中。我的导师艾伯特·格拉德（Albert

---

　　① 爱丽丝·霍夫曼已经出版了 23 部小说，3 本短篇小说集，以及 8 本儿童和青少年图书。1998 年，她的小说《人间之爱》（*Here on Earth*）被奥普拉读书俱乐部选为推荐书目。她的小说曾被《纽约时报》、《娱乐周刊》（*Entertainment Weekly*）、《洛杉矶时报》（*Los Angeles Times*）、《图书馆杂志》（*The Library Journal*）、《人物》（*People*）评为年度著名图书。她的最新小说《对立婚姻》（*The Marriage of Opposites*）一出版就立即成为《纽约时报》的畅销书。

Guerard）总是告诉他的学生，作家不一定要经历什么才能写出什么，他只要能想象出来就行了。我想补充一点，我们还必须能够感受到它。

我塑造人物的方法是从内到外——不一定是眼睛和头发的颜色，身高和体重，而是像这样的问题：一个人晚上怎么睡觉？他害怕什么？他是躲避闪电呢，还是向闪电奔去呢？

在一个正在进行的项目中想象人物，如小说，可能需要几个月或几年的时间，最好的方法之一是住进人物内心——带着他们进入外部世界，体验真实的生活，例如在星巴克或机场，既以自己的身份又以人物的身份去体验。这意味着在你以自己的身份做出反应时，也要考虑人物的反应。作为小说作家，我们把自己分成几个部分：自我和我们所写的人物都存在于我们的身体之中。在写作过程中，有时我们可能会体验到自我的解体。这是对写作和艺术的痴迷，是在创作过程中失去自我。

当人物开始自己做选择时，你就知道：他们活了。我在写小说《七重天》（*Seventh Heaven*）时就遇到了这种情况。在一个又一个提纲中，一个又一个清单中，我的人物诺拉·西尔克计划与一名警察交往。但有一天她做了一件最奇怪的事——她爱上了一个完全意想不到的人。我试图改写她，让她按我的意愿、要求去做，但诺拉·西尔克现在有了自己的想法。从她进入我的小说的那一刻起，我就该知道她会随心所欲、风驰电掣，不听任何人的指示。

> 诺拉·西尔克试图跟上那辆行驶中的货车，但每次她用力踩下油门，时速达到 65 英里时，她那辆大众牌汽车就无缘无故地抖动起来。每当驶进快车道时，诺拉就得紧紧抓住方向盘。她的目光越过热浪，专心致志地开车，直到她听到点烟器的爆裂声。

当完成我的第一部小说《归属》（*Property of*）时，我第一次感受到写作真实人物的激情。我恰巧梦到了一个仪式，仪式上我的人物要离我而去。我醒来时热泪盈眶。为人物投入了这么多的时间和精力，当然，还有你自己，当一切完成时你会感受到失落。但是，就像梦一样，有无数的人物等着你去创造和命名。

13. 挖掘人物：深入挖掘核心个性

杰夫·格尔克[1]

你有和某个人很像吗？我是说非常相似，没有人能把你和那个人区分开来，包括你妈妈。

我猜不会。严格来说，即使是同卵双胞胎彼此也是不同的，尽管在遗传层面上他们是克隆人。你越离近了观察，他们之间的差异就越多。没有两个人是完全相同的。

那么，为什么我们看到小说中充斥着相同的人物？为什么这么多小说中的人物之间很少有变化，甚至可以说没什么创意？

哦，当然，这些小说人物表面上可能是不同的。

一个是男性，另一个是女性；一个是老人，另一个是年轻人；一个是亚洲人，另一个是白种人；一个留着长发、有文身，还有各种各样的穿孔，而另一个是平头的唱诗班男孩。但这些只是表面上的细节，它们很难被用于区分人物个性。理想情况下，它们也是人物个性的表达，但这不是一回事。

然后是态度上的差异。一个很刻薄，另一个很友善；一个焦虑，另一个放松；一个苛刻，另一个宽容。

或者在日常事务上的区别。一个上进，另一个安于现状；一个想要孩子，另一个想要摆脱她的九个孩子。

有时你会看到作者希望以言语差异构成人物的整个品性：冲浪高手、山地车骑手、女汉子[2]、新纪元分子[3]和乡巴佬。

---

[1] 杰夫·格尔克（Jeff Gerke）喜欢让小说家讲述他们心中燃烧的故事。他是通过为《作家文摘》撰写的指南书、每年主持的许多作家会议，以及他在 jeffgerke.com 上提供的自由作家职业指导和编辑服务，来做到这一点的。他是小型科幻和奇幻小说出版公司 Marcher Lord Press 的创始人和老板，他还写过多部小说，包括军事惊险小说《火线行动》（Operation：Firebrand）三部曲。

[2] 女汉子（butch）：这里指女同性恋中充当男性角色的人。——译者注

[3] 新纪元分子（New Ager）：指不接受社会的正常观念和生活方式的一群人，他们对存在于现代科学和经济理论之前的事情感兴趣，其中许多人是素食主义者和环保主义者。——译者注

不！即使把这些东西加在一起，也不能构成人的个性——无论是在小说中还是在生活中。

更糟糕的是，我们经常在小说中看到彻头彻尾的刻板形象：慈祥的老人、叛逆的少年、放荡的女人、油腻的政客、独裁的军人。

但是，即使你的人物是一个愤怒的、操着澳大利亚口音、目标是以性来提升公司地位的红发荡妇，她也仍然不一定有真正的个性。

如果不为人物选择一个核心个性，那么你书中的所有人物很可能会给人相同的感觉。在作者看来，那个口齿不清、只想维持最低生活水平、心态平和的前海军陆战队员可能与那个花花公子不同，但在他的核心处，一个本该让他的实际个性闪耀的地方，他给读者的感觉就像那个花花公子。骗子、恋童癖、邮递员和联邦快递员也是如此。

如果没有真实的人物个性，再多的外部装饰也无法掩盖这样一个事实，即各种外表之下的众多模型其实都一样。

核心个性，正是这些人物所缺乏的，也就是你必须让人物拥有才能区分彼此的差异。

直击问题的核心

当我给自己设定一个挑战，为我的《火线行动》系列小说创作一组人物——并成功地与出版社签下了三本书的合同，可以让这些人物跃然纸上时，我感到非常恐慌。

我给自己惹了什么麻烦？我不知道如何写出有区别的人物！思考，杰夫①，思考。如何让人物看起来不同？那么，谁研究个性差异呢？心理学家。是的，是的！我跑去书店，在心理学区查找性格类型。心理学家应该知道是什么让人相差无几，又是什么让他们与众不同。等等，我以前也做过这些性格自我测试。我也要研究一下这些测试。

我带着一本价值连城的书走出了书店，请原谅我使用了这样的陈词滥调。我在心理学区找到了它。这是一本名为《请理解我（2）》（*Please Understand Me II*）的气质研究著作，作者是大卫·凯尔西（David Keirsey）。虽

---

① 杰夫（Jeff）：指本章作者杰夫·格尔克。——译者注

然它不是一本为小说家设计的书，但小说家可以从中获益良多。在这本书中，凯尔西使用了迈尔斯-布里格斯气质分类法。

《请理解我（2）》不同于其他基于迈尔斯-布里格斯框架的图书，凯尔西描述了这些气质在许多领域中的表现，如职业、婚姻、爱好、养育孩子、交谈等。凯尔西非常详细地描述了每种气质的追求、语言、倾向的工作，以及不同气质之间如何配对在人际关系中效果最好（和最差）。这为小说家提供了大量的素材。

迈尔斯-布里格斯模型将所有性格分为四大类，并进一步将每个大类分为四个子类，从而产生了 16 种可能的性格类型。

你在创建人物时不需要使用《请理解我（2）》，甚至不需要使用迈尔斯-布里格斯气质类型。但你需要找到一些模式，作为人物核心个性的基础。

维多利亚·施密特（Victoria Schmidt）的《经典人物原型 45 种》（*45 Master Characters*）和琳达·埃德尔斯坦（Linda Edelstein）博士的《如何刻画性格特征》（*The Writer's Guide to Character Traits*）是关于个性类型的一些不错资源，更适合小说家。

现在，用一种性格类型作为写作人物的基础，这听起来可能不会令人印象深刻。你可能会说：如果使用这样的常备性格，如何为我们的小说塑造原创人物呢？别急，请听我继续说下去。

性格类型代表着核心气质，但随后你要层层添加信息，以完善人物，使他们栩栩如生。即使是基于相同的气质类型，通过这种方式塑造的人物也各不相同。

核心个性气质

创建人物的第一步是选择一种核心个性气质。我猜你会将构建主角的原则应用到所有主角身上。顺便说一下，不必对小说中的每个人物都重复整个过程，只需要前三到六名就可以了。

让我们简单介绍一下迈尔斯-布里格斯模型，了解一下如何为人物打造一种核心个性类型。当你阅读不同类型的描述时，请想着你正在创建的人物。这些类型中的哪一种看起来最接近你想要的人物？记住：你不是要在这些描述中找到自己（虽然这样做可能对你有好处，你可以将它从系统中剔除出去），而是为了找到人物。

迈尔斯-布里格斯类型指标（MBTI）将所有的性格类型分为四种二分法，也就是非此即彼的选择。例如，一个人要么是外倾型，要么是内倾型。这是四种二分法中的一种。其他三种二分法是感觉与直觉、思维与情感，以及判断与知觉。

迈尔斯-布里格斯系统为这些二分法分配了字母：

外倾（E）—内倾（I）

感觉（S）—直觉（N）

思维（T）—情感（F）

判断（J）—知觉（P）

根据这个系统，每个人都处在这些小跷跷板的一边或另一边。有些人可能属于外倾、感觉、思维、判断类型（ESTJ），有些人属于内倾、直觉、情感、知觉类型（INFP），等等。这些字母和特征有 16 种可能的组合。

这意味着有 16 种核心个性类型。正如我们已经看到的，这并不意味着只有 16 个人物可用于小说。不过，说到我自己的特殊缺点，如果在我一开始的小说中有 16 个不同的人物，那也会是 16 倍的进步！

16 种类型

以下是迈尔斯-布里格斯 16 种性格类型的简要总结。这些只是皮毛。我建议你使用本文中提到的某本书，或者找其他资料来帮助你选择主角的核心个性类型。你会得到更全面的性格描述，比我在此篇幅中所提供的要多得多。

● INFP：透过玫瑰色的眼镜看到充满奇迹的世界；必须做有意义的工作；理想主义。

● ENFJ：有组织、有决断力；致力于建立和谐的个人关系；有同情心；能看到每个人的潜力。

● ISFJ：总是认真观察他人；有强烈的愿望为他人服务；经常被人利用；有责任心。

● ESTP：宽容和灵活；喜欢行动而不是言语；是行动者，而不是思考者；能自发做某事；易冲动；喜欢竞争。

● INFJ：追求有价值事业的真正活动家；对他人有良好的洞察力；记得那些对他重要的人的细节。

● ESTJ：自诩能让所有人都遵守规则；喜欢事实而不喜欢观点；与久经考验的真理相伴；务实。

● ENFP：有想法；热情洋溢；喜欢从事多样性和实验性的工作。

● ISTJ：沉静、周密且可靠；总是寻求清楚地了解事情；准时到了极致；可能看起来很冷漠。

● ESFJ：慷慨的表演者；热爱节日和特殊场合；天生的领导者；优秀的代表者；鼓动者；有合作精神。

● ENTP：有独创性；直言不讳；容易对常规感到厌烦；喜欢挑战现状，提出变革；机灵，敏锐。

● INTP：痴迷于实现思维的逻辑一致性；是天生有创造力的科学家；寻找合乎逻辑的解释。

● ENTJ：组织团队以达到任务导向的目标；远见者；似乎总能找到自己的领导力；擅长发现并解决低效率问题。

● INTJ：系统建设者；既有想象力又可靠；天生的战略家；长远的规划者；独立且有原创性。

● ISTP：只做大项目且能完全投入；伟大的"大问题"解决者。

● ESFP：精力旺盛；外向；热爱生活；享乐主义；喜欢聚会；散乱；喜"新"；随时待命帮助他人；健谈。

● ISFP：敏感；关怀他人；感情至上（自己的和其他人的感情）；易情绪化；安静；善良；不喜欢冲突；需要自己的空间。

选择人物的气质

当我塑造一个新人物时，我会看《请理解我（2）》。作者将这 16 种气质分为四大类。我会先读各大类的总体描述，这样做通常会让我进入某种状态，能感受到某个人物应该如何如何。

然后，我会通过阅读所选类别中的四个子类来深入挖掘。接下来，我将继续阅读，直到我听到脑中响起一个明确的否定，说："不，那不是她。"如果我读完了所有的描述，却没有触发这种明确的否定，我就知道自己找到了正确的类型。事实上，大多数时候我都会遇到一个或多个与这个人物相关的描述条目。我会说："是的！这完全是她！"

无论你使用迈尔斯-布里格斯模型还是其他关于性格类型的研究，阅读概括描述将有助于缩小你的搜索范围。然后你可以深入挖掘，找到更多适合人物的性格特征，直到发现完全匹配的为止。

一旦有了完美匹配，我就开始写注释。你可能不会这样做，但我喜欢在考虑这个人物时，写下其个性描述中与我产生共鸣的部分。我可能不知道我将如何在故事中使用这个想法——我甚至可能还不知道我的故事是什么！但我知道自己想以某种方式把它写进去，因为我发现她身上有一些内在的、几乎是诗意的东西。

如果你更喜欢情节设计而不是人物塑造，并且你也经历过禅意般的正确时刻，你会发现自己对一些你从未认真考虑过的东西感到奇怪：人物。然后你就迷上它了。

我之前说过，如果你完全遵循这个过程，你的人物就不会都是一样的，即使他们是基于相同的气质。这是因为你每次阅读类型描述时，脑海里都在想着不同的人。例如，如果为一个母亲和一个越南的少尉选择核心个性，那么在阅读描述时你所关注到的元素是不同的。你永远不会觉得再次读到了相同的描述。

运用自己的气质

如果你和大多数小说家一样，那么你会自然而然地以自己为主角。这当然是一种可以理解的诱惑。

但我建议你不要为主角选择你自己的气质——至少在这个过程的前几次不要用。

将主角建立在自己的个性类型上的问题在于，你无法真正看清自己。当主体是你自己时，你是这个星球上最不客观的人。你可能觉得自己有趣又外向，而其他人却把你看成一个笨嘴拙舌的窝囊废。（我在开玩笑，但你懂的。）

如果你不清楚自己是谁——让我们面对现实吧，大多数人都不清楚——你怎么能写出一个以你为原型的虚构人物呢？在为你的小说创作人物时，你最大的盲点之一很可能就是自己的个性。

如果你必须根据自己的核心个性塑造主角，那么就仔细研究这一类型的描述。确保主角遵守你的个性类型常见的行为方式，即使你不会那样做。如果你偏离了这一点，小说中人物的内部一致性就会永远消失，你甚至不知道在哪里失去了它，更不知道如何找回它。

另外，如果你决定用自己的气质来塑造主角，就不要让书中的其他任何人物也有同样的气质。打个比方，你需要在主角周围竖起一道屏障，以确保你的个性不会渗透到书中的一个或多个（或所有）其他人物的个性中。

开始加码

如果你还没有为要塑造的人物选择一个基本的个性类型，现在就选择吧。如果你很难在两三个选项中做出选择，那就随便挑一个，然后跟着它走。如果你发现自己皱着眉头在想，"那真的不像她"，那就回去试试其他选项。

必要时，你可以从其中一个类型中抽取一点，添加到与人物看起来最像的另一个类型中，因为现实中也有人会在两种或更多类型中获得高分。但这将使你更难掌握这个人到底是谁，以及他到底会如何表现。

当你确定了人物的个性类型后，请仔细阅读描述，根据这些描述中的细节写下你的想法。注意这个人在公共场合的表现，他的愿望是什么，他希望被视为什么，他的价值观是什么，他最适合与什么类型的人相处，什么类型的人让他感到不舒服，他会倾向于什么职业，他会成为什么样的配偶和父母。

对于这些事情如何在你的故事中发挥作用，要通过多做笔记来厘清。

不是所有的笔记都能在小说中被用到，但它们会让你对这个人物有一个正确的认识。

然后，带着关于这个人物的众多思考，写作时你就能运用自如。如果你失去了对这个人物的印象，就回到笔记中去沉浸一段时间。回顾你对人物的最初想法，以及那些让你豁然开朗的梦中时刻。

14. 人物的极限：如何拓展人物

大卫·科比特[1]

我们大多数人在阅读过程中都遇到过这样的场景：某个人物可能会做出一些非常奇怪的事，奇怪到不仅违背了读者期待，还浇灭了我们的阅读热情。

这样的人物并没有产生令人愉悦的吸引力，相反只会让我们感到困惑与恼怒。我们在此之前所享受的朦胧幻觉被打破了，但不是以打破布莱希特的第四堵墙[2]的方式，而是由于作家糟糕的写作。我们挠着头，心想："他怎么会那样做呢？"

作为作家，我们永远不希望读者感受到这种脱节——但这也不意味着人物应该整齐划一或被轻易定义。事实上，将人物推向他们的极限才能写出令人信服的小说。

那么，我们如何确定人物行为的可信限度呢？

环境中的人物

在生活中，当我们认识的人表现得"不符合他的性格"时，潜台词几乎总是"他一定出了什么事"。我们认为，这种奇怪的行为一定是某种我们不知道的压力造成的。

有时我们了解到这个人有健康问题，有时我们得知他受到了某种影响。麻醉剂可能是饮料或药物、恐惧带来的压力，或爱情的冲动（或其他某种狂喜），但结果是这个人的抑制力减弱。

---

[1] 大卫·科比特（David Corbett）是五部获奖小说、一部中篇小说和故事集《十三个忏悔录》（*Thirteen Confessions*）的作者。他最新的小说是《夜的慈悲》（*The Mercy of the Night*）。他的写作指导手册《把人物写活》（*The Art of Character*）被称为"作家的圣经"。

[2] 第四堵墙（the fourth wall）：指布莱希特提出的一种戏剧表演方法，即一堵将观众与演员隔开、存在于想象中的墙，属于"间离方法"中的概念，又称"陌生化方法"。打破这堵墙意味着打破演员与观众之间的隔离，比如舞台上的演员直接与观众对话。——译者注

令人不安的是，我们开始意识到自己并非对人物如自己设想的那般了如指掌。他令人费解的行为是我们根本不知道、不认识或不理解的个性中的某个方面造成的。（这种启示并不限于他人。你甚至可能偶尔也会被自己震惊到，你的行为会让自己觉得，这到底是什么原因造成的？）现实与虚构相比有一个很大的优势，那就是它不必讲得通。它就是发生了。对于真实的人来说，没有人可以停止时间的流动，说"我不信"。

小说最大的挑战是创造出逻辑上、情感上和心理上一致的人物，要能说得通，但又保持神秘的力量，以带给人惊喜。

诀窍是向现实生活学习，这应该没什么让人惊讶之处。

就像他们在现实世界中的化身一样，那些违背我们期望的人物通常是：

- 处于紧张状态。
- 感到摆脱了某些习惯性抑制。
- 揭示了之前所隐藏的自我。

换句话说，看似奇怪的人物行为中的关键因素通常是以下之一：

- 冲突。
- 许可。
- 欺骗或揭露。

冲突：不到万不得已，我不会这么做

当意外行为的主要动机是冲突时，人物带着强烈的愿望和实施计划进入场景，结果却撞上了一股同等或压倒性的反力量。当人物发现他的计划不够充分、考虑不周甚至荒谬时，他就把这个或那个元素扔到一边——或者把整件事都抛开——被迫适应并即兴发挥。

人物在即兴发挥中所能做到的极限首先是由他的心理和情感构成的参数所决定的。但这些参数也有弹性，取决于人物的渴望程度、对手的凶猛程度及利益相关程度。

例如，在电影《秃鹰七十二小时》（*Three Days of the Condor*）中，约瑟夫·特纳［罗伯特·雷德福（Robert Redford）饰］是一位举止文雅的分析师。但有一天，当他吃完午饭回来，发现他的同事们被杀害时，他绑架了凯茜·黑尔［费·唐纳薇（Faye Dunaway）饰］，试图找到一个安全的地方以重整旗鼓。特纳不是那种在其他情况下会绑架女人的"人"。但因为对手的无情，他的绑架行为是可信的。他的举动不是源于其行为模式的可能性，而是不得已。他的行为之所以可信，真正的关键在于他承认自己所做之事是不正常的。

同样，在田纳西·威廉斯的《欲望号街车》（*A Streetcar Named Desire*）中，布兰奇·杜波依斯不仅急切地想找到一处安身之所，还想和她的妹妹斯特拉有一个家。然而，显而易见的是，斯特拉的心和家现在属于她的丈夫。布兰奇越来越努力地想让斯特拉说出"我的家就是你的家"——利用奉承、怀旧、内疚、姐妹间的亲和与幽默，但她的努力不断失败。最后，她无计可施，只得做出一些与她的性格大相径庭的事情。布兰奇不加掩饰地说出了真相："你是我在这个世界上的全部。"但是，布兰奇忍不住又巧妙地挖苦了一句："你却不想见到我。"

这些场景之所以奏效，是因为人物没有随意地即兴发挥；他们从熟悉的事物开始，使用他们熟悉的策略。随着冲突的加剧和那些可靠办法的失败，陌生性程度与他们的绝望同步上升。

这些场景之所以成功，还因为在某种程度上，人物表达了或意识到了他们所做事情的不寻常之处。特纳道歉了。布兰奇也很快恢复常态了。

许可：只要你说可以

喝酒不仅能稳定情绪，还给予饮酒者默许，让他放下拘束，随心所欲地行动，说出他的感受。而这种"反常行为"通常在人物处于清醒状态时是看不到的。

在《欲望号街车》中，酒对布兰奇来说不仅仅是一种麻醉剂，更是一个宽容的朋友，向她保证一切都好：她可以回到浪漫和神秘的幻想世界，忘记那些让她无家可归、身无分文、成为嘲笑对象的丑恶现实。

从更广泛的角度来看，许可的作用揭示了我们在多大程度上根据环境来规范行为。礼节、责任、服从、习惯——它们限制了我们自认为被许可的言行。但不论何时何地，当我们去度假时，重力法则就不再适用了。

在电影《巧妇怨》（*Rachel，Rachel*）中，瑞秋·卡梅伦［乔安娜·伍德沃德（Joanne Woodward）饰］是康涅狄格州一个小镇上的中年老处女。她为所谓的"正确生活"所苦，直到一个男人出现，与她坠入爱河。她开始在家里度假，最终让自己感受到几十年来因否定自我而不曾感受到的快乐。

这里的问题不是为面对当前冲突而做出的调适，而是探索或发现人格中被压抑的、令人不安的甚至危险的一面，尽管它一直没有被表达出来，但它一直都在那里。而这又引出了另一个问题，为什么过去常常导致冲突的东西没有被表达出来。

如果不探索人物的幕后故事，你就不会知道能把人物的放纵情感逼迫到什么程度：为什么他个性的这一面被否定了？她最后一次表现出这一点是什么时候？发生了什么？人物过往中的哪个人实施了这个禁令？在回答这些问题时，想象一个关键场景：一个只顾自己的家长忽视了孩子期待已久的表演；一个爱吹毛求疵的老师为一个学生无辜的错误长篇大论；一个所谓的朋友嘲笑你最新的爱侣。让这些生动的场景代表人物被虐待、忽视或封闭的历史。

当被压抑的行为最终得到表达时，要记住那个内心的反对者。在面对当前的冲突时，人物可能不会鲁莽地转变行为模式，而是会进行试验，他的胆量随着自信的增加而增长。然后，他一直隐藏的行为可能会以爆炸性的力量释放，仿佛要摧毁那个多年来一直以阴险的力量一遍又一遍地说"不"的自我意象。

欺骗或揭露：那不是真的我

这种状态下令人费解的行为并没有被抑制——而是被故意隐瞒了。在我们提到的三种令人惊讶的行为中，这一种最适合突然的大揭露。它也是描述起来最容易、最直接的。

在《猩红色的繁笺花》（*The Scarlet Pimpernel*）中，玛格丽特·圣·贾斯特嫁给了一个勇敢又迷人的男人，却对他的变化感到困惑。珀西·布莱克尼爵士通过自己的拙劣模仿，假扮成一个头脑迟钝的花花公子。最终玛格丽特发现，这些装腔作势是一种伪装，珀西爵士实际上是一群贵族的首领，他们致力于拯救在恐怖统治下面临死亡威胁的贵族。

在达夫妮·杜穆里埃（Daphne du Maurier）的《蝴蝶梦》（*Rebecca*）中，外邦人马克西姆·德温特脾气刻薄，可能会莫名其妙地随时爆发，情况不断恶化，他似乎越来越濒临崩溃。在这个故事的关键启示中，他最终坦白了原因——他的妻子丽贝卡的死不是意外。

一旦知道这种令人困惑的行为是因为故意掩盖，我们就会欣然接受，除非有其他原因才会让人觉得不可信。瘫痪者很可能站起来跳舞，但如果他这样做，最好是魔法或欺骗在起作用。不然，其他的都是糟糕的写作。

如果我经常这样做，我会做得更好

不管是什么促使人物达到他的极限，奇怪的行为都不应该轻易出现。那些能立刻掌握或熟悉自己从未尝试过的事情的人物，在很大程度上来说都是伪劣品。越是不熟悉的行为，人物对其的反应就应该越是笨拙，越是应该对其感到不舒服。尝试任何不寻常的事情都意味着复杂、困难和更多的注意力。若你在场景中描写这一点，就会为故事增加紧张感，增强悬念，并加强读者的共鸣。

矛盾的作用

我们所讨论的很多行为例证了人类自相矛盾的能力。

简单地说，我们会对某人的自相矛盾感兴趣，因为它违背了我们的期待，给予我们对人物的额外认识。

一旦熟悉了如何去寻找矛盾，你会发现它们几乎无处不在，时时表达着人性的悖论：人们会先做一件事，然后再做一件完全相反的事。它们是此，也是彼。

在荣格心理学中，这一未被探索的个性矛盾被称为"阴影"。心灵的整体性需要将阴影中所体现的朦胧特质整合到有意识的人格中，而许多故事正是以这种自我实现为前提的。

话虽如此，在塑造人物形象时，一些被证明有用的矛盾并不是心理上的，而是身体上的，如一个恶霸的尖锐声音，芭蕾舞者胖嘟嘟的膝盖。但最有趣的矛盾总是对人物内在的反映，甚至是性格的反映：一个人既爱唠叨又害羞，外向又多疑，粗鲁又孩子气。电视节目《火线》（*The Wire*）中的奥马尔·利特尔（Omar Little）不只是一个手持猎枪的治安员，还是一个公开的同性恋者，以惊人的感情和温柔对待他的爱人。这种矛盾产生的效果是：我们永远不知道人格的哪一半会在特定情况下表现出来。这是最好的悬疑。

有些矛盾是行为上的：乐观但又谨慎，接受但又警惕——让我们感到分裂。其他的矛盾反映了在各种不同的社会环境中需要适当的行为：在餐桌上、在办公室、在体育场、在教堂、在卧室。在这些环境中，我们有不同程度的"做自己"的自由，这取决于在场的其他人是谁。

除了真实性目的，矛盾还有两个关键的戏剧性目的：

● 它们出乎意料，因此激起了我们的兴趣。

● 它们提供了一种描述复杂性和深度的简单方法。

具体来说，它们提供了一种方式来描绘：

● 潜台词（表达与未表达、可见与隐藏之间的张力）。

● 社交生活中的情境微妙性（"我对于不同的人有不同的意义"）。

● 有意识和无意识行为之间的冲突。

● 悬念（我们想知道某个矛盾意味着什么以及为什么会存在）。

但同样，其可信度是有限度的。看似难以置信的矛盾可能会增强喜剧效果——带着约克犬的黑帮老大、害怕猫的警察、一根接一根抽烟的修女——但如果处理得不够小心，它们可能会削弱戏剧效果。问问这个矛盾是让你（作者）更倾向于这个人物，还是让你产生一种情感上的距离感。如果是后者，你是在"看着"人物，而不是在情感上与他互动，并且你为人物设计的性格很可能不起作用。如果你能证明这个矛盾的合理性，就把它植根于幕后故事中，从你的想象中挖掘出一些场景，以揭示这个人物如何形成这些看似不可调和的倾向。这样一来，它就会变得不那么概念化，而是更加直观并有机融入故事。

情感、直觉和信任

在你写的某些场景中，人物做了意想不到的事情，你会忍不住停下来为此解释。许多作家认为，留下不完整、模棱两可或凌乱的东西是马虎行为，这不无道理。虽然这种严谨有很多值得称赞的地方，但遗憾的是，在塑造人物的领域中它是错误的。

我们如何生动、创造性和全面地构思人物，才是严谨的必要之处。我们了解新人物不是通过详尽的生物学数据，而是通过与他的互动，尤其是当人物情绪激动或处在困难时期之时。同样，我们也需要在有意义的场景中通过互动了解人物，这些场景揭示了人物生活中最重要的方面：他的愿望和矛盾、秘密和创伤，他对朋友和家人的依恋、对敌人的恐惧，他所受的教育和对家的感觉，他的爱和恨，他的羞耻、骄傲、内疚和快乐感。在任何场景中，人物做了什么以及为什么这么做，都与他的选择和动机同等重要，因为他们不是存在于真空中的。

这种理解人物的方式——通过有情感意义的场景，而不是信息——允许我们在直觉层面上与人物互动，而不需要思考。这让我们能够清晰地设想人物，仿佛我们在与他们对话，像观察梦一样观察他们——而不是像控制木偶一样控制他们。而那种"情节木偶"恰恰经常表现出"不符合人物形象"的特征。

不应该让读者被人物的行为困扰，但也不能让他们太过舒适，否则他们将在每一个转折中都领先故事几步。

解释人物行为会害死他。无论他做什么，读者都需要感觉到他的行为不是来自某个单一的、可解释的来源，而是来自他的整个性格。你对此理解得越深入，就越有可能令人信服地描绘出他行为中的意外。

那么，对行为感到困惑和发现它是矫揉造作之间的细微界限在哪里呢？答案在于让行为源自人物，而非作者。为使行为可信，我们需要创造足够生动的人物直觉，让人物有可能采取真实的、不可预测的、非预谋的行动。这需要在充满冲突、悲伤和风险的场景中想象人物的情感需求。最终，这个人物会走多远将不再是问题，问题在于你愿意与他建立多彻底的联系。

15. 使人物复杂化：创造复杂的动机和幕后故事

约瑟夫·贝茨[1]

你可能会担心简单的动机会导致人物过于简单化——一旦你发现人物真正想要的是比如一大块奶酪蛋糕，他所要做的就是在你的小说中大喊："我要奶酪蛋糕！"（侦探一说："这是个可怕的犯罪现场，弗雷德。最糟糕的之一。我担心我们这里有一个连环杀手。"侦探二说："那奶酪蛋糕呢?!"）当然，情况并非如此。复杂的人物可以、确实而且应该从最简单的动机中产生，主要原因有两个：

● 在简单动机的引导下，我们追求这些动机的行为可以是复杂的，偶尔还会出现矛盾或弄巧成拙。

● 简单的动机并不一定意味着纯洁或高尚。

这两方面的典型例子是梅尔维尔（Melville）笔下的亚哈船长，他有一个，也是唯一一个，一心一意的动机：杀死偷走他腿的白鲸。但他为实现这一目标而采取的行动是可怕的，不仅危及他自己的生命和他的船，还危及所有船员的生命。虽然他的动机很明确，但他复仇的需求绝非高尚，而是由人类某些最糟糕、最普遍的本能所激发的。由他直率的动机所引发的行动，揭示了人性的复杂面与阴暗面。

即使是像《魔戒》中的弗罗多这样动机纯粹的人物，他所面对的冲突和所采取的行动也揭示了他的复杂性。弗罗多不是一个史诗般的英雄，不比我们伟大。他脆弱易受伤害，尽管他已经尽了最大的努力，而且是出于正当的理由，但仍偶尔会做出错误的举动。他甚至偶尔会想把至尊魔戒留给自己并使用它的力量。换句话说，他和我们一样。这就是为什么托尔金

---

① 约瑟夫·贝茨（Joseph Bates）是《明日世界：故事》（*Tomorrowland：Stories*，Curbside Splendor，2013）和《从头到尾写小说》（*Writing Your Novel from Start to Finish*，Writer's Digest Books，2015）的作者。他的短篇小说曾发表在《兰普斯》（*The Rumpus*）、《新俄亥俄评论》（*New Ohio Review*）、《身份理论》（*Identity Theory*）、《南卡罗来纳州评论》（*South Carolina Review*）、《鲜煮花生》（*Fresh Boiled Peanuts*）和《文摘杂志》（*InDigest Magazine*）上。他是迈阿密大学出版社的小说咨询编辑，并在俄亥俄州牛津市的迈阿密大学从事创意写作课程教学。要获得他的更多信息，请访问在线网站 www. josephbates. net。

把魔戒给了弗罗多，而不是勇士国王阿拉贡。在《魔戒》三部曲中，阿拉贡这个人物几乎超出了现实，如果魔戒在他强有力的手中，我们可能会觉得将至尊魔戒带到魔多已成定局。相反，托尔金把至尊魔戒交给了一个霍比特人——他身材矮小、心胸宽广、不擅长战斗，似乎是小说中最不可能完成任务的人。这就是我们与故事产生联系的原因。把魔戒交给弗罗多是有风险的，因为有真实的风险，所以读者也有真实的理由希望有好的结果。

让我们考虑如何以类似的方式使你自己的人物复杂化，其实就是通过给他们灌输欲望，然后在他们的路上设置障碍（当然也包括他们自己）。

深化主角的性格

在故事开篇中，主角由他的内在动机定义：他看重和想要的东西。但当小说中的事件使他行动起来——当他面对冲突和其他人物时，你会开始把他看作一个人，他虽有所渴望，但其行为并不总能够实现目标或符合其最佳利益。

让我们考虑一个假设的例子：一个男人试图从另一个人那里求得他的一生所爱。这是一个非常明确和直接的动机。但我们假设的人物几乎在各个方面都搞砸了：他出现在他未来情人的工作场所，为她唱小夜曲，并打断了她的一个重要会议；也许他雇了一个空中飞人在空中通过烟雾信息来宣布他的爱，但飞行员喝醉了，把她的名字拼错了，或者写了一些下流的东西；最后我们把他放在一个酒吧里，他被另一个女孩追求，他带她回家，然后在脱下裤子时被他的真爱抓包。尽管贯穿始终的是同样的简单动机，但我们可怜的人物——就像我们所有可怜的人物一样——只是人类，这意味着他会犯错，反应不足或反应过度，做出极其错误的判断。他尽力了、失败了、再尝试，在这个过程中他变得真实。

当你构建主角时，从基线开始，然后测试他，看看他的行为和反应。在小说开头就要把他的性格塑造得很清楚。当写到一半时他说了或做了让你惊讶的事情，不要烦躁，要高兴。他已经开始向你展示他是一个完整的人，在他是谁和他的能力方面让你措手不及。这是完全可以接受的，事实上也是值得庆祝的，只要他的最终目标或动机继续驱动着他的行动。

强化反派的性格

在某些情境和小说类型中，主角所面对的冲突可能会以一个"人"的形式出现——一个反派——挡在主角的路上。塑造反派走的是一条特殊路线：在某种意义上，他们显然属于配角的范畴，因为他们的存在有助于更清楚地界定主角和他的追求。但反派也感觉像是主角，有时甚至威胁要抢走主角的风头。对于系列小说来说尤其如此，每出新书，主角不变，反派换了一个。作家倾向于为每个新的反派添加一些动态元素，从而增加多样性，结果是反派变得越来越不得了甚至会抢镜。两相对比，此时的主角却仍保持稳定，有些被淡化的趋势了。

在塑造反派时，要记住两件事并保持一致。第一，和你书中的其他主角或配角一样，反派是一个完整的人，有自己的动机、愿望和目标。他不能是单一的。即使他的目标简单直接，但他的热切愿望或目标与主角的愿望存在直接冲突（这正是我们希望在故事中发生的）。正如你有时会听到的说法，反派是他自己故事中的主角。他与主角一样有自己的目标，不管他的动机有多错误。

第二，反派可能是他自己故事中的主角，但不是在当前的故事中。因为我们通过主角的镜头和视角来看待你虚构世界中的一切，所以反派显然是对立的，显然是一个障碍。如果我们愿意——假设我们正在扮演评论家或者治疗师的角色，哪怕只是一分钟——我们也可以看到反派那边的故事。但在大多数情况下，我们并不倾向于此，因为我们希望成功的是主角。

类型小说作家不太愿意把反派当成一个真实的人来对待——例如，如果你在写一部悬疑小说，里面有一个逍遥法外的虐待狂杀手，你不会想通过把这个杀手塑造成一个其他方面都不错的人而使他获得宽恕。或者，如果你在写史诗奇幻小说、科幻小说或恐怖小说，你希望坏人就是坏人，让他尽可能地接近于纯粹的邪恶。在这一点上，我想说的是，故事和小说流派的需要当然会影响你创作反派的方式，但我想提醒你，小心别让反派成为纯粹邪恶的化身，原因与你应该避免让主角成为纯粹的美德典范一样：读者无法认同这种极端，因为现实生活中没有人是纯粹的邪恶或纯粹的善良。因此，从根本上说，你的反派必须以某种方式吸引读者，以某种颠覆性的方式诱惑读者，这样读者就不会对他感到排斥，而是有足够的兴趣去接近他，即使因为靠得太近而不得不合上书本，也会心存感激。此外，不受约束的邪恶并不可怕。读者仅仅会说，嗯，我永远不会遇到这种情况。但恶魔面带微笑出现，然后把你击倒，这是可怕的。这是我们可能会遇到的邪恶，它会让我们彻夜难眠。

有一点是非常明确的，即故事是为主角服务的。即使反派比书中的其他配角更丰满，获得更多的篇幅，他仍然能帮助我们看到、理解并最终支持主角。

通过幕后故事深化人物

幕后故事是塑造复杂人物的重要组成部分，它赋予故事深度感，让人感到人物是真实的人，他们的生活和经历往往与小说当前面临的问题有关。但幕后故事对作家来说也很棘手：人们很容易闪回到过去，并陷入其中，不知道你如何将他们带回到故事当前的行动中。或者，你可能觉得有必要确认并解释过去每一个与当前情况有关的行动。它部分来自我们受心理学影响的文化，这种文化倾向于把我们的行为和个性看作过去事件和创伤的结果。当代小说家可能已经接受了这样的训练，例如，为了解释为什么你的人物是一个花花公子、瘾君子、烈士、杀人犯或圣人，而为他们寻找艰难的童年经历。这种倾向是对我们这个时代的写照。

有效的幕后故事不仅能反映当代思维模式，还能使故事更具真实感——让我们的人物，甚至更为庞大的虚构世界，看起来都是真实存在的。一个没有过去的人也许在恐怖片和意大利式西部片①中很常见，但在现实世界中，我们去过的地方和遇到的人都有可识别的（或至少是假设的）历史、深度和观点。在我们的人物和虚构世界中加入这些维度，会让它们看起来更真实。然而，当我们的叙述似乎停留或沉迷于过去时，真实感就被破坏了，读者就会怀疑哪个"故事"才是重要的：过去的，还是现在的？

①　意大利式西部片（spaghetti western）：是美国西部片中的一种类型，用于泛指一些出现在 20 世纪 60 年代、由意大利人导演及监制（多与西班牙或德国联合制片）的西部片。——译者注

平衡幕后故事的第一步，便是要认识到它属于两种截然不同的类别：附带的和直接的。

附带的幕后故事

附带的幕后故事主要用于描述，以加深我们对一个人物、地点或事物的直接理解。我把这种幕后故事称为"附带的"，是为了说明，虽然通常它对于在小说中建立真实性非常有用，但你选择这种幕后故事是为了使人物、地点或事物易于理解，即使你可能已经通过不同的策略做了相同的工作。

在杰弗里·尤金尼德斯（Jeffrey Eugenides）的《处女自杀》（*The Virgin Suicides*）中，有一个很好的附带的幕后故事的例子，其中第一人称复数的叙述者———一群现在已经30多岁的邻居男孩———回忆起他们年轻时那个致命的夏天：当时五个里斯本女孩，他们社区的漂亮姐妹，自杀了。由于男孩们没有待在位于里斯本的家里，因此无法得知事件的一手资料，叙述者不得不从二手信息来源中拼凑出这个故事，比如从他们的朋友保罗·巴尔迪诺处。保罗·巴尔迪诺是臭名昭著的黑帮分子的儿子，他声称自己在第一个女孩自杀未遂的那晚就在女孩的家中。为了解释巴尔迪诺是如何进入该住宅的，尤金尼德斯给出了这个简短的附带的幕后故事：

> 几年前，有一天早上，一群工人出现在巴尔迪诺家带刺的篱笆后面，两只一模一样的白色德国牧羊犬正在那里巡逻。他们把防水油布挂在梯子上，以掩人耳目。三天后，他们把防水油布拂去，草坪中央立起了一棵人造树干。这棵树干是由水泥制成的，被涂成树皮的样子，树干上有假的树节孔和两根被砍掉的枝丫。两根枝丫像被截肢者一样热情地指着天空。树干里面有一个用电锯锯开的楔子，固定住一个金属架。
>
> 保罗·巴尔迪诺说那是烧烤架，我们相信了。但是，随着时间的推移，我们注意到没有人使用它。……不久，谣言开始传播，说树干是一个逃生隧道，它通向一个河边的隐蔽处，"鲨鱼"萨米在那里有一艘快艇……然后，在谣言传开的几个月后，保罗·巴尔迪诺开始通过下水道出现在其他人家的地下室。

正如你所看到的，这里的幕后故事服务于特定的描述、氛围和铺垫目的，并发挥了出色的作用。但真的有必要讲述这段历史吗？不。尤金尼德斯需要做的就是想办法把保罗·巴尔迪诺放进五个里斯本女孩的家里，这样他就可以报道五个女孩中的老大塞西莉亚在浴缸里割腕的事。尤金尼德斯本可以在不透露匪徒和秘密通道的情况下完成这一切。他完全可以让巴尔迪诺成为偷窥狂或者飞贼。附带的幕后故事是一个选择——一个巧妙的故事，让读者对这个城镇和它的居民有了另一番了解，同时作为一个当地的传闻增加了集体声音的深度。作为作者，我们之所以选择附带的幕后故事，是因为我们认为这样做效果最好，尽管我们意识到，不涉及历史也能达到同样的效果。

直接的幕后故事

另一方面，直接的幕后故事对于故事的当前行动具有重要的影响和相关性——这些信息是实质性的，而不是描述性的或调节氛围的。因为需要读者充分理解人物，所以这种幕后故事应该用有趣的方式来传达，这样它才不会让人感觉像垃圾信息或论文摘要。事实上，在故事中引入的所有的过去行动都必须像当前行动一样有重点和动力；即使故事深入到过去，读者也必须投入当前的叙事时刻。

当然，提供直接的幕后故事有多种方式。有时，你想要闪回到过去事件的现场。其他时候，揭示直接的幕后故事可以通过叙述中的快速旁白、人物之间的对话、能暗示其背后深意的人物微妙行为或对某些情况的反应来实现。如何添加历史信息取决于你，但要确保每次回到过去时，都能推动故事向前发展。

大多数作家在平衡幕后故事方面遇到的最大挑战在于混淆了附带的幕后故事和直接的幕后故事，即花大量篇幅去创造一些他们认为重要的时刻，但实际上这些时刻只具描述性或氛围感。我最喜欢的一个例子是弗拉基米尔·纳博科夫（Vladimir Nabokov）的《洛丽塔》（*Lolita*），其中恋童癖亨伯特·亨伯特想要劝阻读者对他年轻母亲的英年早逝进行心理分析。

> 我的母亲貌美如花，在我三岁的时候死于一场突发事故（野餐，闪电）。……

当"（野餐，闪电）"能做到这一点时，就不需要卷起大风，把格子桌布吹到空中，或把乌云变成雷雨。当然，有时你的幕后故事会更有实质性内容，需要更长的篇幅，进行精细的叙述，能抓住读者的耐心。但有时它也会是附带的，只需要一个简短的旁白。当你有关于幕后故事的想法时，确保你能够区分附带的幕后故事和直接的幕后故事，并清楚如何在恰当的时机运用它们。

增加读者的情感投入

我们之所以以主角的内部动机开启小说——而且在主角面临外部冲突时不断提醒我们这种动机——是因为通过这种方式，读者与故事人物有了直接的和情感上的联系。很少有读者（如果有的话）会面临我们让人物在小说中面临的具体外部冲突，但所有的人都会面临与人物的外部追求相关的内部动机和冲突：例如，想保护我们爱的人，但不知能否做到；想要赢得某人的心，却不知能否赢得；想要快乐、安全、被接受、被欣赏、被爱等。这些都是我们内心的所想所求，当它们被人物所面临的冲突置于危险之中时，读者也会感到焦虑。

在小说的结尾，这些熟悉的欲望和需求在冲突和对抗中开始形成更大的主题组织原则。但是，当你在故事漫长的第二幕中前行时，你要努力增强人物前进的动力，添加生死攸关的事件，重要的是你要继续将内容与人物作为一个整体联系起来，将他的欲望和真正的危险处境联系起来。作为读者，想想那些对你影响最大的书：是什么让你对某个人物的挣扎有切身感受，让你感到愤怒或悲伤？在这些书中，哪些特定的时刻让你感到最兴奋、最充满希望，或者害怕失去一切？你还会想起那些时刻吗？你还能回想起阅读时的那种情感吗？

当书中的事件以某种有意义的方式影响你的主角时，它们对读者也就变得有意义了。反过来，读者会把他们的个人经历、希望和恐惧带到文本中。此外，读者愿意与小说叙述产生亲密的个人关系，这不同于观众与任何其他艺术形式的关系。它让人感觉亲密和真实。那就满足读者吧。

16. 地位管理：你不知道的人物塑造技巧

史蒂文・詹姆斯[①]

有一种方法在塑造令人难忘的人物时最有效，但大多数作家甚至从未听说过。

这种方法就是对地位的管理。

多年前，我在学习肢体喜剧、哑剧和即兴表演时，第一次了解到了地位的作用。我记得曾听表演老师基思・约翰斯通［Keith Johnstone，《即兴》（*Impro*）与《即兴：续篇》（*Impro for Storytellers*）的作者］解释，支配地位和服从心态如何影响舞台上的演员，以及沉静如何提升他们的地位。在他说话的时候，我一直在想，把同样的人物塑造方法用在写作上对作家来说是多么重要。

从那时起，我就一直在寻找调整人物地位的方法。以下是我发现的四个基本原则。

原则一：　可变地位是塑造立体人物的关键

那么到底什么是地位呢？

简单地说，在每一次社会互动中，总有某人占有（或试图占有）主导地位。那些官方人士或权威人士使用一系列语言和非语言暗示来获得和保持更高的地位。

但不只是权威人士这么做。在日常生活中，当我们面对不同的情况，与不同的人互动时，我们都在不断地调整和协商我们所描绘的地位的

① 史蒂文・詹姆斯（Steven James）是最畅销、广受好评的 13 部小说的作者。他拥有故事叙述硕士学位，是《作家文摘》的特约编辑。他最著名的作品是心理惊险小说，他的小说获得了十多个荣誉和奖项，包括三次克里斯蒂最佳悬疑奖。他的《女王》（*The Queen*）入围了国际惊险小说奖的决赛。他在小说技巧方面的开创性著作《故事胜过结构：如何打破规则写出令人难忘的小说》（*Story Trumps Structure：How to Write Unforgettable Fiction by Breaking the Rules*）获得了 2015 年 "故事叙述世界奖"，被认为是本年度写给作家的最佳图书之一。他的第二本关于小说技巧的书《排错指南：识别和解决手稿问题的基本技巧》（*Troubleshooting Your Novel：Essential Techniques for Identifying and Solving Manuscript Problems*）于 2016 年 9 月出版。

高低。

小说家的艰巨任务是通过对话、姿态、停顿、交流模式、肢体语言、动作，以及在适用的情况下，通过人物的思想来展示这种服从和支配地位的动态变化。

● 强势的人有自信，举止放松，姿态和步态轻松。服从者会限制自己，包括他们的步幅、声音、姿态、手势。

● 在谈话中，通常一个人的手离他的嘴越近，他的地位就越低。低头看、交叉双腿、咬嘴唇、把手放在脸前都是意欲隐藏的表现。隐藏会降低人物地位。

● 眼神交流是保持支配地位的有力方式。尽管文化不同，但在北美，当我们想要恐吓、控制、威胁或引诱时，我们会进行长时间的眼神接触。

● 沉静就是力量。处于支配地位的人在回答问题前会拖延，不是因为他们想不出要说什么，而是为了控制谈话。与顺从的人相比，他们眨眼的频率更少，而且说话时头部保持静止。一个人越是烦躁不安、邋里邋遢、疲惫不堪，他的地位就越低。在电影中，主角经常吸烟，这样他就有借口在回答问题时慢下来，因为他停下来抽了一口烟，这是一个占支配地位者的花招。

● 服从者与支配者相比道歉和同意的次数更多。他们试图取悦和安抚别人，很容易被吓倒。表现为我需要别人的东西，会降低我的地位；让别人知道他能对我有帮助，就会提高我的地位。

● 最有效的谈判者倾向于映射合作对象的地位。这样，他既不会显得太咄咄逼人（地位高得令人生畏），也不会太过于轻易让步和妥协（地位低得让人不重视）。

想想你在老板、爱人、孩子、在酒店遇到的侍者面前所扮演的角色。当你走进儿子篮球比赛的球场时，你扮演的是一个裁判的角色。你和爱人约会，然后进入另一个角色。和朋友打高尔夫球，去养老院探望母亲，在工作中做重要的演讲——所有这些情况都需要一套特定的行为，需要不同程度的自信和地位。

作为评估地位的一个有趣练习，在不开声音的情况下观看一场总统辩论。如果你和大多数人一样，那么当你在其他人身上寻找地位的迹象时，你就能很容易地识别它们。

地位因以下三点而不同：关系（父亲的关系地位高于他十岁的女儿）、位置（老板的位置地位高于她的雇员）和情境（如果你遭到一群训练有素的忍者的袭击，你也从来没有学过武术，那么你的情境地位会比这群挥舞双节棍的袭击者低很多）。朋友之间的玩笑和相互的讽刺是平等地位的标志，而在争夺权力的关系中则不是。

尽管关系、位置和情境地位的水平可能超出我们的控制，但对它的反应却在我们的控制之中。地位可以通过紧张感、人物如何应对挫折或如何处理与他人的日常接触来表现。女儿可能会操纵她的父亲，雇员可能会辞职，而你可能会鼓起足够的勇气吓跑那些忍者。所以在决定地位时，选择比环境更重要。

当读者抱怨某个人物单一、扁平或"不真实"时，他们可能没有意识到，他们实际上关注的是她一成不变的地位，而不管人物出现在什么样的社会环境中。她可能总是处于愤怒、无情、英勇或其他任何状态，但她对每一个人、每一件事的反应越一致，读者对她的兴趣就越少。

现实生活中的人是复杂的。

虚构的人物也需要如此。

无论是在现实生活中还是在小说中，我们都可以通过观察一个人在不同情况下对不同人的反应来理解他的性格特征。

那么塑造一个立体人物的关键是什么呢？

很简单：并不是在任何情况下她都有相同的地位。

为了创造一个迷人且难忘的主角，你必须让读者看到她在与故事中其他人物互动时的地位变化。

当人物在不同的背景下与他人联系时，可以通过显示人物地位的微妙变化来展现其不同的维度。为了显示人物个性特征的复杂性，我们需要在各种关系或对话中看到人物。

在我以FBI特工帕特里克·鲍尔斯为主角的小说中，每当出现在犯罪现场或对抗坏人时，他总是拥有最高的地位。他永远不会退缩，永远不会屈服，永远不会放弃。

然而，要有立体感，他也需要在一些关系中处于较低的地位。作为一个单身父亲，他不知道该拿他那机智而乖戾的十几岁女儿怎么办，而且，由于缺乏一些社交礼仪，他在如何对爱慕对象说出恰当的话方面还很笨拙。如果没有他的女儿或爱慕对象来揭示他性格中那些较低地位的方面，他的形象就会单一化，肯定不足以围绕他展开一部系列小说。

如果你想让读者在主角身上投入情感，你就需要在他的生活中找到一些有弱点、地位低下或需要克服的地方。记住：就连印第安纳·琼斯①也害怕蛇，而超人——有史以来地位最高的超级英雄——对氪石毫无防御能力。

原则二： 用词决定性格刻画

在戏剧中，"抢戏"一词指的是一个人抢了明星的风头。实际上，这只是明星（或主角）不再拥有最高地位的另一种说法。

当这种情况发生在舞台上时，它会惹恼明星。

当它发生在你的小说中时，它会让读者失去兴趣。

你可以用一个选择不当的词来毁掉几百页精心描述的人物。一个地位高的人可能会大喊大叫，但如果他尖叫或嚎叫，他的地位就会降低。同样地，一个哆嗦、颤抖、抱怨或恳求的人物比试图控制痛苦的人物地位低。例如：

> 帕克用刀划过西尔维娅的手臂。她尖叫着求他停下来。
>
> 帕克用刀划过西尔维娅的手臂。她咬紧牙关，不让他因自己的哭泣而获得满足。

在第一个例子中，西尔维娅的失控反应使她的地位低于攻击者。然而，在第二个例子中，她的决心使她的地位高于帕克，帕克显然没能吓倒她。她非但没有表现出受害者的样子，反而变得英勇起来：是的，他可以让她流血，但他不能让她哭泣。她是一个地位很高的女人。

尽管反派可能拥有更高的情境、关系或位置地位，但主角永远不能以某种方式（即自己的选择）来降低自我地位。

花点时间把这一点想明白。

你可能会发现，想象一下让高地位的电影明星扮演故事中的主角会很有帮助。我不知道你怎么想，但我很难想象连姆·尼森（Liam Neeson）、

---

① 印第安纳·琼斯（Indiana Jones）：《夺宝奇兵》系列电影中的男主角。——译者注

杰森·斯坦森（Jason Statham）或者布鲁斯·威利斯（Bruce Willis）求饶或者尖叫求救。

选择比其他任何东西更能决定地位。

所以在编辑故事时，要不断地问自己，你希望读者对每个人物有什么感觉。你想让他们支持某个人物吗？为他欢呼？害怕他？鄙视他？贬低他？每一个动作，每一个对话，每一个手势——甚至每一个说话者的属性——都传达了某种程度的地位。

确保你选择的词语对你试图制造的印象有所帮助。不要因为使用错误的动词而破坏了你为创造一个强大主角所做的一切努力。如果贝蒂在地板上跺脚（显示缺乏自制力）或在地板上大摇大摆地走过（暗示需要关注），她的地位就会低于那些在地板上大步走过（显示镇定和自信）的人。

甚至标点符号也会影响地位。

"我知道你听到了！离安娜远点！如果你敢碰她一下，我保证你会后悔的！"

"我知道你听到了。离安娜远点。如果你敢碰她一下，我保证你会后悔的。"

在第一个例子中，感叹号让说话者显得疯狂或绝望。在第二个例子中，句号显示他是有自控力、有分寸、有权威的。这是一个主角该有的反应。

一个懦弱的主角并不有趣。

一个懦弱的反派并不可怕。

在畅销小说中，主角和反派都需要较高的地位。反派不可怕或主角不鼓舞人心，几乎总是因为作者让他们的行为方式破坏了他们的地位。

原则三：　主角需要机会来展现英雄气概

我在写第二部小说时，有一节让我感到特别困难。鲍尔斯特工现身自杀现场时，邓恩探员也出现了，他是当地一个精明的凶案警察。邓恩很强硬。他习惯于发号施令，习惯于拥有最高的地位。

在这个场景中，他做出了一个咄咄逼人的高姿态举动，当面嘲弄鲍尔斯。尽管邓恩胆大妄为，但我努力想要表明，我的主角仍然拥有更高的地位。在经历了无数次的改动之后，下面是这场交锋的最终结局（从鲍尔斯的视角来看）。

　　　　邓恩走得很近，他呼出的大蒜味的气息熏到了我的鼻尖。

　　　　"这是我的城市。下次你和你那些从匡提科来的只会玩笔杆的律师朋友决定插手一项正在进行的调查时，至少要礼貌地通过正规渠道。"

　　　　"我奉劝你退后，"我说，"马上。"

　　　　他慢慢地退了回去。

　　鲍尔斯特工拒绝上钩，也没有被邓恩咄咄逼人的姿态吓倒。如果他退缩了，读者就会因对他失去信心而站在邓恩一边。相反，鲍尔斯保持冷静，通过表现镇定和自我克制诱导邓恩屈服。（通过添加说话人属性"我说"，我在鲍尔斯的回答中插入了一个轻微的停顿，巧妙地进一步增强了他的地位。要想看出区别，可以在有停顿和没有停顿的情况下朗读这句话。）在这一幕的结尾，当邓恩退后一步时，毫无疑问读者会知道谁处于支配地位。

　　读者不会同情一个软弱的主角。他们希望主角有坚定信念、道德勇气和崇高抱负。当然，在故事中，主角可能会在这些方面努力成长，但读者需要看到他是一个值得为之一路欢呼的人。如果你正在为如何做到这一点而苦恼，请尝试以下方法中的任何一种。

　　● 让主角为他人的利益做出牺牲。这可能是身体上的牺牲（挡子弹）、经济上的牺牲（匿名偿还别人的债务）、物质上的牺牲（志愿加入和平队[①]），或者情感上的牺牲（原谅别人的严重冒犯）。

　　● 让他为被压迫的人挺身而出。我注意到一些作家试图通过把主角描绘得冷酷无情来表现他是多么的"坚强"——尤其在犯罪现场。这不是个好主意。大多数时候，读者希望主角富有同情心、积极乐观。

　　假设你的验尸官在犯罪现场，其中一名警察指着尸体打趣道："罪犯捅死了他们，而你切开了他们。"你的主角需要维护人类生命的价值。他可能会责备警察，或提醒他注意受害者悲痛的家庭。相反，如果你让他说了某些话，轻视像生命这样宝贵的东西，那么他会受到别人的斥责，他的

---

　　① 和平队（the Peace Corps）：指美国政府为在发展中国家推进其外交政策而建立的组织，由具有专业技能的志愿者组成。——译者注

地位也会最终被你毁掉。

- 让主角转过另一边脸。如果有人扇了你的主角一巴掌，而他拒绝还手，他的自制力会使他的地位高于攻击者。力量不仅表现在一个人能够做什么，也表现在他可以做却不做的事情上。自我克制总是能提高地位。

原则四：　随着故事的不断升级，地位也会逐渐明确

随着故事向高潮发展，主角和反派的地位也会上升。坏人会变得越来越冷酷无情或不可阻挡，而好人则需要鼓起前所未有的力量或勇气来拯救世界。

地位更多与行动有关，而不是动机。因此，即使主角和反派有完全不同的安排，你也可以通过赋予其更多的自制力、勇气和决心来提高他们中任何一个人的地位。

记住：沉静就是力量。所以若让一个反派更有气势，就让他慢下来。让读者看到他并不急于做坏事，他有如此高的地位，他可以慢条斯理地行动，但仍然能抓住那个在树林里疯狂逃跑的人。

地位高者用最少的努力完成最多的工作。

一个可怕的反派不会猛地把某人的头发往后拽，扭过她的头，迫使她看着他的眼睛。相反，他可能会用手缠住她的头发，慢慢地迫使她看着他，即使她努力挣脱也无济于事。对他来说，这并不费劲。是的，他可以把她的头往后拽，但他选择不这么做。相反，他慢慢地、有条不紊地迫使她屈服。

当反派表现出自满、对自己的计划沾沾自喜、趾高气扬或炫耀时，他就不那么可怕了，因为所有这些行为都会降低他的地位。

实际上，让反派证明自己时会降低他的地位。虐待狂、大笑、绝望的反派远不如那些冷静、无情、对他人的痛苦漠不关心的人令人不安。他们越欣赏自己，地位就越低。

反派如果不以别人的痛苦为乐，而是以冷漠的态度对待别人的痛苦，就会变得更加可信，更加可怕。

如果故事需要多个反派，那么就把他们的地位错开，让最顶层的反派拥有最高的地位，从而成为主角在故事高潮时遇到的最具威胁和最危险

的人。

总结一下：把每一种关系和社会接触都看成一种地位的交易。给主角提供各种关系，以揭示不同的地位动态，并带来更深的维度。随着故事的推进，一定要加强对地位的区分，并使之推动故事向令人满意且惊讶的高潮发展。

低地位	高地位
一傲慢	＋自信
一失去控制	＋自制
一经常哭泣	＋沉默寡言，可能会为所爱之人的死亡而哭泣
一尖叫	＋喊叫、呼叫、平静地说话
一颤抖、战栗、乞求	＋拒绝向痛苦屈服，从不乞求
一懒散	＋良好的姿态
一紧张	＋舒适，放松
一避免眼神交流	＋稳定的目光
一故作姿态，炫耀	＋展示风度，觉得没有必要给别人留下印象
一吹嘘，自恋	＋不自恋，谦虚
一在危险面前退缩	＋能应付自如
一懦弱	＋勇敢
一害羞	＋外向
一自满	＋低调
一贫困	＋自力更生
一好争辩，打断别人	＋聚精会神地倾听
一想装酷	＋无法抑制的酷
一担心名誉	＋更关心理想
一依赖	＋独立但也有人际关系
一争夺控制权	＋自然拥有控制权
一屈服于压力，顺从	＋掌握趋势
一威胁	＋采取行动
一佩服自己，沾沾自喜	＋鼓舞和鼓励他人
一太在乎别人的看法	＋不在乎别人怎么想
一虐待狂	＋富有同情心

17. 重点的导入：从一开始就揭示人物的核心要素

乔丹·罗森菲尔德[①]

叙事的前 1/3 聚焦构建人物细节及其基本冲突以及情节问题，并为后面的冲突和挑战埋下种子。在这些开头的场景中，读者会见到故事的人物——其中最重要的是主角——好比他们是来赴宴的新客人。他们的言语、行为和对彼此的反应都是需要重点导入的内容，而这些第一印象为他们在书中更进一步的行为奠定了基础。

虽然你可能知道，开场戏需要精心设计，需要揭示人物是谁（一个满口胡言乱语的流氓，有一双勾魂的眼睛和一头棕色的卷发；或者一个酷爱推理小说的孤独的图书管理员，立志调查一桩真实的犯罪），但重要的一点是，你还需要在叙述的第一部分构建以下内容：

● **融入**：主角与开启情节的重要开篇场景或情境中的事件有什么关系？这件事是他的错吗？这是以他为中心的吗？是他偶然发现的吗？他是其中的一部分吗？

● **风险**：风险事件会让主角失去或得到什么？能制造紧张和戏剧性，以推动故事向前发展吗？

● **欲望**：主角渴望什么，从物质财富到深沉持久的爱？这些都将揭示风险及主角的意图。

● **恐惧**：主角最害怕什么，从身体伤害到无法满足的欲望？这些也会

---

① 乔丹·罗森菲尔德（Jordan Rosenfeld）是写作指南《书写亲密人物：通过掌握观点创造独特、引人注目的人物》（*Writing the Intimate Character：Create Unique，Compelling Characters Through Mastery of Point of View*）一书的作者，与玛莎·奥尔德森（Martha Alderson）合著了《书写深刻场景：通过行动、情感和主题来策划故事》（*Writing Deep Scenes：Plotting Your Story Through Action，Emotion，and Theme*）。她还是《教会你坚持：如何创造持久而富有成效的写作实践》（*A Writer's Guide to Persistence：How to Create a Lasting and Productive Writing Practice*）和《创设场景：分场景创作强大的故事》（*Make a Scene：Crafting a Powerful Story One Scene at a Time*）的作者。与丽贝卡·劳顿（Rebecca Lawton）合著了《自由写作：走进创意生活》（*Write Free：Attracting the Creative Life*），她也是悬疑小说《红衣女郎》（*Women in Red*）、《神奇格蕾丝》（*Forged in Grace*）和《夜的女祭司》（*Night Oracle*）的作者。

揭示你需要持续增大的风险。

● **动机**：他为什么要对煽动性事件采取行动？他是受什么驱使的？

● **挑战**：某个重要的情况是如何挑战他的生活、观点、地位、关系、需求等的？

让我们来看看这些关键点，并用安德烈·迪比三世（Andre Dubus Ⅲ）广受好评的小说《尘雾家园》（*House of Sand and Fog*）的开篇场景进行举例说明。

融　入

并列主角凯茜·尼科洛（婚后的名字是拉扎罗）是个清洁工，她自私的丈夫八个月前和她离婚了。从那时起，她的生活就变得一团糟。她在经济上勉强度日，作为一个已经康复的酗酒者和吸毒者，其经济稳定性受到严峻的考验。对她来说，唯一有意义的物品是她从父亲那里继承的房子，她住在那里。

她是如何融入某一重大事件中的呢？在第一个场景中，她醒来后发现一名锁匠和一名警察站在她家门口，手里拿着一张驱逐通知，原因是她欠税。她抗议说通知是错误的，但又能怎样呢？在她能在法庭上证明她没有做错事之前，他们有权驱逐她，而他们也确实这样做了。凯茜不得不搬到一家汽车旅馆，同时她还得把事情处理好。在她找律师期间，她的房子被拍卖了。房子被并列主角贝赫拉尼上校买下，他过去是伊朗的有钱人，现在是个努力奋斗的移民，自我感觉好得不得了。

尽管迪比在充分发展这两个人物和无缝编织他们的故事方面做得很好，为了简单起见，让我们把重点放在凯茜的故事情节上。凯茜与这一重大事件的关系很明显：她被赶出了自己的房子。虽然凯茜声称这是错误的，但读者还没有足够的证据来确认这个声明是否属实。她看起来反复无常，读者不确定她是否值得信赖。她的确有可能就是那种交不上税的女人：

> "好了，好了，我不会走的。"我的喉咙又干又僵硬。
>
> 锁匠停止了在我后门上的工作，抬起头来。
>
> 伯登副警长把一只手放在工作台上，脸上露出理解的表情，但我还是讨厌他。"恐怕你别无选择，拉扎罗太太。你所有的东西都会和

房产一起被拍卖掉。你想这样吗?"

"听着,我从我父亲那里继承了这栋房子,已经付过钱了。你不能赶我走!"我的眼中充满了泪水,那些人开始变得模糊起来。"我从未欠过……税。你无权这样做。"

风 险

其中的风险是很明显的:没有房子,她只能去汽车旅馆,而以她的微薄收入,这笔费用是一笔不小的开支,凯茜很快就会陷入困境。这唤起了人们对这个女人的同情,尽管读者还没有真正了解她。

故事中主角面对的风险必须同样清楚,不要让读者去猜测。让他们从一开始就知道主角面临着怎样的风险。如果他说出自己的想法,是否会被踢出部落?如果他失去工作,是否会失去世俗的财产?如果他不能支付孩子的抚养费,是否会失去探视孩子的权利?

这些问题和它们的答案必须在叙事第一部分的场景中出现。

用下面这个简单的双管齐下的方法设置风险:

● 展示主角需要得到什么。
● 展示主角将会失去什么。

欲 望

接下来,通过凯茜的内心独白,读者可以窥见凯茜的欲望,这些欲望主要集中在她的人际关系上。她回忆起丈夫尼克离开她之前为数不多的美好时光。她回顾了与第一任丈夫唐尼在一起的日子,那时她还没有成年,就对可卡因上了瘾。读者能感受到她明显的孤独——她是如此孤独,甚至那些糟糕的回忆对她来说也是一种安慰。她对爱情的渴望使她有可能同莱斯特·伯登联系,那是第一次来驱逐她的副警长:

"我想过来看看你,看看你过得怎么样。"

听起来他是认真的,而且比前一天他带着那些人把我赶出家门时更温柔了。当我们走到他的车旁时,一辆丰田旅行车停在停车场边缘的铁丝网围栏附近,我有点希望他能继续说话;康妮·沃尔什是八个多月来我第一个真正交谈过的人，但那更像是审讯而不是谈话。我渴望交谈，即使是与一个我还不了解的副警长。

凯茜对被爱的强烈渴望会在后面的叙述中给她带来很多麻烦。她另一个急切的愿望——要回她的房子——则更为直接，并将在接下来的大部分故事中推动她的行动。

欲望能够以多种形式出现在叙述中，并且可以被表达或展示出来：

● 在人物间的对话中。

● 以思想的形式（内心独白），如上面的例子。

● 在微妙的行动中——主角可能仅是拿走了他想要的东西，或者试图拿走。

重要的是，读者能直接感受到这些欲望是什么。欲望和动机必须推动人物在每个场景中的意图；它们要有助于为人物的行动提供目的，所以你要尽可能地使它们清晰。

在开篇的末尾评估人物

故事开头的场景都与潜在的冲突有关。重读它们并问自己：我是否破坏了主角的稳定，给他带来了让他和读者都担心的问题和冲突？我的主角是否直接卷入了一场带来冲突和挑战的重大事件？确保你的主角表现出受到考验、被迫采取行动、被迫做出改变的迹象。任何事情都不应该太确定，太固定。不然，读者就没有继续阅读的动力。

恐 惧

凯茜的恐惧没有那么直接，但恐惧在场景的潜台词中酝酿着。读者知道她是一个正在康复的瘾君子，对喜欢控制她的男人情有独钟。这告诉读者，凯茜不是一个有高度自尊的人，也不是一个特别能控制自己生活的人。读者看到她更喜欢依赖别人而不是自食其力，而且走出家门的行为使她的整个生活陷入混乱。凯茜害怕孤独，害怕在这个世界上成为一个成年人，害怕为自己负责。这些恐惧将使她在小说的中间部分陷入困境。

主角应该有某种恐惧，无论是理性的恐惧，如对火的恐惧，还是非理性的恐惧，如对蝴蝶或黄色的恐惧，因为这些无害的东西会引发对可怕经历的记忆。任何人物都不应过于勇敢——即使英雄也有弱点。尽早确定人物害怕什么，因为在故事的中段，你要利用这些恐惧。你可以这样建立恐惧：

● 通过语言（例如，他可以向一个朋友承认他害怕蜘蛛）。

● 通过行为（主角看到一架客机从头顶飞过，她赶紧卧倒，就像是躲避轰炸）。

● 通过一个闪回场景，在其中读者看到主角因某一特定事件而受到创伤。

恐惧和欲望一样，都是主角动机的一部分，正是通过恐惧和欲望你才能对人物施加改变。

动　机

凯茜的表面动机很明显：她想要回自己的房子，因为这是她唯一拥有的东西，她认为这是她能够过上稳定生活的基石。这种动机促使她寻求法律援助，并为自己的权利而斗争。

但是凯茜也被一些更老、更深层的问题所激励，这些问题涉及她的家庭以及她与父母的关系。这些动机是导致她与已婚警察莱斯特·伯登交往的原因。这些动机也使她变得不稳定，并对拥有她房子的贝赫拉尼上校感到愤怒。这些动机为叙事的第二部分中所展开的情节奠定了基础。只要你做到以下几点，读者就会清楚主角的动机：

● 明确主角的欲望。

● 明确主角的恐惧。

● 提供机会挫败欲望并引发恐惧。

动机是场景意图的基础，它直接来源于主角的恐惧和欲望。一旦你知道主角是如何被激励的，以及是被什么力量激励的，你就可以引导他在每个场景中以适合情节的方式行事。

挑　战

凯茜面临无数的挑战。她缺乏金钱和资源，有用酒精麻醉自己感情的弱点，被待她不好的男人吸引，而且受到贝赫拉尼上校接管她家的实际挑战。

挑战是指挫败主角的欲望并触发他恐惧的情境，它们是有益且必要的。你能自如地创造的挑战越多——也就是说，你能想到的与情节有关、对人物有意义的挑战越多——越好，因为它们能唤起读者的紧迫感和关注。在叙述的第一部分中，你的任务是设定哪些意图将被反对，并将其引向故事的中间部分，在那里这些意图将遇到更大的反对并创造更多的冲突。做好你的工作，你就会塑造出一个读者愿意深入了解的主角。

畅销建议：技巧与风格

要让小说具有可读性。让它易于阅读，读起来愉快。这并不意味着花哨的段落、华丽的辞藻，而是意味着有力、简单、自然的句子。

——劳伦斯·多尔赛（Laurence D'Orsay）

差不多正确的词语和正确的词语之间存在巨大的差别——就像闪电虫和闪电之间的差别。

——马克·吐温（Mark Twain）

你必须听从自己的声音。当你写作时，你必须做你自己。实际上，你必须宣布："这就是我，这就是我所代表的，这就是你读我作品时所得到的。我已经尽我所能了——不管你买不买——但这就是作为一名作家的我。"

——戴维·莫雷尔（David Morrell）

我认为我作为一名作家获得了成功，原因在于我并非出身英语系。我曾经在化学系写作，而且我写了一些好东西。如果我在英语系，教授会看我的短篇小说，赞美我的才华，然后向我展示乔伊斯或海明威是如何处理短篇小说中的相同元素的。教授会让我与有史以来最伟大的作家去竞争，而这将结束我的写作生涯。

——库尔特·冯内古特

作家的工作就是写前人没写过的东西，或者击败前人所著之作。

——欧内斯特·海明威

新语言形式的开创者通常会被嫉妒心强的天才称为"自命不凡"。但这不是看写的内容，而是看写的方式。

——杰克·凯鲁亚克

你真的应该忠于自己的风格。当我第一次开始写作时，每个人都对我说："你的风格就是不对，因为你没有使用爱情小说中那种真正花哨的语言。"我的爱情小说——与其他作品相比——非常奇怪、非常古怪、非常不同。我想这就是它们畅销的原因之一。

——裘德·德弗罗（Jude Deveraux）

写作就像谈恋爱。你永远不会变得更擅长，或是变得更了解。你认为你做到的那一天，就是你失去它的那一天。罗伯特·弗罗斯特（Robert Frost）称他的工作是恋人与世界的争吵。它是持续的，既没有起点，也没有终点。你不必担心如何取得进步的问题。一个人的艺术之火会烧掉容器里的所有杂质。

——詹姆斯·李·伯克（James Lee Burke）

我想我是代表许多作家说的，我们不知道是什么偶然让作品变得生动。我们所能做的就是尽职尽责地写作，日复一日，尽我们所能把工作做到最好。我不认为我们可以有意识地为作品添加魔力，那样没用。魔力是礼物，它会自己降临。

——麦德琳·兰歌（Madeleine L'Engle）

18. 把小说变成一首交响乐：
如何协调主题、情感、人物等

伊丽莎白·西姆斯

作为一名作家和写作老师，我一直在寻找理解小说形式的新方法。当我带着鼓、钹和铃铛站在我参加的管弦乐队的后排时，我突然想到，音乐，特别是交响乐的形式是对小说创作的一个恰当比喻，它们都必须协调各元素的相互作用以形成整体效果。

有些交响乐很受欢迎，如贝多芬（Beethoven）的《第五交响曲》（*Fifth*）、德沃夏克（Dvorak）的《新世界》（*The New World*）、柏辽兹（Berlioz）的《幻想交响曲》（*Symphonie Fantastique*）。还有一些需要费点劲才能欣赏得到，如艾夫斯（Ives）的《第四交响曲》（*Fourth*）和马勒（Mahler）的《第七交响曲》（*Seventh*）。

小说也是如此，这就是为什么我当地的图书馆买了 12 本最新的爱情小说，但几乎没有德国存在主义作家的作品。

交响乐中错杂的器乐纯粹是为了调动听众的情感，给人以欢乐、享受、激动、挑战，也许是为了用最抽象的语言讲述一个故事。为了达到这一目的，每个作曲家都尽可能写出戏剧性的乐谱，它充满冲突、相互作用、发展和转变。作曲过程和乐器一样重要。

作为小说家，我们也必须首先调动读者的情感，可以从交响乐中学到很多东西。我们可以从深刻、丰富的作曲过程中学到更多。因为我认为，小说家常常因为单独考虑小说的某一要素而使小说变得支离破碎：主题、背景、人物、对话等。我们可能会被一个华而不实的前提或异国情调的背景设定所迷惑，以至于忘记了一部成功的小说，就像一首伟大的交响乐一样，远远超过其各个部分的总和。它是各要素和谐结合的结果。

以下是像伟大的作曲家一样在小说中编排所有的乐器、旋律和动态的方法。

主题：小说的旋律

主题是交响乐成长的种子。最令人叹服的交响乐以基本、简洁的旋律开始，然后依次经历发展、重复、阐释、遮蔽、揭示、撕裂、复活的过程。一首主要的交响曲可以有几个主题，它们一起演奏，在分解之前相互转换。最优秀的作曲家可以从细小、简洁的旋律中创作出令人难以置信的音乐，他们通过将主题与交响曲的其他元素相结合来做到这一点。这对小说家来说是一个极好的借鉴，因为主题也是小说的决定性元素。

例如，哈珀·李在《杀死一只知更鸟》中设计了两个主题，一个是善与恶，另一个是一个勇敢的人能够有所作为。李有时把这些主题单独展开，有时共同展开：我们看到，小镇居民的善意无法战胜少数坚定之人的邪恶，需要有足够勇敢的人采取行动。这时阿迪克斯·芬奇登场，布·拉德利，也就是知更鸟登场。此外，李把她的主题与人物和背景设定结合起来：在那个充满种族歧视的南方，一个贫穷的白人家庭，一个在错误的时间、错误的地点被抓捕的可敬黑人。

如何将主题提升到交响乐的水平呢？

● **从一开始就认真思考主题。**只有当你牢牢把握住主题时，你才能有力地围绕它们创作出和谐的作品。

在主题方面，简单才是最好的。为什么？因为一个简单的主题可以被扩展和装饰，但一个复杂的主题很难在不破坏它的情况下被简化。爱的力量是一个极好的简单主题，可以把你从零带到半人马座阿尔法星，而一个被虐待的人永远不会真正去爱，除非她得到充分的疏导，但这不太可能成为一个超越自身的跳板。

● **让主题和人物一起成长和发展。**爱的力量，单纯而容易理解，可以与许多其他主题相结合。例如，让我们选择"生活是善变的和不公平的"这个主题。

现在，如果你想以爆炸性场面开始，你可以把一对蜜月旅行者放在飞机上并使飞机坠毁。然而，如果你从一个有吸引力的商人开始，他在机场的安检队伍中与一个美丽的女演员交换了恼怒的眼神，然后把他们两个放在一起排队买咖啡，在那里他们发现彼此之间立即产生了化学反应（爱情的力量出现了，一个虽小但令人激动的旋律），他突然当场求婚，她在冲动之下接受了，因为她正处在失恋波动期（建立复杂性），他们登上飞机并计划将来的生活，他们迷失在对方的眼睛里，然后飞机从天空中掉下来……现在你已经有了一些内容。再加入第二个主题——生活是善变的和不公平的——之前，你已经建立并强化了爱的力量主题。从那里你可以进入克服障碍、吸取教训、发现美的过程。

　　比方说，这对情侣在飞机燃烧后的残骸中被发现还活着，但他们被永久毁容了——她的脸严重受损，他失去了双手。你可以玩什么花样？有浪漫倾向的读者会希望这对情侣的爱情在这场灾难后得到发展，被证明是真实的，是在逆境中锻造出来的。你可以这样做，通过给他们更多的不幸来进一步测试他们的爱：一台出错的整容手术，一个死胎。通过有意识地使主题作用于人物，当人物对这些情境做出反应时，你便能够让人物作用于主题。（比如爱被拒绝了，但又被找到了；爱被证明不如恐惧强大；一个人物对爱的看法与另一个不同；等等。）。

　　● 让主题驱动情节。在我的小说《临时演员》（*The Extra*）中，我想让狗象征性地与我的主题联系在一起，而且我想从中获得乐趣。我构建了一个次要情节，即一只获奖的小猎犬失踪了，一名侦探不情愿地答应去找它。除此之外，我还在整个小说中提到了狗：天气闷热（"三伏天"①）；在夜空中，天狼星，又名天狗星，正在升起；主角的孩子想要一只狗，为了得到它，他费了好大的劲；一群野狗在城市里游荡；等等。这些狗迟早会走到一起（例如，丢失的小猎犬被发现加入了野狗群），所以大的主题与小的、象征性的主题是和谐的：坚韧不拔和致命的秘密都被狗这一元素进一步说明了。

　　● 通过在背景设定中添加主题细节来提升故事。假设你的一个主题是抛弃，其中一个背景设定是台球厅。你可以把台球厅描述为文明社会所回避的场所；它可以由被遗弃的人居住；它可能位于被重建项目所遗忘的城市中的某个角落。主题也可以与背景设定进行讽刺性的互动。例如，可以把抛弃的主题带到檀香山的一个豪华住宅——这个住宅不仅不温暖，而且

---

　　① 三伏天（the dog days）：英语中的 the dog days 相当于汉语中的三伏天，其中包含狗（dog）这个词。——译者注

可能冷酷无情，被人类的感情抛弃。

合奏：一个充满声音的舞台

一位伟大的作曲家在创作交响乐时，一定会区分合奏里的不同声音。想象一下，整个管弦乐队一起缓慢地演奏完全相同的音阶，这听起来可能足够悦耳，但会显得乏味。

突出不同的乐器让作曲家创造出音乐的终极财富：冲突。作曲家将为每个声音写独奏曲，让它们与声音材料的主题和变化相结合：哀鸣的大提琴、自负的小号、碰撞的铙钹、明亮的法国圆号、尖锐的短笛。不同的乐器可以在一起演奏二重奏、三重奏；它们以诙谐的方式互相追逐；它们用回旋曲互相嘲弄；它们在赋格曲里互相打斗。

特别值得一提的合奏曲式的小说有欧内斯特·海明威的《太阳照常升起》（*The Sun Also Rises*）、缪丽尔·斯帕克（Muriel Spark）的《窈窕淑女》（*The Girls of Slender Means*）、凯瑟琳·安·波特（Katherine Anne Porter）的《愚人船》（*Ship of Fools*）和詹姆斯·艾尔罗伊（James Ellroy）的《洛城机密》（*L. A. Confidential*）。在这些书中，作家们迅速而明确地创建了人物，让他们成为头牌，让乐团动态发展，形成整体，然后转变、摧毁、再创造他们。

● **倾听人物。**把全体人物当作一个阵容强大的管弦乐队。在你写作的时候，用心倾听他们的声音，向他们敞开心扉。继续说点玄学的东西吧！就像作曲家可以从他们使用的乐器中获得灵感一样，你也可以从人物中获得灵感。

● **让人物独奏。**强调和发展某个人物有个简单方法，此方法也适用于让人物与他人发生冲突——给他固定的独奏段落。让他独自行动可以简单到一段简短的内心独白，也可以复杂到一个次要情节。

比方说，我们想探讨一下我们的残疾商人有多大的胆量。他可以决定追求竞技体育，或者去野外进行精神探索。也许他带着一个受雇的护工，一开始的独奏变成了二重奏。也许护工是个骗子、疯子或发明家，他在自己独奏的某个下午凝视着一场雷雨，取得了思想上的突破，进而引发了他和这个商人合作开发出世所罕见的假手。

● **移动聚焦。**转换视角是在人物间转换独奏的一个真正特别有效的方法。你既可以像凯瑟琳·斯托克特（Kathryn Stockett）在《相助》（*The Help*）中所做的那样，从不同人物的视角来写单独的章节，也可以使用全知视角不时专注于单个人物（动作场景非常适合移动聚焦）。不管哪一种方式，这一技巧都能够创造出很棒的张力。

如果你只使用主角的第一人称视角，可以尝试让其他人物在主角的生活中高调出入。例如，要给一个犯罪嫌疑人一个独奏，你可以让主角侦探采访她，以提取信息。采访时，侦探会认真地观察她，从个人表现到所说词语，再到肢体语言。他提出问题，得出结论，并制订行动计划。

这样做，你就会立刻看到人物能够协调、碰撞和变强的新方式。

节奏、力度和情绪：强大的工具

优秀的交响乐作曲家会利用合奏的全部动态元素，从一个单独的小声音——比如用管弦乐队的朦胧中心双簧管引入一个悲伤的旋律——到最大的强音，在快速的终曲处引爆和弦。

当整个管弦乐队非常轻柔地演奏一段音乐时，就会产生悬念。我们知道音乐家有能力把我们轰出座位，但他们就在那里，向我们低语，慢慢地招手。他们知道接下来会发生什么，但我们不知道，我们坐在那里，被期待的紧张和喜悦迷住了。

有些惊险小说作家擅长改变小说的力度和节奏，以达到扣人心弦的效果。例如，约翰·D. 麦克唐纳（John D. MacDonald）的《恐怖角》[*Cape Fear*，原名为《刽子手》（*The Executioners*）]就在恐怖和令人安心、快速和缓慢的动作之间来回切换，在我们无助地、痛苦地等待最后的结果时，其变化幅度越来越大。

● **显露出来。**写一个风暴场景，接着是一个安静的爱情场景，接着是一个带来毁灭性消息的信使，然后是一张中奖的彩票。像汽车追逐这样的动作场面当然可以代表动态的转变，但无声的价值数百万美元的博物馆抢劫案也可以。

● **调整调子。**一般来说，大调提供和谐，一种共融或嬉戏的情绪；小调则用黑暗的气氛挑战和谐。想想安妮塔·布鲁克纳（Anita Brookner）

那本安静的、获得布克奖的小说《杜兰葛山庄》（*Hotel du Lac*）的第一句话："从窗户望出去，只能看到一片往后延展的灰色。"我当然会说这是一个小调的开头。布鲁克纳用电子显微镜般的细节来挖掘和扩展这种氛围，因此我们渴望得到一些大调的缓解，这种缓解很快就以作者所喜爱的微妙而尖锐的机智形式出现了。

改变气氛的一个简单的好方法是用描述来预示即将发生的事情。例如：

> 我们笑着拥抱着，如释重负的心情像凉爽的水一样涌向我们。然而，一分钟后，一个巨大的快速移动的影子从我们的头顶掠过。"那是什么鬼东西？"菲利普说，"所有的鸟都应该死了。"

● **使用小工具**。改变气氛的一个小而有效的工具是句子结构：在一个长而流畅的段落后面，短而直白的句子会改变节奏和感觉。另一个小工具是对话：想象一个生气的人和一个不生气的人之间的对话。你马上就能看到他们的词语和修辞如何建立悬念、发展场景、并引发行动。

结局： 放大的情感

我一遍又一遍地劝告有抱负的小说家慢慢写出故事的高潮和结局。这里我想起了爱默生（Emerson）的一句话："采用大自然的步伐。她的秘密就是耐心。"要像顶级作曲家和作家一样，不要急于求成。这并不意味着让高潮场面变得缓慢，而是说你得全神贯注。不要催促读者读完结局。

读者会本能地欣赏任何形式的结局。但是，只有当他们首先被给予不和谐与不协调时，他们才会在情感上有深刻的感受。对比提供了语境，这就产生了巨大的差异。

所以，当你写到最后的时候，拿走读者的软床，让他们在石头上睡一两个晚上。一旦你再次带他们回家，他们肯定会亲吻枕头的。

作为小说家，世界为我们提供了无数的方法来激发我们的创造力。我相信，音乐的隐喻在很大程度上还没有被小说家们开发出来，我认为我们只是触及了宝藏的表面。试试其中的一些想法，然后用你自己的方式去挖掘它们。

好好干，你就会得到观众的起立鼓掌，下次你的演出就会爆满。

19. 让人物说话：为小说编织主题

唐纳德·马斯

你是否有过这样的经历：在派对上不得不与一个无话可说的人交谈？你很可能会找个借口溜走。读者何尝不是如此。当他们读到一本无话可说的小说时，会迅速把它合上，或者可能会把它扔到房间的另一边。小说读者希望深层次地融入小说中。

事实一：所有的故事都有潜在的寓意和潜在的价值。如果没有，我们也不会去听这样的故事。无论是围着它们在篝火旁跳舞，还是将它们装在时尚的商业平装书里，它们都是维系我们脆弱的人类事业的黏合剂。

事实二：读者倾向于寻找符合他们信仰的小说。科技惊险小说的读者主要是军事人员；科幻小说的读者中有很多科学家；爱情小说的读者主要是女性；推理和惊悚小说的读者有些保守。刻意寻求道德考验和思想改变的小说的读者数量很少。

然而情况并非如此简单。大多数读者可能不想被改变，但他们确实想获得扩展。他们想从不同的角度看世界。他们渴望洞察力。因此，说小说读者只寻找舒适的、熟悉的和政治上讨好的东西是不对的。

因此，事实三：当小说把读者吸引到一个令人信服、详细且不同的观点中时，它是最吸引人的。人物的信念是吸引读者的更深层次的原因。为了让人物拥有这些信念，作家必须能够并且愿意分享它们，至少在一段时间内。

如果说一个强有力的问题是一部小说的脊梁，那么一个强有力的主题就是它的生命力。如何为你的小说注入这样一个主题？从你有话要说开始。

让人物说话

我不相信你没有见解。你一定对人性有过观察和思考，对社会上的讽刺现实有过切身感受。毫无疑问，你对宇宙本身的意义也有一些想法。你是一个有意识、有观察力、有鉴别力的人。你是小说家。

你可能还没有做过这件事：允许自己对你认为是真实的东西产生深深的热情。这很自然。要有力地表达自己的观点并不容易，尤其是在我们这个后现代、政治正确的时代。我们害怕冒犯别人。我们尊重别人的观点。我们倾听并服从。我们权衡利弊，在无数的会议中以合作为前提地坐着。

我们钦佩尊重他人的人，但我们更钦佩有立场的人。不妥协的理想主义使安·兰德（Ayn Rand）的《源泉》（*The Fountainhead*，1943）中的霍华德·洛克成为现代小说中最伟大的人物之一。在每一代新人身上，他都激发着奉献精神。

小说家也需要勇气：有勇气满怀激情地说出一些话。一个突破性的小说家认为，他要说的话不仅值得说，而且必须说。这是一个世界需要听到的真理，也是一种洞察力，没有它我们会感觉自己被削弱了。

你在乎什么？什么让你热血沸腾？什么让你放声大笑？你见过哪些人类的苦难，让你在同情的痛苦中退缩？这就是杰出小说的精髓。缺乏力量的故事无法吸引读者。

逐步构建主题

谈论主题的一个问题是，任何讨论都必然使"主题"听起来像是在故事的最后额外添加的东西，就像在砂锅上烘烤的奶酪。但我觉得提前了解故事背后的道德力量是有益的。

为了避免说教的腔调，最好不要在全局范围内处理主题，而是首先审查个别场景，这样做可能会对你有所帮助。从你当前的小说中随意挑选一个场景。任何场景。正在发生什么？一个视点人物，很可能是你的主角，正在经历一些事情：正面临一个问题或中心冲突的一些复杂情况。很好。现在问你自己这个问题：这个人物为什么会在这里？我不是指情节上的原因。我指的是内在原因，即他的动机。

列出这些原因。你可能会发现，在你的列表中，最重要的是人物的直接需要：他的身体和情感需求。再往下可能是人物的次要需求：信息、支持、回避、安慰、好奇心等。最后，在列表的底部是更高价值的动机，即那些非直接相关的动机，而且在你的场景中写入这些动机听起来有点傻：

对真理的探索、对正义的希冀、对希望的需要、对爱的渴望。

接下来，反转列表。你没看错：把它再写一遍，从你原来列表底部的动机开始。现在重写场景，使人物首先被新清单上的理由所激励，最后才是你原来的理由。这个场景感觉有点不一样，不是吗？以更高价值的动机来激励人物，会产生这样的效果。它会为行动增添激情。

如果你想让主角在手稿中一步一步地迸发出内心的火花，从而形成一个强有力的主题，那么你需要增强他的动机。轻描淡写和克制是好的。然而，当高价值动机变得可信和完整时，就像在你的小说中注入一股一万伏特的电流，它会像黑暗中的灯塔一样照亮小说。

呈现不可避免的道德困境

一个可能使小说沉沦的问题是未能在好与坏之间划出一条明确的界限。大多数读者都是有道德的人。他们转向小说——实际上，转向任何形式的故事叙述——以肯定我们共同持有的价值观。他们渴望知道，他们所信是正确的。当代生活很少有机会让人站在强烈的道德立场上，但小说大量描写了这类时刻。

当然，我不是主张复兴道德寓言或 19 世纪流行的社会良知小说。不过当代小说也可以有尖锐的道德基调——尤其是像约瑟夫·海勒（Joseph Heller）的《第二十二条军规》（*Catch - 22*）或汤姆·沃尔夫的《虚妄的篝火》（*The Bonfire of the Vanities*）这样的社会讽刺作品——但一般来说，作为读者，我们更喜欢小说以一种克制而非公开的方式来表达它的观点。这意味着作者不需要亲口说出这些信息，而是通过小说人物的行动来传达。

如果你仔细想想，就会发现许多成功的故事都将人物置于不可避免的道德抉择和困境中。面对道德抉择——在"皆对"或"皆错"之间做出选择——是任何小说所能呈现的最有力的冲突之一。你当前小说的主角面临这样的抉择吗？

什么会让这个抉择更加困难？作为一种脑力锻炼，为它再加上些困难。是否有办法在小说的早期建立这些困难？你能使道德抉择变得越重要和不可避免，它的影响就越大。

你的主角相信什么？哪些真理是他思想的基石？有没有办法破坏这些信仰，甚至彻底颠覆它们？你能让主角相信相反的东西吗？许多靠情节驱动的小说在处理外在问题方面做得很好，在主角的内心历程方面却吝啬笔墨。许多靠人物驱动的小说很好地描述了人物的内心世界，但没有扭曲、折磨和挑战将他们逼到极限。没有缺陷或盲点的主角让人感觉乏味。人物的道德生活也是如此。你的主角做错了什么？还有什么更深刻的真理是他没有看到的？

许多小说家对道德内容保持警惕是正确的。它太容易变成说教了。因此，主角的道德观必须根植于他的行为中，这至关重要。奥森·斯科特·卡德是我们这个时代最道德的科幻小说作家之一。虽然他的信念是明确的，但在他最好的作品中，这些信念来自故事的行动，而不是人物的嘴巴。在他的星云奖和雨果奖获奖小说《安德的游戏》（*Ender's Game*）中，年轻的安德鲁·维京（昵称"安德"）被从家里带到了一所军事训练学校，他在那里接受了高度紧张的虚拟战争模拟训练，这给他带来了长远的影响。在小说的高潮部分，在一场胜率为千分之一的战斗中，敌人的星球被摧毁，安德了解到这看起来是电脑游戏的东西根本不是模拟。安德，一个天才儿童，一直在对抗真正的外星人入侵。他为了获胜而浪费的战斗机飞行员真的死了。

卡德的小说对儿童、电脑游戏和人类的暴力文化有很多话要说，但这些主题在小说中从未被公开表述过。相反，卡德让故事本身来传递信息。

你的主角呢？他最大的错误是什么？是什么冤屈使他陷入无助的愤怒？他拒绝做的一件事是什么？什么行为定义了他所代表的一切？对主角进行最大限度的考验。如果这样做了，你的故事将会腾飞。

开发通用主题

如果作者有效地构建了一个道德冲突，首先播下它的种子，然后将其与情节的外部事件同时推向高潮，那么整体效果可能会是一个令人印象深刻的信息。注意最后一句话中的"可能"这个词。有些信息令人难忘，有些则不是。为什么？答案与主题的通用性有关。

一个被广泛相信的信息、道德或观点在某种意义上是通用的，但这并不保证它会产生影响。半小时的家庭情景喜剧通常会呈现一个熟悉的道德观，但它通常在播放最后的演职员名单时就被遗忘了，因为情景喜剧的信息往往过于简单，戏剧化程度也很弱。一个观点是否被广泛接受很重要，更重要的是其能否被深入开发。

"爱情征服一切"几乎是所有爱情小说的主题。很多时候，它不会产生很大的影响。伟大的爱情小说把爱情看得比世界上的任何东西都重要。非爱不可，非他不可。爱情小说书架上的每一对男女主角都应该在一起，但并不是所有的男女主角都能让我们满怀希望、欢欣鼓舞，咬着指甲想知道他们是否会在一起。对于读者来说重要的是，主题必须以一种特殊而深刻的方式影响这些人物。

推理小说也是如此。这类小说的典型主题是"正义必须得到伸张"。这当然是对的。在所有的推理小说中，确实如此。但是，我们有多少次因为害怕邪恶会获胜而愤怒得颤抖？不经常。要做到这一点，主角自己的愤怒和恐惧必须抓住我们的心，扰乱我们的神经。相反地，反派的观点也必须具有吸引力。是什么让你的反派人物变得正确？这个问题与发现主角可能犯下的最糟糕错误一样重要。

那真正的原创主题呢？读者有可能接受一个不熟悉，甚至不受欢迎的观点吗？当然可能。很少有小说家想说以前说过的东西。大多数人想成为有想法的人。这很好，也确实是文学小说的目的之一。它与类型小说刚好相反，类型小说的主题是验证熟悉的信念。但总有办法让一个不受欢迎的观点引人注目，也总有办法让它令人反感。

关键还是你的主角。我们若信他，就必信他所信的。以一个反英雄①为例。推理小说家唐纳德·E. 韦斯特莱克（Donald E. Westlake）的小说《斧头》（The Ax）获得了评论界的广泛好评，也在销售方面获得了巨大的成功。在这个故事中，失业两年的纸业公司高管伯克·德沃尔绝望地决定通过逐个谋杀竞争对手，来提高自己获得新工作的机会。在小说的最后，德沃尔为自己的行为辩护，他对当前美国价值观的认可掷地有声，即使带有讽刺意味：

① 反英雄（antihero）：与"英雄"相对应的一个概念，即有着反派的缺点但同时具有英雄气质或做出英雄行为的角色，常见于文学、美国漫画、电影等作品中。——译者注

每个时代，每个民族，都有自己独特的道德观念，自己的伦理准则，这取决于人们认为什么是重要的。曾几何时，荣耀被认为是最神圣的品质；曾几何时，慈悲是最受关注的品格。理性时代将理性提升为最高价值，一些民族——意大利人、爱尔兰人——一直认为感觉、感情和情感是最重要的。在美国早期，职业道德是我们对道德最伟大的表达，然后有一段时间财产价值高于一切，但最近又发生了另一种变化。今天，我们的道德准则基于这样的理念：只要目的正当，就可以不择手段。

有一段时间，人们认为这是不适当的，因为只要是目的，就可以证明手段的合理性，但这个时代已经过去了。我们不仅相信，还会把它说出来。我们的政府领导人总是根据目的来为他们的行为辩护。每一位曾在公开场合对席卷美国的裁员风暴发表过评论的首席执行官，都用同一观点的不同表述来解释自己的理念：只要目的正当，就可以不择手段。

我所做事情的目的，也就是目标和宗旨是好的，很明显是好的。我想照顾我的家人；我想成为社会中富有成效的一员；我想运用我的技能；我想自己工作，自己挣钱，而不是成为纳税人的负担。实现这一目的的方法很困难，但我一直关注着目的、目标。只要目的正当，就可以不择手段。和那些发表评论的首席执行官们一样，我没有什么可感到遗憾的。

你知道吗，我差点就同意了他的观点！韦斯特莱克让德沃尔所说之言符合我们的期望，但又让他冷静理性地做出与我们期望相反的事情。通过这种方式，作者对我们的价值观做出了新的评论。德沃尔错了，但韦斯特莱克的主题是有创新性的。

那么，你现在是否对你当前的小说有了一个更好的想法？你有修改计划使主题更强大吗？如果没有，也不用担心。写作至少是一种发现的行为。重要的是要确保，在写作过程中的某个地方，你愤怒着、哭泣着，或是下定决心向读者展示一些他们必须经历的东西。

一个冷漠的作家无法让我兴奋。然而，一个充满激情的作家——或者更确切地说，把激情赋予他笔下的人物，用人物作为他的代理人——更有可能写出一个让我着迷的故事。想想 20 世纪一些畅销小说和系列故事中的主角：特拉维斯·麦基、霍华德·洛克、斯佳丽·奥哈拉、乔治·斯迈利等。他们不是缺乏自信的顺从之人。他们有原则，有主见，有激情。他们不会袖手旁观。他们会行动起来。他们的内心之火点燃了我们——也点燃了书的销量。他们的观点激励着我们，萦绕于我们的脑海，他们的信念与我们的信念交融在一起。

20. 六种保持悬念的有效方法：让读者着迷
史蒂文·詹姆斯

无论是惊险小说、推理小说还是文学小说，其实质都是一样的：在小说开头就抓住读者，甚而让其废寝忘食。让读者心有所忧是关键办法之一。

简单来说，如果你不能吸引读者，他们就不会进入你的故事。所以，如果你不让读者担心主角，从而推动故事向前发展，他们就没有理由继续读下去。

想想看：忧虑等于悬念。

最棒的是，增强悬念不是什么秘诀。以下是六种最有效的方法。

方法一：　把读者关心的人物置于危险之中

悬念有四个必要因素：读者的共鸣、读者的关注、即将到来的危险和不断升级的紧张局势。

我们通过赋予人物一种欲望、一种创伤或一种读者能够认同的内心斗争，来引发读者共鸣。他们越是感同身受，与故事的联系就会越紧密。一旦读者关心并认同某个人物，当他们看到这个人物为得到他最渴望的东西而努力时，读者就会投入其中。

我们希望读者担心人物是否会得到他所渴望的东西。只有当读者知道人物想要什么时，他们才会知道什么与人物利害攸关。只有当他们知道其中的利害关系时，他们才会参与到故事中来。为了让读者更多地投入小说中，你要弄清楚：（1）人物渴望什么（爱、自由、冒险、宽恕等）；（2）什么能阻止他达成目标；（3）如果他得不到，会有什么可怕的后果。

当危险逼近时，悬念就会产生。当读者关心的人物处于危险中时，他们会感到恐惧。危险不一定是生死攸关之事。根据你的小说类型，这种威胁可能涉及人物的身体、心理、情感、精神或人际关系上的幸福。无论什么类型，都要展示可怕的事情即将发生，然后让可怕的事情持续发展以保持悬念。

我们需要升级故事中的紧张局势，直到它达到令人满意的高潮。通过使危险越来越迫近以至近在咫尺，越来越接近身体，破坏性越来越强来加剧利害关系。所以如果月球在第一幕中爆炸，那么整个银河系最好在第三幕时处于危险之中。如果紧张局势没有升级，逐步发展起来的悬念就会消失。

就像给气球充气一样，你不能让故事漏气。相反，你要继续往里吹气，增加气球的张力，直到它看起来随时都可能爆裂。

然后接着吹气。

再吹气。

直到读者快忍受不了的地步。

顺便说一句，这也是为什么在故事中加入性爱场景实际上会抵消建立的悬念。通过释放所有你一直以来不断累积的浪漫或性张力，你让气球跑气了。如果你想让人兴奋，加入性爱描写；如果你想制造悬念，那就推迟。

方法二： 多一些承诺， 少一些行动

悬念发生在故事的沉寂中，在动作序列之间的间隙中，在承诺可怕事情之后和它到来之前的那段时间。

当我在写《主教》（*The Bishop*）时，我的目标是让整个故事的跨度只有 52 个小时。我认为，把所有内容都安排在一个紧凑的时间框架内，会让故事变得很有悬念。

然而，当我真正写这本书的时候，我意识到如果要保持 52 个小时的时间框架，就必须发生很多事情才能使故事达到高潮，事情的发生不仅要速

度快，而且要接二连三，其中没有悬念产生的空间。最后，我在故事中又增加了 24 个小时，以便为承诺和回报创造机会，使故事充满悬念。

如果读者抱怨故事中"什么都没发生"，他们通常并不是指没有发生任何行动，而是指行动之前没有任何承诺。

与你听到的可能相反，解决"读者感到厌倦"这个问题不是通过增加行动，而是通过"让读者忧虑"。悬念是期待，行动是结果。你不能通过"让事情发生"来增加悬念，而要通过承诺让事情发生。不要问"需要发生什么?"而要问"我能承诺什么一定会出错吗?"

故事不仅仅是对事情的报道，故事是关于转变的。我们必须告诉读者事情的发展方向——什么情况、哪些人物或关系将会发生改变。

当然，根据小说类型，承诺可以是喜剧的、浪漫的、恐怖的或戏剧性的。例如，一对恋人计划在草地相见并私奔。这是一个承诺。

但是其中一个年轻人的情敌发现了，并自言自语道："如果我得不到她，谁也别想得到她。"然后他走向草地，手拿匕首隐蔽起来等他们出现。

这对恋人到了，却对危险一无所知……充分运用这一时刻，利用好它所制造的悬念。

然后让我们看看在那片草地上发生了什么。换句话说……

方法三： 遵守你的每一个承诺

与做出承诺相配合的是履行承诺的义务。承诺越大，回报就越大。例如，在我的第一部小说中，杀手对一个被他绑架的女人说："你的死将会被人们记住几十年。"这对读者来说是一个巨大的承诺。我最好通过使她的死亡令人难忘或令人恐惧来实现这一承诺。在另一本书中，我的一个人物告诉主角，最后在反派那里有一个"你永远想不到的转折等着你"。

另一个巨大的承诺。读者会想，好吧，伙计，让我们看看你能不能做到。

这就是你想要的。

所以你最好能兑现承诺。

记住：一个巨大的承诺若没有兑现就不是悬念，而是失望。

故事中的每一个字都是对读者的承诺，告诉了他们这个字对整个故事的意义。这是许多作家失误的地方，无论是写悬疑小说还是其他类型的小说。如果你用三段文字描述一件深红色的女士毛衣，那么这件毛衣最好是故事的关键。如果不是，你就是在告诉读者："哦，顺便说一下，我浪费了你的时间。是的，那部分对故事来说真的不重要。"

永远不要这样不尊重你的读者。

当故事出现问题时，往往是因为作家没有做出足够大的承诺，没有在读者希望承诺被兑现时兑现它们，或者违背诺言，根本没有去兑现它们。

这里有一个打破你对读者承诺的好方法。用一个序幕开始故事，比如说，一个女人独自在海滩上跑步，周围有狼人在徘徊。看看你能不能猜到会发生什么。

嗯……这将是一个多么大的转折——她被狼人袭击了！

哇！这是一个多么新颖独到的想法啊。

这为什么算是食言呢？因为它是可预测的。读者想预测会发生什么，但他们希望自己是错的。只有当作家所书超出他们的预期，而不是相反时，他们才会满意。

当作者介绍一个人物，告诉我她在哪里上的大学、学的是什么、她的爱慕对象、她最喜欢的零食等背景信息，然后马上把她干掉，或者没有给她在故事中任何重要的人物时，我总是很恼火。

当读者投入他们的时间时，他们希望这种投资能够得到回报。

做出重大承诺。

然后遵守它们。

方法四： 让人物告诉读者他们的计划

我知道，这似乎有悖常理。我们为什么要让读者知道接下来会发生什么呢？这不是把结局暴露了吗？

我并不是说要揭露你的秘密，或者让读者知道故事中的曲折。相反地，只需向读者展示计划安排，你就可以做出承诺，要么出错搞砸计划，要么计划将以一种推动故事（和紧张感）的方式实现。

仅仅通过让人物告诉读者他们的时间表，你就创造了一个承诺，可以以此制造期待和建立悬念：

"四点的简报会上见。"

"我们八点钟在里亚尔托吃晚饭吧。"

"好吧，这就是我今天上午要做的事：追踪指纹，找到艾德里安，然后去监狱，和'午夜杀手'唐尼·杰克逊聊一聊。"

当人物处理刚刚发生的事情并做出引导下一个场景的决定时，故事将通过动作序列走向重新定位的时刻。我们在现实生活中也是这样做的，先是经历一些令人感动或印象深刻的事情，接着处理它，然后决定如何回应。问题是，在这些反思的时刻，故事可能会拖延，悬念可能会消失。在每场戏的幕间转换中，必须做出或遵守一个承诺。

而且，如果你解决了一个问题或情节线索（也就是说，你遵守了之前的承诺），你就必须引入另一个转折或道德困境（换句话说，做出另一个承诺）。

故事的滞后几乎总是因为缺少张力（人物没有未满足的欲望）或没有尽可能地升级局势（有太多的重复）。要解决这个问题，就要向读者展示人物对某些东西的渴望有多深，却无法得到它，并通过使欲望更加难以实现而使故事升级。

方法五： 减少暴力

暴力越多，它代表的意义就越少。

这是我在我的惊险小说《骑士》（*The Knight*）中遇到的问题。在这个故事中，一个杀手正在重演13世纪手稿中被教堂谴责的十宗罪行。如果我把所有的十宗罪行都展示出来，故事肯定会包含很多可怕的暴力，但谋杀案过一段时间就会让人觉得很无聊。相反，我的调查员在杀手犯罪狂欢的过程中发现了这些杀人事件，他必须设法在最后的可怕犯罪之前阻止杀手。

谋杀不是悬念。带有谋杀威胁的绑架才是。

如果你想让读者在情感上与故事保持距离，就展示一个又一个的谋杀案吧。但如果你想制造紧张气氛，就减少暴力，增加读者对未来暴力行为的忧虑。

最恐怖的故事通常只包含很少的暴力情节。

当然，不同的题材元素也决定了不同的悬念方式。在推理小说中，你可能会发现一个人被砍头了。这发生在叙事开始之前，所以故事的焦点是解决犯罪问题。如果你写的是一个恐怖故事，你会展示斩首本身，包括所有的血腥细节。如果你写的是悬疑故事，故事中的人物会发现有人要被砍头，他们必须想办法阻止。

读者的期待，以及故事中利害关系的深度和广度，将决定小说中要包含多少推理、恐怖或悬疑的内容。几乎所有类型的小说都包含一些带有它们的场景。作为一名作家，重要的是你要意识到如何塑造这些场景，以创造读者预期的效果：好奇、恐惧或忧虑。

使用题材元素制造悬念

	推理	恐怖	悬疑
犯罪或危机事件的时机	暴力发生在故事开始之前。	读者可以看到暴力发生的过程。	读者预测暴力会发生。
叙事问题	谁为犯罪负责？	人物将如何死去？	如何能避免危机或即将到来的犯罪？
读者定位	在理解线索方面，读者可能会落后于故事中的侦探。	读者观察行动；他们也知道这个秘密。	读者知道人物不知道的危险。
读者期待	头脑（求知欲）	胆量（本能反应）	情感（担心或关注）

另外，请记住，重视人物的生命会增加悬念。因为读者只有在关心某个人物的遭遇时才会感受到悬念，所以我们要通过加强悲剧的影响来提高他们的关注。还要展示生命是多么的珍贵。故事中包含的谋杀越多，生命就显得越廉价，如果它很廉价，读者就不会关心它是否失去了。

方法六： 领先读者一步

当我写小说时，我不断地问自己，在故事的每一点上读者希望得到什么、想知道什么或者质疑什么。作为作家，我们的工作是满足读者的期待，或者增加一个转折点，使我们所给超出他们的期待。

这里有一些通过增加悬念来做到这一点的方法：

● **在编写故事的过程中，要激发出读者的害怕和恐惧。**（恐惧是非理性的害怕，所以害怕眼镜蛇不是恐惧，但害怕所有的蛇就是恐惧）。大多数人在面对危险时都害怕和无助。很多人怕针、怕黑、怕溺水、怕高等。想想最让你害怕的事情，可以肯定许多读者也会害怕它们。

● **确保在故事高潮到来之前，描述它的背景设定。**换句话说，让读者提前观察，为他们提供一切预兆，以便他们在高潮到来时能想象出这个场景。否则，你就会为了描述背景设定而拖延时间，而你本该用这段时间把故事推向高潮。

● **倒计时和最后期限可能会有帮助，但如果它们不能促进故事的发展，就会对你不利。**例如，让书中每一章都从更接近高潮的一小时开始，这个噱头过一段时间就过时了，因为它是重复的、可预测的——它们正是扼杀故事发展的两件事。相反，要从书的中间部分开始倒计时。要想加强倒计时的效果，缩短可用于解决问题的时间是个好办法。

● **当你把故事推向高潮时，把主角孤立起来。**撤掉他的工具、逃跑路线和支持系统（好友、导师、助手或保卫人员）。这迫使他变得独立，让你更容易在他与邪恶的最后对抗中将他置于不利地位。

● **让事件与个体相关。**不要只是让一个路人甲被绑架——应该让主角的儿子被绑架。不要只是让纽约市处于危险之中——还要让主角的奶奶住在那里。

不管你写什么，好的故事真的都是关于加强悬念的。遵循以上六个秘诀，你就能让读者手捧书本不愿入眠。

21. 让背景设定成为人物：
如何创造丰富且让人沉浸其中的故事世界
唐纳德·马斯

伟大的小说从故事开始就有背景设定。这样的背景设定不仅让人感觉非常真实，而且是动态的。它们会变化。它们会影响故事中的人物。它们会成为隐喻，甚至可能会成为剧中的演员。

力量强大的背景设定似乎有自己的生命，那么这种效果是如何实现的呢？让背景设定成为人物是给小说家的常见建议，然而除了在描述环境时调用所有的五种感官外，关于如何做到这一点的建议并不是很多。

诀窍并不在于找到全新的背景设定或以独特的方式去描绘一个熟悉的地方；相反，即使不是为你，也要为人物找到背景设定中的独特之处。

你必须超越描述、超越方言、超越当地食物，以某种方式将背景设定融入人物的经历中。

链接细节与情感

小时候，你有什么特别的避暑胜地吗？海滨别墅还是湖边小屋？一个家传多年、历史悠久、配有槌球锤、特制冰茶杯和生锈的旋转割草机的地方？

对我来说，避暑的特别去处是我叔祖父罗伯特在宾夕法尼亚州雷丁附近山坡上的农场。我们叫他"洛克叔祖"，据我所知，他生来就老派。他喜欢自己的约翰迪尔牌拖拉机，但并不特别喜欢孩子，尤其是在我弟弟把锡制蘸汁杯掉进前院的井里之后。

洛克叔祖养羊。他在地势较低的池塘放养鳟鱼。他把一间独立战争时期的小木屋和一间维多利亚时代的农舍连接起来，在它们之间建起了一间高耸的起居室，有着高高的窗户，还贴着地砖。客厅里有一个糖果盘，每天都如魔法般地装满玛氏巧克力豆。（我现在怀疑魔术师是我的叔祖母玛格丽特。）

晚上，洛克叔祖会在装了玻璃的门廊上读报纸，当夏日的闪电划过山谷时，他的便携式晶体管收音机里会传来带着杂音的古典交响乐曲声。在今天，这就是我脑海中完美满足的画面。当我在暴风雨中听到收音机带着杂音的声响时，我会放松下来。我很想念我的洛克叔祖，伴随着心里的一阵剧痛。

现在，让我来问你：在不回顾你刚刚读过的内容的情况下，你对我所写的内容记得最清楚的是什么？是细节吗，比如蘸汁杯，巧克力豆，或者闪电？还是对我来说，伴随着暴风雨来临的那种满足感？无论答案是什么，我都认为你记得这些东西，不是因为细节本身或它们在我身上唤起的情感，而是因为这些细节和个人情感同时存在。

换句话说，是背景设定细节和与之相关的情感结合在一起，共同使一个地方获得了生命。背景设定要想生动起来，部分靠细节，部分靠人物体验它的方式。任何一个元素其本身都是好的，而两者结合就能创造出无与伦比的背景设定。

衡量随时间推移产生的变化

还有其他方法可以使背景设定变得生动。其中之一是衡量一个地方随着时间推移产生的变化。当然，大多数地方并没有发生太大的变化——变化的只是观察它们的人。

克莉丝汀·汉娜（Kristin Hannah）的《在梅斯提湖上》（*On Mystic Lake*）是一本治愈乡愁的小说。梅斯提湖位于华盛顿州的奥林匹克半岛。然而，故事中受伤的女主角安妮·科尔沃特却是洛杉矶郊区的本地人。

在小说的第一部分，安妮，在她 17 岁的女儿离开去欧洲学习半年后，突然因得知她的丈夫想要离婚而伤心欲绝。别吃惊，他已经和办公室里一个更年轻的女人勾搭上了。这是一个单调的设定，但汉娜巧妙地利用安妮世界的平凡作为一个起点来营造紧张气氛。在小说开头的这一段中，她详细描述了洛杉矶的春天：

> 那是三月，一年中最沉闷的时候，寂静无声又灰暗，但风已经开始转暖，带来了春天的希望。上周还光秃秃、脆生生的树木，在一个没有月亮的夜晚，似乎已经长了 6 英寸①。有时，如果阳光正好打在树枝上，你可以看到新生命的红芽在裂开的褐色树皮的尖端蠢蠢欲动。每天，马里布后面的山丘都会开花，在短短几个星期后，这里将是地球上最漂亮的地方。
>
> 像植物和动物一样，南加州的孩子们感觉到了太阳的到来。他们开始梦想着冰激凌、冰棒以及去年的热裤。即使是坚定的城市居民，生活在玻璃和混凝土的高楼里，住在像世纪城这样有着自命不凡名字的地方，也发现自己走向了当地超市的苗圃通道。小型盆栽天竺葵开始出现在金属购物车中，与晒干的西红柿和依云矿泉水一起出现。
>
> 19 年来，安妮·科尔沃特一直在等待春天的到来，就像一个第一次参加舞会的年轻女孩那样屏息期待。她从遥远的地方订购了鳞茎，还买了手工彩绘的陶罐来装她最喜欢的一年生植物。
>
> 但现在，她只感到恐惧，和一种模糊的、无形的恐慌。……当她

---

① 1 英寸约合 2.54 厘米。——译者注

唯一的孩子离开家时，母亲会怎么做？

洛杉矶给我的感觉一直都差不多——不过话说回来，我是在新英格兰长大的。从这里你也可以看出我对它所知不多。谁知道季节的变化可以用冰棒和热裤的景象来衡量？通过向我展示南加州本地人会注意到的细微季节变化，汉娜描绘了安妮·科尔沃特所看到的春天。但这还不是全部。今年春天，安妮惯常的"屏息期待"变成了恐惧。这种对比极具冲突性，但它是一种很好的方式。

要意识到历史总是与个人相关

历史小说家经常思考，是什么使他们的小说所处的时期与当今时代不同。他们孜孜以求地研究着。事实上，许多历史小说家都说这是他们在创作过程中最喜欢的部分。然而，当研究完成并开始写作时，他们如何在书页上创造出一种时代感呢？"用细节"是常见的答案，但究竟用哪些细节？用多少呢？

如果小说所处的时期在历史上并不遥远呢？如果故事发生在 20 世纪 70 年代，提及水门事件就足够了吗？还是需要更具体地描述迪斯科、大众汽车、横条纹马球衫和石油危机？当代的故事呢？当小说处于我们自己的时代，还需要传达时代感吗？

要开始回答这些问题，请阅读报纸的专栏版。每个人都以同样的方式看待我们的时代吗？不，看法各不相同。这也适用于虚构的人物。主角对我们这个时代有何看法？就像小说创作的许多方面一样，创造一种时代感首先需要通过人物来过滤这个世界。

约瑟夫·卡农（Joseph Kanon）层次丰富的处女作推理小说《洛斯阿拉莫斯》（*Los Alamos*）获得了 1998 年美国悬疑作家埃德加奖最佳处女作奖。随后，他又创作了《浪子间谍》（*The Prodigal Spy*）、《德国好人》（*The Good German*）和富于悲剧性且情节复杂的《不在场证明》（*Alibi*）。

《不在场证明》的故事发生在 1946 年的威尼斯，二战刚刚结束。富有的美国人正在返回欧洲，其中寡妇格蕾丝·米勒感觉巴黎太过压抑，就南迁到了威尼斯。格蕾丝邀请她的儿子亚当与她同行。亚当是小说的主角和叙述者，他刚从战后德国的纳粹猎人工作中解放出来。在小说的开头，亚当讲述了自己母亲重返海外生活的经历：

战后，我母亲在威尼斯买了一套房子。她先去了巴黎，希望能重拾旧日的生活，但巴黎已经变得阴郁起来，人们到处抱怨物资短缺，连她的朋友们也显得疲惫不堪，躲躲藏藏。这座城市仍处于战争状态，这次是和它自己的战斗，她为之而回来的一切——巴克街的大公寓、咖啡馆、拉斯帕伊的市场，她五年之后仍记忆犹新——现在看来却让人觉得苍凉失望，在弥漫不散的灰色云层覆盖下显得黯淡。

两个星期后，她逃到了南方。威尼斯至少看上去还是一样的，这使她想起了我父亲，想起了他们早年在丽都岛闲逛的下午和晚上跳舞的日子。在照片中，他们总是晒得黝黑，坐在条纹更衣室前的沙滩椅上，与朋友们打闹，每个人都穿着长袍或笨重的连体羊毛泳衣。科尔·波特曾在那里写了一些流行歌曲，由于我母亲认识琳达，在他俩刚结婚的那个夏天，他们有很多晚上都在钢琴旁喝酒。当从巴黎开来的火车终于穿过环礁湖时，阳光照在水面上，有几分钟让人眼花缭乱，她好像回到了那年的初夏。伯蒂，丽都照片中的另一个人物，坐着汽艇在车站迎接她，当他们沿着大运河摇荡时，阳光如此明亮，宫殿一如既往地辉煌，整个不可能的城市在这么多年后依然如故，她想她可能又会幸福了。

在这个氛围感十足的开篇中，有几件事值得注意。首先，卡农在这两段中制造了富于张力的潜流，这种张力来自他母亲的渴望……巴黎让人失望，而威尼斯似乎没有受到战争的影响，充满了阳光和回忆。一种怀旧的情绪在这里就足够了，但卡农自己并不满足于仅仅描写一片玫瑰色的光芒。威尼斯是"不可能的"，而格蕾丝的精神振奋中带着一丝疑虑："她想她可能又会幸福了。"

"可能"这个词是深思熟虑后的选择。你是否感觉到，亚当的母亲不会在威尼斯重现20世纪二三十年代战前派对的幸福？你是对的。格蕾丝被杰出的意大利医生詹尼·马格里奥追求，亚当一见到他就不喜欢——事实证明，他有充分的理由。当亚当开始与犹太女人克劳迪娅·格拉西尼恋爱时，他被卷入了一场悲剧性的冲突中。克劳迪娅做了法西斯分子的情妇才得以在集中营里保命。她指责马格里奥医生在战争期间与法西斯分子勾结，更严重的是，他让克劳迪娅的父亲在奥斯威辛集中营里死去。亚当的母亲希望抛开过往，但是亚当，考虑到他的背景和对克劳迪娅的爱，不能置之不理。

卡农的开头也有效地唤起了战争刚结束时的欧洲印象。巴黎是"阴郁的"并充满了"抱怨"。格蕾丝眼中的巴黎也很具体：卡农不仅提到了城市的街道、咖啡馆和市场，还提到了格蕾丝在"巴克街"的公寓和"拉斯帕伊"的市场。据我所知，卡农可能完全虚构了这些地方。这并不重要。正是它们的具体性，让这个食物短缺的巴黎和长久的记忆鲜活起来。

相比之下，威尼斯充满了虚假的阳光和甜蜜的回忆。这些回忆是非常具体的：丽都的午后时光、条纹更衣室、科尔·波特。卡农从他的研究中摘取了一些精选的花絮，暗示了快乐、无忧无虑的特权生活。他的叙述者对这些东西有一种漫不经心的熟悉，促成了这段话的真实性。但还不止这些。细节和情绪、格蕾丝天真的渴望以及亚当愤世嫉俗的预言，都汇集在这几段文字中，创造了一个独特的时刻。

透过人物的眼睛

让我们更深入地挖掘人物和背景设定之间的关系。为一个人物注入对他所处的地域或时代强烈的看法是有效的技巧，还有什么比它更有效吗？有的。给两个人物都注入这种观点。

小说家托马斯·凯利（Thomas Kelly）专注于工人阶级的主角，以坚韧不拔的纽约为背景设定。在《帝国崛起》（*Empire Rising*）中，凯利围绕着20世纪30年代帝国大厦的建设构建了他的全景式、多视角的小说。其中一个主要视角来自爱尔兰裔美国钢铁工人迈克尔·布里奥迪。在小说开头的场景中，布里奥迪被选中在这座建筑的奠基仪式上敲第一颗铆钉，这是一场政治秀，等待的工人们对此没有多少耐心。在工地上曾经有一家旅馆，它的拆除让布里奥迪在沾沾自喜的演讲中停顿了一下：

> 布里奥迪并不感到惊讶，台上的有钱人没有一个提到在拆除旧旅馆时死去的六个人。一点儿也不惊讶。他想到了死去工友丑陋的结局，被压坏、破碎的尸体就像另一些瓦砾一样被悄悄带走，他们的名字早已被遗忘。他们的故事无人知晓。他把重心从一只脚移到另一只脚，急于开始工作。他的工友们目光呆滞地看着。他们对舞台表演不感兴趣。他们嘀嘀咕咕，小声说笑，直到一个水泥工人发出一声巨

响，像一个成熟的屁，然后监理人把他的胖头转过来，瞪着他们，好像他们是不听话的小学生。他们沉默下来。他们想要这份工作。否则他们下一站会是加入等待领取救济的队伍。

在我看来，这段话里的张力被很好地克制住了：不耐烦夹杂着大萧条时期工人特有的落魄和愤世嫉俗，他们离饥饿只有一步之遥。布里奥迪对这个仪式有什么看法？凯利几乎不需要告诉我们，他只是让布里奥迪对他前任工友的死进行了缅怀，这暗示了他的感受。

在故事的稍后部分，凯利介绍了另一个主要视点人物约翰尼·法雷尔，他是一名律师，也是市长吉米·沃克的贿赂收款人。约翰尼是他的世界中的王，但在他的领域里并非一切正常。约翰尼的妻子来自一个富裕且非常体面的家庭。她看不起他的工作和他那班狐朋狗友。一个星期天的早晨，当他的妻子要带着孩子们去圣公会教堂时，他们争吵起来。在她离开后，约翰尼反思了他们成长过程中的差异：

> 法雷尔吻别了孩子们，看着帕梅拉领着他们上了等着的车。她坚持让他们坐车走完四个街区的路程去复活教堂，而不是步行，因为她喜欢别人投来羡慕的目光。他回忆了一会儿他自己在布朗克斯的童年，他的母亲曾经如何拉着他们穿过拥挤的社区街道去圣杰罗姆教堂，所有那些移民都把教堂看作延续过去的一种方式。有那么一瞬间，他站在第五大道的公寓里，虽然离年轻时的大杂院那么远，但他可以闻到香气，听到拉丁语的音调，感觉到母亲粗糙的手握着他的手。这个女人一直生活在恐惧之中。这种恐惧向他灌输了饥饿感、野心和永不满足的需求，而现在就是这种需求带给了他在城市精英区中一个优雅而宽敞的家，在那里，他自己的孩子对他来说是完全陌生的。他抓起外套和帽子，开始了新的一天。

你认为这段话是关于什么的？场景的背景设定？不是。它关于帕梅拉和约翰尼·法雷尔的不同价值观，以及约翰尼沮丧地意识到实现抱负也有其痛苦的一面。不过，请注意作者在书中穿插的时代细节：复活教堂、布朗克斯、移民、消失已久的第五大道豪宅。我想说的是，法雷尔对他的家庭和童年的感受与纽约有着密切的关联。

你当前小说的背景设定对书中人物意味着什么？你如何描述这种意义

并使其在故事中活跃起来？做到以上要求所需要的技巧是小说家工具箱里最有力的工具之一。使用这些技巧，不仅会给你的小说提供一个有生命力的背景设定，还会为读者构建一个完整的世界，即故事世界。

22. 强化冲突：如何用复杂情节推动小说发展

杰克·史密斯[①]

冲突是推动故事发展的引擎。这对于塑造强有力的人物至关重要，人物不仅仅是一幅画像，在经历斗争和对自我或世界的某种认识之后，他会变得真实。这也是使人物和故事变得有趣的原因。我们会发现，如果一个故事没有发生冲突，每个人都过得很好，没有人失去工作，没有人失去爱情，每个人都拥有他们需要的一切，没有人生病或死亡，那会非常无聊。与生活一样，文艺小说中也有许多困境。我们可能不希望看到严峻的情况，但我们确实想要体验那样的小说，那种能诚实地对待人类和他们状况的小说。显然，人类的命运不是纯粹的快乐或无尽的幸福，还包括痛苦。

当你处理冲突的重要方面时，你肯定会与人物的塑造打交道，这两个因素不是分开的，而是错综复杂地交织在一起的。

[①] 杰克·史密斯（Jack Smith）出版了三部小说：《存在》（*Being*，2016）、《肖像》（*Icon*，2014）和《猪猪》（*Hog to Hog*）。《猪猪》获得了 2007 年乔治·加勒特小说奖，2008 年由得克萨斯评论出版社出版。他在许多文学杂志上发表过文章，包括《南方评论》（*Southern Review*）、《北美评论》（*North American Review*）、《得克萨斯评论》（*Texas Review*）、《X 链接》（*Xconnect*）、《潜在评论》（*In Posse Review*）和《夜车》（*Night Train*）。他的评论广泛出现在《犁头》（*Ploughshares*）、《佐治亚评论》（*Georgia Review*）、《美国书评》（*American Book Review*）、《草原大篷车》（*Prairie Schooner*）、《中部美国评论》（*Mid-American Review*）、《昴宿星》（*Pleiades*）、《密苏里评论》（*Missouri Review*）、《X 链接》和《环境》（*Environment*）杂志上。他在《小说和短篇小说作家市场》（*Novel & Short Story Writer's Market*）和《作家》杂志上发表了几十篇文章。他的创作著作《为出版而写作与修改：创作优秀小说和其他小说作品的六个月计划》（*Write and Revise for Publication：A Six-Month Plan for Crafting an Exceptional Novel and Other Works of Fiction*）于 2013 年由作家文摘书籍出版社出版。他的合著非虚构环保图书《温柔地杀死我》（*Killing Me Softly*）于 2002 年由月刊评论出版社出版。除了写作，史密斯还担任了《青山文灯》（*The Green Hills Literary Lantern*）25 年的小说编辑，它是由杜鲁门州立大学出版的在线文学杂志。

增加风险

风险足够高吗？人物在他的目标上投入了什么？首先，风险要高到读者关心的程度。其次，考虑到我们在这些情况下对某个人物的全部了解，它们必须可信。

我们可以将风险与一种或多种人类需求和欲望联系起来：

● **物质方面**：在厄普顿·辛克莱（Upton Sinclair）的《屠场》（*The Jungle*）中，主角尤吉斯·路德库斯在一家环境恶劣的肉制品加工厂工作。对这个人物来说，风险当然是很高的——他的基本生存岌岌可危。D. H. 劳伦斯（D. H. Lawrence）的短篇小说《木马优胜者》（*The Rocking-Horse Winner*）对物质需求的表达方式与《屠场》不同，这一点似乎是显而易见的。但我提到这两部作品只是为了形成对比，强调在决定设置什么样的风险时，你必须考虑人物的构成、他的情况等。风险必须牢牢建立在人物的基础上。劳伦斯故事中的风险是什么？需要越来越多的钱，无穷无尽的供应。这些风险看起来可能没有辛克莱的小说中那么高，但它们确实也非常高，原因在于那位母亲对金钱和社会地位的极度渴望。没有这种欲望，我们不能接受保罗骑着木马走向死亡。

● **情感方面**：在浪漫的爱情故事中，当人物深陷爱河痛苦不堪时，风险就会变得很高：他们要么得到爱人，要么就会灭亡。但是，一个人物会为了爱而杀人吗？会认为这是实现他愿望的唯一途径吗？当然，这里的风险足以引起读者的兴趣，但现在确保行动可信性的责任落在了作者身上。在《罪恶激情的疯狂涌动》（*A Wild Surge of Guilty Passion*）中，罗恩·汉森（Ron Hansen）让我们相信露丝·斯奈德能够说服贾德·格雷，在得到她的欲望的驱使下，帮她杀死自己讨厌的丈夫。

● **心理方面**：人物可能在自尊和个人价值感方面是脆弱的。在艾丽西亚·埃里安（Alicia Erian）的《无处藏私》（*Towelhead*）中，年轻女主角杰西拉在父母双方那里都没有找到真正的爱。她为自己的空虚感寻找出路，并参与了越来越危险的性反叛活动。显然，这个故事中的风险很高：杰西拉会发现自我，并引导自己采取自我肯定的行为吗？对读者来说，这个问题很重要，埃里安将人物的自我危机建立在性格和环境两方面。

● **知识或文化方面**：为什么知识和文化对这个人物如此重要？如果他被剥夺了接受教育、欣赏艺术或文化的权利，会发生什么？托马斯·哈代（Thomas Hardy）在《无名的裘德》（*Jude the Obscure*）一书中有力地探讨了这个问题。对裘德·福莱来说，基督教堂代表着学习和文化的庄严殿堂，这事关重大。为了进入精英圈子，他全身心地投入学习中，以摆脱作为石匠的社会阶层限制，不过在哈代的自然主义小说中，命运对他另有安排。

● **社会方面**：对包法利夫人来说，需求既是情感的也是社会的。包法利夫人沉迷于多愁善感的小说，受困于和一个乏味的乡村医生的婚姻，她渴望盛大舞会的刺激和社交活动。沉闷的乡下环境让她无法忍受。她渴望成为贵妇。对她来说，风险真的很高。这是一个生死攸关的命题，除了她所追求的这种生活，她将失去一切。当事情出了漏子，她最终服食砒霜自杀了。

当风险足够高时，读者就会对人物感兴趣。当然，读者期待斗争，而这正是一个有价值的反派应该被引入的地方。

为主角配备一个有价值的对手

在试图达成他们所想，或避免他们所不欲时，主角经常与对手斗争——个人、团体，或整个系统。

什么是有价值的对手？当然不是一个几乎不需要斗争就能轻易击败的对手。读者期望的是一个强大到足以导致主角巨大困境的反派。

反派往往是单一的个体，有自己的目标，与主角的目标相竞争。如果反派决心足够坚定，无情地坚持自己的立场，那么他们当然是有价值的对手。我想到了文学作品中的几个例子，它们都很不同。《红字》（*The Scarlet Letter*）中刻画了大反派罗杰·齐灵渥斯，他要为自己失去的荣誉复仇并消灭阿瑟·丁梅斯代尔。《黛西·米勒》（*Daisy Miller*）中有位沃克太太，她因为黛西在罗马社会中没有文化、不体面的行为而避开她。齐灵渥斯在霍桑（Hawthorne）的爱情小说中是一个夸张的邪恶人物，而沃克太太则是一个更加现实的人物，她误以为自己把黛西从罗马的欧洲化美国社区中排斥出去是正确的。换句话说，作为反派，她更多的是误入歧途，而不是邪恶。

在大多数情况下，我们不应该把反派当成"坏人"，把主角当成"英雄"。最好避免这样简单的称呼。当然，反派可能是非常坏的人，但要小心，不要使他们落入俗套。仔细阅读你的草稿，找出其中的老套陈规。如果你发现塑造刻板的反派有利于主角，那就想办法赋予他们人文元素。反派不一定要有同情心，但读者应该能够欣赏他的思考方式（如果他是一个有思想的人物），或者被他的行为吸引（如果他是以全知视角呈现的）。如果你让反派有某种共情，读者就会更欣赏主角与反派之间的冲突。不要把两种人物之间的界限划得太窄。不要创造一个罗杰·齐灵渥斯。

在小说中，如果两个主角相互把对方视为反派，那么界限肯定是模糊的。这发生在 T. C. 博伊尔（T. C. Boyle）的《当杀戮结束》（*When the Killing's Done*）里。在这部小说中，一个动物权利活动家与一个环保主义者正面交锋。这两个视点人物都得到了充分的发展，在一场不容易解决的战斗中，两个人都是对方有价值的对手。如果其中一个人物的发展程度远低于另一个人物，那么作品无疑会显得说教，仿佛作者站在其中某个人物的一边，而不是另一个人物一边。但博伊尔避免了这一点。透过每个主角的镜头，我们看见他们相互将对方视为反派。

反派也可以是整个系统：与人类对立的社会、经济和政治力量。我们可以在埃米尔·左拉（Emile Zola）、西奥多·德莱塞（Theodore Dreiser）和斯蒂芬·克莱恩（Stephen Crane）等作家的自然主义小说中找到这样的例子。在这些作家所创造的世界中，我们很容易看到这些反派都是有价值的对手。在左拉的《萌芽》（*Germinal*）中，根深蒂固的资本主义制度压迫着贫穷、半饥半饱的煤矿工人；在德莱塞的《嘉莉妹妹》（*Sister Carrie*）中，芝加哥和纽约都是巨大的城市，它们决定着居民的命运；在克莱恩的《红色英勇勋章》（*The Red Badge of Courage*）中，南北战争本身就是一台机器，比任何在其中战斗的士兵都要庞大得多。

如果你的小说涉及像这样巨大的社会力量，那么你需要决定胜利或失败可能意味着什么。你是否像自然主义者那样认为：个人对这种环境力量几乎无能为力，他们往往是被比他们自身更强大的力量塑造并控制的棋子？或者你认为个人可以不顾一切地进行斗争，并获得某种个人尊严？如果人物没有任何力量，他们就只剩下可悲。如果他们进行了英勇的斗争但失败了，我们可能会把他们看作悲剧人物。读者可能会发现一个悲剧人物比一个可悲的人物更值得同情，当然，这取决于一个人的哲学取向。

尽管涉及与这种巨大的外部力量做斗争的小说在今天并不是很流行，但你的小说中仍可能包含超越个人关系的冲突——可能不是德莱塞、左拉或克莱恩所关注的那种。也许是与不负责任的公司（我的小说《猪猪》中的里特猪肉公司）的斗争，与地方政府（安德烈·迪比三世的《尘雾家园》中的县政府）的斗争，或者转向 19 世纪的经典作品——与腐败的机构 [夏洛蒂·勃朗特（Charlotte Brontë）的《简·爱》（Jane Eyre）中的慈善学校] 的斗争。在小说中决定如何处理斗争很重要。假设你写的是现实主义小说，最好的方法是尽可能现实地表现斗争双方。用个别的反派来代表主角正在与之斗争的更大的社会机构，但要给予他们足够的人性维度，这样他们才不会表现得像夸张的坏蛋。如果你写的是讽刺文学，就像我写的小说一样，虽然讽刺是一种基于夸张和严重扭曲的表达形式，但你仍然需要赋予人物人性维度。即便你这样做了，对人物也不能泛泛而谈，因为它会让读者不快。

构建冲突

冲突以一种复杂的形式出现在故事中，它是对现有平衡的扰乱。这种复杂事件表面上可能是好的，但紧随其后的可能就是困境。想想莫斯在《老无所依》（No Country for Old Men）里找到的那箱钱吧。发现那箱钱后，随之而来的就是困境。如果复杂事件是坏事，那也不一定会产生特别坏的结果。没有人必须得在其中受伤或死亡。但是，正如我们已经讨论过的，它必须对人物有足够的重要性，不管障碍是什么，要使读者对它有明显的关注。

冲突应该在故事的早期引入，使其有足够的时间成长或发展。在以简述开头的故事中，可以在开头引入冲突。否则，它应该出现在叙事的开头段落。冲突未必发生在故事的开头，但确实要尽早。刚开始它可能并不显得那么严重，但要让读者相信它必然在某方面是严重的，而且它的严重性将在以后变得明显。读者应该被牢牢吸引，想要继续读下去，看看它会变得多么严重。

　　冲突必须在构建故事的过程中得到发展。一旦知道了冲突，我们就应该感觉到它在各个场景之间穿行——或者至少必须感觉到它在人物的世界中盘旋，若隐若现。但是，正如我已经说过的，它不一定非得扣人心弦，像理查德·鲍什（Richard Bausch）的《在夜季》（*In the Night Season*）那样，杀手有备而来。它可能是一场酝酿中的婚姻冲突，就像在 T. C. 博伊尔的《核心圈子》（*The Inner Circle*）中，约翰·米尔克与妻子艾丽斯的关系受到威胁，原因在于他与性学大师阿尔弗雷德·金西的交往。无论约翰和艾丽斯是争吵还是分手，这种冲突贯穿小说始终。它被构建起来，并经历了不同的变换。

　　当你不断修改，努力构建和重建冲突时，想想有效冲突的不同方式：通过话语和沉默，通过行动和非行动。人物有时会将冲突说出来，与他们认为可以信任的人分享；或者他们犯了错误，与他人讨论自己的麻烦，但后来却发现与之讨论之人不能信任。

　　人物也可能保持沉默，让他们的烦恼在心中酝酿。内心冲突在人物驱动的故事中是必不可少的。但要避免长篇累牍的论述，除非这些段落特别吸引人。无论你如何处理，都要让读者从内心感受到，他们强烈地参与到了这种可感知的麻烦之中。

　　戏剧性的行动对加剧冲突至关重要。人物必须做出行动和反应。一个场景中应该发生什么是由冲突的性质和人物的具体需要决定的。一些非常平静的故事没有喧嚣，也不以爆炸性的决斗结束，但仍然能够产生强烈的情感冲击。请注意曼·马丁（Man Martin）的《无尽的科尔维特之日》（*Days of the Endless Corvette*）里这段节选中明显的冲突，该小说获得了2008 年佐治亚州年度作家奖的处女作奖：

　　　　爱伦早上第一件事就是去看医生，她干得不错，因为在厄尔来接她之前，她有足够的时间镇定下来，擦干脸。现在她所需要做的就是控制住自己，不让在眼眶里打转的眼泪落下来。他心想他一定是做错了什么——一定是那件长礼服，他对自己说——厄尔什么也没说。爱伦也不说话，于是他们三个就默默地乘车回家了。

　　我们感受到了来自第三个乘车者的张力，但因为其他两个人物说得很少，所以这种张力是无言的。散文的风格本身也让人感到安静。

要想办法将注意力不时地从中心冲突上转移开来：在一些场景中，人物不说话，也不因关注主要冲突而做出行动，他们的注意力显然转移到了其他地方。这种风暴中的停顿可以是有目的的。人们往往不谈论大的冲突，而是在小事上相互挑剔。人物甚至可能接近中心冲突后又退缩。主要冲突处理起来很痛苦，往往令人沮丧。这种惊惶失措可以促进人物发展，同时，也许读者在这一点上的"无知"实际上增加了冲突。有时候，不说话比说出来更让利害相关者感到不安。或者，这段平静的时光可以为小说提供发展次要情节的机会。

此外，处理小冲突的场景可以完成两项基本任务：一是可以拓宽小说的主要冲突，而这种方式带来的效果可能要到后面才会显现出来；二是可以在主要冲突暂时隐去时制造悬念。读者会想知道这些小冲突和主要冲突之间有什么联系，以及主要冲突什么时候会再次出现。我们仍然感到关键冲突盘旋不去，它并未远离。

另一个构建冲突的有用工具是铺垫。设法暗示故事或小说中稍后发生的事情——按时间顺序稍后发生，或采取倒叙的方式让其在叙事中稍后发生。铺垫可以出现在场景中，也可以出现在人物的脑海中。在写作过程中加入暗示、戏弄，创造越来越多的悬念。可以让某个人物先做一个陈述，然后中止这个话题，再让另一个人物隐晦地提到它。

冲突也可以由不同类型的呼应构建。比如，人物被唤起，或唤起其他人、事件的历史发展。因为重复会产生强调，这样，铺垫和呼应一起将行动编织成了一条情节线。

让冲突变得微妙和复杂

为确保读者的理解而过于直白地强调冲突，将降低小说的影响。最好把冲突处理得微妙一些，甚至可以复杂一点，就像生活本身一样。我们并不总能分辨是什么让我们不安。如果是言辞，是因为说出的言语吗？是说话的方式？还是因为话里有话，含沙射影？在某些情况下，冲突是很明显的：抢劫银行、人身攻击、仓促混乱的离婚。但即使在这些情况下，原因也可能各不相同，而且非常复杂。

以阿瑟·米勒（Arthur Miller）的《推销员之死》（*Death of a Salesman*）

为例，这是一部建立在一系列复杂冲突之上的经典戏剧。简单地说，我们可以认为，威利与儿子比夫的冲突是他对儿子的严格要求。然而，在这个更大、更明显的冲突中还捆绑着其他几个冲突：比夫知道威利对琳达不忠、威利对琳达的虐待，威利生活在谎言中并期望比夫也这样做，还有许多其他的冲突。人与人之间的冲突通常是复杂的，你越是用微妙的方式（通过暗示而不是直接陈述）表现这种复杂性，你就越能激起读者的兴趣。如果冲突太容易解决，就会显得太简单、太普通，不值得读者付出关注或兴趣。

使抽象冲突具体化

抽象的概念范围很广：战争、贫穷、救赎。约翰·班扬（John Bunyan）的《天路历程》（*Pilgrim's Progress*）采用了救赎的抽象概念，使之成为一段艰苦的徒步之旅。抽象的冲突——拯救还是毁灭——比故事中的任何具体内容都重要。然而，具体的内容确实能使读者感到抽象的概念变得更加真实。

如果作品倾向于关注某些抽象的层面——理念和主题——一定要通过戏剧性事件和强烈事件使其具体化。如果没有年度彩票的戏剧性展开，雪莉·杰克逊（Shirley Jackson）的短篇小说《摸彩》（The Lottery）的理念，肯定不会对读者产生那样巨大的影响。

可信地解决冲突

太容易解决的冲突没有什么意义。冲突的风险可能会很高，但无论有多高，或者反派多有价值，如果冲突突然结束，然后主角快乐地继续生活，那么读者会感觉被骗了，因为他们知道生活不是这样的。这就是全部的结果吗？这就是我浪费时间所得到的？

约翰和艾丽斯的婚姻在《核心圈子》中不太顺利，T. C. 博伊尔并没有通过给我们一个幸福的结局来欺骗我们——他们仍然面临着可能无法解决的问题。把所有事情打个包，为读者提供一个快乐的结局是很具诱惑性的。如果你这样做了，要确保它合理，而不是出于被迫。也许有些事情表面上看着好，但实际并不怎么样。一些冲突仍然可能在以后出现，从地板上冒出来——谁知道什么时候会出现呢？对读者来说，不确定的结局似乎更可信，除非他们的生活与世隔绝。但大多数人的生活并非如此。

检查草稿，注意你是如何引出结局的。强有力的结局会带来结束感，但如果给人造作的感觉，那就行不通了。要为你的小说写出合适的结局，可能需要你与作品保持一段距离，而且需要多次尝试。当结局提供了一种结束感，而又没有消除所有问题时，你就搞定了。

23. 七大对话工具：修改人物对话

詹姆斯·斯科特·贝尔

我的邻居约翰热衷于改装汽车。他是这方面的行家，告诉我他能听出发动机的毛病。发动机出毛病时，他会毫不犹豫地打开引擎盖，抓起工具包，开始修理。他会一直捣鼓，直至引擎发出他想要的声音。

这是一种看待对话的好方法。我们通常能感觉到它什么时候需要修改。然而，在解决问题方面，小说作家往往缺乏一套明确的工具。

这里刚好有一套。下面是我最喜欢的七个对话修改工具，把它们放在你的作家工具箱里，以便在你需要打开引擎盖和修改人物对话时使用。

让对话流动起来

当你写一个场景的初稿时，要让对话流动起来，把它当成廉价香槟一样倾倒出来。你首先必须把它写在纸上，稍后再想怎么修饰。如果你第一次就用对了这个技巧，它会让你写出你从未想到过的词句。

事实上，通常你可以通过先写对话来构思一个动态的场景。记录下人物在争论什么、纠结什么、揭示什么。用你最快的速度写出对话。在此过程中不用在意归属（谁说了什么），只要写出对话就行。

当你把这些对话写在纸上时，你就对这个场景有了更透彻的了解。它可能与你预期的不同，这是好事。现在，你可以回过头来写与场景相关的叙述，以及正常的说话人归属和对话标签[①]。

---

① 对话标签（dialogue tags）：指对话中一些简短的小短语，用于识别说话者，如"吉米大喊道""艾米确认道""艾伦抱怨道"等。——译者注

我发现这种技巧是缓解作家疲劳的妙方。我的最佳写作时间是早上，但是如果到晚上（我通常会很累）我还没有完成任务，我就只写一些对话，带着速度与激情。对话因此流动起来，带我进入场景。

随着灵感的涌现，我发现所写的东西往往超过了定额。即使写出的对话没有全部用到，至少我得到了一些练习。

演出来

在进入写作领域之前，我在纽约当了一段时间的演员。在那里，我参加了一个包括即兴表演的表演班。班上有一名同学是获得过普利策奖的剧作家。当我问他在那里做什么时，他说即兴表演是学习对话写作的一个极好练习。

我发现这是真的。但你不必真的去上表演课。你可以像伍迪·艾伦（Woody Allen）那样即兴表演。

还记得艾伦的电影《香蕉》（*Bananas*）里的法庭场景吗？艾伦在审判中为自己辩护。他走向证人席提出一个问题，开始盘问，然后自己跑到证人席上回答，回答完后又跳出来问另一个问题。

我建议你也这样做（当然是在你自己家里的隐蔽处）。在两个有冲突的人物之间编造一个场景，然后让他们开始争论。

来回走动，改变你的实际物理位置。切换的时候可以稍做停顿，让自己有时间用每个人物的声音做出回应。

这个技巧的另一个变化是用两个知名演员表演一个场景。你可以从整个电影和电视的历史中挑选演员。让露西尔·鲍尔（Lucille Ball）和贝拉·卢戈西（Bela Lugosi）对决，或者让奥普拉·温弗瑞（Oprah Winfrey）和贝蒂·戴维斯（Bette Davis）辩论。只有你自己扮演所有的角色。行动起来吧。

如果你当地的社区大学提供了即兴表演课程，你不妨试一试。你可能会遇到一位普利策奖得主。

回避明显话头

在编写对话方面，胸怀大志的作家也会犯最常见的错误，其中之一是创造简单的来回交流。每一句都直接响应前一句，经常重复一个单词或短语（或称"附和"）。它看起来是这样的：

> "你好，玛丽。"
> "嗨，西尔维娅。"
> "天哪，你这身衣服真漂亮。"
> "衣服？你是说这个旧东西？"
> "旧东西！它看起来很新。"
> "不新了，不过谢谢你这么说。"

这种对话"恰到好处"。没有任何的悬念，读者一瞥而过，不带一丝兴趣。虽然有些直接回应还好，但如果你回避这些明显的话头，那么对话会更有力。

考虑一下下面这种对话：

> "你好，玛丽。"
> "西尔维娅。我刚才没看到你。"
> "天哪，你这身衣服真漂亮。"
> "我想喝一杯。"

我真的不知道这个场景中发生了什么（顺便说一句，我只写了这四句对话）。但我想你们会同意这种交流比第一个例子更有趣，更能暗示表层下的暗流。我甚至可能在这里找到整个故事的源头。

你也可以用问题来回避：

> "你好，玛丽。"
> "西尔维娅。我刚才没看到你。"
> "天哪，你这身衣服真漂亮。"
> "他在哪儿，西尔维娅？"

那么，"他"是谁？为什么西尔维娅会知道？关键是，回避技巧可以通往无数的方向。尝试找到一条最适合你的道路。从你的小说中找出一段对话，把一些直接回应变成偏离中心的回应。就像古老的魔术广告常说的那样，"你会又惊又喜的"。

培育沉默

回避的另一种有力表现是沉默。不管你能想出什么词，它通常都是最好的选择。海明威是这方面的大师。看看他的短篇小说《白象似的群山》（*Hills Like White Elephants*）中的这段节选。男人和女人在西班牙的火车站喝酒，男人说：

> "我们要不要再喝一杯？"
> "好呀。"
> 温暖的风把珠帘吹到了桌边。
> "这啤酒又冰凉又爽口。"男人说。
> "真可爱。"女孩说。
> "这真的是一个非常简单的手术，吉格，"男人说，"其实根本就算不上是真正的手术。"
> 女孩看了看桌腿下方的地面。
> "我知道你不会在意的，吉格。这真的不算什么。手术过程真的非常简单。"
> 女孩什么也没说。

在这个故事中，男人试图说服女孩去堕胎（一个根本没有在文本中出现的词）。她的沉默已足够回应。

通过使用回避、沉默和行动的结合，海明威通过一段简短但吸引人的对话，使读者明白了他的意思。在《军人之家》（*Soldier's Home*）中母亲和儿子之间的著名场景中，他使用了同样的技巧：

> "上帝给每个人都安排了一些工作，"母亲说，"在神的国度里，不能有闲人。"
> "我不在他的国度里，"克雷布斯说。
> "我们大家都在他的国度里。"
> 克雷布斯一如既往地感到尴尬和怨恨。
> "我非常担心你，哈罗德，"母亲继续说，"我了解你面对的种种诱惑。我知道男人是多么的脆弱。我知道你亲爱的祖父，我的父亲，

告诉我们的关于内战的事情，我为你祈祷。我整天都在为你祈祷，哈罗德。"

克雷布斯看着盘子里的培根油脂渐渐凝固。

沉默和培根油脂凝固，我们已不再需要其他东西来了解这个场景中的气氛了。你的人物在对话时有何感觉？试着用沉默之声来表达。

擦亮宝石

我们都有过这样的时刻，当我们醒来时，想到了对前一晚对话的完美回应。难道我们不都希望在一瞬间拥有这些妙语吗？

你的人物也能够拥有。这是小说作家的乐趣之一。我有个有点随意的做法，就是在对话的每 1/4 处放一块宝石。当你润色对话时，把内容分成四份，在每 1/4 处找到擦亮宝石的机会。

那要怎么做呢？就像钻石切割师一样，把粗糙的东西拿出来打磨，直到它变得完美。在电影《教父》（The God father）中，年轻的迈克尔·考利昂对莫·格林指手画脚，这让莫·格林很生气。他可能会说："在你上高中的时候我就已经打下江山了！"相反，编剧马里奥·普佐（Mario Puzo）写的是："当你和啦啦队女孩约会时我就已经功成名就了。"（普佐在他的小说中写了一些更生动的东西。）关键是，你几乎可以选择任何一句话，然后把它修改得闪闪发光。

记住，要有节制地使用这些宝石，不然完美的回应就会变得令人厌烦。

采用对抗方式

许多作家纠结于小说中的阐述部分。他们经常堆砌大段直来直去的叙述。太多的幕后故事——小说开始前发生的事情——尤其令人头疼。我们如何才能给出要点并避免单纯的信息倾销呢？

使用对话。首先，创造一个充满紧张气氛的场景，通常是在两个人物之间。让他们争吵，互相对抗。然后让信息在对话过程中自然出现。下面先看一个笨办法的演示：

约翰·达文波特是一名医生，他想逃离可怕的过去。他因喝醉酒搞砸了一场手术而被开除出了这个行当。

相反，可以把这个幕后故事置于这样一个场景中——约翰面对着一个知道他底细的病人：

"我知道你是谁。"查尔斯说。

"你什么都不知道。"约翰说。

"你就是那个医生。"

"如果你不介意，我——"

"来自霍普金斯。你因为喝醉而杀了一个女人。是的，就是这样。"

如此等等。这是一个未被充分使用的方法，不仅能使对话具有分量，而且能加快故事的节奏。

丢掉一些词语

这是对白大师埃尔默·伦纳德最喜欢的技巧。通过在某些地方删去一个词，他在对话中创造了一种逼真的感觉。它听起来像真正在讲话，虽然它真的不是。伦纳德的所有对话都有助于塑造人物和讲述故事。

这里是一个标准的交流：

"你的狗被杀了?"

"是的，被车轧了。"

"你叫它什么?"

"是一只母的。我叫她塔菲。"

伦纳德在《战略高手》(*Out of Sight*) 里是这么做的：

"你的狗被杀了?"

"被车轧了。"

"你叫它什么?"

"母的，名叫塔菲。"

这种交流听起来非常自然，却很精简且有意义。注意被丢掉的词语是如何创造出对话真实感的。

任何技巧都不应被过度使用。仔细准确地挑选对话的位置和说话的人物，后面你会发现这样做的好处的。

当你知道如何使用工具时，使用它们是一种乐趣。我想这就是为什么我的邻居约翰在修车时总是吹口哨。使用这些工具，让对话听起来恰到好处，你会在小说中看到效果，也会得到乐趣。

开始修改吧。

24. 为故事选择最佳视角：如何聚焦叙事镜头

南希·克雷斯[①]

我们都没有传心术，因此大家都被禁锢在自己的头脑里。正如约瑟夫·康拉德（Joseph Conrad）所写，"我们独自生活，独自梦想"——至少在我们的头脑中是这样的。我们唯一能直接体验的思想、计划、梦想和感情，都是我们自己的。正是因为这种单一视角的现实在我们心中根深蒂固，小说才如此迷人。它让我们从别人的头脑中体验这个世界。

这是视点的定义，即我们通过谁的眼睛观察行动，我们在谁的脑袋里，我们在谁的感受中体验到某个人物的感受。因此，选择视点人物对故事至关重要。它将决定你讲什么，如何讲，甚至常常能决定行动的意义。

主角与视点人物

主角是故事里的"明星"，是我们最感兴趣的人，是采取相关行动的人。通常情况下，主角也会是视点人物，但也不是必须如此。下面，让我

---

① 南希·克雷斯（Nancy Kress）出版了 33 本书，其中包括 26 本小说、4 本短篇故事集和 3 本写作指导书。她的作品赢得了 6 次星云奖，2 次雨果奖，1 次斯特金奖，以及约翰·W. 坎贝尔纪念奖。她最近的作品是星云奖获奖作品《昨日的亲人》（*Yesterday's Kin*，Tachyon，2014）和《南希·克雷斯精选集》（*The Best of Nancy Kress*，Subterranean，2015）。除了写作，克雷斯经常在国内和国外的不同场所授课。2008 年，她是莱比锡大学的皮卡多访问讲师。克雷斯和她的丈夫——作家杰克·斯基林斯泰德（Jack Skillingstead），以及世界上最受宠的贵宾犬珂赛特住在西雅图。

们看看约翰·格里森姆（John Grisham）的畅销书《诉讼之王》（*The King of Torts*）里的例子，书中的事件正是以克莱·卡特的视角来叙述的，他既是故事中的主角，也是视点人物。

然而，你可以通过让主角以外的人物做视点人物，从而获得一些有趣的效果。有两本经典著作做到了这一点，分别是 F. 斯科特·菲茨杰拉德的《了不起的盖茨比》和 W. 萨默塞特·毛姆的《月亮和六便士》（*The Moon and Sixpence*）。

《了不起的盖茨比》是以尼克·卡罗维的视角来讲述的，他只是在外围参与了主要的行动，主要是作为一个待命的朋友和中间人。真正的主角是杰伊·盖茨比和黛西·布坎南这对非法恋人，尤其是盖茨比。

毛姆更进一步。《月亮和六便士》的主角是查尔斯·思特里克兰德，他放弃了自己在伦敦的中产阶级生活，去南太平洋旅行，并成为一名画家。小说中的无名叙述者是唯一的视点人物，他对思特里克兰德的了解并不深，只是朋友的朋友。叙述者与思特里克兰德有过几次偶遇，但叙述者与思特里克兰德从来没有影响过彼此的生活。关于思特里克兰德晚年生活的大部分内容是在这位艺术家去世后，由其他人讲述给叙述者的。

这种复杂结构的缺点很明显：缺乏即时性。思特里克兰德所做的一切重要事情，或者他人对他所做的一切重要事情，都是在幕后发生的。叙述者是后来被告知这些事情的，然后他再告诉我们。这种方式让毛姆牺牲了大量的戏份。他为什么要这么做？

因为将视点人物与主角分开也会带来某些优势：

● 视点人物可以在主角死后继续讲述故事，思特里克兰德和盖茨比在各自的小说中都是如此。毛姆的视点人物追溯了思特里克兰德的遗孀、孩子和画作的命运。

● 如果主角不是视点人物，他可以被描绘得更加神秘。没有人知道盖茨比的真实过去，直到他死了，人们才发现他为自己编造了一个比他的实际情况更迷人的背景。如果盖茨比是视点人物，我们从一开始就会知道他的底细，因为我们会"进入他的大脑"。不是视点人物的主角可以保留他们的神秘感。正如毛姆的叙述者所说："我觉得思特里克兰德把他的秘密藏到了坟墓里。"

● 视点人物可以进行主角从未想过的观察。卡罗维认为布坎南是个粗心大意的小人物，而盖茨比则是一个令人感动的理想主义者，布坎南与盖茨比两人（或书中其他任何人物）都不会产生这种观点。

在考虑使用视点人物时，首先要问：主角和视点人物是否相同？如果不是，我是否有充分的理由将他们分开？我是否会得不偿失？

一旦你明确了主角是否是视点人物，下一步就是确定谁将扮演这个关键角色。

视点人物的选择

在编写任何内容之前，考虑一下视点人物的所有选项是个好主意。第一个想到的选择不一定是最好的选择。

以哈珀·李的《杀死一只知更鸟》为例，故事发生在第二次世界大战前的亚拉巴马州。故事的主线是黑人汤姆·罗宾逊被指控殴打一名白人妇女，而他并没有犯罪。他的律师是备受尊敬的阿迪克斯·芬奇，两个孩子的父亲。芬奇强行指认了真正的攻击者是受害者的父亲，之后受害者的父亲试图通过攻击芬奇的孩子来进行报复。

李本可以从以上任何人物的视角来讲述她的故事。但她没有这样做，她把主要情节嵌入一个关于成长的故事中，并让芬奇八岁的女儿斯库特作为她的第一人称叙述者。结果，与视点人物是阿迪克斯·芬奇、罗宾逊或真正的攻击者相比，她得到了一个截然不同的故事。一个更好的故事？还是更糟？谁也说不准。我们都没有读过替代的版本。

但可以肯定的是，斯库特是一个有效的选择。她符合选择视点人物时应该考虑的一般标准：

● 谁会被行动伤害？情感上受到强烈影响的人通常是最好的视点人物（尽管我们已经看到，毛姆为了其他目标而选择牺牲情感的即时性）。心怀不满的殴打白人妇女者谋杀斯库特未遂，因此她是一名受害者，处于危险之中。应该选择一个与结果有强烈利害关系的人作为视点人物。

● 谁能在高潮部分出场？在《杀死一只知更鸟》里，视点人物斯库特出现在高潮部分。《了不起的盖茨比》中的尼克·卡罗维也如出一辙。你的视点人物也应该如此，否则读者将不得不被间接告知故事中最重要的事件，从而使读者与行动产生距离。

● 谁能进入大部分的重要场景？读者也想现身其中。斯库特溜进法庭，见证她父亲为汤姆·罗宾逊辩护。

● 谁能为故事提供有趣的观点？斯库特给李的小说带来了一个对种族主义天真、新鲜的看法，这是任何成年人都无法做到的。同样，与《了不起的盖茨比》中的其他人物相比，卡罗维也从一个更理想主义、更简单的视角来看待故事中的行动，而其他人物则大多是纽约"老油条"。你想在小说中对生活做什么样的观察？谁适合提出这些意见？你希望这个人物成为你的"眼睛"和"心脏"吗？

● 在这个故事中，你最想住在谁的头脑里？不要低估这个标准，它真的很关键。

不同的视点，不同的故事

你可能认为自己已经知道谁是你的视点人物了。也许你的选择是对的。但是，花点时间想象一下，如果你做出不同的选择，故事将会是什么样子。

例如，假设你正在写一部关于绑架儿童的小说。主角有父亲、母亲、孩子、绑架者、一个可疑但无辜的邻居和负责此案的警察。孩子会被找回，但家庭将不再是从前的样子。这里至少有六本潜在的小说，每一本都截然不同。

● 如果母亲或父亲（或两者）是视点人物，你可能会发现自己在写一本痛苦的小说（这很可能是你的目标）。例如，如果这对夫妇最终会离婚，无法将压力纳入已经脆弱的婚姻中，那么以他们为视点人物就很好。也许他们中的一个人在绑架事件后有了婚外情；也许其中一人进行了独立调查；也许其中一人雇人谋杀了邻居，然后小说向人物和读者揭示了邻居的无辜。

● 如果孩子是视点人物，小说就会充满困惑、恐惧，也许还有拯救或逃跑。当然，你会失去所有调查和父母互动的场景，因为孩子不会看到它们。但你会得到很多绑架者和被绑架者互动的场景。

● 如果邻居是视点人物，你就会有一本关于不公正的小说。这可能相当有趣，蒙冤者的故事总是能使读者产生强烈的认同感。每个人都喜欢为一个无辜的弱者加油助威。

● 如果绑架者是视点人物，你可能会有一本关于邪恶或疯狂的小说。

他的动机是什么？你想探索一下吗？如果是的话，他就是你要找的人。

● 如果警察或联邦调查局特工是视点人物，那么这就是一部推理小说。除了专业能力之外，这个人物在冲突中的利害关系是什么？故事从调查内部来看会是什么样子，你想把重点放在这上面吗？

这些视点人物选项从本质上来说没有好坏之分。这完全取决于哪个版本适合你想讲的故事。但是，在第一次想到的视角之外，如果你不考虑一下其他的视角，可能会错过一些令人非常兴奋的可能性。

在人物阵容中，谁可能是一个有趣的视点人物，对情节的看法比你的第一选择更新颖？如果你不是作者而是读者，谁的视角可以讲述最令人满意的故事？

成千上万的人物阵容

你可以拥有多少视角？没有一个确切的答案。这里有一条经验法则：视角越少越好，同时还要讲好你想讲的故事。

原因是前面提到过的：我们都被困在自己的头脑里。我们习惯了从一个视角那里体验现实。每次从一个虚构的视角切换到另一个视角，读者都必须做出心理调整。如果视角太多，故事就会变得越来越支离破碎且不真实。

另一方面（在小说写作中总有"另一面"），得到的可能比失去的多。如果你想展示一段恋情对双方的感受，那么你需要两个视角。如果一个人物根本无法出现在你需要展示的每一个重要场景中，那么你就需要一个以上的视角。你可能需要三个，甚至更多，特别是对于一个复杂或史诗般的情节来说。

找出你能拥有的最少的视角数量，并且仍然涵盖故事所需要的所有主要场景和内部对话。关键是要尽可能地减少对读者的要求，这样他就可以集中精力于故事本身及其意义，而不是分心去记住最后一次见到第八个视点人物时，也就是 200 页之前，他在做什么。要注意的是，读者循环浏览八个视角并公平地对待每一个视角可能需要一段时间，而且过多的视角会让读者感到难受。

然后选择向读者讲述故事的最佳方式。

第二部分

写作过程

畅销建议：开始动笔

完成它，把握机会。这可能很糟糕，但这是你做好事情的唯一方法。

——威廉·福克纳

了解你的文学传统，细细品味它，从中撷取精华。但当你坐下来写作时，不要沉迷于杰作。

——阿莱格拉·古德曼（Allegra Goodman）

两个问题构成了所有小说的基础："要是发生……怎么办?"和"接下来怎么办?"（第三个问题，"现在怎么办?"，这是作者每隔十分钟左右需要问自己的一个问题；但这与其说是问题，不如说是一种呼唤。）每部小说都以推测性问题开始，如果 X 发生了会怎样? 这就是你开始的方式。

——汤姆·克兰西（Tom Clancy）

我认为我写的东西成功，部分要归功于它所陈述的——尝试对自己在普遍的美国白日梦中的冒险做出诊断。现在，我并不是说任何决定选择这种方法或概念的作家都可以写出畅销书；你必须添加非常特别的成分。

——乔治·普林顿（George Plimpton）

当我开始写一本书时，我会一直思考它并偶尔做笔记——我在《地球帝国》（Imperial Earth）上花了 20 年，在目前着手写作的这本书上花了十年。所以我有很多有关主题、语言环境和技术的想法。潜意识自我处理这些事情的方式真是太神奇了，我不担心长时间不做任何事情，我知道我的潜意识很忙。

——亚瑟·C. 克拉克（Arthur C. Clarke）

开始写一部小说总是很困难的，感觉哪里都去不了。稿子在被扔进垃圾桶之前，我总是要写至少 100 页。这是令人沮丧的，但必须要这样做。我试着把它们当作小说的 0 页至 100 页。

——芭芭拉·金索沃

大纲很重要，它会节省很多时间。当你写悬念时，你必须知道你要往哪个方向去写，你必须在这个过程中给出一些提示。有了大纲，我总能知道故事的走向。所以在我写作之前，我会准备一个 40 或 50 页的大纲。

——约翰·格里森姆

我做了大量研究。我不想让任何人说"这不可能发生"，它可能是虚构的，但它必须是真实的。

——杰奎琳·米查德（Jacquelyn Mitchard）

以目标为导向而不是以自我为导向，这至关重要。我认识很多想成为作家的人。但是让我告诉你，他们一点也不想成为作家。他们想直接成为拥有作品的人，但他们不想完成将这本该死的书出版的工作。这里有很大的差异。

——詹姆斯·米切纳（James Michener）

我有一本 2 000 万字的自荐书，从来没有收到过或想要过一个惊喜。

——艾萨克·阿西莫夫（Isaac Asimov）

别放弃。尽管写作的前十年很容易放弃。没人在乎你写不写，当没人关心你写不写时，写起来就很困难。如果你不写作，就不会被解雇，而且多数时候，如果你写作了，也不会得到回报。但不要放弃。

——安德烈·迪比三世

25. 像爱伦·坡一样写作：重塑、
修改和重新构思伟大的文学风格，以发现自己的声音
莫特·卡斯尔①

当老师们敦促新手作家找到自己的声音，评论家称赞知名作家的独特风格和情感时，我在借用其他作家的叙事腔调，以及模仿他们的文学技巧方面，已经取得了相当的成就。

我一直假装自己是海明威和欧·亨利（O. Henry），我披上了 20 世纪恐怖大师 H. P. 洛夫克拉夫特（H. P. Lovecraft）和罗伯特·布洛克（Robert Bloch）的黑色斗篷，并且借用了塞缪尔·佩皮斯（Samuel Pepys)的腔调和塞缪尔·约翰逊博士（Dr. Samuel Johnson）的语料库。有时让我感到羞耻的是，我以（伪）埃德加·爱伦·坡的身份写作获得的收益，比悲剧天才本人写作的获益还高。

我吸收了这些人和其他文人的想法，并由此不断推敲，重塑、修改或者重新构思作品。

我可以拼贴写作。

你也可以。

模仿者

以拼贴形式公开地模仿另一种散文的内容和风格的书面作品，是对能够激发灵感的作品的一种尊重。如果经常这样开玩笑的话，那可以说是向激发灵感的作品致敬（它的文学表亲是戏仿，但这种类型的模仿巧

---

① 莫特·卡斯尔（Mort Castle）编辑了《21 世纪美国恐怖故事大全》（*All American Horror of the 21st Century*，Wicker Park Press）和重要的参考书《为恐怖小说作家协会写恐怖小说》（*On Writing Horror for the Horror Writers Association*，Writer's Digest Books）。对于《作家文摘注释经典：德古拉》（*Writer's Digest Annotated Classics：Dracula*），他提供了注释。他曾三度获得布拉姆·斯托克奖和黑色羽毛笔奖，并且是雪莉·杰克逊和国际恐怖文学协会奖的决赛选手。卡斯尔在芝加哥哥伦比亚学院和全国各地的会议上教授创意写作。

妙或野蛮地讽刺了它的原始材料）。拼贴作品仿佛在含蓄地说："我欣赏这个作者，欣赏这个人物，欣赏这个虚构的世界……我的模仿是真诚的赞颂。"

对亚瑟·柯南·道尔爵士（Sir Arthur Conan Doyle）和他不朽的夏洛克·福尔摩斯的喜爱，在奥古斯特·德莱思（August Derleth）关于 7B 普拉德街一位才华横溢、戴着鹿角帽的神探故事中可见一斑。

布洛克、拉姆齐·坎贝尔（Ramsey Campbell）、林·卡特（Lin Carter）和许多其他奇幻和恐怖作家为我们提供了他们对洛夫克拉夫特的克苏鲁神话世界中"宇宙怪物"的看法，他们经常大量借鉴洛夫克拉夫特的伪哥特式文学技巧。人猿泰山的信徒菲利普·何塞·法默（Philip José Farmer）给我们带来了格兰德瑞斯勋爵、缠腰布丛林超人以及卡利班，后者是纸浆时代打击犯罪的萨维奇博士的复制品，这个人物也激励了神秘小说家迈克尔·A. 布莱克（Michael A. Black）塑造自己的阿特拉斯博士。你的仿作应该会很快宣布它是什么，并邀请读者参与到你的文学玩笑中去。我的中篇小说《内心的秘密》（*A Secret of the Heart*），最初发表在《洛夫克拉夫特的遗产》（*Lovecraft's Legacy*）选集中，这显然是对《泄密的心》（*The Tell-Tale Heart*）的模仿。

在故事的开头，我让读者知道我们正在通过使用《泄密的心》的开头，作为我的模板，进入爱伦·坡的世界：

> 真的！我从过去到现在都很紧张，非常紧张；但你为什么要说我生气了？……我听见天地万物的声音，我在地狱里听到很多事情……请你认真倾听，并观察我是如何平静地向你讲述整个故事的。

这个开场白，结合了"你说谁疯了？""这位怪人说道：'我不是怪人'"以及"抗议太多了吗？"的说法，这些都与爱伦·坡有关。任何初中英语成绩至少为 C 的人都会这样写。这是我在《内心的秘密》中对原作的渲染：

> 看着我！疯子汗流浃背；他们喃喃自语，并对只有他们能理解的妄想幽灵大喊大叫。……疯子怒不可遏，他们怒气冲冲，一时试图狡猾地哄骗听者相信，下一秒又威胁他。

看着我的眼睛，发现其中没有一丝内心的动荡……

风格元素

作家的风格源于散文的基本元素：词语、句子长度、结构、节奏、叙事观点、意象、修辞手法等。风格反映了一个作家逐行逐句的处理。这是关于保留什么、采用什么语调等细节操作的体现。

风格是故事呈现方式的总和。自然地，如果你模仿的作家是一位厉害的文体大师，那么你会发现制作仿制品更容易了。许多受欢迎的作家不被视为文体大师，他们寻求所谓的透明风格，只专注于情节。但是，纳撒尼尔·霍桑、赫尔曼·梅尔维尔、弗朗茨·卡夫卡（Franz Kafka）、格特鲁德·斯坦因（Gertrude Stein）、J. D. 塞林格（J. D. Salinger）、诺曼·梅勒和威廉·斯泰伦（William Styron）等多元化作家的风格无疑是截然不同的。这些作家中的任何一个所写的段落都会让你知道你在读谁，就像一首流行歌曲的开场音符会很快告诉你，你是在听弗兰克·辛纳特拉（Frank Sinatra）、托尼·贝内特（Tony Bennett）、巴里·曼尼洛（Barry Manilow）还是汤姆·韦茨（Tom Waits）。

还有一些作家有自己明显的风格特质，它可以很容易地融入你的拼贴写作中。请准备好观察和使用这些小技巧。

例如，在国家图书奖获奖小说《冷山》（*Cold Mountain*）中，查尔斯·弗雷泽（Charles Frazier）避免使用引号，而是使用破折号，来让我们明确直接引用部分，如下所示：

　　——这很容易融入我的故事，彼得·帕斯蒂奇说。

　　——哦？卡梅拉·克隆说。

是的。这是一个可以很快暗示我的模仿作品《热山》（*Tepid Hill*）从何而来的技巧。

当我写我模仿查尔斯·布考斯基的作品时［标题不够巧妙地取为"汉克·克兰科夫斯基"（Hank Crankowski），于1976年地下秘密出版］，我尝试了作者的边缘精神病-死气沉沉的宿命论语气，并在早期作品中很好地利用了布考斯基的习惯——只使用小写字母。在这里，这个故事的主角向一位准作家讲述了创作文学作品的秘诀：

> 让自己去感受那些可怜人的感受：被警察殴打头部并被投入监狱，喝醉并成为和平主义者……撞上一辆旧雪佛兰汽车……踢倒电视机……对着月亮嚎叫……逆风咆哮……永远不要使用大写字母。

说什么？

无论作家的文体技巧和原创风格多么有名，我们都将他们所说的内容、主题视为他们的个人领域。我们拿起一本阿加莎·克里斯蒂（Agatha Christie）的小说时，期待遇到一个谋杀之谜，在那里有我们可以发现的线索（如果我们有与她的侦探赫尔克里·波洛和简·马普尔相同的"灰色小细胞"的话）。在克里斯蒂的小说中，没有一个贪婪的外星人从舒适的埃文河畔懒惰村庄绑架了糖酥蛋糕小姐，我们也不希望在弗兰纳里·奥康纳（Flannery O'Connor）的南部哥特式故事集中读到"单色普鲁士助手"的故事。原始森林及其美洲原住民、法国和英国定居者——以及鹰眼！——属于詹姆斯·费尼莫尔·库珀（James Fenimore Cooper），就像遥远的星系和遥远的未来，属于《基地》（Foundation）系列小说中创造它们的人——艾萨克·阿西莫夫一样。在其他地方，梦幻和诡诈的 20 世纪 30 年代的洛杉矶，那里的骗子和奸诈小人，以及追随自己道德罗盘的孤独的私家侦探，都归雷蒙德·钱德勒（Raymond Chandler）所有。

欧内斯特·海明威因改变了美国散文风格而受到赞誉，但他有时也因题材和主题的"狭窄"范围而受到批评：体育与战争、大男子主义与暴力。（在这个政治正确的时代，我不想按下那个标有"斗牛！"的鲜红色按钮。）

我是我父亲的粉丝；多年来，我保持着每年至少读一遍他的短篇小说集的频率。当我被要求为选集《依然死亡》（Still Dead）投稿时，该选集以乔治·A. 罗梅罗（George A. Romero）的《活死人之夜》（Night of the Living Dead）为灵感，讲述了以食肉僵尸世界为背景的故事，我看到了写海明威故事的机会。

我称这部中篇小说为《老人与死人》（The Old Man and the Dead）。带着对《老人与海》（The Old Man and the Sea）的明显暗示，我告诉读者我在做什么，然后我用以下开场白强调了它：

> 在我们这个时代，有一个人像以往任何人一样写得很好，也很真实。他写了关于勇气、忍耐、悲伤、战争、斗牛和拳击、恋爱中的男人和没有女人的男人的故事。他写下了永远无法愈合的伤疤和伤口。

在故事的后面，我介绍了亚当·尼科尔斯（一个与海明威笔下的尼克·亚当斯相似的年轻人）；乔丹·罗伯茨，与《丧钟为谁而鸣》（*For Whom the Bell Tolls*）中的美国人罗伯特·乔丹一样，在西班牙内战中为共和国而战；以及一位名叫……皮拉尔的强硬女游击队领袖。

这是拼贴写作的最后一幕，是我纪念一位对我产生深远影响的作家的时刻：

> 时间还早，只有他一个人起来……
>
> 他去了前厅。他喜欢光线照射橡木镶板的墙壁和地板的场景，就像在博物馆或教堂里。这是一个光线充足的地方，干净通风。
>
> 他小心翼翼地将老板的枪托放到了地板上。他倾身向前，两根枪管在他眉毛上的疤前冷漠地盘旋。
>
> 他扣动了扳机。

我知道有些作家已经生活在你的脑海中。你的模仿将是你承认、学习和向他们致敬的方式。上面的段落总结了我为什么写这种风格：这是我对某人的感激之情——他的话对我来说意义重大。

26. 打破障碍，创造流动：克服写作惰性的技巧
乔丹·罗森菲尔德

没有什么比一个想法的最初火花变成一股纯粹的灵感更令人兴奋了——这是一种既神圣又欣快的感觉。谁不会沉迷于写作的快感呢？但就像所有事情一样，最终这种喷涌会变成涓涓细流，甚至可能停止。也许你会像我一样，在项目的2/3左右遇到这种情况。我越过了中间大片的泥泞，然后发现自己被困在路上，不知道我是否可以继续前进。

就在灵感之流令人兴奋的同时，它的对立面——作家的障碍令人沮丧，虽然它对不同的人意味着不同的事情。你们中的一些人可能很难找到灵感或完成长期悬而未决的工作。你可能认为你没有什么可说的，或者你可能会与拖延做斗争。但最重要的是，我认为创意将成为我在这里探讨的几个元素之一。

与其称之为作家的障碍，我更喜欢将无法生产材料的状态视为惰性：一种阻止你工作的强大力量。我认为惰性实际上是有目的的：给你一些反对的东西，迫使你设定或改变目标，深入写作，或者放弃一些东西。因为某件事发生了——我敢说"魔法"吗？——当你把注意力集中在克服障碍上时，你的工作开始前行、成长和扩展，并且有更多的获得成功的机会。

尽管我现在对惰性已经非常熟悉了，但我在 20 多岁的时候很少体验到它，在 30 多岁的时候只体验过几次。我在 33 岁时有了一个孩子。在此之前，我总是可以强迫自己想写就写，但在我儿子出生后，在照顾新生儿的几个月里，我开始熟悉惰性——不仅仅是身体上，精神上也是如此。只要有可能，我的身体就会习惯性地尽可能地倒在最近的家具上。我的思绪也向内塌陷，远离工作：回到键盘或页面似乎令人难以忍受，我可能永远不会再进行这种行为，因为我太不习惯了。一旦惰性以其强大的引力来袭，你就很难再把自己拉出来。只考虑写作就已很不容易，更不用说追求出版了，这是一种徒劳的练习。你把疲惫的缪斯放在路上，秃鹫开始盘旋，把她当作逝者。

但她并没有死，你也没有，你和你的项目还有生命。但现在你必须为自己提供以前由灵感、截止日期或竞争组成的顺风赋予你的动力。这种对抗惰性的努力可能会让人肾上腺素飙升——迫使自己投入一天的写作——它可能会是缓慢而稳定的进步。

请牢记这一点，你的伟大想法不会自己诞生。它们可能以其神秘的意志出现在你面前，要求你完成创造的过程。如果你发现自己被惰性黏住了，是时候利用以下一种或多种策略了。

评估你的舞台

在我看来，写作和完成一个项目只有六个主要阶段。（请理解"修改"

通常是一个涉及多个草稿的阶段，但出于我们的目的，我将其描述为一个阶段。）

- 概述和大纲
- 写初稿
- 寻求反馈
- 修改
- 成样稿
- 提交给代理商和/或编辑，或自助出版

你的障碍可能源于在你还没有真正到达它的时候就试图做后期的工作。例如，我认识许多作家，他们在写作时试图编辑，从而放慢了自己的速度，甚至切断了他们的创意供应。我总是建议在初稿阶段不要修改。写初稿是一个需要空间漫游和徘徊的狂野过程；如果你每拥有一个想法就试图压制它，那你自然会停滞不前。

或许你可能会发现自己的精力被提交阶段的焦虑所束缚。你担心竞争，强迫自己要写出完美的悬念，或者要表达新颖——接下来你会知道，这已经限制了你的创意流。所以，一定要诚实地看待你所处的阶段。

优先考虑写作

我知道有时将写作放在首位似乎很难，甚至不可能。但如果你在做所有其他事情之前先写作，你就会整天带着那种轻松的感觉，而不是陷入"我还没有写"的泥淖。这并不一定意味着写作是"早上的第一件事"，而是无论何时都给写作留出时间。把它放在首位，不要让其他任何事情把你拉走。如果你认为时间不够，请参阅下一个提示。

尝试微写作

我的朋友芭芭拉让我想到了一个叫作"微动作"的想法，这个概念表明，当你把事情一点点做完，你会因此感到雀跃，而不会因为你没有做"所有事情"而责备自己。所有这些小事情加起来，就会让你在这个过程中感到自己变得更好。所以，哪怕你能完成的只是一页、一个句子、一个场景，也比你以前做得要多。当你消除压力去完成特定组合或数量的写作时，缪斯会以一种有趣的方式，抓住那个单一的句子或段落并逃之夭夭。

设置字数目标

事实上，如果你受到截止日期的鞭策，那么设置一个字数目标是明智、简单且经得起检验的做法。设置最少的字数，你会完成这个目标，甚至超过它。这就是全国小说写作月（NaNoWriMo）如此受欢迎的原因。为了在 30 天内完成 50 000 字的小说草稿，作家唯一必须做的就是使用每日字数目标来敦促他们继续前进。我认识的大多数成功完成 NaNoWriMo 的作家（包括我自己）发现自己的写作超过每天最少量（1 600 字左右）。但即使是比这小得多的每日字数目标，也可以帮助你在没有压力的情况下提高工作效率。不需要完美——只需要为写作做好准备。

找一个负责任的伙伴

当你感觉到惰性的控制时，你可能需要一个写作朋友——一个负责的伙伴——来让你完成任务。就像在计算字数方面一样，你们互相遵守某种标准，并为完成任务而互相鼓励和奖励。我的写作伙伴在我工作时给我发短信，并与我核对我的目标。没有什么比接受一点愉快的压力更合适的了。

深入内心

有时惰性的袭来是因为你不想探索或感受作品揭露的某些东西。在写作方面，惰性通常表明你必须更深入地工作，从更广阔的方向思考，或者删去一些不起作用的东西。如果你正在写一些个人的东西（尽管大多数写作都有个人元素，甚至是小说），情况尤其如此，并且这是作家惰性中最难遏制的方面之一。这时候最好请一位支持你的朋友，与他交谈一下。如果与他人交谈对你不起作用，那么我建议你退后一步，在日记中写下产生惰性的感受。重要的是要承认惰性源于个人原因，这样你才能意识到这一点。

悬崖勒马

回到已经开始的内容的最有效方法之一，是在句子、段落或场景中间停止写作。创造这些悬念，可以让大脑快速完成那句没有得到解决或回答的对话，或者那个即将达到高潮的场景。它还能减轻必须一口气完成所有内容的负担。

完成未完成的

说到完成，想想你自己未完成的项目：粗略起草的纳米级小说，你打算发送给某场比赛的短篇小说，你认为可以成为回忆录的一堆散文。它们可能只是出现在你的办公桌上或笔记本电脑中，但你可能没有意识到它们也以公正的品性生活在你的内心，在你的头脑中占据了心灵的栖息地——就像你的创意缪斯的杂乱阁楼。当缪斯因尚未完成的事情而感到压力时，她就更难帮助你创造新材料。

"但如果是废话呢？"你脑子里胡思乱想的声音可能会问。

废话（即原始的、未经修饰的话语，或从你想象中绕道而行的话语）在你完成它之前，永远不会变成创造性的黄金。而且你永远不会发现自己是否对完美着迷。有时，开始一个新项目是一种逃避。从个人经验来看，我知道当我必须更深入、拆解某些东西或进入新领域时，我开始新项目的冲动会达到前所未有的高度。

完成就是做工作，更重要的是，完成工作会带来自豪感。当我完成草稿时，我总是感到欣喜若狂，即使我知道我仍处于项目的早期阶段，并且我有更多的目标要完成。因为若没有这个草稿，我就没有什么可修改的，脑子里只有一堆乱七八糟的字眼。

完成还可以让你看到一个想法的优点和潜力。是的，有些想法永远不会被传达给读者。但它们几乎总是会产生其他新想法、新途径。你用你写的每一个字来测试和扩展你的技能，所以那些被你当作试验的事情，仍然会在你的下一个项目中得到回报。

完成一个项目是一种评价自己的工作、说话方式的方法。它可以让你认真对待你自己，让你忠于你的工作。这也是建立持久、可持续的写作实践的最重要步骤之一，你将会从中获益。

完成一个项目可以释放头部空间、创造力和情感能量。一旦你摆脱了头上的负担，生产力就会以一种有趣的方式回归。当你有一个未完成的项目时，它会留在你的体内，成为一个占据不需要的住所的擅自闯入者。完成伴随着内啡肽的冲动，你可以在完成项目清单上核对一下，为自己赢得赞誉。

动起来

身体运动在大约 75% 的时间内可以有效地转移能量，而无须采用任何其他策略。思想和感觉被紧压在潜意识的地窖里，困在皮肤下，并让你陷入沮丧、焦虑和气馁。

"汗水就像是大脑的 WD-40——它可以润滑你大脑中生锈的铰链，让你的思维更加流畅。"《运动员的方式：汗水与幸福生物学》（*The Athlete's Way：Sweat and the Biology of Bliss*）一书的作者克里斯托弗·伯格兰（Christopher Bergland）如此说道。

这是一则好消息：你不必是运动员，也能利用锻炼来激发你的创造力。如果你坐在电脑前，思路却被挡住了，只需分散注意力即可。起床，在房间里踱步，做跳跃运动，甚至只是走到房子的另一边并深呼吸。或者，如果你有创作冲动但被阻止，那就去散散步或跑步。许多专业作家通过增加体育锻炼来分解他们的工作日。参与跑步并取得相当成就的著名作家清单令人惊讶，其中包括乔伊斯·卡罗尔·欧茨、村上春树（Haruki Murakami）和劳丽·哈尔斯·安德森（Laurie Halse Anderson），遛狗、喂养动物和照料孩子，通常也可以提供关键的休息时间。当你移动你的身体时，你的大脑中有意识的部分就会参与到活动中，这会打开通往潜意识的大门，而你的创造力就隐藏在那里。

冥　想

冥想似乎无非是闭着眼睛坐着，同时努力避免在头脑中进行摔跤比赛。但是，科学家对是什么让西藏偏远地区的僧侣更平静、不那么焦虑、更专注，并且能够承受强烈的寒冷、炎热和其他痛苦的感觉产生了兴趣。

是什么让冥想对我们的心理产生如此深远的影响？

从梅奥诊所到哈佛大学，已经进行的研究表明，即使只是进行一点点冥想，每天 5～15 分钟，都能让你的大脑进入与清晰、平静和创造性思维最相关的状态。更不用说当你觉得创意被卡住时，安静地坐着，没有任何意图或压力，便可以进入潜意识，那里通常储存着创意。

做白日梦或让你的思绪四处游荡

如果此刻冥想对你不起作用——如果你还没有"准备好"冷静下来——那么试试这个经过时间检验、提升想象力的方法，全世界的孩子都在练习它：做白日梦。它不需要任何工具，你可以在任何环境中完成，而且没有人知道你在想什么。我们花了太多时间埋在电脑里，电脑不断地向我们发送数据流；在智能手机诞生后的短短十年左右的时间里，我们很少中断传入的信息。做白日梦是一种让你的内在智慧毫无压力地浮现的形式。当然我的话不足为凭，不过研究员兼心理学家斯科特·巴里·考夫曼（Scott Barry Kaufman）与丽贝卡·L. 米勒（Rebecca L. Miller）共同在《科学美国人》（*Scientific American*）上刊登了一篇论文，名为《积极、建设性白日梦的颂歌》（Ode to Positive，Constructive Daydreaming）。

"做白日梦是一种'潜入（你的）内在意识流'、个人反思世界和想象未来的方式，"考夫曼说，"这种即兴的反省甚至可以帮助我们找到人生重大问题的答案。"

试着对你的人物和他们的故事做白日梦，或者对一个困扰你或迫使你写作的主题或想法做白日梦。不要给自己设定任何关于写下你梦中之物的参数或规则，不过请把你的笔记本放在附近以防万一。

畅销建议：仪式和方法

把写作当成锻炼，每天写作。即使只是一封信、一条笔记、一张标题列表、一段人物素描、一篇日记条目。作家就像舞者，就像运动员。没有运动，肌肉就会僵硬。

——简·约伦（Jane Yolen）

在你的办公桌上放一小罐 WD-40——远离任何明火——提醒自己，如果你不每天写作，你就会生锈。

——乔治·辛格尔顿（George Singleton）

我试着每天写一定数量的东西，每周写五天。有时打破规则总比没有规则好。

——赫尔曼·沃克（Herman Wouk）

我认为写小说的乐趣在于自我探索的出现，以及与人物一起扮演上帝的美妙感觉。当我在写字台前坐下时，时间仿佛消失了。……我认为对作家来说最重要的事情就是被锁在书房里。

——艾丽卡·钟（Erica Jong）

几年前我把同义词库扔掉了。我发现每次查找单词时，如果你想要某个单词，并且可以想到与它近似的同义词并查找它，那么你只会得到陈词滥调的用法。使用大词典并查找不同单词的各种用法的派生和定义要好得多。

——詹姆斯·琼斯（James Jones）

我认为写诗对作家来说是一种很好的训练。它教会你提出你的观点并让你的东西更清晰，这是一件很棒的事情。

——P. G. 伍德豪斯（P. G. Wodehouse）

当我真的不知道我在说什么或怎么说时，我会打开派通笔，这些彩色的日本钢笔，在黄色的横格纸上，我会从非常浅的颜色开始写：橙色、黄色或棕褐色。……当我的想法更加明确，并且有更敏锐的感觉时，我会尝试更深的颜色：蓝色、绿色，最终变成黑色。当我用黑色写作时，这是最终版本，我可能已经写了 12 次、15 次或 18 次。

——盖伊·塔利斯（Gay Talese）

我喜欢说作家的成功需要三样东西：天赋、运气、纪律。……（纪律）是你必须专注控制的一个，其他两个你只须希望和信任即可。

——迈克尔·查邦（Michael Chabon）

如果我在一个沉闷的聚会上，我会为自己发明某种游戏，然后找人一起玩，这样我实际上就是在写一个场景。我提供我的一半对话，并希望另一半达到标准。如果它没有，我会尝试以这种方式引导它。

——埃文·亨特（Evan Hunter）

得出的结论是，我在小房间里写作最快乐。它让我感到舒适和安全。我花了很多年才弄清楚我需要在角落里写作。就像一只钻进洞里的小动物，我把家具搬来搬去，回到一个舒适的角落，背对着墙……然后我就可以写作了。

——丹妮尔·斯蒂尔（Danielle Steel）

我尽量让我的空间非常、非常封闭，因为只要我在写作，我就觉得灵感、精神、故事和人物都住在那里。

——伊莎贝尔·阿连德（Isabel Allende）

写、改写，不写或重写时，阅读。我知道没有捷径可走。

——拉里·L. 金（Larry L. King）

27. 钻石开采：在不被掩埋的情况下通过研究来丰富它

大卫·科比特

在成为小说家之前，我是一名私家侦探。由于工作要求，我敲了很多门，向很多陌生人提问。并非所有与我接触的人都很愉快。我经常被吼、被诅咒，经常受到威胁，有一次甚至差点被撞倒。（具有讽刺意味的是，试图杀死我的人是一名医生。）

我的工作教会了我成功收集事实的三个关键要素，它们在我的小说中很有用：

● **准备和组织**。首先对你认为需要学习的内容有一个基本的了解。这意味着对你的基本故事及其世界有足够的了解，特别是事件发生的时代和地点以及你所预见的将发生的行动，以便对你缺乏的信息类型和调查领域有一个概念。

● **对意外保持开放**。一旦研究开始，你需要保持开放的心态（眼睛和耳朵），注意意外的发现。确保在你最初的准备过程中做出的假设，不会让你忽视那些在不可预见和潜在的有价值的领域中的发现，即使它们从根本上改变了故事的关键元素。

● **重新评估、适应和跟进**。保持灵活但纪律严明。始终根据你所学的知识提出新问题，以重新思考整个规划，而不会忽视一开始让你兴奋的核心灵感。这是一个不断地来回同化、重新评估和辨别的过程。

可以想象，这三条准则说起来比遵循起来容易。但是，如果你表现出自制力并明智地遵守它们，它们确实可以在你沉溺于迷人但不必要的事物时让你保持清醒。

考虑事实在小说中的作用

在决定研究什么时要回答的第一个问题不是是什么，而是为什么。想一下阿尔伯特·加缪（Albert Camus）的这句话："小说就是透过谎言讲述真实。"从拉尔夫·沃尔多·爱默生到多丽丝·莱辛（Doris Lessing），数十位伟大的作家都表达了类似的观点。这就提出了一个问题：如果小说是谎言，那么小说家为什么还要为事实操心呢？答案在于认识到讲故事的人就像魔术师一样会制造幻觉。尽管目的可能确实是揭示一个更深层次的真相，但事实仍然是，我们努力的重点是让人信服被欺骗。

研究服务于这个目的。通过可信的细节，我们建立了一个让读者信服的世界，值得他暂时停止怀疑，在我们的故事中投入情感。因此，研究的目的是建立权威，而不是真实性。这就像魔术表演中的误导技巧，通过将读者的目光集中在这个（我提供的细节）上，我把他的注意力从那个（我不得不发明的材料）上转移了。

知道什么时候离开

研究的危险在于没有认识到其有限的目的，而是追求更多不必要的信息，因为它太迷人了。这就是为什么如此多的小说家承认研究的问题：它处于正在挖掘的过程。

更糟糕的是，在进行了如此多的投资之后，他们觉得有必要将他们学到的所有精妙的东西都塞进书里。没有什么能像一堵不必要的信息墙那样有效地阻止故事的发展。

研究不必成为一趟能够从不断下降的矿井中安然返回的幸运者之旅。你所需要的只是足够的信息和细节，让读者相信你了解你的业务。实现这一目标所需的努力程度将取决于你的受众的认知程度。（记住：永远不要低估读者的智商。）

作为一般经验法则，我试图确定基本细节，这些细节告诉我，在我的故事发生的时间和地点里，生活是如何进行的。这包括（但绝不限于）以下内容：

● **气候**：包括对各种恶劣天气的标准预防措施，从防洪堤到遮阳伞。

● **服装**：从必需品到装饰品，着眼于特定社会或经济阶层以及阶层之间的风格多样性。

● **说话方式**：再次倾听各种变化。（信件和报纸报道，如果有的话，是无价的——尤其是对于历史背景——如果你的故事发生在当下，那么简单的倾听行为也是如此。）

● **工作**：例如谁做什么、为什么做（这将与时代和地理相吻合），以及该工作的具体细节、工资和危险。

● **阶级、种族、性别和权力安排**：例如谁感到自由，谁感到受到约束或压迫，谁管理金钱，谁抚养孩子，孩子成长到成人身份的速度，谁有空闲时间，谁继承财产，谁照顾病人，谁去打仗。

● **建筑**：特别是强权者、无权者和介于两者之间的人的房屋（和家庭）的性质。

● **食物、音乐、娱乐**：让日常生活变得"活泼"的事物。

你一眼就能看出这种研究是如何轻易失控的。了解你的特定故事需求可以让你发挥一定的控制力。然而，在黑暗中徘徊片刻，可能会获得无法预见的宝石，这些宝石会自动增强你作为故事讲述者的权威，例如：

● 油灯中使用的某些种类的鲸油具有诱人的蜂蜜色（与取代它的无色煤油相反）。

● 卫理公会（"行为胜过教义"）和长老会（声称救赎是预先确定的，而美德行为无关紧要）之间在旧南方的紧张的阶级关系。

● 肺病（肺结核）在其传染性被发现之前，就被赋予了空灵的解释，尤其是在伊丽莎白·巴雷特·布朗宁（Elizabeth Barrett Browning）和艾米莉·勃朗特（Emily Brontë）等作家和诗人中（据说它"净化了病人并启发了她的朋友"[①]）。

用令人惊讶和独特的创意来平衡预期和平庸，从而使真实感得以完善。

定义宇宙的边缘和形状

英国小说家汤姆·罗伯·史密斯（Tom Rob Smith）遵循他所谓的"四个月规则"，即在考虑将手指放在键盘上为故事服务之前，他允许自己进行 16 周无限制但高度集中的研究。为了充分利用这段时间，他还将研

---

① 参见希拉·M. 罗思曼（Sheila M. Rothman）的《生活在死亡的阴影下：肺结核和美国历史上疾病的社会经验》(*Living in the Shadow of Death：Tuberculosis and the Social Experience of Illness in American History*，New York：Basic，1994，16)；引自加里·L. 罗伯茨（Gary L. Roberts）的《霍利德医生：生平与传奇》(*Doc Holliday：The Life and Legend*，John Wiley & Sons Inc.，2006，60)。

究范围缩小到"最佳来源"。在最大程度上，他尽量不卷入学术辩论，因为学术辩论需要他从两个（或更多）对立的角度来研究一切。例如，在为写作《44 号孩子》（*Child* 44）做研究时，虽然有苏联方面对斯大林政权持正面甚至胜利看法的原始资料，但他很早就认为这不符合他的目的，因此没有浪费时间阅读它们。

同样，如果你在研究中发现学术经历了修正主义阶段，你就很可能希望使用可用的最新资源。例如，在 20 世纪 70 年代中期，对 19 世纪女性朋友（和情人）之间通信的研究使许多学者相信，女性发展出深厚的人际关系，部分是因为她们与兄弟和父亲的联系在情感上是缺乏的，以至于男性和女性似乎存在于相互排斥的领域。[1] 但后来加利福尼亚州立大学美国研究教授卡伦·利斯特拉（Karen Lystra）发现了同一时期夫妻之间的通信宝库，存档于加利福尼亚州圣马力诺的亨廷顿图书馆。这些信件揭示了已婚夫妇之间深刻的亲密关系，配偶之间经常将对方视为最亲密、最可信赖的伴侣。[2]

关键是知识，即使是过去的知识，也不是固定的。由于新的发现和新的解释，它不断发展。不仅如此，当代的记录也常常大相径庭。由于当时报告文学的高度派系性质，19 世纪初的报纸经常为事件提供不可调和的观点。报纸确实是"第一史稿"，但这只能说明进一步修正的必要性。

还有一种创造性的方法可以解决这种事实的流动性。对婚姻生活或斯大林政权的不可调和的看法，无疑是你研究中的一个挑战。你可以选择一个派系或另一个派系，或者你可以使用这些对立的观点，从而为你的故事提供冲突。汤姆·罗伯·史密斯可能没有浪费时间仔细研究亲斯大林的文本，但他明白有必要将斯大林主义工作人员所看到的真相置于他的小说中。

不管你为你的研究建立了什么样的初步界限，对不可预见的发现保持

---

① 参见卡罗尔·史密斯-罗森伯格（Carroll Smith-Rosenberg）的开创性研究《爱与仪式的女性世界：19 世纪美国女性之间的关系》（The Female World of Love and Ritual：Relations Between Women in Nineteenth-Century America，*Signs*：*Journal of Women in Culture and Society*，1975，Vol. 1，No. 1）。

② 参见《寻找心灵：19 世纪美国的女人、男人和浪漫爱情》（*Searching the Heart*：*Women*，*Men*，*and Romantic Love in Nineteenth-Century America*，Oxford University Press，1989）。

开放态度仍然是这项工作的关键要素之一。这些发现不仅会提供日常生活的细节和动画冲突的观点，而且还会为你一开始没有预料到的场景和人物提供想法。但这种开放的态度不可能是无限期的。汤姆·罗伯·史密斯的"四个月规则"是很有价值的，因为它迫使你开始写作。

有时停止研究并开始写作的时间是显而易见的——例如，当你意识到你一遍又一遍地遇到相同的基本信息，其间只有细微的差异时。这说明你学得够多了，现在就要开始写作。另一个导致停止研究并开始写作的时间是，当你对未知的事情或者不能获取认知的事情有了深刻的认识时——当局和消息来源对特定问题或事实保持沉默。官方记录中的这些遗漏实际上可以为创造性的推测和发明开辟道路，这是故事的自然起点。

但是，即使你没有遇到这些自然过渡期中的任何一个——或设定时间限制，或创建其他截止时间——在某些时候，你也需要从研究转向开始写作。话虽如此，但没有什么可以迫使你缩减所有研究。事实上，你可以在写故事的同时继续阅读和探索——只要学习的强迫性不超过满足你日常字数、好奇心的需求或造成障碍。你可以随时更新细节和场景。写作就是重写，但是你不能修改还没有写的东西。

小心挑剔

某些专业领域吸引了虔诚、狂热甚至不平衡的追随者。例如，有人冒着某种风险进入内战领域，因为它形成了一个许多爱好者和纸上谈兵的专家们都非常痴迷的领域。如果在这样一个戒备森严的竞技场框架内写作，有时最好阅读适合的调查文本或一般历史，以避免明显错误，然后专注于一些较小的、单一的甚至特殊的来源，以便对事件有更独特的看法。

大卫·贝尼奥夫（David Benioff）在研究其精彩的长篇小说《贼城》(City of Thieves) 时——在这部小说中，两名囚犯如果不能为一个婚礼蛋糕找到一打鸡蛋就会面临死刑——不仅依靠了哈里森·索尔兹伯里 (Harrison Salisbury) 的《900 天》(The 900 Days)（这是一本关于列宁格勒围城的最权威的英文书），而且承认他很感激库尔齐奥·马拉巴特 (Curzio Malaparte) 的《完蛋》(Kaputt)（这是一部"奇才之作"，因为它提供了"完全不同的视角"）。

然而，即使是周到的预防措施也可能徒劳无功。犯罪小说作家 G. M. 福特（G. M. Ford）不再将书中的武器称为"枪"以外的任何东西，因为他厌倦了手枪爱好者的来信，他们坚持认为他提到的侧臂不能像描述的那样发挥作用。"永远，永远不要把哈雷-戴维森放在一本书里。"他补充道。

引发如此激烈反应的不仅仅是武器和机械。一名知识渊博的读者——同样是书商——曾经向我透露，当她读到一个女性角色用热水洗掉她丈夫衣服上的血迹时，她不再阅读丹尼斯·勒翰（Dennis Lehane）的《神秘河》（*Mystic River*）了。"任何女人都知道应该用冷水，"她说，承认当时她把书放下是因为作者"失去了她"。幸运的是，勒翰并没有失去其他数百万读者。

担心这种吹毛求疵是没有意义的。通过使用最可靠的来源，尽最大努力做到正确：你可以采访知识渊博的人，阅读故事所发生时期和地点的官方文件和报纸，以及经典和规范文本、传记、信件，当然，还有上网。然后在你的致谢中为所有错误承担责任。

采访和观察

在文章开头，我提到我在以私家侦探的身份试图让人们与我交谈时，偶尔会遇到敌意——考虑到所涉问题的激烈争议性质，这有点令人惊讶。然而，总的来说，我喜欢完全相反的反应。如果本着谦逊、尊重和好奇的精神接近人们，他们往往会非常慷慨。我们都喜欢谈论我们所知道的。

通常最好使用自我强制参数来处理采访对象："我有五个简单的问题。"一旦你们坐下来，信息可能就会自由流动，但要注意尊重采访对象的时间。做好功课，把重要的和有趣的问题分开。

小说家唐娜·莱文（Donna Levin）想参观旧金山验尸官的办公室，因为她正在写一本书，但她觉得太害怕了，不敢一个人去。知道我是私家侦探（当时还是），她问我是否会来。她的焦虑被证明是毫无根据的。我们遇到的工作人员带她参观了整个停尸房，并与她一起交谈了几个小时。这强调了我在开头提出的一点：敲陌生人的门不需要虚张声势或自大——恰恰相反。唐娜以她的体贴、智慧和谦虚的幽默赢得了她的采访对象的信任。

专家们还经常向其他专家提供更好、更准确的信息。我的小说《天堂之血》（*Blood of Paradise*）以萨尔瓦多为背景，其中水权是故事的一个关键组成部分，我采访了一位在国内工作的水文学家。反过来，他向我介绍了另一位专门研究我的故事发生地区地下水下降和井枯竭问题的专家。这位专家还提供了极具价值的地图和报告，以及与卡夫卡式当地官僚做斗争的轶事。他的信息不仅为我提供了丰富的细节，也让我确信我原来的故事想法是行不通的。这意味着需要大量重写，但也免除了我把所有内容都弄错的尴尬。

我曾两次前往萨尔瓦多，并聘请了来自一家生态旅游公司和一家冲浪机构的向导。他们开车带我周游全国，辨认着著名的植物群、动物群、海滩和教堂。我们讨论了当地的历史、文化和美食，他们甚至给了我关于caliche（萨尔瓦多俚语）的建议。但真正的发现是克莱尔·马歇尔（Claire Marshall），我在拉利伯塔德的海滩上偶然遇到的一名 BBC 记者。她把我介绍给了卡洛斯·瓦斯克斯（Carlos Vasquez），他曾是洛杉矶萨尔瓦多帮（Mara Salvatrucha）的一名被驱逐出境的前枪手，现在经营着一个外展小组，帮助其他帮派成员离开帮派生活。我们在首都的佐纳罗莎区喝咖啡，他对帮派成员的洞察力，无论从内部还是外部的角度来看，都是极具价值的。

这种时间和金钱的投资并不是每个人都能获得的——或者说是必要的。尽管有缺陷，互联网仍然是获取初步信息的重要渠道，它通常可以将你引向人物、文档、文本——而且最重要的是图像——可以帮助你形象化和充实你的故事世界。如果可能的话，参观你书中故事的发生地，但要从历史小说家那里得到提示：你不能访问中世纪的爱尔兰、古代中国或过去的任何其他土地。故事世界是在想象中被构造出来，在文字中被描绘出来的。幸运的是，两者都近在咫尺。

面对面的采访也是如此——如果可能的话，这很棒。电话和电子邮件联系由于干扰性较小，通常更受欢迎，但是这可能需要坚持才能得到回应。请记住，你正在寻找宝藏——如果它们很容易获得，它们就不会那么有价值。

28. 用反向大纲规划你的小说：以终为始的计划

N. M. 凯尔比

　　我们都可以从组织意识中受益。我喜欢将小说大纲视为故事的骨架。作为一个孩子，你的骨头会长到足以支撑你在这个星球上活下去的程度。如果你的基因决定了你很高，你的骨头就会形成这个基础，你的肌肉就会相应地生长。随着年龄的增长，你需要钙，而骨骼中的钙正好到再多就会使骨骼变得脆弱且容易折断的程度。

　　这与故事大纲相同。你需要为你的故事创建基本框架，但不要太多，不然它会带走工作中的能量。

　　那么你从哪里开始呢？阿瑟·米勒曾经说过："如果我看到结局，我就可以倒退。"所以从结尾开始。

在你开始之前知道你的结局

　　如果你从故事的结尾开始，结局就不会是具体的，它可以改变。但是，从你认为的结局开始，当你开始一段 60 000 到 80 000 个单词的旅程时，你会清楚地知道你要去哪里。一旦你决定了故事的结局，书中的一切都会通达那里。你的人物不应该是多余的，你的场景也不应该是多余的。这都是关于框架的。

　　当然，写任何故事，无论长短，最困难的部分就是结束它。

　　要写出你的结局，你必须问自己你想在开始时提出什么行动。但要注意不要创建一个"钱包"式结尾，即把所有元素整齐地组合在一起。在你的故事结束时，你不想让读者觉得他们已经知道所有要知道的东西。你只需要给他们一个耳语和一个梦想，然后送他们上路。

　　一旦你的结局到位，你就可以编织你的故事。小说家托尼·厄尔利（Tony Earley）总是说："一个故事是关于一件事和另一件事的。"所以你的工作是计划你的故事，让你的读者满意地从一件"事"（最明显的事情）中获得结束，但保持另一件"事"的神秘性。

一个很好的例子来自谢尔曼·亚历克西（Sherman Alexie）的《我将赎回你的典当》（*What You Pawn I Will Redeem*），这是一个关于一个无家可归的斯波坎印第安人循环尝试筹集 1 000 美元，以从当铺赎回他祖母的帕瓦舞衣的短篇故事。店主很乐意归还，但他自己为此支付了 1 000 美元，所以他给了印第安人 5 美元作为启动资金，要他在 24 小时内筹集剩余的现金。

在第一段中，亚历克西向读者发出通知，并设定了故事结局：

> 昨天你还有家，今天你就没有了，但我不会告诉你我无家可归的特殊原因，因为这是我的秘密故事，印第安人必须努力工作，以期在面对乐于打探的白人时可以保守自己的秘密。

"秘密故事"的想法是结局的关键。虽然主角确实设法赚钱，但他喝酒、赌博。24 小时后，钱还没有筹到，但当铺还是给了他典当品。这是故事的最后一段：

> 在外面，我把自己裹在祖母的帕瓦舞衣里，走下人行道，进入十字路口。行人停下了脚步，汽车停止了行驶，城市停止了运转，人们都看着我和祖母跳舞。此刻我就是我的祖母，我正在跳舞。

因为典当品被归还，这个故事似乎确实与自己联系在一起了（这将是第一件"事"），但这个故事真的不是关于找回被盗的衣服，而是关于重新获得斗争精神的——可以被视为包裹在这个传奇故事中的"秘密"故事（或另一件"事"）。

令读者满意的，或将事情联系起来的结局，永远不是故事的真正结局。我们发现祖母的典当品被归还了，但故事继续讲了一会儿，从而把这一幕放到了上下文中。亚历克西给读者留下耳语和梦想，并送他们上路。

简单扼要地概述你的故事

大纲中没有固定的页数，因为这完全取决于你要讲的故事有多长。《哈利·波特与凤凰社》（*Harry Potter and the Order of the Phoenix*）的故事足足有 870 页，共 38 章。它的目录提供了对大纲的有趣观察。它始于：

第一章　　达力遭遇摄魂怪

第二章　　　一群猫头鹰

第三章　　　先遣警卫

如果你是 J. K. 罗琳（J. K. Rowling），这是你的大纲，你所要做的就是在每章的标题后面写一个简短的总结段落。在第一章中，你会告诉我们为什么达力会精神错乱，并确保你的描述中有一些地方设定了这本书的动作。然后继续下一章。

要构建你自己的大纲，请先对最后一章中发生的事情进行简短描述，然后转到第一章。完成后，将第一幕的其余部分分成尽可能多的章节，以适当地介绍你的主角和冲突——故事的人物、内容、时间和地点。

继续进行第二幕，再次创建尽可能多的章节。清楚地说明在主角通往高潮的道路上出现的危机、难题和障碍。记录下他面临的情感挑战。

写好高潮后，就可以创建通往最后一章所需的尽可能多的章节了。

尽量不要写得太花哨。当你的代理人推销你的大纲时，他会在提案中附上 50 页你的草稿，所以你不需要在大纲中显示任何风格。记住：这都是关于框架的。

试一试你的故事创意

要查看你是否可以将最初的故事创意变成小说，你必须确定它是否能行得通。使用下面这个试金石来找出答案。

首先，尽你所能回答这些问题。不要有错误答案，但有些答案会激发你写作，这就是你要做的。

● **这个想法吸引你的地方是什么?** 对你来说，它最重要的元素是什么?

● **主角可能是谁?** 不仅仅是那些激励你追随你的想法的人，还有配角。什么样的人会被卷入这种情况? 谁是主角的朋友? 谁是他的敌人? 尝试为每个人创建一个快速的传记，在其中探索他们彼此之间以及与主角之间的关系。他们说话时听起来像什么? 不要忘记添加他们的身体描述和愿望，喜欢和不喜欢。

● **故事发生在何时何地?** 记住你不必选择能够激发灵感的事件所发

生的环境。无论你做什么，都要使环境尽可能具体。让每个读者都有一种身临其境的感觉。

● **发生冲突的可能性有哪些？** 不要只是满足于实际发生的事情。既然你有机会以更丰富的方式想象这个想法，那么问问自己，你创造的人物是谁，以及他们在你的故事世界中的位置，会发生什么。

现在动笔，这是困难的部分。一旦确定了要讲述的故事的细节，你就需要开始编写它。从你认为的第一章开始。然后写下一章，或者只是乱写几章。当你写到 50 页时，试着写下你的大纲。如果你做不到，就多写一些，然后再试一次。

你不是在寻找可发表的文字；你只是想解锁故事的可能性，让自己了解项目的深度。

创建模型大纲

从你的书架中选择一本著名的小说并为其创建一个大纲。你选择的小说应该在风格或情节上与你自己的作品相似。完成后，写一部自己独立创作的小说。比较这两者，看看小说中的行为是如何运作的，特别注意内容达到高潮的速度，结局是什么，以及主角是如何被改变或被揭露的。检查你的大纲，并根据你对已发表作品的观察决定是否要进行修改。

29. 为任意故事创建灵活的大纲：如何从设想到结稿

K. M. 韦兰[①]

在一个全是作家的房间里提到大纲这个词，你一定会引发一场激烈的

[①] K. M. 韦兰（K. M. Weiland）是一位历史和推理小说作家，撰写了获奖博客"帮助写作者成为作家"（Helping Writers Become Authors）。她是《概述你的小说》（*Outlining Your Novel*）和《构建你的小说》（*Structuring Your Novel*）的作者。

辩论风暴。作家要么喜欢大纲，要么讨厌大纲。他们要么发现大纲是自由的，要么无法忍受它的局限。

我的经验是，那些发誓不喜欢大纲的人往往以错误的方式思考它。在开始初稿之前，大纲并不意味着让你陷入预设的想法，或削弱你的创造力。大纲也绝对不是毫无生气的罗马数字列表。

为了让你的写作充满大纲的全部力量，你需要灵活机动地以发现的心态来处理这个过程。当你这样做时，你最终将获得成功讲故事的路线图。路线图会向你展示到达目的地的最快和最可靠的方式，但它当然不会阻止你沿途尝试令人兴奋的越野冒险和寻找风景优美的旅游胜地。

在最好的情况下，大纲可以帮助你充实你最有前途的故事想法，避免你陷入死胡同，并在稿子上呈现为适当的结构。最重要的是，它可以节省你的时间并防止你感到沮丧。在你的初稿中勾勒出你的情节和人物可能需要数月的反复试验，而在大纲中找出相同的元素只需要一小部分时间——其余的时间你可以在你的初稿中放松并享受乐趣。

让我们来看看如何充分利用大纲，从塑造你的前提开始，一直到完整的场景列表。（注意：尽管这种勾勒方法是我自己使用并强烈推荐的方法，但请记住，勾勒故事的方法没有对错之分。唯一的要求是找到适合自己的方法。如果你开始勾勒大纲并觉得该技术对你不起作用，与其完全否定大纲，不如考虑如何调整过程，以更好地适应你的个性和创作风格。）

第一步：　打造你的前提

你的前提是故事的基本思想。但仅仅有一个想法是不够的。"男孩在星际环境中拯救女孩"是一个前提，但它也太模糊了，无法提供很多可靠的故事指导。

这就是为什么你的大纲需要从一个精心设计的前提句子开始，它可以回答以下问题：

- **谁是主角？**
- **现在是什么状况？** 英雄一开始的个人状况是什么？英雄本人或敌对势力将如何改变这种状况，无论变好还是变坏？
- **主角的目标是什么？** 一开始，英雄想要什么？为了达到这个目标，他必须做出哪些道德（或不道德）的选择？

● **谁是对手？** 是谁或什么阻碍了英雄实现他的目标？

● **灾难是什么？** 由于他试图实现他的目标，英雄会遭遇什么不幸？

● **冲突是什么？** 英雄对灾难的反应会导致什么冲突？什么是使这种冲突在整个故事中持续的因果逻辑流程？

回答完这些问题后，将它们组合成一两句话：

> 不安分的农场男孩（状况）卢克·天行者（主角）只想离开家成为一名星际战斗机飞行员，这样他就可以不辜负他神秘父亲的遗产（目标）。但是当他的姑姑和叔叔在购买叛逆机器人后被谋杀（灾难）时，卢克必须释放机器人的主人，并找到一种方法来阻止（冲突）邪恶的帝国（对手）及世界末日的到来。

第二步： 粗略的场景构思

有了坚实的前提，你现在可以开始为这个故事表达你的想法。写下你已经知道的关于你的故事的所有内容的清单。你可能会带着一些已经想到的场景来到这一步。即使你不知道这些场景将如何在故事中上演，也请继续将它们添加到清单中。在这一点上，你的主要目标是记住并记录你对这个故事的每一个想法。完成后，请花点时间查看你的清单。每当你遇到一个引起问题的想法时，请突显它。如果你不知道为什么你的人物在一个场景中进行决斗，请突显它。如果你不知道如何把两个场景连接起来，请突显它们。如果你无法描绘其中一个场景的设置，也请突显它。通过现在暂停以甄别可能的情节漏洞，你将在以后减少大量的重写工作。

你的下一步是逐个解决每个突显的部分。写下你的想法，让你的想法畅通无阻，而不是自我审查。因为这是大纲中最非结构化的步骤，所以是释放创造力和挖掘故事潜力的最佳机会。在页面上问自己问题，自言自语，不要担心标点符号或拼写。

每当你认为你想出了一个好主意时，花点时间问一下，"读者会期待这个吗？"如果答案是肯定的，请列出一份你的读者意想不到的替代方案。

第三步： 采访你的人物

为了塑造可以帮助你的情节发挥最大潜力的人物，你需要发现他们身上的关键细节，不一定是在他们生活的开始，而是在故事的开始。

要为你的主角做到这一点，请从他参与你的情节（故事中的"灾难"）的那一刻开始倒退。你的主角生活中的哪些事件让他走到了这一步？他的过去是不是有什么事情导致了这场灾难？是什么事件塑造了他，使他以自己的方式应对灾难？他过去的哪些未解决的问题会使情节的事件螺旋进一步复杂化？

一旦你对人物将如何投入主要故事塑造中有了一个基本的想法，你就可以开始通过采访你的人物来挖掘他生活中的细节。你可以选择遵循一个预设的问题列表（在我的书《概述你的小说：规划你的成功之路》中，有100多个这样的问题），或者你可能会在"徒手采访"中获得更好的运气，在其中，你问你的主角一系列问题，让他用他自己的话回答。

头脑风暴时要问自己的问题

- 情节中会发生哪四个或五个重要时刻？
- 你能为每个时刻想出至少两个复杂因素吗？
- 这些复杂因素会以让人物不舒服的方式推动你的人物的发展吗？
- 这些复杂因素需要哪些额外的设置？
- 哪个人物会成为主角？
- 哪个人物受到煽动事件的影响最大？
- 这个人物在他的生活中是否有至少两个主要的问题或焦虑？
- 这些问题中的哪一个最有可能产生冲突和戏剧性？
- 这个问题对其他人物有什么影响？

第四步： 探索你的背景

无论你的背景是你的童年社区，还是巴松（Barsoom）① 的第七个月

---

① 埃德加·赖斯·巴勒斯（Edgar Rice Burroughs）所著科幻小说中火星上的地名。——译者注

亮，你都希望在写下你的初稿时，清楚地了解你的突出场景所发生的地点。

不要仅仅因为它听起来很酷，或因为你熟悉它而选择一个背景。寻找你的情节固有的背景。你能在不对情节进行任何重大改变的情况下更换故事的主要环境吗？如果可以，请深入挖掘以找到更适合你的情节、主题和人物的背景。

根据你已经知道的场景，列出你认为需要的背景。你能通过组合或消除来减少这个列表中的背景吗？一个庞大的故事环境并没有错，但应该像削减不必要的人物一样，努力地消除无关的背景。

第五步： 写下你的完整大纲

你终于准备好完整地概述你的故事了。在这里，你将开始认真构思。在第二步中，你通过识别你已经知道的场景，并弄清楚它们如何组合在一起，来巩固你的故事的大局。现在，你将线性地、逐个场景地处理你的一幕幕故事，并在进行时为每个故事编号。与第二步中的"草图"不同，那时你的主要重点是头脑风暴和探索可能性，现在你将专注于把现有的想法塑造成一个坚实的结构。

想让大纲变得多全面取决于你。你可以选择为每个场景写一个句子（"达娜在咖啡馆与乔会面，讨论他们即将举行的婚礼"），或者你可以选择充实更多细节（"当达娜到达时，乔独自坐在一个亭子里；达娜点了咖啡和松饼；他们为邀请名单而争吵"）。无论选择哪种方式，都要专注于识别和加强每个场景结构的关键组成部分。谁将成为你叙述的人物？他的目标是什么？会出现什么障碍来阻碍这个目标并制造冲突？结果会是什么？你的人物将如何应对由此产生的困境？他会做出什么决定来推动下一个场景的目标的实现？

努力创建一个线性的、结构良好的情节，故事中没有空白（参见本章末尾的清单）。如果你能在你的大纲中正确地建立这个基础，你以后就可以自由地将所有的注意力和想象力应用到初稿中，并使你的故事活灵活现。

当你在脑海中处理每个场景时，注意一个事件如何过渡到另一个事件的逻辑失误或空白区域。花点时间仔细考虑这些潜在的问题，这样它们以后就不会绊倒你。如果你卡住了，试着跳到你知道的下一个场景，然后向前推演。例如，如果知道你想让自己的人物在哪里结束，但不知道他们将如何到达那里，那么，从结束点开始，看看你是否能弄清楚在前面的事件中必须发生什么才能使故事变得合理。

第六步： 浓缩你的大纲

完成扩展版大纲后，你可能希望将最相关的要点浓缩为缩略版。这样做可以让你清除无关紧要的想法，并将整个大纲总结成一个可扫描的列表，以便于参考。因为你的完整提纲可能包含相当多的内容和思考，你很可能会有很多笔记要复习（我经常有近三本笔记本的材料）。与其在每次坐下来写初稿时都费力地翻阅所有笔记，不如现在就做一点整理，从长远来看，这样可以节省自己的时间。

你可以选择在 Word 文档中创建你的缩略版大纲，在索引卡上写出你的场景，或者使用软件程序，诸如免费的 Scrivender 来替代 yWriter。

第七步： 将你的大纲付诸行动

到现在为止，你已经准备好，并渴望开始写初稿了。每次你坐下来处理你的手稿时，首先查看你的大纲，阅读当前场景和要跟随的场景的注释。在你开始写作之前，解决你头脑中或纸面上遗留下来的任何潜在问题。如果时间到了（它会来的），当你发现一个比你在大纲中计划得更好的想法时，请不要犹豫，写下来吧。这些进入未知领域的冒险，可能会导致你的故事中出现一些最令人惊讶和有趣的部分。在你编写初稿时，大纲将为你提供宝贵的结构和指导，但永远不要害怕在新想法出现时进行探索。记住：你的大纲是一张地图，它向你展示了到达目的地的路线，但这并不意味着它是唯一的途径。

构建大纲的清单

- 确定打开第一章的最佳钩子。
- 计划在你的书的前 25％ 的篇幅中，介绍所有突出的人物和场景。勾勒出场景，您可以在其中以合乎逻辑和有趣的方式，将这些人和地点带到舞台上。考虑如何展示你的人物之间的利害关系：如果他们在主要冲突中被击败，他们会失去什么？

● 请注意四个主要情节点中的第一个，这四个主要情节点将把你的书分成大约四份。在内容的 25% 的时候，第一个主要情节点应该会改变人物的正常世界，迫使他做出一系列反应。

● 让人物的反应指向中点。第二个主要情节点，在内容的 50% 的时候，将引起人物对敌对力量的态度和反应的改变。从这时起，他将开始为他自己采取行动，而不是仅仅对冲突做出反应。

● 以第三个主要情节点，开始你的第三幕，迫使你的人物行动失败。从内容的大约 75% 开始，他将不得不从这一刻起站起来，坚定击败敌对势力的决心。

● 绘制高潮。请特别注意故事的最后一部分。这部分旨在绘制出以独特方式设置动作的场景，并迫使你的人物深入挖掘自己的内心深处以击败（或屈服于）对手。

30. 嫁接：情节策划和自由创作的艺术

杰夫·萨默斯[①]

大约 15 年前，我终于学会了如何驾驶变速杆。我一生都在想：为什么有人会选择手动换挡？这就像一个人把车推上坡一样，具有一种硬汉风格。但我很高兴我现在知道了，因为在世界末日僵尸来临的情况下，我可以劫持和驾驶任何可用的车辆逃跑。

你为什么要听广播？因为它与作家用来创作小说的两种方法惊人地相似。

---

① 杰夫·萨默斯（Jeff Somers）（www. jeffreysomers. com）在 20 世纪 70 年代初美国新泽西州泽西市的一个政府机密设施被毁后第一个出现在现场，该地区至今仍因放射性太强而无法靠近。当被问及此事时，他只说自己并不后悔。他著有《生活者》（*Lifers*）、轨道图书出版的《埃弗里·凯茨》（*Avery Cates*）系列、泰勒斯图书出版的《密友》（*Chum*）以及口袋/图库出版的"乌斯塔里周期"（Ustari Cycle）系列，其中包括《我们不是好人》（*We Are Not Good People*）。

从来没有作家说过："写小说很容易……"当然，在全国小说写作月期间，每年都有成千上万的人在 30 天内写出一篇短篇小说的草稿，大量的文学经典让这看起来很容易。[例如，《发条橙》（*A Clockwork Orange*）和《在路上》（*On the Road*）都是在不到一个月的时间内完成的。] 但是，一部小说可能会以多种方式出现可怕的甚至可笑的错误——而最容易搞砸的事情就是你的情节。

想法是一小步，但构造情节是一个漫长的过程。乔治·R. R. 马丁（George R. R. Martin）的《冰与火之歌》（*A Song of Ice and Fire*）系列和一则可以归结为"玫瑰之战：血色王冠"的电梯广告之间的不同之处就在于 100 万字，20 年时间，以及一个坚实、激动人心、结构合理的情节。正如马丁在《滚石》杂志（*Rolling Stone*）的一次采访中所说："创意很廉价。我现在的想法多得写不出来。在我看来，执行才是最重要的。"

写作本能

任何作家都可能被一个失败的情节绊倒。事实上，你应该这样做。这是作家在整个职业生涯中所参与的持续学习过程的一部分——你通常可以从失败的手稿而不是成功的手稿中学到更多的写作技巧和过程。毫无疑问，从你的指尖倾泻而出的故事或文章令人振奋，但那种认为你只是一个超自然的缪斯代言人的怪异感觉并不一定能建立信心，你很难复制一个一开始就搞不懂的把戏。

失败的情节最重要的作用是提供了超越本能写作和进行检查的机会——以发现你的"作家的遗传密码"。

在许多方面，写作是一种本能行为——也就是说，我们对风格和情节的最初处理方法是"内在的"。老实说，所有作家都比其他人更擅长讲故事的某些组成部分：

● 一些作家可以毫不费力地为小说构思出大创意，但很难将这些概念翻译成 80 000 字。

● 一些作家甚至不用努力，就能捕捉到听起来很现实的对话，但很难有效地推动故事的发展。

● 一些作家经常创作华丽的句子，但很难用有趣的人物来填充场景。

作为作家，你的遗传密码最重要的方面是你对情节的本能创作，因为如果你不能创造一个引人入胜的情节，那么其余的写作最终都无关紧要。所有的作家都会本能地陷入两种类型：要么是情节策划者，要么是自由创作者。

情节策划和自由创作

如果你是一名情节策划者，那么你写小说的方法类似于打一场军事战役：你提前设置了后勤和补给线，当你的手指真正接触到键盘的时候，你已经把整个战斗一一勾勒出来了。

而自由创作者才刚刚开始写作。他们穿上海盗的服装，大喊："停!"然后疯狂地投入故事中。

这两种方法没有对错之分。对于情节策划者来说，在不知道故事走向的情况下潜入故事的想法是疯狂的。对于自由创作者而言，提前坐下并弄清楚所有的曲折则是非常无聊的。虽然在网上和写作会议上关于哪种方法"更好"的争论比比皆是，但我认为，无论你选择哪种方法都不重要，因为两者都有优点和缺点。

情节策划的利与弊

情节策划者有一个巨大的优势：他们在开始写作之前就知道整个故事。他们不会经历白天饮酒恐慌的时刻，当故事陷入困境时，他们意识到自己已经进入了一个很小的角落，现在必须执行世界上最复杂的文学三点掉头才能摆脱它。

另一方面，那些突然灵感迸发的闪光时刻来之不易，而且很容易忽略问题，因为你预先策划好的情节会给你一种虚假的安全感。有时，提前策划一部小说会让最终的写作感觉机械化，这会使场景变得毫无生气，让故事的曲折感觉像是在通往必然的道路上的敷衍停留。

自由创作的利与弊

自由创作小说给你的潜意识提供了突然向你的故事投掷创意炸弹的机会。这种方法可以使情节显得轻快而自然；创造性问题的答案有时会令作者和其他人感到惊讶。这种自由可以使写作像阅读一样令人振奋。

另一方面，那些天才时刻并不怎么常见——如果你那没有计划的"精彩"转折破坏了故事的其他方面，那它就不是真正的精彩。

因为大多数作家天生倾向于一种方法而不是另一种方法，所以他们倾向于将破碎的情节记为做生意的成本。一个更好的方法是停止本能地写作，或者至少停止完全靠本能写作。这涉及利用每种方法的最佳方面——情节策划和自由创作——并根据需要有效地使用它们。结果如何？出现的是一种我们称之为"嫁接"的混合方法。

嫁接法

嫁接法结合了自由创作和情节策划的最佳方面，是一种更有效的写作策略，因为它使你远离本能，并使你的写作机制更加周到和有目的。

嫁接法的基础是始终遵循你的直觉。如果你倾向于在写一个词之前仔细地构思你的小说，那就去做吧！如果你习惯于在有了灵感后立即投入并开始写作，那就这样做。事实上，如果你的本能方法奏效，并且能写出一部完整的小说，且没有严重的问题的话，就更好了。

当你开始挣扎时，嫁接法就开始发挥作用。无论你在写一本完全策划好，但现在感觉有点呆板和笨拙的小说，还是一本开始于一个伟大想法的刺激，但热情在缓慢的写作过程中逐渐退却的小说，诀窍是不要放弃并改变策略。

为自由创作绘制荒野地图

如果你在没有明确计划的情况下开始自由创作小说，突然失去了情节线索，那么请停止书写，回到你的小说开头，打破你已经写好的情节。换句话说，追溯故事情节。当你回到停滞点时，继续写，策划接下来的发展步骤，直到你觉得自己知道要去哪里为止。然后切换回自由创作模式，根据需要决定是否重复。

激活情节策划者的灵感

与之相反，如果你精心构建的情节开始让人感觉有点缺乏灵动，或不像最初看起来那么有凝聚力，那么是时候引入一些能激活灵感的自由创作方法了。回到故事中令人兴奋的最后一刻，然后编造一些东西。忘掉你的笔记，忘掉你的计划——忘掉你的情节——然后再坚持一会儿。即使你写的东西不是很好，它也会引导你走向原本隐藏在视线之外的方向。当你觉得你可以再次看到你要去的地方时，规划你的新愿景并从那里开始。

嫁接法就是要灵活。你在写作时使用的工具和策略越多，你就越有可能写出一堆像小说的词，而不是一堆词。

在现实生活中 "嫁接"

你可能想知道嫁接法对我来说只是一种理论概念，还是我在写作中采用的一种实际方法。是后者：实际上，我是一个自由创作者（讽刺的是，尽管我不喜欢自由创作），但我最近出版的几部小说都得益于这种嫁接法。

案例分析：《密友》

我的小说《密友》是一个关于酒精和谋杀的复杂故事。小说时间线跳跃，从不同角度重温关键时刻，每一章都以不同的视点人物叙述。由于我是一个自由创作者，所以当我开始写这本小说的时候，我什么都不知道；我所拥有的只是一个开场场景和几个人物。

当我发现有人要死的时候，小说的时间线已经一团糟了。我继续自由创作，写得很开心，但是当我完成第一稿时，我意识到有一个问题：我无法破译事件的顺序。而我是作者！

于是我又回到了起点，开始了情节策划。我创建了一个章节列表和一个主要事件的子列表。然后我开始将这些事件按顺序排列，使用神秘博士所说的"固定时间点"——事件必须以特定顺序发生，因此无法移动——作为锚点。这揭示了故事中大量的不一致和问题。我不得不删除一些场景甚至整个章节——但我也找到了用更好的材料替换它们的机会。

最后，我通过嫁接法写下了一个故事，既保留了它的神秘气息，又具有启示的乐趣，二者紧紧地联系在一起，我的代理人在 2013 年将小说卖给了泰勒斯图书。

要点：

- 嫁接法可以在任何阶段被使用——即使在你完成初稿之后。
- 有时你要解决的不是缺乏情节点，而是这些情节点的连贯性。
- 废稿和出版小说之间的区别可能微乎其微，你需要尽全力去优化它。

案例分析：《我们不是好人》

这个关于骗子巫师和魔法启示录的史诗故事最初是分成两部小说的。后来我的出版商重新考虑了营销策略，决定将两本书合并为一本书，名为

《我们不是好人》。我很兴奋，但当我工作时，我意识到了一个问题：虽然知道结局会是什么，但我不知道如何到达那里。在章节的 3/4 左右，情节变得模糊。

所以我开始嫁接。我不再试图用原来的方法去写（这行不通），而是选择将故事分解成一系列场景。我写下我预想的结局，然后写下为到达那里而必须发生的主要事件（固定点）。接下来我把每一处空白都填满，直到我有一条清晰的前进道路——我沿着这条道路回到自由创作。

要点：

● 生活往往充满曲折。当一种策略不起作用时——即使它以前一直有效——你必须接受这个事实并尝试不同的方法。

● 知道小说的结局并不能保证你知道通往那里的道路，而嫁接法可以帮助你揭示这条道路。

● 通过嫁接法，您可以在情节策划和自由创作之间来回切换，当事情进展顺利时遵循一种方法，遇到麻烦时切换到另一种方法，然后根据情况再次切换。

最终，你策划、写作、修改甚至销售小说的方法完全是你自己的。你可能是一个天生的自由创作者，也可能是一个彻头彻尾的情节策划者，但两种方法都会不时地倒向另一边。知道如何像专业人士一样从一种方法切换到另一种方法，可能体现了完成一本小说还是将其添加到废弃项目列表中的区别。

这就像是知道如何驾驶手动变速杆，可能是从僵尸世界末日中幸存下来，还是成为僵尸午餐之间的区别一样。

为自由创作而策划

你活在当下，每一天都是一场冒险。以下是如何找到你内心的汉尼拔·史密斯（Hannibal Smith），并在计划达成时学会去爱的建议：

● 情节策划可能是最重要的，所以从这个策略开始：如果你觉得卡住了，只需列出你故事中的事件。根据需要留空，然后记下任何固定的时间点。

● 一旦你知道如何从你的停止点过渡到下一个固定点，你就可以随意停止情节策划，并重新开始自由创作。根据需要重复这个循环。

● 对自由创作者来说，过度策划可能会适得其反。不要试图列出每一个事件和对话。给自己留一些空白，随机应变。

● 当你试图找出下一个情节点时，想象你是主角，然后问问自己会做什么（除非答案是"小睡一会儿"）。

● 如果你知道情节的发展方向，问问自己为什么你的人物会走到这一步。然后不断重复这个问题，直到完成工作。

像情节策划者那样自由创作

纯想象的世界是个可怕的地方，你更喜欢有计划。但是计划可能会失败，当计划失败时，每个优秀的计划者都会有退路。以下是关于如何轻松地让自由创作成为你的备用方案的一些建议：

● 未知可能令人生畏。自由创作的关键是不要拘泥，所以，动笔吧！

● 要知道，在刚开始自由创作的时候，删减大部分（如果不是全部的话）内容的情况是很常见的——即使这些内容不可用，这种方法通常也会揭示你的下一个情节点。

● 重新修改你已经写好的部分；有时，自由创作暗示着对你认为已经锁定的情节点进行修改。删除那些你认为的宝贝。

● 自由创作不是魔术。这是一种技巧，就像情节策划一样。给自己充足的时间进行实验以获得结果。

● 如果你真的无法用自由创作的方式来完成一部手稿，那就试着用速记来代替，就像写提要一样。换句话说，不需要写三万字——只需总结它们可能是什么。这使得测试不同的方法和情节结构方式更快、更容易。

31. 粗加工：弄乱你的初稿来尝试突破

伊丽莎白·西姆斯

正如欧内斯特·海明威所说："任何初稿都是狗屎。"多年来，我一直不明白这句话的含义。因此，当我开始认真地写小说时，我总想在第一稿就把它写好。

　　每天晚上下班后，我都会坐在我最喜欢的咖啡店里，拿着黄色的垫子和从出版商代表那里收集的笔，仔细地写我的第一部小说。我会完成写下最少 300 字的要求，并深思熟虑地写下每个字。至少，请承认我是自律的：我数了数我的字数，如果到了 299，那么我不会回去在某个句子中加上"非常"二字——我至少必须开始写下一个句子。

　　通过这种方法，我写了很多页字。但你猜怎么着？我的散文并没有发生很大的改变。我花了很长时间才弄明白海明威那句话中的隐藏含义，而将其应用于实践的时间则更长。随着时间的推移，我的初稿变得越来越粗糙，我完成的作品则变得越来越好。

诚实面对自己

　　为什么连贯的初稿会生出一个生硬的成品？其实这意味着你还没有让它流动起来。你不允许自己犯错，因为你没有原谅自己过去的错误。承认吧：除非你火力全开，否则你不会给它你所拥有的一切。

　　有一天，我意识到写作中的创造力不是一个线性的过程，即使我们以线性的方式阅读——单词必须一个接一个地出现在页面上；我们必须把我们的思想和语言整理好，这样读者才可以理解它们。

　　事实上，写作是唯一一种真正的一维艺术。如果你能诚实地面对自己，你就真的可以向你的读者开火了。而找到诚实的唯一方法就是不要过度思考。

　　为了让你的写作变得生动——变得多维——你必须放弃一些控制权。回报是值得的。

学会习惯无序状态

　　在编写初稿时忽略顺序。新手作家经常会说："我已经弄清楚了基本的故事，但我不知道如何呈现它，所以它们堆在一起，我永远不确定接下来会发生什么。"

　　没有什么比写下下一步想写的东西，而不一定是下一步必须写的东西更自由的了。过渡并不重要。不要相信我的话——而是相信约翰·多斯·帕索斯（John Dos Passos）、帕特里夏·海史密斯（Patricia Highsmith）、马克·吐温和威廉·莎士比亚，阐述总是没有你想象的那么重要，你只需要关注接下来会发生什么。

然而，海明威并不是说，如果你从废话、粪便开始，你会毫不费力地得到更好的东西。他也不是说可以从一个薄弱的前提开始。

他的意思是你的想法的第一次执行必须尽可能不受约束。这会导致一些废话：错误的开始、自命不凡、笨拙的形象和陈词滥调。面对这些，你只需要把它们删掉，它们只会在你开始第二稿之前污染好东西。

放 松

放松身心。如果你像我一样手写初稿，请将你的钢笔视为画笔，将它放松地握在手中并从肩膀上移开，而不是用手指移动它。你的整个手臂将自由活动，你将倾吐出这些话，并将腕管综合征全部驱逐到地狱。

作品易读的重要性被高估了，记住这一点。

写作研讨会上人们的普遍看法是，你不应该停下来修改。但老实说：这是不现实的，因为有时你确实会立即看到另一种可能性，你应该自由地追求它。我建议你随时重写。

如果在某一时刻，你想到了两种不同的表达方式，那就一个接一个地把它们写下来。稍后你将能够决定哪个更好。

在一个短语周围写一个方框；将两个相互竞争的形容词堆叠在一起；在页边空白处做笔记。我将页边用于研究笔记，例如"哪里是天狼星在洛杉矶/八月的位置？"

新床单不仅适用于汽车旅馆。我非常相信，要充分利用你所需要的自然资源，例如纸张。如果你想开始一个比一句话还长的新的切入点，就撕掉你当前的页面，重新开始。永远不要把一个新想法塞进你当前页面的缝隙里。

看在上帝的分上，不要等到新想法完全形成后再写下它。通常情况下，一旦你写下这个新想法的第一块碎片，它就会在你写的时候变得完整。这就是我们为之而活的魔法，不是吗？

如果你想插入单词或段落，别忘了用记号标出。圈出插入内容，画箭头，将一段文字穿插到另一段文字的中间。继续前进。如果一个词、句子或段落的某个版本明显更好，那就剔除不好的版本，然后继续前进，不要回头。

如果你是在键盘上写作，就请让"返回"键成为你最好的朋友：敲两次回车，激发一个新想法。让你的手指在键盘上跳舞。让错别字继续存在。在创建初稿时不要使用剪切和粘贴功能。

请注意，我并不是要你写得尽可能快。不，花时间停下来反思，然后接受任何到来的东西，不要过多地评判它。

为什么在写作时暂停判断如此重要？因为这种自由会让你发现意想不到的惊喜；当你坐在咖啡店里时，你的咖啡因为你在 15 分钟内忘记喝一口而冷却了，这让你感到惊喜。

当开始写作时，新作者常常觉得他们必须有一个很好的开始，其实他们真正需要的只是开始。在这一点上，你我没有区别。

通常，我不得不在废话中苦苦挣扎才能写出一些像样的作品。但我从不绝望，因为我知道如果我继续前进，我会到达一个有价值的地方。

面对你的第二稿

如果你自由的手写过了糟糕的初稿，你会很高兴发现你的第二稿有多有趣。在我粗略地写完一两章之后，我会把手写的内容输入我的电脑，在那里我边写边编辑和重写，添加新文本并省略那些我现在可以清楚地看到不起作用的内容。

因此，我建立了适合我的粗略节奏：几天手写，然后花一天时间在旧电脑上。一些作者在坐下来打字之前先手写整个稿子，这也很不错。大多数新手作家都坚持他们写的每一个字。但是，如果你在编写初稿时表现出放松和接受能力，那么总有一天你会在修改时发现自己有多余的好文章需要整理。你会为此感到高兴的。

我刚刚翻阅了几本旧的《工作中的作家》［*Writers at Work*，《巴黎评论》（*The Paris Review*）访谈录］。除了乔治·普林顿对每位著名作家的采访外，《巴黎评论》还转载了他们手稿中的一部分。

我研究了其中一些：

● 辛西娅·奥齐克（Cynthia Ozick）：她的手稿一团糟，其中包含的删除线几乎比完好无损的文本还多。

● 拉尔夫·埃里森（Ralph Ellison）：他先用打字机，然后用潦草的字迹在纸页上做标记。

● 欧内斯特·海明威：他的《拳击家》（The Battler）手稿中只有一个划掉的部分。然而，在那个被划掉的和已发表的故事之间，文章显示出微妙但显而易见的差异。

在写六部小说的过程中，我发现最闪耀的日子，正是我的笔在书页上书写得最自由、最凌乱的日子。我得到了越来越长的令人满意的段落作为奖励。

矛盾的是，放弃控制权会给你带来你最想要的东西：简洁、有见地的作品。

32. 为你的故事命名：
赋予小说一个难忘的、充满灵感的标题

史蒂夫·阿尔蒙德①

我每学期都会教小说写作，通常是在我们为第一次研讨会分发故事的那天。一名学生将举手并提醒道："我只是想为我的故事没有标题道歉，我讨厌标题。"

紧接着，他的同学们不可避免地会齐声回应，说他们也像他一样讨厌标题。对此，我会用痛苦到难以置信的咆哮来回应："你在跟我开玩笑吗？伙计们，标题是整个过程中最酷的部分！它们就像圣代上的樱桃！它们是

---

① 史蒂夫·阿尔蒙德（Steve Almond）在撰写他的第一本书《我的重金属生活》（*My Life in Heavy Metal*）之前，在得克萨斯州和佛罗里达州担任了七年的报纸记者。他的非虚构作品《糖果怪胎》（*Candyfreak*）登上过《纽约时报》畅销书排行榜。他的短篇小说被收录在美国最佳短篇小说和手推车奖选集中，他的作品《上帝保佑美国》（*God Bless America*）获得了帕特森小说奖。他是《纽约时报》近期（指原书出版时。——译者注）畅销书排行榜上的《反足球》（*Against Football*）的作者。阿尔蒙德定期为《纽约时报》和《波士顿环球报》（*The Boston Globe*）撰写评论和新闻。阿尔蒙德曾是一名体育记者和实况广播员，现与他的妻子和三个孩子住在波士顿郊外。

门口的招牌！没有标题的故事就像没有头的洋娃娃！"这句话悬在空中，让人感到不舒服。然后我开始了我关于标题的讲座，我把它的标题定为"谁想玩无头娃娃？没有人"。

我将在这里总结那场讲座，我会克制自己不要威胁让你不及格。相反，我会恳求你们（就像我对我的学生一样）不要把标题当成一种负担，而是把它当成作家所能获得的最大机会之一。

标题应该有三个目的：介绍故事的关键形象和思想，展示行文的修辞风格，以及引导读者继续阅读。需要注意的是，一个标题不必同时满足所有目的，但最好的标题往往会设法做到这三点。以下是一些伟大的作品标题：

●《麦田里的守望者》（*The Catcher in the Rye*）：塞林格不仅突出了这本书最引人注目的人物形象，而且还强调了他对笔下爱讽刺的少年英雄的关注——将孩子从成年的腐化诡计中拯救出来。这让人不感兴趣是不可能的。

●《傲慢与偏见》（*Pride and Prejudice*）：对于这部精致的礼仪喜剧来说，这是一个奇怪的正式标题，但简·奥斯汀（Jane Austen）决心强调客厅戏谑背后的严肃主题。

●《蝇王》（*Lord of the Flies*）：威廉·戈尔丁（William Golding）迫使我们思考他小说中最令人不安的男孩们疯狂奔跑的象征——充当邪恶先知的猪头。这个标题对《旧约全书》（*Old Testament*）和《李尔王》（*King Lear*）都进行了富有成效的引用，并带来了一种铁娘子之颂般的意外惊喜。

"好吧，"你说，"那些作家让标题命名看起来很容易。这就是他们出名的原因。"但是，不要被愚弄。有时，正确的标题会一闪而过。而其他时候，你必须反思。

F. 斯科特·菲茨杰拉德花了几个月的时间为他伟大的美国小说的书名苦恼。他考虑了一堆错误的标题："在灰烬堆和百万富翁之间"（珍贵的），"活力四射的情人"（调子全错了），以及最著名的"西卵的特里马尔乔"，指的是一部晦涩的罗马小说中的人物。即使给这部小说加上一个如此自命不凡的名字，它仍然会是一本很棒的书。但这个标题缺乏盖茨比自我神话的悲剧性讽刺和尼克·卡罗维的叙述给这本书带来的敏锐观察精神。

据报道，在最后一刻，菲茨杰拉德试图将标题更改为"在国旗下"。

他想强调这本书与美国梦之间的联系，但他选择的名字太宽泛了，这个名字可能适用于一百本书中的任何一本。谢天谢地，他没有这样做。

就像你小说的任何方面一样，标题应该是有机的，而不是强加的。它应该来自作品本身的方言。雷蒙德·卡佛（Raymond Carver）的短篇小说《当我们谈论爱情时我们在谈论什么》（*What We Talk About When We Talk About Love*），其标题不仅告诉了我们故事的内容，而且告诉了我们它将如何展开讲述——用口语化的、冗长的爆发形式。卡尔·亚涅马（Karl Iagnemma）的精彩短篇小说《论人类浪漫互动的本质》（*On the Nature of Human Romantic Interaction*）也是如此，这是一个害了相思病的工程师的编年史。或者洛丽·摩尔（Lorrie Moore）的短篇小说《这比我对某些人所能说的更多》（*Which Is More Than I Can Say About Some People*），标题捕捉到了小说女主角母亲被压抑的健谈。

我选择这些充满活力的标题是为了强调标题没有字数限制。我并不是说标题越长越好，只是说没有盛行的正统观念。

但是我们很容易犯标题上的错误。不要以人物命名你的故事，这是想象力的失败。它没有告诉读者他们不知道的任何事情。不要重复故事的最后一行。这就像两次敲中同一颗钉子。标题应该代表作品的原创性。不要使用明显或巧妙的双关语。如果你写的是一对不能怀孕的夫妇的故事，请不要叫它"徒劳"或"看不见的子宫"，或者"笑着将它打掉"。最后，不要引用威廉·莎士比亚的作品或《圣经》，我读过太多不温不火的短篇小说，标题为"短蜡烛"或"要有光"。

当然，规则是用来打破的。

威廉·福克纳的《喧哗与骚动》（*The Sound and the Fury*）是如何成功的呢？一方面，他是福克纳（这是形成福克纳风格的基础）。另一方面，他从麦克白著名的独白中引用的那句话贯穿了小说的核心，这是一个"白痴讲述的故事"，关于尊严的丧失和生命的徒劳。

或者考虑一下弗拉基米尔·纳博科夫的《洛丽塔》。这个标题为什么会起作用？因为这本书是关于亨伯特·亨伯特如何将他的继女变成一个恋物对象的。他痴迷爱情的主要标志是他给她起了一个听起来很恐怖的名字，他让这个名字像一小块面包一样在嘴里滚来滚去。

那么，优秀的标题从何而来？大多数情况下，它们就在你的眼皮底下。我告诉学生要考虑细节，甚至是一些吸引人或引起共鸣的对话片段。

例如，几年前，我有一名才华横溢的学生，名叫埃伦·利特曼（Ellen Litman）。她写了一个关于新抵达美国的俄罗斯移民家庭的故事。她的原标题类似于"如何在美国生存"。但当我们在课堂上复习这篇作品时，我们不断地回到一个场景，在这个场景中，叙述者的父亲在一家巨大的美国杂货店里东奔西撞，手里抓着一只鸡，"就像这是美国最后一只鸡一样"。这个形象似乎概括了这个故事：它融合了黑色幽默和悲哀，融合了困惑、需要和勇气。这个故事不仅有了一个新名字，而且（在埃伦的怂恿下）成为她精彩的处女作《美国最后一只鸡》的标题。

另一名学生将对话视为灵感的来源。她想出了"看谁决定露脸"这个标题，这个标题不仅捕捉到了她所写的工人阶级环境的艰苦感，也捕捉到了她的女主角试探性的自我反省。

作家无法找到强有力的标题的部分原因是尴尬。他们可能准备好写一个故事，但还没有准备好命名或公开吸引读者。他们将标题视为一种他们还不太相信的产品的广告形式。

好吧，伙计们，标题是一种广告形式。（想一想：当你阅读杂志的目录时，是什么让你转向特定的故事？）

这不是邀请你去表演，这是一种劝勉。寻找标题应该是一种询问你的故事的方式，试图辨别你所创造的事物的核心。这是你对读者的承诺。

如果你想不出一个标题，或者发现自己依赖上面提到的策略，那么你可能只需要一个像我这样的大嘴巴来支持你。但也可能是你的故事或小说还没有准备好面向世界。我相信正确的标题就像正确的浪漫配对：当你找到它时，你就会知道，即使（尤其）它迫使你更深入地了解生活的奥秘。

找到完美的标题

● 看看你最近的作品。在最能引起共鸣的短语下画线。假如将它们作为标题，它们中的任何一个会改变你对故事的设想吗？

●列出你最喜欢的小说和短篇小说。考虑标题在每种情况下的运作方式。它们起到了什么作用？它们做出了什么承诺？

●考虑以下标题在情节、主题和基调方面引发的期望：我成为处女的那一天；蓝色瀑布；第一个月、最后一个月和保证金；牺牲腾空球；西尔维娅·普拉斯是我的爱神。

●收集你身边所有的老故事，尤其是那些使用双关语、著名典故或人物名字的故事。现在烧掉它们。开玩笑！不要烧掉它们。考虑如何重新命名它们。

畅销建议：修订和编辑

我自己的经验是，一旦故事写好，就必须划掉开头和结尾。我们作家的大部分谎言都是在那里写下的。

——安东·契诃夫（Anton Chekhov）

我的人生中有一半是在不断修正。

——约翰·欧文（John Irving）

如果叙述听上去太书面，我就重写它。如果语言使用不当，我就不得不放弃它。我不能让我们在英语作文中学到的东西干扰叙事的声音和节奏。

——埃尔默·伦纳德

除非我确定重写可以使素材得到更好的表达，否则，我不会重写。

——威廉·福克纳

我总是按照它出现的方式来写所有东西，除了我更倾向于把东西拿出来而不是把东西放进去。这是出于真实来展示一直在发生的事情、事物的气味和外观的愿望，我不想将事情过快地推向高潮；如果我这样做，那将没有任何意义。一切都需要争取，需要付出很多努力才能得到。

——彼得·斯特劳布（Peter Straub）

如果你正在为杂志或报纸撰稿，那么你就是客人。就好像你是某个伟大指挥家的乐团客座小提琴手，你被邀请向他的听众演奏他的曲子，他会改造你并告诉你他想要什么。另一方面，当你在写一本书时，你写这本书的唯一原因就是用你自己的方式，用你自己的话，用你所看到的方式讲述故事。

——泰迪·怀特（Teddy White）

错误地强迫自己把一些东西放在一本不属于它的书里，这对任何人都没有任何好处，读者也会识破这一点。

——玛格丽特·阿特伍德

我是一个了不起的改写者；我从不认为任何事情都足够好。我总是改写笑话，改写台词，我讨厌一切。《丑女复仇记》（*The Girl Most Likely To*）被改写了七次，当我第一次看到它的时候，我真的跑出去吐了！喜欢你自己会怎么样？

——琼·里弗斯（Joan Rivers）

当你的故事准备好重写时，要切入正题。删去每一句多余的话。这会很痛苦，将故事修改为最基本的内容，总是看起来有点像在谋杀儿童，但必须这样做。

——斯蒂芬·金

33. 间歇修正法：如何在编辑阶段让你的灵感源源不断

詹姆斯·斯科特·贝尔

在墨西哥，有一个名为拉普发多拉喷泉（La Bufadora）的热门旅游景点，它被誉为世界上最大的喷水孔。潮水涌入一个水下洞穴，压力将一股巨大的间歇泉喷射到水面。然后水会消退，直到下一次浪涌。

人们对它的惊叹声不绝于耳。

没有两次喷发是相同的。有时候间歇泉声势浩大，水花溅得四处都是，有时候则更柔和。

然而，安静的部分几乎没有什么变化，我们等待着下一次高潮，急切地想看看它会是什么样子。

这种海洋表演很好地描绘了写作生活应该是什么样子。创造力的爆发——有时大，有时小，产生令人惊叹的发现——接着是对你所拥有的东西的温和评估。

然而，作者犯的一个错误是在那些安静的修订期间完全关闭想象力的间歇泉。有条不紊的分析占据了主导地位，几乎没有自发的喷射。

利用低潮

你已经完成了小说或短篇小说的初稿，你已经进入状态了。现在你准备好借助创造性的爆发来修改初稿了。

我建议你至少等两周再对初稿（打印件）进行第一次通读。然后尽可能快地通读一遍，就好像你是一名读者一样，暂时抵制调整任何内容的冲动。

完成后，就你看到的最大问题给自己记下一些笔记并制订计划。

整个故事有意义吗？情节中是否有足够的利害关系？人物跳出页面了吗？是否有明显沉闷的部分？

把这些问题列一个清单，并确定它们的优先顺序，让大脑中负责分析的那一半来处理它。对于这种能够获得写作乐趣的操作，大脑已经等待了很长时间。

现在你可以逐步地计划你的修订工作了，当你完成初稿，希望削减和添加时，准备好打开拉普发多拉喷泉。

呼唤高潮

正如雷·布雷德伯里所说，不要重写——而是去重温。你的小说是在读者中创造情感的，如果你自己不去感受它，就无法做到这一点。

如果你在写初稿时就做好了你的工作，你就会打开思路。你不只是写故事——你感受到了它。然后，当你评估你的初稿时，有必要与你的工作保持距离，让你沉稳的一面，在你决定需要做什么的时候起作用。但是现在，要尽可能地进行最佳修改，你首先需要重新找回编写初稿时的感觉。

一种方法是通过音乐。找到几首能让你产生与你的书一致的感觉的作品，电影配乐是一个特别好的选择。编辑一个歌曲播放列表，它能唤起你的情绪，或者，换种说法，这个歌曲播放列表是你希望在故事中传达的各种情绪的集合，你可以在每次坐下进行编辑时，将其作为背景音乐。

例如，如果我正在处理的场景是一个令人心旷神怡的场景，那么我会准备好我最喜欢的电影之一《黄金时代》（*The Best Years of Our Lives*）中的歌曲，《杀死一只知更鸟》电影配乐中令人难以忘怀的旋律在这些时候同样有效。但是，通常情况下，当我在创作一个悬疑部分时，我喜欢播放从阿尔弗雷德·希区柯克（Alfred Hitchcock）的电影和其他惊悚片中汇编的大量乐曲。

分析作品时，音乐可以到达你大脑中通常不活跃的部分。所以，唤醒它，让它与音乐一起工作。

另一种重新获得编写初稿时的感觉的方法是创建视觉表现。我认识的一些作家将下载的图片或从杂志上剪下的剪报拼贴到一张大板上，这样一看就会产生一种感觉，这种感觉会转化为稿页。

尝试各种方式来重温你的初稿。你写的时候它在不断"生长"，你修改的时候，同样要让它保持这一状态。

在建构故事时注入动力

在过去的铁路时代，加煤工会不断将煤铲入发动机的火中以保持其燃烧。有多种方法可以为你的修订增添动力，最好的方法之一是分析你手稿中的每个场景，并确定它是强还是弱。一个强大的场景将具有以下特点：

- 视角单一。
- 人物的目标明确。
- 对目标的反对（冲突）。
- 视点人物在情感上感受到挣扎。
- 吸引读者继续阅读的结局。

一个弱场景通常表现为缺少这些元素中的一个或多个。一旦你列出了强弱场景，就需要做出决定，从最弱的场景开始，剪掉它——即使你认为你不能没有它。

这种感觉如何？痛苦？别担心，没有那个场景，你的书会更好。现在转到下一个弱场景。你也应该剪掉它吗？

如果它对你来说很重要，而你想保留它，那就生火吧：找到场景的核心并将其加热。

每一个场景都应该有一个核心——一个使它存在的理由。例如，假设你有一个场景：德克走进他主管的办公室要求加薪。该场景的初稿中包括工作讨论、德克对工作的满意程度以及主管对部门的挑战。

这些素材有无沉闷之感？有的话，删了它！

然后是场景的核心：

> 德克清了清嗓子。"先生，我进来的主要原因是我真的希望我能得到加薪。你看，我的妻子怀孕了，我相信您知道，除此之外，我还面临着很多挑战。另外，我来这里已经一年多了。"
>
> "我明白，德克，"罗杰说，"但我恐怕有一些令人痛心的消息。"
>
> "令人痛心吗？"
>
> "你看，上层的说法是每个人都必须将他的生产力提高25％。那些没有达到目标的员工将被解雇。"
>
> "哦，天哪，"德克说，"好吧，我想是这样。"
>
> "对不起，德克。"
>
> "没关系。"

我们能做些什么来激发这个场景的核心呢？

首先，看看核心场景之前和之后的情况。怎样做才能提高情绪强度？感受一下，代入人物感受一下。然后，思考怎样才能增加互动中的冲突。闭上你的眼睛，在你想象中的电影院里重温这个场景。哪些举动可以让人物进一步推动冲突？

> 德克清了清嗓子。他的手心在冒汗，他的心在胸腔狂跳。他确信罗杰能听到它的跳动声，就像他是在办公室外游行的救世军鼓手一样。
>
> 这太荒谬了，他不得不问，因为他们需要钱。孩子快出生了，他必须要加薪。
>
> "先生，我进来的主要原因是，我真的希望我能得到加薪。你看，我妻子怀孕了，还有——"
>
> "你觉得我关心你的家庭生活？"罗杰说，"这是一门生意。如果你不能处理它——"
>
> "我没说我不能处理它。"
>
> "还有什么？"
>
> "我的意思是，我已经在这里一年多了。"
>
> "递给我那把小提琴。听着，你应该也知道。上层的说法是，每个人都必须将生产力提高 25%。如果你不这样做，你将违反规定。"
>
> 德克想说什么，但他的嘴太干了。他的舌头像树懒一样躺在那里。他开始颤抖，想砍罗杰一刀。

生火！继续寻找它，并感受它。

放　松

有时你会发现书中有需要扩展的领域，你可能需要更多的描述或更深入地探索情绪，也许你需要拉伸场景中的张力。

无论你需要在何处添加素材，都可以通过过度写作来整理思路，这样说吧：

● 确定你需要添加或返工的地方，用符号标记它，例如在页边空白处写下字母或数字，针对性地标识该场景。

● 打开一个新文档或一个新页面。在顶部设置相同的符号以表明该文件对应着你在手稿中标记的位置。

● 从现在开始，一直不停地写五到十分钟，只专注于创造尽可能多的新素材。

假设我正在写一个将私家侦探作为叙述者的冷酷侦探故事，他来到洛杉矶的一栋公寓楼，向经理询问一名失踪妇女的情况。这是被我标记为"返工"的原始场景：

> 我敲了敲门。片刻之后，门打开了，映入眼帘的是一个高大壮硕的男人。
>
> "什么事?"他用低沉沙哑的声音说道。
>
> "我在找一个叫宋丽的女人，"我说道，"她以前住在这里。"
>
> 他狠狠地瞪了我一眼，说道："你是谁?"

现在，在重写这一特定部分时，我决定将重点放在对这个人的描述上。所以在一个空白的页面上，我不停地写了几分钟，让我的想象力随心所欲：

> 他是一个大个子，你可以想象一个飞艇大小的家伙穿着一件 T 恤衫的场景，那件 T 恤衫似乎在对他巨大的肚子不断求饶。他的肩膀像屋梁般粗壮，眼睛的形状就像比萨饼烤箱、井盖或卡车轮胎。他可以成为罗德岛的两倍，也可以在日出时给整个城市投下阴影。把他放在背上，让他漂浮起来，你就可以带他去卡塔利娜岛参加派对了。我想表达的是大的、巨大的、超大的诸如此类。

最棒的是，过度写作会带来各种各样的惊喜，虽然其中的大部分好处你都用不到。但是，你会从一堆宝石中取出一颗想要保留的。它可能只有一行或一个词，但这已经足够了。在这种情况下，出于某种原因，我喜欢罗德岛这个参考素材，并且将目光投向了比萨饼烤箱（我不确定后者是否完全合乎逻辑，但它很新鲜，至少对我而言）。所以我的场景现在变成：

> 我敲了敲门。片刻之后，它打开了，映入眼帘的是一个健硕的男人，他的身材有两倍的罗德岛那么大，他的眼睛有比萨饼烤箱那么大。

通过这种方式，间歇泉法可以产生比你在编辑原始文档时以分析的方法重新编写的文本要强大得多的修订。

两全其美

作为作家，你的主要工作是将读者带入一个虚构的世界，就像在梦中一样。创造一个与我们所居住的世界一样生动的故事世界，可以消除读者的怀疑。在将你的手稿塑造成能够完成所有这些甚至更多的东西时，拥抱修订过程的潮起潮落，使创造性的高潮和安静的分析都最大化。从以下这两种方法开始，它们充分利用了潮起潮落的优势来提高你的手稿。

深化细节

修订过程的一个关键部分，是确保你的所有细节都尽其所能，确保没有任何字词未得到充分利用。

以这段普通的故事背景介绍段落为例：

> 在他父亲去世一段时间后，博比爱上了商店橱窗里的一辆自行车。他用他所知道的各种方式向他的母亲暗示他想要这辆自行车，终于在一天晚上，在他们看完电影回家的路上博比向她指出了这一点。

这看上去写得很好，但是，对比它与斯蒂芬·金在《亚特兰蒂斯之心》（*Hearts in Atlantis*）中的写作，后者看上去是多么生动和真实：

> 父亲去世八年后，博比疯狂地迷上了哈里奇西部自行车公司橱窗里的 26 英寸施文牌自行车。他千方百计地暗示母亲他有多喜欢那辆自行车，有一晚他们看完电影走回家的时候，他终于向母亲挑明了这一点（他们看的电影是《楼顶的黑暗》，博比虽然没看懂，但还是很喜欢，尤其是多萝西·麦克吉尔坐在椅子上展示她的长腿的那一幕。）

请注意博比父亲去世的具体时间、自行车的种类、商店的名称。金不仅提到了电影的名字，还提到了其中博比喜欢的一个特定场景，这也给他的人物形象增加了一些特征。

正是金添加到文中的这种丰富感，使他的小说看起来比同一类型的许多其他作品更充实。

要做到这一点，你可以结合上一节中提到的过度写作练习，通过研究提高你的分析能力。例如，如果你正在描写一辆 1988 年的汽车，请对流行的品牌和型号进行一些研究，从网站或专家那里获取细节，然后以自然的方式将这些细节分层。

还要时刻注意另一种细节——有说服力的细节。

发现有说服力的细节

一个有说服力的细节是一个单一的描述性元素——一个手势、一个图像、一个动作——包含了整个意义。这些细节可以立即照亮人物、场景或主题。

在托马斯·哈里斯的《沉默的羔羊》中，FBI 实习生克拉丽丝·史达琳被行为部门负责人杰克·克劳福德派去采访臭名昭著的杀手汉尼拔·莱克特。

莱克特在牢房里要求查看她的证件。勤务兵把史达琳的身份证塞了进去。莱克特看了看，然后：

> "实习生？上面写着'实习生'。杰克·克劳福德派了个实习生来和我谈？"他把身份证在他那洁白的小牙齿上敲了敲，又嗅了嗅上面的气味。

牙齿的敲击是一个很有说服力的细节，当然，这与它们在吃人（如人口普查员）时的作用有关。此外，牙齿的细小也会散发出野性的气息，增加威胁感。

但真正打动人心的是身份证上的气味，它表达了莱克特对在监狱外面生活的渴望，这是一股自由的气息。

不仅如此，它还显示出他有一种奇怪的能力，可以在完全不了解他人的情况下看穿对方。这让人毛骨悚然，让人感动，同时也让人感觉受到了威胁。

在雷蒙德·卡佛的故事《请你安静些，好吗？》（*Will You Please Be Quiet, Please?*）中，一对夫妻在厨房里进行着激烈的交谈，妻子不情愿地回忆起多年前在一个聚会上所发生事情的细节，当时另一个男人把她带到他的车里，他们去兜风，他还亲吻了她。我们来观察一下卡佛是如何描写丈夫听到这段话时的反应的：

> 他把所有的注意力都转移到桌布上的一辆黑色小马车上。四匹飞奔的小白马分别拉着一辆黑色小马车，策马的人举起双臂，戴着一顶高帽子，行李箱被绑在马车上，看起来像煤油灯的东西被挂在车边。如果他真的在听，那也是在那辆黑色小马车里。

丈夫身上发生的事情在图像以及他与这些图像的关系中完全显示出来了。卡佛没有必要告诉我们丈夫的感受。

这就是有说服力的细节的力量。

那么你该如何发现它们呢？遵循以下四个步骤：

● 在你的书中找出一个高度紧张的时刻。

● 列出可能的动作、手势或背景描述，这些要素可能会进一步反映场景以使其更加强大。

● 放松自己，并尽可能快地列出至少 20 到 25 种可能性。记住：获得好点子的最好方法是想出很多选项，然后选择你想使用的选项。

● 写一个长段落，结合你列表中最好的细节，然后编辑文本，直到它简洁有力。当细节是微妙的，并且能够独立完成所有工作时，它将最有说服力。

这就是两全其美之法。在修订过程中，利用拉普发多拉喷泉强大的潮起潮落，让你的小说更加出彩。

34. 修订清单：消除过程中的猜测

约瑟普·诺瓦科维奇[①]

在修订阶段，你努力使你的写作连贯、清晰和有效。在混乱中，一个完全展开的故事逐渐浮出水面。笨拙的句子变得优美；陈词滥调变得措辞巧妙；混乱的动作变成了戏剧性情节。如果你想知道如何让自己的写作看上去更有原创性，答案是不断修订。即使你认为你的故事不成功，你也可以让它成功——如果你修订得好。

当开始修订时，不要害怕从根本上改变你的文本，以寻找它的最佳呈现形式。当然，要毫不犹豫地删掉那些不起作用的东西。另外，不要急于扔掉东西。给自己一点时间，如果一周后你仍然认为你写的东西没有用，

---

① 约瑟普·诺瓦科维奇（Josip Novakovich）是一部小说、五本故事集和两本叙事散文集的作者，其作品被选入最佳美国诗歌、手推车奖文选和欧·亨利奖故事集。他目前在蒙特利尔的康考迪亚大学任教。他曾获得怀廷作家奖、古根海姆奖学金和两次国家艺术基金会奖学金，并于 2013 年入围曼布克国际奖。

不能用，那就删掉它。有时，某些昨天看起来很无用的东西，可能在今天看起来很好。

这样你就不必在满是香蕉皮和蟑螂的垃圾中摸索了（尽管蟑螂来自高贵的文学血统），请保留早期草稿。如果你觉得删减得太多，可以恢复它。这些知识应该可以帮助你自由地查看你的文本。再看一遍，看看什么适合，什么不适合。如果某些内容很漂亮，但与文本的其余部分没有联系，请删掉它。

请记住，你的故事的所有部分，都必须在整个故事运转起来之前起作用，因此请确保每个部分都是最好的。下面这个修订清单将指导你完成整个过程。

情　节

● 你的故事中发生的事件够多吗？有些事件是必须要发生的。有些事件不需要很大，但它必须具有戏剧性和意义。

● 故事是否围绕冲突展开？你能用一两句话说明冲突吗？斗争是为了什么？这是你的主题。主题不应与冲突分开。

● 你是不是很快就把冲突作为危机介绍给大家了？在你的大部分故事中，你是否将冲突维持得足够长？

● 冲突是否符合逻辑？从开头来看，结尾有意义吗？

● 你能确定关键事件及其高潮吗？这应该是一个转折点。你已经到达了顶峰，现在事情将不可避免地下滑，越来越快，直到最后。早些时候，主角还有很多选择，但现在主角的选择已经很清楚了。

● 你的故事是否就主要事件的起因提供了足够的信息？尽管建议仍然是"要展示，而不是直接告诉"，但当你不能向读者展示足够丰富的内容的时候，直接做总结并透露给他们。毕竟你是讲故事的人。故事中发生的一切都必须是有道理的。

● 你是否向读者展示了正确的事件顺序（场景和摘要），从而使故事具有充分的说服力？

● 你会避免老套的情节吗？尽量避开商业小说中经常遇到的情节，例如调查谋杀案的侦探就是凶手。

● 你的情节易于理解吗？即使是一个谜团，在调查它的过程中所发生的事情也应该很容易理解。

人　物

● 谁是主角？谁是反派？一般来说，至少应该有两个人物参与某种活动。只有一个人物回忆往事，大声嘲笑自己的想法，或者对着烟灰缸微笑，这并不能为一个故事提供足够的辩证潜力。

● 主角是否发育良好（圆形人物）？如果没有，就赋予他们足够的复杂性——欲望、缺陷、弱点、优点。

● 是否存在扁平人物？也许他们不需要像圆形人物那样，但是，不要把他们塑造得很刻板。

● 你能看出主角的基本动机——欲望和恐惧吗？

● 人物是否遇到了障碍？障碍是否站得住脚？

● 在整个故事的发展过程中，你的主角是否发生了变化，或产生了一些重要的见解？

背　景

● 你的故事背景是否合适（且真实）？如果你的故事发生在得克萨斯州的奥斯汀，请确保没有地铁系统。如果发生在金星，请确保没有人住在森林里。

● 你的背景是否与人物和情节协同工作？该背景应该深化你的人物并为情节奠定基础。写实的风景和城市景观会增强可信度，即使是在幻想故事中。

● 你是把背景、人物和动作逐渐地透露给我们，还是在开头或中间部分把它们全部放在了一起？

● 你是否使用背景来实现特殊效果（铺垫、情绪表达、美丽的画面、节奏的变化）？

视　角

● 故事是从谁的视角讲述的？从另一个人物的视角来讲述会不会更好？

● 视角是否一致？如果它发生了变化，是否有充分的理由这样做？

● 你会在一句话中转换视角吗？在同一段落中呢？即使在全知视角下，你也最好按段落处理视角转换。

● 在全知视角下，你是否表达了多个人物的想法和观点？通常，应把你的想法和观点限制在主角上，配角可以不管。

● 你会利用内心独白来发挥自己的优势吗？如果你的视点人物在某个危机点独自等待，你可以通过内心独白来增加悬念并澄清动机。

● 你会尽可能使用意识流吗？如果你的视点人物在某个危机点受伤或迷失方向，你就可以切换到意识流以反映危机并改变叙事节奏。

● 你的故事的叙述者在对谁讲述？是否有表面上的听众，例如"读者""亲爱的总统"？听众是否始终如一地在场？

● 作为作者，你在对谁讲述？一个想象中的人，或朋友，或没有人？你认为谁会读你的故事？儿童？成人？朋克一族？美国海军陆战队员？还是康涅狄格州的逃税者？

● 存在作者观点的干扰吗？它们是否必要？在全知视角中，每种视角都是公平的；在其他视角中，它们可能会分散读者的注意力。

声音、态度和幽默

● 在你的故事中听到了哪些声音？每个人物都应该有一种独特的声音，一种在大多数情况下不同于作者的声音，除非叙述的是一篇公开的自传。（在叙事部分，声音是否足够清晰？）

● 你会在不恰当的时刻开玩笑吗——例如，在悲剧行动的高潮部分？你的笑话有品位吗？有些人物可能会在压力下开玩笑；复制它是可以的，但要确保作者的幽默不会破坏故事张力。

● 你是否受情绪影响而过度紧张？最重要的是，不要说所发生的事情是毁灭性的悲伤，尤其是在第三人称叙事中，除非你在模仿感伤的写作手法。

时 机

● 你的故事是否在正确的时刻开始？它是开始得太早，发生在主要行动之前？还是开始得太晚？确定你的第一个危机点，并以它开始你的故事。一个强壮的游泳者，会在离泳池边缘一定距离的地方跳入池中，而不是从泳池边缘开始游泳；写得越好，就能越深入地了解故事。

● 你的故事是否在正确的时刻结束？找准事情已经开始步入正轨的时

机，并停止行动；在这里结束意味着事件将自然而然地按所希望的方式继续发展。

● 故事的时间顺序和语法是否清楚？如果你经常在时间上回溯，试着用现在时态来表达现在的动作，这样你就可以用一般过去时，而不是过去完成时来表达过去的动作。

■ 检查你故事的时态。在一个章节内，除非有闪回或快进，否则时态应保持不变，不应在句子内切换。

■ 从头到尾按时间顺序排列动作。一个句子通常不应该这样读："他躺在沙发上之后，走进房间，他的焦虑就呼之欲出。"读者在这里需要努力地弄清动作的顺序。段落也是如此。继续前进，除非有回忆或闪回。但即便如此，一旦你回到过去解释发生了什么，就要尽可能按时间顺序排列。

● 如果你使用过闪回或回忆，你是否真的需要这样做？你能否在不回溯的情况下讲述从第一个事件到最后一个事件的故事，并且不失去作为论据的故事的说服力？这是一个艰难的选择。有时你必须遵循论证的形式而不是时间的线性。如果能做到这两点就最好了。

● 故事的节奏安排得好吗？不要让读者感到厌烦，但也不要太快用完所有情节。确保你已经做了足够多的展示，以让你可能做的任何陈述都更有说服力。

对话与场景

● 对话是否自然？你的人物听起来是否像真人而不是机器人？

● 你的人物听起来是否区别于一般叙事？是否区别于彼此？请逐行浏览对话，并给人物以标志性的表达方式，确保其他人物不会使用相同的表达，除非互相讽刺。

● 你的对话够复杂吗？把小场景组合成大场景，从而塑造人物，推进情节，增加紧张感。

● 你有足够的对话与叙述成比例吗？虽然没有固定的规则，但至少你故事的某些部分应该用对话来写，除非你正在写一个"人与自然"的故事或其他类型的故事，其中可能不会出现对话。尽管目前的趋势是使用对话，但是你的小说应该包括描述、总结和其他类型的叙述——为了节奏的变化、过渡和快速地传达信息。

●故事主要是以无场景的叙述形式讲述的吗？如果是这样，你的故事听起来就像一篇文章。请决定好行动的地点，并让故事发生在这里。

● 场景是复合的（"她会祈祷的星期一"）还是特定的（"她祈祷的某个星期一"）？复合场景可以很好地介绍主要事件，但主要事件必须在一个完全得到了发展的特定场景中发生。你的故事或小说应该包含比复合场景和背景说明更大篇幅的特定场景。

● 正确的场景是否被戏剧化了？正确的场景是否被概括出来了？通常，你的关键事件应该完全被戏剧化（尽管你应该跳过问候和其他乏味的交流，除非它们可以展示一些重要的东西）。一些场景可以被概括，另一些可以被戏剧化。各种事件之间的转换通常需要被总结。

● 你设置了太多彼此类似的场景吗？人物有发生过十次争吵吗？也许只会真正发生两次。让每一件事情都独一无二。如果你用三个相似的场景来展示一个模式，请把它们提炼成一个，并告诉我们戏剧性的动作是模式的一部分。

● 你的戏剧性场景够长吗？如果没有，请展开它们。

● 戏剧性场景是否足够悬疑？尽管它们必须相当长，但它们的节奏也必须很快。实现这种平衡可能很困难。提高冲突的紧张程度，并指出解决方案，这应该是有意义的。

描述和措辞

● 你展示得到位吗？最重要的故事时刻必须在场景中进行展示。

● 你是否传达了足够的信息？你不需要彻底展示一切。有时，为了控制叙述的节奏，直接说明也是可以的。一些关键点既可以直接说出来，也可以展示出来；如果你直接说明它们，那么也要展示它们。

● 你是否以全新的方式描述人物？而不是轮廓分明的五官、天蓝色的眼睛、珍珠白的牙齿。

● 你是否真实地描述了背景？而不是不祥的火车站、肮脏的街区、豪华的办公室。

● 你是否在行动中加入了足够多的动态描述？

● 有足够多的比喻吗？还是太多了？它们起作用了吗？它们是否创建了平行文本？平行文本是你想要的吗？例如，如果你的所有比喻都涉及各种相互吞噬的野兽，你确定要在你的故事中加入这种霍布斯式的维度吗？你的故事是关于这种杀戮（和喂食）狂潮的吗？如果你对这样的比喻感兴趣，你有以下选择：要么摆脱野兽的比喻，转而求助于植物学（尽管在这种情况下，花卉被过度使用）；或者听从你的比喻，这可能意味着情节会发生重大变化。浪漫可能会变成一场斗争，变得更加有趣。换句话说，比喻可以充分发挥故事的潜力。如果你听从它们，你的故事图景可能会变得更广阔。

● 描述是否有效？它们是否刺激了读者的感官？为什么对某些感官不起作用？在大多数情况下，如果你的句子没有让读者看到（或听到、摸到、闻到或尝到），请将它们划掉。留下你能感知到的。

当你成功回答了此清单中的所有问题，并进行了所有必要的修订更改，你还没有完全完成任务：你必须继续打磨作品。正如詹姆斯·鲍德温（James Baldwin）所说，"大部分重写都是清理"。打磨作品可能需要耗费大量精力。你希望每个句子都清晰，每个单词都有意义。

杰捷·考辛斯基（Jerzy Kosinski）说："每一个词都有它存在的意义，如果没有，我就把它划掉。我很少允许自己以一种不受约束的、自发的方式使用英语。我总是有一种颤抖的感觉——但毕竟指南针也是如此。我删掉了形容词、副词和每一个只是为了产生效果而存在的词。"

下面是一个清单，用于打磨你自己的散文。

打　磨

● 检查你的拼写。

● 尽量减少拼写错误。你有没有为了产生某种效果而写下一些拼写错误，比如口吃、方言、大喊大叫？你可以在对话之外，指出某些内容是用南方口音说的——或者，更好的办法是，你可以依靠句法和单词选择来为你的声音增添魅力。

● 检查你的段落。它们是否被充分书写了呢？撇开新闻实践不谈，你的段落应该包含一个以上的句子，除非是在对话中，或当你想要特别强调它时。

● 按惯例使用标点符号。写完整的句子，而不是用逗号拼接或写句子片段，偶尔为了特殊效果除外。除非你正在进行实验性写作，否则请使用传统语法。标点符号吸引的注意力越少，你的故事本身就会越受关注。

● 确保你的句子不单调。改变句子的长度和结构。交替使用简单句和复杂句可以营造出令人愉悦的节奏，避免断断续续和单调。

● 不要让句子指代不明。在长句中，读者很容易忘记主语和宾语。要确保每个代词都有明确的先行词。

● 确保行文清晰。有时你必须剔除被动语态和抽象词语以达到清晰。

● 语言薄弱吗？形容词和副词太多？是否使用了被动语态？是否使用了陈词滥调？另外，你能找到全新的语词用法吗？

● 确保你的意思在文中是得到了直接表达的。仔细检查你对介词短语的使用——尤其是在行文结构中。

● 摆脱重复。有些重复不是立即可见的；它们是多余的表达，例如"她完全停止了"中的"完全"是多余的。如果在一个十行的段落中，你使用"爱"或"回应"（或任何其他词，除了冠词和助动词）超过三次，除非它们是必不可少的，否则，请你查找同义词并将它们替换掉。

● 删除对话标签中所有不必要的修饰语。例如："'请你回家好吗？'他恳求地说道。""恳求"这个词就是多余的，因为从句子中可以清楚地看出他正在恳求。

● 省略所有不必要的关于谁在说话的迹象。另一方面，谁在说话总是清楚的吗？当有疑问时，请指出说话者。

35. 伟大的修正金字塔：如何逐层处理修订

加布里埃拉·佩雷拉[①]

不从事写作的人认为，修订是一项可以拿着手稿和红笔在一个下午完

---

① 加布里埃拉·佩雷拉（Gabriela Pereira）是一名作家、教师，自称"文字书呆子"，想挑战高等教育的现状。作为 DIY MFA 的创始人和发起人，她的使命是让作家能够以创业的方式进行教育和职业发展。她取得了美国新学院大学的创意写作硕士学位，在全国性会议、地方性研讨会和网络上授课。她是《DIY MFA：专注写作、有目的地阅读、建设你的社区》（DIY MFA：Write with Focus, Read with Purpose, Build Your Community）一书的作者，还是广受欢迎的播客 DIY MFA Radio 的主持人，她会采访畅销书作家并提供简短的音频大师课。想要加入书呆子社区，请访问 DIYMFA. com/join。

成的活动。他们把它想象成一个整容的过程，选择一个词而不是另一个词，或者将一个段落移植到不同的页面。他们认为一旦初稿写好，这本书就几乎完成了。

他们错了。

作家更清楚地知道，杂乱无章的初稿比空白页更可怕。他们知道除了几个红色标记之外，初稿还有很多需要修改的地方。而且他们知道，初稿只是他们必须塑造、雕刻和打磨成一个精彩故事的原材料。

修订是工作。它远比不上随心所欲地写作那么有趣，也没有第一次起草故事那样让人肾上腺素飙升。修订需要坚持。难怪如此多的作家陷入了一个危险的循环中，初稿写了一个又一个，却从未坚持到终点线。

没有作家愿意写出平庸的作品。我们都想尽最大努力，但整理手稿的过程可能会令人困惑。很难在逐行标记和进行完全重写之间找到一个中间地带，也很难知道要在修订过程中修正什么，甚至更难知道该过程何时才能完成。

不要怕，有一个解决方案，它被称为分层修订。

分层修订的灵感来自心理学家亚伯拉罕·马斯洛（Abraham Maslow）的需求层次理论。马斯洛的理论是，人类只有在更基本的需求（例如生存）得到满足之后才会追求更高的需求（例如满足感）。这个理论在修订过程中得到了很好的诠释。在将注意力转向修订过程中不太重要的方面之前，你首先需要解决你的书的最基本需求。

许多作家在修订时试图同时处理所有事情。他们仔细阅读手稿，从各个不同的角度审视他们的故事。他们努力改善人物发展和故事结构，同时又被故事背景、对话和主题中的弱点分散了注意力。尽管已经花费了无数时间来修订那份粗糙的草稿，但这个过程可能会变得非常艰难，以至于很多人选择放弃。

分层修订则是对手稿进行多次修改，但每次只关注一个关键元素。你可能在一次修订中聚焦于你的主角，在下一次修订中聚焦于故事中的反派，然后在下一轮修订中聚焦于情节或世界构建。这种分层方法意味着进行每次单独的过程，会比你同时修改所有内容要快得多。这项分层实施的工作看上去更可行，而且更有效。因为当你有条理地集中注意力时，你更有可能发现问题并解决问题。

正如马斯洛的层次结构将基本需求放在金字塔的底部，将更高层次的需求放在顶部，你希望首先解决故事的基本要素，因为这些领域的变化将对你的手稿产生更广泛的影响。你还想克制在早期做出微小的、表面的修订的冲动，因为你可能会在未来删除整个章节，所以这项工作可能会白费功夫。从修订金字塔的底部开始，然后逐步向上。

分层修订的美妙之处在于，不仅可以避免对最终会被删减掉的篇幅进行不必要地返工，而且后续每一层的编辑过程都会更快。当你在金字塔的每一层强化你的故事时，你也会解决更上层的问题，因为你已经解决了这些问题的产生背后的根本原因。最后，通过一次次修订手稿，你都会感到更有信心和动力，从而减少放弃的可能性，完成你的修改工作——直到得到一个完美的最终稿。

让我们一层一层地看修正金字塔。

第一层：叙述

叙述——选择讲述你的故事的方式——包括故事的视角，以及叙述者的声音。这是作家在起草故事时做出的最重要的决定之一，而且往往是在不知不觉中做出的。在大多数情况下，当你尝试不同的方法并在写作过程中进行调整时，请注意你的声音和视角。

不过，有时候，为找到叙述者的声音而进行的几乎不可避免的实验会让初稿的叙述或视角看上去散乱和不集中。

当然，任何修改的第一步都是重新阅读你的作品，然后，对故事中行之有效和行不通的地方做一些总体笔记。一旦决定了你想要哪种类型的叙述，你可能需要"重新启动"偏离该风格或叙述视角的场景，以便一切都保持一致。通读每个有问题的场景，然后将原始场景放在一边，根据记忆用新定义的声音或视角重写它。当你根据记忆写出一个场景时，你的大脑会抓住那些可以处理的部分而放过细枝末节。这使你可以为该场景赋予新的声音——而不是调整或修补文字直到你放弃它。

与重新审视人物或改变情节点相比，改变声音和视角似乎微不足道。但是，不要掉以轻心。事实上，叙述是故事中最重要的组成部分，因为它会影响读者对故事的体验。在重写叙述的过程中，你将重新聚焦读者阅读故事的视角，这可能会对你书中的所有其他元素产生多米诺骨牌效应。

第二层：人物

修订过程的下一个层次是人物——故事的核心和灵魂。你的人物给了你的读者一个支持（或反对）的人，他们为你的故事赋予了意义。没有人物，一本书只不过是一系列随机事件的集合。人物让我们关心故事中的事件，让这些事件变得重要。

到现在为止，你应该像了解自己一样了解你的主角。在起草初稿时，你可能回答了驱动主角的三个核心问题：这个人物想要什么，他会为此付出多大的努力？道路上有什么障碍，如果主角失败了会有什么危险？主角在追求愿望的过程中会发生怎样的变化？在把这段旅程写在纸上的过程中，你已经用了数百页篇幅来陪伴你的主角。你看着他挣扎，你看着他克服重重困难。你知道他的长处，当然也知道他的短处。然而，无论你认为自己有多了解你的主角，当你最终审视你的作品并在纸上重新看到他时，你有时会突然觉得他平淡无奇。甚至没有动机，尽管你知道动机是存在的。发生这种情况时，我建议使用我所说的"沙盒"技术。

把你的人物从故事中抽离出来，让他处于不同的境地。如果故事发生在他的家乡，那就送他去进行一次公路旅行。如果故事发生在他上学期间，请将他带到暑假。关键是将你的人物从他的舒适区或故事的"正常"世界中抽离出来，尝试写一些发生在不同背景下的场景。

打开一个空白文档或拿出一张干净的纸，将其标记为"沙盒"。在这里，你可以玩耍和捣乱。这样做的原因有两个：首先，在一个陌生的环境中，你更有可能发现主角的一些新特点。其次——也是更重要的——当你在沙盒模式下对你的人物进行实验时，你所做的任何事情都会留在沙盒中（当然，除非你决定将它取出并应用到你的故事中）。当你在沙盒中进行实验时，你可以消除意外破坏手稿中任何内容的风险。这种技术既能让你自由地查看你可以把人物塑造到何种程度，又能提供一张安全网。我的经验是，与在故事范围内规矩地玩耍相比，在沙盒中更有可能取得突破。而当你带着这些突破回到已完成的草稿中时，让人物变得更加生动的方法就会突然变得清晰起来。

当然，修订并不局限于主角。配角面临的一大挑战是如何被刻画出足够的深度，让读者产生共鸣，但又不至于抢走主角的风头。当然，我们希望配角的形象是丰满的而不是单一的。如果我们塑造得好，所有人物都会相信他们是自己生活中的英雄。但是，在修订时请记住，每个配角的主要功能是支持主角的发展。

问问自己，每个人物在故事中扮演什么必要的人物。如果两个或多个人物具有相同的功能，请考虑删除一个或将其合并在一起。然后注意那些行为或声音相同的人物。你不希望你的配角在读者的脑海中模糊不清吧。

如果尽管你尽了最大努力，但还是发现你的人物在页面上看起来仍然相似，那么我推荐你采用"方法写作"。就像"方法表演"一样——演员进入人物的内心世界并"变成"那个人物——你需要进入你想要理解的人物的内心世界。想象你就是那个人物。感其所感，观其所观，想其所想。从该人物的视角出发写几段话或几页纸。一旦你真正进入了那个人物的内心世界，剩下的事情就会水到渠成。

第三层：故事

下一个层次是故事。至此，你应该牢牢掌握你的人物是谁，以及他们的动机是什么，而这些见解将推动故事的发展。

说到情节，你只需要记住 3＋2＝1。不，我们没有违背数学规则。在传统的故事结构中——从图画书到史诗，都有三幕戏和主角做出的两个关键决定。这两个决定分别出现在第一幕和第二幕的结尾。这些行为和决定一起产生了一个经典的故事模式，自从人类开始讲故事以来，这个故事模式就一直被使用。

作家在修订过程中犯的最大错误之一，是过早地处理情节和故事结构。他们在脑海中列出一个情节元素的清单，像填数字一样填充它们。

这种方法的危险之处，在于它忘记了人物是故事的驱动力。当你专注于僵化的情节结构时，你就会把人物抛在一边。但你的故事之所以存在，是因为你的人物做出了决定。

每当我看到一位作家努力填补情节中的漏洞时，这通常预示着在更基本的层面上出了问题，通常是人物层面。最好的情节往往是最简单的情节，所以如果你发现自己为了让故事顺利进行而把事情搞得过于复杂，这可能表明你需要回到人物层面并更好地了解你的主角是谁，他们的动机是什么。

如果你的人物形象生动但情节仍然无法正常推进，请尝试以下操作：不管你在写初稿之前是否拟定了大纲，现在都从你所写的手稿中提取一个大纲。一个场景一个场景地写；针对每一个场景列出出现了哪些人物，发生了什么，以及为什么这个场景很重要。后者很关键，因为如果你想不出在你的故事中加入一个特定场景的充分理由，它可能就是多余的或无关紧要的。以这种方式分解故事，可以帮助你更清楚地看到仍然需要修改的地方，从而使情节更有凝聚力和力量，更有逻辑连贯性，并在所有正确的地方发出高音。

第四层：场景

现在是时候更仔细地观察这些场景了，一次对准一个，专注于诸如世界构建、描述、对话和主题等元素上。

首先，检查你的故事世界。它是真实可感的，还是你向读者抛出了大量信息，却未能展现出这个世界的实际情况？还要记住，你选择的叙事视角和叙述者的心态，可能会影响你对该世界的描述。如果一个人物对自己的生命感到恐惧和担忧，那么他看待周围世界的视角会比他坠入爱河中的视角要阴暗得多。这是为什么在修订过程的早期了解你的声音、视角和人物，有助于你以后进行描述和世界构建的另一个原因。

接下来，查看推动场景的对话。强有力的对话有两个关键：理解你的人物，以及认识到书面对话并不是现实生活中的对话。到了修订这个阶段，你应该本能地知道每个人物的说话方式。在任何不容易进行这些对话的场景中，回到第二层的"方法写作"技巧。如果你的对话仍然不真实，通常你需要加强所说的内容。请记住，在现实生活中，人们会嘻嘻哈哈，绕着圈子说话，花很长时间才切入正题——但这些在纸上都行不通。请将你的对话裁剪到最低限度，但仍能捕捉到每个场景的精髓。

这种极简主义的方法，也可以很好地适用于这一层的其他元素。当涉及如何让你的场景生动起来时，要以你的读者需要知道的信息为基础。提供最少的必要信息，让读者了解正在发生的事情。我们都知道一句古老的格言："展示，而不是描述。"这句话时刻萦绕在我们的脑海中，因此我们的反应通常是在场景中加入过多无用的细节。相反，展示足够多的细节，以让你的读者"了解情况"；而在其他地方，则使用直接说明——格言中的"描述"——来切中要害。一个精心设计的场景应该像一座由纸牌搭成的房子：如果抽掉其中一张，那么整座房子就会轰然倒塌。

最后，说到主题，此时你可能已经很清楚你的主题是什么，以及它如何融入你的故事。现在要做的是确保你所写的每个场景都与整个主题相关。你不必用它来打击你的读者，但如果你发现某个场景与你的主题无关，这就暗示你可能还有更多的工作要做。

这一层完成后，才能处理第五层：行级校对和编辑。我们已经到达了金字塔的顶端。

无错漏的最终草稿

无论你写的东西很漂亮，还是一团糟，你最不想看到的就是意外完成了它。毕竟，如果还有改进的余地，你不会让它一塌糊涂。如果你写的东西很好，你会想了解你是如何做到的，以便将来可以再次做到。

分层修订的目的不是遵循一套规则或从列表中检查项目。你的目标是尽可能写出最好的书。归根结底，这是你的书，你可以决定删除什么，保留什么。这些应该是主动的选择，而不是默认的决定。故事中的每一个人物、每一个场景、每一个词都应该是你有意为之。了解规则，这样当你打破规则的时候，你才会有目的且以一种潇洒的姿态去做。

第三部分

类型小说写作探索

36. 文学追求与商业收益：如何两者兼顾

朱迪·皮考特[①]

我至今记得跨越边界的那一刻。

当时，我的第二本书已由纽约一家大出版公司付梓。该公司一向以出版经典作品或有朝一日会成为经典的作品而闻名。和大多数文学出版合同一样，他们有权优先出版我的下一部小说。

"好吧，"他们在读完我的书稿之后说，"如果没人要的话，我们会出版的。"

这话听上去并不热心。

于是，我的代理人把书稿交给了另一家出版公司。这家公司以常年霸占《纽约时报》畅销书排行榜著称，旗下有众多知名作家。只是，他们的理念与我的截然相反，所以我深信我的代理人的努力最终只是徒劳。

可编辑们当即就敲定了两本书的合同，稿酬是我此前所得的十倍，而且只有一个要求：删除小说里有关印第安人的内容，增加一些好莱坞式的场景。

我对出版公司想要我写的那种故事感到极度兴奋，以至于没有意识到他们其实并不想要。他们要将我培养为不断推出畅销书的高收入作家。我要做的只是同意，从此变成一名商业作家。

可商业作家和纯文学作家之间泾渭分明。纯文学作家受人尊重，他们会得到《纽约时报》的评论，能获得国家图书奖。他们笔下的故事萦绕于你的内心，改变你思考世界的角度，注定会进入大学课堂。他们往往在著名大学里任教，在卡内基音乐厅举办作品朗诵会，他们的书或许只能印刷几万册，但这无关紧要，因为纯文学作家就该超尘绝俗。

与之相反，一个商业作家得卖书。他们需要营销和广告预算，他们

---

① 朱迪·皮考特（Jodi Picoult），曾有 24 部小说登上《纽约时报》畅销书排行榜，其中包括《姐姐的守护者》（*My Sister's Keeper*）、《十九分钟》（*Nineteen Minutes*）、《横线之间》（*Between the Lines*）、《讲故事的人》（*The Storyteller*）和《渺小而伟大》（*Small Great Things*）。

在不会有《纽约时报》的评论，而只会有豪华的整版广告，他们的荣耀是登上畅销书排行榜的榜首。而所谓的商业图书，就是那些在书店里堆积如山将你绊个跟头的书，是那些你读得废寝忘食却转瞬即忘的书。但它们的印量高达数十万册，它们的销售业绩会在"出版人午餐"上被津津乐道。

作为一名新手作家，我曾误认为两者可以兼得：凭什么我不能写一本改变世界的书，同时又能获得足够的收入来还清贷款呢？这两者难道非得相互排斥吗？

是的，但其中原因并非如你所想。在写作生涯的某个时刻，你会被迫选择走商业道路还是纯文学道路。起初你或许可以游走于二者之间，但时间一久，随着它们彼此分离，你就必须倒向某一边。而且，出人意料的是，一个作家决定走哪条道路，与其作品本身关系不大，反倒与市场定位息息相关。我们的出版业有许多细分，也就是说，每本书都有自己的目标读者。纯文学图书由大师们的作品构成，商业图书则由类型文学构成。对于出版商而言，把一个作家说成是新一代詹姆斯·帕特森（James Patterson）[1] 是有价值的，因为书店老板知道，这些书肯定有推理小说爱好者买单。爱情小说、家庭小说、恐怖小说也都是如此。一旦商业作家被贴上某种类型的标签，他的书就好卖了。

有趣的是，这种区分是随意的。多年来，我的书有一半被摆在推理类书架上，另一半被放在纯文学书架上。这些书在情节方面并无明显差异，纯粹是因为出版商把它们推给了两家公司的采购员。同样，很多读者将我与安妮塔·施里夫（Anita Shreve）进行比较，认为她的作品属于纯文学，我的属于商业图书，其原因也是采购员不同。此外，玛丽·莫里斯（Mary Morris）是我在普林斯顿大学学习创意写作时的导师，她曾写过一些令我爱不释手的小说，与休·米勒（Sue Miller）、安妮·泰勒（Anne Tyler）和爱丽丝·霍夫曼一样，她也善于将人际关系写得十分细腻。但她是纯文学作家，所以名声不如其他几位那么响亮。

---

① 詹姆斯·帕特森（1947— ），被誉为美国惊悚推理小说天王，他的新作一问世，即能登上《纽约时报》畅销书排行榜首位，被美国《时代》周刊誉为"从不失手的人"。迄今已出版小说30部，累计销量超过8 000万册。其作品有《托玛斯玻利曼的数字》（*The Thomas Berryman Number*）、《死亡之吻》（*Kiss the Girls*）等。——译者注

　　或者，换句话说，这不是因为纯文学作家很无趣，而是有时候你根本找不到他们的书。商业图书的市场战略包括渠道终端的广告，也就是说，出版商会与书店签约，为图书陈列位付费（就像在超市里，脆谷乐麦片会购买一周的货架陈列位）。商业图书更容易出现在书店的醒目位置，而纯文学图书总被塞在侧边书架上——不太可能引起读者的购买冲动。

　　所有作家都希望图书大卖。但你愿意为此付出什么？如果你将灵魂卖给了利益这个魔鬼，那你就要每天对着镜子，毫不退缩地说，你是一个商业小说作家！你就得接受自己的书没有纯文学作品那样持久的生命力。当然，如果有人打算动笔写一本伟大的美国小说，不会有黑客去窃取他的书稿，因为适合浅阅读的书才会卖得最好。如果你问我怎么办，我的诀窍是成为一名商业作家，但不要出卖自己。为大众写作，但对于作品绝不妥协。

　　我本身就是个活生生的例子，既享受着文学的纯正，又尝到了商业的回报。虽然我总是收到一些书迷的来信，说什么他们只喜欢阅读神秘/浪漫/刑侦小说，而我就是他们最喜欢的神秘/浪漫/刑侦作家。其实我根本不是那样的作家。我的书是各种商业小说类型的综合体，而且我丝毫不打算缩小范围。

　　坦白地说，我不在乎读者认为我的书属于哪个类型，只要他拿起来阅读就好。这会让我的书卖不动吗？的确会。可能就是这个原因，所以我花了12年时间，才终于一夜走红。但这也让我反对将商业和纯文学截然分开的逻辑，因为我的风格如今已经变得不可或缺。

　　我的读者已经习惯于我不愿自我复制，我的出版商也希望我每次都能有所创新，这让我得以自由地尝试新题材，并深入探讨道德和社会问题。而这正是纯文学作家的特点。在我的写作生涯中，最大的讽刺莫过于听说有新的商业小说作家被视为下一个朱迪·皮考特。

　　当然，我也承认，当初一头扎进商业写作的汪洋之中时，我也犯过错误。当出版商要求我"增加一些好莱坞式的场景"时，我同意了。现在回想起来，我其实还是不照做的好。我当时没能坚持自己的写作理念，要知道，商业小说也能引发读者的共鸣，我不用刻意放低姿态迎合大众。瞧，这就是出版商不会告诉你的：作为一个商业作家，你不需要太接地气，提高品位，读者也会跟上来的。

当你走到分岔路口，一边是纯文学的康庄大道，一边是商业写作的拥挤道路时，请记住，你眼前的不过是幻象。让出版商给你贴标签吧，你只要写你想写的和应该写的。标签不能决定封面之间的内容，那只能由你做主。

决定加入商业写作的同胞们，用心想想我们的文学前辈们吧。威廉·莎士比亚是一个商业写手，总拖到交稿日，才文思奔涌地完成他的戏剧。查尔斯·狄更斯（Charles Dickens）是按字取酬，而且作品极受大众欢迎。同样，伊恩·麦克尤恩（Ian McEwan）[①]、琼·狄迪恩（Joan Didion）[②] 和菲利普·罗斯（Philip Roth）[③] 也都是跨界成功的畅销书作家。也许这意味着，今天的商业畅销书明天可能会成为文学经典，反之也一样成立。或者，也许——仅仅是也许——这意味着，当你谈论好作品时，当中根本没有商业和纯文学之别。

37. 理解纯文学小说的基本元素：如何融入风格、象征和个性

杰克·史密斯

要使一部虚构作品被归入"纯文学"的范畴，它必须能在不同层面上与读者产生共鸣。换句话说，它的意义必须是分层的、多面的，其内涵要比你在书页上看到的更为丰富，包含着超越情节和人物塑造的层次。

那么，如何才能做到这一点呢？它虽然不像大多数人认为的那样，仅

---

① 伊恩·麦克尤恩（1948— ），英国著名小说家，在第一本短篇小说集《先爱后礼》（*First Love，Last Rites*）获得 1975 年的毛姆奖后，以《阿姆斯特丹》（*Amsterdam*）、《赎罪》（*Atonement*）、《星期六》（*Saturday*）与《在瑟切尔海滩上》（*On Chesil Beach*）四度入围布克文学奖决赛名单，并终于在 1998 年以《阿姆斯特丹》折桂。——译者注

② 琼·狄迪恩（1934—2021），美国随笔作家和小说家，她的文风以强烈的情感为特点，给人以一种落叶无根的感觉，表现出超然世外的态度。作品有《奇想之年》（*The Year of Magical Thinking*）、《蓝夜》（*Blue Nights*）等。——译者注

③ 菲利普·罗斯（1933—2018），美国作家，以小说《再见，哥伦布》（*Goodbye，Columbus*）一举成名，并于 1966 年获得美国全国图书奖，另著有《凡人》（*Everyman*）、《遗产》（*Patrimony*）、《人性的污秽》（*The Human Stain*）等。——译者注

仅是语言艺术问题，但我们可以从这里寻找突破口。

风格与节制

虽然单凭文字风格并不能将纯文学小说与其他形式的作品明确区分开来，但纯文学小说的确有风格方面的限制，是其他形式的作品所不具备的。读者在纯文学小说里看到的不是突然的情绪崩溃、失控的伤感文字，而是带有理智成分的悲情。也就是说，在纯文学小说中，节制的文字取代了夸张的写作。

当论及文学类型时，要记住这个特征：**纯文学小说的文字并不煽情。**来看一下这个片段：

> 她的祖母是个强大、内秀、充满生命力的女人，如此乐于为她付出所有。所以她一想到祖母已离世，内心就一阵刺痛。

我们先假设这个片段里的煽情是因为作者的情感漫溢，而不是为了表现小说叙述者的个性。为了达到纯文学的风格，你要淡化这种情感，删除多余的部分，避免过度叙述，让你的文字变得自然，用更平常的风格来表述：

> 她的祖母是个力量强大、心灵美好的女人。她似乎天生对生活充满热情，乐于敞开胸怀，去体验生命，去成就事业。她必定会被人们怀念。

你看这些措辞，"天生对生活充满热情""敞开胸怀，去体验生命"和"她必定会被人们怀念"，语气非常节制，但也保留了作者想要传达的情感。不是说纯文学小说里的情感不重要，读者当然想和小说人物在情感层面产生联结，但你不需要用煽情的笔触来表达情感。在纯文学小说里，少往往就是多。

描述性的文学语言不需要很华丽。相反，它通过使用恰当的明喻、隐喻和类比来描述存在、行动、思想和情感的状态，而非使用华美的语言。来看这个比喻：

> 他就是热爱生命！生命对于他而言，仿佛一艘宇宙飞船驶入美丽新世界。

将一个人的生活前景描述成宇宙飞船驶入广阔世界，你会同意吗？这

可能是对天真而浮夸的想象的一种讽刺和戏仿，否则，读者会认为作者的
手法太幼稚了。

作为对比，我们来看看伊丽莎白·斯特劳特（Elizabeth Strout）的普
利策奖获奖小说《奥丽芙·基特里奇》（*Olive Kitteridge*）中的描写所表
现出的原创性：

> 但在游戏舞台上，她不愿放弃享受美食，而这使她看起来像一只
> 胖乎乎的懒海豹，浑身缠满了绷带。

奥丽芙是个胖女人，她也甘于承认这一点。考虑到她的这一特点，
"像一只胖乎乎的懒海豹，浑身缠满了绷带"就很贴切。这当中没有夸大，
但确实有些冒险，而且会触发思考。再留意作者接下来的比喻：

> 这些天里，她弄不清是脑子还是心脏越来越慢，总慢上几拍。她
> 觉得自己像只肥胖的老鼠，想爬上一个球，可球就在眼前，却越转越
> 快，越转越快，她那粗糙的上肢怎么也爬不上去。

奥丽芙的肥胖、笨拙，被这段文字描述得栩栩如生，这也使得整个段
落新颖、有力量，十分可信。

精心地组织比喻、隐喻和类比等元素，能使纯文学小说熠熠生辉——
但它超越了审美层面。这样的语言能表达抽象和普遍的思想，有助于提升
作品的主题和内涵。

避免伤感

重写下面这个段落，别用伤感的语言、陈词滥调去刺激读者的情感
反应，要让读者感受到预期的情绪。

> 他感到极度痛苦。如果你现在问他，他会说世界无可留恋。妻
> 子不爱他，孩子们恨他，他只想快点死去——他把脸转向墙。为什
> 么不呢？这个世界太可怕了！

象　征

现在，我们进入真正的核心问题：纯文学小说与类型小说的界限何

在？纯文学小说超越了表面的情节、人物和背景，它必须解释人类的经验、建构人之为人的愿景（如果不是特定的世界观的话）。它可能有如下主题：

- 人类的动机（心理学）
- 人类群体、社会和文化的本质（历史学和社会学）
- 人生的意义（哲学、宗教学）
- 公平竞争和道德行为的本质（伦理学）

想想谭恩美作品中的历史和文化结构，托马斯·曼（Thomas Mann）作品中的哲学思想，蒂姆·奥布莱恩作品中的道德选择。纯文学小说的主题还包括个人身份的本质、艺术与生活、假象与真实、仁慈与正义。

所以，你会如何经营这些主题？

在宏观尺度上构思象征意义。情节是作品文字层面的东西，但它可以超越故事的行动，上升到更抽象的主题层面。在梅尔维尔的《白鲸》（*Moby-Dick*）一书中，亚哈船长对白鲸的执着追逐象征着他努力去摧毁形而上的邪恶。其他文学作品的情节或许大相径庭，但却共享同一主题。

人物也可以具有象征意义，比如包法利夫人代表着被浪漫小说诱导和腐蚀的女性。同样，情节迥异的小说中的不同人物也可以暗示同一主题。环境也可以是象征物，比如《哈克贝利·费恩历险记》（*The Adventures of Huckleberry Finn*）中的密西西比河象征着自由，肯·凯西《飞越疯人院》里的精神病院则象征着一个极度压抑的空间，压迫着那些被视为异类的人。

总之，情节可以超越故事本身而体现主题，人物可以代表某一类人，而环境可以具有远远超出事物本身的意义。所以要从宏观尺度上思考你的故事，进行头脑风暴，设置象征物，并使之在作品中具有生命力。

在微观尺度上运用象征符号。在作品中，一个特定动作如何与其他行动相关联？当《了不起的盖茨比》中的盖茨比扔掉他漂亮的新衬衫时，这意味着什么？这个动作是否呼应了前面的情节和主题？或者预示了未来的情节？两者皆有。它既呼应了前文中盖茨比通过豪宅、盛宴展现的巨大财富，也预示了后文中盖茨比的破产。作为一个场景，它充分展现了特权和金钱社会中物质的巨大价值。

一段对话是否也能产生这种暗示效果？当盖茨比说黛西"她的声音里

充满金钱的味道"时，它在小说里意味着什么？想想看，黛西的声音里满是金钱的味道，意味着金钱是她的灵魂。在"美国梦"等同于金钱和炫耀式消费的时代，黛西需要大量金钱去满足她浪漫的愿望。盖茨比对黛西的精炼描述，具体而微地展现了当时汹涌猖獗的物质主义。和其他纯文学小说一样，菲茨杰拉德的小说展现了如何将特定的动作、对话与作品的主旨结合在一起。也许不是全部，但很多纯文学小说要求读者将具有象征性和暗示性的场景放在一起进行阅读和思考。这是纯文学小说的另一个标志，作品中的段落可以进行多重解读，并提高读者的思辨能力。

再来看看麦克尤恩《赎罪》（*Atonement*）中的一个例子，他利用具象语言的力量使文字达到了相当的深度：

> 她置身于幽暗、病态的卧室里，整个家仿佛是一个混乱不安、人口稀少的大陆。在那浩莽的丛林中，各种竞争势力不断向她提出要求和反要求，不断地扰搅她的注意力。①

在这名女子丰富的想象中，家远远不只是一座成员众多、宾客云集的大楼，更是一幅人间浮世绘，麻烦千叠，欲求万重。在这部小说里，人们可以看到，尽管身处文明、有序、贵族式的家庭，但人类的冲动、错误依然在制造着各种麻烦。这个比喻引发了人们对秩序与混乱之本质的反思。

视角与人物

为了增加作品的洞察力，你要选择有能力传达多层次内涵的视点人物。如果你的视点人物不需要拥有复杂知识和文化修养，你就要另设一人物，为读者提供广博的知识、深刻的观点。这可以通过以下几个途径来达成：

● 一个用更复杂的角度来看待生活的主角。

你的人物必须是动态发展的，能掌握更多关于自身和世界的知识，并得以成长。想想看，在小说末尾，哈克贝利·费恩决定离开，说明他已经学会足够的本领去度过他的一生。

---

① 此处翻译借鉴自：麦克尤恩. 赎罪［M］. 郭国良，译. 上海：上海译文出版社，2007：62.——译者注

- 一个拥有特定知识的人物——但不如读者拥有的多。

在亨利·詹姆斯（Henry James）的小说《黛西·米勒》的结尾处，侨居欧洲的美国人弗里德里克·温特伯格意识到自己冤枉了黛西。虽然他此前因为黛西带有美国女子的野性和明显的不道德而与之分手，但在黛西意外离世之后，他得到一张纸条，才发现黛西是无辜的。然而，温特伯格并未因此个性大变，而是很快回归到他在欧洲的生活之中。作者亨利·詹姆斯甚至还透露，他很快和"一个聪明的外国女士"有了婚外情，我们相信她将用欧洲礼仪重塑他的思想。读者可以假设，温特伯格并未发生深刻的转变，对美国人的刻板成见还会让他重蹈覆辙。在小说的末尾，我们对温特伯格的了解，也许比他自己还多。

- 主角学得很少，却把学习问题抛给读者。

在赫尔曼·梅尔维尔的中篇小说《比利·巴德》（Billy Budd）里，比利自始至终几乎什么也没学到，但读者却发现了其罪恶的本质。再看看戏剧，《推销员之死》中的威利·洛曼又学到了什么？虽有儿子比夫爱他，但他拒绝任何能将他从幻梦中解放出来的知识。

问问你自己：在你的小说中，哪个人物会让你最有潜力去戏剧性地探索生活体验的复杂性，探索意义和价值的可能性？哪个人物会提供一个镜头来帮助你挖掘人类体验的最深处？

实验性写作

文学作品不一定是实验性的，但实验性的作品如果出色，通常是文学性的。当然，若是失败则一样糟糕，而其失败的原因往往是自命不凡或矫揉造作。

因此，实验小说是一种冒险。如果实验性写作是为了一个总体目标，而非为实验而实验，那么这种冒险是值得的。基本上，实验性写作都将注意力集中于叙事技巧或讲故事的方式。这可以笼统地称为风格。

以第一人称全知视角来写小说，即叙述者"我"对所有人物都了如指掌，这显然是实验性的，却很难实现。然而弗拉基米尔·纳博科夫在《普宁》（Pnin）中做到了，罗素·班克斯（Russell Banks）在《苦难》（Affliction）中也做到了。为了实现这一目标，你必须使读者相信叙述者

"我"可以进入其他人物的意识之中，或者说，叙述者"我"至少可以通过想象洞悉其他人物的内心，并以可信且引人入胜的方式报告"我"不应知道的行为。当然，纳博科夫和班克斯都这样做了。

当然，还有许多实验手法可供你使用，不胜枚举。

强烈建议先学习标准的叙事技巧，然后在需要时打破它们，以此充分展现纯文学小说的潜力。

含义叠加

在纯文学小说中，我们除了了解故事的所有情节，还要知道它们的言外之意，要知道这么多层含义是如何叠加在一起的。在所谓的通俗小说中，一旦我们能够说出基本情节和人物，我们一般就了解了故事的全部。当然，这并不意味着这些作品不能反映更大的世界。以恐怖小说为例，它通过危机重重、充满变态杀手的故事，暗示出人类世界的脆弱性。不过，纯文学小说的内涵与之相比则丰富得多。虽然小说的文笔很重要，但作品是否杰出，还取决于其是否具有表层含义之上的更深层次内涵。

38. 科幻小说的世界建构：
建立多维时空、时间旅行等方面的规则
奥森·斯科特·卡德①

在小说里建构一个新世界似乎极为容易。你只要思绪遄飞，想一想"为什么""怎么做"和"会有什么结果"等问题，得到一堆想法后，就可以坐下来奋笔疾书了。

我也希望事情如此简单，可实际上，那一大堆想法杂乱无章，不成体系，没有条理。在讲述一个有意义的故事之前，你必须先加强对这个世界

---

① 奥森·斯科特·卡德（Orson Scott Card）：著有小说《安德的游戏》（*Ender's Game*）、《安德的影子》（*Ender's Shadow*）和《死者代言人》（*Speaker for the Dead*），深受众多成年人和年轻读者的喜爱。除了科幻小说，他也写奇幻小说、历史小说，另有诗歌、戏剧和剧本问世。

的理解，最好从最基本的规律——自然规律入手。

记住，由于科幻小说中的世界有别于已知世界，因此在作者阐明该世界的运行规则之前，读者搞不清哪些事情可能会发生，哪些则断然不会。而你作为作者，必须先制定规则，然后才好安排合理的事件。

星际飞行规则

我们且以星际旅行为例。为什么一个故事需要星际旅行呢？

也许你只想要展现一派与地球截然不同的奇观，或者你想让故事发生在远离地球的陌生区域，你笔下的人物没法求助，但深知即便求助，救援也不会马上到来。

也许你的理由更为普通。你创造了一个外星文明，这些外星人的生活环境与地球极其相似，两个物种可在对方星球上居住。但由于这些外星人形态十分奇特，非地球所能进化出来，所以你必须将之放在另一个星球上。

而太阳系中的其他行星是不符合条件的。尽管早年曾有乐观的猜测，但旅行者二号拍摄的照片似乎证实，太阳系中没有一个行星和卫星适合地球生命，而且它们自身也没有任何生命迹象。所以你得让外星人住到另一个星系去。

如果你的故事发生在一趟航行结束之时，那么你必须将旅程的结果予以明确。因为这些人物——无论是人类还是外星人——刚结束远征，他们彼此的关系以及他们对新世界和旧大陆的态度，在很大程度上取决于此次返航的结果。

如果另一艘飞船几个月内无法到达，如果整个航程充满死亡威胁而且的确有多人丧生，如果活着回家的机会只有四成到六成，那么航行者们就会下定决心在新的星球上生存，他们清楚地意识到，如果不这样做，他们将面临死亡。他们也不太理会遥远母星上的当局。

但是，如果他们之前只花费了六小时到达新星球，且新星球和母星之间的交通十分便利，他们面临的危险很小，那么他们自然比较放松。此外，母星上的当局也更容易参与其中，及时给予他们帮助。

为什么你要清晰地建立星际飞行规则呢？因为这样读者才能明白发生

故障时，人物为什么会那么紧张，或不那么紧张。读者才能明白其中的利害关系。

而且，富有经验的科幻小说读者能看出你所用的手段是否标准，也能看出作者是否懂行。即便你打算使用非标准手段，你还得解决这个问题：总是让读者信服。

星际飞行的问题

星际飞行面临着两大问题：光速、燃料的质能转换率。

先来看光速，根据爱因斯坦的理论，光速是宇宙中所有运动速度的上限，没有什么物体的运动速度能超过光速。此外，当一物体以光速运动时，其本身就会化为能量。所以当你从此星系去往一光年外的另一星系时，你所用时间不能少于一年。从地球出发去一个 30 光年外的星球，假如需要花费 31 年，那么你笔下的人物出发时 20 多岁，到达目的地时已然是 50 多岁了。

那么，如何才能越过光速的障碍呢？

多维空间

虽然它有过各种名称，但这个理论自 20 世纪 40 年代诞生以来，的确是用"多维空间"最为合适，即便以后真的发现这种空间，也肯定会采用这个名称。就像机器人一出现就被称为"robot"，是因为捷克作家卡雷尔·恰佩克（Karl Capek）在其 20 世纪 30 年代的戏剧《罗素姆万能机器人》（RUR）中如此称呼人工机械人，此后科幻小说作家们一直沿用了这一名称。你应在作品里称其为多维空间，因为你的大部分读者熟悉这一术语，能够迅速理解。

多维时空理论基于这样一种观点，即我们眼中的三维空间，实际上是四维乃至更多维的。在更高维度中，我们的空间是折叠的、卷曲的，许多超远距离实际上可以很接近。只要你能设法走出三维空间，就可以从高维空间迅速到达目的地，并且来去自如。

穿越多维空间（也就是所谓的"空间跳跃"）存在着许多与之相关的规则。艾萨克·阿西莫夫曾写过一个机器人的故事，在该故事中，空间跳跃导致人类暂时消失，处于一种假死状态，这使得一个试图带人类一起跳跃的机器人宇航员发了疯。

蒂莫西·扎恩（Timothy Zahn）在其《级联点》（Cascade Point）等以同一宇宙为背景的小说中提出，在空间跳跃的刹那，你会跳到无限个可能的地点，其中大多数都是死路。当然，你只记得让你幸存的那次空间跳跃，而永远不会意识到你曾在无数个平行世界中死去。

有些多维空间的版本认为，靠近一颗大恒星有利于实现空间跳跃；但另一些版本则指出，要和引力巨大的星体保持安全距离，否则空间跳跃之路将被扭曲。在海因莱因（Heinlein）的一些小说中，空间跳跃是没有限制的，关键是你要对跳跃的速度和轨迹做好精确的计算。而弗雷德里克·波尔（Frederik Pohl）在其系列小说《希奇编年史》（Heechee）中则设置了少数几个超空间通路，每个都只有固定的出口。如此一来，在所有通路被绘制出来之前，出口可能是在有人居住的世界旁边，也可能紧挨着一个黑洞。

有些空间跳跃的版本甚至不需要借助宇宙飞船。那些通道、大门或隧道位于星球表面，当你走到特定的地点，朝着正确的方向时，倏忽之间，你就达到另一个星球的表面了。

还有一个版本是拉里·尼文（Larry Niven）常用的，他笔下的空间通道不是天然的，而是通过机器制造的。其中一种方法不用借助多维空间，你只要进入一个老式电话亭模样的装置，它就会分析你的身体，将之分解，再以光速传送至另一个位于地球或外星球上的电话亭，同时将你重新组装。这种方法的关键是电话亭只能将你传送至另一个电话亭。这就需要有人踏上漫漫征途，先以亚光速行至另一星球，并装上电话亭后，别人才能瞬间抵达。

这些多维空间挪移法的优点是可以让人们在各个世界之间较为快速地移动，且成本低廉。而且，想让它多快、多便宜，完全取决于你。你大可以把它看成旧大陆和新大陆之间的航行。在1550年，这样的航行充满不确定性，很多乘客与船员会死于途中，而且常有船只消失无踪。到了19世纪中期，航速加快，死亡率下降，但航行还是危险的。在蒸汽机时代，虽然仍有沉船、失踪事件，但日程缩减为一到两周。而今天，这段旅程只需区区几小时。你在小说中通过多维空间进行星际飞行时，可以随意地掌控危险程度，它既可以像协和式飞机一样安全迅速，也可以像只用四分仪和不可靠的钟表导航的帆船一样缓慢、危机四伏又充满不确定性。

世代飞船

如果作者不想使用多维空间，觉得它太不科学，或者只是不喜欢经常有人在他的行星上来来去去，那他也可以改用以亚光速飞行的宇宙飞船，让星际飞行的时间该花多久就花多久。

笔者在这里不想讨论亚光速飞行的科学细节，因为笔者自己也不太明白，笔者只想指出它的主要问题是花费的时间太长，而且还得带着所有的燃料。所幸的是，飞船在大部分时间可以滑翔，因为太空中没有什么摩擦力，只要达到了一定速度，就可以以这个速度沿直线一直飞行下去，直到有什么东西使飞船转弯或减速为止。因此一路上飞船几乎不需要燃料。

但问题是飞船在起飞时需要燃料来推动飞船本身的重量，还不能运载过多的燃料。这里存在一个临界点，飞船无法携带超过临界重量的燃料，或者科技手段尚无法制造出足够坚固的飞船来承载过多的燃料。另外，由于抵达目的地后还有一个和起飞相反的减速过程，所以飞船还得留一半燃料用来降落。这还不算滑翔中改变航向所需的备用燃料，也就是说飞船的燃料至少得能推动它两倍的重量。更糟的是，如果飞船在到达目的地后没有燃料可以补充，那么飞船要么再也回不了原来的星球，要么就得带上四倍的燃料。

因此，作者不应考虑浪费燃料来让一艘巨大的飞船从地球这样的行星重力井中升起。这种飞船应该在太空中建造，并且从离太阳尽可能远的地方起飞。而抵达目的地时，应该保持母舰在轨道上运行，宇航员乘坐小型登陆舱、发射器或（现在的）航天飞机登陆。

使用笔者刚才描述的方法，你可以幸运地达到 10% 的光速。这是极快的速度，差不多有 1.08 亿千米/小时，但以此速度，你的飞船要到达 30 光年外的星系，需要飞行 300 多年，而这还不包括加速的时间。

正因如此，这些飞船被称为"世代飞船"。假设飞船是个完整自给自足的生态环境，有植物净化空气，能产出食物，那么整个人类社会可以在飞船上运行。人们出生、变老、死亡，身体的组成元素经处理后返回飞船生态系统之中。这个想法已经在很多小说里得到了演绎，特别是在一些关于飞船的小说里，飞船的乘客忘记了自身起源，甚至忘记了这是一艘飞船。但这种想法仍很有生命力。

即便这个独立、自给自足的生态系统可以被创造出来，可是，既然人们出生于这个世界，世代历史都发生在飞船上，脑海中没有关于地球的准确记忆，那他们为什么还要走出飞船，踏上一个星球呢？

在飞船中长期生活这个主题很容易喧宾夺主。如果小说旨在于此，比如丽贝卡·布朗·奥尔（Rebecca Brown Ore）极富才气的处女作《弹射武器与外星水》（*Projectile Weapons and Wild Alien Water*），那没有问题。但如果作者们想写些别的，世代飞船的这个问题就很难绕过。

冷冻技术

另一个备选方案是让航行者们在漫长的旅途中，用冷冻或是其他方式停止自己的生理机能，等抵达终点时，由飞船、机器人或是留守的航行者将其唤醒。这样做的好处是不需要在长时间内为很多人准备生活空间和补给，而且还能达到使新世界与母星之间的频繁航行变得不可想象，或至少是不切实际的结果。

而其缺点在于，如果假死技术在航行时有效，那么在小说中的任何时候都应当有效：如果航行者生病或受了致命伤，就应该让其迅速撤回飞船暂时冷冻，直到有特效药或者相应的治疗技术出现为止。另外，也一定会有人想滥用这个系统，让自己能活得更久。所以作者不能在发明一种技术之后，只把它用在自己需要的地方，而对其他有利有弊的用途视而不见，否则这篇小说将招致评论家和读者的轻蔑。

冷冻技术的一个变种是发送移民飞船，飞船上没有人类，只有冷冻的人类胚胎。当飞船上的计算机认为飞船到达了一个适合人类居住的星球时，一些胚胎就会复活，并由飞船上的计算机或机器人培养成人。他们将作为全新的生命来到移民星球，除了自己之外，他们对祖先及其社会一无所知。显然，这样的航行一去无回。不可能指望母星会探望或帮助他们，因为它根本不可能知道派出的飞船是否找到了适合居住的星球，更不用说具体的位置了。

冲压驱动器（Ramdrive）

早在个人电脑文化教会我们使用 RAM 驱动器这个术语来表示易失性存储器中的虚拟磁盘之前，科幻小说的读者就已经认识了冲压式星际推进器，或称冲压驱动器，它能解决部分燃料问题。使用冲压驱动器的飞船先用常规燃料起飞，达到一定速度后，在飞船前方打开一张巨大的、漏斗形的网，以收集太空中无处不在的暗物质用作燃料。这样飞船就不用携带路上需要的所有燃料了。

这样做有理论上的漏洞：宇宙尘埃能否被有效利用？网状结构是否能捕捉到足以推动飞船前进的物质？在高速下，宇宙尘埃将变成非常危险的易爆物，从而对飞船构成威胁。但冲压驱动器很有趣，说不定也行得通。用它可以建造一艘相对小型的，不比一颗平均尺寸的小行星更大的飞船。

时间压缩

时间压缩太空旅行是一种折中的方法。利用这套规则，小说中的飞船可以以非常接近光速的速度（比如说光速之 99.99%）飞行。在不转化为纯能量的前提下，几乎能以光速从甲点到达乙点。根据爱因斯坦的相对论，时间在接近光速飞行的飞船上会被压缩，外部观察者认为已经过去了30年，而飞船上的人却只度过了几个星期、几天，或是几个小时。

这样就可以在宇宙间航行，而不必使用世代飞船或者冷冻技术。移民者们将对自己的母星记忆犹新，但他们并不急着回去。因为虽然他们感觉离开故乡只有几个星期，但实际上已经过了30年。他们的亲朋好友已经老去或者逝世了。无论出于何种意图和目的，这仍然是一条不归路，但旅行者们原本的社会结构相对来说仍能保持完整。

然而，这些人将永别其家人朋友。也就是说，他们可能会经历一段时间的悲伤，或者这些移民者在故乡本就孑然一身，因此作者得花些力气在相应的性格塑造上。

另外，不用理会那些在光速下对人体就像高强度伽马射线一样有害的宇宙尘埃，你就写飞船用了足有800米厚的小行星碎片作保护层，或者有个力场保护他们免受辐射伤害，要不干脆什么也不写。时间压缩式的太空旅行在科幻小说中已经是家常便饭，你不用为此多费笔墨。

安塞波（The Ansible）

笔者接触到这种时间压缩的变种是在厄休拉·K. 勒古恩（Ursula K. Le Guin）的书里，笔者觉得这是星际飞行中最棒的几种机器之一。简单地说，安塞波是一种通讯装置，无论双方相距多远，通过它都可以实现即时通信。离开故乡一去不回的移民者可以通过安塞波一直和故乡保持联系，向母星报告进展、接受指令。

如果你的科幻小说中有个分布很广的星际社会，而你又不想让人们从这个星球到那个星球的旅行跟从波士顿乘飞机去纽约一样容易，那安塞波会提供极大的便利。星际飞行仍然是一去无回，必须抛下一切，但星球间却可交流文学、政治、新闻——可以通过安塞波传输的一切。这就好像第一批来到美洲的殖民者可以通过无线电和英国交流，但彼此间的交通却只能靠又小又危险还很不卫生的木帆船一样。

从科学技术上来说，安塞波纯粹是无稽之谈——但它非常有用，以至于很多作家都写过类似的仪器。无论如何，大家并不是在预言未来，只是讲述一个在陌生之地发生的故事！

超光速

笔者还没说到星际飞行中最愚蠢的规则——《星际迷航》（*Star Trek*）中使用的超光速航行。在《星际迷航》中光速已经不是个障碍，只要让轮机长斯科特先生在引擎室里加速到四倍、八倍或者十倍的光速就成。这种飞船简直是对科学的蔑视，最好还是留给那些纯消遣的冒险故事或者漫画书——当然，还有《星际迷航》系列小说。

实际上，除非作者的确是在写《星际迷航》系列小说（那得和派拉蒙电影公司授权的出版商先签订合同才行）或者是故意显得滑稽可笑，否则别在小说里用超光速航行。这不是严肃的科学，而且会让人觉得作者只看过《星际迷航》这种科幻小说。别让非星际迷们把作者和《星际迷航》联系起来，那等于是在申请物理博士该干的工作时附了一份写着关于"系统了解魔法知识"的简历。这类科幻小说可能言之有物，但十之八九没人会有看完它的耐心。

规则有什么用

虽然笔者帮着大家梳理了如此多的关于星际飞行的规则，但你的科幻小说里一个太空中的情节都没有！你真的需要考虑那么多吗？

是的——你必须要在头脑或大纲里准备这些。花些时间来想好这个世界的规则，并确保小说从头到尾没有和它们冲突。但读者不可能会跟你一起做准备工作，因此如果你决定用一个危险的多维空间，其出口会毫无预兆地以几秒为单位发生变化，那么你就得在故事里提到这一点——也许只是一句话，就像这样：

> 这次空间跳跃非常成功，也就是说，他们没有出现在一颗恒星内部，也没有迎面撞上一颗小行星，而且虽然大家都在跳跃后呕吐数日，但没有一人因此丧生。

这样就行了，足够了，不用继续讨论星际飞行的细节问题。读者会了解为何宇航员们都不急着离开这个星球，以及另一艘飞船为何很久以后才会抵达。确立了游戏规则后，就可以让你的视点人物对其他人有这样的想法：

> 还在月球基地时，安妮觉得布克看起来挺棒，想着也许可以去多了解他一点。但在空间跳跃后，她不得不去清扫他的呕吐物，而布克缩在角落里抽泣。直到进入环绕虹鸟的轨道，他才停止歇斯底里的症状。安妮知道布克不由自主，很多人在跳跃时都会这样。但自此以后，她再无法对布克怀有一丝崇敬之情了。

也许这种关系在故事中非常关键，也许无足轻重。但如果你不知道空间跳跃后会引起呕吐的症状，也没事先制定好规则，那么你就不可能让安妮拥有这段记忆，形成这种对布克的态度。你制定的规则不会束缚你，而是会开启各种可能性。

了解规则，规则会让创作更自由。

时间旅行

对于时间旅行，你也要进行同样的了解。相同之处不再赘述，笔者只列举时间旅行的一些可能方式。

● 如果你回到过去，你可以按你的想法对过去进行修改，而你将继续存在，因为时间旅行的行为本身会把你带到时间流之外，使你免受历史变化的影响［见艾萨克·阿西莫夫的《永恒的终结》（*The End of Eternigy*）］。

● 如果你回到过去所做的改变会破坏当下的社会，那么时间旅行技术应被严格保密，必须由那些训练有素、忠实可靠的人来执行。也许他们会被派去保护遗失了几个世纪的伟大艺术品，也许正如约翰·瓦利（John Varley）的经典小说《空袭》（*Air Raid*）中那样，时间旅行者可以拯救飞机上即将遭遇空难、沉船上无法生还的乘客，而且可以在未来促使健康的人类前去开拓外星球，以拯救因污染而遭受灭顶之灾的人类。

● 如果你返回的过去足够远，那你所做的改变并不会对当下产生重大影响，因为历史有一种惰性，总会让自己回到正轨。所以，如果你杀死了还是婴儿的拿破仑，法国仍然会在 19 世纪早期与英国发生旷日持久的战争，到了 1900 年，一切都还是照样发生。

● 如果你回到过去，你只能做出那些没有长期影响的改变，因为任何你改变了自己未来的宇宙都不可能存在。

● 如果你回到过去，你是隐身的，无法影响任何事情。但你可以观察，所以这将成为一个极好的旅行项目。

● 时间旅行也可以是回到过去某个人的意识之中，用他的眼睛观察世界。他不知道你的存在。不过，在卡特·肖尔茨（Carter Scholz）精彩的短篇小说《路德维希·冯·贝多芬的第九交响曲及其他失落之歌》（*The Ninth Symphony of Ludwig van Beethoven and Other Lost Songs*）中，出现于贝多芬意识中的时间旅行观察员把他逼疯了，并最终杀死了他，导致他没有写出最伟大的作品。但时间旅行者意识不到自己做了什么，因为历史已然被改变，他们"知道"贝多芬并未写过那部交响曲。

● 时间旅行还可以是回到过去某阶段的你的意识之中，能观察但没法采取行动。或许，做点改变，你可以行动，但过去的你并不记得自己被未来的你控制时所做的事情。我曾在爱情小说《拍手唱歌》（*Clap Hands and Sing*）中这样写过。

● 时间旅行时，你只能观察，像看全息影像，或是看电影。你并未真实到达，或者你根本没法确定眼前所见究竟是不是真实的过去。也许，事情从来不会再次发生。（我不记得曾读过这样的故事，所以请自由使用这一规则，看看接下来会发生什么。）

● 你的身体留在时间机器里，但一个半真实的身体代替你回到过去。你的意识一直存在于那个模拟体之中，直到它死去或者消失，你才苏醒，并从机器里出来。在一部名为《关闭计时器》（*Closing the Timelid*）的小说中，我让一群寻求刺激的人使用这样的机器，通过模拟体自杀来反复经历死亡。

你有想法了吗？每一种方式都能打开全新的故事可能性。相信我，还有数百种方式没有人尝试过，还有很多很多故事可以写。

39. 类型文学中的"高概念"是什么：衡量一下你的作品适合什么

杰夫·莱昂斯[①]

你准备给图书代理人或出版商投稿了。于是你开始梳理市场列表，觉得为你的作品找到合适的类型归属应该是很轻松的。但每一次你都会发现，投稿指南中总是强调"高概念"故事。你的眉头紧锁。高概念，这到底是什么意思？你的困惑变成了沮丧，沮丧变成了恐慌，因为在你的投稿指南上，没人解释过这个时髦的词。他们只是宣称"高概念"故事才是他们想要的，而它的确是帮助你迈向成功的圣杯。可是，如果你看不懂他们的要求，又如何能够成功呢？不过你别着急，那些审稿人未必比你更了解"高概念"的含义。先来看看"概念"这个流行词吧，如果你随机问问一个图书代理人或是编辑，他们的答案会五花八门：

"这是故事吸引人之处。"

"这是故事有趣的地方。"

"这是故事独特的意象。"

"这是故事的核心。"

"这类似于电影海报。"

---

① 杰夫·莱昂斯（Jeff Lyons），作家、剧作家、导演、故事开发顾问，从事电影、电视和出版业 25 年，曾指导数千位小说家、非虚构作家、编剧建构与完善其作品。他曾在《作家文摘》、《剧本》（*Script*）、《作家》、《写作》（*Writing*）等杂志撰文介绍故事写作技巧。他的作品《小说前提剖析：如何掌控故事前提和发展以获得写作成功》（*Anatomy of a Premise Line：How to Master Premise and Story Development for Writing Success*）是唯一一本专门为小说家、编剧和非虚构作家在小说主题和前提发展方面提供指导的图书。另有一部著作《故事快速发展：如何利用九型人格理论成为故事写作大师》（*Rapid Story Development：How to Use the Enneagram-Story Connection to Become a Master Storyteller*）于 2017 年年底由焦点出版社（Focal Press）出版。

"这是故事的前提。"

…………

同样，对于"高概念"也并没有统一的定义。所以，作为一名作家，当市场都说不清楚自己的要求时，你又如何将作品提供给它呢？

高概念是许多特征的集合，而不是单一的定义。你可以将它看作许多品质的综合，一旦识别，就能准确地提升故事中概念的高度。在我 20 余年的职业生涯中，我指导过许多小说家、编剧、非虚构作家，并从绝大多数专业人士认可的各类型高概念故事中总结出七个共同特征。

高概念故事的七个特征

- 具有高水平的娱乐价值。
- 具有高度的原创性。
- 诞生自"如果……那么"问题。
- 高度视觉化。
- 明确的情感关注。
- 包含一些真正的独特元素。
- 吸引大众（面向广泛受众以及庞大的细分市场）。

大多数故事并不同时具备所有这七个特征，因为高概念是一个联合体。一个高概念故事要有两个识别度极高的特征，外加五个相对含糊的特征。特征越多，则"高概念"越明显。当然，只具有其中一个特征，也并不意味着你的故事没有"高概念"，而只表示你的故事与具备多种特征的作品相比，对大众市场（或是那些寻求高概念故事的把关者）的吸引力比较弱。当"高概念"被放在这七个特征的语境中时，我们就可以很容易地看出，那些具有商业吸引力的图书和一般图书之间有一条清晰的分界线。这条分界线，就是高概念。

清楚了这一点，让我们更仔细地研究一下这些特征，以更好地理解它们的含义。

- **具有高水平的娱乐价值。** 判断"娱乐价值"和判断"色情"作品一样，都有赖于旁观者的评判。你的作品是否动人，你说了不算，得听听别人的意见。找一个靠得住的读者，让他谈谈作品哪些地方有趣，然后你再多方征求意见。当你找到愿意说实话而非恭维你的人时，你将得到许多极有价值的回馈。

● **具有高度的原创性。** 人们常将"原创"与"新鲜""新颖""创新"等术语混用，但"原创"到底是什么意思呢？原创其实就是讲述方式上的新意。你的故事主题或许并无新意，但讲述方式可以别出心裁。比如说，玛丽·雪莱（Mary Shelley）的《弗兰肯斯坦》（*Frankenstein*）的主题很常见——怪物威胁人类，只是她加入了全新的故事设计，让怪物与人类位置互换，人类威胁到了怪物，于是就有了新意。所谓原创，往往是对旧主题的新演绎，而非完全无中生有（这是几乎不可能完成的壮举）。

● **诞生自"如果……那么"问题。** 如果恐龙被克隆了会发生什么〔迈克尔·克莱顿（Michael Crichton）的《侏罗纪公园》（*Jurassic Park*）〕？如果女性不能生育，会发生什么〔P. D. 詹姆斯（P. D. James）的《男人生育的孩子》（*The Children of Men*）〕？如果火星人入侵地球，怎么办〔H. G. 威尔斯（H. G. Wells）的《世界大战》（*The War of the Worlds*）〕？高概念故事往往从一个"如果……那么"场景开始，然后故事钩子就十分清晰了。什么是故事钩子？它能像牢牢抓住读者的衣领一样抓住读者的注意力，使他无法离开。

● **高度视觉化。** 高概念故事需要概念的高质量视觉化。当你阅读或聆听一个高概念故事时，你的脑海中会涌现很多画面，可以很直观地看到整个故事。高概念故事容易被改编为好电影的原因就在于此。具有电影画面感的图书往往都是高概念故事。

● **明确的情感关注。** 高概念故事能激发情感，但不是任何情感都行。一般而言，这是一种原始的情感反应，包括恐惧、快乐、讨厌、爱、愤怒等。读者的情感投入不会含糊其词，而是强烈、迅速而深切的。

● **包含一些真正的独特元素。** 原创性需要新鲜的方法或视角，而独特性能使作品变得独一无二、无与伦比。高概念图书通常采取一种独特的行文方式或书籍设计形式。以克里夫·巴克（Clive Barker）的《阿巴拉岛：绝对午夜》（*Abarat：Absolute Midnight*）为例，此书包括超过 125 幅全彩插图，是一部图文并茂的小说，其独特性超越了原创性。

● **吸引大众。** 即便可以简单地归入爱情、科幻、恐怖小说等类型，高概念小说也能吸引到该类型粉丝之外的读者。它们具有双重吸引力，比如高概念神秘小说能吸引到那些不热衷神秘事件的读者，高概念回忆录能让那些对个人回忆录不感兴趣的读者翻开书页，因而在书店里会被同时纳入主流/流行的书架分类之中。它们的目标市场如此开阔，读者群规模如此巨大，所以往往非常畅销，甚至成为潮流。

请记住，这份高概念小说特征清单并非评价作品优劣的尺度，也非判断作品价值的标准，只是说，假如你的作品具备以上特征，则容易被代理人和出版商相中，虽然他们从未明说其对高概念的偏好。这份清单有助于你基于对潜在读者和正确市场的了解，让你的写作有个良好定位。如果你感觉投稿仿佛猜谜游戏，那么了解高概念的含义，正确评估你的作品，则可以避免不必要的猜测，并提高投稿的成功率。

高概念畅销小说推荐书目

以下这些小说都具备高概念故事的七大特征，不管你有没有在书店的书架上看到它们，但总会通过某种途径对其有所了解。它们非常值得研究，因为当中蕴藏着作家们使用高概念畅销书的秘诀。

恐怖小说：

● 塞斯·格雷厄姆-史密斯（Seth Grahame-Smith）：《吸血鬼猎人林肯》（*Abraham Lincoln：Vampire Hunter*）

● 克里夫·巴克：《阿巴拉岛：绝对午夜》

● 马克斯·布鲁克斯（Max Brooks）：《僵尸世界大战》（*World War Z*）

青少年小说：

● 苏珊·柯林斯（Suzanne Collins）：《嘲笑鸟》（*Mockingjay*）

● 詹姆斯·帕特森、玛克辛·佩特罗（Maxine Paetro）：《一个谋杀案嫌疑人的供词》（*Confessions of a Murder Suspect*）

● 卡米·加西亚（Kami Garcia）、玛格丽特·斯托尔（Margaret Stohl）：《美丽生灵》（*Beautiful Creatures*）

爱情小说：

● 尼古拉斯·斯帕克斯：《避风港》（*Safe Haven*）

● E.L. 詹姆斯（E.L. James）：《五十度灰》（*Fifty Shades of Grey*）

● 珍妮特·伊万诺维奇、多里安·凯利（Dorien Kelly）：《坚果之爱》（*Love in a Nutshell*）

科幻/奇幻小说：

● 罗伯特·乔丹（Robert Jordan）、布兰登·山德森（Brandon Sanderson）：《光明回忆》（*A Memory of Light*）

● 乔治·R. R. 马丁：《魔龙的狂舞》（*A Dance With Dragons*）

● 金·哈里森（Kim Harrison）：《从此》（*Ever After*）

悬疑小说：

● 吉莉安·弗琳（Gillian Flynn）：《消失的爱人》（*Gone Girl*）

● 罗伯特·克里斯（Robert Crais）：《嫌疑犯》（*Suspect*）

● 莉萨·嘉德纳（Lisa Gardner）：《抓住我》（*Catch Me*）

40. 材料甄选：悬疑小说的关键元素

伊丽莎白·西姆斯

均衡饮食需要对食材进行仔细挑选，避免垃圾食品，成功的推理小说也是如此。正如其他行业，作家也常面对快餐式材料的诱惑。当我们写一个故事或一个章节时，既可选择那些现成的、方便的材料，也可以增加写作的难度，寻找难啃的材料，完成精巧的构思，最终让读者和自己都满意。

作者要以故事来吸引读者，而读者则渴求一个充满悬疑的故事，并期待在故事的结尾得到满足。他们讨厌公式化、可预测的快餐式故事，而喜欢扎实、有热度、有韵味、有原创性的文本。如果你想让他们读得津津有味，必须用高超的技巧、精美的文字、动人的情感来征服他们。

下面是杰出的悬疑小说所具有的吸引读者的五个元素，可供你参考。

巧 合

在悬疑小说中，坚实的情节产生自然的巧合。

在理查德·康登的《满洲候选人》（*The Manchurian Candidate*）一书

中，有一个关键性的巧合，就是主角本·马尔科发现，在自己的排里，他并非唯一梦见花园俱乐部女士变成共产党军官的人，而这是士兵们曾被洗脑的关键证据。作者康登精心设计了这个巧合，当排长雷蒙德·肖提到他曾收到一名士兵的来信时，马尔科从中知晓了这名士兵的梦。更妙的是，当肖透露信中的关键信息时，他并未意识到它的意义。读者把二者联系起来，就会和马尔科一样为之着迷。反之，如果作者让马尔科巧遇另一个噩梦患者，故事就显得不够真实。

假如在小说中虚构一些前后脱节的巧合，效果往往适得其反。

比如说某个下班的建筑检查员路过废弃仓库时，恰好遇见一个恶棍在折磨一个被绑架的女孩。这种巧合难免显得不自然。

悬疑小说情节复杂，富有挑战，作者常常用巧合来解决情节发展问题。只要它是合理而且有用的，读者也能接受。可生活是真实的，如果你在写作时背离它，就会使情节缺乏真实性。所以，你必须寻找到真实可信的巧合，而非让读者生疑的人为巧合。

那该怎么做呢？

其实，如果你的故事充满强大、丰富的人物，就更容易创造合理的巧合。假设你笔下的女孩正在经受磨难——在仓库里被歹徒捆绑，并被堵住了嘴。有了这样吸引人的场景，接下来你就要写她如何逃脱，而机会就来自故事里的人物。你可以将歹徒设计为拯救者。如果歹徒不止一个，而且其中一名歹徒对其头目心怀怨恨，你知道情节会如何发展了吧？

或者，你更希望设计英雄救美的情节，那就不要让它只是一种让女孩脱险的方法，而使之成为贯穿故事的次要情节。你要让英雄合理地登场。谁是英雄呢？就让建筑检查员来扮演这个角色吧。我们可以这样设计：建筑检查员在此前的检测中发现这是座危楼，正与市政府交涉准备将其炸毁，而歹徒们将这座废弃大楼视为完美的藏身之所。于是，检查员与歹徒的故事可以平行发展（你甚至可以将检查员与歹徒设计为分别多年的高中好友），在这幢大楼里产生交集，并制造出一个很自然的巧合。于是当建筑检查员带着螺栓切割器走进大楼时，读者一面觉得合理："哦，是的，他在做建筑检查！"一面又把心悬了起来："天哪，接下来会发生什么呢？"

别开生面的描述

在悬疑小说中，要用新奇的比喻来进行描述，比如"更多的警车停下来，更多的警察涌进来，就像面包被餐刀涂满了黄油"；而不要用陈词滥调来描述，写成"那里挤满了警察"。

我几乎以为我已经是一名犯罪小说作家，不会使用"那里挤满了警察"之类的句子，但实际上，这种句子还是经常出现。我认为，许多素有抱负的悬疑小说作家陷入陈词滥调的泥沼，是因为这类小说往往发表在低俗廉价的杂志上，读者将其视为快餐，对语言的要求不高，不过今天读者的要求则高多了。所以，我们得重视写作中的陈词滥调。

我从畅销书作家贝蒂·麦克唐纳（Betty MacDonald）那里学到了拟人和拟物的用法。她曾写道："夜晚降临，山峦的长裙盖住了森林。"这句话写得漂亮，将陈词滥调扫荡一空。当你写一个如旋风般闯进房间的男人"像一头闯进瓷器店的公牛"，你肯定会心生尴尬：我写了陈词滥调。你可以通过头脑风暴寻找各种措辞。他像一辆没有刹车的垃圾车？像被一个要命的判罚逼疯的球员？或者直接描述他的行为：狂撕自己的衬衫，崩飞的纽扣像乌兹冲锋枪里射出的子弹。

虚假线索

在悬疑小说中，你要从故事开始就设置干扰项。比如阿加莎·克里斯蒂的短篇小说《控方证人》（*The Witness for the Prosecution*）就利用了这一方法，该小说后来被比利·怀尔德（Billy Wilder）拍成了电影。主角伦纳德涉嫌一桩谋杀案，但他富有同情心，从一开始就让人很有好感。证明其有罪的证据虽是间接的，却十分有力，甚至连他的妻子也出庭指证。但他的妻子是故事中的虚假线索。从其表现来看，她对伦纳德怀恨在心，拿出许多证据，极欲将之送进监狱。你自然会关注她，想知道她目的何在。这是作者有意的安排，让你对伦纳德的妻子产生高度怀疑。果然，突然之间，妻子的指控被驳回，伦纳德被无罪释放。于是你暗自得意，认为事实正如你所料：她别有用心。但是，结尾却让你大跌眼镜。妻子透露说，她故意提供藏有漏洞的证据，就是想更好地操纵陪审团，从而达到解救伦纳德的目的。我们这才知道，伦纳德真的杀了人！只因我们之前的注意力都在伦纳德的妻子身上，所以得知伦纳德是凶手时觉得十分意外。而这种感觉，正是阅读悬疑小说的快乐所在。

不要设计孤立的虚假线索。在许多业余的悬疑小说中，所谓的虚假线索，不外乎是塑造一个起初阴森森、凶巴巴，最后被证明是个好人的邻居。当读者知道邻居与故事核心情节毫无关系时，就会有种被玩弄的感觉：邻居的出场，只是为了吓唬人。

那到底该怎么写呢？

悬疑小说作家总是需要用虚假线索来摆脱读者的追踪。虚假线索是否有效，需要进行检测。你可以自问一下："如果删除这个虚假线索，我需要做主情节上的调整吗？"如果答案是否定的，就说明虚假线索属于节外生枝的刻意安排，没有融入主情节中，你需要对此进行大力修改。

假设你小说里的谋杀案有多名嫌疑人，其中一名是个可怕的邻居，并被人听见他在死者被杀当晚与之发生过争吵（当然，后来他会被发现是无辜的）。这是个很常见的虚假线索，读者早就看腻了。既然如此，你为什么不扩展它，让它在事件中扎根更深呢？你可以将这次争吵设计为长期仇恨的冰山一角，争吵一方正是死者的家人，并且曾在葬礼上露面。于是，这次争吵将不是孤立事件，而是整个故事的有机组成部分。

你也可以增加邻居这个人物的丰富性，把他设计为死者的首任丈夫怎么样？他会因嫉妒而杀人吗？或者他用情极深，租住在隔壁就是为了保护她？这样的细致描写，可以将普通的虚假线索转化为合情合理的次要情节。

对话是行动的一部分

在悬疑小说中，你的对话要来自行动、情感，而且具有必要性。

比如，在亚瑟·柯南·道尔的福尔摩斯故事中，我最喜欢《恐怖谷》（*The Valley of Fear*）一书，其中充满了教科书式的对话。书中人物杰克·麦克默多听到一名工人将史高帮称为杀人团伙，心中有些怀疑，因此鼓励此人提供更多信息：

> 年轻人（麦克默多）盯着他："怎么会呢？我也是这个帮会的一

员啊。"

"你！早知道的话，我绝不让你踏进我家半步……"

"这个帮会怎么了？它是个慈善友好的组织啊，会规里是这么说的。"

"它在其他地方可能是，但在这里不是！"

"在这里，它是什么？"

"是个杀人的组织，就是这样。"

麦克默多付之一笑。"你怎么证明呢?"他问道。

"证明？至少有50桩谋杀案可以证明！比如米尔曼和范·肖尔斯特的死，还有尼克尔森一家、老汉姆、小比利、詹姆斯，还有许许多多的案子，你说是怎么回事？证明！这谷中的男男女女，有谁不知道?"

....

"这都是谣言，我要的是证据!"麦克默多说。

"你要是在这待久一点，就会拿到你要的证明。"

这段对话不仅给了麦克默多所寻找的信息，而且以很自然的方式推进着故事。

此外，在写对话时，千万不要为了告诉读者一些信息，而让人物对话中充斥着他们早已知晓的事情。我们都读到过这样的对话：

英雄："加油，我们要再快一点!"

助手："为什么?"

英雄："我们要消灭那支车队!"

助手："你说的是那支携带着4 000加仑致命病毒，打算污染纽约饮水系统的车队吗?"

英雄："没错，就是它!"

很可笑，不是吗？

那你该怎么写呢？

在悬疑小说中，对话之所以写不好，往往是因为作者想在短时间内交代太多信息。你发现了吗？在第一个例子中，麦克默多仅从对方的回答中就获取了大量信息。为了向读者提供信息，让笔下人物与别人成为朋友是个非常好的办法。读者喜欢这种设计，也可以从中获取信息。

文学大师们都知道，情感是对话的强大动力。当人物出离愤怒，或是欲火攻心，或是希求怜悯，或是渴望尊重时，就会泄露某些秘密，或是发表长篇大论，从而引爆一系列行动，比如其他人物的暴力行为、逃逸之类。

要想设计一段丰富有趣的对话，你可以先设定你想要的结果，然后为人物设计一系列令人信服的事件，让它到达对话的起点，并让对话成为人物行动的跳板。

最后，我还发现一个有用的经验法则：如果你感觉写得不对劲，那就立刻停止对话。

人物动机

在悬疑小说中，人物的动机要来自其几乎难以承受的压力，使之不得不采取行动。W. W. 雅各布斯（W. W. Jacobs）的《猴爪》（*The Monkey's Paw*）是有史以来最完美（也最可怕）的短篇小说之一。在小说中，怀特夫人对抗命运、许下心愿的动机来自强大的母爱。故事中，怀特夫妇得到一只魔法猴爪，并许下心愿：得到两百英镑。虽然他们如愿以偿，但可怕的是，这笔钱是他们儿子赫伯特的死亡补偿金——他在工作中因卷入机器而惨死。怀特夫人悲痛欲绝，恳求丈夫再次对猴爪许愿让儿子复活。怀特先生照办了。但他曾看到过儿子血肉模糊的遗体，加上儿子已埋进坟墓一周，肯定更加惨不忍睹。所以当敲门声响起时，他心惊肉跳，生怕眼前出现一个怪物——幸亏他手中的猴爪还剩一次许愿的机会……

反之，如果人物的动机并不强烈，情节发展力度则不够。

我曾在指导课上问一个学生："这个人物有老婆孩子，还是个医生，他为什么要冒着失去这一切的风险，去谋杀一个黑手党领袖呢？"

"嗯，他想维护街道的安全。"

想要帮助陌生人，可能是撒谎的理由，但绝非谋杀的动机。

那该怎么写呢？

让你笔下的人物去冒险，这当然很精彩，但必须让他有足够的动机才行。事实上，图书代理人、编辑或写作小组，总会不断追问你的人物行为的动机何在，这对你而言是一件幸事。

虽然内部动机也会起作用，但外部动机往往更为有效。比如说，警察或侦探出于热爱，的确会冒着生命危险寻找真相；但如果让他去追查搭档被残忍谋杀的原因，肯定充满动力，也更有说服力。达希尔·哈米特的小说《马耳他之鹰》中的主角萨姆·斯佩德就是这样。[1] 你要像哈米特一样，将各种刺激性动机结合在一起，人物的行为不是简单出于爱，不是单纯因为钱，其动机包括了爱情与金钱、仇恨与荣耀、嫉妒和羞耻、性爱与损失等种种元素。

可能性是无限的。要让悬疑小说充满吸引力，以上五点中肯的建议可供参考。当然，将多种元素融合在一起，比单纯使用其中一点要更有效。好好经营这一切，给读者更好的阅读体验，他们会给你更多回馈。

41. 系列小说是怎样炼成的：如何增强读者黏性

卡伦·S. 威斯纳[2]

法国哲学家阿伯拉尔（Abelard）曾对爱洛依丝（Eloise）说过一句有名的话："写作是一种危险的传染病。"也正因如此，系列小说具有极大吸引力：读者会一心一意地追随到最后一册，作家会为此埋头笔耕多年，出版商会毫不犹豫地买断它们。在这个被利益驱使的世界里，系列小说比以往任何时候都更受欢迎。

---

① 小说《马耳他之鹰》讲述的是一个侦探故事。萨姆·斯佩德和搭档阿切尔在旧金山市开了一家侦探事务所。一天，一位贵妇登门拜访，委托他们寻找自己失踪的妹妹。他们立刻展开调查，发现这名贵妇的妹妹与一个叫瑟斯的神秘男子在一起。本来以为这只是一件普通的失踪案，但是事情的发展出乎他们所料。阿切尔在调查案件时被杀害，传说中的瑟斯也被杀，警方由此怀疑萨姆因与阿切尔的妻子有染而杀掉他的合伙人。深陷泥潭的萨姆依然继续调查案情，他查出贵妇曼与古特曼等流氓倒卖过古玩，之后，古特曼又拜托萨姆帮忙寻找一尊雕像——被称作"马耳他之鹰"的无价之宝。萨姆开始研究起这尊神秘的雕像，结果发现真相就藏在其中。——译者注

② 卡伦·S. 威斯纳（Karen S. Wiesner）是一位成就卓著的作家，在过去的 18 年中出版了 117 本书，获得了 134 个奖项（包括提名奖）。其作品横跨许多类型，包括女性小说、浪漫小说、悬疑小说、奇幻小说、哥特式小说、励志小说、恐怖小说、冒险小说等。此外，她还撰写儿童读物、诗歌和写作参考书，比如她的畅销书《30 天写一本小说》（*First Draft in 30 Days*）、《故事构建法》（*Cohesive Story Building*）和《系列小说写作指南》（*Writing the Fiction Series*）等。

但是，如果说写一部小说已足够困难的话，那么创作一系列更是难度倍增。无论你刚写下第一行字，还是已经完成了一部作品但对笔下人物难以割舍，都可以先做一些简单的事，为后续写作打下坚实的基础。

纽　带

如果系列小说缺乏连接的"纽带"，那就很难被称为系列。而所谓纽带，可以是以下任何一种（甚至全部）：

● 重复出现的人物或组合。比如道格拉斯·普雷斯顿和林肯·切尔德（Lincoln Child）的"彭德格斯特"（Pendergast）系列中的阿洛伊修斯·彭德格斯特，以及 J. D. 罗布（J. D. Robb）的"死亡"（In Death）系列中的夏娃和罗克。

● 几个相同的核心人物。比如乔治·R. R. 马丁的《冰与火之歌》、凯特·雅各布斯（Kate Jacobs）的《周五夜晚针织俱乐部》（*Friday Night Knitting Club*）中的主角在系列中反复出现。

● 相似的情节或前提。比如罗宾·库克（Robin Cook）笔下的杰克·斯特普尔顿总在不断揭开各种医学神秘事件的真相，丹·布朗笔下的罗伯特·兰登一直在探寻各种宝物。

● 同一个背景。比如《哈利·波特》的故事发生在霍格沃茨魔法学校，《暮光之城》（*Twilight*）的故事发生在华盛顿州的边陲小镇福克斯。

系列小说既可以是开放式的，即每本书独立存在，而且可以不断扩展下去，比如罗伯特·兰登的故事；也可以是封闭式的，即一个主要情节隐藏于系列的每本书中，并且在最后一本中得到全部解决，比如《哈利·波特》系列。其实，从第一本书中可以明显看出系列小说间的联系，为了确保这种连续性，作者需要提前规划。

单册故事线和系列故事线

每一部小说作品，无论是单册的还是系列的，都有一条故事线。在单册小说中，故事线有完整的开端、发展与结果。在系列小说中，除了单册的独立故事线外，还会有一条贯穿整个系列的故事线：在第一本书中加以介绍，在随后的每本书中予以发展、扩展和暗示，并在最后一本中写出结果。

系列故事线既可以十分明显，也可以精细地隐藏于各部小说之中。系列故事线通常与每个单册故事线分开，但又必须在每本书中无缝地结合在一起，让整个系列得以顺利推进。比如在《哈利·波特与魔法石》（*Harry Potter and the Sorcerer's Stone*）一书中，其单册故事线就是关于魔法石的故事，而它又是整个故事线——正义最终战胜邪恶的一部分。在整个系列中，系列故事线如同潜流，在单册故事线的下方连贯地前进。

除非一个系列小说是完全开放式的，每一册都是一个独立故事，否则你必须在最后一本书中兑现在系列早期做出的承诺。如果你在第一本书里提出一个困境，那必须在最后一本书里加以解决。缺乏这些，投入了时间、金钱和热情的读者就会有受骗之感。比如在布兰登·马尔（Brandon Mull）的《猎魔少年》（*Fablehaven*）系列小说中，假若金多拉和赛思没有打败威胁魔法生物世界的恶灵，没能阻止一群被囚禁的恶魔入侵该世界，并导致瘟疫传播，其书迷就会吐槽，认为作者未能填满前面挖好的坑。

所以，要写好系列小说，必须做好提前规划，以便在开头埋下伏笔，并确保在结尾给读者提供满意的答案。

人物-环境-情节： 系列小说的潜力

读者会爱上小说中的人物、环境和情节。他们喜欢故事冲突，但不希望你伤害书中的英雄。他们总渴望新鲜的内容，却不希望改变故事的设定。不过，如果人物、环境或情节一成不变，故事又会变得十分乏味。

那么该怎么办呢？

在系列小说中，人物、环境和情节的确应该具有持久性，但又不能原封不动地从一本书移到下一本，而要不断发展。而这三者一旦有所变化，其影响甚大。要让这种变化显得合理而丰富，必须让三者具有发展的潜力。比如在塑造人物形象时，就要通过以下三个方面，使之具有立体感。

● **性格多面**：人物性格通常具有多面性，有优点和缺点，并且能够成长。

● **问题复杂**：人物身上要结合光明与黑暗、正义与邪恶、简单与复杂——各部分的比例不需要完全相等。

● **目标适中**：人物要有不断发展的目标和足够的动机，这样便可以在整个系列中不断引入新的、不可预测的主题；但这些目标又要小得恰到好处，以便在每个分册故事里都可以实现。

如果你不为系列小说中的人物、环境和情节引入新的东西，读者就会丧失阅读到底的动力。

为给系列小说提供成长的种子，你需要在前几册小说中埋下伏笔，为"人物-环境-情节"的发展提供足够的营养。当然，伏笔埋得越早，当你需要利用它时，它就越可信。

例如，在丹·布朗的小说中，罗伯特·兰登经常提到他佩戴的米老鼠手表——一个大多数成年男人都不会关心的物件。这是他九岁生日时父母送给他的礼物，充满了感情价值。考虑到他在故事中经常要与时间赛跑，所以这块手表非常重要。在系列小说第三部《失落的秘符》（*The Lost Symbol*）中，当兰登被推进一个装满含氧液体的容器中时，手表就变得非常关键。如果这是作者第一次提及这块手表，那故事就没有可信度；但是布朗在第一本书中就早早地植入了这个物件，所以后来它在生死攸关时刻发挥重要作用，就不会显得突兀了。

很多作者甚至会无意中在系列小说的第一本中埋下许多"种子"。如果你的第一本书已经出版，没法再修改，这些种子就对你弥足珍贵。当然，无心插柳，毕竟不如有心栽花。要赋予"人物-环境-情节"系统以潜力，你需要思考以下几个问题：

● 如何才能让系列小说中的所有人物（包括小人物），除了缺点和恶习之外，还具有英雄的特质与习惯，从而自然成长，并产生有趣的情节和次要情节？

● 如何让他们拥有逐步发展的职业、爱好、兴趣和特质？

● 你可以添加哪些关系或潜在的敌人，以扩展在后书中发挥更大的作用的次要情节、人物或持续的矛盾冲突？

● 有哪些教训、背景故事或经历可以为后面的揭示或发展埋下伏笔，从而引发悬念或情感危机？

● 人物会面临哪些生活困境、挑战、考验、怨恨、悲伤、背叛、威胁、痛苦或痴迷，而这些情况会不会在整个系列中带来引人入胜的情节？你可以考虑一下恋爱、婚姻、离异、父母、孩子、疾病或死亡等情况。

● 为了扩展人物和情节，你该怎样处理系列小说和其中每个单册之间的关系？

● 哪些国际大事、地区事件或是灾难（包括人为的和自然的），以及假期、重要日子，能成为故事的催化剂？

● 可以进行什么样的探索——偶然的、被诅咒的或介于两者之间？

● 什么物品或物体可能成为情节、环境或人物发展的基础？

在系列小说中留下大量未开发的"种子"，可以让系列小说得以长寿，使人物和故事情节充满生机与活力。在"彭德格斯特"系列的早期小说中，作者曾透露主角的妻子几年前被杀害了。这一死亡事件虽早已被提及，却言之不详，所以当作者开始撰写系列小说中的"海伦三部曲"时，就可以按照需要，着力塑造这一事件，并使之非常可信。而如果作者很早就写完了这一事件，则"海伦三部曲"可能永远不会面世。

征兆和暗示是让"人物-环境-情节"充满潜力的关键所在。在现实生活中，没有人会带着一份清单四处走动，向别人展示他所认识的人、去过的地方或做过的事情。他每次分享其中一小点即可。同样，在系列小说中，你要慢慢开发"人物-环境-情节"中的各个方面，如果过早确定太多细节，那么到了需要使用"种子"的时刻，你可能会发现自己黔驴技穷。

请记住，如果你的人物、环境和情节不再有吸引力，那么这个系列注定会失败。所以，你要在既定事实的基础上推陈出新，让读者一次次进入一段新的、动人的、意想不到的旅程。每一本新书都要像上一本一样令人兴奋，这样才能牢牢"黏"住你的读者。

系列小说的规划

如果不想写系列小说，最好的办法就是事先不做任何规划。你很可能会错失无数本可以为"人物-环境-情节"埋下伏笔的良机，不得不返回前文清理一些障碍，甚至将写作逼入死胡同。

有些作家在正式动笔之前，会为整个系列的所有小说都写好大纲，但此法并不适用于所有人。也许你为系列小说做的准备，就是先完成第一部，然后把它放在一边，思考接下来会发生什么：哪个人物堪当主角？要讲述什么样的故事？什么样的冲突会升级？为了后续故事的发展，你要回到第一部手稿里埋下哪些伏笔？即便你不擅长规划，也要尽量多思考"人

物-环境-情节"方面潜在的问题。绝对不要低估这些关键故事（而且是一个系列）的问题的价值，它们会对你产生潜移默化的影响

做多少预设完全取决于你，但我建议你至少要写好系列小说及单册小说的简介，以期建立起"人物-环境-情节"系统。尽力而为，别奢望一步到位。随着系列小说的发展，你能够在此过程中逐渐完善它们。

写作系列小说的梗概，你不应聚焦于单个故事，而应关注这一系列小说的整体故事。如果系列梗概做得扎实，那么每部小说都会拥有一个简明扼要、引人入胜的简介。在写作时，记住这个系列中每部小说之间的连接纽带，它会帮你理出正确的故事线。使用"引出"逻辑，用不超过四句话的篇幅来限定你的故事线（请注意，各部分不需要排列有序，也不需要解决方案，因为你可能并不想粉碎阴谋、缓和紧张）：

　　　　介绍→改变→冲突→抉择→危机→解决

例如，我为我的"伪装"（Incognito）系列小说写的梗概是这样的：

　　　　"网络"是世界上最隐蔽的组织。在打击罪恶方面，它拥有至高的权力和突出的技能，在常规法律鞭长莫及之处维护绝对正义（介绍）。代价是，"网络"的成员要隐藏身份（抉择），生活在阴影中（改变），为所有人捍卫正义（冲突）——无论付出何种代价（危机）。

随后，你要试着写出该系列中的单个故事。如果你只能通过头脑风暴写出一两部小说的故事梗概，也没问题。从现有的故事出发，然后逐步增加新的故事。即便你认为自己还不足以构建出整个故事，你也会发现，将想法写成文字的过程有助于各种想法奔涌而出。

你要关注哪些人物会推动故事情节的发展，以及每条故事线（冲突）是什么，然后编写出形式自由的故事梗概，使其涵盖每个故事的五元素（谁、做什么、在哪里、什么时候和为什么），然后尝试用该公式创建一个更具吸引力的简介（如果你有不止一个主角，请为每个主角编写简介）：

　　　　（人物的名字）因为（行动的动机），想要（要实现的目标），但要面对（前路的阻碍）。

和之前一样，你可以不管各部分的顺序。以下是"伪装"系列第12部《黑暗迫近》（*Dark Approach*）的简介：

"网络"组织的特工维克·利文撒尔及其情人露西·卡尔顿（人物的名字）多年来一直隐姓埋名。他们为了维护人类正义（行动的动机），忠于秘密组织且甘愿如此。但他们的想法发生了改变，现在决心按照自己的方式生活。"网络"的宿敌秘密接近两人，向他们提出叛变交易时——用能破坏"网络"的信息换取自由（要实现的目标）——他们必须在爱与忠诚之间做出选择。在这个过程中，他们危及了"网络"组织的匿名性及其安危（前路的阻碍）。

像这样写下梗概，既有助于你构建整个系列，也能让你在写作时充满兴奋之感。

写系列小说的吸引力是显而易见的：当你完成一本小说时，你不必离开那些你已逐渐喜欢上的人物、地点和相关场所。虽然每个故事都应该独立存在，但请记住，如果没有其他与之相关的故事，系列小说就不够完整。因为读者对系列故事比对单本独立的小说更容易投入感情。在写作的过程中，若将上述因素放在首位，你的系列小说就会让读者更加满意——当然也包括你自己。

42. 推理小说中的调查怎么写：线索、虚假线索和误导

哈莉·埃夫龙[①]

调查是一部推理小说的核心内容。侦探与人交谈，做研究，四处打探，并进行观察。于是事实慢慢浮现：也许有目击者描述了他的见闻、妻子脸上有不明原因的瘀伤、受害者的兄弟与提问者交流时眼神躲闪、百万富翁的遗嘱将财产留给了一个不知名的慈善机构，或是在洗衣桶里发现了

---

① 哈莉·埃夫龙（Hallie Ephron）：其悬疑推理小说曾荣登《纽约时报》畅销书排行榜，被称为"令人毛骨悚然"［《出版人周刊》（*Publishers Weekly*）］、"扣人心弦"（《波士顿环球报》）和"奸诈且令人不安"［《西雅图时报》（*Seattle Times*）］。她曾四次入围玛丽·希金斯·克拉克奖，以表彰其在悬疑小说方面的卓越成就。她的小说《不要撒谎》（*Never Tell a Lie*）被改编成电影。她为《波士顿环球报》撰写了十余年的"论犯罪"书评专栏，获得了埃伦·内尔推理小说评论卓越奖。她的著作《写作和销售你的推理小说》（*Writing and Selling Your Mystery Novel*）第一版入围了埃德加奖，并于 2016 年 12 月发布了修订版和扩展版。她还是一位颇受欢迎的演讲者，在国内和国际会议上教授写作。

一把血淋淋的刀、上周的报纸里藏了一封情书，如此等等。

这些证据中的一部分最终会成为确定反派的线索，其他则是为了转移话题——误导读者并让他们得出错误结论。最重要的是，你笔下的侦探收集的一些信息将被证明只是日常生活中无关紧要的细节。它们能插入场景之中，提供真实感，并伪装成重要线索。

调查：观察和询问

侦探的调查主要有两个活动：观察和询问。如果是专业侦探或警察，那么调查可能包括检查犯罪现场、询问目击者、锁定嫌疑人、调取犯罪记录单、查看车管所记录、寻找卧底。如果是法医，则会进行尸检、X光检查、胃内容物检验和DNA分析。如果是业余侦探，则会四处溜达，询问很多问题，和警察套近乎。

侦探的调查方式应该反映他的技能和个性。以下是彼得·罗宾森（Peter Robinson）的悬疑小说《魔鬼之友》（*Friend of the Devil*）中的一个例子。班克斯是这样观察犯罪现场的：

> "在我看来，她是被人勒死的，除非另有隐情。"伯恩斯说着，弯下腰，小心翼翼地撩起一缕金发，指了指她下巴和耳朵下面的黑色瘀伤。
>
> 在班克斯看来，她还很年轻，没比他自己的女儿特蕾西大多少。她穿着一件绿色上衣和一条白色迷你裙，系着一条宽大的粉红色塑料腰带，上面点缀着银色亮片。裙子拉得很高，露出了大腿。尸体看起来是被摆好姿势的。

班克斯是专业人士。尽管受害者与他的女儿同龄，但他的观察不带个人感情。他有多年观察尸体的经验，因此他知道尸体何时看起来是"摆好姿势"的。

无论你的侦探是与受害者的邻居喝茶闲聊，打电话给目击者，正式审讯嫌疑人，还是与同事挤在一起讨论血迹，他都会提出问题并得到答案。他不断地说话，但如果所说的话只是在传达信息，那可能会变得很无聊。因此，在问答过程中，你要创造人物之间的动态，以保持读者的兴趣。当人物之间的关系带有某种内在动力时，审讯就会变得有趣。比如《魔鬼之友》中班克斯审讯嫌疑人的这段对话，就值得学习：

> "别管这些废话了，奥斯汀先生，"班克斯说，"你之前在杰克曼面前否定你和海莉·丹尼尔斯有染。但事实证明你在撒谎！对此，你有什么想说的？"
>
> "什么事实？我讨厌你话里有话。"
>
> "你和海莉·丹尼尔斯有染是真的还是假的？"
>
> 奥斯汀看了看温森姆，又看了看班克斯，终于抿了抿嘴唇，然后鼓起脸颊，缓缓地吐出一口气。"好吧，"他说，"海莉和我已经约会两个月了。我们是在我妻子死后一个月左右开始交往的。这意味着，严格来说，不管海莉和我有过什么，那都不是外遇。"
>
> "你在玩文字游戏，"班克斯说，"老师乱搞学生，你管它叫什么？"
>
> "不是那样的，"奥斯汀说，"你说得太下流了。我们是相爱的。"
>
> "不好意思，我去拿个桶吐一下。"
>
> "探长！我心爱的女人被杀了，你至少要表现出一点尊重。"
>
> "你多大了，马尔科姆？"
>
> "五十一。"
>
> "而海莉·丹尼尔斯只有十九岁。"

班克斯的措辞（"废话""乱搞"）和态度（"不好意思，我去拿个桶吐一下"），表明了他的工人阶级出身以及他对马尔科姆·奥斯汀的鄙视。他对此人的教师身份并无好感，对此人的装傻充愣更是深恶痛绝。对于这个勾引少女的老男人，他的厌恶不仅出于职业，还有一定的私人恩怨——受害者让他想起了自己的女儿。

请注意罗宾森是通过描述人物的动作与表情，让读者自己去揣摩领会人物的情绪的："奥斯汀看了看温森姆，又看了看班克斯，终于抿了抿嘴唇，然后鼓起脸颊，缓缓地吐出一口气。"在前后对话的间隙插入这句动作描写，凸显了一个转折点——奥斯汀从否定到承认与受害者有婚外情。对于这一关键时刻，罗宾森没有浮皮潦草地点到即止，而是在对话之间插入人物动作描写，从而减缓读者的阅读速度，并提高其注意力。

在小说写作中，你要寻找情绪平衡发生变化或启示出现的转折点，通过放慢叙述速度将之引爆，但不要匆忙把结论塞给读者，你可以让读者自己去理解它的意思。

混合线索和虚假线索

线索可以是如下这些情况：

● 侦探发现的物品（带血的手套）。

● 人物的行为方式（他把手放进口袋里）。

● 一个暴露内心的手势（女人为她老板整理衣领）。

● 某人所说的话（"朱莉娅·达尔林普尔就该死。"）。

● 某人的穿戴（从受害者那里偷来的吊坠）。

● 不符合此人身份与自我陈述的物品（嫌疑人的指纹是从她声称从未去过的房间中提取的）

这里有一些技巧可以供你自由发挥，让读者去猜测：

● **强调不重要元素；淡化线索。**应该让读者看到线索，但不能让读者发现它的重要性。例如，侦探会调查被盗画作的价值和出处，而很少注意画中女人的身份。

● **在读者理解之前铺设好线索。**你要在读者理解一条线索之前引入关键信息。例如，在侦探发现邻居死于一种常见的除草剂之前，可以写他曾在散步时偶遇某人正在给玫瑰花喷药。

● **让你的侦探误解线索的含义。**你的侦探被某些线索误导，使调查陷入死胡同。例如，受害者所在房间的窗户是打开的。侦探认为这是凶手逃跑的方式，于是去寻找目击证人，询问是否曾发现有人越窗而出。事实上，这是一个很明显的烟幕弹。

● **有些线索不是有什么，而是没有什么。**侦探往往费力地探寻发生过的事情，而没有留意那些本应发生却未曾发生的事情。最著名的例子来自柯南·道尔的《银斑驹》（*Silver Blaze*）。福尔摩斯推断不可能有入侵者，其理由是狗没有叫。

● **在不同的地方散布线索并混淆逻辑顺序。**你可以在小说中挑战你的读者，一次只透露部分线索。例如，侦探在地下室发现一个门破了的金丝雀笼子，以及其他一些碎屑。在后文中，侦探忽然喊了一声："等一下！"他发现了那只脖子被拧断的金丝雀。

● **将线索隐藏在显眼的地方。**把某条线索隐藏在众多其他可能的线索中，以至于它并不突出。例如，一只尼龙长筒袜本是凶器，却被洗得干干净净，折叠好放在受害者的内衣抽屉里。又如，侦探把注意力集中在受害者汽车地板上的水瓶、未开封的邮件、松针和加油站收据上，却没有意识到写在地图边缘的电话号码的重要性。

● **误导读者的注意力。**你可以在小说中用多种合理的选择来吸引读者的注意力。例如，侦探知道病人中毒，但只怀疑打针的医生，而没有注意到给病人输氧气的医护人员。

● **制造时间问题。**罪犯可以通过操纵时间线来为自己开脱。例如，假设嫌疑人在谋杀时有不在场证明，后来侦探发现其不在场证明的时间或死亡时间是错误的。

● **将真正的线索放在错误的线索之前。**人们倾向于记住最后呈现给他们的东西。例如，你的侦探注意到炉子不能正常点着，然后立即在垃圾桶里发现了一个空的处方瓶，上面贴着"毒药"标签。读者（和你的侦探）更有可能记住这个被藏起来的瓶子，而不是之前那个有故障的炉子。

● **用行动伪装线索。**如果你给了读者一条线索，可以同时插入一些无关的动作来分散其注意力。例如，侦探在阅读张贴在灯柱上的传单时被抢劫，而抢劫本身被证明是无关紧要的，但传单上有一条重要的线索。

公平竞争：读者也要知情权

在推理小说中，隐瞒叙述者知道的信息被认为是不妥的。当作者保留视点人物所知道的一些重要信息时，即使是暂时的，也会令读者愤怒。

这是一个例子：

> 莎伦的手机响了。
> "对不起，"她对鲍勃说，"这可能很重要。"
> 于是她打开手机，将之贴在耳边。"你好？"
> 莎伦听出了来电者的声音，这是她在这一切发生之后最不想联系的人。
> "这是怎么回事？"她说，尽量让自己显得平静。
> "你需要知道——"来电者开始说。
> 莎伦倾听着，发现自己正靠在车门上，好让自己和鲍勃之间多一

点距离。鲍勃正密切关注着她，之前漠不关心的神情早已不见了。

这一章结束了，读者在此后 20 页内也没有发现来电者的身份或其传递的惊人信息。可在前面的 100 页中，我们一直在莎伦的脑海中打转，听她喋喋不休地讲述她看到、听到、感觉到和想到的一切。可现在呢，在关键时刻，她忽然忸怩起来，不告诉我们重要信息了。

在小说里，读者应该和侦探同时意识到罪魁祸首的身份。如果作者试图通过隐瞒叙述者知道的信息来制造悬念，其实就是在欺骗读者。当然，我知道，推理小说作家一直在避免这种情况出现，然而有时也难免屈服，毕竟这个办法简单易行。然而，我的建议是，不要屈服。

这就是为什么在推理小说中，让犯罪者充当叙述者总是有问题的。因为他们知道得太多了。但还是有一些推理小说作家设法这么做，在不激怒读者的情况下隐藏叙述者的罪犯身份。例如，彼得·克莱门特（Peter Clement）的小说《审判官》（*The Inquisitor*）就是从一个冷血恶棍的角度来写的，他的快乐是将临终病人推入绝境。

> "你能听到吗？"我低声说，握住注射器。
> "是的。"她一直闭着眼睛。
> 我俯下身，把嘴凑到她耳边。"还疼吗？"
> "不。不疼了。"
> "你看到什么了吗？"
> "只有黑暗。"她从喉咙后部发出嘶哑的声音。
> "仔细看！现在告诉我那里有什么。"我咽了咽口水，以免作呕。她的呼吸中散发着臭味。
> "你不是我的医生。"
> "对，今晚我替他的班。"

请注意，通过第一人称视角，克莱门特不仅隐藏了反派的身份，还隐藏了反派的性别。作者利用这种技巧，可以自由地安排男性和女性人物出场。

但是，如果小说中一直展示着叙述者的所思所想，却在最后高潮部分发现她一直隐藏着一个细节——事情是她干的——这是一种欺骗。但如果该人物是一个不可靠的叙述者，她也许不记得（比如她有健忘症），没有意识到（比如她有妄想症、天真、头脑简单，或者一直被人愚弄），或者甚至不能承认自己有罪，这样的叙述就情有可原。

困惑：阅读兴趣的杀手

你的目标是误导读者，但永远不要让读者感到困惑。你要引导读者走上一系列完全合乎逻辑的快意阅读之路——你的读者必须始终感到脚踏实地，即使故事转向了一条错误的道路。同时设置太多不同的可能场景，或者用各种虚假线索、转移话题和背景噪音来轰炸你的读者，会让你的读者从困惑转向沮丧，并最终放弃阅读。

当你写作时，要牢记不同的场景、每条能证明嫌疑人无罪的线索。此外，一定要牢记人物知道些什么，他们是什么时候知道的——尤其是当你从多个角度写作时。如果连你都感到困惑，你的读者肯定也会感到困惑。

巧合：可信度的杀手

我们总想在故事情节中插入一些巧合。你可能会这样想，让一个人物在县城集市的镜子大厅里遇到她素未谋面的双胞胎姐妹，这不是很酷吗？的确，这很有戏剧性，但没有可信度。

当然，阿加莎·克里斯蒂也写了一个类似巧合的故事：一个男人从药店出来，遇到了他不认识的双胞胎兄弟；邪恶的双胞胎兄弟犯了谋杀罪，并牵连到了他。你或许也曾在报纸上看到失散的双胞胎在超市偶遇，生活中的确充满了离奇的巧合。但如果你想让自己的作品得到读者的认可，就不能把这种巧合放在推理小说里。

当你为了情节需要，而将人物调整到合适的位置上时，可能会出现巧合。也许你的人物需要知道罪案将在何时何地发生，所以你让他在人行道上偶然发现了一封信。或者你的人物需要找到一条隐藏的线索，所以你让她忽然想种牵牛花，并在一个特定的地方挖土，从而找到了线索。又或者你的人物需要知道罪犯正在酝酿的计划，所以你让他碰巧拿起电话分机，并无意中听到了他们的计划。

如果你能想出一个合乎逻辑的办法，让人物出现在合适的位置，找到需要的线索或是某种虚假线索，那会非常棒。再强调一次，你不应该求助于巧合、直觉或是神的干预。在一部悬疑推理小说中，逻辑性和可信度才是最重要的。

如果你确实在故事中加入了巧合，至少让你的人物评论一下巧合的荒谬之处。虽然这不是最优方法，但至少会让读者心里舒服一些。

43. 类型界定模糊化：如何写作跨类型小说

米歇尔·里士满[①]

从我们记事起，类型小说一词指的是完全符合单一特定类型的作品：科幻小说、浪漫小说、神秘小说、奇幻小说、恐怖小说、历史小说等。但仔细看看任何书架，你可能会惊讶地发现类型小说和主流小说之间的界限正在变得模糊。

M. J. 罗斯（M. J. Rose）是一名畅销小说家和 AuthorBuzz 网站的创始人，深知打破类型惯例意味着什么。虽然她的部分小说很容易分类，但许多小说则结合了浪漫、灵异和神秘等不同类型的元素。虽然这听起来像是在淡化故事，实际上却将她的作品推向顶峰。2012 年 3 月，她的小说《失落的香水之书》（*The Book of Lost Fragrances*）成为亚马逊科幻/奇幻类本月最佳图书，并荣登《出版人周刊》十大推理和惊悚小说排行榜。

这一类图书展示了高质量跨类型小说的潜力，通过吸引多种受众，以指数级的速度接触到更多的读者。它们也显示了出版界正在发生多大的变化。"多年来，"罗斯说，"出版商告诉我的代理人，他们喜欢我的作品，但不知道如何营销这样的跨类型小说。"

这些担忧在实体市场中的确存在。"用不同的方式包装和销售不同类型的小说，并陈列在不同的货架上……所以跨类型小说并不是开始职业生涯的最佳方式。"资深文学代理人伊丽莎白·波马达（Elizabeth Pomada）

---

① 米歇尔·里士满（Michelle Richmond）曾创作过六部小说，其中包括《金色州郡》（*Golden State*）与《雾年》（*The Year of Fog*，曾荣登《纽约时报》畅销书排行榜）。她最新的小说集《哼》（*Hum*）获得了凯瑟琳·多克托罗创新小说奖。她是亚拉巴马州莫比尔人，现在与丈夫和儿子住在北加利福尼亚州。

解释道。但如今，在很大程度上得益于在线书商的崛起和数字出版（以及自出版）的普及，虚拟书架上有足够的空间来存放难以分类的书籍。"突然间，我们就生活在一种自下而上的文化中，读者取代出版公司成了把关人。"波马达说。

我的 12 年写作生涯，其实相当于一本跨类型写作的生动教材。我的第一部小说融合了色情文学、政治小说和犯罪小说的元素，背景放在中国和美国南方腹地，小说主题是解决迫在眉睫的环境灾难。文学代理人曾问我这本书将如何定位：是成长故事、推理故事还是政治或环境警示故事？对主流读者来说是不是不够严肃？我无法确定作品的类型，所以也没能找到代理人。当我与一个对南方作家感兴趣的小出版商（我来自亚拉巴马州）联系时，我几乎放弃了这部小说。《蓝屋之梦》（*Dream of the Blue Room*）于 2003 年由 MacAdam/Cage 出版公司出版，不过评论家们不知道如何将之归类。《旧金山纪事报》（*San Francisco Chronicle*）的一位评论家写道："这本书里发生了很多事情。"事后来看，我发现我想要的花样太多了。

我有一种感觉，我的小说缺少紧迫感和专注感，所以在我的第二部小说的第一页就让一个儿童失踪，以此制造紧迫感。悬念的制造对我而言是一种挑战，但将人物置于无法摆脱的险境让我感觉良好。幸运的是，那时我遇到了我的代理人瓦莱丽·博哈特（Valerie Borchardt），她鼓励我写最渴望写的东西。结果，这个故事也包含了许多对往事的追忆，在其中，我得以用散文化的笔触，尽情地表达悠长绵延的情思。

通过对女性小说和推理小说读者的针对性推广，我的第二部小说《雾年》确实比我的上一部小说更吸引读者，甚至登上了《纽约时报》的畅销书排行榜。随着我的下一本书的发行——该书结合了一个古老的数学难题、一个关于咖啡的历史问题和一桩几十年前的谋杀案——《每日邮报》（*Daily Mail*）称我为"悬疑小说女王，作品既有优秀惊悚小说的力度，又加入了洞察力和智慧。"我从未想过成为什么女王，所以对此评价，我既高兴，又吃惊。

写好跨类型小说的三个要点

我自己写作的跨类型小说获得认可，其实是在第一本小说试错之后，也算是无心插柳柳成荫。不过，从那以后，我知道要写作一本能吸引代理人、出版商和读者的跨类型小说，有一种更有效的方法。

有许多作家在写作跨类型小说方面取得了巨大成功。以莎莲·哈里斯（Charlaine Harris）的畅销小说《南方吸血鬼》（*Southern Vampire Mysteries*）系列为例，小说的主角是有心灵感应能力的女服务员苏琪·斯塔克豪斯，故事里包含了超自然、爱情、悬疑等元素，受到读者的热捧，此后又被改编成广受欢迎的 HBO 系列电视剧《真爱如血》（*True Blood*）。

此外，畅销书作家桑德拉·布朗（Sandra Brown）写过几十部浪漫悬疑小说，包括《不在犯罪现场》（*The Alibi*）、《暗恋》（*The Crush*）和《低压》（*Low Pressure*）。她的作品在这两种类型中都非常成功，曾获得美国浪漫作家终身成就奖和国际惊悚作家最高奖项。

成功的小说达到了你想达到的高度，可以成为很好的学习样本。以下是你写作跨类型小说时需要掌握的一些技巧：

● **确定主要类型，并把它作为你的指南针。**细读任何跨类型小说，你可能会发现其中都有一个主要类型来驱动情节。你在自己的作品中也要强调这一点，并向该类型的经典致敬：谋杀悬疑小说中应该有转移注意力的假线索，浪漫小说的女主角应该面对真爱的障碍，政治惊悚小说肯定有一个阻碍主角寻求正义的反派。

在小说写作中，要让主要类型从第一页就开始引导你。比如桑德拉·布朗的爱情惊悚小说《致命》（*Lethal*）中，一开场就是母亲和小女儿在家里受到枪口的威胁；从第一章开始，读者面临着迫在眉睫的危险，而它推动着小说向前发展。

利用主要类型搭建故事结构，使小说具有一个稳定的基础，而后再融入其他类型小说（不超过三个）的特点。

● **发掘你自身的优势，不管写哪种类型。**朱莉安娜·巴戈特（Julianna Baggott）是一位作家，写过 20 多本畅销书，内容涵盖从青少年小说到诗歌的各个领域。她最近的两部小说《纯洁》（*Pure*）和《融合》（*Fuse*）是未来主义青少年小说三部曲的一部分，也在成人科幻迷中吸引了忠实的追随者。这并不奇怪，因为她一开始是为成年读者写小说的。巴戈特鼓励作家从熟悉的类型中汲取优势，并将之运用到新的类型小说之中。她说："每种类型都有各自的特点，（但）从一种类型中学到的经验往往可以转移到另一种类型。"

即使你想尝试新事物，也要从你的素材出发，你可以根据素材去寻找其适合的类型，而不应该从类型出发先入为主地安排素材。"我发现这是一个巨大的优势，可以利用世界交给你的东西——原材料——并询问它最想要的形式。"巴戈特说。

波马达也同意这一观点。"写你喜欢的东西，同时在写作时取悦你的读者，"她说，"畅销小说的本质就是它能让读者不停地翻页。如果作家能做到这一点，他们可以写任何东西。"

● **创造出不受类型传统约束的人物。** 类型小说经常被人批评公式化且缺乏个性。所以当你写作时，要不断地问自己：如果把你的主角从小说里抓出来，并放在一个完全不同的环境中，读者还会关心他的身上发生了什么吗？如果不会，你还有更多工作要做。

霍莉·戈达德·琼斯（Holly Goddard Jones）的处女作《下一次见到我》（*The Next Time You See Me*）是一本纯文学悬疑小说，以一个由来已久的谜团——一具尸体的发现——开始。但是随着故事的推进，每个人物对痛苦的反应——这是纯文学作品情感驱动的标志——对于故事而言变得和揭露凶手身份一样重要。莱恩·麦克尼尔是兰塞姆·斯蒂芬斯（Ransom Stephens）的惊悚犯罪科幻小说《上帝的专利》（*The God Patent*）中的主角，他不仅是个拥有人类灵魂专利的物理学家，也是一个因失去家人而陷入困境的逃亡者。

推销你的跨类型小说

代理人和出版商想知道一部小说将如何融入现有市场，但他们也想知道它与已经上市的作品有什么不同。所以，与其冲动地说"我不想被贴标签"，不如考虑贴个标签从而让你的书在这个市场上更受欢迎。

● **说出你作品中的主要类型和一两个附加类型。** 不要加太多标签，没有一个代理人会喜欢"带有科幻和奇幻元素的西方浪漫惊悚小说"。如果可以的话，将你的小说类型提炼为一个形容词（次要类型）加上一个名词（主要类型）：历史惊悚小说、科幻爱情小说、浪漫奇幻小说。你的描述越具体，你的推销听起来就越有信心。

● **利用你的跨类型优势，扩大目标读者的范围。** 在《法语课》（*French*

Lessons）中，埃伦·萨斯曼（Ellen Sussman）利用了悬疑和浪漫这两种类型的交集。她的宣传语大致是这样的："这部小说将吸引那些喜欢纯文学的读者，以及那些对浪漫爱情情有独钟的读者。"的确，代理人总是想知道你在写作中是否考虑过读者。

● **强调你的小说与该类型的关系。**"如果一部小说类型归属比较模糊，那么在推销时，你不妨谈谈小说里的世界以及其中的人物。"巴戈特建议道。小说《纯洁》的主角是一个年轻女性，面对的是一个毫无法治的社会，以及一个想置她于死地的强大组织。这种小说属于未来主义青少年小说，但其吸引人的是故事的情感中心——主角珀利西亚本人。

M. J. 罗斯为她的类型小说《维克多·雨果的诱惑》（*The Seduction of Victor H*）写过这样的宣传语："1853 年，维克多·雨果进行了一系列神秘活动，试图与他死去的女儿进行沟通。他写下了这些活动的记录，并声称自己接触到了耶稣、但丁、莎士比亚和其他几十个灵魂，其中包括一个他称之为'墓地之影'的人，这个人还有另一个我们所熟知的名字：路西法。如果有记录稿因太具争议而被隐藏起来了呢？如果一个现代女性发现了它们，从而遭遇到生命危险怎么办？凯尔特传说、泽西岛、轮回、香水——所有这些都汇集在我的第一个鬼故事里。"

请注意罗斯是如何在这段精彩的文字中介绍其小说的跨类型特征的。她提及许多带有宗教意味的历史人物，并在开头和结尾强调了小说的主要类型——超自然元素。

44. 爱情磨难：五个爱情小说中的常见问题

莉·迈克尔斯[①]

如果你觉得自己的爱情小说没写好，也许可以归因于以下五点：其一，

---

① 莉·迈克尔斯（Leigh Michaels）著有一百多本书，包括当代爱情小说、历史爱情小说和非小说类书籍。她的爱情小说销量已超 3 500 万册，其中有六部在美国爱情小说作家协会赞助的 RITA 竞赛中入围最佳传统爱情小说，也曾获得《浪漫时报》（RT 书评）的两项评论家选择奖。另著有写作指导书《爱情小说写作》（*On Writing Romance*）、《如何塑造爱情小说人物》（*Creating Romantic Characters*）和《两性关系写作》（*Writing Between the Sexes*）。

没有合适的冲突；其二，人物不真实或缺乏同情心；其三，关系动机不明确；其四，写作缺乏重心；其五，文笔太差。作为一名屡获殊荣的爱情小说家，我时常主持该类型的写作研讨会，发现每本不成功的爱情小说中都会存在以上提到的这些问题。以下就是对于问题的建议，供你写作时参考。

没有合适的冲突

如果一个故事里只有两个人爱得死去活来，它就不太可能被写成一本长达 250 页的小说。

真正的冲突会涉及许多重要的问题。人物面临着什么重大危机？两个人物拼命争夺的东西到底是什么？或者是，有什么东西值得他们如此渴望，并且必须通力合作才能得到？

真实的冲突至少需要两个真实可信、合乎逻辑、让人有代入感的立场。如果其中一个立场站不住脚，那么你设计的冲突很可能是片面而平淡的。

当真正的冲突出现时，你的人物会有很多话可说；否则他们即便争论到世界末日，其谈话还是肤浅的，而且不会有任何结果。

不充分冲突的症状包括以下几点：

其一，人物只有争论却没有真正沟通。如果通过简单的解释，寥寥数语就能解决问题，那么这对夫妇的争吵只是因为误解，而非真正的冲突。

其二，单向式冲突。如果你笔下的人物中有一个试图拯救雨林，而另一个却兴高采烈地将它烧毁，那么你很难同情后者。

其三，循环论证。人物一次又一次地争论相同的观点，却没有朝着解决问题的方向前进。如果冲突是真实的，就开展一场真正的讨论，人物将会在辩论中逐渐改变其观点。

其四，低风险。引发冲突的问题无关紧要，不足以撑起一个故事。比如两名老师关于如何管理教室产生分歧，或者父母之间为女儿是否应该穿短裤而争吵，都不可能让读者牵肠挂肚，彻夜难眠。

人物不真实，或缺乏同情心

如果男女主角初次见面就表现得像互相仇恨了很多年一样，那么他们就不可信。如果在整部小说中，他们无缘无故地仇恨对方，就说明他们缺乏同情心。如果他们在整本小说里除了彼此厌恶没有其他举动，而在最后一页忽然投入对方怀抱，那么读者将很难相信他们的幸福可以持久。

造成这些情况的原因可能有如下几点：

其一，一个你不愿交往的女主角。如果她并非你心之所爱，你的读者也很难喜欢她。也许你知道你的女主角其实是个小甜心，但如果她从一开始就只会对她妈妈尖叫，那读者当然会讨厌她。

其二，一个你不想嫁的男主角。男主角的吸引力不能只来自英俊性感的外形。如果他生气了，读者能对他的情绪产生共鸣吗？一个坏男孩也隐藏着感性的一面吗？或者他是否危险到理性的女人都会选择远离他？

其三，失衡的人物。如果男主角积极进取而女主角消极退缩，或者女主角强势而男主角被动，那么故事情节就显得软弱无力。在一对好的搭档中，男女主角的力量和自信应该势均力敌。

其四，"叙述"太多而"展示"太少。如果人物不真实，就很难赋予他们生命力，于是你只能单调地叙述他们的事情，而没法直接展示他们之间的互动。

其五，人物的反对缺乏合理的动机。男主角不应该仅仅因为讨厌就试图阻止女主角争取她想要的东西（反之亦然）。如果反对理由很充分，那读者会觉得这两个人物都很可爱。

其六，内心戏太多。当读者听到一个人物的所有想法，比他们想听到的多得多，而且许多想法其实无关紧要时，就会觉得厌倦。

关系动机不明确

当男女双方毫无维持现状的理由时，就会出现这个特殊问题。如果男主角不喜欢女主角（即便她的身材很好），而女主角讨厌男主角（尽管他很健壮），那就没有什么能阻止他们分手。他们为何要花那么多时间相处，并且在最后才发现彼此之间是真爱呢？如果你没法用一句话说明他们彼此需要的理由，那就需要重新寻找。

动机不明的情况包括以下几种：

其一，无话可说的男女主角。如果他们的谈话没有实质内容，也许从一开始就要为他们创造更多共同话题。

其二，男女主角只因小事而吵架。如果他们只是互相攻击，而不是讨论实质性的问题，那他们可能没有理由在一起。

其三，男女主角经常分开。当他们不在一起时，就没有互动——也许是因为他们没有足够的理由花时间和对方在一起。

写作缺乏重心

如果爱情不是爱情小说的核心，这个类型的读者就会感到失望。小说的其他部分——丢失钱财之谜、需要帮助的孩子、涉及配角的子情节——有时比主角之间的直接互动更有趣，也更容易写。但读者最希望看到的还是男女主角之间不断发展的关系——喜爱、信任、吸引。故事的其他部分虽然重要，但应该作为爱情小说的背景。

缺乏重心的症状包括以下这些：

其一，事件过多。太多的事件或子情节意味着男女主角发展关系的时间更少。

其二，人物太多。如果男女主角缺少独处机会，感情就很难发展。即使在座无虚席的礼堂里，你也能让两个人独立出来。把他们转移到一个角落，或者让他们在众人的包围中亲密地交流。

其三，场景偏离重心。如果你笔下的次要问题变得比主要故事更重要，那么每个人——作者、人物和读者——都会忘记场景的重心是爱情；或者配角的背景故事很突出，这也会分散读者对主要故事的注意力。

其四，其他干扰。无论这种干扰是为了在男女主角之间制造麻烦，还是为了让他们走到一起，它都把焦点从主要关系上移开了。男女主角应该自己来解决问题。

文笔太差

也许你的文字缺乏吸引力，也许你只是概述故事而缺乏详细的叙事，也许你表述不清导致读者总在推断或是猜谜，也许你描述动作时顺序有误使读者陷入困惑，也许你只展示了部分场景而忽略了读者理解所需的细节，这些都会使你的作品失去读者。

文笔不佳的症状包括：

其一，启动太慢。如果你的第一章让女主角反思过去，讲述她如何走到今天这步田地，就会显得十分沉闷；如果你直接写她的行动，读者就会关心她，耐心地去了解她为何这么做。

其二，结局平淡。如果小说结尾处只是女主角漫不经心地入睡，那读者也会昏昏欲睡。

其三，缺乏戏剧性动作。假如你使用了"后来""几个小时后""当她有时间仔细考虑的时候"等词句，其实读者仅仅是被告知发生了什么，而不是目睹了事件发生的过程，那自然是没有吸引力的。

其四，情绪水平很低。当故事事件和人物在情感上不够吸引人时，读者就不会去关心男女主角是否得到了想要的东西。

其五，视角不确定。若视角无缘无故地来回切换，有时甚至难以弄清到底是以哪个人物的视角在观察，就难免会让读者困惑。

其六，填充式对话。如果对话没有传达重要信息，而只是"你好""再见""你喜欢这杯咖啡吗"之类的日常用语，就会显得十分无聊。

其七，糟糕的语法、拼写、用词。如果读者需要频频离开故事来弄清作者到底写了什么，自然很容易厌倦。

你应该为自己和你的读者负责，让你的小说成为最好的。通过强化冲突、塑造逼真的人物和人物关系、突出叙事重心、坚持讲故事的法则让你的小说脱颖而出，登上最受读者喜爱的书架。

让他们的爱情经历考验

通过以下问题，可以检验一下你的爱情小说是否偏离了主线，信息是否透露得太早，或者是否遗漏了情节或关系发展中的某些关键信息或步骤。

● 在第一章末尾，读者对主角能了解多少？他们不知道但想知道哪些信息？你可以删除哪些不必要的信息？

● 是什么使男女主角留在了目前这个局面里？如果他们相处并不开心，为什么不离开？

● 是什么让男女主角分手？如果他们坐下来谈心，能解决彼此的分歧吗？

● 冲突是针对个人的吗？值得同情吗？它对人物和读者重要吗？读者能否想象自己或所爱之人也陷入了类似的困境？

● 主角之间的分歧是否足以使他们虽然相爱却还是会选择分手？

● 每个场景和每个章节是否都在一个有趣的地方结束，让读者觉得意犹未尽？

● 在整个手稿中，男女主角一起互动的篇幅有多少页？他们在同一个房间里但没有互动的篇幅又有多少页？

● 男女主角分开的最长时间（以页数计）是多少？

● 读者是否看到男女主角之间的关系正在发展？他们花多少时间接吻、调情、做爱、吵架还有聊天？男女主角的恋爱进度是不是太快了？

● 整个故事是否保持了性吸引力？读者什么时候能够看到人物之间的吸引力？通过性爱场面，性吸引力是增加了还是减少了？

45. 床笫之欢：如何写出引人入胜的性爱场景

德博拉·霍尔沃森[①]

描绘一个让读者心醉神迷的性爱场景，需要和构建小说其他场景一样的技巧。在开始写作床戏之前，你要自问一下：场景需要写得多明确？或许你认为，必须细节清晰才能打动读者，但事实并非如此（除非你真的在写色情小说）。如果 PG-13[②] 的级别更符合你的风格，你又读者众多，那么你有很多方法讲述一个既取悦读者，又不会冒犯任何人的情爱故事。

至少对于女性而言，性满足往往发生在头脑之中，所以，只要你在写作中饱含爱意，关注于情绪的酝酿，就不必写作性爱的细节。你若是无视

---

① 德博拉·霍尔沃森（Deborah Halverson）著有青少年小说《大嘴巴》（*Big Mouth*）、《讨厌我就按喇叭》（*Honk If You Hate Me*），曾是哈科特儿童图书公司的编辑，现为自由职业者，专门研究新派成人小说、青少年小说和图画书。她是受欢迎的作家咨询网站 DearEditor.com 的创始人，还是加利福尼亚大学圣地亚哥分校"儿童图书写作和插图"项目的顾问委员会成员。

② PG-13：美国电影协会制定的影视作品分级制度中的普通级。该级别电影没有粗野的持续暴力镜头，偶尔会有吸毒镜头和脏话，一般没有裸体镜头，13 岁以下儿童尤其要有父母陪同观看。——译者注

于此，非得涉笔不恰当的领域，总会显得笨手笨脚。你可能会用些陈词滥调，对这个场景匆匆地一笔带过，而没有将笔墨用于描述恋人身心相融时的迷醉，这样的写作最后总会令人不适。

如果你愿意写更露骨的内容，那你也可以直接描述性爱行为，因为的确有些爱情小说的子类型以此来满足某些读者的期望。然而，即便如此，你也要在细节上写出符合人物个性的特色来，而不至于该场景可以被单独摘出来，塞进另一本小说中，却并无违和之感。

你还要把小说作为一个整体来考虑。这些清晰的性爱细节符合全书的基调吗？这是小说的有机组成部分，还是与人物、故事格格不入？假如你是在描述人物之间的第一次亲密接触，那么人物在相互触碰时会很敏感，这时详细地描述身体的感觉、内心的波澜是很有必要的。反之，假如人物性格奔放，更会享受床笫之欢，那么用词可以更有力一些，描述可以更大胆一些。所以，在写作中，你要让故事、环境和人物个性帮你做出选择。

一旦你对性爱场景描绘所需的细化程度有所了解，就可以使用以下策略来完成一次令人满意的约会，并使之成为特定人物在特定故事中才有的场景。

其一，做好铺垫。 美好的性爱需要层层铺垫。没有适当引导，直接转入性爱场景，总是太不自然，或是感觉不劳而获，或是有被强迫之嫌，或是让人感觉身体僵硬。你要坚持"先有故事，后有性爱"的原则。假如你笔下的人物已经关系密切，欲望萌发，发生性爱就是自然而然的了。

其二，要感性，不要机械。 与其只关注行动，不如写一些能激发读者感官的东西，让他们也感同身受，激情荡漾。你要写下性爱发生时的背景，比如壁炉里火焰发出噼啪声，波浪在轻柔地冲击沙滩。你要描写人物头发的清香，微风温柔地亲吻着皮肤，一缕月光透过窗帘照进黑暗的房间。

感官上的精妙细节描写，可以遮盖避孕措施带来的干扰。许多作家既想提及这一点，又不想破坏气氛。你可以写抽屉拉开的声音、包装纸闪烁的亮光，以及她微微地点头。不需要写"你带了安全套了吗"之类的尴尬对话。你可以用声音、气味、内心感受还有触觉来暗示这些事情。当然，你有时可以直接描写性爱行为，比如亲吻、抽插，但要用绵密的感情元素将之包围，让读者身临其境。

其三，将人物的问题带到床上。 你要写下人物头脑中的所思所想。她有信任问题吗？她如何破除壁垒，与男人躺在一起？这个亲密时刻能否满足她的欲求？此外，童年经历、异性交往经验都会影响他们在床笫之间的表现。当然，你也要牢记，任何问题都可以被我们带到床上。工作压力是否影响她此刻的心情？与同事间的矛盾会不会令他分心？她获得了梦寐以求的实习机会，或是斗败了宿敌，会不会让她情欲高涨？这些都是影响性爱的元素，如果它们可以影响你的身心，也必然会影响你的情欲。

差别在哪里？

爱情与友情差别极大，需要你区别待之。你需要关注恋人间的差异、他们对爱情付出程度的不同，以及他们最初陷入爱河的原因。

你可以设计这样的场景：你笔下的夫妇正为一次爽约而吵架。他们互相指责，同时又承认某些过错。这样，我们就见证了从吵架到解决的全过程。而他们吵架的主题并不只局限于这次爽约，还会把"前仇旧恨"都一股脑儿翻腾出来。

他们会常用这三个短语：

"你总是……"

"你不懂……"

"我不知道。"

写完之后，你可以想想在这次吵架中每个人物表现出了哪些需求。然后再思考一下，你如何将这些需求写进到他们滚床单的场景中去？

其四，慢慢来。即便是激烈的性爱场景也该慢慢地写。读者想要在场景中获得愉悦，而不是看你匆匆打卡，所以要让人物尽情展示那一刻的酣畅甜美。如果你只想浮皮潦草地一笔带过，那你只是为了完成这部分情节，而不是为了挖掘人物的内心，构建内在的故事线。通过一些策略，让性爱场景变得有趣，这甚至可能会让你发现之前从未了解的人物关系，从而点燃你的写作热情。把场景描绘得比做爱更有意义，这样你就会知道，性爱场景与其他场景一样重要，都能积极推动人物的发展。

其五，使用作家工具箱，而非辞典。要写一个精彩的场景，不能因为避免某个词语的重复而改用难懂的隐语，也不能因为想让场景更火爆而使用粗俗到让人尴尬的词语。为性爱动作、某个部位寻找同义词，无助于让场景变得动人。你的性爱场景应该精心描述，并富有变化，避免用滥了的词语和修辞。尊重你的读者，不要忸怩作态，要让他们读到准确而有力的词语。

"她的秘密花园"是陈词滥调，别再用了。如果你笔下的人物喜欢在床上说脏话，那就让他尽情地说吧。如果这不适合你的人物，那就别这样写，因为他也可以用柔情蜜意、甜言蜜语让对方陶醉："我心里只有你。"

或者，你可以让他们轻松地开着玩笑，或者因为欲念丛生而语无伦次：

> "那件衣服……"他呻吟着。她慢慢解开她的衬衫，半道上又停住，轻轻推开他急切的手。
> 她摇摇头。"别猴急。"她的手指移到下一个纽扣。

这个例子使用了调侃式的对话——它集中在一件衬衫上，而不是身体的一部分，这样就不太会显得十分粗俗。通过使用一个道具，让读者关注精确的细节，并联想到更具体的动作，但不明确地写出。笔触温柔缠绵，充满性张力。

在写性爱场景时，结合这些策略，创造丰富的读者体验，唤起所有的感官。记住，性爱场景要塑造人物形象，揭示他们的感受和想法——而不仅仅只是动作和对话。

46. 了解年轻读者：如何为儿童和青少年读者写作*

玛丽·科尔①

要想为儿童与青少年读者写出引人入胜的小说，你必须设身处地地为他们思考。有哪些问题和情节会引起他们的共鸣？什么主题、人物与情节会让他们沉醉其中？有哪些类型特别受欢迎？有哪些陷阱你要在写作时避

＊ 本章翻译参考：科尔. 童书写作指南［M］. 王路瑾，译. 北京：中国人民大学出版社，2018.

① 玛丽·科尔（Mary Kole）：曾在安德烈亚·布朗图书代理公司和活字管理公司做过六年的文学代理人。她是 kidlit. com 的创始人，也是《童书写作指南》（Writing Irresistible Kidlit）的作者，并为 marykole. com 网站的各级作家提供免费编辑和咨询服务。

免坠入其中？为了让你的故事真实可信，你需要了解他们的想法、感受以及价值观。

走进儿童读者的内心世界

一名儿童读者（8～12 岁）生活在一个充满矛盾的世界里：

● 想忠于家人，但也开始渴望获得独立。

● 想将自己定义为一个个体，但也想融入学校的社交团体，与朋友们打成一片。

● 想要长大，做出重大选择，变得独一无二；但也想做一个孩子，生活在安全的港湾，遭遇困境时有人帮忙决策。

这个年龄段的孩子，已闯入纷繁复杂的世界，并且不断寻觅；但还是留恋幼儿时的安适与温暖，担心旧日的好时光一去不返。然后，青春期（13～18 岁）来袭，曾经在小学里流行的"别碰他/她，他/她有小虱子"——男孩女孩间那来自不同星球的排斥感，突然间变成了彼此的相互吸引。孩子们身体的成熟与变化骗不过一双双眼睛。此时，他们的情绪和荷尔蒙一片混乱，似乎一切都陷入迷茫困惑。在这个时期，孩子们开始面临艰难的选择，做出错误的决定，并为自己的决定和行为付出代价，承担后果。

在幼儿园中，小朋友们一起分享苹果酱的友爱，以及由此建立起来的纯洁友谊，开始变得复杂起来。曾经毫无理由一直相信着的父母大人、英雄人物，变得不再那么完美。曾经所认识的自己、他人、外界都变得不再一样，亦真亦假，虚幻迷离。

要知道，这些正在向青春期过渡的孩子非常关注自我，但也很在意他人的眼光。小时候天真的自由已经一去不复返了。取而代之的是，他们感受到了外界的注视与评判，常常因出错而狼狈尴尬（而且，父母对青春期孩子的严密监控，使他们更加窘迫与难堪）。但从积极的方面来说，他们也在探索生活中万紫千红的新内容。

由此，作家可以在描述中反映出青春期孩子们的新鲜感。人物如何在感官上与世界互动？他们如何去闻、去尝、去触摸、去聆听？去中学校园里转转吧，孩子们对于各种新鲜的"第一次"有着丰富的体验与感受，它们将会如何改变你故事的声音呢？

检查儿童读物的"内容"

孩子们成长到儿童阶段，生活从此复杂起来。但是，儿童生活不像青春期时那般有刺痛感，问题层出不穷。作家要写作令人头痛的青春期问题，根本不需要费劲地刻意编造。当然，儿童读物可以存在一定的限制级内容，不过还是应避免粗话和有关"性"的内容。

你的儿童读物越是大胆尖锐，遇到的阻力就会越大，特别是在一些较为保守的地区。出版社编辑也会警告你要远离限制级内容，因为他会考虑图书的销售问题。

倘若你真的想在儿童读物中对人性阴暗面做一些探索，那么，让配角去承担这一任务吧，把那些尖锐的敏感的问题都留给他们。比方说，在青少年读物中，主角可能会酗酒，或者对伙伴大打出手。但在儿童读物中，你虽然可以融入这些因素，但要通过配角予以表现，比如一个冷漠的母亲或者有暴力倾向的叔叔。

如果有爱情故事出现，那么你应该写得温柔而纯真，就像珍妮·韩（Jenny Han）的《女孩莎格》（*Shug*）或者伊娃·伊博森（Eva Ibbot-son）的《蜻蜓池塘》（*The Dragonfly Pool*）那样。从少年阶段开始，小读者们会对爱情越来越感兴趣（进入青春期以后，他们会沉迷于爱情故事），但是在儿童读物中，对那些没有必要而又赤裸裸的情色描写，向来是绝不留情的。

那么在儿童读物中，男孩女孩之间的爱情该怎么处理呢？下面是丽贝卡·斯特德（Rebecca Stead）的纽伯瑞儿童文学奖获奖作品《穿越时空找到我》（*When You Reach Me*）中的选段。男孩柯林决定吻心上人米兰达：

> 柯林站在那儿，把滑板抱在胸前，就像抱着一面盾牌，看起来和平时很不相同。

随后，作者提到科林的一个轻吻，但并未对此进行详细描述。在达内特·霍沃思（Danette Haworth）的小说《小紫罗兰差点被闪电击中》（*Violet Raines Almost Got Struck by Lightning*）中，维奥莉特·雷恩斯（简称小紫罗兰）忽然发现了邻居男孩的可爱之处。在另一场景中，他们玩让人狼狈不堪的"真心话大冒险"，其中涉及对爱情描写的尺度问题：

> 他的双目燃烧起来，充盈着力量。全能的上帝啊，就像我从未见过这双眼睛一样。

儿童读物认可孩子们含蓄的情思、萌动的爱欲，这虽然重要，但不能表现得太直白。

深刻洞察儿童心理

了解读者的意义，在于作者可以在故事主题方面有着更大的发挥空间，使作品引起更大的共鸣与反响。在我们前面提到的例子中，作者将对儿童读者的关切与忧心融入故事中。书中人物的经历与情感转折点，直指这个年龄段孩子的经历与体验。如果将这种感同身受自然而巧妙地融入书稿中，就会引起很好的反响。

让我们回到达内特·霍沃思的《小紫罗兰差点被闪电击中》一书，小紫罗兰在一个幽静的时刻，面对孩童时的老物件陷入了沉思：

> 就算这些小时候的东西我再也用不了了，但总有人帮忙保存着。这个人爱着你，为你做着这一切，这样你就不会忘记自己是谁了。

这一瞬间非常好地捕捉到了一个小孩子的内心感受，一种正在向青春期过渡的状态。此时，孩童时的记忆依旧鲜活，依旧在脑海中清晰可触。

布鲁·巴利埃特（Blue Balliett）的《谁偷了维梅尔》（*Chasing Vermeer*）是一部扣人心弦的推理小说，三个主角之一的卡特正在思考一幅下落不明、价值连城的维梅尔油画到底有多重要：

> 艺术，对于卡特来说，是一件颇为费解的事。是的，一个让他的脑袋发晕的新概念，一种每次看着就会给他带来看待事物新方式的东西。

上面的描述准确地反映了青春期之前的孩子们对新鲜事物的感受。

最后我要说的是，儿童读物有时被称为"成长小说"，的确很有道理。在我的书架上，没有人能比密西西比·博蒙特（简称"密卜斯"）更能捕捉到这种成长的感觉。密卜斯是英格丽德·劳（Ingrid Law）造成轰动的儿童作品《灵力》（*Savuy*）的主角。这部小说讲述了一个古怪的家庭，家中人人拥有奇异的魔法力量，或者称为"灵力"。当密卜斯获得了她的灵力，她想到了更为深远的图景：

我发现自己已经长大，不再是孩子，生活发生了变化，而这种变化与我的灵力没有任何关系。

再比如：

这种变化太过迅速，我还来不及追赶。

我很欣赏这种准备充分、洞悉孩子心理的作家。因为我希望孩子们的思维模式可以促使他们创作出更好的作品，主题丰富，直指孩子内心，与孩子共同成长。

深入青少年读者的内心世界

关于青少年，你需要了解一些至关重要的信息，他们有着不顾一切忘情投入的特性。这是一种对可能性的感觉，一种内心急剧膨胀、随时可能喷涌而出的感觉。我曾有过这样的感觉。当时夜已很深，我驾驶着一辆精灵紫的福特金牛座（尾部重新设计前的款式）在家乡兜风，收音机里传来动听至极的歌曲。有那么一瞬间，我感觉四周辽阔无垠，宇宙万物各得其所，一切都是那么优美、和谐、宁静。

还记得青春年少时的那种亢奋状态吗？你尝到了初恋的滋味，第一次有了心动的感觉，第一次做出真正的义举，第一次遭到背叛，第一次做出糟糕的决定，也第一次因为成为英雄而满心骄傲。随着年龄的增长，这些里程碑式的事件开始零零散散，稀松地分布在生命的各个阶段中。但对于一个十几岁的孩子来说，这些大事件一个接一个在这段岁月里密集地发生。而且，你会感到当时的决定会造成永久性的影响。你感觉时而战无不胜，时而脆弱无助；时而无足轻重，时而影响深远。所有这些感受与经历，对你来说都是第一次。而你绝不孤单，很多十几岁的青少年正和你处于同样的状态（尽管他们从未说出）。因此，你也会感到孤立无援，渴望同伴与归属，这就是为什么你总想找到一本专门为你而写的书，在当中读到你此刻的心声。

简言之，这便是热切的心情。

我喜欢引用一本"在青春期之前"的青少年读物——斯蒂芬·奇博斯基（Stephen Chbosky）的《壁花少年》（*The Perks of Being a WallFlower*），

这部小说在 1999 年出版（天啊，时间过得多快）。其中有这样一幕，少年们穿越隧道，来到一片灯火通明的城市夜景中。故事叙述者查理说道：

> 在那一刻，我发誓，我们无边无际。

爱情故事与阴暗角落

青少年对一切事物都有强烈的感受，尤其是两件事：对爱情的向往和对阴暗面的好奇。如果近期你曾在书店的青少年区驻足过，那么你就会明白我是什么意思了。似乎映入眼帘的每本书的封面都是一个噘嘴小女孩与一个沉思男孩，还有紫黑相间色调的组合。

超自然和反乌托邦小说在市场上占据有利地位，我不得不用一整节来阐释这两种类型。首先，令人泄气的是，这两种类型正处于衰落期，如果我是你，那么现在我不会以其为类型创作我的作品。很多出版商都没有签下太多这两种类型的新作品。

很多读者和作者（是的，也包括编辑和代理人）正在厌倦这些类型，并且奇怪当初它们是怎么极速成功的。在我思考过青少年读者的特点和他们的思维模式后，原因逐渐明了可见。

青少年痴迷于浪漫的爱情关系。然而，大多数青少年缺少现实生活中浪漫的爱情体验。十几岁的男孩邀请你一起去打 Xbox，十几岁的女孩在芝乐坊餐厅约会，无聊得一直发短信，生活远不尽如人意。现实中，远没有那么多风度翩翩、身形矫健的爱德华·卡伦为了心爱的女孩情愿死在吸血鬼的獠牙之下，热切的读者因而转向通过文学作品来丰富自己如梦如幻的生活。

青少年通常还会感到生活的无力与失控。他们的生活轨迹似乎沿着大学课程、预科考试、校队、义工服务打转，他们听到的讯息是：如果你脱离这个轨道，如果你通不过 SAT，或者不能进入理想的高等学府，那么你的后半生便步履维艰、岌岌可危了。他们深感身心受缚，而且茫然无助。大部分孩子渴望对生活的掌控，所以超自然小说的荡清寰宇（吸血鬼杀戮、僵尸战斗等）对他们极富吸引力。

最后，孩子们到了十四五岁的时候，开始探索自己性格中的阴暗面，他们对自杀、连环杀手以及其他人性的阴暗面开始感兴趣。小说中与死亡相联系的世界和人物可以帮助他们探索这一主题。近五年来，杰伊·艾夏

(Jay Asher) 所著的《十三个原因》（*Thirteen Reasons Why*)① 便属于此种类型最成功的作品之一。这部作品讲述了一个女孩的自杀及其背后的原因。

一些青少年进入高中后，开始注意到人性的阴暗、生活的脆弱——朋友割腕、有人怀孕、同学死亡，他们用小说这种安全的方式探索这些问题。近年来风行的反乌托邦式小说便是这一主题的延伸；同时，也是对充斥着经济萧条、战争，以及恐怖主义和各种焦虑的现实世界的应对与缓解。

在思考青少年读者的心理世界时，请记住以上分析。无论你的爱情故事是否发生在超自然世界中，要知道你的读者渴望看到关于爱情萌动、青涩爱恋这样的浪漫因素。即使你的故事中没有暗黑元素，仍旧需要认同读者生活在一个纷繁复杂的世界中，这里并不是每事每物都如传说中的独角兽、雨后彩虹那般单纯美好。

我不是建议你在书稿中加入某一程式化的超自然因素，诸如吸血鬼、狼人、堕天使、恶魔、美人鱼、希腊神话、僵尸，因为在图书市场上，这些类型已经饱和，读者早已陷入审美疲劳。如果你实在想写超自然小说，那么请寻找一个独特的反转点，或者发现尚未被充分发掘的神话传说或某种生物。比如，莱尼·泰勒（Laini Taylor）的《烟雾和骨头的女儿》（*The Daughter of Smoke and Bone*）就是一部构思新颖奇特的小说。

此外，如果可以的话，试着在小说中融入一些爱情元素。你不必写一部完完全全的爱情小说，但是如果你不认同读者这部分生命体验的话，就会错失一个潜在的巨大卖点。爱情在小说中从不缺席，不论是毫无结果的单恋，还是深深坠入爱河。

结合主题和重要创意

当你理解了青少年的经历和心态，并能换位思考、感同身受，就更有可能写出一本在更深的主题层面上与读者产生共鸣的书。

让我们回到书架上，看看青少年小说作家是如何将故事主题融入青少年人物的叙事中的。首先出场的是轰动一时的小说家萨拉·德森（Sarah Dessen）的小说《再见，发生了什么》（*What Happened to Goodbye*），书

---

① 又译《汉娜的遗言》。——译者注

中主角麦克莱恩跟随她的餐馆顾问父亲四处搬家，辗转于一个又一个城镇。每到一个新地方，她都尝试新的名字、新的身份。当她在一个新地方落脚时，她如此思索自己的困境：

> 当然，当我动身离开，放弃旧日的一切，总是不愉快的。不过，这也取决于你如何看待它。如果把它当成天崩地裂、毁坏一生的大改变，那你就完了。如果把它当成一次重新开始、再塑自我、再次出发的机会，那就什么都好了。我们现在是在湖景镇，一月初，从这里开始，我可以是任何人。

青少年常常觉得自己的身份还没有完全确定，如果愿意，他们可以撕碎自我，并重新开始。尊重孩子的这份感受，看看你是否能将之纳入故事主题。

接下来要谈的是青少年心理大师约翰·格林（John Green）的小说《纸镇》（*Paper Towns*）。在这部作品中，一个真诚的少年昆汀爱上了一个叫玛戈·罗思·施皮格尔曼的炫酷女孩。女孩对郊区生活极度失望，选择了逃离。作为一个忠实可靠、有担当的好男孩，昆汀在整本书中一直在试图拯救玛戈。

许多青少年观察着世界或社会，并想要改变它。在这部小说中，玛戈谈到了让她感到幽闭恐惧的佛罗里达小镇：

> 所有那些纸人都住在纸房子里，燃烧未来，只为了取暖。所有的纸小孩都喝着某个废物从纸便利店为他们买来的啤酒。每个人都疯狂地想要占有更多东西。所有的东西都像纸张那样单薄，像纸张一样脆弱。所有的人也一样。我在这里住了十八年，从未遇到过一个人去关心一件有意义的事，从来没有。

在后续的故事中，昆汀努力让自己适应玛戈"匡威全明星"的另类身份。

> 突然间，我明白了玛戈·罗思·施皮格尔曼不再是玛戈·罗思·施皮格尔曼时的感受：她感到空虚。她感到周围有一堵无法逾越的高墙。

这些青少年看到了世界，并对其进行了强烈的诠释。他们感受到内心深处的渴望、痛苦、爱和探索。了解青春期的这些特质，将会让你写给这些读者的文学作品更加丰富而深刻。

47. 创造魔法：如何用魔幻现实主义吸引读者
克里斯廷·贝尔·奥基夫[①]

自从我小时候开始写作，故事里就总有些离奇的东西。一个叫哈罗德的男人头上抽出一朵花啦，一行杂乱无章的文字变成了密码啦（比如"神奈川有郁金香出售"之类），女孩吃了爸爸喂的樱桃核后肚子里长出一棵树啦，一群蝴蝶让人心变得柔软啦。在我最新的小说《漂浮的艺术》里，一个神秘男人从海里走出，却搞不清他是外星人，是鱼，还是亡魂。

早先，亲友们管这些作品叫作"克里斯廷写的怪东西"，直到上了大学，我才知道这叫"魔幻现实主义"，而且有一帮作家创作着这种"怪东西"，写了很多年，已然形成了一个光荣的谱系。其中有杰出作家加布里埃尔·加西亚·马尔克斯（Gabriel García Márquez），他的《百年孤独》（*One Hundred Years of Solitude*）向世界展示了马孔多小镇，布恩迪亚家族就生活在魔幻事件之中。奥德丽·尼芬格（Audrey Niffenegger）最新的小说《时间旅行者的妻子》（*The Time Traveler's Wife*）让人相信时间可以穿越，而真情超越一切。可敬的托妮·莫里森（Toni Morrison）在《宠儿》（*Beloved*）中召回了主角塞丝孩子的灵魂。日本作家村上春树的《1Q84》将现实与非现实娴熟地交织在一起，亦真亦幻，难以辨清，当你看完一千多页后，会不由地说："等一等，得倒回去，到底哪段才是真实的？"

[①]　克里斯廷·贝尔·奥基夫（Kristin Bair O'Keeffe），著有小说《漂浮的艺术》（*The Art of Floating*）、《渴》（*Thirsty*），以及关于中国、熊的散文等。她的作品也常见于《清单站》（*The Manifest-Station*）、《天桥：写作与环境杂志》（*Flyway: Journal of Writing and Environment*）、《葛底斯堡评论》（*The Gettysburg Review*）、《巴尔的摩评论》、（*The Baltimore Review*）、《基督教科学箴言报》（*The Christian Science Monitor*）、《诗与作家》（*Poets & Writers Magazine*）、《作家文摘》等刊物。作为写作导师，她的身影出现在全球各大高校和重要会议之中。她是土生土长的匹兹堡人，现在和丈夫以及两个孩子住在波士顿北部。

起　源

　　"魔幻现实主义"这个概念最早是由德国艺术批评家弗朗茨·罗（Franz Roh）提出的，他在 1925 年的论文和随后的专著《表现主义之后：魔幻现实主义：欧洲最新绘画的问题》（*After Expressionism：Magical Realism：Problems of the newest European painting*）中，以这个术语来形容从抽象到隐喻的艺术转变。因为含义模糊、有争议，所以不久之后，这个术语就乏人问津了——事情总是如此。但到了 20 世纪 60 年代，文学批评家在描述《百年孤独》的特点时，借用了"魔幻现实主义"一词。他们肯定在酒酣耳热之后这样争辩过："梅蕾苔丝在叠床单时飞了起来，吉卜赛人墨尔基阿德斯死了两次！这么一本跨越魔法与现实的小说，除了这个词，还有什么能形容呢？"

　　正因如此，这个术语就扎下根了。但是，"魔幻现实主义"到底是什么，如何定义，却并无定论。单单哪些作品可以归入这一类型，就成为文学界最热门的争论之一。有人高举着拳头说，只有拉丁美洲作家才能写出这个类型的作品。有人却说，应该从故事类型来区分，而不能看作家来自何方。

　　因为这场争论化作了腥风血雨，所以我建议被这一华丽类型吸引的作家们避开这场无意义的对话，接受这样的观点：魔幻现实主义或许诞生于拉丁美洲，但早已进化和迁移。坚持写作，执着于锤炼自己的技艺。毕竟，在激烈争辩的同时，作家们正持续创作着迷人的魔幻现实主义故事。你只要看看莎拉·埃迪森·艾伦（Sarah Addison Allen）的《追月亮的女孩》（*The Girl Who Chased the Moon*）以及艾奥温·艾维（Eowyn Ivey）的《雪孩子》（*The Snow Child*）就知道了。

魔幻现实主义：它是什么（以及不是什么）

　　魔幻现实主义故事发生在现实的地点和环境中，但有奇异的、不寻常的、不可思议的事件发生。当你读这样一个故事时，你不能确定什么是百分之百的真实，什么是百分之百的魔幻。这有点像看脸书（Facebook）上时常出现的图片，乍一看，你认出一只绵羊，但盯久了，眼睛发酸了，你却看到了一个外星人。

一瞥：绵羊。

凝视：外星人。

其实，这张图是由两张小图片合成的，但它们混合得如此具有艺术性，以至于你永远无法确定你"应该"看到什么。同样，一个技艺精湛的故事会完美地平衡现实与魔幻，让你无从分辨。

作家们需要牢记一件事，一件没有争议的事，即魔幻现实主义与科幻小说、奇幻小说是不同的。这三种文学类型共享一些特性，但区别又很大。对于科幻小说和奇幻小说，真实和幻想（或神秘）之间界限分明；但在魔幻现实主义当中，两者的界限却是模糊的。科幻小说和奇幻小说中的世界，是作者全新创造出来的；而魔幻现实主义小说中的世界，只与旧世界有着细微的差别。科幻小说和奇幻小说往往是逃避现实的，但魔幻现实主义小说极少如此。在科幻小说和奇幻小说中，对不寻常事件会有个合理化解释；但魔幻现实主义小说从不做解释——事情就是这样。

具体细节

在你动笔写魔幻现实主义故事之前，先琢磨一下这个类型的具体细节。

● **地点**：现实的地方感有助于推动故事发展和奇迹事件的发生。在《时间旅行者的妻子》的第一章中，作者奥德丽·尼芬格就向我们介绍了芝加哥纽伯里图书馆的特点。后来，我们会看到亨利在穿越时间之时，惊异地发现自己被困在了图书馆的"笼子"里，因为它没有出口。这是一个完美的设定。

● **奇幻元素**：在魔幻现实主义小说里，人物可以飘浮，可以忽然爆炸，可以用意念移动物体，可以穿越时间，可以无师自通地学会语言，林林总总，不胜枚举。只要你谨慎地选择奇幻元素，并将之编织进故事的现实结构之中，任何事情都可以发生。

● **习惯、信念和癖好**：利用人物的习惯、信念和癖好，可以激发或强化故事里的魔幻元素。比如在《时间旅行者的妻子》中，克莱尔·阿布希尔是个造纸艺术家，而随着故事的发展，这一爱好与亨利的时间旅行紧密相连。在《1Q84》中，青豆雅美的反社会倾向、超高的办事效率，直接推动了情节发展。要弄清哪些习惯、信念和癖好有助于故事讲述，需要花时间去摸索、打草稿，不能操之过急。

● **语调**：魔幻现实主义故事的讲述总是很平静，不会大惊小怪。叙述者从不大呼小叫："天哪，一个鬼和我们坐在一起吃晚饭！"对于一个姑娘飞起来了，一个男人穿越时间了，一个女人从高速公路走下楼梯进入了另一时空，叙述者所用的语调，就和告诉你"番茄酱用完了"一样。

● **叙述者的权威性和含蓄性**：故事的叙述者掌控着大局，却不对读者加以解释。如果一个鬼魂一屁股坐下大吃晚餐，神秘的出租车司机指着一个可疑的楼梯口，叙述者并不会身体前倾，眨着眼睛，放低音量，说："怪事发生了……"这将破坏读者对书中的人物乃至世界的信任感。

● **时间**：在许多魔幻现实主义故事里，时间是流动的、循环的，而非固定的、线性的。现在，然后，遥远的未来，久远的过去，昨天，今天，明天——这是个公平的游戏。以《百年孤独》为例，其开篇是一个闪回，延伸至一个时间，那时"这块天地还是新开辟的，许多东西都叫不出名字，不得不用手指指点点"。但在艾梅·本德（Aimee Bender）的《柠檬蛋糕的特种忧伤》（*The Particular Sadness of Lemon Cake*）等故事里，时间则是持续的、单向的。要充分利用时间的灵活性，确认哪一个最适合你的故事，然后好好利用它。

● **规则**：任何社会机构和社会关系都受到特定规章制度的制约——城镇、教堂、政府、公园、学校、商场、家庭、友情、婚姻、性别，莫不如此。在魔幻现实主义故事里，你可以自己制定规则。比如说，在日本高速公路的高峰期，不会有人丢下车，脱了鞋，走进应急通道，但《1Q84》里的青豆雅美偏偏就这么干了。身为作家，你要懂得现实世界的规则，然后打破它，看看会发生什么。

● **交错性**：多个现实交错在魔幻现实主义故事中很常见。在《1Q84》中，两个版本的现实世界同时存在；在《时间旅行者的妻子》中，亨利常常通过时间旅行与过去或未来的亨利相遇，因此总有两个亨利同时存在。这种交错性就给作者提供了一个机会，可以揭示出更深层的世界真相，如果你只拥有一个世界，那通常不能做到这一点。

推荐书单

加布里埃尔·加西亚·马尔克斯:《百年孤独》

奥德丽·尼芬格:《时间旅行者的妻子》

托妮·莫里森:《宠儿》

村上春树:《1Q84》

莎拉·埃迪森·艾伦:《追月亮的女孩》

艾梅·本德:《柠檬蛋糕的特种忧伤》

艾奥温·艾维:《雪孩子》

扬·马特尔:《少年 Pi 的奇幻漂流》

托妮·莫里森:《所罗门之歌》(*Song of Solomon*)

伊莎贝尔·阿连德:《幽灵之家》(*The House of the Spirits*)

劳拉·埃斯基韦尔 (Laura Esquivel):《恰似水于巧克力》(*Like Water for Chocolate*)

米哈伊尔·布尔加科夫 (Mikhail Bulgakov):《大师和玛格丽特》(*The Master and Margarita*)

蒂亚·奥布莱特 (Téa Obreht):《老虎的妻子》(*The Tiger's Wife*)

爱丽丝·霍夫曼:《奇迹博物馆》(*The Museum of Extraordinary Things*)

尼尔·盖曼:《车道尽头的海洋》(*The Ocean at the End of the Lane*)

凯伦·罗舒 (Karen Russell):《鳄鱼女孩》(*Swamplandia!*)

凯特·阿特金森 (Kate Atkinson):《生命不息》(*Life After Life*)

埃琳·摩根斯顿 (Erin Morgenstern):《夜晚马戏团》(*The Night Circus*)

神奇点子

自从我开始写作以来,我就一直是个收藏家。不是收藏贝壳、邮票、小雕像、毛绒猴、签名之类,而是各种可能性的点子。各种奇怪的事件啊,奇怪的图像啊,有些来自世界各地,有些来自我的梦境,它们时常会进入我的笔端,化作故事的一部分。虽然很多事件本身平平无奇,循规蹈矩，但我知道，经过改编、碰撞，它们会焕发出奇异的色彩。

近几年，我收集了这些素材：佛罗里达州的海滩上冲上来一只大眼珠子，数千头腐烂的猪在上海的黄浦江顺流而下，一粒北极花种子在松树洞里沉睡 32 000 年后居然抽芽开花，1933 年至 1977 年期间有 7 700 人被迫绝育，一个男人售卖月亮，世界上最高的男人在中国安徽省去世，我每隔几个月就会梦见一座带楼梯的房子……

虽然我曾尝试收集所有离奇的事件，但经过训练后，我只保留下那些让我心头一颤的部分，那些与我产生共鸣的片段。如果收集素材对于你来说不太自然，那这里有三个有效的办法：

其一，挖掘梦境。如果你忘了自己的梦，就挖掘你配偶、孩子或朋友的梦。我很幸运，我一直有丰富、强烈而详细的梦，可以将其融入写作中，所以我一般不会偷走我女儿和好朋友告诉我的梦。

其二，关注头条新闻。报纸、网络、杂志的头条新闻展示着全世界各种离奇的事情。好好利用它们。不要只盯着你日常阅读的报刊，留意一下你不太关注的那些出版物，包括杂货店里的小报。

其三，留意别人的交谈。女人们在更衣室里的唠嗑，父子在牙科诊所里的对话，出租车司机和调度员的通话，机场旅客打电话的嘈杂等，都值得聆听。

一旦有什么与你产生共鸣，立刻记下来，保存好，否则你会忘记。如何记录，在何处记录，取决于你组织材料的风格。作为印象笔记（一款笔记管理软件）的发烧友，我将所有激发我兴趣的东西保存在一个名为"可能性"的文件夹中。我从 8 岁开始写日记，从 2006 年开始写博客。当我写小说时，我会不断翻出以前的日记，重读过去的博客，当然，还会访问我的"可能性"文件夹。

世界构建

你的第一个障碍，或许是如何让你的读者意识到他们在阅读一个魔幻现实主义故事。不同的作者会采用不同的方法。在《1Q84》的最初几页中，出租车司机告诉青豆雅美："请记住，事物并非它们表面看起来的那样。"当他把这个信息告诉青豆时，其实也就告诉了读者。在《时间旅行者的妻子》中，克莱尔和亨利谈论着亨利的时间旅行能力，似乎这是世上最寻常不过的事情。

一旦你克服了这个障碍，你就遏制住了生硬地插入奇幻元素的冲动，而是改为缓慢地融入。在故事的讲述中，你给读者制造的震惊越少，他们就越信任你。作为作者，永远不要让读者觉得奇幻元素像是谎言，不要让他们说"不，这不可能发生"。

当你开始动笔写一个魔幻现实主义故事时，你最该问自己的问题，不是"我如何将魔法引入这个故事"，不是"我的设定能支持超现实主义元素吗"，而是"这个世界上有什么可能"。你必须能够想象出世界上大多数人看不到的事情。为此，我鼓励你看看地毯下面的东西，听听波浪下的声音，凝视太阳上的斑点，一遍又一遍地问自己："这个世界上有什么可能?"

接下来，开始动笔吧。

第四部分

为你的作品寻找和培育市场

畅销建议：出版

为了获得自己的声音，你必须忘记让别人听到你的声音。

——艾伦·金斯伯格（Allen Ginsberg）

最重要的是，你不能写那些你自己读起来都无法感到愉悦的东西。如果认为什么热门就写什么，那就大错特错了。你不能在你甚至不喜欢爱情小说的情况下去创作它。如果你希望别人读你写的作品，那你自己必须读它。与此同时，你必须有所驱动。你需要拥有三个"D"元素：动力（drive）、原则（discipline）、欲望（desire）。如果你缺少了这三者中的任何一个，那么即使你拥有世界上所有的天赋，完成任何事情也将变得很困难。

——诺拉·罗伯茨（Nora Roberts）

不可避免地，你会对自己的作品做出反应——你喜欢它，你不喜欢它，你认为它有趣或无聊。而且，这些反应可能并不可靠这一事实往往让人难以接受。以我的经验来看，事实确实如此。我不相信狂烈的热情或深沉的沮丧。我对作品素材保持某种程度的中立，并以此取得了巨大成功；我不认为这是世界上最好的事情，但也不认为这是坏事；我喜欢它，又并不太甚。

——迈克尔·克莱顿

我的一个代理人曾经对我说："麦克，你不应该在任何地方提交任何东西，除非你大声地读给他们听。"

——麦金利·坎特（MacKinlay Kantor）

我建议任何有志于写作的人，在施展自己的才华之前，最好先明智地练就一张"厚脸皮"。

——哈珀·李

如果你有故事，编辑们会采用它。我同意这很困难。你在同一个体系较量，不过同这些体系较量也十分有趣。

——鲍勃·伍德沃德（Bob Woodward）

出版商希望在能够引起大众喧嚣和官方宣传的书籍上碰碰运气，想要出版具有争议的书籍。他们的理由是功利性的，而你写作的理由可能是崇高的，不过这不应该成为让你却步的原因。

——哈伦·埃利森（Harlan Ellison）

明智的做法是，尽早计划你想去往哪里，认真分析自我以确定你想从写作生涯中获得什么……刚开始写作时，我以为做一个直白风格的作家会很舒适。然而，随着兴趣的增长，我不停地转变流派。自那以后，通过巨大的努力，我有幸能够打破流派标签的枷锁，创作体量更大、内容更复杂的小说。不过这确实非常困难，以直白风格闻名的作家很少有人能摆脱它。

——迪恩·孔茨（Dean Koontz）

现如今真的十分缺乏优秀的自由作家……许多极具天赋的作家都非常飘忽不定，所以有时他们会不交稿，或者交的稿子烂透了，这真是不可思议。然而，有些人可能并没有那么了不起，却十分可靠，他们或多或少会按时提交可出版的作品，这些人真的做得非常出色。

——格洛丽亚·斯泰纳姆（Gloria Steinem）

写作这一行没有什么神秘可言，尽管很多人认为我这样说是在亵渎神明。无论我的书写的是什么，它们都是产品，并且我也这样看待它们。要创造你想要销售的东西，首先你要学习和研究市场，然后尽你所能开发产品。接下来呢？推销它。

——克莱夫·卡斯勒（Clive Cussler）

48. 扎实的三段式询问信的基本要点：
如何像专业人士一样推销你的小说

安·里滕伯格[①]

　　像许多独立的文学代理机构一样，我的公司规模很小，只有 2 个全职人员、1 个兼职人员和不超过 50 个活跃客户。然而，即使是这样，我们每周也至少会收到 50 封询问信。我们有很大的可能性可以在一年中的每个星期都替换我们的整个客户名单——这个名单已经制定了 20 多年。每年年底，我们都会阅读、处理、回复、扔掉近 3 000 封关于未出版图书的信件，并为此经历过痛哭流涕、皱眉蹙额、哈欠连天或心潮澎湃。这个数字还不包括电子询问信——虽然我们官方并不接受电子邮件，但它仍然以每周 20 次或更多的频率出现。

　　在这 3 000 封询问信中，将近 75% 是关于小说的。其中，至少 90% 是关于第一部小说的，这使得每年关于第一部小说的询问信的数量达到约 2 000 封。最近一年，我在这 2 000 封询问信中接手了一个新的小说家客户。这个概率不是 2%，或者 1%，甚至 0.5%，而是 0.05%。

　　阅读这样的统计数据一定会让人非常气馁。毕竟，统计数据总是令人感到灰心丧气：某些学校的申请人数与录取人数之比总是令人沮丧。虽然我们赢得百万彩票的概率也令人沮丧，但是我们中的许多人还是会购买彩票。所以让我们从另一个角度来看待这些数字：80% 的关于第一部小说的询问信根本就不应该被寄出。

　　没错——在我读过的这些推销第一部小说的信件中，有整整 80% 都不应该被寄送给我或者任何代理人和编辑。这些信要么是作者没有准备好出版，他们的书也没有准备好被代理，要么是他们将询问信投错了方向，发给了并不代理这类图书的我。

---

　　① 安·里滕伯格（Ann Rittenberg），是她自己的文学代理机构（www. rittlit. com）的总裁，在出版业已经工作了 30 余年。她与罗拉·维特坎（Laura Whitcomb）合著了《你的第一部小说》（*Your First Novel*），由作家文摘出版社出版。安和她的丈夫以及一只非常文艺的蝴蝶犬住在曼哈顿下城。

所以，如果从我（和许多同事）每年看到的 2 000 封关于第一部小说的询问信中减去 80%，最后总计得出 400 封。一年 400 封信平均下来就是每周 8 封左右，我很乐意为这最后的每周 8 封信而认真阅读。然而，如果我依然只采纳这 400 位作家中的 1 位，那么我已经采纳了就第一部小说给我来信的作家中的 0.25%。虽然这仍然是一个很小的百分比，但是 1/400 比 1/2 000 要好太多了。（试着大声读出这句话，你会明白其中的原因。）

因此，记住这一点，确保你有写一封让你与众不同的询问信的必要的技巧——一封绝对应该被寄出的信。

询问信的基本要点

一封好的询问信，就像最好的作品一样，具有紧迫性和清晰性。它并不枯燥无味，但是也能得心应手地处理手头事务。当然，这是一种以激情、信念和热忱为导向的推销，以此吸引那些可能购买产品的潜在人群。你在为你的书寻找读者，同时，因为每一位编辑和代理人首先是一个读者，所以你要把这封信写给最有可能想看这本书的读者。

那么，就让我们从基本要点开始。例如，你可能已经想出了一封行之有效的询问信：

● 不陈述显而易见的东西——如果陈述了，代理人会认为你的书只是在"讲述"而不是在"展示"。

● 不要超过一页——如果超过一页，代理人会认为你的图书的内容已经被信件写尽了。

● 不是关于你的——如果关于你自己，代理人会认为你的书太自我，令读者难以进入。

● 不要听起来千篇一律——如果听起来千篇一律，代理人会认为你的书不具有独特或吸引人的声音。

● 让这本书听起来趣味十足——如果听起来都不够有趣，代理人就会知晓这本书并不有趣。

那么，一封好的询问信是什么样的呢？这里有一封曾引起我的注意的信：

亲爱的里滕伯格女士：

　　　　我正在寻求代理人。我曾获得过一些小说和诗歌的奖项。我的小说《空地》（*The Clearing*）［后来名为《幽微之光》（*A Certain Slant of Light*）］[①] 是以一个已经死去 130 年的年轻女人的视角讲述的超自然爱情故事。女人的魂魄正缠着一名高中英语老师，这时他班上的一个男孩子看见了她。自从她死后，再也没有人见过她。当两人坠入爱河后，他存在于肉身实体而她却不存在于身体之中，这样的事实成了他们所面临的第一个问题。

　　　　请让我知道您是否有兴趣阅读《空地》的部分或全部内容。我已附上一份回邮信封。感谢您，非常期待您的回信。

　　尽管作者罗拉·维特坎在信的开头说了一些严格意义上没有必要的话，但她语言的简练依旧令人钦佩。我还来不及在开头的句子中间停下来，就已经不知不觉地看完了整封信，并在信的底部写下了"是的"。（如果你能看见我办公室里每周那一堆被拒绝的询问信，你就会看到"不"是有多经常被我写在信的顶部，这都是由于我压根没有看到信的最后。）罗拉的信件没有以烟花般的辞藻来着笔，也无须这样的辞藻，因为她简洁描述的故事不需要任何修饰。她对自己的故事有足够的信心，单凭故事就能让这段描述成为绚烂烟花。

　　让我们一段一段地分解它，看看所有的片段是如何组合在一起的。

第一段：你的引子

　　询问信的第一段应该跳过清嗓环节，或者至少把开头的客套话减到最少，然后快速以一行文字进行描述。在这句描述中，你要给出小说的标题，如果合适的话可以插入作品类型。下面是几年前我看到的一封信的第一行：

　　　　《××××》是一部关于两名年轻女性在大学第一年努力生存并寻找身份认知的成长小说。

　　说实话，这句话本来足以描述这本书，但作者又继续写了四个额外的

[①]　该书 2006 年在麦田出版社出版时由余品蓁译为《幽微之光》，2016 年在长江文艺出版社出版时由温圣洁译为《光之恋人》。——译者注

句子，试图让小说听起来富有戏剧性。如果把附加的那四句话删掉，她就对这部小说做出了一个有用的描述。然而，她可能也不得不面对这样一个事实：她的小说本身不够戏剧化，在竞争激烈的市场中不足以引起代理人和编辑的兴趣。它没有引子。在内心深处，她知道这一点，这也是为什么她要加上这四句话。

再看看罗拉的信：

> 我的小说《空地》是以一个已经死去 130 年的年轻女人的视角讲述的超自然爱情故事。

一句话包含了类型、题目和引子。罗拉又补充了几句话来充实基本思想，但她没有讲太多，更重要的是，她给读者留下了一个悬念：

> 当两人坠入爱河后，他存在于肉身实体而她却不存在于身体之中，这样的事实成了他们所面临的第一个问题。

你的引子应该是你的小说与众不同的特点。一个与众不同的特点可以是情节中富有想象力的东西——就像罗拉的书是以一个死去 130 年的女人为主角的爱情故事，或者也可以是非常出色的写作。它可以是这本书的独特之处，也可以是你叙述这本书的独特方式。但是，如果一句话不能让任何人刮目相看，那么世界上任何额外的情节描述都无济于事。

你的信不应该长篇大论地描述你的书，不应该拖着读者在情节上从头看到尾，也不应该泄露结局。在描述时使用"救赎"这样用得过滥的概念，或者使用"这关乎人类的境遇"这样老套的说法是真正的情绪杀手。这就像粘在混凝土上一样死板僵硬。这也就很容易理解为什么有人会认为一句话描述和摘要是一回事了，但事实并非如此。

第二段：你的简历

在询问信的第二段中，给出一些简短且相关的个人生平信息。写作课程、出版作品和奖项都值得一提。但是，用来总结小刊物和写作学习的话超过一句就不太好了。请记住——询问信的紧迫任务是找到一位对阅读你的小说感兴趣的代理人或编辑，而不是展示你是一个多么有趣、了不起、资历丰富或者古灵精怪的人。这种时刻以后会到来，那时你的代理人需要推销你和你的书。但是现在，你需要给人留下专业、认真、敬业和自信的印象。

你所说的关于你的任何事情都应该以某种方式简洁而精彩地让我们认为自己想要读你的书。罗拉关于自己所说的只是，"我曾获得过一些小说和诗歌的奖项"。因为她不能声称自己获得过普利策奖，没有发明核聚变，没有和名人结婚，而且更重要的是，她从来没有出版过图书，所以没有必要长篇大论地介绍她的成就。

许多询问信的作者都会插入这样一个句子作为开头："虽然我是一个没出版过书的作家……"这样做会在陈述了显而易见的事实（毕竟你在写你的第一部小说）的同时，让代理人对你产生负面印象——你还没有做过什么。请记住，询问信是面向未来的。这个未来就是有人想要看你的小说的时刻，而你的工作就是让我们相信你会成为那个未来的人。最多说一两件事：

● 我获得了哥伦比亚大学写作项目的艺术硕士学位，在那里我的小说获得了非凡传奇奖（the Prize for Singular Fabulousness）。

● 我做过出租车司机和邮递员，同时在文学期刊上撰写和发表短篇小说。

第三段 （也是最后一段）：你的结论

询问信的第三段应该是结尾段。用一两句话来结束这封信，说明你已经附上了一份回邮信封并期待回复，然后进行署名。不要拖延太多。不用给出你的假期计划和配偶的手机号码。如果你使用了印有你的地址、电子邮件地址和电话号码的信头，或者以适合商业信件的方式插入了这些信息，任何想找到你的人都能找到你。所以不要再说了，以一句敬语来结束这封信，然后点击"保存"。接下来，为下一步做准备：研究代理人，以为你的书找到一个合适的代理人。

询问信十大禁忌

10. 信件的第一句就有错别字。

9. 信件以至理名言开头："我们生活中迈出的每一步都在朝着同一个方向前进。"

8. 信件字体模糊或很小。你可以设想出版界的每个人都患有眼部疲劳。

7. 信件长度超过一页。

6. 回信的说明过于复杂："接下来的三个星期我要去托尔托拉。如果你需要联系我，请拨打我的手机号码。不要给我的家庭电话留言，因为我要回家才能收到。"一个简单的街道或电子邮件地址就可以了。

5. 没有称呼语的影印信件。

4. 信件的开头是这样的："我知道您很忙，所以我会开门见山，不会占用您太多宝贵的时间。"通过写这些，你已经占用了我一整句话的宝贵时间。

3. 信中夸大其词："我的小说会对女性有吸引力，美国有 1.5 亿女性，因此它会卖出 1.5 亿本。"

2. 信上写着："我为这部小说付出了很多努力。"光是这个事实就能让它成为一部好小说吗？

1. 询问信的头号禁忌："我写了一本虚构的小说。"当一个代理人在一封询问信中看到这句话时，他很快就会得出这样的结论：一个不知道小说在定义上就是一部虚构作品的作家，是一个没有准备好出版的作家。

49. 有效的小说梗概指南：
以引人入胜的方式概括你的故事

查克·桑布奇诺[①]、《作家文摘》编辑部

在你把你的小说投稿给代理人或出版商之前，你需要做一些事情。首

[①] 查克·桑布奇诺（Chuck Sambuchino）是一名编辑、幽默畅销书作家，也是研究如何出版的权威。他在作家文摘出版社工作，编辑《文学代理人指南》（*Guide to Literary Agents*）。他的"文学代理人指南博客"（guidetoliteraryagents.com/blog）涉及代理人、投稿和平台，是出版界最大的博客之一。他是幽默书《如何在花园地精的攻击中幸存》（*How to Survive a Garden Gnome Attack*）、《红犬，蓝犬》（*Red Dog，Blue Dog*）、《当小丑进击时》（*When Clowns Attack*）的作者。此外，查克还写了三本与写作相关的图书：《规范并提交你的手稿（第三版）》（*Formatting and Submitting Your Manuscript 3rd Edition*）、《创建你的作家平台》（*Create Your Writer Platform*）和《获得文学代理人》（*Get a Literary Agent*）。

先，你必须完成这部作品。如果你联系了一个代理人并且他喜欢你的想法，他会要求看一部分或所有的手稿。你不会想告诉他还要六个月才能完成这本书。如果你的小说已经完成并经过润色，那么是时候开始写询问信和梗概了。在那之后，你就可以准备找代理人和编辑试试水了。

如何提交你的小说包将取决于每个代理人或出版商特定的投稿指南。你会发现有的人只需要一封询问信；有的人要求一封询问信和完整的手稿；有的人更喜欢一封询问信加上三个样章和一份梗概；还有一些人要求一封询问信、几个样章、一个大纲和一份梗概。所有人都需要一个邮资足够的回邮信封（自写地址、贴好邮票的信封），除非他们要求电子提交。确认你需要提交的内容，访问代理人或出版商的网站以获取指南，或者查阅市场资源的最新版本，比如《小说和短篇小说作家市场》（*Novel & Short Story Writer's Market*）、《作家市场》（*Writer's Market*）或《文学代理人指南》。这些资源有直接来自编辑和代理人的投稿规范，告诉你该发送什么，如何发送，以及何时预计回复。

做好准备发送至少一封询问信、一份梗概和三个连续的样章。这些是你的小说包中最重要的也是被要求最多的部分。你可能不需要在同一个投稿包中发送它们，但是你可能需要在某个时候使用到它们中的每一个，所以在你开始投稿之前准备好一切。在这里，我们将关注作家通常认为他们的小说投稿包中最难的部分：梗概。

定义梗概

梗概提供了小说的关键信息（情节、主题、人物、背景），也展现了这些信息是如何结合起来形成一个大画面的。它让编辑或代理人无须阅读小说的全部内容就能知道你的小说是关于什么的。

对于梗概并没有硬性规定。事实上，关于梗概的一般长度，有一些相互矛盾的建议。不过，大多数编辑和代理人都同意越短越好。

在写你的故事梗概时，把重点放在故事的关键部分，尽量不要包括对话部分，除非你认为它们是绝对必要的。（注入几句人物极具力量的名言是可以的，但要保持简短。）最后，即使梗概只是你小说的浓缩版，它也必须看起来足够完整。

保持事件发生的顺序与小说中相同（但不要把它们分成单独的章节）。请记住，你的梗概应该有开头、中间和结尾（是的，你必须叙述小说是如何结尾的以使你的梗概变得完整）。

这就是对梗概的要求：简洁、引人注目、完整，并且需要同时满足这几点。

精心制作两份梗概

因为梗概没有明确的长度，所以建议你制作两个版本：长篇梗概和短篇梗概。

曾经有一个关于梗概的相当普遍的规定。每 35 页左右的手稿，就有 1 页的梗概说明，最多不超过 8 页。因此，如果你的书有 245 页，按双倍行距来算，你的梗概大约是 7 页。这是相当标准的，而且允许作者有相当大的空间来阐释他们的故事。你首先应该按照这些原则写一个梗概。这将是你的长篇梗概。

问题是在过去的几年里，代理人变得越来越忙，现在他们想立刻听完你的故事。如今，许多代理人要求梗概不超过 2 页。有的人甚至说 1 页，但 2 页是普遍可以接受的。为了准备好投稿给这些代理人，你还需要起草一份新的、更简洁的梗概——短篇梗概。

所以，当你两篇梗概都写好了，你要提交哪一篇呢？如果你认为你的短篇梗概是紧凑高效的，那就经常使用这一篇。然而，如果你认为长篇梗概实际上更有效，那么你可以有时提交这一篇，有时提交另一篇。如果代理人要求最多 2 页，那就只发送短的那篇。如果他只是简单地说"发一份梗概"，而你又觉得你的长篇梗概更好，那就提交长的那篇。如果你写的是情节丰富的小说，比如惊悚小说或悬疑小说，提交更长、更全面的梗概可能会使你更加受益。

知道该提交什么版本的梗概的最好办法，是遵循代理人或出版商的指南。

规范电子投稿的格式

一些编辑或代理人可能会要求你通过电子邮件提交你的梗概。编辑或代理人会给你提供具体的格式指南，说明他想要的发送方式和文件类型。

如果代理人或编辑确实要求电子投稿，请记住以下四点：

● 遵循与提交纸质梗概相同的格式规范。

● 当通过电子邮件发送你的故事梗概时，在主题栏写下你的小说的名字（但是不要全部使用大写字母——那样很讨厌）。

● 将梗概作为电子邮件的附件发送，除非编辑或代理人要求直接发送。

● 你的邮件正文中应该包含一封投稿信。你的封面和目录表应该和梗概放在一个文件里。

梗概必查清单

格式规范

● 四周使用 1 英寸的页边距；仅左侧对齐。

● 在第一页的左上角写上你的姓名和联系方式。

● 在第一页的右上角写上小说的类型、字数和"梗概"这个词。

● 不要给第一页编页码。

● 在第一页页面下方大约 1/3 处写上小说的标题，居中，全部大写。

● 在标题下面四行开始写梗概文本。

● 整个梗概的文本应该是双倍行距（如果你计划保持在一两页内，那么单倍行距也是可以的）。

● 第一次介绍人物名字时全部使用大写字母。

● 第一页之后，每一页使用页眉，包含你的姓氏、全部大写的小说标题以及"梗概"这个词，就像这样：姓氏/标题/梗概。

● 第一页之后，在与页眉同一行的右上角标注页码。

● 第一页之后，每一页的第一行文本应该在页眉下三行。

其他注意事项

● 一定要记住这是一种推销。让它成为一篇简短、快速且令人兴奋的文章。

● 一定要在梗概的开头设立一个引子。介绍你的主角，并设置关键冲突。

- 一定要记得首先介绍最重要的人物。
- 一定要提供每个中心人物的详细信息（年龄、性别、婚姻状况、职业等），但不要对每个人物都这样做——只针对主角。
- 一定要包括人物的动机和情感。
- 一定要突出核心的情节点。
- 一定要揭示小说的结局。
- 不要详细描述发生了什么，尽可能简要地告诉读者。
- 不要注入大段对话。
- 一定要用第三人称、现在时态，即使你的小说是用不同的视角写的。

50. 稻草变黄金：将拒绝转化为行动计划

温迪·伯特-托马斯[①]

尽管你可能很想烧掉你的退稿信，或者把给你退稿的编辑做成巫毒娃娃，但是千万不要这样想。从这些回信中你可以学到很多东西（是的，即使是那些只有一个写着未被接受原因的标准选择框的回复）。

把这些拒绝想象成对初次约会的回应：有的人会非常笼统（"对不起，我只是没那么喜欢你"），有的人会提供极少的反馈（"你不停地谈论你的前任；我认为你还没有准备好开始一段新的感情"），有的人会提供详细的信息来帮助你为下一次尝试做出改进（"你很迷人，很有吸引力，我们有很多共同点，但我不和吸烟的人约会"）。虽然这可能很难接受，但这些信中提供的反馈可能是你改进询问信、提案或手稿等工作的最大希望，从而

---

① 温迪·伯特-托马斯（Wendy Burt-Thomas）是一位发表了一千多篇论文、评论、散文和短篇小说的作家。她的作品出现在 newyorktimes.com、MSNBC.com、《作家》、《家庭天地》（*Family Circle*）和许多其他刊物上。她是《哦，索洛·米娅！——时髦女性的娱乐指南》（*Oh, Solo Mia*！*The Hip Chick's Guide to Fun for One*）、《工作吧，女孩！给时髦职场女性的101条建议》（*Work It，Girl*！*101 Tips for the Hip Working Chick*）以及《询问信作家文摘指南》（*The Writer's Digest Guide to Query Letters*）的作者。

使你的书最终出版。我们要对此心怀感激。大多数编辑都忙于整理他们的"烂泥堆"（除了他们所有的其他工作之外），以至于他们没有时间给你提供建议。所以，当他们抽出时间给出建议时，可能是因为他们相信你的作品具有潜力，也可能是因为你的方法太离谱了，他们试图帮助你纠正错误。不管怎样，如果不想帮助你，他们是不会回复的。

那么，你可能会得到哪些特定类型的回应，而你又能从中获得什么呢？

首先，如果你在投稿之前做了功课，这些回复是可以避免的：

- "没有同时提交。"
- "不是我们的类型。"
- "太长了。"
- "太短了。"
- "不是未经代理的投稿。"
- "不适合我们的读者。"
- "没有电子询问邮件。"
- "仅询问。"（即不发送提案、手稿或梗概。）
- "没有被赋予人性的人物。"

总结经验，吸取教训。现在，这里有一些你可能没有预想到的回复。

"不是我们的风格/声音/语气。"

翻译：这可能意味着作品或想法是好的，但这家出版社不会出版这样的书。

你的下一步：试试另一家出版社。

"我们不再接受这种类型的小说。"

翻译：出版商发现可以从其他类型的小说获利更多。这并不意味着你选择的类型没有利润，只是不适合他们而已。

你的下一步：试试另一家最近出版过你这种类型书籍的出版商。

"我们现在不接受新客户。"

翻译：这家文学代理机构可能因为客户太多而不堪重负，或者正在重组，甚至即将倒闭。

你的下一步：尝试另一家代理机构。

"这个主题已经被做到极点了。"

翻译：编辑可能不是说他所在的出版社在许多书中都涉及了这个主

题，而是说最近有几家出版社出版了类似的书，市场已经饱和了。

你的下一步：为你的故事寻找一个新的角度，避免得到其他出版社同样的回复。

"我真的很喜欢你的主角，但我还不能入伙代理你。"

翻译：你很擅长塑造人物，但其他方面（如情节、动机、对话或冲突）仍然缺乏或薄弱。

你的下一步：请一位擅长你的小说类型的专业编辑反馈你的强项和弱项。你也可以考虑参加一个针对你的小说类型的课程（或者参加写作研讨会工坊）。

"大量的语法错误。"

翻译：你要么没有对你的作品进行校对和拼写检查，要么缺乏语法技能（或者两者都有）。

你的下一步：花钱请人校对你的作品会对第一步有所帮助。但如果你打算再写一本书或者自己出版，那么你需要上几堂英文课，买一本斯特伦克（Strunk）和怀特（White）的《风格的要素》（*The Elements of Style*）①。

"这本书没有完全达到我的期望。"

翻译："你发的前几个样章非常不错；所以我要求看更多。但是我读得越多，这本书反而失去了吸引力。"

你的下一步：重新审视你的故事，看看它哪里偏离了轨道。它改变了焦点吗？动作慢下来了吗？主角失去了魅力，还是做了一些让他们不再可信的事？不要害怕删掉任何没用的字句。

"我推荐你阅读其他同类型作家的作品。"

翻译：你的作品很普通，或者不符合你所写的类型的惯例，你需要学习基本的叙事要素，比如情节、结构、动机、人物等。

你的下一步：在回去修改你的手稿之前，读几本你所写类型的经典当代作品，并且参加一个写作班。然后加入一个评论小组，或者参加一个作家研讨会，在那里你可以从行业专家那里得到反馈。不要将你的作品投稿给任何其他出版商，直到对这一类型很在行的人"批准"你的作品。不，

---

① 新华出版社、中央编译出版社、外语教学与研究出版社等均有翻译出版。——译者注

你妈妈不算。

"这对我们来说不太合适，不知您是否尝试过联系（插入代理人或策划编辑的姓名）？这对他们来说可能是一个很合适的作品。"

翻译："这是一篇优秀、扎实的作品。虽然我们不能出版它，但它足够优秀，以至于我愿意冒险把你转荐给另一家出版社。我想要他们在通过你的书赚钱时打电话来感谢我。"

你的下一步：联系第二家出版社的策划编辑，告诉他是谁推荐你来的。询问你是否可以立即通过电子邮件发送你的询问信/梗概/提案/手稿。给第一位编辑写一封漂亮的感谢信，并在这个过程中向他更新最新情况。

"你可以考虑自助出版。"

翻译：非常不幸，这可能意味着在这位编辑看来，没有什么可以挽救这本书了。你需要去上写作课，雇一个编辑，加入一个评论小组，参加你所在地区接下来三年里的所有写作研讨会，然后从头开始。不过，这也可能意味着你的主题或目标读者非常小众，不具备商业可行性。编辑可能会说这个故事对你来说意义重大，但他对这个行业有着充分了解并且知道这本书可能不会吸引更多的读者。

你的下一步：在第一种情况下，让你的妈妈告诉你你有多棒。在第二种情况下，如果你决心将你的故事出版，那就开始研究自助出版这一选项。

51. 作家平台2.0：成功自我推销的下一步
简·弗里德曼[①]

你已经经历过训练了。你知道如何建立自己的网站，如何活跃在社交媒体上，以及如何在食物链的上下游建立人际关系网。你已经听到了关于

---

① 简·弗里德曼（Jane Friedman）在出版业有20年的从业经验，擅长为作家和出版商制定数字媒体策略。她是《新鲜货》（hotsheetpub.com）的联合创始人和编辑——这是一份针对作家的重要出版业时事通讯，她还是《作家文摘》的前出版人。她曾接受过美国全国公共广播电台（NPR）、美国公共广播公司（PBS）、《华盛顿邮报》（The Washington Post）、美国国家新闻俱乐部（National Press Club）和许多其他媒体的采访和专题报道。

建立你线上和线下形象的所有建议——也许因为你强大的平台，你已经签约了一本书。

但是，平台建设是一项终生的事业。一旦你的网站上线或者签约了一本书，它就不会再停止。事实上，你职业的持续发展依赖于扩大你的影响力和发现新的机会。那么，下一步该怎么做呢？

我把它分成三类：

● 优化你的网站表现。

● 重视你的人际关系。

● 多样化你的内容。

优化你的网站表现

先做最重要的事。你需要有一个自己的域名（例如，janefriedman.com 是我自己的域名），并且你应该自己管理。如果你还在使用博客或者 Wordpress.com，那么你将无法实施我所有的建议，因为让别人拥有或管理你的网站会有很多限制。

一旦你真正拥有了自己的网站，请一个专业的网站设计师来定制其外观和感觉，使之能最好地传达你的个性或品牌。如果你还不太清楚你的"个性"是什么，那就先不要急着改造网站，等你弄清以后再说。或者你可以从简单的入手，为你的网站设计一个专业的独一无二的标题。

网站和博客必备

除了定制设计之外，这里有一个你应该实现的清单。

● 读者应该能够通过电子邮件或 RSS 订阅你的博客帖子。你应该能够追踪注册的人数，并看到他们是什么时候注册的。

● 定制给订阅用户发送博客帖子的电子邮件。如果你使用 Feedburner（免费服务）或 MailChimp（可免费发送给多达 2 000 个用户），就可以做到这一点。你的读者收到的每封电子邮件都应该和你的网站或者你通常使用的任何品牌有相同的外观和感觉。你还应该能够看到有多少人打开了这些电子邮件，以及他们点击了哪些内容。

● 如果你不经常活跃在博客上，那就开启电子邮件简讯，并在你的网站上张贴登记表。这样你就可以和那些对你的消息和更新感兴趣的人保持联系。再说一遍，MailChimp可以提供多达2 000个用户的电子邮件简讯免费递送服务。在演讲活动中，你也应该随身携带电子邮件简讯登记表。

● 安装Google Analytics，它可以提供有价值的数据，比如谁访问了你的网页，他们什么时候访问的，他们看了什么内容，他们停留了多长时间，等等。

● 在你的网站和每篇帖子中添加社交分享按钮，这样人们就可以轻松地把你的内容分享到脸书、谷歌（Google）等网站上。如果你有一个自我托管的网站，则可能需要手动添加此功能。

查看你的指标

我希望你注意到了，以上的许多条都与指标和测量相关。高级平台构建要求你学会研究这些数字。特别要考虑以下几点：

● 人们如何找到你的网站？例如，如果你在推特（Twitter）[①]上投入了大量精力来为你的博客帖子引流，但是很少有人从推特上访问你的网站，这就意味着你的策略不起作用，你可能需要纠正。

● 你的网站上什么内容最受欢迎？这就像一个霓虹灯标识，告诉你读者想看什么。无论是什么，考虑一下如何在此基础上构建、重新利用或者拓展它。

● 是什么造成了流量、追随者或订阅者数量的激增？当其达到峰值时，证明你做对了。那么如何才能复制成功呢？

● 是什么扩大了你的影响力？大多数时候，你可能都在与和昨天一样的人群交流。但是偶尔，你会打开新的受众——从中你可以找到新的忠实读者。找到那些能产生广泛涟漪效应的活动，让现有圈子外的人听到你的声音。（在Google Analytics中，这意味着追踪新访客是如何找到你的。）

高级社交媒体监测和参与

现在，几乎每个人都有脸书个人资料或页面、领英（LinkedIn）个人资料、推特账户等。但是静态的个人资料只能为你做这么多。当你决定去互动以及在你的追随者之间促进有价值的讨论时，社交媒体变得更有用。这里有几个方面需要考虑：

● 打造一个高级评论系统。有时候，博客最有价值的部分就是它有一

---

① 现已更名为X。——译者注

个人们可以发表意见并相互交流的讨论区。但是，这通常意味着你需要从不好的评论中积极地把好的评论过滤出来。使用像 Disqus 或 Livefyre 这样强大的系统（并付费使用它们的过滤工具）可以帮助你形成一个高质量的讨论区，并奖励那些最有想法的贡献者。

● 添加论坛或讨论板。一篇帖子就可能有数百条评论的很受欢迎的博主，通常会添加一个论坛或讨论板，这样他们的社区就可以以一种扩展的方式进行互动。如果你的网站是基于 Wordpress 的，那么插件可以帮你一步到位添加论坛。或者你可以考虑使用私人的脸书群组或者 Ning（www. ning. com）作为你们社区的基地。

● 使用 HootSuite 来策略性地更新你的社交媒体。HootSuite 是一个可以帮助你安排更新的免费网络软件，主要针对推特，但也面向其他软件。它还可以帮助你分析推文的有效性（例如，它可以告诉你有多少人点击了你推文的链接）。

● 使用 PAPER. LI（免费服务），它会根据你关注和信赖的人或组织，自动收集整理你所擅长主题的每日最佳推文、更新和帖子。有时候，收集整理是你能为社区提供的最好的服务之一——你不仅提供了有价值的内容，还帮助人们了解还有谁提供了有价值的内容！

关于社交媒体还有最后一句话：每个人都知道常见的社交媒体（脸书、推特、谷歌＋）。确保你没有错过与你的主题相关的更小众、更专业的社区。例如，All About Romance（www. likesbooks. com）是一个非常受浪漫文学读者和作家欢迎的网站。

重视你的人际关系

平台的关键组成部分是你拥有和发展的人际关系。通常当你看到一个成功的作者时，只有他的网络表现或内容这些看得到的方面是显而易见的。你所看不到的是所有的关系建立和幕后交流，而这些有助于产生更有力、更广泛的影响。

我是不是在说你必须认识大名鼎鼎的人物才能有一个成功的平台？不是！你需要和你所在社区的成功人士或权威人士（或组织/企业）建立关系吗？是的。以下是如何放大你的努力的方法。

列出与你互动最多的人

无论这发生在哪里（你的网站或社交媒体上），记下谁在阅读、评论或分享你的内容。这些人已经关注了你，喜欢你正在做的事情，并且乐于接受进一步的互动。如果你忽视了这些人，那么你就错过了发展更有价值的人际关系的机会（这还可能会带来新的人际关系），也错过了奖励和授权那些你已经建立关系的人。

"奖励"和"授权"是什么样的呢？你可能会发送一条私人短信，免费提供一本电子书或产品，或者以某种方式让他们加入你的在线内容。你还可能会为他们准备一份特别的简讯。做有意义的事——运用这一原则的方法有很多。教授作家课程的克里斯蒂娜·卡茨（Christina Katz）从以前的学生中挑选作家组成"梦之队"，这是一个让克里斯蒂娜和她辅导的学生都受益的好主意。

列出你的导师清单以及你如何帮助他们

你应该有一个导师清单（或者愿望清单！）。如果没有，那就制作一个。我们都知道有些人正在做我们梦想做的事情，或者比我们所处的位置更上一层楼。

如果你还没有在导师最活跃的交流渠道（博客、推特、脸书等）上密切关注他们，那就从现在马上开始。先评论、分享，成为他们的可见粉丝。然后考虑发展关系的其他方式，例如，在你的博客上与他们交谈或者评论他们的书。最重要的是，头脑风暴一下，思考你如何为他们服务。

如果你以一种明智的方式与导师接触（而不是一种"看看我"这样寻求关注的方式），那么当他们伸出手来认可你的努力时，你们可能会发展出一种更有意义的关系。但是要小心：不要把这当成你想从中"得到什么"，否则会适得其反。

注意导师必然会提供的一些机会（例如，"我在找人帮助管理我的社区。谁愿意帮忙？"）。有一次，一位作家在辛辛那提停留时，我帮他安排了一场图书活动，这帮助巩固了我们之前只停留在虚拟层面的关系。

最后，不要忘记一个由来已久的讨好导师的方法：为他们的博客提供客座博文。尽可能确保你所贡献的内容是高质量的——比你对自己网站的要求更高的质量。如果你给导师带来了可观的流量，那么你会赢得他的关注和尊重。

寻找与同行的合作关系

谁在试图接触和你一样的读者？不要把他们看作竞争对手。相反，与他们结盟去做更大更好的事情。在写作社区中，你可以随处看到合作关系的例子，例如：

- 作家拆箱网站（Writer Unboxed website）
- 丛林红作家博客（Jungle Red Writers blog）
- 杀戮地带博客（The Kill Zone blog）

我们各有所长。合作是扩展平台的极佳办法，这是你凭一己之力无法实现的。当有合作的机会时，只要你能接触到新的读者，或者有机会让你的网络表现多样化，就答应下来。

对影响你和受你影响的人保持关注

有很多方法可以识别你社区中的重要人物，但是如果你不确定从哪里开始，那么试试下面的方法：

- Blog rolls：只找一个你知道的有影响力的博客。查看它链接和推荐了谁。找出每个人的"最佳"名单上似乎都有的网站——或者尝试加上你的定位关键词搜索"最佳博客"。
- Klout：这个社交媒体工具试图通过打分来衡量人们的线上影响力。它会总结你影响了谁以及你被谁影响。
- Disqus：如果你使用 Disqus 评论系统，它会识别你的网站上最活跃的评论者。

多样化你的内容

作家很容易陷入只考虑新的写作内容的陷阱。这非常令人遗憾，因为通过将现有内容转化为新的媒介，你就可以接触到全新的读者。

例如，我有一个朋友，他独自开车通勤的时间很长，而且他经常一边遛狗一边听 iPod。他几乎所有的媒体消费都是由播客驱动的。他很少看书，因为他的生活方式不支持这一形式。这意味着，如果他不能获得音频形式的内容，他就不会购买。

想象读者一天的生活。他们有可能使用移动设备吗？平板电脑？（你猜怎么着：Google Analytics 可以告诉你移动设备和平板电脑访问你的网站的百分比！）你的读者喜欢看油管（YouTube）上的视频吗？他们买电子书吗？他们使用推特吗？

如果你能让你的内容适应不同的媒体，你就会打开一个从前不知道你的存在的新的读者群体。然而，不是所有的内容都适合改编，头脑风暴一下，列出你目前拥有版权的所有内容，想办法重新利用或重新分配它们。

对于长期博主来说，一个流行的改编方案就是汇编最佳博客文章，并以电子书的形式呈现（免费或付费）。一些博主甚至会将少量博客文章作为特定主题的初学或入门指南。你觉得以电子书或 PDF 格式提供你的作品样本怎么样？

你可能想探索的一些形式或媒介：

● 创建播客作品并通过你自己的网站（或 iTunes）发布它们。

● 创建视频并通过油管或 Vimeo 发布（你知道油管现在是第二大搜索引擎吗？）。

● 以电子邮件简讯的形式创建贴士或课程。

● 创建 PDF 文件（免费或付费）并使用 Scribd 帮助发布。

● 通过 Google Hangouts、Google Docs 或 Screencast. com 等工具创建线上教程或提供评论。

● 创建幻灯片演示文稿并通过 SlideShare 发布它们。

唯一的限制就是你的想象力！

内务管理技巧

最后，我想分享一些有助于提升你的网络形象和影响力的内务管理技巧。虽然它们可能看起来微不足道，但对给人留下好印象和传播你所做的事情大有帮助。

● 拍摄专业的头像，准确传达你的品牌或个性——人们了解并喜欢你的原因。

● 对于你的社交媒体个人资料，完整填写所有字段并充分利用其功能。这很重要，可以让人们搜索和发现你。例如，在领英上，添加涵盖你所有技能的关键词，传送你的推特账户和博客帖子，并给出你曾担任过的全部职位的完整描述。在谷歌＋上，列出所有你参与的网站。在脸书上，允许他人订阅你的公开更新，即使他们不是你的朋友。

● 收集关于你的最新推荐和简介，如果合适的话，在你的网站或你的社交媒体个人资料中使用它们。

无论你决定如何处理平台开发的下一个阶段，都要确保一致性。无论是你的网站、电子简讯、脸书个人资料、名片还是信笺，你的材料和你发送的信息的外观和感觉都要一致。除非你是在吸引具有不同需求的不同读者，否则不管人们在哪里、以什么方式找到你，你都要传播统一的信息。相信我——它不会变得无趣。相反，它帮助人们记住你是谁，你代表什么。

52. 公开露面：如何在朗读会、签售会、访谈等活动中胜出

伊丽莎白·西姆斯

那是北加利福尼亚州的一个漆黑的暴风雨之夜。我在一家大型书店阅读我的处女作《圣洁地狱》（*Holy Hell*），这是我第一次参加作家活动。虽然只有四个人参加，但我仍为人数不是零而感到欢欣。

为了纪念这一时刻，我带来了一盒上等的巧克力与大家分享。我那为数不多的听众们舒适地坐着，在我讲话时全神贯注。最后，虽然没有人提问，但是每个人都上来拿了一块额外的巧克力。

有个人告诉我，她很喜欢我的朗读。我试着递给她一本书，渴望至少卖出一本，说道："您不想买一本吗？我很乐意为您签名。"

"哦，不。"她说。其他人逐渐散去。"晚安，艾德。"她喊道。"晚安，杰罗姆。"她回头对我说："看，我们全都无家可归，我们来这里是为了取暖。我们什么也买不了。"

"哦，"我说，然后结结巴巴地说出了我唯一能想到的话，"唔，你想把剩下的巧克力拿走吗？"

"好的，谢谢您。"她拿着盒子离开了。

从一个低谷开始？也许吧。

从那之后，我还给过一个人一本书和公交车钱，那个人在40摄氏度的

高温下出席了我的一场读书会，结果发现空调坏了（出席人数为零），我因此受到店员的冷落，他们认为我的系列悬疑小说配不上他们。

幸运的是，我还参加过有很多人出席的活动，并与许多欣赏我作品并把它推荐给朋友的书商和读者建立了持久的关系。

在成为作家之前，我曾做过书店经理和媒体发言人，从多个角度体验过这个行业。我得到的主要教训是：作为一名作家，你的公众形象并不关乎你自己。真的。它只关乎你的作品和你的读者。你所需要的只是做一点点准备来服务好这两者。让我们看看你将面临的最常见的场景。

出席书店活动

作家公开露面的标准场所仍然是书店。以下是如何确保你做的每一件事都是成功的方法。

要知道别人会根据你的外表评判你。这可能不是很公平，但是人们会对那些穿着得体的人给予更多尊重。请穿上你接受文学奖时会穿的套装出席。严格要求你的仪容（和呼吸）。当你的外表看起来敏锐，你就会觉得自己敏锐。

早一点到。向经理介绍你自己，然后收拾好一切。你需要提前几周打电话或发电子邮件，确保他们为你准备好了书。（一定要复核所有的组织工作——日期和时间、图书库存——即使你的书是由会指派专人为你安排事务的传统出版社出版的）。检查一下实地空间，准备好你的东西（一支好的签字笔、书签或其他赠品、加入你电子邮件列表的登记表、水瓶、润喉糖）。找到洗手间在哪里。

通常情况下，你不会有太多的工作空间。如果需要的话，合理恰当地要求八到十把椅子、一张桌子和一点空间。如果书店什么都没安排，就说："我可以出一份力帮忙吗？"然后把椅子拖过来，找到你的书，好好享受这段时光。

避免对书店要求更多，除非你是一个重要的或者特别有魅力的作家。我记得一位知名作家在他的活动开始前非常坦率地打电话告诉我："我是一个酒鬼，我需要一瓶苏格兰威士忌和一个伸手可及的杯子，否则事情不会顺利进行。"考虑到我们预计要卖出几百本他的书，我非常乐意地跑到卖酒的商店。

除非你是那种人，否则就自己带酒。更好的是，除非你是那种人，否则就保持清醒和整洁。

无论发生什么都要保持魅力。 要意识到你是一个表演者，别人会根据你逗乐和迎合的程度来评判你。当被介绍给书店员工时，看着他们的眼睛，说两遍他们的名字，然后永远称呼他们的名字。（想象一个人的名字刻在他的额头上会很有帮助。）大部分人在遇到不顺心的事时都会心烦意乱，而你可以通过对任何不幸事件（比如火警警报被拉响或者咖啡机坏了）做出幽默反应来将自己提升到特殊地位。

掌控时间。 这里有一个管理一小时出席时间的好方法。

● 5分钟：介绍，感谢大家参加，感谢主持人，邀请大家注册你的电子邮件列表。（注：如果没有人介绍你的话，请做好自我介绍的准备。）

● 10～15分钟：朗读，带上介绍或评论。

● 10～15分钟：谈论你的书和你自己。

● 10～15分钟：问答环节，感谢听众和主持人。

● 10～15分钟：签名售书，闲聊，收工，然后离开。

朗读得精彩、生动、简短。 听众喜欢听你的书是如何诞生的趣事。用几个总长度为10～15分钟的段落作为开胃菜可以很好地吸引听众购买这本书。

对于小说来讲，应避免使用长篇描述或大量对话的段落（想象一下，尝试为每种不同的声音改变你的音调或音高）。有效的朗读可以展示主角的某些行动，同时揭示他的个性或动机。除非你从头开始读，否则提供一些背景："好吧，罗德里格斯警官刚刚被他的女朋友甩了，但他不知道他的机遇将会如何改变。我们从他被叫去调查从隔壁公寓传来的可疑气味这一情节时刻读起。"

理想情况下，在能够提出建设性批评的人（或人群）面前进行一次练习。改变你的声调，把重点放在不同的地方，改变你的音量和轻柔度，使用手势。还有，为了效果暂停一下也没关系（这是抬头和听众进行眼神交流的好时机）。

在诙谐的地方大笑或者勉强忍住笑，已经成为作家朗读的一种时尚。不要堕落到这种地步。如果你的作品很有趣，直截了当地认真读出来就可以让他们大笑。适时的停顿会让一切都不一样。相信我的话。

让他们听下去。当你读完的时候，讲一些你的写作过程和你如何成为一名作家是可以的，但是大多数出席者想听的是为什么他们要把血汗钱花在你的书上。他们想知道这将如何改变他们的生活或让他们以一种新的方式思考。

基于这一点，实现成功的简短演讲的好方法就是简单讲述趣闻轶事。你是如何想出书中的人物和他们的癖好的？无论哪种类型，听众都喜欢听你讲述为作品所做研究的故事。当我转述我的外科医生朋友是如何教我接骨的感觉和声音时，整个房间的人都被我迷住了。

一定要在结尾回答提问。在你签名售书之前做这件事。大方回答，让一个问题引出另一个问题。

如果进展缓慢，我可能会抽出几张卡片，欢快地说："碰巧，以防万一，我从旧邮箱里拿了几个问题！"以此来推动局面。当然，这些问题都是我自己设计的，而且越疯狂越好：我"问"自己关于兔子、高尔夫、复仇、戏剧化妆、纵火等问题，所有这些都在某种程度上与我的书相关。

欣赏你的听众；让他们看到你玩得很开心。如果有人开始不停地提问，只需要微笑着说："等我结束后，我们再聚一聚，好吗？"

根据听众情况调整你的演讲。无论听众是 12 人还是 120 人，所有这些建议都非常有用。但是关于出席书店活动我被问得最多的一个问题是：如果没人（或者几乎没人）来怎么办？这是一个值得关注的问题——我们都经历过。但是知道如何处理它会让你与众不同。

如果听众人数是在 1 到 4 之间，我建议你放弃讲座的形式，把椅子围成一圈，直接进行交流。抛下站在房间前面的尴尬，让你的听众放松。通常，其他顾客也会被吸引过来。你仍然可以谈论你的书甚至可以朗读，但要保持轻松、随意。重点是和听众建立联系。问问他们在读什么书，他们渴望什么，他们是否只喜欢大团圆结局，甚至他们在阅读时喜欢喝什么。

如果最糟糕的情况发生了，没有人到场，那就和工作人员聊天。如果他们很忙，不要打扰他们，但是如果是休息时间，问他们一些事情。书商是信息的来源。"哪本书或哪位作者对你影响最大？""最近有哪些书让你的顾客感到兴奋？""你认为 XX 类书籍有什么趋势吗？"

你也可以通过逛书店来卖书。拿着你的书，走来走去，微笑，介绍自己是"今天的作者"。告诉他们一些评论家给过的不错的评价，然后说："来，看看!"

得体地签名。到了签名售书的时候，说："现在，我很高兴为大家个性化定制一本书!"坐到桌子后面去，与每个人进行眼神交流，正确拼写每个人的名字，在书名页上签名（不要在封面内或空白页上）。

会议和活动

作家往往不擅长交际逢迎。这源于一个错误观念，即认为这是想要从别人那里"得到一些东西"，这让他们感觉尴尬和不自在。事实上，良好的交际事关与人相处。

当你意识到每个人都想被喜欢时，你就会感到舒服。当你主动做出友好的评论，微笑，询问别人的情况，并注意他们所说的话时，会产生一种魔力。欣赏他人。试着让每个人感到舒适，但不要完全讨好。若想做到这一点，就不要霸占聚光灯。带着机敏的善意去倾听。我所见过的最会交际的人中，有一人特别重视在活动中介绍人们互相认识，而且总是带上一些简短的连接性评论："你认识德米特里吗? 他在大学里教书!"她四处奔波，把所有人聚在一起，每个人都喜欢她。

当和多位作家一起举办活动时（这总是一个好主意），要热情友好并且表示很高兴见到他们。一个黄金开放式问题是："你现在在写什么?"

一个很好的经验法则是，遵循你可能已经在晚宴上学会的礼貌交谈的礼仪规则。正如你不会假设周围的每个人都和你有相同的宗教信仰一样，也不要假设他们和你有相同的政治倾向。不要害怕做自己，但要让谈话话题保持在中立区域（当然，除非你的书或平台与特定的立场或观点有关）。

媒体访谈

作家有时会在报刊、网站、电视和广播上露面。一个为这些机会做准备的有用且有效的方法是从以书面形式采访你自己开始——同时创建一个你会反复使用的有效宣传工具。想想你最有可能被问到的问题，并以基本的问答形式写出你的回答：是什么促使你写这本书? 你的书为什么重要?

诸如此类。

然后，你可以在你的网站的问答栏发布，甚至在新闻稿和其他宣传材料中使用选择性回复。

提前想好这些问题，你会发现你已经为几乎所有的访谈做好了准备。面前有一个麦克风会让大多数人肾上腺素激增，所以知道自己想说什么会帮助你保持冷静。慢慢说，你听起来会很正常。

赢得访谈的关键是要意识到采访者通常对你或你的书只是略知一二，如果你能回答他的问题，他会非常高兴。用你已经想好的趣闻轶事，告诉采访者关于这本书你想让读者了解的。这样，不管问题有多无趣，访谈的结果都在你的掌控之中。对于一个被当地报纸报道过的作家来说，被发现这篇文章的电台制作人电话联系是很常见的。或者，对于一个在受欢迎的播客上发表了有趣演讲的作家来说，被邀请上电视也是很常见的。花点时间做好准备并接受一次好的采访，很可能会得到十倍的回报，因为一个机会往往通向另一个机会。

客座博客和博客之旅

无论你是受邀为现有的博客撰稿，还是正在积极组织自己的推广"博客之旅"（或者只是想拓展你的在线平台），写客座博客都是接触潜在读者的一种有趣方式。询问博客主持人需要什么，尽你所能满足他。如果内容完全由你决定，那就考虑一下你的目标读者的观点：他们可能会觉得什么有趣、好玩，甚至是色情？（一点点流言蜚语会持续很长时间——还记得我说的那位作家和苏格兰威士忌吗？）你可以从你的书中摘录一小段，或者写下一些轶事，就像你在采访中告诉他们的那样。

让你的社交网络知道你的帖子何时发布，一定要诚挚地感谢博客主持人。回访你的帖子是一种好的方式，尤其是在帖子发布当天和第二天。礼貌地回复所有评论，让对话持续下去。

后续活动

每次出席活动都写一封感谢信。对于实地活动，手写一封信，并写上寄给"XYZ书店（或图书馆）的管理人和工作人员"，让他们知道你有多感谢他们的时间和劳心劳力。如果你是访谈或博客的特邀嘉宾，写一封同样表示感谢的电子邮件。这除了是一件体面的事情之外，还可能有助于你再次被邀请。

作家与公众互动的每一个机会都是一次特殊的机遇。了解大局，做好准备，最大限度地发挥自己的影响力，体面地处理发生的任何事情，你将最有可能给人留下绝佳印象，从而销售图书并广结善缘。

53. 修正你的出版之路：
评估你当前的轨迹并调整至最佳结果
简·弗里德曼

难道你不希望有人能告诉你离出版还有多远吗？难道你不希望有人对你说"如果你再坚持三年，你一定会成功的"？

或者，你被告知在浪费时间，这样你就可以继续前进，尝试另一种方法，或者只是不带任何目的地创作能给自己带来快乐的东西，虽然这会令人心碎，但难道不好吗？

这些年来，我为数以千计的作家提供过咨询，尽管我不可能阅读他们的作品，但我通常也能明确地说出他们下一步应该做什么。我经常看到他们在浪费时间。

无论你在自己的出版道路上处于什么位置，定期评估你的前进方向并在必要时进行修正是明智的。这里有一些步骤可以让你做到这一点。

认识到那些不能让你前进的步骤

让我们先从五种常见的浪费时间的行为开始。你可能犯过其中一项或多项错误。大多数作家都犯过第一个错误。

浪费时间一：提交不是你最好作品的手稿

让我们实话实说吧。我们都暗暗希望某个编辑或代理人读完我们的作品后，放下一切，打电话给我们说：这是天才之作！你是个天才！

很少有作家完全放弃这个梦想，但是为了增加这个梦想实现的机会，你必须全力以赴、毫无保留地对待每一部手稿。太多作家把他们最大的努力留给未来的作品，就好像好的素材会被他们耗尽一样。

你不能这样操作。

每一件伟大的作品都必须融入你当前的项目中。相信你的创意之井会被重新填满。让你的书比你想象的更好——这是竞争所需要的。它不能只是好的，"好的"会被拒绝，你的作品必须是最好的。

你怎么知道什么时候准备好了，什么时候的作品是你最好的作品呢？我喜欢《文学代理人指南》的编辑查克·桑布奇诺在写作研讨会上对这个问题的代表性回答："如果你认为这个故事有问题，它就有问题——任何有问题的故事都还没有准备好。"

对于一个不知道更好是什么的新手作家来说，在没有意识到还有多少工作需要做的情况下寄出手稿是很寻常的。但是，有经验的作家通常最容易犯的错误就是把未准备好的作品寄出去。停止这种浪费时间的行为。

浪费时间二：在没人理会的情况下自助出版

作家选择自助出版有很多原因，但最常见的是无法找到代理人或传统出版商。

幸运的是，对于一个作家来说，现在比以往任何时候都更有可能在没有传统出版商或代理人的情况下获得成功，这主要是由于电子书和电子阅读器的兴起。然而，当作家们把自助出版作为传统出版的替代品时，他们经常会遇到一个令人不快的意外：没有人在听。他们没有读者。

鲍克出版公司估计，在 2009 年，有超过 76 万种新书都是"非传统"出版的，其中包括按需印刷和自助出版的作品。有多少新书是传统出版的呢？ 28.8 万种左右。这些数字还没有将越来越多的作家以电子版发行的作品考虑在内。

如果你的目标是将你的作品成功推向市场，而你还没有为它培养读者，或者不能通过网络平台有效地营销和推广它，那么以任何形式自助出版都是浪费时间。从长远来看，这样做不会损害你的职业生涯，但也不会推动它向前发展。

浪费时间三：当你的读者想要纸质书时，你却以数字形式出版你的作品

电子书已经成为自助出版界的宠儿，这是有充分理由的。它们制作简单，投资少，并且可以在一夜之间进入国际市场。它们还允许你去尝试，去直接接触读者群体，以及去了解是什么有效增加了读者人数。

但是，如果你的读者仍然热衷于纸质书，那么电子书对你一点好处也没有。如果你不知道读者喜欢什么样的格式，那就在你浪费时间开发一个没有人会阅读或购买的产品之前先弄清楚。

根据特定读者的需要修改这条准则（例如，如果你的读者喜欢数字形式，就不要专注于生产纸质书）。

浪费时间四：为区域性或小众作品寻求大型出版

每年，代理人都会收到成千上万的作品投稿，这些作品并不具有全国性的吸引力，也不值得在全国的连锁书店上架（这就是你找代理人的典型原因：把你的作品卖给专门从事全国发行和营销的大型出版商）。

作为一名作家，你面临的最困难的任务之一就是与你的作品出版保持足够的距离，以此了解出版专业人士如何看待它的市场，或者确定是否有合适的商业角度可以切入。你绝不能把你的作品视为对你来说很珍贵的东西，而要视为一种可以定位和销售的产品。这意味着只向最合适的出版社推销你的作品，即使这些出版社就在你的后院而不是纽约市。

表明你离出版越来越近的迹象

● 你开始收到个性化的、"鼓励性的"退稿信。

● 代理人或编辑拒绝了你提交的手稿，但要求你发送你的下一部作品。（他们可以看到你即将创作出伟大的作品。）

● 在你没有请求举荐的情况下，你的导师（或出版作家朋友）告诉你联系他的代理人。

● 代理人或编辑主动联系你，因为他在网上或报刊上发现了你高质量的作品。

● 你已经超越了评论小组中的其他人，需要寻找更见多识广的评论伙伴。

● 回顾过去，你明白为什么你的作品会被退稿了，并且知道它确实应该被拒绝。你甚至可能会对之前的作品感到尴尬。

浪费时间五：在你应该写作的时候专注于出版

有些作家过于关心询问信、代理人、营销策略或参加会议，而不是首先写出最好的作品。

不要误解我的意思——对于某些类型的非虚构作品来说，在写书之前建立一个平台是很重要的。事实上，非虚构类作家通常在他们的提案被接受后才会写完整稿（回忆录和创意性非虚构作品除外），这表明了平台对他们的出版有多么意义深远。

但是对于其他人（我们这些不是仅靠提案来卖书的人）来说，在你成为一名准备出版的作家之前，最好不要沉迷于找代理人。

现在我们又回到了那个棘手的问题上。你怎么知道是时候了？让我们再深入一点。

评估你在出版道路上的位置

每当我坐下来对一位作家进行评判时，我会先问三个问题：你写这部手稿用了多长时间，都有谁看过它？这是你完成的第一部手稿吗？你积极写作有多久了？

这些问题能够帮助我评估作家在出版道路上的位置。以下是我经常总结的几点：

● 大多数第一部手稿是不能出版的，即使是在修改之后，不过它们对于作家的成长是必要且至关重要的。一个刚刚完成第一部手稿的作家大概不会意识到这一点，可能会经历非常艰难的退稿过程。有些作家无法跨过退稿这道坎。你大概听说过专家的建议，你应该开始写下一部手稿，而不是等待第一部手稿发表。这是因为你需要继续前进，不要停留在发表你的第一次尝试上。

● 一个作家年复一年地写同一部手稿，除此之外什么也没写，他的写作动力可能会出现问题。当一个人十多年都在修补同样的几页时，通常不会学到多少有价值的东西。

● 多年来一直积极写作，已经创作了多部长篇手稿，并且有一两个值得信赖的评论伙伴（或导师），这样的作家通常处于出版道路的良好位置。他们可能知道自己的优势和劣势，并有一个精心安排的修正过程。许多这样的作家只需要运气就能做好准备了。

● 在一种表现形式上有丰富经验然后试图处理另一种形式的作家（例如，记者处理小说），可能会高估自己在第一次尝试时就写出可出版手稿的能力。这并不意味着他们所做的努力不会成功，但可能还不够好。幸运的是，任何有专业经验的作家都可能会以专业的心态、能帮他理解下一步的良好关系网以及一系列克服挑战的工具来处理这个过程。

注意我没有提到天赋。我没有提到创意写作课程或学位。我没有提到网络表现。这些因素通常和决定你离出版一本书有多近不太相关。

相关的两个因素是：

● **你在写作上花了多少时间。** 我同意马尔科姆·格拉德威尔（Malcolm Gladwell）在《异类》（*Outliers*）[①] 中指出的一万小时定律：在任何领域取得成功的关键，在很大程度上是用大约一万小时的时间去练习一项特定的任务。

● **你是否读了足够多的书，以此理解你在品质层次上的位置。** 在艾拉·格拉斯（Ira Glass）关于讲故事的系列视频中（可以在油管上找到），他说：

> 最初几年，你做的东西不是很好，或者还没有那么好。它在努力变好，它有雄心抱负，但还是没有那么好。然而，你的品位，这个带你进入游戏的东西，同时也是撒手锏。你的品位很好，以至于你能看出来你做的东西有点令你失望，你可以看出它仍然有点糟糕。很多人都过不了这个坎。很多人在这个时候就退出了……我认识的大多数从事有趣的创意工作的人，他们都经历了一段时期，在这段时期里，他们有着非常好的品位，他们可以看出他们所做的东西并没有他们想要的那么好。

如果你看不出差距，或者如果你没有经历过这个"时期"，那你可能读书不够多。如何培养良好的品位？阅读。如何明白什么是优质作品？阅读。除了多写，提高技能的最好方法是什么？阅读。写作，阅读，然后开始缩小你想达到的品质和你能达到的品质之间的差距。

---

① 该书 2009 年由中信出版社翻译出版。——译者注

　　简而言之：在你创作出可以出版的东西之前，你必然会创作出很多垃圾。

知道什么时候该改变路线

　　我曾经相信伟大的作品最终都会被注意到——你知道吗，那个质量泡沫上升的古老理论？

　　我不再相信了。

　　伟大的作品每天都被忽视，出于一百万个原因。商业关注点比艺术关注点更重要。有些人就是永远不走运。

　　为了避免碰壁，这里有一些问题可以帮助你了解何时以及如何改变路线。

　　● **你的作品具有商业价值吗？** 如果你的作品不适合商业出版，最终会出现一些迹象。你会听到类似"你的作品太古怪或超乎寻常了""它的吸引力有限""这是实验性的""这不符合模式"或者"它太费脑，要求太高"这样的话。这些迹象表明，你可能需要考虑自助出版——这也需要你找到受你吸引的小众读者。

　　● **读者是否对你意想不到的东西有所反应？** 我经常看到这样的事情发生：一个作家正在写一部手稿，似乎没人对它感兴趣，但它在一些编外项目上取得了惊人的成功。也许你真的很想推广你的回忆录，但是每个人都喜欢你博客上的幽默小贴士系列。有时候，更好的办法是去追求那些有用的东西，以及人们感兴趣的东西，尤其是当你乐在其中的时候。必要时，把它作为通往其他事情的垫脚石。

　　● **你变得脆弱了吗？** 你不能扮演一个可怜的、受害的作家，期望作品得到出版。就像在爱情关系中一样，带着绝望神情或屹耳情结①去追求代理人或编辑，不会让他们喜欢你。愤愤不平的作家随身携带着一个巨大的标语，叫嚣着："我不开心，我也要让你不开心。"

　　如果你发现自己在妖魔化出版行业的人，把退稿看成私人恩怨，感觉自己好像被亏欠了什么一样，或者每当你和其他作家在一起时就抱怨连

---

　　①　屹耳（Eeyore）是《小熊维尼和蜂蜜树》中的人物，是一头悲观、自卑、消沉的灰色小毛驴。——译者注

连，那么是时候找到"刷新"按钮了。回到最初让你对写作感到喜悦和兴奋的地方。也许你太专注于出版，而忘记了珍惜其他方面。这让我想到了一个整体理论，即在职业生涯的不同阶段，你应该重新审视和修改你的出版策略。

修改你的出版策略

无论出版行业如何变化，当你决定下一步行动时，考虑这三个永恒的因素。

● **什么让你感到开心**。这是你最初开始写作的原因。即使你为了推进写作和出版事业的其他方面而把它放在次要地位，也不要太长时间不考虑它。否则你的努力会显得机械或缺乏灵感，最终你会筋疲力尽。

● **什么让你赚钱**。不是每个人都关心从写作中赚钱，而且我相信任何为了钱从事这一行业的人都应该另寻他处，但是随着你获得经验，你在这方面做出的选择将变得更加重要。你变得越专业，越要关注什么能让你投入的时间和精力得到最大回报。

● **什么能帮助接触读者或扩大你的受众**。扩大读者群和赚钱一样重要。这就像把钱存入银行，进行一项随着时间的推移获得回报的投资。有时你需要做出一些取舍，包括为增加读者数量少赚一点钱，因为这是对你未来的投资。（例如，有一段时间，你可能会致力于建立博客或网站，而不是为印刷出版写作，以便更直接地和你的粉丝建立联系。）

你写的每一部手稿，或者遇到的每一个机会，很少能同时包含这三个元素。通常情况下，你可以得到三个中的两个。有时候，你会在只有其中一个因素起作用的情况下追求某些项目。在任何给定的时间点，你都可以根据你的优先事项来决定。

在这一章的开始，我曾建议，如果有人能告诉我们我们是否在浪费时间试图出版，那就再好不过了。

这里有一点希望：如果你的第一反应是"即使有人让我放弃，我也不能停止写作"，那么你比那些容易气馁的人更接近出版。这场战斗远比你想象的更考验心理能力。那些不能被劝阻的人更有可能达到他们的目标，不管他们最终选择哪条道路。

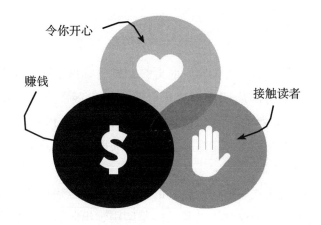

令你开心

赚钱

接触读者

54. 剖析自助出版合同：作家的五个关键问题
艾梅·比索内特①

　　自助出版可能是一项巨大的事业。有很多问题需要权衡。不同的自助出版服务提供商有不同的优势，你很难知道应该使用哪一家。你的书主要是文本还是图像？你打算把你的书制作成电子书、纸质书，还是两者都有？在整个自助出版过程中，你是需要协助，还是能够自己完成部分工作？

　　所有这些都是重要的考虑因素——但它们不是唯一的。你正在考虑的提供商提供的合同条款也很重要。不同的提供商合同（通常被线上提供商称为"使用条款"）之间的差异很大，有些要比另一些更公平。作家需要保护他们的创意作品和在自助出版过程中的投资，因此理解影响作家/提供商关系的术语至关重要。

　　以下是作家评估自助出版提供商的五个关键合同问题。

----

① 艾梅·比索内特（Aimee Bissonette）拥有科罗拉多州立大学学士学位和明尼苏达大学法学院法律学位。她做过职业治疗师、教师、律师和小企业主。在法律实践中，她与许多儿童图书的作家和插画家合作过。除了写作儿童图书，艾梅还为 K-12 教师和管理人员出版了一本关于学校中技术相关法律问题的图书。她与丈夫、家人和爱犬一起住在明尼苏达州的明尼阿波利斯市。

权利归属

谁"拥有"这本书，谁控制它的发行和销售，这是所有出版合同中的关键问题。提供商合同应明确声明作者是自助出版图书文本的唯一所有者。此外，作者还应拥有自助出版图书的设计、封面艺术和版式的版权——即使它们是由提供商创作的。简单地说，自助出版应该意味着作者对自己的书拥有100%的权利。

提供商合同的条款应该讨论权利的许可，而不是谈论所有权。合同应该列举提供商被许可的权利，最常见的是印刷、出版、发行和销售图书的权利。作者还可以许可提供商拥有将图书转换成一种或多种电子书格式的权利，以及在提供商的服务器上存放图书电子副本的权利。

提供商合同应该说明许可是"专有的"还是"非专有的"。如果作者向提供商授予专有许可，那么在合同生效期间，提供商是唯一可以行使该权利的个人或实体。在此期间，作者甚至不能行使授予许可的权利，所以作者在授予专有许可时应该谨慎。当提供商同意承担出版和销售以外的重要义务时（例如，仓储、订单履行、市场营销、宣传、目录和网站展示），专有许可是合适的，但前提是作者可以轻易终止合同。许可权利应仅限于提供商履行自助出版服务所必需的权利，并且许可的有效期也应该是有限的（许可应该有特定的期限或者可以由作者随意终止）。一些提供商合同要求作者授予非常广泛的许可，允许提供商进行极大的控制。这些提供商还可能试图在合同中加入"绝版"条款、竞业禁止条款和选择权条款——这些条款都不适合自助出版。请避开这些提供商。

设计服务

自助出版提供商提供一系列软件包和服务。作者雇用提供商，是看中了他们在编辑和设计以及发行和电子书转换方面的专业技能。重要的是要对这些服务进行比较和对比，以确定不同提供商在封面艺术、内页设计、字体、条形码放置等方面的具体内容。

提供商合同应该明确所提供的服务以及何时收取额外费用。例如，合同应说明作者是否必须为修改设计支付额外费用，以及如果提供商和作者在产品问题上意见不一致，提供商是否会退还作者的款项。

在评估不同提供商提供的许多附加服务（以及随之而来的费用）时，作者应该考虑自己能做什么（如果有这种情况的话）。没必要买自己不需要的东西。例如，许多提供商将获得书号（ISBN）作为他们服务的一部分。因为个人购买单个书号费用较高，所以作者让提供商来购买可能是合乎情理的，除非作者打算以多种格式或版本发行自助出版的书。（一本书的每个版本和格式都需要一个独立的书号。如果你预计将发行多种格式的图书，或者将来通过除了现在的提供商之外的其他方重新发行你的图书，你最好一批购买十个书号。）

相比之下，版权注册很容易在网上完成，只需要向美国版权局（U. S. Copyright Office）支付象征性的申请费（目前的费用是 35 美元）。自己注册版权比向提供商支付一笔加价费更好。

如上所述，自助出版图书的设计方面可能会出现所有权问题。建议雇用提供商设计和编排图书的作者在合同中注明"作者对图书封面、设计和版式拥有 100％的所有权"。如果作者为他们自助出版的图书提供图片，他们必须首先获得使用这些图片的权利。作者拥有他们自己创作的图片的权利（例如他们自己拍摄的照片），但在没有事先获得许可的情况下，他们不能随意使用从互联网上下载的图片。甚至通过互联网或订阅服务获得的股票图片也受到限制。作者必须遵守许可条款，并在自助出版的图书使用图片之前，为这些服务支付相应的费用。

如果作者聘请自由职业者（独立承包商）提供封面艺术或其他图书设计服务，应该起草作者和自由职业者之间的协议，以书面形式明确说明自由职业者的作品是美国版权法规定的"雇用作品"，自由职业者不得对作者的图书提出所有权主张。这允许作者在其他地方也可以使用图书的封面和设计，例如在作者的网站、印刷品以及社交媒体上。

资金是如何流动的

提供商会采取不同的定价方法。有些规定了定价和版税条款，有些则允许作者自己设定图书的零售价格、作者折扣和批发价格（尽管有时有最低金额限制，以确保提供商能够覆盖其管理和信用卡成本）。作者应寻求在扣除制作成本和第三方服务提供商成本后提供 100% 的图书版税的安排方式。

当谈到追踪销售信息和获得销售报酬时，自助出版服务提供商比传统出版商更有优势。一些提供商在网上提供容易获取的销售信息，并按月或按季度支付版税，而不是像传统出版商那样按年或每半年支付一次。

根据提供商如何追踪销售信息、支付版税的频率以及支付方式来比较提供商合同。许多提供商设立作者账户并设置门槛金额，超过该金额的资金可用于电子转账。（如果作者希望使用实物支票，可能需要支付手续费。）寻找设立明确参数和支付程序并提供作者可以追踪销售信息从而判断支付准确性的机制的合同语言。

关于付款，请注意，与传统出版商一样，提供商会声明有权扣留付款，以抵销作者欠提供商的任何款项（例如服务费、退货费、退款、消费信贷）。如果作者被指控侵犯版权、诽谤或具有其他侵犯第三方权利的行为，提供商将扣留付款。一些提供商还会在合同终止后的一段时间内扣留付款（例如，亚马逊会扣留资金三个月），因此，他们手头肯定有资金来处理合同终止后产生的退款、信贷和退货。

最后，作者有义务为自己从图书销售中获得的收入缴纳所得税。大多数提供商至少会要求你向他们提供一个社会保险号或纳税人识别号，以便他们履行向税务机关申报的义务。

结束关系

自助出版正在迅速变化。提供商今年提供的服务可能会与未来几年截然不同。因此，在终止与提供商的合同时，灵活性非常重要。理想情况下，作者应该能够随时终止提供商合同（或者，用法律术语来说，"撤销"作者授予的权利）。提供商合同可能要求提前通知终止，但提前通知时间不应该超过 30 天。

大多数提供商合同允许立即终止，随后在一段很短的时间内，提供商可能会提醒第三方卖家，并在终止时完成销售。从提供商处购买了附加服务（例如，包含线上或印刷目录、优质的发行服务等）的作者可能会拥有这些服务的单独合同，并且可能需要采取额外的措施来终止这些合同。

请注意，提供商也有终止权利。许多提供商的合同条款允许提供商暂停作者使用其服务，特别是当作者有非法或不道德的行为，或以其他方式侵犯了他人的权利时。建议作者保留图书和其他内容的备份，以防被拒绝使用提供商服务这样的小概率事件。

解决纠纷

与任何商业关系一样，作者和提供商之间存在发生纠纷的可能性。如上所述，有时纠纷与金钱有关，这凸显了审查和审计版税报表的重要性。有时纠纷发生在出版之前，可以通过退还作者部分或全部款项来解决。不管发生何种纠纷，提供商合同都会包含纠纷解决条款，这些条款通常对提供商有利。

有些提供商合同规定了作者可以向提供商提出违约索赔的期限，该期限通常很短（例如6～12个月）。即使国家法律规定了更长的索赔期限，作者仍被这些合同时间期限束缚。

提供商还常常在合同条款中限制作者提出索赔的依据，或者限制作者只能追索未支付的版税，或者要求作者通过仲裁而不是法院来解决纠纷。这些纠纷解决条款也许不太有协商余地，但是由于它们规定了作者向服务提供商提出法律索赔的方式和时间，所以不应该被忽视。

聪明作者的方法

总之，在评估自助出版提供商合同时要有众多问题需要作者考虑。但是，上述五个问题尤为重要，因为它们影响着作者控制自助出版作品的能力。有许多信誉良好的提供商，他们的合同条款都很公平。

在比较提供商合同时要相信自己的直觉。问问自己这份合同是否公平。它是用通俗易懂的语言写的吗？你是否能就任何条款进行谈判（或者，至少从各种各样的方案中选择）？

做一个聪明的作者。与雇用过你正在考虑的自助出版提供商的人交谈。最重要的是，审查合同条款，这样你就可以把出现问题的风险最小化，把所有可能的利益最大化。

55. 发行失败：为什么好小说卖不出去

唐纳德·马斯

你永远不会遇到一个承认出版了一本"失败"小说的作家。不过，你会在酒吧和博客上遇到一些作家大声告诉你图书行业出了什么问题。他们会详细叙述他们的书是如何被出版商搞砸从而被搁置在了书架上。

接受指责？不可能。如果销量令人失望或一个选择被放弃，那就是"支持"薄弱、封面不佳、封底文案糟糕、时机不对、发行失误、缺乏附属权销售或其他常见的出版困境的过错。

这怎么会是作者的错呢？毕竟，他写了一本足够好的书。它被出版了，它符合标准——有时这个标准高得似乎有点难以置信。因此，任何糟糕的表现都不是作者的错，而是别人的错，对吗？

但是，如果这是真的，那么为什么有些小说尽管受到小额的交易、最小限度的印刷量、很少的宣传、容易被人遗忘的封面、平淡无奇的文案、混乱的发行以及缺乏电影交易或翻译销售的困扰，仍然获得了成功？

以时机和发行问题为例。在《作家文摘》杂志2012年9月的一次采访中，英国作家克里斯·克利夫（Chris Cleave）谈到，他的第一部小说《燃烧弹》（*Incendiary*）出版当天，由于伦敦遭到恐怖袭击，而这本书恰好是关于伦敦发生的一起恐怖袭击的，因此在发售约90分钟后就从书店的书架上被撤下了。这简直是灾难！然而，这本书后来还是找到了读者并获得了成功，甚至被拍成了故事片。克利夫后来写出了畅销书《小蜜蜂》（*Little Bee*）和《金色》（*Gold*）。

那么糟糕的封面呢？你记得《神秘河》①或《帝国瀑布》（*Empire Falls*）②的封面上有什么吗？我不认为你还记得。封面无关紧要。事实上，想想你在过去十年里读过的任何一本伟大的小说，问问你自己：你购买或喜爱那

---

① 作者丹尼斯·勒翰，该书2007年由南海出版公司翻译出版。——译者注
② 作者理查德·拉索（Richard Russo），该书2005年由人民文学出版社翻译出版。——译者注

本小说的原因是封面、意大利语版本、电影选项、作者的推特，还是它那令人咂舌的巨额预付款的新闻？大概都不是。

我不是说这个行业是完美的，也不是说作者不能用聪明的自我宣传来增加销量。（尽管根据我的经验，这种增长通常比布道者希望你相信的更小。）如果你想用这些问题转移注意力，那就去吧，我不会阻止你。但是，你会忽略一个关键点。

作为一个帮助指导小说事业 30 多年的文学代理人，我学到的一点是：巨大的成功来自伟大的小说，仅此而已。出版行业可能会有所帮助或阻碍，但无法阻止一个富有力量的故事变得强大。反之，出版行业也无法神奇地将一部勉强过关的小说变成一部伟大的作品。

你可能不会喜欢每一本畅销书（《五十度灰》，有人喜欢吗？），但如果一本书卖得很好，那么它对许多读者来说做的是对的。同样的道理，商业上不太成功的小说在这些方面做得不够，即使它们好到能够出版。

那么，这些关键因素是什么呢？让我们来看一些最常见的。

罪魁祸首一：胆怯的声音

伟大的小说不仅能立刻吸引我们，还能掌控我们的注意力。它们不仅引起我们的兴趣，还让我们保持着迷。它们施了一个咒语。诙谐活泼的前提和丰富的情节可以吸引我们，让我们继续阅读，但它们本身并不能产生魔力。它需要额外的东西：声音。

声音到底是什么？叙事风格？人物措辞？一组题材或者一个单一的设定？以上全部？把它确定下来可能很难，但可以从这一点开始：我们主要通过视点人物来体验故事。换句话说，小说中的声音不是作者的思想或词汇，而是他笔下的人物以自己独特的方式所进行的观察、思考、感受和表达的总和。

第一人称叙述者自然会有声音，但这并不一定意味着声音很强。受害者、抱怨者和被动的女儿通常都有虚弱的声音。反过来说，差不多每一页都妙语连珠的活泼的叙述者也不总是能给人留下深刻印象。你有没有遇到过一个政府部门的大男子主义者或者典型的超级女主角，当你翻到最后一页的时候就忘记了他们的名字？那你应该知道我的意思。

洛丽·摩尔的畅销文学小说《门在楼梯口》（*A Gate at the Stairs*）[1]讲述了塔西·柯尔津的成长故事，她是一名 20 岁的学生，也是一个土豆种植户的女儿。在小说的开篇，塔西正处于学期假期中，需要钱。她正在找保姆的工作。

> 十二月份的时候，我就在寻找一月份学期开始时的工作。我已经考完试，正在回复学生公告栏里招聘"儿童看护"的广告。我喜欢孩子，真的！好吧，其实也还好。他们有时很有趣。

塔西是最普通的人物。她是一名学生，她需要一份工作，她没有奇特的天赋、超自然能力或背景故事秘密。迫使我们阅读她的唯一原因是她的声音，她对事物的看法。她对自己的看法是揶揄幽默的。她是一个试图说服自己喜欢孩子的未来保姆。这种揶揄幽默的声音使她足够迷人，足以吸引我们进入她的悲喜剧故事的其余部分。

第三人称叙述者确实离读者有一步之遥，但当他们的内心体验既生动又不同时，他们的声音就会变得强烈。这不仅仅是语言，也不仅仅是进入人物的内心世界，而是如何利用这两种东西创造出一个强有力的声音。

埃琳·摩根斯顿最畅销的文学幻想小说《夜晚马戏团》[2]是一场三重声音的嘉年华，不仅使用了第三人称，而且使用了冰冷的现在时，这一点更加引人注目。随便翻开她的小说看一看。这是马戏团经理勒菲弗在瞄准一份剪报上评论家的署名练习飞镖：

> 包含他名字的那句话正是把勒菲弗先生激怒到要朝它扔飞镖的原因。这句话是这样说的："钱德雷什·克利斯托夫·勒菲弗先生不断突破现代舞台的边界，用几乎超凡的奇观让他的观众为之倾倒。"
>
> 大多数舞台表演者可能会被这样的评论取悦。他们会把这篇文章剪下来贴在评论剪贴簿上，引用它作为对自己的推荐和介绍。
>
> 但这个特殊的舞台表演者不会这样做。与众不同的是，钱德雷

---

① 人民文学出版社、山东文艺出版社均有翻译出版。——译者注
② 该书 2014 年由山东文艺出版社翻译出版。——译者注

什·克利斯托夫·勒菲弗先生关注的是倒数第二个词①：几乎。几乎。

在你的小说中，多久使用一次"这样"和"倒数第二个"这样的词呢？不经常吗？没关系。我并不是说古板的措辞是塑造强有力声音的方法。但在这本小说中，它使钱德雷什·克利斯托夫·勒菲弗先生压抑的愤怒和执着的完美主义变得非常独特。

强化难以定义的声音：

● 你的主角对故事主要问题的最初看法是什么？让主角对此的理解分三步演进。在结尾时有什么不同？将每个阶段写在纸上。

● 你的主角对配角、故事的地点或时代有什么看法？以此开头……然后在结尾时改变它。

● 在你的故事中选择任意一个普通的东西，例如一辆车、一项运动或者一个公共辩论话题。让你的主角拥有一种狂热的看法。写下他的咆哮。补充。（这是纯粹的声音。）

罪魁祸首二：未经考验的人物

如果声音来自某个人物看待世界的方式，那么他对读者的持续吸引力来自他做了什么，他为什么这么做，以及他是谁。你的人物仅仅有行动、动机和原则是不够的。那些驱动力可以很弱，也可以很强。

让我们先从行动开始。最虚弱的行动是不行动。你会认为这是显而易见的；然而，许多场景，事实上整部小说（是的，甚至是已出版的小说），都可能在没有人物实际行动的情况下向前发展。反应、观察和忍受艰难或痛苦都不是行动。从技术上来说，逃跑是行动，但它没有直面、对峙和战斗那么强大。

更引人注目的是展现骨气、鼓起勇气、源于崇高原则或者让人物直面内心最深处的恐惧的行动。最强的是自我牺牲、宽恕和其他展现成长、恩典和爱的行动。

动机呢？在生活中，我们的动机是多种多样的、深刻的、相互交织的。不幸的是，在许多小说中，人物都是被单纯而简单的动机驱使。普通

———————————

① 在原文中，"几乎"（almost）这个词是原句的倒数第二个词。——译者注

的动机造就了卡通化的人物。

你可以在一些类型小说中观察到这样的动机。侦探有密码，爱情小说的女主角追求爱情，奇幻小说中的英雄打击邪恶。很糟糕吗？不。密码、渴望爱情和与邪恶斗争都是好的——但作为人物唯一的动机，它们也是普通的。

那么，是什么让人物的动机真正吸引人呢？这是有等级的。混合的动机让人物真实。相互矛盾的动机使人物复杂。最吸引人的是向我们揭示人物内心深处的动机。我们被伤痛塑造。当人物的伤痛独特而具体时，在他们的旅程中驱动和激励他们的东西会在矛盾中转变为普遍的东西。

这么说吧：你对人物的动机挖得越深，读者就越能产生共鸣。

原则又是怎么样的呢？它们是我们生活的准则和持有的信念。它们也可强可弱。普通原则是常见和明显的。善待他人是一条很好但很平常的生活准则。引人入胜的原则是个人的，是对熟悉事物的扭转。给你遇到的每一个人建一座桥——然后走过它，这多少有些个性化。如果按照这条准则生活的主角是一名桥梁检查员，那就更是如此了。

当行动、动机和原则结合在一起时，其影响可能是深远的。杰米·福特的长期畅销书《悲喜边缘的旅馆》① 主要以 1942 年的西雅图为背景。这是一个关于六年级的美籍华人男孩亨利·李爱上了班上的日裔美国女孩冈部惠子的故事。当惠子和她的家人被转移到拘留营时，亨利心急如焚。这对于许多纯文学小说来说已经足够了。浪漫的悲剧已经发生。政治观点已经形成。

但福特让他的主角做了一些事情：亨利得到了一份给学校厨师做厨房助理的工作，该厨师已经签约为拘留营的囚犯提供食物。亨利去寻找惠子：

> 亨利遇到的另一个语言障碍是在拘留营内部。仅仅是看到一个中国小孩站在服务台后面装苹果的板条箱上就够奇怪了。然而，他越是向候餐队伍中的人打听冈部一家，他就感到越沮丧。很少有人在乎这件事，而那些在乎的人似乎永远也听不懂他讲话。尽管如此，亨利还

---

① 该书 2010 年由南海出版公司翻译出版。——译者注

是不断向领餐的人问问题，就像一艘不断发出求救信号的迷失之船。

"冈部？有人认识冈部吗？"

亨利的寻找深刻地显示了他这个人物的力量。他拒绝了他的父亲（父亲试图将民族主义者的身份强加给他），无视社会偏见，不畏艰难。他的行动、动机和原则都很高尚，尤其他还只是个孩子。

考验你的主角：

● 你的主角本可以做却不能做的最大的事情是什么？在故事的结尾，让他去做。

● 故事中的问题困扰着你的主角，就像它困扰着其他人一样。真正的原因要回溯到童年的某件事——是什么？把它写成一个戏剧性的、决定人物性格的背景事件。让它成为每一个场景的基础，但要在故事的后期才揭示发生了什么。

● 你的主角的行动原则在哪些方面和别人不一样？把它们归结为一条规则。在故事的早期先埋下它，然后在故事的结尾至少三次描写、挑战和深化这个原则。

罪魁祸首三：过于内部或外部的故事

你是你的故事世界里的上帝。所以你没有理由不在你的故事中扮演上帝。

某些故事模式必然会导致小说缺乏震撼力。建立在延迟、痛苦和停滞上的小说往往如此。即使是情节丰富的故事也会让我们打哈欠。惊人的情节转折不一定会产生惊人的效果。

安静的作者需要在教堂里制造混乱。而在另一个极端，令人眼花缭乱的故事讲述者则需要认识到，一味的闪光粉爆炸并不会让观众产生深刻的感受。更简单地说，内部故事需要更多戏剧性的外部事件；同样，戏剧性的外部事件需要创造更令人震惊的内部影响。

如果你回避那种被称为"情节"的廉价把戏，我为你的正直鼓掌——但试着关注你的主角在任何特定时刻的内心状态，并想办法将其外化。让某事发生。相反，如果你专注于让书页以每分钟一英里的速度翻动，这很好——但试着让你的主角去执行一项任务，不仅拯救世界，也拯救他自己。

实际上，在你的故事中扮演上帝意味着让你的主角做更大的事情，或者说，让他们在经历一些小事时也能感受到更大的事情。

之前我提到了《五十度灰》。很难找到一个人认为这部主流情色作品写得特别好；尽管如此，它轰动性的地位表明，它轻易就折服了数百万读者。这是为什么呢？

小说的女主角，学生安娜塔希娅·史迪尔，被企业家克里斯蒂安·格雷这个有着阴暗性癖的男人迷住了。安娜塔希娅起初是抗拒他的吸引力的。这种抵抗的逐渐瓦解催生了小说前几章中的张力。然而，这是一种内在的张力，要发挥作用，它必须渗透到每一次日常接触中。

在一个早期的场景中，格雷走进安娜塔希娅工作的五金店，买了束带、遮光胶带和绳子。安娜塔希娅虽表现出礼貌的客户服务，但内心是好奇的、困惑的和颤抖的。当他离开时，她在这段话中叙述了自己的感受：

> 好吧，我喜欢他。好吧，我承认了。我不能再逃避我的感觉了。我从未有过这种感觉。我觉得他很有魅力，非常有魅力。但是我知道，这注定是一个失败的结局，我叹了口气，心中充满苦乐参半的遗憾。他来这里只是一个巧合。不过，我仍然可以从远处欣赏他。这样也没什么坏处。

虽然这段话可能不是有史以来写得最巧妙的，但请注意其中安娜塔希娅感情的推拉。她屈服于格雷的吸引力，但又立即拒绝了它。她误以为他去五金店纯属偶然。（真的吗？遮光胶带？）她决定从远处欣赏他，这是一个有趣的预兆。最重要的是，她对格雷到五金店购物的反应过于夸张，就好像一个神一般的主人从高处掉到了一家不起眼的五金店里——这对安娜塔希娅来说是真的。

在你的故事中扮演上帝：

● 你的人物陷入困境，遭受磨难，停滞不前。他拨打了危机热线，你接听。你接受过说服打电话的人寻求帮助的培训。你的主角应该怎么做？让他去做……然后让他失败。

- 你的动作英雄以最快的速度跑在前面。设置一个障碍物。强制延迟一小时。在这一小时里，问你的英雄以下问题：你为什么要跑？它为什么重要？你在向前跑，但也在逃避——是什么？写下来。把它折叠起来。你还有时间来深化你的人物。

- 对你的主角进行惩罚，同时考验他内心的信念。对他来说最难的考验是什么？补充进去。考验的是什么？把这点说清楚。

衡量成功的标准

如果没有针对已出版作者的解雇通知，你怎么知道你已经"失败"了呢？事实是，本质上是没有失败的；有的只是令人失望的销量、被放弃的选择、未回复的电话、恐慌和愤怒。自我形象受损是痛苦的。

治愈自己从审查你如何定义成功开始。如果是通过卖出大量的图书，那么你就是在为自己的失败埋下伏笔，因为你总是会输给像哈兰·科本（Harlan Coben）这样的大作家。事实上，我发现只专注于大量销售图书几乎是你无法成功的保证。

同样，将失望归咎于出版业也不会治愈你或使你变得更强大。这是一个精神陷阱。图书出版是一个大产业，被少数几个大集团控制，每年出版大约 6 000 部新小说。出错在所难免。

虽然这个行业并不是没有责任，但事实是你无法改变这个行业。你只能改变你的写作。

当你到达"出版"这一快乐境界时，要记住，作为一名作家，你和以前一样有优势和劣势。你的优势已经强大到足以让你跨越第一个障碍；你的劣势则削减到不能阻止你跨越障碍。但是，你还有成长的空间。

如果你在出版生涯中遇到不如意，不要绝望。几乎每个作家都会遇到这种情况。诀窍不在于充满愤怒，而在于学习。学习什么？学习如何成为一个更有力量的故事讲述者。

好消息是，当你这样做的时候，行业缺陷变得不再那么麻烦。事实上，你会遇到更少的麻烦，直至麻烦最终全都消失。你的书会成功——不是因为你战胜了困难，而是因为你成了一名伟大的小说家。

56. 两全其美：培养成功的混合型作者

查克·温迪格[①]

我上一栋房子的草坪枯死了。之前它还是青翠茂盛的。一周后，草地上出现了一个棕色的圆圈。又过了一周，整个院子都遭遇了一场枯萎，好像我们激怒了草坪女神和草地之神，好像我们的花园地精和割草机圣歌还不够。

在我现在的家里，草坪与其说是草坪，不如说是杂草丛生。几乎没有整块扎堆生长的草。它很强健硬朗。干旱不会困扰它。疾病杀不死它。它是如此之绿，你可以称它为"绿宝石"。修剪一下，它看起来就和其他草坪一样。

这展现了混种比单种更有力量。

单一文化不会独立存在。我们创造了它们，但是它们不能发展得很好。在一片土地上种植同一种作物——玉米、大豆或者无论什么，它就容易受到疾病和害虫的侵害。然而，在一片土地上进行多样化种植，它对病虫害的抵抗力就会大幅提高。

多样性意味着生存。在农业领域确实如此，在我们的股票投资组合中确实如此，在我们的餐盘上也确实如此。

出版界也是如此。作家想要生存，意味着从一开始就要拥抱多样性。这意味着把你自己想象成一个"混合型"作者。

出版选项：优点和缺点

"混合型"作者听起来就像是在实验室里长大的。像是斯蒂芬·金和

---

① 查克·温迪格（Chuck Wendig）是《纽约时报》畅销书作家，著有《星球大战：余波》（Star Wars：Aftermath）、米莉安·布莱克惊悚小说系列（the Miriam Black thrillers）、哈特兰德成长小说系列（the Heartland YA series），以及其他漫画、游戏、电影等作品。他是约翰·W. 坎贝尔最佳新作家奖的决赛入围者，也是获得艾美奖提名的数字叙事作品《倒塌》（Collapsus）的联合作者，他还因其广受欢迎的博客（terribleminds.com）以及关于写作的图书而闻名。他和家人住在宾夕法尼亚州。

E. L. 詹姆斯的变异体挣脱了束缚，用变态的文章恐吓曼哈顿。

谢天谢地，它比这好多了。

混合型作者拒绝接受"出版业只有一条路可走"的观点，而是采用所有可用的方法将自己的作品推向市场。他们采取多种多样的方法，既利用传统的出版体系，又充当作家-出版商的角色（相比自助出版商，我更喜欢这个词，因为它标志着你现在所扮演角色的双重性）。

任何形式的出版都有优点和缺点，提前了解这些很重要。

传统出版体系的优点包括以下几点：

● 你可以提前获得收入（预付款）。

● 你可以得到专业的品质管理（编辑、设计）。

● 从理论上讲，你拥有获得大型营销成果的渠道。

● 你更有可能获得附属权利（电影、电视、国外）。

● 你有更好的机会被主流媒体评论。

● 你有更好的机会在书店发行作品。

● 资金流向你（你不需要支付生产成本）。

以下是缺点：

● 缺乏显著商业吸引力的项目很难从把关人（编辑、代理人）那里通过。

● 出版极其缓慢。

● 有时营销支持永远不会实现，这项任务很大程度上被留给了作者。

● 书店货架上的实体空间正在缩小。

● 这是一个厌恶风险的环境。

● 这个体系不能很快适应变化。

● 合同有时会有限制性。

作为一名作家-出版商，有其自身的跌宕起伏。以下是其优点：

● 你可以保留创意的控制权。

● 更大比例的资金（大约 50%～70%）被留在你那里。

● 你会成为资源充足的强大社区中的一分子。

● 出版比传统出版体系更快。

● 新的选择和发行平台层出不穷。

● 你将保留所有权利。

● 你可以更快地适应变化。

- 你可以承担更大的风险。
- 你可以探索新的形式（数字短片等），或者接触被大出版社认为过于小众的读者。

缺点是：

- 这是一项前期投资（通常是 500 到 5 000 美元，用于以专业的方式将图书"推向市场"），但不保证这项投资的回报。
- 获得附属权利（电影、电视、国外）、主流书评人和实体图书零售商的机会较少。
- 有些类型（如纯文学小说、青少年小说）在这个领域比较弱势。
- 自助出版容易做不好。
- 作家经常发现他们所有的鸡蛋都在亚马逊网站这一个篮子里。

你的新口号："双管齐下！"

你看了这些优缺点的清单后会想：天哪，我应该选择哪一个？别想了。跳起来，定住脚跟踢腿，然后大喊："我要做所有的出版形式！"

因为你可以。这就是混合型作者的意义所在：充分利用每种出版形式相对于其他形式的优势。这种多样性能最大限度地发挥优势，减少劣势。

第一步：写一些不错的作品

成为一名混合型作者的第一步是写一些惊人的东西。把你的心放在纸上，融入故事，练习你的技巧，锻炼你的能力，尽你所能写一本最好的书（或中篇小说，或短篇故事，或漫画书，或其他）。

一个好的故事是你的第一步，也是防止出版栅栏任何一边出现任何问题的最好的第一道防线。如果做得不够，你会对你自己和未来的读者造成严重的伤害。

第二步：写一些同样不错的其他作品

成为一名混合型作者，意味着要让多部作品在多个平台上发表……这意味着你不能只写一部作品，然后像小鸟一样在上面筑巢。

你是一个作家。所以你必须写。

写两件事情。接着是三件事情！然后是写下所有的事情。写一个故事，然后在你编辑它的时候，再写另一个故事。保持创新力意味着创造。

第三步：分享——一份给我，一份给你

许多当今最著名的混合型作者都是先开始于一个出版领域，在那里获得成功，然后在有意义的时候进入另一个领域。休·豪伊（Hugh Howey）开始是一名作家-出版商，之后他的畅销书得到了代理人和大出版商的青睐。劳伦斯·布洛克（Lawrence Block）在传统出版领域积累了几十年的经验（以及成功和赞誉），之后才决定看看自己能做些什么。现在他们两个人都在同时利用这两种出版选择。

在一个领域获得成功当然是在另一个领域获得成功的可行途径。也许你现在太忙了，没有时间经营自己的小生意（请放心，自助出版正是如此），所以你宁愿把作品交给变幻莫测的传统出版体系。或者，也许你不想等两年才能把你的书摆上书架，所以你想抓住缰绳，骑上马而不是坐在马车里。你可以先选择一种似乎适合你的出版方式，然后走这条路，一旦你更加有名，就开始多样化。

或者你可以制定一个两者都尝试的计划。保留一部作品自助出版，安排第二部作品尝试传统出版体系。

如何选择最适合每部作品的出版选项？这需要一些有教育意义的猜测，再加上调查你肚子里的蛔虫（也叫"第六感"），最后需要注意的是，这两条路都不能保证成功。诀窍是试着弄清你的哪部作品会在哪个领域获得最大的成功。这不是数学，在数学中你可以输入变量并计算出确定的答案，但是你可以参考其他作者所使用的能够发挥作用的策略。

一个强有力的做法是保留风险较高的作品自助出版，选定更传统的作品交给传统领域出版。如果这看起来违反直觉，请记住，风险较高的作品更难通过出版把关人的审核。出版商更愿意出版已知的东西。他们喜欢那些他们知道一定会畅销的书。（坦率地说，如果你有办法自己接触到小众读者——比如通过参与专门的在线社区——你可能比出版商更有能力做到这一点，那么为什么不通过你的努力保留更多的利润呢？）传统出版商也喜欢某些固定格式类型和特定长度的手稿。出版商可能不会接受新手作家的这些作品，例如：

● 中篇小说（另外要注意的是，自助出版者可以使用的新平台，如数字短片和电子单行本，在传统领域没有真正的对等物）

● 短篇故事集

- 一个没有大平台的作者的非虚构作品
- 篇幅过长（20多万字）的史诗奇幻作品
- 不容易被贴上类型标签的小说

因此，如果你认为"我这个特别的故事在传统把关人那里通过且表现良好的可能性很低"，那么你最好自助出版这部作品，同时将另一个风险更低的故事发送到传统渠道。

例如，你可能会注意到，青少年小说在数字自助出版领域的表现不是特别好，因为青少年对电子阅读器的接受速度很慢。此外，青少年小说现在在传统出版领域的影响力确实很大，它的发展也反映了这一点。因此，你可以在向出版商提交青少年小说的同时，自己保留一部成人作品自助出版。

成功的关键

听起来很简单，对吧？但是和所有事情一样，要想真正成功，有一些事项需要注意。

注意事项 1：有代理人作为代表对混合型作者有益

你需要一个代理人。首先，你需要一个代理人让你的作品出现在传统领域的大多数主要出版商面前。其次，代理人可以帮你将自助出版的作品带入其他领域——你有更大的机会让一个活跃的代理人代替你出售所有作品的版权（包括印刷！）。

还要注意的是，一些出版商有特定的合同条款——特别是竞业禁止和优先购买权条款，这可能对混合型作者不友好。因此，对你、代理人或律师来说，协商这些内容以及任何其他授予他们对你的作品（尤其是数字作品）不必要权利的限制性语言是很重要的。

获得代理人的方法是向他推销一个你正在为其寻找传统出版社的独立项目。但是一旦你引起了代理人的兴趣，你需要提前说明你打算成为一个混合型作者。这意味着你要寻找那些不仅能接受混合型作者而且精通这一领域的代理人。一个只对传统出版领域感兴趣而不了解作家-出版商这一选项的代理人，不会是你的最佳代理人。一个糟糕的代理人对你职业生涯的伤害比没有代理人更大。

注意事项 2：混合型作者需要做好自助出版

自助出版做起来容易，但是做好难。尽管如此，为了给你的书一个成功的机会，你还是需要把它做好。幸运的是，有大量任你使用的资源可以帮助你。使用它们。这里有一个你将学到的东西的预览：做好自助出版意味着要投入一定的资金。这意味着专业的编辑，意味着出色的封面设计师，意味着出版的书（或电子书）要和你在巴诺书店的书架上找到的书一样好——不，甚至更好。做得不好会损害你在传统出版领域的机会，这意味着你将无法成为混合型作者。

做好自助出版也意味着开发一个作家平台，你可以依靠它来增加你作品的知名度。这通常始于强大的社交媒体表现——不是致力于营销，而是致力于让你成为最好的自己，与你的潜在读者真诚互动。

对于混合型作者来说，你所有的社交媒体推广以及其他和平台相关的努力都必须导向一个展示你其他作品的中央网络空间（专业作家网站或博客），这一点至关重要。如果你的书有多种信息渠道，那么这就是一个感兴趣的读者可以访问并了解你自写作以来所有作品的空间。

踏上旅途

写作生涯的混合不仅仅是让你前进：这是一场漫长的游戏，而不是一段短暂的时间。

如果你能在传统领域获得一系列图书的出版，你就可以利用它们之间的间隙通过自助出版其他作品来增强读者的忠诚度。或者，如果你自助出版的作品得到了积极的回应，你就可以充分利用这一点来获得出版商对你传统作品的更多支持。你的出版的能量和市场是相互依赖的。与此同时，期待你能从各种渠道获得小额但稳定的（最好是不断增长的）收入。

请注意，作为一名作家，多样性也意味着与大大小小的各种出版商合作，也意味着实验（Kickstarter！Kindle Worlds！连载小说！）。

当然，要做到这一点，你需要一系列健康的故事。这又回到了第一步：写作。完成你最开头的事情，让它变得优秀。然后再做一遍。

第五部分

小说家访谈

畅销建议：读者

未读的故事不是故事；它是木浆上的小黑点。读者在阅读它时，才会使它变得生动：一个生动的东西，一个故事。

——厄休拉·K. 勒古恩

所有读者都愿意成为你谎言的帮凶。这是我们在拿起一部虚构作品时签订的基本善意合同。

——史蒂夫·阿尔蒙德

写出读者和你自己的想象。提供重要的细节，让读者发挥想象力，使他们成为故事的共同作者。

——帕特里克·F. 麦克马纳斯（Patrick F. McManus）

永远记住读者。对他们要诚实，不要居高临下地对他们说话。你可能认为自己很聪明，因为你是伟大的作家。如果你这么聪明，读者怎么会付钱给你呢？记住，读者才是老板。他雇你来做事，所以你要这样做。

——杰伊·安森（Jay Anson）

很久以前，一名警察告诉我，知道自己在做什么是无可替代的。我们大多数三流作家都不知道。那些优秀的人都知道这一点，剩下的人写些愚蠢的东西。问题在于：读者知道这一点。

——乔治·V. 哈金斯（George V. Higgins）

你最好让他们关心你的想法。它最好是古怪的、反常的或深思熟虑的，这样你才能引起他们的共鸣，否则就不起作用。我的意思是，我们都读过这样的文章，我们会想："哦，谁会在乎呢。"

——诺拉·艾芙隆

我不相信读书是为了逃避现实。一个人阅读是为了确认一个他知道存在但没有经历过的现实。

——劳伦斯·杜雷尔（Lawrence Durrell）

我们都以不同的方式讲述一个故事。我一直认为，当你一个人在家时，楼梯上的脚步声和门把手转动的声音会比实际的对峙更可怕。所以，我的名字出现在 13 岁到 90 岁的人的阅读清单上。

——玛丽·希金斯·克拉克（Mary Higgins Clark）

我不在乎读者是否讨厌我的故事，只要他读完了这本书。

——罗尔德·达尔（Roald Dahl）

评论家们可以取笑芭芭拉·卡德兰（Barbara Cartland）。我被一位评论家逗乐了，他曾称我为"动画蛋白糖霜"。但是他们不能回避这样一个事实：我知道女人想要什么，那就是被男人扔到马鞍上，或者被深爱自己的丈夫扔到高高的草地上。

——芭芭拉·卡德兰

事实上，我从来没有考虑过我写作的对象是谁。我只想写我想写的。

——J. K. 罗琳

如果你能教会别人一些东西，你就成功了一半。因为他们会想要继续阅读。

——迪克·弗朗西斯（Dick Francis）

为了获得自己的声音，你必须忘记让别人听到你的声音。放弃它，你就会自动拥有自己的声音。试着成为你所在领域和你自己意识的圣人，这样你就不会担心被《纽约时报》报道。

——艾伦·金斯伯格

57. 戴维·鲍尔达奇：独立作家

杰茜卡·斯特劳瑟①

虽然许多作家都在努力寻找写作的时间，但对于戴维·鲍尔达奇 (David Baldacci) 来说，这更像是在努力寻找时间做一些其他事情，而不是写作。这是一种不受欢迎的写作方式，因为他显然不愿意做任何事情。

自从 1996 年凭借总统惊悚小说《绝对权力》(*Absolute Power*)〔该小说很快被好莱坞抢先拍成故事片，由克林特·伊斯特伍德 (Clint East-wood) 主演〕一鸣惊人以来，鲍尔达奇已经创作了 30 多部成人小说和 5 部青少年小说。虽然他最著名的是动作悬疑小说和充满活力的人物，如特工肖、陆军特工约翰·普勒、政府刺客威尔·罗比和阿莫斯·德克尔，后者是一个记忆超群、无法遗忘的人，在 2015 年的《记忆怪才》(*Memory Man*) 中首次亮相；但他也写了一系列广受好评的独立剧，其中包括家庭剧《一个夏天》(*One Summer*)、关于阿巴拉契亚历史的《祝你好运》(*Wish You Well*)（于 2015 年上映，由鲍尔达奇编剧并参与制作的独立电影改编）和关于假日故事的《圣诞快车》(*The Christmas Train*)。

作为一名前律师，鲍尔达奇仍然像准备一场高风险的辩护一样投入写作生涯。目前，他每天要花几个小时写一篇或多篇手稿，再花几个小时写剧本。"在一天中，我可能会做三到四个不同的项目，但只有当一个项目的汽油用完时，我才会转向另一个项目，"鲍尔达奇说，"我每天写作，直到我的油箱空了。我不会数字数、页数或任何对我来说似乎是人为目标的东西。"

很明显，他就像一辆巨型坦克，搭载着一台马力强劲的节能发动机。虽然他现在有一名办公室工作人员帮助他处理日常管理工作（维护他的网站，回复他每周收到的数百封读者来信），但他仍然卷起衬衫袖子，为他所信仰的事业服务。在马克·吐温故居和博物馆董事会任职（他是该博物馆价值 25 000 美元的马克·吐温美国之声文学奖的捐赠人）；与妻子米歇

---

① 杰茜卡·斯特劳瑟 (Jessica Strawser) 是《作家文摘》杂志的编辑。

尔共同创建了"祝你健康基金会"（Wish You Well Foundation），以培养和促进家庭识字；并在 2014 年亚马逊和他的出版商阿歇特（Hachette）之间的争议纠纷中为作家辩护。

鲍尔达奇离开电脑屏幕，与《作家文摘》进行了一个小时的访谈——他是如此不慌不忙、接地气、见解深刻并鼓舞人心。

问：《记忆怪才》在亚马逊上很受欢迎，读者打出了 4.5 星的评价，大约有 6 000 条评论。德克尔这一人物的创意是怎么来的？他的影像记忆是你研究过的真实情况吗？还是你自己设计的？

答：超忆症是一种非常真实（但非常罕见）的情况。大多数患者天生就拥有这种能力，最著名的例子是出演《出租车》（*Taxi*）的女演员玛丽卢·亨纳（Marilu Henner）。她很容易记住台词！（笑）我对大脑着迷已经很长时间了。大脑是形成自我最关键的部分，同时也控制着我们的个性。所以为了深入研究这个问题，我想把它发挥到极致，让一个曾经正常的人经历一次令人衰弱的伤病，走出创伤后变成另一个人。我想塑造一个有包袱的人物，以便我在小说中进行戏剧性的探索，同时赋予他这种独特的属性，这将非常适合作为一名警察和侦探的他。但在他的生活中，他宁愿忘记很多事情，对他来说，时间并不能治愈创伤。把他置于一个既挑战他的长处又挑战他的包袱的谜团中，是一次有趣的挑战。通常我写的人物都是某个机构的人，或是警察，或是联邦政府的人——他们冲锋陷阵、雄心勃勃、精力充沛。而他恰恰相反，我只想走出我的舒适区，追求一些能让我舒展身心、有所不同的事情。

问：写德克尔这样的人物时，你是如何保持情感上的距离的？这本书里的很多事情——失去孩子、校园枪击案——都属于生活中"最可怕的噩梦"。然而，要写这些事情，我想你必须站在德克尔的立场上，对于这个故事的大部分内容来说，德克尔的处境是非常糟糕的。

答：是这样的。你想试着保持一点距离，只是因为你是理智的，但我不得不通过德克尔亲身体验那种恐惧。你可以选择——你不必写这些类型的主题。但是如果你这样做了，这几乎就像是演员在扮演一个角色——你只需要让自己沉浸其中，然后去做。我需要感受他的感受，并通过他把我的情绪投射到纸上，因为要让德克尔按照我需要的方式行动是一件不小的事情。这很不舒服，但如果你承担了，你就必须全力以赴。

问：你想让德克尔成为一个系列人物吗？

答：是啊，我一直想让他回来。留给他的东西还有很多。他是为数不多的几个我在第一本书中就知道他将成为系列小说的一部分的人物之一。其他人物，比如骆驼俱乐部，甚至是金和马克斯韦尔，直到书的结尾我才确定是否会让他们回归。但对于德克尔，我很确定。

问：当《纽约时报》问你一部伟大的惊悚小说的关键是什么时，你说的是"一位柔术作家掌舵，即使面对那些最精明/愤世嫉俗的故事迷，他也能领先一步"。你让它看起来简单而天衣无缝，但实际上这是你一生中做过的最困难的事情，整件事情似乎是靠磨损的胶带和唾液维系在一起的。你最喜欢的柔术技巧是什么？

答：如果你能从世界的一小片土地和一小片泥土中真正专注于细节，你就能推动看似壮观的大规模运动。《记忆怪才》就是一个很好的例子。这是我创造的一个非常小的舞台。故事发生在一座小镇上，德克尔住在一家连锁酒店，大部分情节都在一所学校里进行。所以《记忆怪才》中的柔术师是这样的，好吧，在这个非常私密的舞台上，人物数量很少，大多数时候你会看到一个又庞大又笨重的胖家伙走来走去，很多台词是他内心的独白，关于他如何看待学校里的事情，他走在那些走廊上……这就像希区柯克式的电影场景，你在试图弄清楚各个部分在哪里。所以对我来说，这些小细节是很难正确组合的。你想向所有人展示所有东西，但你不希望他们说"哦，我知道这是怎么回事"，然后在亚马逊上说"这是意料之中的，一星！"

在铺垫好基础和伏笔，并努力做到公平的同时，我还尝试做一些其他事情，就像魔术师一样——我向你展示了你需要看到的东西，但我用另一只手变了一个戏法，把你的注意力引开了。所以当阿莫斯·德克尔在学校里埋头苦干，堆砌各种推理、归纳和结论时，其他的一些小插曲在四处闪现。比如说人们打断他的行动；还会发生一些别的事情，不只是为了分散注意力和转移视线，而且是为了让情节继续发展，让读者保持警觉。"我以为我知道这是怎么回事，但突然之间发生了一些完全不同的事情，所以我需要注意。"要带给他们这样的阅读体验。

问：你曾说过，你在脑海中创作了很多内容，但事先没有制定严格的写作大纲。那采用类似方法的作家是如何正确地用"胶带和唾液"来填充

他们的工具包，以便将这些类型的情节组合在一起的呢？

答：你必须保持一种孩童般的好奇心。你知道，大纲没什么问题。我在写这本书的时候会写很多大纲，但我不会从头到尾都写出来。当我刚开始写德克尔的时候，我该如何勾勒这个人的轮廓呢？我不知道他是谁。我必须进入故事里面，摸索周围环境，和他交谈，看看他能做什么。

这是某种类型的结构，即使你用胶带和唾液在靠近裤子的位置飞行。我总是有这样一种想法，我希望故事发展到哪里，我想我可能会在哪里结束，尽管这种想法可能会改变。这取决于你能否充分发挥你的想象力。比如说经常做白日梦。感知外面有什么可能性。不要害怕改变你对某事的想法。这就是为什么我认为有时一个包含整本书的大纲是违反直觉的，甚至是破坏性的。即使当你把它写在纸上的时候感觉不对，你也会觉得，我花了四个月时间写它，我应该坚持把这个该死的东西写完。但作为一名作家，你就像拳台上的拳击手。你必须随时根据你的直觉来判断页面上要发生的事情，不停摇摆、迂回、跳跃、移动、改变方向和策略，我必须强调这是多么重要。这将决定故事结局是否圆满。

问：一种观点认为，有时当作家达到一定水平后，他们就会开始装腔作势。当然，你显然不是。此时"娱乐圈最努力的人"这句话浮现在我的脑海里。你为什么这么努力工作？

答：当然，在经济上，我不需要再这样做了。我花了五年的时间写短篇小说，因为我喜欢短篇小说——相信我。我相信你很清楚这一点，我永远不会以卖短篇小说为生。这是我上法学院的原因之一。我从未想过写作会成为我的职业——它只是我的一种好奇的爱好，我写作是因为我不能不写作。直到今天，人们都问我："你从来没有休息过吗？"而我说："我的整个人生就是不断在突破！"（笑）因为我每天都可以做我想做的事情，而且我还拿了工资。作为一名律师，我一生中的大量时间都在以 30 分钟为单位计费——我并不讨厌成为一名律师，我认为它给了我很多很好的技能和自律，但这不是我想要的生活方式——所以，天哪，一想到我要把时间花在我真的不喜欢的事情上，我喝了很多……现在，事实上我是一个讲故事的人，我一直都是一个讲故事的人，我一生中很长一段时间都在免费讲故事，现在我每天都可以讲故事，这太棒了。我努力工作是因为我热爱我所做的事情。一旦这不是一份工作，你就不会再觉得自己在工作了。

我知道有些作家达到了一定的水平，然后他们开始出很多书，他们的作品上也有其他人的名字。人们问："你会和别人一起写作吗？"我的标准回答是，我和别人相处得不好，这是真的（笑）。对我来说，有人进入我的团队，我给他们一个想法，然后他们写故事——这就剥夺了故事的所有乐趣。我想成为一个坚持到底的人。

问：你尽量在避免被归类为惊悚小说作者。然而，你在完成所有惊悚小说创作的最后期限时编写了你的第一部奇幻作品，甚至在完成之前都没有向你的代理人提及它。

答：我是这样处理《终结者》（*The Finisher*）的。2008 年的圣诞节，我的妻子给了我一本空白的日记本，我想要说的是，"在重要的节日里，永远不要给作家空白的纸，因为在那天剩下的时间里，你就再也见不到他们了！"于是我回到我的小房间，开始写维加·简。写这本书共花了五年时间。其中四年半的时间里，我付出了大量汗水，试图弄清楚故事的内容，然后又花了六个月时间进行大量写作。

但我不希望人们仅仅因为它是我写的就发表它。所以我把它寄给了很多不同的出版商，用的是笔名雅努斯·波普（Janus Pope）——雅努斯是罗马的双面神。学乐（Scholastic）出版社似乎对这本书很感兴趣。我来到出版社总部与他们见面，前几年我为他们写了"39 条线索"（The 39 Clues）系列。他们说："哦，你为什么在这里？"我说："好吧，你们刚买了我的书。""什么书？""《终结者》。"他们说："我的天！什么？雅努斯·波普在哪儿？我们以为他是英国人！"（笑）

问：所以，这其实更像是你对自己的挑战？

答：当然。我没有兴趣去找阿歇特说："我想写一本奇幻小说，我很快就会给你，你要出版它。"我想让真正了解奇幻的人看看这本书，认为它是一个不知名的人创作的，然后给出他们真实的判断。如果没人买，那我就浪费了五年的时间，但没关系，因为我在写作行业经历过很多起起伏伏。你知道，在早期，你会收到成千上万的拒绝，每个人都告诉你，你应该做点别的，因为你永远成不了作家——所以我在这些事情上是刀枪不入的。但我想知道："嘿，这是好，还是不好？"

问：你认为你是如何成长为一名作家的？

答：我觉得我在理解故事创作方面变得更为成熟了。我总是做很多探索——我认为在我早期的书中我保留了太多自己的探索。一个月的探索最后可能会变成小说开头的两句话，中间的一段话，或者结尾的一句话。我觉得我更擅长用一个好的剪辑来推进故事的叙述。我回过头去重读我之前写的东西，发现我本可以用一句半的话说完一整页内容。这样更经济，我的情节也更清晰明了。早些时候我有太多的事情要做。当我交出一本书时，我的代理人会感叹："这是一本很棒的书。你知道，它也许能拆成三本……"（笑）

问：你是否放弃过一个没有成功的项目，或者说你现在已经超越了这个阶段？

答：早些时候，是的，我不得不放弃一些项目。现在，我真的把它具体化了，在我的头脑中它已经发展到了我知道可以开始的程度。就像飞行员在跑道上滑行，接近起飞速度时，副驾驶会告诉飞行员"V1！"V1意味着上升，不管你愿不愿意。我们已经没有退路，不能再中止起飞了。所以我变得更擅长等待，直到我达到V1，我知道我会上升的，然后我才坐下来，开始在某个特定的项目上花费大量的时间。

即便如此，在某个范围内你可能已经写了很多内容，但如果它不起作用，你只能说："你知道吗，它不起作用。我很生气！我要去喝一杯（笑），但我还是会回来的，我会彻底解决这件事，因为我必须这么做。"你不能对拥有某样东西感到如此自豪，以至于你不愿意做对故事有利的事情。你需要残忍一点。

问：在亚马逊和阿歇特的纠纷中，你直言不讳，并对数字出版损害作者利益的趋势表示担忧。你认为在当今的出版环境中，新晋作家最应该警惕的是什么？你最好的建议是什么？

答：首先，这个世界上没有人会比你自己更关心你的职业。不是你的代理人，不是你的出版商，也不是你的业内朋友。归根结底，你需要为你的事业负责。我知道这很难，当你有了自己的第一本书时，你会很兴奋，你会说："我让其他人来处理版税之类的事情——我太兴奋了，书架上有我的书！"但说到底，一切事情都很重要。

作为一名律师，我不希望看到你被别人利用。你需要成为自己最好的拥护者。你需要了解这个行业财务方面的事项，因为如果你不了解，你就会被那些关注这方面细节的人利用。

我一直认为，任何出版商从一本书中赚到的钱都不应该比作者多。他们每年出版数千种书，但我的那一本是我唯一要做的一（或两）本书。这也适用于亚马逊。我们这些作家应该是山丘之王，因为我们提供内容。Kindle、Nook 和电子阅读器都是很棒的设备——如果你有东西可以在上面阅读的话。

因此，作家需要以一种强势的立场来引领一切，即我们是一种特殊的商品，人们需要对我们公平。但人们应该对你公平，并不意味着人们会对你公平。即使是资深作家，我们也能从阿歇特和亚马逊的纠纷中感受到这一点。我认为，这个行业真的不能再继续这样下去了。

从积极的一面来看，现在的自助出版有机会提供给你一个以前从未有过的平台——但需要注意的是，如果它看起来好得让人难以置信，那么它往往是不可信的。所以扮演好你的出版商角色和作家角色，这年头我们要两者兼备。

问：你是保护马克·吐温遗产董事会的成员。你希望你的遗产是什么？

答：我给你讲个故事。20 世纪 90 年代初，在我的第一本书售出之前，我有一个很热门的剧本，它有点像在白宫拍摄的《虎胆龙威》（*Die Hard*），我在洛杉矶有一个代理人，他让这个剧本在制片厂流传开来。看到剧本的每个人都说："如果这个剧本被改编为电影，一定会大热，华纳兄弟和派拉蒙都在关注它，可能会有一场竞标战，如此等等。"我当时人在纽约做律师，我们的客户正在收购一批银行，我被派去审查租赁合同。所以我一整天都在看那些十分钟后就让人头晕目眩的东西。那天晚上我回到酒店，因为是洛杉矶时间，而不是东海岸时间，大约 11 点左右我接到我代理人的电话。他说："嗯，华纳兄弟淘汰了这个剧本，因为他们淘汰了它，其他制片厂认为这里面肯定存在问题，所以每个制片厂都淘汰了它。我很抱歉。"我记得我看着窗外，心想：好吧，我已经创作了 17 年——试图把创作的东西卖掉并出版——而我刚刚花了三天时间审查银行的土地租赁合同，也许这就是我要做的。我要有自己的小爱好，我只为自己写作。

但我回到华盛顿后，有了写书的想法。我记得我当时想，我将会是唯一一个读到它的人，因为很明显，机遇不会发生在我身上。但是有一股强烈的创作欲望在我心里涌动，于是我花三年时间创作了《绝对权力》，因为这是我想讲的故事。

所以我想我的遗产是我是一个一直想讲故事的人。我满脑子想的都是这个。相信我，哪怕是在我最疯狂的梦里，我也从来没有想过《绝对权力》会腾飞。当我把《绝对权力》寄给一些代理人时，我已经开始写我的第二部小说了。因为我觉得我不会收到这些人的回复，于是想从创作另一部小说中获得乐趣。这就是我——一个总是追逐下一个故事的人。

58. 李·恰尔德：雷切尔的崛起

扎卡里·珀蒂[①]

一个叫吉姆·格兰特（Jim Grant）的人刚刚被解雇了。

这名英国考文垂人在备受尊敬的英国格拉纳达电视频道工作了近 20 年。但在 1995 年，他被解雇了。那年他 39 岁，解雇原因是"企业重组"。

幸运的是，就像即将登场的主角杰克·雷切尔一样，格兰特足智多谋、聪明绝顶，并且他可以顺势而为。

他会写一部惊悚小说。

"这只是我所知道的娱乐圈的问题，"他说，"似乎写这样的书是大势所趋。"

他尝试了一下。

他的文学事业的基础以最意想不到的方式开始成形。在超市里，一位老妇人让格兰特帮她拿一个高货架上的东西，他答应了。他的妻子开玩笑

---

① 扎卡里·珀蒂（Zachary Petit）是《HOW》和《出版》（Print）的内容总监，国家杂志获奖出版物《出版》的主编、自由撰稿人，终身文学和设计宅。除了作为特约撰稿人和编辑撰写的数千篇文章外，他的文字还经常出现在《国家地理儿童版》（National Geographic Kids）、《国家地理》（National Geographic）、《心理牙线》（mental-floss）、梅利莎·罗西（Melissa Rossi）的《每个美国人都应该知道的事》（What Every American Should Know）系列图书、《麦克斯威尼的互联网趋势》（McSweeney's Internet Tendency）和许多其他媒体上。他还是《自由写作基本指南：如何根据自己的条件写作、工作和发展》（The Essential Guide to Freelance Writing: How to Write, Work, and Thrive On Your Own Terms）一书的作者，以及《一年的写作揭示》（A Year of Writing Prompts）一书的合著者。

说，如果他的小说进展不顺利，他就可以从事雷切尔的职业。

杰克·雷切尔诞生了。

后来，格兰特和一名得克萨斯人在火车上聊天，他们聊起了法国雷诺5，这种车在美国被贴上了"Le Car"的标签——这名男子将其发音为"Lee Car"。格兰特和他的妻子开玩笑地开始给所有的东西都加上一个"Lee"，包括他们刚出生的女儿：李·恰尔德（Lee Child）。

一个畅销书笔名就这样诞生了。

没过多久，李·恰尔德的辛勤创作就得到了回报。他与他咨询的第一个代理人以及其推荐的第一家出版社签约，《杀戮之地》（*Killing Floor*）于1997年首次亮相。在这本书中，李·恰尔德尝试塑造了一个独一无二的人物——前宪兵队少校杰克·雷切尔，一个游手好闲的治安维持者，他带着一把牙刷在全国各地游荡，遇到麻烦就用正义的做法解决它（通常是用头撞对方）。《杀戮之地》获得了一系列奖项，并推出了系列畅销书，迄今为止已在95个国家售出了约1亿册。该系列的第二部被好莱坞改编成电影《侠探杰克：永不回头》（*Jack Reacher：Never Go Back*），由汤姆·克鲁斯（Tom Cruise）主演，于2016年10月上映；该系列的第21部《夜校》（*Night School*）于2016年11月上映。

李·恰尔德的读者喜欢他，不仅因为他的主角，还因为他标志性的风格，他使用简单的、几乎是海明威式的句式和灵活的节奏来构思紧凑的叙事。2009年，他被任命为美国推理作家协会主席。

如今，李·恰尔德在美国纽约、英国和法国都有自己的家。他本人身上散发着一种宁静的禅意。尽管他有很大一部分时间住在美国，但他仍然是典型的英国人——风趣、睿智、干练，嘴角经常挂着一丝微笑。

在接下来的访谈中，他揭示了为什么写作生涯姗姗来迟是一件好事，为什么他会长期坚持创作杰克·雷切尔系列，电影改编能（不能）做什么，等等。

问：你是在被长期工作的电视频道解雇后开始小说创作的，你认为读者可以从你重新振作的故事中学到什么？

答：我认为他们可以学到很多。被解雇是一种可怕的感觉，我们习惯于认为这是一场灾难，你知道，这是一次重大的破坏性事件，但你要看到积极的一面。我当时快40岁了，工作生涯基本上已过半：你上过大学，要工作到 60 多岁，所以正好是工作生涯的一半。现在开始做点别的事情也不错，还不晚。你已经积累了 20 年的工作习惯和技能等，你不再是 22 岁时的那个混蛋了。这在某些方面是好的，尤其是对写作而言。老实说，我认为写作可能是唯一一件不仅可以（以后）做，而且应该以后做的事情。我认为在你年轻的时候，写小说是一件很不自然的事情，因为你还没有吸收足够多的知识，你还没有看到足够多的东西，你还没有形成自己的思维空间或想法等。

问：雷切尔这个人物从何而来？他是如何从你脑海中的构思被转化到书页上的？

答：我在电视行业学到了一条棘手的规则——成功是没有办法设计出来的。成功总是偶然的，而真正制造出二流产品的唯一方法就是坐下来思考你要做什么。但是有些人会想：我必须做这个，你必须做那个；这个很流行；女人喜欢这样，男人喜欢那样。如果你开始思考这些，并把它列入你必须创作的一系列事项中，那么将会创作出一部糟糕的作品。

所以我就想，好吧，闭上眼睛，打个比方，闭上眼睛（写），看看会发生什么。于是就有了雷切尔。我并没有刻意去想他，因为我认为我调查得越多，过度分析他的危险就越大。很明显，对这个人物的构思来自我之前读过的所有书。雷切尔是一个相当标准的神话人物，已经以不同的形式存在了许多个世纪。

问：你认为这是他引起如此广泛共鸣的原因吗？

答：绝对的，这毫无疑问。他是一个神秘的陌生人，一个游侠骑士，一个高贵的孤独者，被一次又一次地创造、利用或喜爱。我想，如果你真的从学术角度进行分析，可能会发现他每隔 50 年出现一次，很可能会追溯到荷马和古希腊……这些都是读者一直渴望的东西。

问：你有没有想过走出雷切尔宇宙？

答：我非常怀疑。你要知道，虽然这绝对是一个创意行业，艺术和工艺等绝对是至高无上的，但它（仍然）是一个行业而不是其他。你至少要对你和市场的关系有一点理智。很明显，人们喜欢李·恰尔德这个作家和杰克·雷切尔这个人物。但我认为，如果你说"人们喜欢作家李·恰尔德，所以我给他们什么，他们就会喜欢什么"，那将是非常错误和傲慢的。这是一个未经证实的假设，没有理由相信它。人们想要的是雷切尔。

问：很明显你对这个人物还是很有兴趣的。这些书似乎并不过时。

答：是的，因为他是一个非常永恒的人物，也是一个非常宽泛的人物。因为我很多时候都不对他进行描述，也不对他进行解释，所以他可以做他想做的事情。此外，每本书的背景都不同。这是我一开始做的一个决定，即我写作的目的并不是就业，也不会把创作内容局限在固定的地点，因为当时周围的环境就是如此。一切都是如此……

问：我们谈论了很多好的写作建议。你经常听到的最糟糕的写作建议是什么？

答：最糟糕的可能是写你所知道的，尤其是在这个市场上。以惊悚小说为例，没人知道什么东西值得写。世界上只有三个人真正经历过这种生活。所以这与你知道什么无关。（写下）你的感受才是最好的建议。因为如果你把你的感受写下来，你就可以把它扩展开——如果你为人父母，尤其是如果你是一个母亲，我打赌你曾经有过这样的经历：你的孩子在商场里丢了五秒钟，你转过身，孩子突然不在了，在那五秒钟里你的心都提到嗓子眼了，你再转过身去，发现他就在那里。所以你必须记住那五秒钟的感觉，那种极度的恐慌和迷失方向的感觉。然后你把它放大：不是五秒钟，而是五天，你的孩子被绑架了，你的孩子被一只怪物绑架了。利用你的感受尽可能地扩展它，这样你就得到了一种真实性。

问：你说过，一本书就像作者写作时的缩影。我喜欢这样的形容。

答：我想是的。现在我对写作过程有了更深入的了解，也认识了一些人。你知道，很多作家现在都是我的朋友，我读他们的书，一方面是为了读一本很棒的新书，另一方面也有点像收到朋友的一封来信。这本书基本上告诉了你他们去年在想什么，而你在阅读过程中可以真正解码他们的思想。这是很有趣的事情。

问：你在写作中会有什么恶习吗？

答：我觉得你得多管闲事。这给了你一个借口。我喜欢偷听，喜欢观察别人。如果有人邀请你去他们家，你说"对不起，我借用一下洗手间"，但实际上你没有去，而是在厨房柜台上翻看信件、查看电脑，这是很糟糕的。我认为你必须对人和事有强烈的兴趣。

恶习——我的意思是，作家总是被描绘成酒鬼。我根本不喝酒，或者说几乎不喝酒。我不是一个滴酒不沾的人或其他什么人，我只是一个社交性的饮酒者。所以说，我不认为你一定需要恶习。

问：我不得不问一个我相信你已经厌倦了的问题——关于影迷们反对汤姆·克鲁斯扮演雷切尔的问题。

答：第一点是，我非常感激有人提出自己的观点。如果人们做出这样或那样的反应，我会很兴奋，因为这意味着事情已经成功了。这个系列已经面世，人们拥有它、喜欢它，在这种情况下，他们有足够的动机以各种方式来表达他们的感受。这真令人激动。如果你对任何一位新人作家说"想象一下 15 年后，脸书上会有很多人抱怨某个人物对你的另一个人物做了什么"——你知道，天哪，是的，你愿意为此付出一切。所以我非常激动。

第二点是，我认为我们所有人永远都处在一个泡泡中，一个作家或读者的泡泡。这是一个非常强烈的泡泡。当我冒险跳出这个泡泡时，我注意到一件事——假设你在前往某地的飞机上，旁边有一个健谈的人。他问："你是做什么的？"你说："我是个作家。"毫无疑问，如果他是一个普通人，下一个问题会是："哦，你的书被拍成电影了吗？"对他们来说，一本书是成为电影的称重检测站。书是半成品，终点是将书拍成电影。这就是公众的看法。

因此，第三点是，我对读者有点惊讶。以下是我的看法，打个比方：我是作家，你是读者，书就是一切。这本书是整个对话的主题。我在写，你在读，我们在谈论这本书。然后，随着你职业生涯的发展，开始出现山麓丘陵，山谷里充斥着其他东西，比如名气、网站等。我见过两个叫杰克·雷切尔的婴儿。你知道：名字是杰克，中间名字是雷切尔，姓氏也一样。他们来签名时，父亲带来了出生证明来证明这一点。因此，这本书仍然在那里，是绝对的巅峰，但山谷现在被这些无关紧要的小事填满了。对我来说，这部电影是山谷中另一件无关紧要的事情。我很高兴它的出现，就像我很高兴人们给他们的孩子取名为杰克·雷切尔一样。但这不是书本身。

问：在讨论写作这个整体时，你认为还有什么我们尚未触及的重要内容吗？

答：目前，写作整体上处于一种不断变化的状态，关于数字出版与实体出版、传统（出版）与自助（出版）以及诸如此类的话题层出不穷，但归根结底，这些都是微不足道的细节。最重要的是写出一个伟大的原创故事。是的，接下来你会遇到一个程序上的问题，那就是如何宣传它。只是媒介不同而已。这并不比平装书问世时更重要。问题是，如果这场革命淘汰了传统出版商——我的意思是，什么是传统出版商？人们试着分析它们的核心功能是什么，他们会说："它们已经锁定了印刷发行。"这不是出版商的核心功能，就好比说棒球队的核心功能是包租飞机。这只是一种迫不得已的做法，出版商基本上就是一个宣传者。

现在，如果我们失去了将优秀故事推向市场的能力，那么我们确实拥有一个公平的竞争环境。人们总是说公平竞争是件好事。实际上公平竞争是一件可怕的事情，因为没有人会被听到。现在只有少数人被听到，这是最不公平的，但另一种选择是没有任何人被听到。承认没有主流发行商的未来是糟糕的并不是自大，而是谦虚，因为我们非常清楚自己是多么依赖别人的专业知识。

问：作为这场对话的结尾，请谈谈你还想把你的创作带到何处。

答：我的志向是在这条路上继续走下去，但在到达顶峰之前离开。我认为，如果你说"我想在顶峰时辞职"，那么你所做的就是预测自己何时会到达顶峰。而我的经验是，大多数人在做出判断时已经晚了。他们认为他们现在到达了顶峰。哦，对不起，伙计，实际上你两年前就已经到达顶峰了。所以我想我的目标是继续下去，直到我觉得我让自己失望了。我想写最后一本书，让每个人都渴望得到更多，而不是一直写下去，直到人们觉得：哦，天哪，那个家伙，那个家伙几年前就开始走下坡路了。

59. 帕特丽夏·康薇尔：
犯罪生涯

杰茜卡·斯特劳瑟

大家都说帕特丽夏·康薇尔（Patricia Cornwell）是一股不可忽视的力量。无论是在犯罪现场、法医实验室，还是在她的键盘前，或你的书架上，说她是一股不可忽视的力量都有点轻描淡写。这位小说家不仅被誉为世界上最畅销的犯罪小说作家，还在研究她所谓的"非虚构小说"系列

（以法医凯·斯卡佩塔博士为主角）的过程中成了一名法医顾问。作为美国国家法医学院的创始成员和弗吉尼亚法医科学与医学研究所的创始人，除了在其他一些受人尊敬的机构中发挥重要作用，康薇尔今天可以说是因为她的书而闻名于世。自 1990 年其系列小说的第一部《尸体会说话》（*Postmortem*）出版以来，她的作品一直是各地畅销书排行榜（以及机场报刊亭）上的常客，就像她倡导精神病学研究、刑事司法、扫盲和动物权利一样。她还被认为刺激了美国公众对法医题材似乎永不满足的胃口，她的系列小说的流行催生了《犯罪现场调查》（*CSI*）和《冷血档案》（*Cold Case Files*）这样的节目。

一些人将她的成功归因于她童年时期在寄养家庭扎根的决心。另一些人说，她坚定的个性反映了她记者生涯的起步。她亲力亲为的研究方法，以及在公众视线中的成年生活从一开始就引起了人们的注意。她的处女作是一本关于家族老朋友（也是著名传教士的妻子）露丝·贝尔·格雷厄姆（Ruth Bell Graham）的传记；她自费调查开膛手杰克的身份，最终出版了一本有争议的书《开膛手杰克结案报告》（*Portrait of a Killer：Jack the Ripper—Case Closed*）；她与联邦调查局探员马戈·贝内特（Margo Bennett）的关系难以言明，据说马戈·贝内特的丈夫被判谋杀妻子未遂是因为发现妻子与康薇尔在一起了；她先是嫁给了比她大 17 岁的教授查尔斯·康薇尔（Charles Cornwell），现在又嫁给了哈佛大学精神病学导师斯塔奇·安·格鲁伯（Staci Ann Gruber）；她还成功起诉了一名作家，该作家指控她剽窃，并在网络上对她发起人身攻击。

有一件事是肯定的：康薇尔短期内不会离开。斯卡佩塔也不会。福克斯公司正在制作一部电影，安吉丽娜·朱莉（Angelina Jolie）将参与拍摄。康薇尔系列小说中的第 24 部《混沌》（*Chaos*）已于 2016 年 11 月出版。

问：描绘你笔下的罪行，或者想象有能力犯下这些罪行的人并不容易。你在多大程度上沉浸在自己的故事中？有没有一种方法可以在创作时与故事保持一定距离？

答：是的，我认为每个人的判断都是不同的。你知道有这样一句谚语：与恶人交往，须特别提防。我们都必须知道自己的底线是什么，当然我的底线比很多人的要低得多，因为我写下的这个世界是我觉得非常有趣的东西，这可以回溯到我成为一名作家的早期，那时我还是一名随警察巡逻的记者。我一直想知道：尸体从犯罪现场消失后会发生什么？它去了哪里？他们对它做了什么？那是在 20 世纪 70 年代末，当时没有人谈论这类事情。但我对尸体以及能从中嗅到什么线索很着迷。

我觉得我能接受人们所说的"可怕"的原因是我把它看成一种挖掘。在我还是个孩子的时候，我的一个梦想就是成为一名考古学家，你仔细想想，在犯罪现场工作就是对过去的生活和死亡的重建，并试图从遗留下来的文物中找出一切可能的线索，无论是伤口，还是他们的穿着打扮，或一个油漆斑点，或一束纤维，所有这些都包含着一个故事。这就是我发现的非常耐人寻味的地方，这些细微之处往往压倒了总因素。因为，事实就是，犯罪现场和停尸房会冒犯你所有的感官。但对我来说，弄清楚所发生的事情的想法比我对它不幸的一面的排斥更有吸引力。

所以我知道我的底线。例如，如果一名病理学家说："你曾经在尸体上做过 Y 形切口吗？你想试一试吗？"我会说："绝对不行。"这些都是我不会做的事情，因为对我来说，这已经越界了。又例如，如果我在研究死后留下的咬痕，也许我能做的最大限度就是咬一块生鸡肉，然后好好刷牙。我（有一次）去文身店，文了一个火鸡烤炉，然后为《黑色通告》（*Black Notice*）做了法医测试。所以我会做一些事情，但我有限度。

有一件事我一直很小心，那就是我不想花很多时间和犯下这类罪行的人在一起。我采访过死刑犯，也去过监狱，但只了解一部分就对我有很大帮助了。如果直接和我所谓的"怪物"接触会让我很焦虑，我写他们的时候会感觉不安全。我曾经用第三人称的视角写作过一段时间，当你这样做的时候，你必须以杀手的视角写作，我发现这真的很不舒服，所以我不再这么做了。

问：你说过，在你开始写作之前，你不知道你创作的人物的个人生活发生了什么。那么在开始写作之前，你对以犯罪为基础的核心情节了解多少？你有大纲吗？

答：不，我是一个非常自然的作家。我年轻的时候就开始写诗，我想我有一些写诗的技巧，即从一个画面开始。例如，在《红雾杀人事件》（*Red Mist*）中，我知道斯卡佩塔要去萨凡纳，但我不知道会发生什么。然后我继续想象她在炎热的夏天开着一辆白色的旧面包车穿过沼泽的画面。

我想，你不会开这种车。我肯定是把各种各样的画面混在一起了。但她不肯下车。我一直能看到它，我在想，你知道吗，随她去吧。但我真的不知道她在这辆破车里干什么，它甚至不是租来的车！这成了故事中非常重要的一部分：她在车里做什么？这辆车属于谁？以及她将面临什么？她被引诱进了一个陷阱。所以我开始根据这个画面来讲述整个故事。

有时创作进展得很顺利，有时我会陷入困境。但我无法想象勾勒出一本书的大纲，然后坐下来根据大纲创作内容。我认为这会失去创作的情感，比如说那些令人兴奋的激情，那些闪光点。我担心如果我这样做的话，故事会变得平淡无奇。但我知道这种方法对有些人有用。每个人都要做对自己有用的事。

问：那么，你的写作和研究有多少重合之处呢？你的情节取决于那些事实细节吗？

答：它们是不可分割的。（研究）是我获得想法的源泉，而我在写作的同时会继续做研究，所有这些都是一起发展的。我有了一个想法，当我研究它的时候，就会产生其他的想法。有时候，某个人在调研之旅中给我看的一件东西会成为整个故事的起源……

有一次，我被邀请去挖掘恐龙遗迹，《骨层》（*The Bone Bed*）的创作就来源于这次经历。所以我要对作家们说的是：走出去做点什么。不要只看别人的书。去冒险吧！当你读海明威的时候，你知道他喝过哪种啤酒，吃过哪种食物，射杀了一头大象。现在，我不建议人们去猎杀大象，而是出去做点什么，获得你可以描述出来的真实生活体验。

问：你每天的写作惯例是什么？

答：我尽量在早晨头脑清醒的时候开始做第一件事，尽可能长时间地工作。在一本书的早期阶段，我可能每天工作四到五个小时。有时我可能一天工作八到十个小时。我把自己隔离起来才能完成最多的工作。我的伴侣非常理解我离家外出创作的事，因为有时我不得不离家。我在水上的一家酒店里设立了一间办公室，这里是我的最爱，可以与世隔绝。其实我只生活在我正在做的事情中，即使不写作，我也在思考。并且我可以在两到三周内完成大量的工作，所以我倾向于冲刺式写作。

我的建议是：把写作当成一段感情，而不是一份工作。因为如果这是一段感情，即使你一天只有一个小时，你也可能会坐下来，打开最后一章，因为这就像拜访你的朋友。当你想念一个人的时候你会怎么做？你可能会拿起电话，保持联系。如果你在写作时也这样做，那么你就会停留在那个时刻，就不会忘记你在做什么。通常我上床睡觉前做的最后一件事就是坐在电脑前，看看我最后写的东西。这就像我晚上给人物盖被子一样。我可能做得不多，但我在提醒自己：这就是我现在生活的世界，我要去睡觉了，明早见。

问：许多作家在建立了一个系列之后会觉得自己被束缚在一种风格中，但你改变了一些创作手法，比如时态和视点人物等。你是如何找到这种自由的？

答：你必须愿意承担风险，尤其是如果你要在一种风格中待很久的话。如果你感到无聊或沮丧，那么你的读者也会感到无聊或沮丧。我并不是说改变总是好的，但它可能是必要的。1999 年，当我完成《终极辖区》（*The Last Precinct*）时，我说："我正在敲打（斯卡佩塔的）头骨。从她的角度来写，真是太令人拘束了。我觉得我不能再这样下去了。"所以我决定尝试用第三人称写下一本书。我需要这样做，成为一个更好的作家，在某种程度上拓宽我的舞台。但过了一段时间，我意识到我更喜欢从她的角度来写，所以我又回到最初的写法。在过去的十年里，科技发生了巨大的变化，现在你可以从某人的角度写作，还可以带他们去很多其他地方，让他们看到不同的东西，因为有了监控摄像头、互联网等。

你会遇到这样的情况：一部分人喜欢你做不同的事情，另一部分不喜欢你这样做。（但是）你必须适应你所处的世界。如果你想生存下去，你必须这样做。

问：在你的手稿出版之前，你会让专家对其审查。为什么对你来说，确保故事中的事实准确无误如此重要？你是否曾经尝试过创造？

答：我有时确实会尝试创造，比如我发明了一些还没有出现但我知道会有的东西。但是对创作而言，没有理由犯无端的错误。比如你因为懒得去检查而弄错了法医仪器，我是不会这么做的。我想这要追溯到我刚开始做记者的时候，和从事这些职业的人接触太多了，出于对他们的尊重，我也要努力把事情做好。

我写的是非虚构小说。我从事实材料中编出故事，这对我来说是接地气的，就像拴住气球的绳子，这样我就不会迷失在混乱中。这并不意味着每个人都要这么做。但我确实认为，如果你试图捕捉某个特定的世界，比如法律、医学、法医或历史，就没有理由不努力弄清事实，不去做研究。而且我认为，如果人们不厌其烦地去做，故事对他们来说就会变得更加生动，他们就会写出更好的故事。

问：你因开创了一系列以法医为基础的图书、电视节目、电影等而名声大噪。你认为你推动了这种流派吗？

答：是的，斯卡佩塔确实打开了我所谓的法医流派的大门，并不是我聪明到能想到这一点，只是我不经意间投入了研究，因为这个世界让我着迷。显然，娱乐圈的人也意识到其中蕴含着巨大的潜力。

对我来说，这变成了追狗尾巴的情况。我必须调整我的创作，因为人们每天都看的到。我不会用十页纸来描述扫描电子显微镜是什么，因为现在人们能在电视上了解到。当你在看发生在停尸间的真人秀时，我不需要告诉你停尸间是什么样子的。所以我必须调整讲故事的方式，也必须总是领先竞争对手一圈。无论他们在某个电视节目上说什么，我都要确保自己做了研究，知道一些他们不知道的东西，并把它写进我的下一本书里。然后这些内容会在电视节目中被循环使用，紧接着我写下一本书，向你展示一些新的东西，最终这些都会出现在电视上，这就是它的运作方式。我是说，我不是法医，但它造成了我从未想过的局面。我就像一个一直在加速奔跑的人，努力不回头看。快跑，快跑，他们要追上你了！

这也是我重新回到斯卡佩塔的视角的原因之一：有一件事我做得比任何人都好，而且从来没有人重复过，那就是塑造这个人物。我不在乎外面还有谁；总之没有第二个斯卡佩塔了。她是我的黄金，我所有的人物都是。所以我变得更加注重个性，更关心他们的生活中发生了什么事情。当然，他们将变得非常复杂，我不会在这一点上欺骗任何人，但主角不再是法医、科学家和医生。

问：一些小说家不断提醒读者他们的作品是虚构的，但你经常被当作法医专家来咨询。你是什么时候开始接受这种模糊的区分的？你认为小说家成为自己领域的专家是一种优势吗？

答：我确实这么认为。我是一个奇怪的混合体。我一开始是一个诗人和艺术家，但我也有另一面，那就是吸收这些信息。如果我在犯罪现场或尸检现场，我完全理解那些专业人士在说什么，我觉得我是他们中的一员，同时知道他们是谁。我总是给予他们应得的尊重，从不与他们发生冲突，也从不自以为是。但这么多年来，他们可以说是我的同事。当我和警探们一起骑车的时候，我们算是在一起办案。我从来没有以一种不合适的方式跨越界限，但对我来说，做自己的事情已经变得很自然了。再次强调，每个人要知道自己的底线在哪里。

事实上，这就是乐趣所在。这让我觉得很有趣。当你拥有一个系列时，最大的敌人就是你会对它感到厌倦……

我要提醒作家们的一件事是：写作是一项艰苦的工作。它不只是坐在那里幻想，或与某人喝一杯，然后谈论如果你写一个故事会有多酷。写作是工作，如果你不能成功，你不能全身心投入，你就写不出什么好东西。我认为坚持创作的作家会告诉你，他们并不总是想这么做。坐在空白屏幕前是最困难的事情。

做研究并不容易。但如果你想要塑造一个音乐家，你就应该尽可能地去学习所有相关知识。当我决定露西要成为一名飞行员时，我就开始学习相关知识，除非我坐过那个座位，否则我怎么能描述那种感觉呢？最重要的是：我想让你看到它，闻到它，品尝它。我想让你穿过页面上文字的镜子，进入我所描述的世界。观众可以轻松地做到这一点。但是，作为创作者的我们必须为此努力。

问：你曾经说过："我对我的新书就像对我的第一本书一样没有安全感。"今天仍然如此吗？

答：当然了。我总是在想，我不确定我能做得到，如果做得不好怎么办？哦，我的天，多么糟糕的段落，在别人看到之前删除它！（笑）我想我永远无法克服这个问题。我深知自己可以克服它，但它又让我很害怕。它变得越来越容易，同时也越来越难。我更了解人物，但这也是一个缺点，因为你想在他们身上尝试一些新的东西。

我觉得有点不安全感是件好事。老实说，当有人写了他的第一部小说，告诉我它有多棒时，我知道它可能不是很好。通常会是这样，有人说："我不知道，我不确定我是怎么想的，但我害怕对它做其他的事情，因为我不想毁了它。"你看完他创作的内容，然后说："这真的很特别。"所以有点不安全感也不是坏事。这会让你更加努力地工作，集中注意力。

就像有人跟我说："驾驶直升机一定很放松。"我会回答："如果你的飞行员这么说，那就不要进去！"你不应该放松，而应该高度警惕和警觉。为什么？因为你有点缺乏安全感。因为你身处这个已经离开地面而又非常强大的机器里。

当你坐在那把椅子上时，那就是你的驾驶舱。你应该保持高度警惕和警觉，对你正在做的事情带有紧张感，这样你会做得很好。

问：你被称为"像男人一样写作的女人"。你认为作家如何才能避开这样的标签呢？

答：如果你担心标签，担心出版商会怎么想，那你就担心错了。你应该说出你的真实想法，把它从你的灵魂中释放出来。你应该去看一些东西，用一种别人从未用过的方式去诠释它……你应该担心的是，你无法用在你之前别人已使用过的一百种方式来描述满月。你所做的事情的诗意，它的想象力，以及你可能呈现给读者的某些惊人的启发，这些才是你应该担心的。

问：在《尸体会说话》之前你有三本书被退稿了，《尸体会说话》在找到出版商之前也被退稿过。你能对今天正在苦苦挣扎的作家说些什么呢？

答：放弃不是一个选择。你不会成为作家——你就是作家。如果你真的是一名作家，放弃就像让一只鸣禽闭嘴一样——你做不到。

要想做好一件事，必须愿意接受失败。就像纳达尔（Nadal）第一次拿起球拍打网球的方式一样，你永远不会在第一次尝试时就擅长写作。你会被自己的脚绊倒，你会写尴尬的句子和糟糕的对话，而唯一能让你变得更好的方法就是一直写下去。如果这是你表达自己的不可避免的方式，你仍然会在失败后站起来。有些人很幸运，他们的第一本书就出版了并受到了好评。对我来说，我做了很多准备工作，那些书本应该被拒绝。这是一个学习的过程，今天的我绝对不会发表它们。事实上，在《尸体会说话》被接受之前，它不应该被几乎所有主流出版社拒绝，但这是因为它与别的小说太不一样了，以至于人们不知道该怎么处理它。我认为一些独特的作品会被忽略很多次，然后会被一些不寻常的小出版社出版，并风靡全球……

我在停尸房工作了六年，因为我失败过很多次。斯卡佩塔知道我需要这样做才有资格写她的故事。她说："我也不想这样对你，但你什么都不知道，姑娘。你需要每天都去实验室，去停尸房，和警探一起去犯罪现场，去法庭。然后，也许，你就会开始产生一个概念，关于我是什么样子的，然后我让你讲我的故事。"她现在仍然对我这样讲。

60. 凯瑟琳·克拉夫特：结构如何支撑价值

贾尼丝·盖布尔·巴什曼①

在《幸福的尽头》（*The Far End of Happy*）中，凯瑟琳·克拉夫特（Kathryn Craft）将她的第一任丈夫与警察的自杀对峙写成小说，并将故事限定在真实的 12 小时时间范围内。众所周知，在惊悚小说和悬疑小说中加入滴答作响的时钟是一种制造紧张感的方法，但凯瑟琳在她的女性小说中采用了这种技巧。这部小说以 12 个小时的篇幅为那决定命运的一天中每一个展开的时刻都增添了一种重量感。凯瑟琳用相关的事件扩展了故事的框架，把人物带到了这个时刻，并暗示了如果他们不能面对自己的问题，他们的未来将会受到影响，读者也感受到了故事的分界线：因为在这一天，一个人的生命悬而未决，这些人物的生活将从此不同。她进一步将每小时划分为三个视角，分别展现对峙对妻子、妻子的母亲和沮丧的男人的母亲的影响，每个女人都在记忆中筛选线索，以寻找"她到底是如何走到这一天的"。

凯瑟琳对将背景故事的线索编织进正在进行的叙事中的创作技巧很感兴趣，这揭示了她对人们为什么会做他们所做的事情的迷恋，该创作方法将她定位于女性小说的心理亚类型中。并且，她已经在她的第一部小说《坠落的艺术》（*The Art of Falling*）中尝试了这种技巧。

除了在资料图书（Sourcebooks）出版的两本小说外，凯瑟琳还是《作者进行中》（*Author in Progress*）一书的撰稿人，这本书是由在线写作社区Writer Unboxed（www.writerunboxed.com）的博客团队撰写的，对出版需要

---

① 贾尼丝·盖布尔·巴什曼（Janice Gable Bashman）是获得过布莱姆·斯托克奖提名的《掠夺者》（*Predator*）和《活捉亡灵》（*Wanted Undead or Alive*）的作者。她是国际惊悚作家杂志《大惊悚》（*The Big Thrill*）的出版人。读者可以访问贾尼丝的网站janicegablebashman.com。

什么进行了毫无保留的介绍。她在写作伙伴网站（writing-partner.com）做了 10 年的自由职业发展编辑，之后又做了 19 年的舞蹈评论家。长期以来，她一直是宾夕法尼亚州东南部写作界的领袖。她曾在大利哈伊河谷作家团体及其年度写作会议、费城作家大会的董事会任职，并多次在女性小说作家协会担任志愿者。她在纽约州北部为女性举办湖边写作静修会，主持写作研讨会，还是"高大罂粟花作家"的成员。

在这里，克拉夫特分享了她对如何构建小说，如何利用背景故事来激发读者的兴趣，以及如何在短时间内塑造丰富的人物弧线的见解。

问：当提到小说写作时，结构这个词可以有不同的含义。你如何定义它？

答：我有两种不同的看法。作者所做的最关键的决定是讲故事的结构，这实际上与"讲"无关。它涉及的是如何在读者心中提出问题，即你的人物是否能实现其故事目标。讲故事的结构为小说提供了背景故事动机，使读者对主角产生深深的渴望，暗示了人物如果不成功所面临的风险，并创造了读者评估主角进程的标准（"是的，这正是他所需要的"或"哦，不，现在的情况对他来说不太好！"）。有了恰当的跨度和逐页的张力，想要回答故事问题的欲望就会把读者一直拉到书的结尾。

然而，当我们纠结于故事结构的无数选择时，有时会忘记一本书的大结构，我称之为"宏观结构"（或如何划分章节和视角），这种大结构可以促成小说的价值。我最喜欢的一个例子是小说《蜜蜂的秘密生活》（*The Secret Life of Bees*），苏·蒙克·基德（Sue Monk Kidd）在每一章的开头都有一段关于蜜蜂的非虚构题词。随着小说的发展，敏锐的读者会情不自禁地寻找人类和昆虫行为的相似之处。

问：你最初是如何想到通过结构来与读者进行交流的？

答：正如许多发现一样，这是偶然发生的。在早期的草稿中，《坠落的艺术》以佩内洛普·斯帕罗的一个瞬间动作开篇，她从一个高层阳台上告别，掉落到 14 层楼下的一辆面包店卡车上。这一章的紧张感和戏剧性为它赢得了全州比赛的奖项，但它骗不了我的资深读者，他们无法与佩内洛普进行互动。我终于找到了原因：这个开头提出的问题是"天哪，她会活下来吗？"而当读者翻过这一页，看到佩内洛普在医院醒来时，你猜会发生什么？故事问题得到了回答，故事结束。我需要的是一种结构，这种结构能提出长达一本书的问题，而不是回答它们。

问：这样的结构设置起来复杂吗？

答：用一句话说，是的。我需要创造一个具有煽动性的事件，这个事件改变了故事中主角的所有生活，并促使她设定了一个故事目标，这将对正在进行的故事和背景故事线索提出问题。我找到了解决办法，那就是让我的人物与那件事的真实情况产生轻微的脱节，让他们不知道那件事到底是怎么回事。我的配角——舞蹈界之外的新朋友、当地的舞蹈评论家和佩内洛普的医生——帮助我提出了第一个问题，因为他们都认为诱发事件（inciting incident）是坠落。他们直截了当地问佩内洛普：在阳台上发生了什么事？此时，读者也想知道这个问题。

佩内洛普持续的内心冲突导致她对事物的看法发生了改变。虽然她的身体给她的生活带来了快乐和意义，但她指责它的不完美使她失去了梦想和事业。而现在，同一具身体的力量和韧性使她在本该致命的坠落中幸存了下来。前面提到的脱节被揭示：对佩内洛普来说，诱发事件不是坠落。如果她死了，她的灵魂就会从不完美的身体中解脱出来，自由地与众神共舞。不，对佩内洛普来说，从坠落中幸存才是诱发事件。

现在有两个问题需要回答：（1）是什么让佩内洛普站在顶层阳台上，站在（看起来是）她职业生涯的巅峰？（2）既然她已经走到了人生的尽头，那么她该如何以一种更有意义的方式重塑自己的生活？这些问题推动着背景故事和当前故事情节的发展，它们交织在一起，直到我们在结尾处找到缺失的部分。佩内洛普受创的大脑一直不愿面对的那部分，也是我最初错误地作为开篇的那部分——从阳台到地面的过程中究竟发生了什么。通过把它制造成一个个人秘密，并等到佩内洛普学到一些重要的教训后再展示发生了什么，我得以一直保持读者的兴趣，直到最后。

问：你在第二部小说中也使用了类似的背景故事交织法。你是否采用了相同的过程？

答：在某种程度上是的，但在《幸福的尽头》中，人们对诱发事件没有产生误解，这一点非常清楚。在开篇，我的人物坐在客房的床上写日记。在这里，她把笔"按在凉爽、清新的纸页上"，写道：

今天杰夫要搬出去了。

她没有预料到自己的婚姻会走到这一天。它的影响是无法估量的。她怎么能写出这样的文字呢？罗尼合上了日记。只有一句话，但这句话很好。充满了希望，但也是她写过的最悲伤的作品之一。她明天得整理一下自己的情绪。今天是向前迈进的一天。她盖上笔帽，把笔记本放在床下越来越多的日记本上。

杰夫没有搬出去，而是醉醺醺地、带着武器躲进了庄园的一栋房子里，这就设定了故事的问题：如果罗尼的丈夫决定对峙，罗尼还能继续前行吗？

我再次使用配角来打开背景故事线索。由于警方对这一情况保持冷静态度，并试图弄清楚事情的来龙去脉，他们会问：发生了什么事？你丈夫今天早上怎么样？他最近有没有表现出抑郁的迹象？每个问题都将读者带回到过去，直到读者也想知道，曾经充满希望的生活是如何变成这样的。

问：其他作家可能会审视主角自杀对峙前后的生活，或者让故事开始于婚姻早期，并在对峙当天结束。为什么你选择在对峙当天开始和结束这部小说，并把它限制在 12 个小时的时间段内？

答：由于这部小说是根据真实事件改编的，所以我最初将这个故事写成了回忆录，探究了在过去十几年里，一段幸福的婚姻是如何演变为我需要离婚和我丈夫威胁要自杀的。坦率地讲，我需要这个故事。但是，对即将发生的事情的了解给一切都增添了色彩。当我整理日记，寻找与我婚姻中最相关的场景时，我的思绪不断地回到自杀这件事上：我丈夫那天心情不好，这是一条线索？这是操纵还是爱情？我意识到，一整天的对峙是一个完美的隐喻，可以用来探索一方保持现状的深层需求，即使另一方必须尊重自己对改变的深层需求。还有什么比用整部小说来描述这 12 个小时如何永远改变了这个家庭的生活更好的方法呢？这种创作方法在小说中比在回忆录中更容易完成，因为我必须压缩真实事件的时间线，才能在 12 个小时内完成主角的人物弧线。但是现在，高风险、艰难的选择和恼人的可耻秘密在每一分钟都显而易见。

问：你进一步将每小时的内容分成几章，每一章仅限于三个视角中的一个。在这样安排小说结构时，你遇到了什么困难？你是如何设法把所有这些整合到一个连贯的故事中，让读者不断翻页的？

答：多元视角是我决定将其小说化的关键。一本回忆录会让我的遭遇和我学到的东西成为人们关注的焦点。我想说明自杀的广泛影响。我通过两位母亲的视角获得了这一意义，妻子的母亲不得不看着女儿为爱付出如此高昂的代价，丈夫的母亲必须面对她无法拯救儿子的事实。

至于这一切是如何实现的，嗯，这需要几轮试错。曾经有一段时间，我的地板上到处是散落的章节，上面潦草地写着人物代码和关键词，像一个巨大的纸牌游戏一样，排列成12个扇形堆叠，这样我就可以知道如何在每一小时的时间段内最好地平衡视角和背景故事。

问：你是如何操纵小说的结构，使得以三个视角讲述的背景故事线索不会把读者从故事的紧张气氛中拉出来，让他想放下你的小说的？

答：这里的秘诀是提出一个关于背景故事的问题，让读者渴望得到答案。对我来说，它通常以问题炸弹的形式出现在一章的结尾，比如说揭示过去，让读者坐起来说："等等，什么？"然后我就会转向讲述另一个向前推进的故事，直到新问题提出时才会结束。读者也不想停止阅读，但他仍然想知道那个背景故事问题的答案，所以他会很乐意继续返回到故事中，以获得更完整的知识。

我在《坠落的艺术》中使用了同样的技巧，但在那本书中，背景故事线索中有一段麻烦的浪漫故事，这一点很有帮助。读者很少介意为了浪漫内容而删减章节。

问：让三个视点人物在12小时内成长听起来很有挑战性。你是如何为这些女性创造出可信的成长弧线的？

答：我应对这一挑战的方法之一是将每个人物的欲望牢牢地根植于背景故事中，然后让诱发事件——对峙的开始强化这种欲望，从而形成更长的人物弧线。女主角母亲的背景故事就是一个例子。贝弗利对女儿罗尼隐瞒了与自杀有关的未决问题。看着女儿经历这场对峙，她感到紧张是显而易见的——贝弗利深知其中的利害关系。这一长串的背景故事让贝弗利的弧线变得最深刻，因为它让我们了解到罗尼需要什么来疗伤。它为希望提供了可能。

然而，并不是所有的弧线都是相等的。杰夫的母亲一辈子都在否认她与儿子的关系，所以在一天结束之前朝正确方向迈出的一小步对她来说都是艰难的。这些背景故事暗示了其中的风险：如果这些女性不能在面对这场（危机）时互相支持，那么这次自杀将使罗尼的余生陷入困境。在12个小时内完成弧线并没有给我留下多少时间来解决问题，所以我用象征性的行动来完成大部分工作。

问：对于那些想要在小说中通过宏观结构来支撑小说价值的作者，你有什么建议？

答：我建议他们回头想想自己到底想要完成什么。一篇准确的梗概能让你一下子看清楚整个故事。在《坠落的艺术》中，我想展示佩内洛普的整个人生，就像现代舞本身一样，是关于努力和屈服的（重力提供了隐喻）。为了支持这一意义，我根据美国早期模特舞蹈先驱的理念，将小说分为四个部分——下降、恢复、收缩和释放。（我使用）来自舞者（代表身体经验）和评论家（代表社会判断）的引文作为题词。通过这种方式，我将她正在进行的疗愈之旅与她的冲突根源联系起来。舞蹈评论家约翰·马丁（John Martin）对"恢复"的引用是对故事结构本身的隐喻："所有的动作都可以被认为是一系列的跌倒和恢复；也就是说，为了进步而故意失衡，为了自我保护而恢复平衡。"

问问你自己：这个故事的组织原则〔也被称为主题、前提，编舞家特怀拉·萨普（Twyla Tharp）在她的《创造性的习惯》（*The Creative Habit*）一书中称之为脊梁〕是什么？是否可以通过给章节命名的方式来强化它？读过马克·哈登（Mark Haddon）的《深夜小狗神秘事件》（*The Curious Incident of the Dog in the Night-time*）的人都不会忘记，他的小说以"第二章"开始，因为他的主角更喜欢素数。这些结构方面的考虑可以帮助你的项目在拥挤的市场中脱颖而出。

61. 罗伯特·克里斯：燃烧

杰茜卡·斯特劳瑟

写你喜欢读的东西。这条建议经常被人提起，听起来很简单，但很少有人能像罗伯特·克里斯那样成功地体现这种方式。他的犯罪小说情节巧妙、言辞犀利、妙语连珠，不断被证明值得与他赖以成名的冷硬派经典作品相媲美，同时展示了一种仍然属于他自己的风格。

20世纪80年代中期，克里斯凭借《希尔街的布鲁斯》（*Hill Street*

Blues）、《警花拍档》（*Cagney & Lacey*）和《迈阿密风云》（*Miami Vice*）
获得艾美奖编剧提名，他用自己丰厚的电视收入换取了在书架上占有一席
之地的梦想。他笔下的人物洛杉矶私家侦探埃尔维斯·科尔及其搭档乔·
派克自从在《猴子的雨衣》（*The Monkey's Raincoat*）一书中亮相以来，
不断收获书迷的喜爱。这部作品不仅获得了 1988 年的安东尼奖和麦卡维蒂
奖，还获得了埃德加奖提名。迄今为止，他们已经主演了克里斯 20 部小说
中的 16 部，使他们的作者成为《纽约时报》畅销书冠军和美国推理作家协
会会员。克里斯的最新作品《承诺》（*The Promise*）将派克和科尔与 2013
年畅销书《嫌疑犯》中的明星——洛杉矶警察斯科特·詹姆斯和他的警犬
搭档搭配在一起。该系列的第 17 部将于 2017 年年初推出。

　　正如写作生涯中的许多事情一样，克里斯的写作之路是如何发展的，
以及我们可以从中学到什么，这些都要由作家自己来描述。

　　**问：你说过 1999 年的《洛杉矶安魂曲》（*L. A. Requiem*）是你职业生
涯的转折点。那时候你的方法和观点发生了什么变化？**

　　答：我从小就爱看犯罪小说。我在这个领域写作，是因为我从小就读
这个领域的相关图书……

　　问：你也是在执法家庭长大的，对吧？

　　答：在我的家庭中，我想现在已经有五代人当警察了。这听起来可能
并不真实——它不像在电视节目中那样——但我认为，对我来说，真正的
好处是把警察当作普通人来看待，并了解他们在现实生活中是什么样的
人。这让我对他们性格的细微差别有了更深的理解，希望我能把这种细微
差别带到我小说中的人物身上。

　　所以我是读着这些图书长大的，而且我喜欢它们。那时候我最喜欢的
作家是美国经典侦探小说作家：雷蒙德·钱德勒、达希尔·哈米特、罗伯
特·B. 帕克。因此，当我创作埃尔维斯·科尔这一人物并着手写书的时
候，我充满了热情，我是他的粉丝。前七本书是按照传统的美国侦探小说
写作风格写的：以侦探为第一人称视角，一切都通过侦探的眼睛来观察，
因为我认为这是你应该做的。

　　但当我写它们的时候，我开始感到被这种限制束缚。我想要讲述比人
们以传统模式讲述的故事内容更广泛的故事。所以当我创作第八本小说
《洛杉矶安魂曲》的时候，我决定把所有我喜欢读的不同类型的犯罪小说

和惊悚小说结合起来。

这不是一个轻松的决定。我采用的传统方法被证明是相当受欢迎的。我心想：你这是搬起石头砸自己的脚。但我强烈地感觉到，如果我扩展画布，我就能讲出我想讲的故事。我引入了其他人物，从好人到坏人，并做了闪回处理。当我把它寄给我的代理人时，我仍然很不确定，我告诉他："如果出版商不喜欢它，我会把钱退还。"

幸运的是，它成功了。在我的办公室里，我一直用这句话作为自我激励的座右铭，即：相信有才能的人。这对我来说意味着，当你在最黑暗的时刻，你认为你在写有史以来最糟糕的东西，你觉得它将是一次失败，你只想放弃去马德里时，你能做的最好的事情就是听从自己的直觉。

问：所以你有时候还是会经历那些黑暗的时刻？

答：当然了。写完 20 本书后，人们一定会说："他现在必须把这些东西淘汰掉。"但我认识的大多数作家都没有摆脱写作的艰辛。事实上，我认为如果你的工作做得正确，它就会变得更加困难，因为每一次你回到井里，你都必须挖得更深。

当你开始创作时，没有一个作家知道你会在哪里结束，我不是在谈论情节。我设计了一些事情，我知道故事的发展方向，但我永远不知道的是：我能完成这件事吗？这一切加起来能如我所愿吗？它是否符合事实、真实、强大、有正确的能量？你每天都要面对这些问题。尤其是当你遇到困难、词不达意的时候，你真的不得不用头撞墙，你确实会经历那些黑暗的时刻。

今天的我和那时的我唯一的不同是，我已经经历了 20 多次，所以我有更大的信心，相信自己一定能走出黑暗。一开始我不知道，这真的很可怕。现在我更加相信，尽管此刻我迷失了方向，但历史告诉我，我可能会找到出路。继续努力，继续打字，继续写作。

问：你的写作过程是怎样的？你说你把事情都设计好了。

答：我得在写之前想清楚。否则，我就迷路了。也许这些经验来自我在电视台工作的那些日子，那时有一套相当严格的专业流程：你构思一个故事，你必须向某人推销这个故事，一群人坐在房间里讨论这个故事，你想出一个大纲，所有的主题都被分解了。这就是你写剧本之前的流程。

事实上，在我的第一本小说出版之前，我写过几部手稿，当时我有一种高尚的想法，那就是艺术家永远不会事先构思故事。如果你是一个真正的艺术家，你只需要开始打字。这就像变魔术一样：你知道，你的眼睛在脑海中转了一圈，故事就来到你身边，你灵感迸发，几天或几周后，你从恍惚状态中醒来，写出了这本精美的小说。我试了两次，结果都很糟糕。其中一部有 500 页的开头和 50 页的结尾，没有中间部分。我的意思是，这些东西太糟糕了，我甚至从未提交过它们。连我都知道它们不好，为什么要把它们告诉别人？

所以当我要写下一本书的时候，我告诉自己：听着，你已经连续失败两次了，为什么不以你习惯的方式来写呢？对我来说，提前把事情弄清楚才是有意义的。

对于很多作家来说，当我们说我们写大纲的时候，我们谈论的并不是同一件事。许多人认为勾勒大纲是一个智力过程：第一章是埃尔维斯走进房间，一个女人想雇用他。第二章是……你想出了 40 或 50 页，这就是你的书。

但事实并非如此。在我开始动笔之前，我会花 3~4 个月的时间来构思故事。对我来说，构思从来都不是连续的。一开始，我的想法或考虑是全局性的。我总是从一个人物开始，人物是我的动力，是我的兴趣所在。一个特定人物的本性中总有一些人性的东西吸引着我。之后，我就自由发挥，把关于那个人物或者那个人物的问题与我感兴趣的一般情况结合起来，最后我得到大量的随机场景，但渐渐地，其中一些场景开始彼此联系起来，因为我发现它们是最有趣或最相关的。

经过几个星期的构思后，我所想到的随机场景和想法中有 80% 都已经变成了垃圾，但我开始看到故事弧线，故事弧线在这里成形。所有那些场景笔记、人物笔记，我都写在小便签上，钉在我办公室的黑板上。这非常直观，我喜欢看到它们摆在我面前。三四个月后，我就有了一个真正可行的故事。我不需要解决 100% 的问题，但我通常会解决 75% 或 80%。我必须看到开头、中间和我想要达到的结局：这就是我在这个特殊的故事和这些人物身上所做的尝试。当我对此有信心时，我就会开始写作……

（总的来说，这通常需要）大约 10 个月的时间，或多一点，或少一点。我通常不会按顺序写所有的章节或场景。当我想清楚所有事情，越来越接近写作过程的时候，我会写一些场景，这些场景最终会出现（在故事的后期）。

问：作者的独特风格对于反复出现的人物来说尤其重要。在塑造一个新人物时，你使用了什么技巧让他看起来与众不同？

答：写作总是始于一种情感。有时，这种情感一开始并不明确。我会看到一个画面，或者想象人物在做一些我不懂但让我着迷的事情。

举个例子，我的第一部以乔·派克为主角的小说是《守夜人》（The Watchman），最终促成这本书的第一个构思是我脑海中出现的一个年轻女人开着敞篷车的画面。她的头发飞扬，因为她开得非常非常快，双手紧握方向盘，指关节发白，风从她身边呼啸而过，她很漂亮，眼睛紧闭着。这就是我所看到的，但吸引我的是她的眼睛紧闭着，我被吸引住了。我想，这个女人身上有故事，我想知道为什么她的眼睛紧闭着，她是怎么来到这个地方的。她是谁？所有的人物我都是这样想象的。

从这些内容开始，我会开始思考一个人物，如果需要的话，我会去研究一个人物。我的其中一个（现在仍在继续的）人物是前三角洲（特种部队）接线员、现在是雇佣兵的乔恩·斯通，他的诞生同样源于某个画面，不过由于他的工作性质，我最终对私人军事承包商进行了大量研究……与人们对肌肉发达的职业战士的刻板印象相反，你会发现这些人有些是罗德学者，有些是如饥似渴的读者，他们读诗并写诗。你会发现所有这些迷人的东西，一砖一瓦地把人物变得真实。你用想象力连接你通过研究发现的现实支柱。你可以听到他的声音，看到他走路的样子。

很快他们就活灵活现起来。我的意思是，我不是说当我停药的时候他们就会活过来，但他们会变成你想读到的那种人物。我将花一年的时间来写这本书，（当你这么想的时候，）你就会想和你觉得有趣的、你关心的、你逐渐爱上的人一起度过这段时间。

问：你在洛杉矶警察局、联邦调查局、拆弹小组等机构进行了大量的实际研究。这些经历与你脑海中的设计相比，在多大程度上改变了你的写作计划？

答：一向如此。首先，调研的感觉是最棒的，它比写作有趣多了。调研需要你走出去。

问：那你一般是写大纲时还是动笔时去调研？或者，你是先调研，然后才开始写作吗？

答：当我第一次构思某个主题或人物时，我就会开始研究它。如果我需要了解一些关于警犬、私人军事承包商或者如何制造炸弹的知识，无论是什么，我都会开始研究，而我能做的是到外面更真实的世界中进行研究。我会收集大量的小东西，这些东西对写作有很大的帮助。

我一开始就做了某项研究，但你会发现，在创作小说的过程中，随着故事的发展，你需要找到其他东西。你被一个坑一次又一次绊倒，你会想，我不知道怎么继续，或者其他人是怎么做到的。当我陷入瓶颈时，我会编造一些废话，因为我想继续写下去。但这永远不够好，我总是为此烦恼，所以在接下来的几天或几周里，我会对它进行回溯研究。如果我必须修改或添加一些东西，我可以这样做。

直到创作完成，否则研究永远不会结束。它是贯穿始终的。

问：一些新作家对这种研究感到恐惧，尤其是不知道这本书是否会出版。他们担心得不到访问权限，或者不被重视。你会对有这种想法的作家说些什么？

答：我曾经是一个没有发表过 20 本小说的人，所以我从中学到的是，如果你以专业和尊重的方式展示自己，你就会得到专业和尊重的对待。

但是，那种"我不想花太多时间研究这个，因为有人可能不买账"的想法，我认为是失败的原因，也是对自己工作的不尊重。如果你不努力让自己的作品成为最强大、最有力、最鲜活的东西，那为什么还要写呢？你必须全身心投入其中。如果你写的是一个需要研究才能了解的世界，那就对它充满激情。如果你对自己写的东西没有激情，那你就写错了。

我无法强调我是多么相信这一点。我不知道其他人的感受，但写作，无论是写什么，对我来说都是一件情感事件。智力的部分在后面，几乎应先机械地把情感的东西写好，把所有的东西都打出来，准备就绪。成功的写作都是充满激情的，创造一个完整的世界，让读者沉醉其中。记住：首先，读者是你自己。

如果你不打算写你热爱的东西，不打算写你着迷的人物，不打算写你想置身其中的世界，即使只是很短的一段时间，那为什么还要写呢？激情是引擎，它可以点燃一切，驱动整个体验。我写过的每一本书——见鬼，还有我写过的所有电视剧剧本——在创作过程中，我都发现了一些我非常渴望写的东西，因为我想要它存在。我想创造它，看到它，让它出现在我面前。我认为，任何人都不应该让自己与这种激情割裂开来，不应该认为一部引人入胜的小说可以简单地用智力来完成。这会变得冷酷，我想你也不想要冷酷。你想要的是热量，是火焰。我们聚在一起，用激情来取暖。

62. 爱玛·多诺霍：看得见风景的房间
杰茜卡·斯特劳瑟

当艾玛·多诺霍（Emma Donoghue）声称她从未以创作畅销书为目标时，你无法不相信她。

自 1997 年获得英语博士学位以来，多诺霍充满热情地创作了大量作品，这些作品完全是由她个人的激情所激发的，几乎与市场无关。她的作品多种多样，包括历史小说，以论文、散文和三本全书形式进行的文学批评，无数的短篇小说和童话故事，探索女同性恋主题的历史和当代小说，舞台剧、广播剧和电影剧本。此外，她还负责编辑小说选集、非小说选集和诗歌选集。

多诺霍令人印象深刻的创作范围超越了一般意义上的形式和流派。她是都柏林人，现与伴侣和两个孩子居住在加拿大。41 岁的她已在多个国际市场出版作品，并获得了不同程度的商业成功，随着时间的推移，她还获得了一些奖项，甚至凭借 2000 年的《红丝带》（Slammerkin）在美国和其他国家首次跻身畅销书榜单。这本书讲述的是 18 世纪伦敦的一名妓女的故事，灵感来自 1763 年的一起真实的谋杀案，多诺霍在其中展示了用她对现实生活的重新想象吸引读者的能力。

2010 年 9 月，她出版了《房间》（Room）。

《房间》不仅不同于多诺霍写过的其他任何一本书，也不同于其他图书。《房间》以一个被绑架的女人所生的五岁男孩的视角展开叙述，这个男孩对他们被囚禁的房间之外的世界一无所知，这是一个令人难忘的、强有力的故事，展示了孤独的影响以及母子之间的纽带。当多诺霍承认自己受到臭名昭著的伊丽莎白·弗里泽尔绑架案的启发时，公众可能首先注意到了这本书，但读者和评论家很快就认识到了这本书在声音、视角和故事方面的卓越成就。这本国际畅销书使多诺霍入围了 2010 年的三大奖项——布克奖、加拿大总督文学奖和银河国际年度作家奖的候选名单，并获得了爱尔兰年度小说大奖和加拿大地区的罗杰斯作家信托最佳小说奖。

但是，如果你认为这意味着多诺霍将走向一个新的主流方向，那你就大错特错了。请继续读下去，看看她对灵感、工作和意想不到的成功之间的交集的看法。

问：你的职业生涯丰富多彩，但《房间》获得了前所未有的关注。那是一种什么感觉？

答：这就像当你剪了个新发型，突然你所有的朋友都说："哦，你剪了这个发型我就放心了！它比你那难看的旧发型强十倍！"人们喜欢你的新发型，这显然让你很兴奋，但你也轻微地感到被羞辱，因为每个人都鄙视你以前的发型。我记得布克奖的（文学总监）扬·特里温（Ion Trewin）曾这样评价我："这个女人写了好几年书，但毫无进展，现在她突然上了布克奖的名单。"

你知道，我仍然认为我没有取得任何进展。无论如何，我认为作为一名作家，要想养活自己，就必须把优点和好运结合起来，而且我一直觉得自己和读者之间保持着良好的联系，只是今年他们的数量多了很多。因此，我对自己名声突然变大感到困惑，但从我的角度来看，我从20岁起就取得了成功，因为我从来不需要找工作。

问：你是否已经感觉到了下一本书的压力？

答：当然。有些记者甚至略带责备地对我说："现在你已经学会了如何商业化。下次你还会这样做吗？"我说："不，不是这样的。"要想把一本书写得彻底失败，没有比试图以任何方式再现《房间》更可靠的方法了。畅销书是完全不可预测的，如果你只盯着你可能的读者群，并试图猜测他们会喜欢什么，那么你肯定无法做到保持原创。不管怎么说，作为一名作家，要想在文学领域取得成功，唯一的办法就是追随自己的兴趣爱好。偶尔，你的痴迷会与许多读者的痴迷兴趣发生重叠。

问：在出版业的大环境下，作家们经常被建议发展一个利基市场，你是相当多样化的。这是你有意识追求的吗？

答：也许我幸运于没人告诉过我这些。我知道你的意思，就营销和打造自己的品牌而言，开发一个利基市场是合乎逻辑的。

但我一直有一个非常好的代理人，她总是强调每本书或每部剧都会引起她的兴趣。她从来没有用那种"这会吸引你以前的读者吗？"的冷酷态度来对待我的作品。我知道我的出版商偶尔会感到困惑，他们不知道我的下一部作品会是什么，但从来没有人说过"哦，艾玛，你必须给我们更多相同的东西"。

问：你如何描述是什么驱使你成为一名作家，或者说你所有写作的核心是什么？

答：我认为我就是学术界——当他们在谈论历史学家时——所说的修正主义者。修正主义历史学家以一个特定的时代为例，审视这个时代的主流智慧，然后找到一种反向运动和解释同样证据的不同方式。

有时我真的会进行历史修正，比如我把 18 世纪的伦敦作为我的叙事重点（就像《红丝带》）。有时我会进行一些更具象征意义的修正，试图为那些在当代文学中没有太多代表的人寻找声音。我当然对边缘人和局外人感兴趣。

我还非常关注移民。……对那些和我一样远离家园的人，对那些在环球旅行或因其他缘由而背井离乡的人，我都很感兴趣。还有，我对妇女史和妇女生活有浓厚的兴趣，但不限于此。

问：你写书的速度很稳定，还会定期发表短篇作品。我想这是否意味着你经常同时创作不止一部作品？

答：是的，我经常这样。我认为有些作家在写作过程中非常紧张。我完全不会那样。我更符合简·奥斯汀的传统，她把作品放在膝上写作，每当有客人来访，她就会在作品上放个坐垫，然后聊天。我全身心地投入每一部作品，但不会因此扰乱我的生活，也不会一次只创作一部作品。我可以在早上专注地写一件事，然后在下午写其他事情。我通常不会同时写两部小说，但肯定会先写一部，然后为下一部做研究。

我认为这是我避免写作障碍的主要方法，如果我感觉有点疲惫或对我的主要作品不感兴趣，我要么去做一些研究，要么写一个短篇故事。这些事情让我从专注于一部作品的轻微幽闭的单调中得到了一点休息。

问：你的小说，从《红丝带》到《房间》，灵感都来自现实生活中的真实元素。

答：这很有趣，《房间》和事实有如此微小的联系……

问：并且这件事被夸大了。

答：哦，是的。我当时太天真了，没有意识到如果你以任何方式与一个臭名昭著的案件有关联，接下来的事情就会是，如你所知，"弗里泽尔小说获奖"，这让我不寒而栗。我讨厌闪烁其词，所以我想我最好还是直接说："是啊，碰巧是弗里泽尔绑架案。"但我不知道（事情会发展成这样）。这让我对写任何其他与头条新闻有关的东西保持警惕。

但我经常（在我的历史小说中）根据事实来写作。所以，有点讽刺的是，我最终因为《房间》中的事实暗示而受到惩罚，而这是我写过的最不符合事实的书之一。

问：生活中或历史上的哪些故事会促使你去讲述它，或者去想象可能会发生什么？

答：我有强烈的好奇心——当然真的只是为了满足我自己的好奇——想知道发生了什么。当我走到事实枯竭的悬崖边时，我从历史学家变成了小说家，我开始想：哦，我可以想象发生了什么。

你可能会说，我从一开始就可以想象，但我觉得如果我的创造是基于事实的，它会更令人兴奋。我发现事实消失的那一刻是非常刺激的。因为历史事实往往是如此不可预测和难以捉摸。

问：那么，你如何决定什么时候该进行研究呢？

答：每写一件事，我至少要研究五件事。对我来说，最关键的时刻是突然看到我的主角是谁时的那一瞬间，它也在某种程度上告诉了我故事将会是什么样子。

问：你接受的正规文学教育对你如今的写作有何影响？

答：教育并不是必需的，我遇到过一些优秀的作家，他们几乎没有完成学业。我不知道有哪个优秀作家读书很少。无论你是通过阅读还是通过教育获得写作能力，结果都是一样的：在你能够很好地表达自己的想法之前，你必须让自己沉浸在别人的文字和想法中。

但攻读英语博士学位教会了我如何分析文本，也让我对自己的错误有了更清晰的认识，因为我可以轻而易举地在脑海中写下对自己作品的差评。攻读博士学位让我在研究方面无拘无束。（而且）它给了我数年不间断的工作时间。

问：那你的父亲呢？作为一名文学评论家和教授，他对你有影响吗？

答：毫无疑问。他的知识面很广，会给我指出有趣文本的方向，有一两次还给我提供了一些故事的灵感。但他对我最大的影响是，让我在成长过程中对自己写书的能力充满信心，因为我父亲的名字出现在我们家所有图书的背面，所以写书似乎是一件值得做的事情，你知道吗？长大后，写几本书，去出版。我知道这不是正常的态度！

问：你写小说的时候会考虑读者吗？

答：我以最有益的方式考虑他们：我在每一点上都会有意识地思考，好吧，读者还知道什么？我给出的这个暗示，读者会发现吗？

关于这个话题，我最重要的一次谈话是和我的代理人，那是我第一次见到她时。她告诉我，我的（处女作）《快炒》（*Stir-Fry*）写得很好，但我显然是为爱尔兰女性读者写的。她说："你的读者可能是世界上的任何人，所以重写这本书，假设他们什么都不是。"从那以后，我试着把我的读者想象成任何人。

问：很多作家发现一本书的中间部分是最难的。是什么帮助你渡过难关的？

答：我经常陷入困境。有时第一章就让我头疼，因为有太多的信息要写。有时我希望能在第五页对读者说："请忍耐一下！这一切都会有回报的！"

但是，是的，还有另一个可能的低迷期是在中间部分。有时，这意味着你计划得很糟糕。我是个很会计划的人，如果中间部分有一点含糊不清，就说明这一章不需要存在了。

问：你列大纲吗？

答：是的，非常详细。我发现如果你有计划，它会让你更戏剧性地从一个必要的时刻跳到下一个必要的时刻。我还会写下读者在每个点上得到了什么启示，这样我就可以知道我是否在第一章中透露了很多信息，而在第五章之前没有新的信息。你要做的是让读者在每个点上都保持精力充沛。你要寻找的是事件会在哪些地方下坠、迷失或脱轨。

问：你有丰富的国际出版经验。你从中学到的最有价值的东西是什么？

答：我对出版过程的体验因书而异。当你的书卖得不好的时候，就会非常平静。然而，当你成功时，公关人员会突然不断给你打电话。所以我现在对这个行业的体验有点像孩子们不停地想让我给他们系鞋带。但他们对我也非常友好——你感觉自己像个明星。更常见的体验是非常平静。

我学到的是一点是，要对自己作品的呈现负责。我会小心翼翼地撰写简介，以作为封面简介的基础。你在最初的简介中设定的术语，将会在这本书后半生的书评中出现。所以，写完书后对出版商说"哦，这些都是你应该做的"是不明智的。你可能会认为一本书是不言自明的，但事实上，人们会对它进行总结，有时只用一句话概括。因此，如果你是那个设定术语的人，那么你就可以真正避免你的书被误解。

问：你的职业生涯经历了许多转折。对于那些对自己现状感到沮丧的作家，你会说些什么？

答：我们都有低潮的时候。我的两本小说没有在英国出版，因为我在英国的职业生涯被湮没了——那是在《房间》出版之前。

我想，专注于如何取得成功真的不是写出伟大作品的方法。把心思放在你真正想讲的故事上，才是通往成功的最佳途径。

63. 乔·希尔：永恒之王

扎卡里·珀蒂

一天，一件有趣的事情发生了：一位名叫乔·希尔（Joe Hill）的默默无闻、沮丧的作家收到了一个信封。

一个小信封。

他把自己的短篇小说寄给《大西洋月刊》已经有一段时间了，他觉得自己快要闯出一点名堂来。因为退稿信通常被装在大信封里，里面装着他的手稿，但这一封不同：它很小。就像寄支票的那种信封。

希尔当时结婚了，他躲进公用电话亭给妻子打电话。

"我说：'我太兴奋了，太激动了，我想我刚刚把一个故事卖给了《大西洋月刊》，现在我要撕开这封信，读给你听。'"

他的妻子说她很自豪、很兴奋，这太棒了。

"然后我把信拆开，那是一封退稿信。"他说，"信的底部潦草地写着：'对不起，我们弄丢了你的手稿。'"

希尔突然大笑起来。

"我当时想，我做这些到底是为了什么？我受够了。"

希尔多年来一直保守着一个秘密：他一直在用笔名写作。他其实姓金。他的父亲，斯蒂芬·金，被广泛认为是当今最著名的作家之一。

关于作家是后天培养出来的还是天生的问题，面对不同的创作类型时会有不同的答案。

有时，两者似乎都有。

············

乔·希尔出生于 1972 年，原名约瑟夫·希尔斯特罗姆·金（Joseph Hillstrom King），比他父亲出版第一本书《魔女嘉莉》（*Carrie*）时早两年，比他母亲塔比莎·金（Tabitha King）出版处女作《小世界》（*Small World*）时早九年。希尔放学回家后会看到他的爸爸在办公室工作，妈妈在敲打她的 IBM 打字机。

他说道："这似乎是世界上最自然的事情，回到我的房间，玩一个小时的虚拟游戏，并假设最终你会因此获得报酬。"

小时候，他和姐姐娜奥米·金（Naomi King，现为一神论普遍主义牧师）以及弟弟欧文·金［Owen King，现为文学作家，其处女作《两片连映》（*Double Feature*）于 2014 年 3 月出版］一起过着讲故事的生活。

希尔说："这听起来很有维多利亚时代的风格，但当我们围坐在餐桌旁时，我们的谈话都是关于书的。""晚饭后，我们会去客厅，互相传阅一本书，而不是打开电视机。"

他补充道，毕竟这里是缅因州的班戈——只有三个电视频道。

因此，希尔在 12 岁时开始稳定地写作是很自然的事。据他估计，在他 14 岁的时候，他设定了每天写 7 页的目标，有时他可以在 45 分钟内完成。14 岁（！）时，他完成了第一部小说《深夜食堂》（*Midnight Eats*）——讲述的是一所学校里有一个恶魔般的校长，还有一个自助餐厅（字面上）为发现它的学生提供食物的故事。希尔说，甚至在高中一年级的时候，他就对自己未来选择的写作流派有了判断。

但在他看来，这一流派已经属于当时声名显赫的父亲。因此，当希尔进入瓦萨学院的写作专业学习时，他做出了两个决定：避免恐怖和幻想类型的创作，从署名中删除自己的姓氏。他对后者的解释是：他"非常害怕"出版商会想办法从他身上快速赚钱，这样做的结果会是出版一本写有他名字的坏书。他想从事自己热爱的事业，而不是工作。

"读者可能会买你的第一本书，因为你是某位名人的儿子，"他说，

"但如果这本书不好，他们就不会买第二本。"

所以约瑟夫·希尔斯特罗姆·金变成了乔·希尔。随着时间的推移，这个笔名给了希尔必要的自由。他意识到他可以创作任何他想要的风格。他说，如果用真名，他可能会因为写恐怖小说和幻想小说而受到严厉的评判，这些故事有时和他父亲写的那些东西相差无几。但就目前而言，没有人知道乔·希尔是谁。没有人关心。

他写了很多故事。在 1995 年前后，他向文学代理人米基·乔特（Mickey Choate）咨询了一部小说，乔特形容这部小说短小而黑暗，"但比恐怖小说或黑暗幻想小说更具文学性"。乔特在不知道他的真实身份的情况下给了他一次机会。两人从未见过面，这可能是件好事，因为希尔酷似年轻时候的斯蒂芬·金（他们甚至连说话声音都非常相似）。

但最终，很多出版商都拒绝了希尔的手稿。当希尔的代理人无法卖出他喜欢的某部奇幻小说时，希尔很伤心。"但现在回想起来，（这）似乎是笔名做了一件好事，因为它本身还不够好，卖不出去更好。"

不过，希尔的匿名方式在其他领域也并非没有例外：他说，毕竟他需要谋生，所以他确实用真名和他的兄弟合作了两部电影剧本。他们卖掉了其中一部，但这部电影最终没有被制作出来。

当希尔开始认为自己可能没有小说天赋时，他在另一个领域取得了突破：漫画书。漫威买下了他写的蜘蛛侠故事。（他说，如果他的小说生涯没有成功，他会很高兴成为一家漫画出版商的特约撰稿人。）他在出版短篇小说方面也取得了一些成功。希尔会一次寄出六篇作品，这样当他收到退稿信时，就好像他的作品只有 1/6 被拒绝了。

他说："我感觉自己宁愿和船一起沉下去，也不愿放弃笔名。""希望我能够对我的孩子说，我对某件事有激情，对某件事有梦想，坚持自己的原则，并且成功了。"

最终，他的坚持得到了回报：英国的一家小出版商买下了他的短篇小说集《20 世纪的幽灵》（20th Century Ghosts），并于 2005 年出版了它。将近十年后，希尔终于向他的代理人透露了自己的身份，并开始通过巡回签售来支持这本书。

当他一踏上晋升之路，人们就开始把这一切联系在一起。那只猫开始从袋子里爬起来，但那时已经无所谓了。写作是最先出现的。笔名已经完成了它的使命。

············

当你在写关于乔·希尔的文章时，你内心的一部分渴望能够把所有提到斯蒂芬·金的地方都简化为一个简短的脚注。这是因为乔·希尔本身足以令人震撼。他可以幽默，可以使人难过，可以带来冲击。他笔下的人物深刻而生动，情节引人入胜，散文情真意切。简单地说，他是一个非常棒的作家，你会觉得你低估了他。

继《20世纪的幽灵》获得包括斯托克最佳小说集在内的多个奖项后，希尔于2007年出版了他的第一部长篇小说——《纽约时报》畅销书《心形礼盒》（Heart-Shaped Box）。这部小说又为希尔赢得了一次斯托克奖，这次是最佳处女作奖。在此之后，他又创作了广受欢迎的艾斯纳奖获奖漫画《异镜之钥》（Locke & Key）系列，以及2010年出版的带有爱情元素的恐怖小说《复仇之角》（Horns），该小说已被改编成由丹尼尔·雷德克里夫（Daniel Radcliffe）主演的电影。他在2013年出版的小说《幻影恶灵》（NOS4A2）（听清楚）是一部长达700页的超自然惊悚小说，讲述了一位母亲、她的儿子和一名绑架儿童并把他们带到一个名为"圣诞岛"的恐怖地方的男子之间的故事。这部小说一出版就受到了热烈讨论，并被希尔称为他的"恐怖写作大师之作。"

对于《幻影恶灵》，希尔说他想大干一场。他想写一些跨越多年的东西，一些有很多人物和次要情节的东西，一些真正可怕的东西。他说，在他年轻的时候，他读过很多这样的好书，其中包括他父亲令人难忘的小丑经典之作《死光》（It）。

"在某种程度上，《幻影恶灵》是我对它的重写。"他笑着说，"这有点像回到了我们开始谈话的时候，因为我觉得我写的大多数故事有一部分是和我的爸爸、妈妈、哥哥和姐姐的对话，我们仍然在餐桌旁进行着同样的对话。"

至于如何才能写出《幻影恶灵》这样规模的小说——或者任何伟大的恐怖故事——希尔说，这种类型的小说最重要的是要让读者关心某个人物，给他们一个可以支持的人物，然后让这个人物经历最糟糕的情况。他补充说，当一部恐怖作品失败时，通常是因为其中的人物已经超越了恐怖片的界限，这些人物实际上是你想让弗雷迪·克鲁格（Freddy Krueger）①杀死的。

他说："如果我的一个人物处于危险之中，我希望读者能够感受到，并关心发生了什么，而不是希望有人被砍头。""我的意思是，我可以与他们中的佼佼者比拼血腥程度……但我确实希望所有的人物都在那里。"

此外，他还说，糟糕的类型写作通常会让人物表现出预期的情感反应：悲伤的事情发生，有人会哭；可怕的事情发生，有人会跑。

他说："我不认为真实的人是那样的。""有时候，一些可怕和悲伤的事情发生在你身上，你会感到茫然。直到三天后，你才会意识到。"

希尔建议的保持小说新鲜感的另一种方式是：扔掉一只熊。希尔和他的朋友贾森·恰拉梅拉（Jason Ciaramella）合作将他的故事《披风侠》（*The Cape*）改编成漫画。在第二期中，一些警察认为某个人物谋杀了他的女朋友（事实确实如此）。这个人物有一件能让他飞翔的斗篷，他飞到动物园，得到了一只小熊。警察坐在一辆敞篷车里。他把它扔给他们。混乱随之发生。

"从那以后，我开玩笑说，在每个故事中，都必须有一个你扔掉熊的时刻。"他说，"这有点像'跳鲨鱼'②的反义词。你要寻找的是让读者眼前一亮的那一刻，然后你给他们一记他们没有预料到的重拳。"

虽然希尔可能会让他的故事远离公式和陈词滥调，但他不会躲避类型标签。他是那种坦率得令人耳目一新、实事求是的作家，他认为自己的恐怖小说就是恐怖小说。"当我读到一些导演的采访时，我会很抓狂，因为他说'我真的不认为自己是一个恐怖片导演'，而他刚刚执导的电影是《姐妹会大屠杀7》（*Sorority Slasher Babes 7*）。我就想，老兄，别胡说八道，你又不是费里尼（Fellini）。"

希尔并不认为类型作家与"纯文学"作家是完全不同的人。他说，说到底，像尼尔·盖曼这样的作家所创作的一切富有想象力的作品，其核心都是文学。另一方面，他补充说，许多被普遍认为是"纯文学"的当代作

---

① 弗雷迪·克鲁格是系列电影《猛鬼街》（*A Nightmare on Elm Street*）中的杀人狂。——译者注

② 跳鲨鱼（jumping the shark），指的是电视剧或电影中为求哗众取宠而加入的牵强情节，出自电视剧《欢乐时光》（*Happy Days*）。——译者注

家，比如乔纳森·勒瑟姆（Jonathan Lethem）、迈克尔·查邦、凯伦·罗舒也在以精彩的方式将类型技巧融入自己的作品中。

"他们正在打开类型工具箱，并尝试其中的一切。"他说，"这在某种程度上是让类型文学回归文学大家庭，有助于类型文学再次受到尊重。"

···········

考虑到他的父母是谁，你可能会好奇：他们给过他的最好的写作建议是什么？希尔说：把书写完。把书写完，不管它有多糟糕。你可以在重写时把它写得更好。

为此，希尔称自己是习惯的忠实信徒。他通常在一天开始的时候，先把前一天的创作内容修改一下，然后写五页新的内容，把这些内容读一遍，并为第二天的创作做笔记。像他的父亲一样，他每天都工作（包括周末），不列提纲，自然地写。这对父子二人来说似乎是一件好事，因为他们最近首次合作出版了几部中篇小说。父子俩的读者无疑也会注意到希尔在自己的书中提到了斯蒂芬·金的作品，比如《复仇之角》中的虚构小镇德里，《幻影恶灵》中的"潘尼怀斯马戏团"，希尔说他现在比以前更愿意为"忠实读者"提供复活节彩蛋。

考虑到他的父母是谁，你可能也想知道希尔的哪本书是他们的最爱。希尔说，当然，总是最近的一本。

"他们会提供很好的建议，会对（我和欧文的）故事发表有趣的看法，但你必须记住，他们也是父母。所以在某种程度上，这有点像你的三年级学生给你看了一张大象的照片，你说：'这是有史以来最好的大象！'"

当被问及他想在职业生涯中取得什么成就时，希尔停顿了片刻。他说，归根结底，今天的工作就是写出一个真实的场景。当你有了一个场景后，你就会再写一个。当你有了一堆场景后，你就有了一部短篇小说或长篇小说。

"我想现在我只关注我在车灯下看到的东西。我并不担心车灯之外的事情。你经常听到的一句话是：像活在世上的最后一天一样生活！对一个作家来说，这真是一条糟糕的建议。"他笑着说，"你得活得像神仙一样。你知道，不用急着写完这本书。该写完的时候就会写完。你要把'最后一天'的想法抛之脑后。"

···········

那么，作家到底是后天培养的还是天生的？

如果一篇作者简介中没有提及希尔的背景，那么它本质上是不完整的，因为讲故事的血液流淌在他的血管中，这是一种遗漏的罪过。但如果是一部小说中没有提及希尔的背景，那么它就不是不完整的，因为故事不言自明。

所以，忘掉作家是被培养出来的还是天生的吧。也许更有意义的问题是：你喜欢你刚刚读的那本书吗？

好的故事，就像乔·希尔的名字一样，是完全可以独立存在的。

畅销建议：写作的目的

写小说是呈现生活已有的模样，不是记述生活，而是创造一个实体，以让完成的作品能够包含这种生活，并将它提供给读者。当然，小说的本质不同于它的原材料，甚至与之毫无关联。小说是以前没有、以后也不会再有的东西。

——尤多拉·韦尔蒂（Eudora Welty）

当我坐下来写作时，我不会对自己说"我要创作一件艺术品"。我写作是因为我想戳穿谎言、揭露现实，我的初衷是被聆听。

——乔治·奥威尔

作家一定是那种把世界颠倒过来的人，然后说，看，它看起来不一样了，不是吗？

——莫里斯·韦斯特（Morris West）

事实上，伟大的小说告诉我们的不是如何行动，而是如何感受。最终，它可能会告诉我们如何面对自己的感情和行为，并赋予它们全新的理解。任何时期的优秀小说都可以引领我们进入属于自己的全新体验。

——尤多拉·韦尔蒂

我以一种十分忏悔的方式写作，因为这对我而言是如此令人兴奋且有趣。世界上最琢磨不透的是人性和兽性。没有什么比这更动人的了，这正是我阅读的乐趣所在；一群堕落又肮脏的人正拿着生活的糟粕冶炼黄金，把它变成魔法、温柔、同情和欢乐。因此我告诉我的学生，如果他们真的喜欢某样事物，就去关注它，试着写点什么。

——安妮·拉莫特（Anne Lamott）

任何艺术家都只需要对自己负责。否则，他的作品毫无价值。这项工作也毫无意义。

——杜鲁门·卡波特

我一直对自己充满信心，即便一事无成也满怀自信。在威廉姆斯学院的写作课上，有十个人写作能力超过我。但他们缺乏我的勇气，在写作中，我砥砺前行，无惧山高水长。

——约翰·托兰（John Toland）

当你卡在第297页时，你需要一些自豪感，那是一种这本书会被阅读的感觉，一种被人关注的感觉。你永远无法确定这一点，但你需要感觉到这件事很重要，这不是在敲键盘，这是在写作。

——罗杰·卡恩（Roger Kahn）

真正的作家不向生活学习什么，他更像是一只牡蛎吸附在生活上，或者一块海绵吸收着生活的养分。

——戈尔·维达尔（Gore Vidal）

我认为大多数作家——我现在排除了冒险小说和推理小说作家——会根据他们自己的想象力来撰写对他们有意义的情节。这将包括他们所经历的大量内容，但我不确定其中是否有自传的意图，更多是对经历的运用。我的情况就是如此：我相信我说的是实话，当我写《第二十二条军规》时，我对战争不是特别感兴趣；我主要感兴趣的是写一部小说，而战争恰好是它的主题。我所有的书都是这样。现在，这些书中的内容确实反映了我的许多更病态的本性——对死亡的恐惧、大量的社会意识以及对社会的抗议，而这些也都是我个性的一部分。所有这些都不是我写作的目的。如果有五位作家经历过同样的事情，那么他们会成为完全不同的人，他们所写的东西和他们所能写的东西也会完全不同。

——约瑟夫·海勒

我们必须赋予作品中的事实以意义。这是什么意思呢？意义会受到你和你所处文化中很多东西的影响。其中有些东西你可能还不知道。但是每个历史学家都有某种关于生活和社会的哲学。……这涉及各种局势、潮流和因素。你必须将之分开，重新组合，从中我们应该推断出现状之形成也并不简单，也没有任何简单的答案。当历史学家观察其中一种情况时，会试图考虑所有这些元素，力求达到客观、公正和平衡，但他选择的意义当然是他自己所相信的。

——T. 哈里·威廉斯（T. Harry Williams）

64. 卡勒德·胡赛尼：移动的群山

杰茜卡·斯特劳瑟

许多年前，阿富汗的喀布尔处在和平之中，有个男孩和别的男孩一样，爱着家庭，爱着国家，也爱着那里许多伟大的故事。他陶醉于阿富汗传统的口述故事，很快就发现自己深深地喜欢上了读小说，并开始了写作。由于父亲的工作调动，他们一家来到法国，离开了阿富汗，这本来只是暂时的。但后来，家乡爆发了战争，他们失去了财产、土地，以及他们习以为常的生活。

男孩 15 岁时，他们一家作为政治难民来到了美国。他目睹受过良好教育、原本生活富裕的父母现在靠领取食品券来度日。他在加利福尼亚州的高中里也不顺心，最初只会说波斯语和法语。看着家庭艰难重建，他的写作之梦似乎变得"遥不可及"。他开始努力学习英语，并思考做些什么让父母骄傲，于是选择了学医。他，卡勒德·胡赛尼（Khaled Hosseini），成了医学博士。

虽然身为医生，但他的写作之梦从未熄灭。他开始用第三语言——英语——来写作。他的一则短篇小说与阿富汗有关，其灵感来自现实生活，当时塔利班禁止放风筝，似乎它是极危险的。那时候他已成家，有了孩子，每天早上五点起床开始写作，然后去上班。当手稿接近尾声时，"9·11"事件爆发了。他打算放弃这部小说，因为在这个节骨眼上发表与塔利班有关的作品有投机主义之嫌。但他的妻子鼓励他继续写下去。

2003 年，这部名为《追风筝的人》（*The Kite Runner*）的小说出版了，一开始销路不畅，但随着读者口耳相传，这部由不知名作家所写的作品竟然在《纽约时报》畅销书排行榜上盘踞了 103 周之久，并最终被改编为电影。此后，胡赛尼辞去了医生工作，专注于文学创作。2007 年，他出版了小说《灿烂千阳》（*A Thousand Splendid Suns*），书写了战乱中喀布尔妇女的悲惨生活。这两本小说畅销于全球超过 70 个国家，销量更是突破了 3 800 万册。

所以，假如你觉得写作之梦难以实现，就去翻翻卡勒德·胡赛尼的书吧。假如你曾怀疑写作是否有力量改变现实，也请打消怀疑吧。胡赛尼的作品使喀布尔的困境得到了世界人民的同情，联合国难民署还专门以他的名义建立了阿富汗基金会，为当地提供人道主义援助。

2014 年 5 月，在暌违六年之久后，胡塞尼又出版了小说《群山回唱》（*And the Mountains Echoed*），讲述了一个阿富汗家庭被环境摧毁，却被爱永远联系在一起的故事。在下面的访谈中，胡赛尼讨论了他的创作灵感、写作技巧以及内心的希望。

问：你写《追风筝的人》时，其实并没有回过阿富汗。而你后来的小说却明显有着实地旅行考察的痕迹。你为什么要用小说这种体裁来写这些故事呢？这些主题，写成非虚构作品也很合适吧？

答：我想，我写作的前提，就是想写关于阿富汗的故事。而如何写，最好还是通过小说来写，而不是用非虚构。我一直想写小说，而且热衷于将故事发生地放在阿富汗。……我的一生都醉心于写小说，并将我生命的激情灌注其中，因此实在没法对非虚构真心感兴趣。

问：请问，有没有什么特殊经历启发了你创作《群山回唱》这部小说？

答：2008 年冬天，我从报纸上读到，一些阿富汗穷人将孩子卖掉，以让他们得到更好的教育，住好一些的房子，同时让家里剩下的孩子得以温饱。这让我感到深深的悲哀。我本以为这是 30 余年战乱导致国家经济凋敝的另一恶果，当我把这个故事告诉爸爸后，他却告诉我："在（20 世纪）四五十年代，这是常事。"唉。

这个故事在我脑中盘踞良久，我开始思考当一个家庭遇到这种情况，将会产生什么后果。父母放弃几个小孩，来拯救另一些孩子。这样的故事题材对一名作家深具吸引力。《群山回唱》的故事跨越了好多代人，其中有大量的人物。

问：那你是如何驾驭体量这么庞大的小说的呢？

答：《群山回唱》的结构非常复杂。我想让小说具有故事弧线和深度，但我心里有那么多人物，有那么多故事线，传统的线性故事结构难以承载。所以我决定让每个人物各自出场，以他们的视角分别叙述故事，然后，我找到人物之间的联系，就像合唱一样，通过层层联系，最终将一支支独唱最终编织成一曲大合唱。

　　我希望小说的每一章都能回答之前的问题，并提出另一个问题。我希望每一章都能揭示一种顿悟，无论是小的还是大的，并阐明大故事的一部分。但我也希望每一章在结构上或多或少都是完整的、独立的，同时仍然是这个大故事的一部分。

　　问：这部小说的结构非常错综复杂。你是按时间顺序写的吗？

　　答：不是的，我是从一个人物跳到另一个人物，而不是按时间顺序来写的。比如，在第二个故事里，我写到了一个坚强、阴郁、易怒的继母。我很想知道她为何会变成这样，她从何处来，有何背景故事。

　　在我写完一章后，如果其中某个特定的人物引起了我的兴趣，我就会跟着那个人物，看看他的故事后续会如何发展，如何与其他人物的故事线相交，并找到其中的联系。直到很久以后，所有的故事已然完成，我才决定按时间顺序安排这些人物和情节。（现在）这部小说中的时间是从（20世纪）50 年代一直到今天，其涉及的空间也逐渐扩大——从一个村庄开始，然后到喀布尔，再到希腊、法国和美国。

　　这种跟随一个人物到达下一章的方式，使写作变得很艰难，因为故事很容易迷失于时间，迷失于空间，迷失于我与人物的关联，最后，故事变成了一项顶着许多盘子一同旋转的杂技。

　　问：即便是一些配角，你也塑造得很好。将人物写得栩栩如生，你有什么技巧吗？你似乎是一个计划周全、构思缜密的作家。

　　答：其实并非如此。我也希望自己计划周全，什么都事先构思好，然后轻松自在地写下去，但我做不到。第一，我没有这个耐心。第二，我常常觉得提纲会束缚我。

　　我喜欢写作中突发的灵感，在那一瞬间，故事发展变得明晰可见，不同事物之间建立了巧妙的关联，有时甚至远超过你事先的设定，这将使故事愈加有趣。

　　所以我不做太多规划。至于我笔下的人物……我尽量与他们保持距离。我的第一本书最具自传性，第二本则淡一些，第三本则更淡。我试着让人物远离我，有自己的声音，有自己的生活。在某种程度上，这真的实现了。在我的初稿里，我的人物，尤其是核心人物，往往是扁平的。但回顾整个故事后，在写第二稿、第三稿，乃至第五稿、第六稿时，人物就慢慢接近真实，有些意想不到的事情发生了，我看到了东一点西一点的微小改变，这些改变对他产生了重大影响。

我发现，对我来说，修改某个人物时，删除比添加更重要——删除那些会拖累人物的东西。所以我只是用自己的方式塑造他，最终我希望人物会发出自己的声音，而不是我的声音。人物不是我的喉舌。

问：我看过一个采访，你说你喜欢修改。

答：是的。

问：很多作家都讨厌修改。你是怎样进行修改的？是什么让修改变成了一件乐事呢？

答：写作就像搬家。对我来说，写初稿就相当于把所有的家具，包括床、衣柜、壁橱、床垫，把一切都统统塞进新房子里。这是一件艰苦、费力的工作。那么修改过程呢，就相当于房子里东西塞满了、太多了，我得扔掉不需要的那部分。然后，就得归置这些乱糟糟的物品，让它们看起来更像一个家。这个过程很有意义，又让我感觉愉快。比如把这幅画挂在那面墙上很合适，把床挪到这边更和谐，还有沙发，往那一摆，就显得赏心悦目。这其实就是我修改的方法。

我很喜欢把作品写完之后，隔上三四个月，再回过头来修改，这样就能清晰地看出作品的优劣，也知道如何去加以改进，明白应该增删些什么内容，使作品更加眉清目秀。我很喜欢干这个活儿，因为在修改过程中，我会发现人物渐渐有了生命力。所以，修改过程会让我开心，有成就感。

问：评论家说你的作品一直在越来越好。作为作家，你是如何成长的，有可以分享的方法吗？

答：我也希望自己有所成长——不过这真的取决于别人的评价——我认为自己获得的成长，就是（在主题方面）远离了偏狭的好与坏的区分，正如《群山回唱》开头的题词所写：

> 走出对与错的观念，
> 有一片田野，
> 我将与你在那儿相会。①

这是鲁米的诗。随着我写得越来越多、年纪越来越大，我不再对何为

---

① 胡赛尼. 群山回唱［M］. 康慨，译. 上海：上海人民出版社，2013；题词页.

好人、何为坏人的问题感兴趣。很明显，在《追风筝的人》中，这个问题还容易回答。但在我的新书里，我想，这个问题的答案变得模棱两可了。人物的形象，他们的动机，都变得更微妙、更复杂、更矛盾，更让人惊讶，也更为有趣。因为人物不再是非黑即白的了。

在这当中，最重要的是信任读者。作为新手作家，不要担心读者领会不到自己的意思，要学会信任读者，别把一些答案表露得太过于明晰。

问：你认为写作中还有什么挑战？

答：啊，那太多了。不过，写作中最困难的事情是克制内心的野兽（笑），也就是缺乏耐力。写长篇小说总是很辛苦的，在写作过程中，这头野兽常常会冒出来，威胁着要接管你，有时甚至真的可能会打败你。

写作中，我时常会很沮丧，觉得刚刚浪费了生命中宝贵的四个月，却只写出了一些初中生水平的东西。这时我会产生自我怀疑，导致信心受挫。不过，我渐渐学会了如何忍受这一切。不管多么郁闷，我都得克服这种负面情绪。我把自己当成一个蓝领工人，每天走进工作室，坐下来工作，上午打卡，傍晚下班，尽心尽责，我得相信这个过程的价值，相信未来会发生奇迹，相信这一切都非常值得。

我想，另一件难事，就是当你真的浪费了生命中的四个月时，也得学会接受现实。你所写的东西可能很好，也可能不好，总之就是和你正在创作的新书格格不入。那就不要害怕重新开始，把它扔进垃圾桶，然后继续前进。这当然是件极为痛苦的事情，而我在写这部小说时曾反复经历，写之前那两部小说时也是如此。但可喜的是，失败的写作总是能让我们学到一些东西。即便是写错了，写得不够精彩，甚至完全写失败了的内容，都会有其用处。我曾写坏过长达150页的内容，只好忍痛割爱，将之删除，但后来我发现其中一部分还可以用，就将之改头换面，安放在另一章里。我总是会去拯救这些内容，哪怕我不知道它们何时能派上用场。

问：你的小说让人在读完之后很长时间还回味无穷。你认为是什么原因让它具有这种品质的呢？你在写作过程中会有意识地去设计吗？

答：我唯一有意识去做的事情，就是尽力把小说写到最好，而此后发生的都是一些副产品。我没有刻意去做什么。

碰巧的是，我对人类普遍存在的事物感兴趣，而不考虑种族、文化、民族、宗教、语言之类。写作过程中，最吸引我的地方是人类何以摇摆、何以软弱、何以善良，而不管他来自何方。这就是我对家庭主题如此感兴趣的原因之一。家庭成员之间总有一种撕扯、推拉的关系，让我觉得特别有意思。所有伟大的文学主题，那些人之为人的伟大经验——你知道的，像爱、忠诚、责任、牺牲、冲突以及所有这些东西——都存在于家庭之中。其实，你可以说我的三部小说都是家庭故事。家是非常普遍而持久的元素，它总是吸引着人们，不管他们来自何方。

问：你的作品的成功似乎表明，一部强有力的小说，可能是将一个饱受误解的地区或文化中的故事人性化并引发关注的一种极好方式。但按照你的说法，这只是一个良好的副产品吗？

答：是的，因为我想说，如果我有意识地这样做，那并非好事。我偶尔也想这么干。当我有了一个想写的主题，就围绕它编一个故事。但这样的作品往往主题先行，过于政治化，非常单薄。我更喜欢写一个简单的故事，有时稍复杂一些，关注人物与其内心思想，以及人物之间的互动，最后写出的故事，其内涵可能会比书页上的情节更为丰富博大。

（比如说，）《群山回唱》涉及两个男孩的关系，其中一个男孩是军阀的儿子，另一个是难民的儿子。这个故事围绕他们的相遇和共同点而展开，同时也包括他们俩在生活与经历上的千差万别。

你知道的，假如我发表一份声明，说这部小说是要反映阿富汗的现状、重建工程的进度、苏联入侵的后遗症、阿富汗传统社会结构在一夜之间的建立、受"9·11"事件影响而形成的贫富差距，这样也挺好，然而我的本意并非如此。我的意图是唤醒良知、去除隔阂，在某种程度上，那个崇拜父亲的男孩逐渐在各种事件中醒悟了，知道了父亲是什么样的人，自己是什么样的人，也懂得了如何与自己或亲人身上的阴暗面和平相处。

问：你是否觉得自己的写作生涯与你的慈善事业紧密相连？

答：我不敢说我的写作与慈善事业有关，但我的慈善之旅、参与的会议，以及所见所闻，的确影响了我的写作。正如你之前所说，尤其在我的后两部小说中，我在阿富汗的见闻直接进入了作品，构建了故事背景，有时还不止于此，它参与了小说人物的塑造。所以，我的慈善之旅的确影响了写作。不过，写作也让我有机会参与联合国工作，并得以成立自己的基金会。小说的成功，让我有幸拥有大量读者，他们为我敞开大门，使我去完成夙愿，这让我倍感愉悦，同时也希望世界因此而发生一点改变。

问：你觉得自己有什么特别有价值的心得，可以传授给那些希望像你一样取得成功的作家们呢？

答：在写作中，放弃、投降的诱惑太巨大了。你要对所写的作品有信心。你必须相信，尽管它看起来黑暗、渺茫、沉闷，但它值得追求，而且总有一天，你会感激自己如此坚持。人们常说，写一部小说就像经营一段婚姻，当中总有起起落落，无数次你想摔门而出，想一个人待着，不想听到那个声音，如此等等，但这些都是值得的。而我学会了——坚持下去。

你知道的，我差一点就放弃了那三部小说，只差了那么一点点，而且不止一次。那时候，好像只要我无视写作中的绝境，生活就会无比轻松美好。但我坚持下去了，如今我无比感激那时候的自己。

65. 休·豪伊：勇敢新世界

雷切尔·兰德尔[①]

起初，休·豪伊放弃了一份报酬微薄的出版合同，决定自助出版小说。这件事本来毫不起眼。随后，休·豪伊把版权握在自己手里，白天去上班，业余时间则用来写作和发布电子书（以及一些印刷书籍），与读者分享他的故事。在其中一本名为《羊毛战记》（Wool）的小说成为爆款之后，一切都不同了。他发现自己登上了电子书畅销排行榜的榜首，并傲立于出版新时代的前沿。

事情要从 2011 年 7 月说起。那时候，《羊毛战记》首次在 Kindle 阅读器里以中篇小说形式出现，售价 0.99 美元。小说是关于末日的，讲述了人们在核战争后生活于一个巨大的地下社区。他本来不打算写得很长，"我自己将它出版后，就打算直接开始写另一部作品"，他事后这样回忆。但到了 10 月，他发现《羊毛战记》忽然脱颖而出，到月底卖出了 1 000 册。他意识到"这将是我职业生涯的巅峰"，于是立即停止一些无关的"全国小说写作月"项目，转而专注写作更多关于《羊毛战记》的故事。

接下来发生的故事，足以媲美阿曼达·霍金（Amanda Hocking）、约

---

① 雷切尔·兰德尔（Rachel Randall）是《作家文摘》编辑部的编辑总监。

翰·洛克（John Locke）和 E. L. 詹姆斯白手起家、名噪一时的成功经历。很快，《羊毛战记》的四部电子书迅速发行，休·豪伊的名字迅速登上了亚马逊畅销书排行榜的榜首。2012 年 1 月，他出版了《羊毛战记》合集（共五部），在《纽约时报》电子书小说畅销书排行榜上驻留两周，并获得了 Kindle 书评颁发的 2012 年科幻/幻想类最佳独立图书奖。到了 2012 年夏天，休·豪伊每月能卖出 2 万到 3 万册电子版《羊毛战记》……仅电子书销售就让他月入 15 万美元，所以他辞去了全职工作。

出版商们开始关注他。但豪伊并没有接受第一个出版意向，而是与文学代理人克里斯廷·纳尔逊（Kristin Nelson）合作，开始了一个项目。他们与出版商讨论出一种新的合同模式——可以扩大豪伊在全球书店的图书销量，同时容许他继续发展自己风生水起的数字出版事业。

毫不奇怪，对于一份不包含数字版权的出版合同，很多出版商甚至连谈都不愿意谈——而且是的，甚至连豪伊自己也不期望达成这样的交易。但他认为自己所倡导的新型合同模式可能会帮助其他作者。"我们认为……需要二三十位像我这样的作家与出版商进行谈判，才有一些作家能够得到我们预想的那种合同。"他这样解释。

不过此后，有些出乎意料的好事发生了：他的坚持起效了。在放弃了几笔六位数的预付款和两笔七位数的预付款后，豪伊与一家重要的出版社达成协议，成为有史以来第一个兼有出版合同和独立出版权利的作家，同时获得版税以及六位数的高额预付款。西蒙舒斯特出版公司在 2013 年 3 月同时推出了《羊毛战记》的精装本和平装本。

豪伊与出版商进行的这场以作者为中心的对话，体现了他与生俱来的利他主义——这种品质似乎是他成功的核心。此后，豪伊自助出版了"羊毛战记"宇宙中的第二部和第三部，同时推出了传统纸质书版本。目前他与妻子以及一条狗住在佛罗里达州，继续为传统作家和独立出版作家争取更多的权利。在下面的访谈中，他讨论了自己非传统的成功之路，他对科幻小说这一类型的热爱，以及对其他类型小说作家的良好建议。

问：是什么影响了你最初的决定，即自助出版，而不是追求传统的出版路线？

答：很大程度上是因为我没有耐心吧。我的第一部手稿走的是传统出版路线。我与一些朋友以及我在论坛上认识的人分享了这部手稿，并打算把它免费放在我的网站上。可他们却说："这本书稿和书店里的书质量一样好，别免费放在网上，你要交给出版商，找个文学代理人。"所以我勉为其难地去做了。让我吃惊的是，几周之内，一些小型出版商接受了我的书稿。这让我很激动。

但是，第一本书出版后，我意识到其实所有的工具都可以为我所用。有了这些新的数字工具，我完全可以自己出版。所以，当我得到第二本书的出版合同时，我做了一个艰难的决定。我告诉出版商，我要尝试自助出版。

问：你是什么时候拥有文学代理人的？

答：当克里斯廷·纳尔逊联系我时，《羊毛战记》已经大获成功，因此我拒绝了这个代理邀请。我只是觉得我不需要代理人，因为我挺享受我在美国做的这些事情，而且摆脱了全职工作。但她解释说，我可以尝试向好莱坞发展，也可以打入国际市场。克里斯廷代理了一些在国内热销的图书，并大大拓展了它们的市场，这一点我永远无法做到。

问：你单单通过电子书就获得了不可思议的成功，为什么还要把《羊毛战记》交给传统出版商？

答：我与克里斯廷合作之时讨论过一个事实，即我们几乎没可能与传统出版商达成共识。他们会想要数字版权，甚至删掉电子书，而它是我的谋生手段。此外，通过传统出版，我得等上一年才能拿到稿费，而通过电子书，我每月都能得到报酬。所以我们与他们进行了谈判，这是为了让出版商习惯这种合作方式。我们认为这将对一些作者有所帮助。

最后，西蒙舒斯特出版公司和我们签了一份我们想要的合同。合同上只约定了纸质印刷，没有阻碍我的自助出版事业。它接受了我自己所做的事情，只想把这部小说推向更广阔的市场。这一事件在出版界引起了轰动。另一位作家，科琳·胡佛（Colleen Hoover），后来也得到了类似的合同，这让我很兴奋。

问：所以你相信传统出版商变得越来越开放，能接受这种混合型模式了吗？

答：我相信整个行业都被数字媒体颠覆了，传统出版商正努力适应它。传统出版商不再瞧不起自助出版者，而是在畅销榜上寻找那些未签约的作者，联系他们，给他们一份更公平的合同，自己也从中获得很多益处：可以在一年内印刷好几本书，并且这些书都自带高流量。这非常有利，你知道吗？出版一本书充满了风险，但出版一本之前已大受欢迎的电子书，风险就大大降低了。

问：你的成功中有运气的成分吗？

答：当然。我不敢把成功归因于我的写作技法，而更多归因于天时。如果我在五年前或十年前干这事儿，这些故事没法自助出版。如果放在十年之后，我的故事可能就竞争不过其他自助出版者了。

问：对于其他想要走这条综合出版之路的作者，你有什么建议吗？

答：如果你的书已经按传统模式出版了，那么检查一下你的合同，看看还能不能自助出版。这是一个建立读者群的好方法。我建议那些有传统出版背景或从业经历之人，可以在自助出版方面进行突破和试水。这只会对你的事业有好处。

对于那些从一开始就想自助出版的作者，那就继续吧，不会有来自出版社的羞辱。如果你想成为混合型作者，那就多多发表高质量作品，建立一个作者平台，并且相信十年之后你会有 20 部作品，其中一部会脱颖而出并吸引出版商。你自助出版的作品同样有可能赢得出版商的青睐。

这两条路线都很棒……但如果你真的在权衡自助出版的利弊，也许你（和我当年一样）有六七本书，每月能赚 20～50 美元，正忙于写下一部，没有考虑找文学代理人，没有写询问信，而是专注于写故事。虽然电子书销售所得只够付有线电视的账单，但你没有把手稿放在抽屉里，或是塞进贴了邮票的信封，而是让读者去自由阅读，然后，其中一个作品忽然就火了。这就是我在《羊毛战记》畅销之前所做的事情，所以并非空口白话。这种做法是行之有效的，我相信对别人也是。

问：你曾经说过，《羊毛战记》是为你自己而写的，而非为特定的读者而写的。你觉得这种方法与它的成功有关系吗？

答：噢，是的。我觉得读者总是在寻找新东西，一些他们未曾体验过的东西，而这恰恰是我写作的激情所在。我正在写的故事，也恰恰是我希望阅读的。在《羊毛战记》中，我写了一个黑暗的短故事，对我来说毫不商业化，但它是我作为读者很愿意读到的故事……我从未想过它会如此成功。其实，你在写作的时候，并不会坐在那想这个故事是否真实。你会想，我会喜欢这个故事，我的妻子会喜欢它，我会自助出版它，然后继续写下一个故事。

问：为什么科幻小说这个类型这么吸引你？

答：于我而言，科幻小说的美妙之处在于它能够讽刺人类的生存现状，并真正揭示出生活和存在的意义到底是什么。在所有的小说类型中，科幻小说最适宜夸大人类生存状态或我们生活环境的某些特质，然后观察你的人物会做何反应。

问：你在《羊毛战记》中构建的世界复杂得让我震惊。你在写作之前就做好了大量的规划工作了吗？或者你的方法更加灵活？

答：我的方法是在写作之前就想好故事在哪里收尾。甚至我会先为最后一幕或最后一章写个粗糙的梗概，这样我就能知道每个人物的最后结局，以及故事在哪里结束。我读到过一些书，里面的人物在不停徘徊，寻找着结局，而我喜欢我的人物都找到归宿。我也会留下一些空间，让人物与环境产生有机的互动。我不喜欢做太严密的情节规划，但我完全知道故事在哪里结束，这对于我而言非常必要。我要避免重蹈电视剧《迷失》（*Lost*）的覆辙，它没法收尾，只能让情节不断发展（笑）。

问：你能给其他作家最好的建议是什么？

答：互相支持。无论你处于职业生涯的哪个阶段，都可以帮助别人。我们行业的不同寻常之处在于，我们彼此之间不是直接的竞争对手。作为一名书商，我学到的一点是读者不会因为读了别人的书就无视你的书。我们都可以做得很好，而我们应该做的，是让阅读体验更美好，让更多人爱上阅读。

66. 斯蒂芬·金与杰瑞·B. 詹金斯：写作的狂喜

杰茜卡·斯特劳瑟

斯蒂芬·金与杰瑞·B. 詹金斯（Jerry B. Jenkins）中，一个可能是我们这个时代最著名的作家，另一个则以描写世界末日［比如《末日迷踪》（*Left Behind*）系列］而著称。他们出现在一起时看似颇为不搭，彼此却十分亲近。与他们谈话时，可见他们的观点不乏相似之处，常常又截然相反，但他们既坦诚又彼此尊重。

问：你们俩是怎么认识的？

詹金斯：我们凑巧与同一个配音演员合作，他叫弗兰克·马勒（Frank Muller），是一位出色的配音演员。2001年11月，弗兰克遭遇了严重的车祸，这导致他脑部受损，丧失了行动能力，几乎无法说话。他的一个弟弟发起了一个基金会，用于支付庞大的医疗开支。斯蒂芬发现我在其中出了些力。

斯蒂芬承担了基金会最大的份额，其捐助占到了筹款总额的一半以上。但有一天，他打电话给我感谢我所出的一份力，并建议我们可以用其他方式来帮助弗兰克。不用说，当我的助手告诉我斯蒂芬·金给我打来电话时，我迅速在脑中搜索了一下，看是哪个朋友在开我玩笑，并决定好好问候这个冒牌货。不过，为防万一，我还是照常说："我是杰瑞。"

当他自称"史蒂夫·金"时，我有些忍俊不禁。

谁会把斯蒂芬·金叫成"史蒂夫"？好吧，只有斯蒂芬·金自己会这么干。一聊方知，我们都读过彼此的作品，很有些相见恨晚的感觉，随后就约好一同去康复机构看望弗兰克。

问：你俩的作品在某些方面截然不同，但在有些方面又能找出相似之处。你们觉得彼此的书怎么样？你们会有相同的读者吗？

斯蒂芬·金：我是通过《末日迷踪》认识杰瑞的，这部作品和我的《末日逼近》（*The Stand*）有许多相同点——都是关于世界末日的故事，带有基督教的意味。虽然我不太相信圣经的末日，但我在一个基督教家庭长大，经常去教堂，参加过 MYF（卫理公会青年团契——经常对圣经故事进行演绎，其中的情节每个作家都可以使用，不管是不是基督徒），很熟悉这个故事，于是读《末日迷踪》时，就仿佛遇见了一个穿着现代服装的老朋友。我也非常喜欢《最年轻的英雄》（*The Youngest Hero*），这是一个与棒球有关的出色故事，充满了严谨的统计数据。杰瑞的文笔很扎实，情节也很好。他很热情，富有同情心，在书里讲透了家庭的内外关系。这本书有很多可圈可点之处。

詹金斯：我的很多读者都告诉我他们读过斯蒂芬的作品。当然，还有一些读者感到恐怖，觉得他的一些作品挑战了他们的心理承受极限。对我来说，我更喜欢他的《绿里奇迹》（*The Green Mile*），而不是《魔女嘉莉》。但不管人们怎么看待这一小说类型，斯蒂芬的天赋都是毋庸置疑的。

问：是什么在推动你们写作呢？

詹金斯：我坚持写作是因为干不了别的。我不会唱歌，不会跳舞，也不会布道，只会写作。但我曾对一些专业感兴趣。十几岁时，我是一名体育记者（在比赛中受伤之后）；我曾经觉得自己受到召唤，应去从事全职的宗教工作。我以为这意味着我必须放弃写作，成为一名牧师或传教士。幸好我很惊喜地发现，利用自己正在萌芽的写作天赋，我也可以完成同样的事情。

斯蒂芬·金：杰瑞说得很对，我也干不了别的。我每天都在惊叹我从事着自己热爱的工作，同时获得报酬。

问：写作中，在涉及信仰体系以及其他有争议性的私人话题时，你们需要考虑些什么？

詹金斯：正如我们经常说的那样，向唱诗班说教是一回事，试图让一种特定的信仰被理解、被接受，甚至希望对外行或明显的敌意者有吸引力，完全是另一回事。我有一些给跨度很大的读者（最大的读者市场）写作的经验，因为我写过很多体育名人传记〔比如汉克·艾伦（Hank Aaron）、沃尔特·佩顿（Walter Payton）、奥雷尔·赫希泽（Orel Hershiser）、诺兰·瑞安（Nolan Ryan）等〕，但面对《末日迷踪》这样极广的读者群时，我很快意识到我所处的位置。

我不过是在写一部具有明晰基督教主题的小说（关于教堂里的末日狂欢），可读者忽然就包括了几乎所有人。我试着记住我的读者来自哪里，并确保远离宗教内部语言。

当然，我遇见的唯一挑战是，在小说里不要让各类信息压倒故事本身。小说必须有个出色的故事。要让读者爱上人物，并想继续往下看。当你的小说读起来像布道词时，就终止这个故事。

斯蒂芬·金：心理医生老罗伯特·布洛克的俏皮话在这里很适用："一本光传达信息的书，根本卖不掉。"我举双手赞成杰瑞的观点：故事是第一位的。但是，我想杰瑞也会同意这一点，即我们所写的必须是自己真正关心的事情，否则何必费时费力地写作呢？

问：你们有什么能让读者悬置怀疑，沉浸在你们的想象世界里的秘诀呢？

斯蒂芬·金：要让读者相信难以置信之物，这并非技巧，而只是写作的基本工作。我相信杰瑞也会同意，是细节让读者相信作品并为之着迷，比如邻居家排水沟里倒翻着的三轮车、一个残破的广告牌、图书馆台阶缝隙处长出的杂草，都是很好的细节。当然，如果没有令读者在意的人物，这一切都没有意义（有时候读者会支持"坏人"），不过细节是推理小说或奇幻小说的起点，它们必须清晰，有质感。作者首先必须有丰富的想象力，但想象力像肌肉一样，必须有规律地加以锻炼，日复一日地写作、修改、失败、成功。

詹金斯：讽刺的是，非虚构和小说的定义最近发生了转变。非虚构类必须是难以置信的，而小说类必须是可信的。所以，在我看来，要让读者认可你的设定并暂时悬置怀疑，就是让你自己全心全意地相信这个设定（我同意斯蒂芬的观点，这不是什么技巧）。

对我来说，这意味着在《末日迷踪》系列中，我相信圣经预言是真实的，而且总有一天会发生。然后，我试图展示它可能的样子，并且始终如此。当斯蒂芬在撰写埃德加·爱伦·坡所谓的幻象时，我能想象他在黑暗中营造它，并一直告诉自己"这很可能会发生"。至于人们为何喜欢逃到另一世界，其实与这个世界有关。人们总是渴望一些超越他们自身以及当前环境的东西。为此，他们要么借助希望，要么借助逃避，或者两者兼而有之。

问：是什么让你们的书吓得读者晚上睡不着觉？写作的时候，你们有没有吓到自己呢？

詹金斯：据我观察，斯蒂芬的天赋在于他有一种奇特的能力，能识别和利用生活中的细节，而且对于每一点都赋予其意义。我现在正在读他的《N》，发现自己一直在说："这就是我的感觉，这就是我想说的。"（我的意思是认同他笔下的人物，而非认同作者本人。如果我能按斯蒂芬的方式来写作，那么《末日迷踪》将仅仅是我的诸多作品之一，而非我写作生涯中一部特别的作品。）

至于是否吓到我自己，在某种程度上，作为斯蒂芬·金学派的一员（试图将有趣的人物放在困难环境中，并写下此后发生的事情），我允许自己和读者产生同样的情感。因为我的写作是一个发现的过程——尽管我知道这一切都源于潜意识——所以我经常对故事里发生的事情感到惊讶、高兴、害怕、失望、悲伤，诸如此类。如果一件事情的发生对我来说十分偶然，那对于读者而言也是如此。至少当读者问我为何杀死他们最喜欢的人物时，我可以说："我并没有杀他，我只是发现他死了。"

斯蒂芬·金：我常常觉得我可以掌控笔下的人物，但也并非总是如此。杰瑞说"我没有杀他，我只是发现他死了"，这种情况的确存在。比如小说《厄兆》（Cujo）中的一个小男孩的死亡就属于这种情况。我事先并没有这样计划，我也并不害怕，可当他死的时候，我很难过。因为这似乎超出了我的控制范围。

问：你们觉得为什么善恶之争会一直吸引读者呢？它又是怎么一直吸引你们的呢？

斯蒂芬·金：善恶之争永远吸引人，是因为我们每天都身处其中。有时我们在电视上看到，比如孟买恐怖袭击；有时我们在大街上看到，比如一个大孩子推倒小孩子，或是一些疯子沉迷于驾车骚扰路人。如果我们想捞点钱，出个轨，参与不正当交易，我们就会感受到善恶之争。当读者在书中看到邪恶被征服时，大都会在胜利中感受到一种宣泄式的满足。

我想我们也在寻找可以在日常冲突中使用的策略。而且，面对现实吧，我们其实很享受这些冲突。足球比赛的收视率十分惊人，更不用说摔跤比赛了。根据经验法则，我们这些支持"好人"的人，也能适应这种情况。不过，作家们必须公平，并且牢记，（大多数）坏人也认为自己是好人——他们是自己生活中的英雄——而灰色阴影本也是生活中的一部分。

问：为斯蒂芬所说的"忠实读者"写作的挑战是什么？有一个忠实的读者群有什么乐趣呢？

詹金斯：读者会尊敬你、信任你，也会对你有所期待。我常常希望自己的每本书都好过上一本，有时候读者愿意停留在某个舒适区，希望我写出更多《末日迷踪》。其实，我写了16本，这已经很多了。如果没有读者要求斯蒂芬给他的经典作品写续集，我倒觉得吃惊呢。但作家自身也要成长，要不断尝试新东西才行。斯蒂芬，我说得对吗？你的读者会不会沉迷于你的旧作，并要求你写出更多相似的作品？

斯蒂芬·金：他们只是想要一个好故事，我认为他们更渴望的是你的声音，而不是那些故事，这就像去拜访一个老朋友。至于重温过去的故事……我记得休斯敦的一个非常年轻的书迷朋友（在我第一次巡回售书时）告诉我，他喜欢《撒冷镇》（Salem's Lot），认为我应该写"詹纳的尖叫"（a squeal in that jenner）。经过一阵疯狂的思考后，我意识到他说的是"这一类型的续集"。我想过给我早期作品写一个"尖叫"式的续集，这主要是因为我从来没有这样做过。

问：杰瑞，你有没有从不寻常的宗教领悟的角度去写作呢？

詹金斯：我不会说这是一种宗教领悟的角度，但它的确来自我一生的信仰。从某些方面来说，其实我从十几岁就开始写《末日迷踪》的故事了，我认同这个故事，因为我就是在信仰它的传统里长大的。我既不是神学家，也不是学者，但我理解这个故事，并为之深深着迷。当我帮助比利·格雷厄姆（Billy Graham）撰写他的回忆录《就像我一样》（*Just as I Am*）时，这种正确的感觉又来了，好像因为这一传统，我已用一生的热情为这次写作做好了准备。当作家脱离了信仰，却试图写下同样的东西时，忠实读者会感受到隔膜和不适。

问：斯蒂芬，你的很多忠实读者认为，在某种程度上，你肯定会思考另一个世界，这是真的吗？

斯蒂芬·金：我没有特别的宗教领悟力，但我认为每个作家都有一条通往潜意识的"后方通道"，并可以很容易地进入。我的通道又宽又深。我写作时从来不会另有目的，但我强烈地感觉到，这个世界的确很单薄，它只是一个更光明、更神奇的真理的面纱。对我来说，每一只蚂蚁、每一片云彩、每一颗星星似乎都在宣称，世界之大远超我们所知。我想这听起来像是自然主义或泛神论，在某种程度上也的确如此，但我相信还有一种比我自己更强大的力量。如果在我死后，结果证明我的想法是错的，那也有一个好处：我永远不会知道了。

问：你们的写作是如何随着时间而演进的？你觉得读者会随之改变吗？

斯蒂芬·金：可以肯定的是，读者也和我一样变老了，或多或少也变聪明了，肯定是越发复杂了。我想，我把握叙事的能力也比以前强了（未来十年，我的灰色细胞将以越来越快的速度退化），但我仍然拒绝承认我的天赋会受到任何限制。我认为继续挑战极限是很重要的。我也喜欢自己被年轻的读者"发现"，但谁知道呢？当然，作为一名作家，我并没有刻意地去"进化"，我只是继续写作，并希望能找到好的新故事。事实上，我几乎从来没有考虑过读者。我认为过于考虑读者并不明智。我有一种内在的取悦欲望，这应该就足够了。除此之外，我只是想自娱自乐，而这通常也会取悦别人。这让我成为一个幸运的人。我猜，杰瑞也是如此。

詹金斯：我希望在未来几年里，我的写作能变得更加简洁和直接。随着写作时间越长，我对废话就越没有耐心。我很幸运，因为我的读者跟上了文明发展的步伐。随着科技的发展，我们所有人的注意力持续时间都变短了。可以这样说，对我而言，一本好书总是不嫌长，而一本坏书总是被嫌不够短。

问：你们都已经看到自己的作品被翻拍成电影了。这种合作最大的好处是什么？最不好的部分又是什么？

詹金斯：对于电影，我的想法和斯蒂芬一样，有些我很满意，有些我极不认同。我特别喜欢贺曼公司拍摄的《虽然没有人与我同行》（*Though None Go with Me*），以及我儿子达拉斯（Dallas，詹金斯娱乐公司）拍摄的《黎明前的午夜》（*Midnight Clear*）。斯蒂芬，你曾公开表示讨厌根据你的作品改编的电影，当中有你满意的吗？

斯蒂芬·金：是谁告诉你我讨厌大部分改编电影的？至少有八部电影相当不错，而我唯一记得自己讨厌的是斯坦利·库布里克（StanLey Kubrick）拍摄的《闪灵》（*The Shining*）。看三小时蚁穴都比看这部电影强。其他不好的改编电影，我笑完就忘了。我总是对周围发生的事情感兴趣，但我的期望值很低，这让生活变得简单得多。我最喜欢的改编电影还是罗布·赖纳（Rob Reiner）的《伴我同行》（*Stand by Me*）。

詹金斯：在我看来，在斯蒂芬作品的改编电影中最好的还是《绿里奇迹》。通常来说，看一部由最喜欢的书改编成的电影是令人失望的，但看这部电影时，我一直在说，它让我想起了阅读时所看到的东西。

问：斯蒂芬，你认为《黑暗塔》（*The Dark Tower*）系列是你的代表作吗？你如何看待它与你的其他作品之间的关系？

斯蒂芬·金：我希望自己的代表作还没写出来，但从小说的长度和雄心来看，我相信大多数读者会说《黑暗塔》系列是突出的。另一个迹象是：我总觉得这套书还没写完，七本书似乎只是一本大书的草稿。我已经重写了该系列的第一本，我不知道杰瑞有没有那种重访雷福德·斯蒂尔以及他的老伙伴，并把他们重新装扮一番的冲动。不是说他们不好，而是说，你回顾一部已经完成的作品时，会说："啊，我现在知道我是什么意思了。"

詹金斯：我曾说上一部作品《里文》（*Riven*）是我的代表作，其实说错了。问题是，我不知道该怎么做其他事情，所以我还会写很多新小说。读者可能会说："你不是该退休了吗？代表作都写出来了，以后还怎么写呢？"

问：那么，你们想过退休吗？

詹金斯：退休？从哪里退休？为什么我要放弃自己的热爱呢？节奏放慢一些就行了。顶多就是多看看孩子，看看孙子。至于退休？才不呢。我的妻子黛安娜（Dianna）曾说，她会在我的墓碑上刻一行字："写作至死方休。"

斯蒂芬，你好像每过几年，写完一本巨著后都会宣称封笔。这事幸好没有成真。你只是开个玩笑，还是觉得灵感用尽了？（就像我曾告诉你，写完《里文》后，我觉得没什么可写的了。你建议我，在恢复期不要轻易做决定，你说的是对的，很快我又回去敲键盘了。）

斯蒂芬·金：我遭遇车祸时，的确想过放弃写作，那时候我靠止痛药活着，每时每刻都疼痛难忍。现在好多了。每当灵感枯竭，我就会读一读约翰·厄普代克或埃尔默·伦纳德的书，然后又觉得自己可以写上 20 年。

问：你们为什么要写一本写作指导书呢？以后还会写吗？

斯蒂芬·金：关于写作，我已经讲得差不多了。我很想知道杰瑞会怎么想。对我来说，《写作这回事》（*On Writing*）这本书既像是一种总结，也像是对我几乎出于本能所做的事情的一种表达。我本以为它很容易写，结果并非如此。我还以为能写得更长一些。但你知道我们小时候玩红心游戏时常说的一句话吗？"放好了就是放好了。"意思是说，一旦把牌放在桌子上，就不能收回了，也不能再发新的牌。我把我当时知道的一切都说了，如果再加上我现在知道的，可能等于"不要写长篇，因为评论家会撕了它们"。这句话我在《写作这回事》里说过了。

詹金斯：《为灵魂写作》（*Writing for the Soul*）对于一个人的写作生涯可能帮助不大，但它确实给了我公开写自传的机会。因为我是基督教作家协会的成员，将来可能会再写一本写作指导书。我可能会在其中加入更多的写作细节，但会减少个人生活经历相关的内容。

斯蒂芬·金：最后但并非最不重要的是，对于写作，我们都是业余爱好者，真的。它总是新的。对我来说，无论何时写作，总感觉是第一次。

67. 丹尼斯·勒翰：所有权的荣耀

史蒂夫·布瓦松[①]

和许多作家一样，丹尼斯·勒翰的写作也是从短篇小说开始的。他想写雷蒙德·卡佛式的极简主义小说，但觉得自己的努力没有达到这个标准，所以一篇也没有发表。1990 年，大学毕业两年后，25 岁的勒翰决定尝试写一部长篇犯罪小说。三周之后，初稿就写好了。此后经过反复修改，直到他获得艺术硕士学位，这部名为《战前酒》（*A Drink Before the War*）的小说才在 1994 年出版，并一举斩获美国推理界夏姆斯最佳小说奖。

勒翰塑造了两个明星侦探——帕特里克·肯齐和安吉·热纳罗，他们来自多切斯特，波士顿的一个低收入工人社区，勒翰就在那里长大。在第一本书里，他们是发小，后来成为搭档，在《圣洁之罪》（*Sacred*）、《黑暗，带我走》（*Darkness Take My Hand*）、《再见宝贝，再见》（*Gone Baby Gone*）、《雨的祈祷》（*Prayers for Rain*）和《一月光里的距离》（*Moonlight Mile*）等小说中精诚合作。勒翰并非一般的犯罪小说作家，正如肯齐和热纳罗也不是一般的侦探一样。与许多虚构小说作家不同，在勒翰的诸多小说里，主角因为目睹或实施过暴力，内心都带有一些创伤。

写完这五本系列小说后，勒翰在 2001 年完成了《神秘河》，这是一个复杂的故事，讲述了三个男人在经历了一件令人不安的童年事件后，各自走上了不同的人生道路。在这本书中，勒翰突破了犯罪小说的边界——今天的谋杀案是过去犯罪种下的果。它于 2001 年出版后，很快就登上了畅销书排行榜，并被克林特·伊斯特伍德翻拍成同名电影，还获得了奥斯卡奖。

勒翰此后的大部分作品都包含类似的犯罪成分，但并非严格意义上的犯罪小说。他的小说《禁闭岛》（*Shutter Island*）探索了一名陷入困境的

---

① 史蒂夫·布瓦松（Steve Boisson）是洛杉矶的一名自由撰稿人，他的文章散见于《波士顿环球报》、《原声吉他》（*Acoustic Guitar*）、《美国历史》（*American History*）和许多其他刊物上。

美国联邦执法官的心理，挖掘出了他内心的恶魔。《给定的一天》（*The Given Day*）是一部庞大的历史小说，是三部曲中的第一部，介绍了一个新的家族——考克林家族，内容涉及 1918 年的大流感、1919 年的波士顿警察罢工，以及欧洲无政府主义者和贝比·鲁斯（Babe Ruth）①。这个家族的传奇在获得埃德加奖的作品《夜色人生》（*Live by Night*）中得以延续，小说讲述了托马斯·考克林的小儿子乔的故事，他是黑帮老大手下的一个多情的罪犯。在勒翰的第 12 本小说《世界消失》（*World Gone By*）中，乔成了一个颇有名望的富商，其新生活却受到了来自过往的事件的威胁。

从用《神秘河》一书打破类型小说的边界，到为斯科塞斯（Scorsese）执导的《禁闭岛》衍生剧撰写剧本，丹尼斯·勒翰的成功让他越走越远，但波士顿永远是他的家乡——在他的内心和书页上。

问：你的第一本小说是怎么写出来的？

答：最重要的是，那年夏天我真的破产了，走不出财务危机。所以我决定尝试一下犯罪小说，因为我一直很喜欢这一类型。这让我有点吃惊，因为我一直认为自己是一个短篇小说作家，然而写短篇小说缓慢得让人痛苦。所以那是让我成为作家的觉醒时刻。

我把它寄给我的朋友斯特林·沃森（Sterling Watson），一位住在坦帕市的作家，他说这本小说写得很糟糕，但结构很坚固。他建议我重写它，我也的确重写了好几稿，每一稿都写得更深、更好。他替我将小说寄给了一个他认识的代理人，大约六个月后，她打来电话要求做我的代理人。两年里，它不断被投稿，被拒绝，就在我完成研究生学业的时候，它被哈考特出版公司接受了。

这本书被拒绝过多次，一些出版商只想出平装本，我说不行。有些人说："如果你将女主角修改成一个受虐待的主妇，我就出版这本书。"我也说不行。让我如此坚持的原因有二：其一，我有个出色的代理人，她相信我；其二，我长期生活在贫困线以下，谁也不能让我更贫穷。

问：你曾说起，犯罪小说的复兴要从 1978 年詹姆斯·克拉姆利 (James Crumley) 的《最后之吻》（*The Last Good Kiss*）开始。

答：这是一部杰出的文学作品，它相当有深度，是 20 世纪 70 年代最

---

① 贝比·鲁斯（1895—1948），美国职业棒球运动员，有"棒球之神"之称。——译者注

伟大的小说之一。将一本书归为纯文学小说出版，并不意味着它是文学；将一本书作为类型小说出版，也并不意味着它不是文学。我在读克拉姆利时，有这种感觉；读詹姆斯·艾尔罗伊的《洛杉矶四重奏》（*L. A. Quartet*）时，有这种感觉；读詹姆斯·李·伯克时，也有这种感觉。我最后读到理查德·普赖斯（Richard Price）的《黑街追缉令》（*Clockers*）时，内心也是如此，然而这本小说在当时并未得到文坛的认可。如果那年出版的最重要的书不受尊重，理由仅仅是它是一部以警察为中心的城市小说，那么整个文坛就完蛋了。就是在那个时候，我说："也许我应该放手写自己的类型小说了。"

问：你会按计划表来写作吗？

答：我现在有个计划表，因为我还得匀出时间去照顾两个孩子，但我以前从来没有制定过计划表。我现在认为，坚持每天写作非常重要。每天必须要写一个小时，不然写作能力就会衰退。

问：你开始写一本小说时，知道故事结局吗？

答：对于一本小说，我通常知道三点，其中就包括故事结局。我知道故事的开端、经过、结局，其余的我就不知道了。当我开始写作，常态是往前走一步，又退回两步。所以我写一本书总会花很长时间。

问：在《神秘河》里，你采用了第三人称，并通过不同人物的视角来叙述。然而，一直到这本书的 300 多页，涉嫌谋杀的戴夫·博伊尔才透露自己是清白的。

答：一旦我们知道了这些，就会觉得全书没有什么悬念了。《神秘河》里的悬念本来就少。"谁杀了凯蒂？"这算悬念吗？我不觉得。我会把答案飞快地扔出来。它对我并不重要，如果有人能解开这个悬念，那很好。然后呢？"那天晚上戴夫遇到了什么事？""为什么戴夫身上有血？"这些都是书里的悬念。那么，我该如何向读者描述戴夫受到过的心理伤害，让他们相信他最终会承认自己没有犯下的罪行？我唯一能做的，就是尽可能地隐瞒重要信息。因为戴夫小时候曾被猥亵，内心有阴影，所以拒绝说出很多隐私。我的确有点担心这样写不好，结果它奏效了。

原则是你必须公平对待每个人物。我一直这么做。我经常遇到一些人说："我读到《神秘河》前 40 页时，就知道是谁杀死了那个女孩。"这本书里的事件，其实有点像石头落到湖面，会产生许多涟漪。至于涟漪会波及多远，会影响到谁，我们并不知道。

问：你曾与遭受身体虐待和性虐待的孩子一起工作过……

答：我在波士顿和佛罗里达州做过治疗顾问，通常是在团体之家。在我工作时间最长的地方，我们会从少管所的孩子里挑选那些尚未成为施暴者的受害者。我们要在他们成为施暴者之前拯救他们，因为情况通常是这样的：若一个人总是被暴打，那么他最终会成为一个施暴者……和那些孩子一起工作的经历直接启发了《神秘河》的创作。

问：《再见宝贝，再见》也涉及了儿童虐待。

答：这本书源于一个问题：儿童虐待最坏的表现形式是怎样的？我想，我们都认为是性虐待。但事情可能未必如此清晰。难道身体上受虐待就比被孤立、被忽视更严重吗？所以《再见宝贝，再见》着眼于各个方面……这就是阿曼达所代表的东西。她的快乐被剥夺了。

问：在阿曼达被绑架后，她的舅妈向肯齐和热纳罗求救，她和他们一样，都是多切斯特人。这似乎是波士顿工人阶级邻里之间独有的义气。

答：哦，是的，这是一种盲目的义气。它常常带有极大的破坏性。与此同时，我来自一个重视诺言的地方。重视诺言和职业道德是一个人最重要的两种品质，分别体现了诺言的价值和工作的价值。我曾被问到，邻里是否会因为我写他们而生气，我说："不会，他们不介意，只要你既写他们的缺点，也写优点——但你不会像某些外人那样有失偏颇地评判他们。"我是自己人，所以我能说，是的，那里有很多种族歧视、很多宗派、很多暴力，而且暴力和犯罪是代代相传的。但那里也有非常珍贵的友善、和睦，不知用什么词语来描述，还是称之为义气和真诚吧。我从来不会对自己的出身加以掩饰，因为在那里长大是我的幸运。我真不知道假如自己是在伊利诺伊州的奥罗拉长大的，又会成为什么样的作家。

问：为了写《给定的一天》，你回到了波士顿。你知道这部小说会写成三部曲吗？

答：我知道这部小说的长度会超出我的预期。所以我一开始就写了很多人物，以便在后文中可以使用。现在这个传奇故事已经结束了。但也许某一天，我又会回去，用其中某个人物另写一本书。

问：是什么启发你将贝比·鲁斯写进小说里的？

答：他是自然而然走进小说里的。他是个伟大的人物，而且特别风趣。小说里写到的 1918 年 9 月到 1919 年 9 月，是美国历史上最激动人心的时期之一，贝比·鲁斯正处于其职业黄金期。从那时候起，现代名人开始出现。我想在小说里度过那难以置信的一年。我在给学生上课时常说，有时候写某些东西，不为别的，就因为它很酷，就因为你喜欢它，就因为你在其中乐而忘返，就因为你会想，既然如此开心，为什么不这样写呢。在严谨的写作方式中，我们往往会迷失方向。所以，不如遵从内心，如果你写得很兴奋，你猜怎么着？读者也会感到兴奋。

问：你会为写作而去做大量研究工作吗？

答：我做了很多。我为写《给定的一天》花了一年时间做研究。这完全是浪费时间。从这本书开始，当我在写作过程中需要某个事实时，比如"1921 年一包香烟的价格是多少"，我就临时去查一下。我会根据需要进行研究，再也不做预先研究了。我知道很多关于 1918 年的信息，如果不是写《危险边缘》（*Jeopardy*）恰好用到了这些信息，它们将对我毫无用处。

问：你的作品能让人想到某些地方，比如佛罗里达州充满恶臭的沼泽，波士顿潮湿的酒吧。

答：如果让我住在一个自己不喜欢的地方，就像其他人受到天气影响一样，我会陷入抑郁。我并不太关心天气，但如果待在不喜欢的地方，我很快就会变得非常沮丧，即使只待了几天。我对我所处的物质世界有非常强烈的反应。我不喜欢描写环境，除非那里有某些令人兴奋的东西可以写。我喜欢火车，所以你可以在《给定的一天》里看到卢瑟的火车之旅。是的，我通常会写一些能引发共鸣的地方。

问：你曾经为电视剧《火线》（*The Wire*）和《大西洋帝国》（*Board-walk Empire*）写过剧本。电视剧中的人物是别人设定好的，长度和节奏也是固定的，与写小说时面对的空白文档相比，你会觉得写剧本受限制吗？

答：写剧本的感觉很棒。但说到底，你不能拥有剧本所有权。我真的很自豪能和《火线》联系在一起，但戴维·西蒙（David Simon）和埃德·伯恩斯（Ed Burns）才拥有所有权。我只是房间的粉刷匠。但这是一种美妙的感觉，而且很轻松，因为这不是你的电视剧。写《大西洋帝国》十分有趣，这种乐趣和拥有所有权的荣耀不一样。

我写剧本，但不知道屏幕上会出现什么。当你写一本书时，你和编辑一起仔细审查校样，一年后图书出版了，你不可能认不出来这是你的作品。但在写剧本时，这种情况就会发生。当然，写电影剧本会更好一些，电影基本上都呈现了我原有的想法。我写过电视剧剧本，虽然得到了报酬，但最后的成品和我所写的大相径庭。有一回，理查德·普赖斯对我说："我不在乎你写过什么剧本，你又不会把它放在书架上。"的确是这样，你看，《黑街通缉令》在我的书架上，《流浪者》（*The Wanderers*）也在书架上。我看着这些书，会说："这才是我写的。"

68. 乔治·R. R. 马丁：在游戏的顶端

里奇·希文纳[①]

"有时你必须等待。"

在一个周二的午后，乔治·R. R. 马丁正在谈论他的史诗奇幻系列《冰与火之歌》，这个系列始于1996年的小说《权力的游戏》（*A Game of Thrones*），现在被改编成了HBO热播的同名电视连续剧。他知道读者们吵着要见到该系列的最后两部——《凛冬的寒风》（*The Winds of Winter*）和《春晓的梦想》（*A Dream of Spring*），他也很清楚一部分直言不讳的读者因急迫的愿望而开始变得不耐烦，他们在第三部和第四部之间的五年间隔之后，又用六年的时间等来了2011年发行的第五部。但是他们必须耐心等待。毕竟，这些书都很厚，平均每部850页。

"我从来不是一个写作快手，我也从来不擅长在截稿期限前赶稿。我的绝大多数读者似乎对此很满意，"马丁说，"我收到很多很棒的信，信上说他们只关心书有多好。至于我想花多长时间去完成，随心所欲。"

对马丁来说，作品畅销的成功并不是他努力的终点。在他写作生涯的早期，他写过短篇小说和中篇小说，1977年毕业时他创作的第一部长篇小说《光逝》（*Dying of the Light*）获得了雨果奖和轨迹奖两个奖项的提名。他创作的另外两部作品也得到了类似的好评，但他的第四部作品——1983年的《末日狂歌》（*The Armageddon Rag*）却是一个巨大的商业败笔。这

[①]　里奇·希文纳（Rich Shivener）是辛辛那提市的一名教师和记者。

扭转了他对于作品表现形式的想法，并由此将注意力转移到为哥伦比亚广播公司撰写电视剧剧本上。在那里，他创作了《阴阳魔界》(*The Twilight Zone*) 和《侠胆雄狮》(*Beauty and the Beast*)，还在电视剧剧本的写作间隙编辑短篇小说集和选集。所有这些工作和经历，再加上对中世纪历史的热爱，都为马丁回归小说创作与其代表作《冰与火之歌》的诞生做了铺垫。

他创作的关于敌对王国的旗舰系列小说在充满欲望、背叛和家族事务的宇宙中展开，并赢得了山呼海啸般的荣誉和数不清的奖项。2005 年，他的新书在畅销书排行榜上名列前茅，这使得《时代》周刊称他为"美国的托尔金"，2011 年，他甚至登上了《时代》周刊全球 100 位最具影响力人物的榜单。

马丁的写作具有某种超越奇幻和科幻的魔力，吸引了远不满足于常规类型小说的读者。结果，这个系列将马丁塑造成了一个活生生的流行文化现象。这些天，你几乎不可能捕捉到他的踪影。这会儿，他在家里创作下一部《冰与火之歌》，编辑选集；过一会儿，他就在兰登书屋举办的动漫展上与《五十度灰》的作者 E.L. 詹姆斯合影；再一会儿，他又在某某作家工作室等地点出没。

尽管如此，他还是慷慨地抽出时间与《作家文摘》进行了交谈，并分享了一些想法给那些想知道如何挖掘马丁式魔力的作家。

问：《冰与火之歌》拥有如此复杂的故事情节。你是怎样将它们巧妙地串联起来的？

答：这有一定的难度。有时我觉得我向空中扔了太多的球，我宁愿自己正在杂耍的是 6 个故事情节，而不是 12 个。一旦你把球扔到了空中，你就有义务尽你所能继续杂耍。有时，这就是重写的用武之地，特别是当我忽略了一些东西或者故事情节产生了矛盾之时。我不想把杂耍的比喻说得太死，但这就像我弄丢了球，不得不捡起其他材料一样。

问：在灵感爆棚的某一天里，你会写多少东西？

答：可能不会超过 4 页或 5 页。在我一生中最好的一天，我写了 20 页，但那是 20 年前的事了。如果我在一天内能完成几页，就已经很高兴了。

《冰与火之歌》这部作品的写作过程涉及大量的改写。我早上起床后做的第一件事情就是调出昨天写的东西，开始修改、打磨它，使它变得更好一些。我希望当我处理完昨天的事情时，已经获得一些动力，从而去进行新的创作。

问：你花在修改和编辑上的时间比写作多吗？

答：这些都是同时进行的。我不会写完初稿再回去写第二稿。我在写旧篇章的同时也在写新篇章；我会不断地重组它们。

对我这个年纪的人来说，反思自己的工作方法自20世纪70年代以来发生的变化是很有趣的。那时我用打字机写所有的东西，修改的工作量少得多，因为改起来太麻烦了。我认为在电脑上进行重组和重新润色的便捷，让人们得以做更多的工作。

问：故事有真正完成的时候吗？

答：你总是可以花更多的时间，但迟早不得不把它从你的手中撬出并呈现出来。问题是该何时完成？我想每个作家都面临过这样的状况：你突然发现你的书还有两周截稿，你会怎么做？有些作家在结尾处大做文章，并努力去完成它。我很久以前就决定不这样做了。我希望在截稿日前完成，但我是个慢性子，而且我觉得我签合同时过于乐观了。问题是，这本书该何时准备好？它什么时候能够达到我的理想状态？那就是我把它送出去的时候。

问：众所周知，你的一部分读者直言不讳地表示，你的新书发布速度没有像他们希望的那样快。你对此有何回应？

答：真的没有一个答案会让任何人都满意，这是我十多年前学到的东西。归根结底，唯一重要的是这些书有多好。如果50年后人们还在读我的书，就像他们还在读托尔金的书一样，那么在2070年拿起这本书的人不会问"他花了多长时间来写这些书"，他们只会判断这些书是否够好。这就是我的标准。

问：除了热播的电视剧，《权力的游戏》还被改编成热门游戏，甚至是系列漫画。这些改编对你的写作有影响吗？

答：没有影响，真的。所有这些次要项目——无论是电视剧、评论文章还是游戏——都有其价值，书迷们似乎也很喜欢它们，但唯一的标准是书。故事有自己的要求，而且故事中的人物和世界对我来说都是非常真实的。

问：你的行文常因生动和流畅而受到称赞。你能描述一下你是如何创作一个句子的吗？

答：在初稿中，我倾向于字斟句酌，而在终稿中，我倾向于删减一些东西。我可能描述过度了。我会写"约翰从椅子上站起来，穿过房间，拉起威尼斯百叶窗，然后放下窗帘，锁上门，回到他的椅子上"，然后我把它改成"约翰起身关上了窗户"（笑）。

问：你笔下的人物也具有惊人的多面性。你对塑造人物的最佳建议是什么？

答：将最棒的小说与可能没有深度的作品区分开来的一个重要因素是对真实人类的真正理解。从我的角度来看，我没有看到英雄和恶棍，我看到的是一些有缺陷的人。我们所有人都有善良的一面，也都有邪恶的一面。我们所有人都能做出英雄主义的行为，也会做出自私的行为、懦弱的行为，或者我们可能称之为小人的行为。我们都有做事情的理由。你不会在早上醒来后说："我今天能做什么坏事？因为我是邪恶先生。"人类会为了他们认为合理的理由而去做某事。每个人都是他们自己故事中的英雄，你必须牢记这一点。如果你像我一样读了很多历史，就会发现即使是最糟糕、最可怕的人，也会认为自己是好人。我们都是非常矛盾的。

问：作为西部号角作家工作室的成员，你认为有抱负的小说家最需要专注于改进什么？情节还是人物？

答：这真的取决于作者。我确实认为很多人需要改进的是故事的结构。你会看到很多年轻作家具备有趣的想法和一定的文字技巧，但他们的故事不是一个故事，而更像是一个小插曲。

写作是很难抽象教授的东西。这也是西部号角作家工作室的一个伟大的优点（它促成了学生和教师之间激烈的批评会话）——你正在处理实际的问题而不是一般的演讲。你是在处理一件具体的艺术作品，并讨论这个故事哪里可行，哪里不可行。这是一个很好的过程，可以将人们拉开，再将他们重新组合起来，使他们可以更好地工作。

问：在你的职业生涯中，你从写作中学到了什么？

答：这个领域是不断变化的——这是写作生涯中的一个特点。就在你了解出版业如何运作，以及如何建立你的职业生涯中的每个阶段时，所有的规则都会改变。我在 1977 年就已经想明白了，但后来规则完全变了，而且后来又变了好几次。现在，随着电子书和自助出版的出现，我们看到了另一个分水岭式的变化。这不是一个喜欢安全感的人应该从事的职业。你必须不断地适应——无论是新的出版模式还是新的流派、时尚或娱乐活动。一个作家需要有灵活性，我想我就是这样。

问：你也编辑文集和选集。你会在故事中寻找什么？是什么让一个故事变得伟大？

答：我认为是人物。我想还有环境的因素。我希望一个故事能把我带到一个我从未去过的地方，让它生动地展现在我面前。我讨厌那些可预测的故事。我想沉浸在故事中，不知道接下来会发生什么。我总是试图使我自己的小说有点不可预测，而作为一个读者，我喜欢那些让我惊讶和高兴的故事。

问：你认为科幻小说和奇幻小说将走向何方？

答：近十年来，科幻小说正处于一个下降周期，但我认为它正在回升。有一些非常受欢迎和有成就的年轻科幻作家带来了经典的太空歌剧，以及关于宇宙飞船和外星人的故事。我认为史诗奇幻是一个主要流派，它将持续相当长的时间。

问：你的电视剧写作经验如何影响了你的其他作品？

答：正如威廉·戈德曼（William Goldman）在他的书《编剧》（Adventures in the Screen Trade）中所说，结构就是一切。我认为我的结构感提高了，我描写对话的能力也提高了。写一段演员必须大声说出来的对白和写一段出现在剧本上的对白是非常不同的。总的来说，我觉得我写的对话变得更尖锐、更有趣、更精彩了。

此外，我从《阴阳魔界》和《侠胆雄狮》中学到的动作中断的技巧也被我带到了《冰与火之歌》中。尽管我没有在章节之间插播广告，但我确实在不同视角之间交替进行叙述。我在每一章的结尾都设置了一个悬念、解决方法、转折、揭秘或新的小问题，从而引导读者去了解该人物在下一章的发展。但你当然不能，因为现在你必须阅读其他六个人物的故事，所以你总是急于读更多。至少，理论上是这样的。

问：你还想尝试什么类型的写作？

答：我还有很多其他类型的小说想写。科幻小说、幻想小说、恐怖小说……我还有一些写不属于任何类型的混合体小说的想法，想尝试不同的东西。

问：写一个系列，特别是这个系列，最难的部分是什么？

答：一切都很难。处理所有的情节和人物是很难的，保持时间顺序也有一些困难。在截稿日期前完成任务是非常困难的，难到我已经好几年没有做到了。幸运的是，我有非常宽容的编辑和出版商，他们愿意给我一些宽松的空间。在我职业生涯的早期，我尽一切可能避免给自己限定一个截稿日期。我通常在卖书之前就写好了书。甚至没有人知道我在写一本小说，直到它完成，这对我来说非常有效。

对于像《冰与火之歌》这样的长篇系列小说，这种方法并不奏效，除非我想在完成所有七卷书前从公众视线中消失 20 年。

还有什么是困难的？文字是困难的。你会在脑海中想象相关场景的画面。比方说，你需要写一个大的战斗场景，或者一场宴会，或者一个做爱的场景。是什么场景并不重要。你可以看到它，听到它，但你仍然盯着一块空白的屏幕。这才是写作的核心和关键。看到大教堂固然很好，但你仍然要一块一块砖石地建造它。为了找到合适的表达，作家需要付出巨大的努力。

69. 布拉德·梅尔泽：在线上行走

杰茜卡·斯特劳瑟

如果你是一个历史爱好者，你可能会因为布拉德·梅尔泽（Brad Meltzer）主持的两个节目——《解码》（*Decoded*，对未解之谜和阴谋论的调查）和《失落的历史》（*Lost History*，寻找丢失的文物）而知道他。如果你读悬疑小说，你也许会因为他的法律惊悚小说（梅尔泽拥有法律学位，曾在美国国会实习），或者"库尔珀戒指"（Culper Ring）系列［最新的一部为《总统的影子》（*The President's Shadow*），于 2015 年 6 月出版］而知道他。如果你已为人父母，你可能会因为"普通人改变世界"（Ordinary People Change the World）图画书系列［他于 2014 年出版了其中的四本，包括第一畅销书《我是阿梅莉亚·埃尔哈特》（*I Am Amelia Earhart*）］，或者他的励志集《写给儿子的英雄故事》（*Heroes for My Son*）和《写给女儿的英雄故事》（*Heroes for My Daughter*）而知道他。或者你是他的粉丝，因为他的漫画、精彩的 TED 演讲、青少年连续剧《杰克和博比》（*Jack & Bobby*），甚至他的热门推特而知道他。

不管你从哪里知道布拉德·梅尔泽，只要你看过他的作品，就会了解布拉德·梅尔泽。激情是他每一部作品的名片，他以极客般的热情投入工作中，谦逊可爱，幽默风趣。下面是他与《作家文摘》的对话，他谈论了草总有更绿的①、保持饥饿感以及不要让任何人告诉你不行等话题。

问：你的小说和历史频道的节目是如何相互影响的呢？

答：毫无疑问，它们都是我的一部分，所以它们自然而然会相互影响。如果你真诚的话，那么你所做的任何事情，都能显示出你的个性……

就像金圈骑士团一样，当我开始研究他们时，他们就出现在《解码》中，成了《第五个刺客》（*The Fifth Assassin*）中的人物。你会忍不住去回顾历史，从中发现好故事。

实际上，无论是我的小说、非虚构文学、童书、漫画书，还是《解码》《失落的历史》，它们都有一个共同点，那就是我的核心信念：我相信普通人改变了世界。我不在乎你在哪里上学，也不在乎你赚了多少钱——这对我来说毫无意义。我相信普通人和他们改变世界的能力。所以那些事情都能反映出这一点。这样一来，它们就会以最基本、最原始的方式互相影响。

问：我认为你说的核心信念对其他作家也很重要，因为我们中的很多人都在写作，他们很想知道他们的作品是否会问世。

答：听着，我的第一部小说还放在我的书架上，它是由金科出版社出版的。这部小说收到了 24 封退稿信。当时只有 20 家出版商——这意味着有些出版商给我写了两次退稿信，以确保我明白他们的意思。但我不会回头说"我是对的，你们是错的，哈哈"。不管你在做什么，我的建议都很简单：不要让任何人告诉你不行。

问：有人给过你不好的建议吗？

答：我得到的唯一不好的建议是我给自己的。那是我的第二部小说。我对现代版的该隐和亚伯很有兴趣，我的编辑说："你疯了吗？"当时，我

---

① 形容这山望着那山高。——译者注

的一部法律惊悚小说刚刚登上了畅销书排行榜，那是法律惊悚小说的时代，他们说："你为什么要跳进历史领域？"

在大学和法学院期间，我已经负债累累了，我很害怕取得的成功付诸东流。所以，我说："我会写你想让我写的那种书。"虽然我为它的出版感到自豪，但我仍然认为它是我最失败的一本书，因为我没有听从我的内心。在那之后，我对自己说，我再也不会那样做了。当我重新开始做我想做的事情时，接下来出版的那本书成为我们做过的最畅销的书。

问：如今的作家经常被建议创建一个品牌。但你做了很多不同的事情……你认为这对其他作家来说是一个更好的选择吗？

答：真希望我知道答案。我做过的所有事情都不是经过精心策划的。我想如果我很聪明，我应该写惊悚小说。甚至连我的出版商也会说他们只想要更多的惊悚小说。那是养家糊口的东西。但我觉得如果我那样做了，我就不忠于自己了……

一位非常著名的作家曾对我说过——他作品中反复出现的人物太可怕了——如果他还得继续写这个人物的话，他会想把枪放进嘴里。我永远都不想成为那样的作家。我们都知道草总有更绿的，对吧？无论你在做什么，别人在做的任何事情都会自然而然地显得更有趣。所以我使用不同的媒介，把它们当作我的篱笆，这样我就会跳到另一块草地上。

尝试不同的类型是让我投入更多精力去做每一件事的原因。另一个原因是，每个人都说你完不成挑战。当我第一次写漫画书时，人们告诉我："这会毁掉你的事业。你是个小说家，为什么要降低自己呢？"我想，你在说什么？事业不是金字塔，文学小说在顶部，其他都在底部。这是一条直线，只关乎你想如何讲述你的故事的问题。我只是喜欢能穿过这条线。

问：那么你是怎么进入历史频道的呢？

答：我也一直在问自己这个问题。下面是答案。历史频道的一位负责人在读了我的小说《命运之书》（The Book of Fate）之后说："我们想做一档这样的节目。"他们喜欢"解码"这个名字，他们希望节目与共济会有关。

我说："好吧，但那不是一个节目。我认为那只是个背景。你们需要的是故事。"他们会说："你有什么故事吗？"我说："是的，那是我所有的东西！"

事实上，他们只是需要我的名字。我只是一个在故事开始时介绍故事，在故事结束时说再见的人。他们为这个节目做宣传时，网上一直存在这样的评论："我们不喜欢这个或那个，我们想要的是布拉德的画面。"我的妻子一直在笑，她说："这是我听过的最愚蠢的事情。"慢慢地，他们说："你要主持这个节目了。"我也忍不住笑了起来。

问：在镜头之外，你对节目内容的影响有多大？

答：我想起了《失落的历史》。我在国家档案馆为我的小说《内环》（*The Inner Circle*）做研究时，工作人员告诉我，他们有一个追踪丢失和被盗文物的部门。我说："什么意思？什么不见了？"这个想法跟做节目无关，而是为了"我们怎么把这些东西找回来"。

我们现在有了一个团队，一旦节目获得批准，他们就会帮助我们进行研究。（小说的研究工作都是我自己做的，但对于电视节目，我实在没有时间。）我对写作特别挑剔，所以他们把每一集都发给我，然后我再用自己的声音来表达。

问：你以为小说创作做大量现场调查而闻名。你是如何沉浸在那些经历中的？

答：我觉得我很擅长那种全方位的感受。我只是对我所看到的东西有很好的记忆。大多数时候，我甚至都不知道我在找什么。如果我知道我在找什么，我会在我到达那里之前就弄明白。你去了一个你感兴趣的地方，然后你发现了一些值得你走一遭的东西，哦，这很有趣。我认为更好的研究方法是和人交谈，与他们建立信任，让他们告诉你最伟大的故事。如果你到了那里，知道自己想写什么，你只是想写，那为什么要打扰他们呢？但既然到了那里，就花些时间，因为他们有一些令人惊奇的事情要分享，而作为一名作家，你要做的就是试图通过别人的眼睛观察世界。

问：你在自己的网站上回答了很多问题。你容易被读者的问题困扰吗？

答：以前会，后来我们开始在每本书里加上作者说明。人们只是想知道什么是真实的。

问：这让我想到在《达·芬奇密码》（*The Da Vinci Code*）出版之后，丹·布朗似乎花了数年时间提醒人们这是虚构的。

答：是啊，他以一种奇怪的方式为我们所有人打开了那扇门。当丹·布朗的小说问世时，如果我要求写该隐和亚伯，他们会说："哦，写吧，每个人都喜欢历史！"我认为他的小说销量对我有一个巨大的帮助，因为这可以说服编辑们，你可以进行真正的历史研究，并让它变得有趣。从这个意义上说，我欠他的。

问：你的小说《总统的影子》是"库尔珀戒指"系列的第三部。这个系列还会继续吗？

答：这是一个节点。下一本书不会是"库尔珀戒指"系列。不过，我还是想延续"库尔珀戒指"系列，所以这肯定不是最后一部，但在连续就同一主题写了三本书之后，我想尝试一些新东西。

问：如果继续创作比彻·怀特这个人物，你认为最大的挑战和回报是什么？

答：我记得我说过我从来不想做系列图书。我一直认为系列图书是为那些没有想法、只想永远挤一头奶牛的人准备的。然后我写了七八本书，只是想知道自己是否能做到这一点。我所学到的同时也是最困难的部分是，除非这个人物会以某种方式改变，否则你不能开始创作新的作品。人物是最好的情节。我一直没有想明白的是：如何不断赋予人物弧线，并始终让他与众不同、不断发展？

我们遇到的詹姆斯·邦德和杰森·伯恩都是超级英雄。但如果你在他们还是新手的时候遇到他们，你是否会看着他们成为伟大的人物呢？我对伟大的人物不感兴趣，而是对那些发现自己能拥有美好时刻的普通人感兴趣。这就是比彻对我的意义。六年过去了，我会以一种不同的方式来看待这个人物，一种更复杂的方式。这就是最好的回报。

问：你还想创作其他类型的作品吗？

答：我还想创作青少年文学作品。我们曾在《解码历史》（History Decoded）中做过非虚构历史写作，但我想试一试篇幅更长的，以真正解决一个问题。

问：听起来你的事业是兴趣使然。

答：几年前有人问过我一个问题，他说："我想写一本书，但有两个想法。我认为可以通过其中一个赚很多钱，它很不错，但只是从赚钱这方面看不错；另一个是我的兴趣，就是写德鲁伊人，但也许没有人会关心德鲁伊人。我应该选哪一个呢？"我说："你应该写德鲁伊人。"每一页上的未知元素是，作者是否喜欢自己写的东西。你在生活中读过的任何你喜欢的东西，你都能从第一页开始在其中感受到作者的激情。这是你无法确定的事情。当你读一个系列的第十部作品时，你会说"天哪，它没那么好了"，这是因为作者已经不在乎了。作为一名作家，如果你想找到答案，就写你感兴趣的事物。

问：你曾写过现实生活中的英雄。你认为作家应该特别关注什么样的英雄？

答：我想，现在我最欣赏的作家身上的品质是诚实。在我刚成为一名作家的时候，我的每次采访都像是对体育新秀的采访："比赛一场接一场，很高兴在这里……"我是家里第一个上四年制大学的人，所以对我来说，想到有人要买我写的书就像是奇迹发生一样。我爸爸一生中读过七本书——我的七本书。我妈妈也一样。能够成为一名作家，我非常兴奋，所以我很害怕说生活并不完美，因为那会让我看起来不懂得感恩。我想，如果说这些年我有什么变化的话，那就是变得更诚实了，我可以说："今年是艰难的一年——我的父母都去世了，我为这本书挣扎着。"我不能说随着时间的推移，我成了一个更好的作家，但我肯定更诚实了。我想这是我现在最欣赏的东西。

但对我来说，这并不是真正的"英雄"。你登上了畅销书排行榜，谁在乎呢？那并不能让你成为一个更好的人。那只意味着人们会买你的书。问题是，除了上帝的恩赐之外，你还会做什么？新手作家会给我发邮件说："您能帮忙推荐一下我的书吗？"我每次都会推荐。利用你的力量帮助其他人。对我来说，这就是英雄。

问：太棒了。不过，如果我们把访谈发表出来，你可能会遭到信息轰炸。

答：（笑）没关系。你知道吗，我不在乎。我很乐意。刚开始写作的时候，你知道我的第一本书里有多少篇他人的推荐文章吗？零。所以，如果我能帮助某些人，让他们在作品出版时感觉良好，那就太棒了，对我来说，这是对我的推特账号最好的利用方式。

问：你还会怀疑自己的作品吗？

答：哦，每次都会怀疑。每天当我坐下来开始写作的时候，我所做的其中一件事就是回忆我的第一部小说问世时的情景。我去纽约和两位编辑见面，他们说："我们真的很喜欢它，我们会买下它。"我的代理人说：

"我明天会给你打电话，告诉你他们会出多少钱。"我说："天哪，报价来了！"我拿起电话，她对我说："抱歉，老兄。"他们都放弃了，书没有卖出去。

每天，我坐下来写作的时候，总会在脑海中回顾这个场景，我想象着那张蹩脚的胶木桌子，想象着飘浮在空气中的绒毛，想象着手里的有线电话，想象着那一刻的每个细节，然后想象着我的代理人对我说："抱歉，老兄。"因为在你认为你已经完成了、成功了的那一刻，你就停滞了。最好的前进动力是记住什么都没有的感觉——让自己保持饥饿感。

70. 乔乔·莫伊斯：走向全球

杰茜卡·斯特劳瑟

对乔乔·莫伊斯（Jojo Moyes）来说，最重要的事情可以归结为两件：写作和做母亲。

这名伦敦本地人从事了十年的记者工作，曾任职于香港地区的《南华早报》（*South China Morning Post*）和英国的《独立报》（*The Independent*）。然而，结婚后，为了平衡工作与生活，她决定尝试自由写作。2002 年，她的第一部小说在英国出版，此后近十年里，她靠写爱情小说过着相当平静的生活。

2011 年，随着《爱人的最后一封情书》（*The Last Letter from Your Lover*）的出版，她开始得到更多的关注，并收获了更多跨越大西洋两岸的主流小说读者。这部小说情节错综复杂，讲述了跨越几十年的平行爱情故事。

紧接着，她触动了大众的神经。

2013 年出版的《遇见你之前》（*Me Before You*）是一部令人惊喜的轰动之作。它讲述了这样一个故事：勇敢顽强的工薪阶层女孩露易莎·克拉克（简称"露"）在完全缺乏护理经验的情况下，受雇去照顾因喜欢冒险而导致高位截瘫的高管威尔·特雷纳。随着一段不太可能的关系的发展，露发现威尔在这个世界上最想做的事情将会给她带来巨大的打击——他想死，他需要她的帮助。

这部小说超越了关于死亡权利的热门讨论，在全球已经售出了 500 多万册。2016 年 6 月，它还被改编成电影。莫伊斯为它撰写了剧本，并在片场高强度地工作了几天，逐个镜头地修改剧本。她的下一本小说《永不言弃》（*The Girl You Left Behind*）讲述了一个发生在一战和现在两个时空且包含一件共同的被盗艺术品的爱情故事。这本小说和关于公路旅行的小说《一加一》（*One Plus One*）都迅速成为国际畅销书，她的大部分作品已在美国发行。

不过，吸引大量读者来信的仍然是《遇见你之前》。虽然莫伊斯现在和在《卫报》（*The Guardian*）担任作家的丈夫以及三个孩子住在埃塞克斯的一个农场里，但她仍然会亲自回复每一封来信。她这样告诉《作家文摘》："有时候，人们会寄给你一页写有他们生活中非常感人的东西的纸张，你不能只是说'哦，谢谢你阅读这本书！'你必须回一封恰当的信。我想，可能是因为我在很长时间里都不成功，所以心里总是会想'谢谢你买了我的书！'"

现在，在你在《遇见你之前》中遇见露几年之后，莫伊斯又给读者送上了另一份礼物：一部续集。在下面的访谈中，莫伊斯谈到了如何优雅地度过职业生涯的转变，如何重新学习用每个故事写小说，以及最重要的，如何培育她的图书和孩子。

问：在给读者的一封信中，你解释了为什么要写续集。为什么你觉得在这种情况下作者的说明是必要的？

答：我不知道这是否有必要——只是在过去的几年里，我觉得自己已经与阅读我小说的人建立了一种对话关系，似乎与他们直接交谈是有意义的。

在写《遇见你之前》以前，我写了八本书，对我来说，真正让这本书与众不同的是，人们迫切想要和我谈论它——这很令人惊奇。我每周都会收到电子邮件、推特和脸书的消息，全都来自那些想谈谈自己生活的人，或者想谈谈露，或者想谈谈她是如何反映他们生活中的一些事情的，这在我身上从未发生过。我想，人们对它有如此强烈的个人反应，以至于"致读者的一封信"让人感觉是一种很好的方式。

问：仅仅是对于你将要写续集的消息，就有读者在网上发表了一些非常强烈的观点——从兴奋得上蹿下跳到"你最好不要搞砸了"。

答：这太可怕了。不得不说，当我下定决心写续集的时候，我以为会很容易。我以为只是再次拜访那些我熟悉并喜爱的人物，结果恰恰相反。因为你会不断地问自己：他足够有趣吗？配得上《遇见你之前》吗？然而，你也会意识到读者对这些人物有很强烈的看法。人们对你的人物非常投入的另一面是，他们会对你让这些人物做什么有非常强烈的看法。

我不得不让自己接受这样一个事实：我希望很多人喜欢我写的续集，但是不能排除会有很多人反对它的可能性。这并不会困扰到我。让我恼火的是，有些人对写续集这一想法感到心烦，并且试图说服其他人也不要读它。因为这只是你的想法，我不在乎你是否读了它或讨厌它，那绝对是你的特权，但不要因为你不喜欢写续集这一想法而给我一颗星！这可不行！（大笑）

问：在写《你转身之后》（_After You_）的过程中，你有没有想过自己并不知道这个故事最终能否连贯起来？

答：哦，当然。在几个月的时间里，我一遍又一遍地写前三章。最初，露是一名护理人员。但这让小说的基调消失了——感觉我在写一部医疗剧，而不是露的故事。我不得不放弃让她做那份工作的想法，一旦我放弃了，一旦我突然想到（让她工作在）机场，她的生活对我来说突然就有了意义。

我经常会写一些最后不得不放弃的章节。它们可能制作精美，可能包含我引以为傲的东西，但我必须冷酷无情。当作家从内心深处知道某件事没有发挥作用或没有达到它应有的效果时，就该这样做。这些年来我发现，我从未因放弃任何东西而后悔——我只会因留下的东西而后悔。

问：我想，有些人认为一旦写了很多书，写作就会变得更快速、简单。

答：不——我认为会变得更难。你知道，写《遇见你之前》的时候，我正处于合同的中间期。我有一小群忠实的读者，但我从来没有在畅销书排行榜上惹过麻烦。我认为没有人会真的跳起来看我写的东西——这实际上是相当自由的。因为我可以写我想写的故事。我没有考虑过其他人会如何接受它。我丈夫和我曾经开玩笑说，《遇见你之前》将成为结束我职业生涯的一本书，因为这本书的主题（有争议）。而我刚刚完成了一本我想写的书。

伴随《你转身之后》而来的，是我持续感觉到的期待的重量。这对我来说是全新的感受。

问：在你开始写作之前，你想好了多少情节？

答：我写了大纲。我总是对那些说他们就只是打开书本然后看故事能把他们带到哪里的人感到惊讶。这让我有点心惊胆战——我做不到。所以，当我说我撕掉了三个章节的时候，虽然我撕掉的是三章已经写完的作品，但之后我不得不重新规划整本书，因为我必须弄清楚，露不是护理人员的话，她是谁。我实际上撕掉了一整本书。对那些认为自己可以突然知道如何写作并获得成功的人，我想说：每次开始写一本书的时候，我都在想，我不知道我上次是怎么做到的。我真的不知道。你所能做的就是依靠你的技巧。我总是对自己说："我要去写第一章，虽然可能会在某个时刻把它删掉，但至少它会让我开始写作。"因为有时候你并不了解你的人物，甚至直至书的 1/3 或者 2/3 处，这时你必须重新调整现有的作品内容。不过，我有一些激励自己自信的技巧，有时候你必须这么做。这一次，我的编辑和代理人一度对我很坚决，因为我太担忧了。我想我的编辑的原话是："停止思考，开始写作。"

问：那么你的写作过程是怎样的？如果偏离了大纲，你是会停下来重新勾画，还是继续下去？

答：写作过程是变化着的，但总的来说，我有一个模糊的大纲，一个粗略的情节，以及自己想在那个情节中看到的主题，所以我的次要情节甚至可能是主要情节将由我认为这本书实际是关于什么的来决定。我还经常在显示器的上方录入"这到底是关于什么的？"这句话，这样就不会看不到了。因此，我努力把这两件事一直记在脑子里，之所以在开始工作之前想了相当长的时间，是因为它们往往很难被结合在一起。

比如，《你转身之后》——是的，它关于露如何继续她的生活，她是否会与别人相爱，以及她对与威尔的过去有关的人表现出多大的责任感，但它也关于个人决定的代价。在这个世界上，我们被告知要去追寻梦想，通过做自己想做的事情来实现自我，这对那些被留下来面对决定的人会有什么影响呢——无论是父母离异的孩子，还是 40 年来只忙于照顾家庭却突然决定尝试其他生活方式的母亲？尽管它们看起来像是迥然不同的情节点，但我试着让一股水流贯穿它们。

问：如果一个作家能想到发展故事的理念，而不是塑造一个单一的情节甚至一个人物，似乎就是幸运的，因为你有太多的方法可以处理它们了。

答：对我来说有趣的是，我的小说在我开始以这种方式看待它们时才真正腾飞起来。也许我是那种必须边走边自学的人。然而，《爱人的最后一封情书》是第一部我真正开始以这种方式去看待的作品。因为在我开始写它之前，我确实是用这种方式在思考——而且是一种深思熟虑的方式，所以要么是我的小说真的有所进步，要么是人们对它们的反应更好了，我不确定。

问：你的记者背景是如何影响你的小说创作的？

答：我觉得首先是发现故事的能力。我学会了使用我的嗅觉。我几乎在任何地方都能发现故事。我认为记者背景给予了你看待世界的方式。另外，它也教会了我在任何地方工作——等待灵感会让我失去耐心。我在火车站台、候机室以及你能想到的任何地方工作。我很乐意拿出我的笔记本电脑，弯腰开始工作。但是我也很擅长在最后期限前完成工作。我有很高的职业道德，因为我热爱我正在做的事情，这让完成它变得很容易。

问：作为一名作家，你认为自己是如何成长的？

答：我希望我已经变得更好了。我认为我在分析什么可行和什么不可行的方面变得更好了。我有一块试金石，例如，在写一个非常情绪化的场景时，如果我自己都不笑不哭，那么读者也不会。我通过询问他人来测试这一点——你在哪里笑了？你在哪里哭了？——他们哭笑的地方总是我自己会哭会笑的那几页。我很不喜欢把情感剥离开来。我从《遇见你之前》才开始使用幽默，但我发现自己喜欢上使用幽默了，它是对书中更令人沮丧的部分的有益衬托。所以我真的不知道。但最终能获得更大的销量还是不错的！（大笑）这花了我很长时间。

问：对于能为棘手的场景增加一点温暖的幽默，你有什么写作秘诀吗？

答：我觉得我还在学习这一方法。这真的很难。我想有部分原因是你的心情。我对作家最大的建议是：如果你陷入了困境，那就前进到一个你期待创作的场景中去，这会让你重拾快乐。然后你通常会发现困境与快乐之间的距离实际上比你想象的要小得多，也许这是一种更简单的解决方法。

我真正学到的一点是，寄出手稿之前，在完成手稿和回头阅读之间留出时间。因为这样你可以看到那些你离得很近时看不到的漏洞。事实上，这也是我觉得自己写的书很难读下去的原因之一，因为我所能看到的都是错误——它们变得如此清晰，以至于我只想号叫着说："为什么会有人让它通过呢？这简直太糟糕了！"

问：那么你的修改过程到底是怎样的呢？

答：好吧，我没有一个确切的修改过程——我只是一直在修改。我可能某天写了 1 000 字，第二天就删了 999 个。我不是一个能造出完美句子的人。我先试图抓住场景的情感真相，在那之后，我会继续润色，直到语言感觉起来不错。

问：在你职业生涯的早期，你曾多次谈到养育孩子同时兼顾写作的挑战。近年来，二者之间的平衡是否有所变化？

答：这是一场持久战，而且我从来不觉得自己做得很正确。我已经开始接受母亲的愧疚感是伴随着成功而来的，努力去确保挤出足够的时间和孩子们一起度过一些特别的小事件，这样他们就会觉得我在做的事情也有一些好处，而不仅仅是坏处。

我有一个非常支持我的丈夫，家里有人帮忙。不久前我听到过一句话——我不记得是谁说的了，但那是我很钦佩的一个人，她说："如果你有了孩子，那你只能再做好一件另外的事。"这句话一直萦绕在我耳边。所以我努力写好每一本书。我不会为把其他事情承包出去让别人做而感到报歉。我讨厌那种女人无所不能的伪装，因为你做不到。或者你可以，但最后你会抓狂，这对任何人都没有好处。

想清楚除了工作你最想做什么。对我来说，就是坐在沙发上给我的孩子们一个拥抱。我觉得有两年的时间，我对他们说的都是"等一下""我必须做这个""我必须做别的事情"，那个时候我很讨厌自己的声音。我想，他们会从中记住什么呢？妈妈总是在工作？我不希望如此。所以我不再做其他的事情了。这是成功的好处之一。

71. 安妮·赖斯和克里斯托弗·赖斯：谱系

扎卡里·珀蒂

试着想象一下畅销书作家安妮·赖斯（Anne Rice）和克里斯托弗·赖斯（Christopher Rice）母子俩的家谱，也许会描绘出这样的画面，比如，一棵生机勃勃的橡树——他们两人都是在新奥尔良的南方巨树下长大的，那些长满青苔的南方巨树偶尔也会出现在他们的小说中。

但是如果你想象一下他们的作家生活，他们也许看起来有完全不同的创作起源。细想一下：

安妮最初的创作内容是吸血鬼、情欲；克里斯托弗则是犯罪、写实的神秘。

安妮的创作风格精细、华丽、富有哲理；克里斯托弗的创作风格则是严酷、不加修饰、充满阳刚。

安妮的处女作是经典的《夜访吸血鬼》（*Interview with the Vampire*），该书出版时她 34 岁，默默无名。而克里斯托弗的处女作则是畅销书《灵魂的密度》（*A Density of Souls*），这本书出版时他才 22 岁，并且一举成名。

安妮出生于新奥尔良。她的父亲霍华德·奥布赖恩（Howard O'Brien）也写过一些小说。安妮后来搬到了西部，而且嫁给了诗人斯坦·赖斯（Stan Rice）。当她在加利福尼亚大学伯克利分校攻读博士学位时，她作为作家的决定性时刻到来了：她发现自己与当前专业格格不入，并且对正在阅读的关于司汤达（Stendhal）的文章感到厌烦。"我觉得，我真的想成为一名作家——而不是研究其他作家。"她回忆道。

转为创意写作硕士后，安妮的生活发生了变化，在毕业那年，即 1972 年，她五岁的女儿死于白血病。由于经常有人对安妮说起此事，她便隐退到创作中，最终完成了《夜访吸血鬼》。她在斯阔谷作家会议上遇到了她的代理人，这本书的版权被卖出之后，于 1976 年出版。

两年后，克里斯托弗出生。他就读于布朗大学和帝势艺术学院，但在离开学校后尝试了剧本创作。他"加入了家族事业中"，正如安妮所说，当时他在写《灵魂的密度》。他把小说拿给父亲看，后者说这本书会改变他的人生。斯坦没说错——安妮把小说寄给她的代理人，这开启了克里斯托弗的写作生涯。

克里斯托弗常常被贴上"安妮·赖斯之子"的标签，但这没有阻止他写出广受好评的作品。他也经常被简单地认定为"同性恋作家"，尽管事实上他小说中的一些主角一直是异性恋，但这没有阻碍他赢得主流文坛的认可。他之后的所有惊悚小说——《雪花园》（*The Snow Garden*）、《白昼前的光明》（*Light Before Day*，李·恰尔德称其为"年度最佳图书"）、《盲目坠落》（*Blind Fall*）、《月光下的大地》（*The Moonlit Earth*）——都大受欢迎。他在 30 岁时已有四本畅销书。

至于安妮，她于 20 世纪 80 年代搬回家乡，成了新奥尔良的传奇人物。多年来，她就《夜访吸血鬼》续写了另外 11 部吸血鬼小说，创作了《梅菲尔女巫生活》（*Lives of the Mayfair Witches*）三部曲，以笔名出版了情欲小说《睡美人》（*Sleeping Beauty*）三部曲以及其他作品。迄今为止，她的作品已售出一亿多册。一路走来，她甚至帮助自己的姐姐、已故的艾丽斯·博哈特（Alice Borchardt）开启了她的历史小说/超自然小说写作生涯。

在 20 世纪 90 年代末，安妮大张旗鼓地回到罗马天主教会，说要把未来的创作奉献给上帝。她在 2005 年和 2008 年出版了两部救世主基督系列小说，但在 2010 年，她又十分高调地从教会退出了。

除她的信仰外，安妮对现代小说——尤其是超自然小说——有着深刻和不可否认的影响。丈夫去世后，她于 2005 年离开新奥尔良，部分原因是想和克里斯托弗离得更近一些。两人目前各自住在加利福尼亚州。2013 年，《作家文摘》在于纽约举行的惊悚小说节上遇见了他们，安妮在那里获得了惊悚小说大师奖——国际惊悚小说作家终身成就奖。

个人而言，正如文中所写，安妮和克里斯托弗可能看起来与他们出现时一样迥然不同。

但在家谱上，在那棵生机勃勃的橡树上，所有枝杈都会追溯至巨大的、不可撼动的相同根基，即包括霍华德、斯坦、艾丽斯和他俩在内的根深蒂固的根系。他们是作家，也是家人。

安妮和克里斯托弗各自的枝杈终于交织在了一起：母子俩首次共享一个出版日期。2013 年 10 月，安妮带着新的超自然小说《仲冬狼群》（*The Wolves of Midwinter*）回归，这是她于 2012 年出版的狼人畅销书《狼的恩赐》（*The Wolf Gift*）的续集。而克里斯托弗则出版了他的第一部超自然小说《诸天升起》（*The Heavens Rise*）。

在下面的访谈中，安妮和克里斯托弗讨论了是什么使他们产生了交集，以及在写作世界里走自己道路的重要性。

问：克里斯托弗，你先前说过你永远不会触碰超自然类型，而安妮，你说过你永远不会回到超自然类型（笑）。是什么改变了你们？

安妮：好啦，那真是说来话长，一言难尽。我确实一度说过我不会再写那种令人绝望、黑暗的超自然小说了，但不知道我还会不会这样做。我觉得我现在写的任何超自然小说都不会是黑暗和绝望的。我认为《仲冬狼群》和《狼的恩赐》不是黑暗和绝望的。它们更为积极，基调与我之前的作品不同；因此我愿意相信我在忠实于自己说过的话，在做一些新的事情。从读者反应中可以看到，有些人不喜欢《狼的恩赐》和我的新主角鲁本，因为他们想要一个更黑暗、不安和绝望的主角，就像我之前的作品中的那样。但我很喜爱（这个系列）。

此外，还发生过另一件事。对我而言，狼人一直是个禁区，因为我姐姐——艾丽斯·博哈特——写过他们，她写过三本和狼人有关的不同的小说。在 2007 年，我们失去了她，而大概两年前，我的一个朋友杰夫·艾斯汀（Jeff Eastin）——他是个电视制片人，制作过《妙警贼探》（*White Collar*）和《恩赐之地》（*Graceland*）——确实建议我写一本关于狼人的书。我头一回想，那好吧，也许我可以写一本。我们已经失去了艾丽斯，虽然我们有她的书，而且我们将一直拥有它们，但她再也不能在那个领域创作了。顺便说一下，她从没有要求我别写关于狼人的书——我确实也完全没想过我会去写。因此我开始考虑写狼人，而且我认为这是个接触超自然小说的全新方式，这就是我返回的原因。坦率地说，我只是想回去。我的意思是，我喜爱写超自然的东西。即使在我写关于耶稣基督的书时，它们实际上也是关于超自然的。

克里斯托弗：我说过最初几年我不想写任何超自然的东西，之后，我开始对超自然小说提出一些想法，但出版界人士极力阻止我继续做这件事。我确实有一种信念，即我需要坚信自己写的东西与（我母亲）的截然不同，而且是作为一名神秘惊悚作家。我很讨厌别人说"不"，真的，就是如此。《诸天升起》的诞生与尼克特·德隆普雷这个人物有关，我知道她失踪了，我也知道她给每个爱她和关心她的人都带来了阴影，但真实世界中的我无法理解：是什么原因导致她离开？我的意思是，她是个瘾君子吗？那时我写过许多关于瘾君子的故事，写厌了。后来我被点醒了：她有一种天赋。她有一种超自然能力，她不想在她周围的世界展示这种能力，所以她栖身暗影，与世隔绝。之后这个故事引起了我的兴趣。在我看来，比起其他要素，这个故事与人物性格有关。但是我觉得我对继续探讨所有超自然的构思很感兴趣，因为它们都非常实际。如果你明白这个术语的话，就会发现这些念头实际上十分含混，其焦点肯定在于人的多种性格（the human characters）以及与侵入他们日常世界的超自然力量的斗争。

问：**如果让你指出一个区分超自然作品好坏的关键，你认为会是什么呢？**

安妮：有人会写与超自然有关的细节，有人则会写与日常生活有关的细节，两者都同样需要准确与切合实际。书写日常和奇异的事物都需要关注细节，这样才能写出好的超自然作品。面对吸血鬼、女巫或其他事物时，你无法突然把你的作品变成看起来不切实际又崇高的东西。你必须一丝不苟地描写人物，以使整个事充满真实感。因为这是我认为并感觉到的真实。但当我接触其他人的作品时，我看到的是一种突然的转变，你知道，就像在摄像机镜头前加了一层轻薄透明的滤镜，因为超自然人物站在了舞台上。它无法令人信服。

克里斯托弗：他们说，这类似于惊悚片里的动作场景，它们不是超自然的——你必须把它们当作与你在书中读到过的其他事物一样的字面上的和描述性的。而这种诱惑让语言在这些时刻变得花里胡哨并且过度了。你必须要做的事是展示，你知道的，要让读者身临其境。我觉得这也是一个重要因素。这就是完全的投入，我认为她刚才描述的就是完全的投入。

安妮：就是那样，对的——完全的投入。我认为，超自然事物与小说里的其他任何事物一样真实。

问：**综观你们的作品，会发现你们两人都变换了不同的写作类型。你们觉得一个作家在不同的类型沙盒里创作是好事吗？**

克里斯托弗：你的出版商从不想让你在不同的沙盒里创作。原因在于，他们为你制定了一个他们自认为已经提前预测好的方向。许多作家拥有极好的故事——像肯·福莱特（Ken Follett），有人说《圣殿春秋》

（*Pillars of the Earth*）的构思很糟糕，他不应该写，他继续写了下去，然后这部小说的构思变得非常出色。我觉得，你可以这样讲述安妮的第一本关于救世主基督的书。

安妮：噢，对，对。但我的出版商艾尔弗雷德·A. 克诺夫（Alfred A. Knopf）有一个特点是，他一直以出版与众不同的作品为荣，从来不会说"不要做你想做的事"。也许进入与代理人的商业谈判后，她可能会说："如果你同意再写一本吸血鬼小说，你就会获得更多的报酬。"或者诸如此类的话——但我的意思是谈论那些事是代理人的工作……你知道，当我明白他们没对我写的内容提出要求时，那真是太棒了。因为他们从没看过它。我的意思是，你可以给他们世界上最好的构思，而他们会说："好吧，我不明白，你要带着这些构思去哪里？"当《夜访吸血鬼》还只是手稿时，我把它带去了两个作家小组，是朋友们邀请我加入的，然后小组成员读了大部分内容。我记得他们说："哦，我不知道在这 300 页内容里你要带着这种构思去哪里——你究竟要如何坚持下去？"

克里斯托弗：在某些时刻你必须说："我是作家，我的工作就是弄清楚我会和我的小说构思一起去哪里。"你懂吗？（笑）

安妮：我认为我们不应该讨论构思。我觉得我们只需要写，然后将其加入书中，说："书给你。"现在，有时你不得不说点什么。我不会听他们说的话——因为他们不是先知。……尤其是代理人，他们的工作并不是预言。他们知道什么有效就行了。

克里斯托弗：对。对于《诸天升起》，我离开了这些讨论，然后自己去写，大部分原因是我听过这些话。这是最好的行动方案，因为我知道在这个过程中，他们会说些挑剔的话，而这会影响我的发挥。

安妮：你必须保护你的声音和视野免受任何人的影响，真的，甚至是最好心好意的编辑们。当然，我爱我的编辑。我和薇姬·威尔逊（Vicky Wilson）共事超过 35 年了。她非常出色，而且她对我完成的手稿给出的建议一直很绝妙。但我不会和她讨论最初的构思。

克里斯托弗：正如她所描述的，我认为你会熟知这个行业里各式各样的人对作品的反应方式。有一种是代理人的反应……还有一种是其他作家的反应，他们只会告诉你他们会怎么写。如果他们是爱情小说作家，那么他们对你的恐怖小说的建议将毫无用处。但这并不意味着你没必要和这些人交往，只是说你可以通过评估他们的反馈来学习如何过滤一些建议。

问：**安妮，评论家和读者们特别关注你的宗教信仰的转变和创作主题的转变。你觉得这是他们应该关心的事吗？**

安妮：我觉得这会对读者造成许多困惑。我希望我从没讨论过我的个人信仰。其实我也没这个打算。我带着救世主基督在图书市场上走了一遭，发现问题是无法避免的——它们难以预防。"你相信他吗？"我会在结尾处回答这些问题，而且回答得很愉快。但这是错的。因为你相不相信与任何人无关。小说应该独立存在。

问：**就写作技巧方面的建议而言，常言道：作家应该每天写作。安妮，我知道你不会这么做。**

安妮：我认为写作没有任何规则。我有时好几个月不写作。当然，我每天都会写电子邮件。我也每天写日记。我也许一点儿都不碰小说手稿，或者和它有关的任何事。在我读大学那些年，很早就有人劝我，说我不是个真正的作家，因为我没有坚持每天写作。这样的话就不应该被说出来。对跟你说这些话的人，你必须无视他们。你要记住，没有规则可言。无论是否敲击键盘，我都会在脑海中写作。我一直在写书。我最擅长在短时间内集中精力写作。在一段时间内，比方说三四个月——进行非常紧凑的工作。然后我会退出来，会阅读，还会做其他事。再说一遍，我认为写作没有任何规则可言。这是最伟大的职业，因为你可以按照自己的方式完成所有工作。

克里斯托弗：我觉得坚持每天写作是一条非常狭隘的建议。我一直在做各种各样的事。我有一档网络广播节目《晚餐聚会》（*The Dinner Party Show*），它需要一份 45 分钟的脚本内容，所以当我走进演播室录节目时，我难道不是在写作吗？如果你一味地聚焦于写特定的小说，或者一本接一本地写，那没问题，但是我们所认为的写作——我觉得如果你真的询问过作家关于这方面的问题，即他们所认为的写作，或者他们工作日的一部分——是相当具有包容性的，而且应该是这样。在我看来，你知道的，每天当码字奴并非好事。我觉得你应该灵活应对，因为如果你要求太高，一定会经历安妮所描述的事，会感觉很好，但我没有做到。如果我达不到这些基准，我其实就不该尝试。

安妮：自那时起，人们就一直告诉我，我不是个真正的作家。比如在大学二年级时，老师说我用打字机写作意味着我不是个真正的作家（笑）。她说："真正的作家其实是用笔写作的。"（笑）我的一生都在被告知，我不是一个作家！对此，我只是感到惊奇。

克里斯托弗：詹姆斯·李·伯克也是如此。有人告诉他，他的语法实在太差了。

问：在你们各自写作生涯的现阶段，你们觉得写作这项技艺最难的方面是什么？

克里斯托弗：孤独与寂寞。

安妮：声音。这对我来说太难了。我能厘清整部小说，但不知道应该用第一人称还是第三人称写。对我来说，最麻烦的是开篇——进入故事。我能厘清整件事，整个架构，所有人物，他们在做的事，但我无法找到一种闯入其中的方式。我会一遍遍重写开头的内容，就像强迫症——一遍遍洗手——似的。最终，我会变得很懊恼，以至于我会捡起马里奥·普佐的《教父》那样的作品来读，它的故事叙述极为出色，但是无论怎么叙述，都是普佐想做的。我的意思是，他也许会在这里介绍卢卡·布拉西，但直到50页之后才开始描述他的外貌，直到100页之后才开始讲述他的真实身份。这就治好了我的强迫症。好吧，毅然决定——开始吧，就这么做。

问：那你们是怎么知道你们这么做是对的？仅仅靠感觉吗？

安妮：我最后会强迫自己。我在近乎绝望时会说："就这样吧。"

克里斯托弗：但你在任何时候都知道吗？我从来都不知道。我只知道我没有停下来的时候。

安妮：当我写了两三百页时，我就知道它开始向前翻滚了，它真的在翻滚，而且我知道接下来我不会停下来。但最开始的一百页是最难的，因为要马不停蹄地完成它。

问：你们从彼此身上学到的关于写作技巧最重要的经验是什么？

安妮：我受到的启发是克里斯托弗能用第三人称写小说开头——用第三人称写和从许多不同人物的视角写。我一直试着学习，因为我总会回到同一个视角。这几乎难以停止。即使在《女巫时刻》（*The Witching Hour*）这样的书里，我也只有几个视角，并且必须以章为单位。但是克里斯托弗可以自由切换视角，写起人物在对话中的反应来也是得心应手，我真的很受启发……

而且，克里斯托弗真的有很强的马上写出他身边发生的事的能力。而我，一直有拖延症，几年过去了我才会写点东西，而且总有一种象征性的距离——我可能会把故事设定在 18 世纪。但他有能力只写新奥尔良，写他读过的高中、大学，写他生活过的小镇，我一直在尝试学习这种方式。

克里斯托弗：这就是她的投入和无所畏惧。确实是这样。她完全的投入的确会不断激发灵感，她写的一切东西都没有愤世嫉俗。而且她热爱她的人物，许多作家没有这种爱的能力——反倒很容易憎恨自己笔下的人物，惩罚他们并让他们失败，等等。她还会把学识融入一个用错综复杂的方式构建的超自然世界里。其他人喜爱她的一切东西，正是这些东西激励我成为作家。显然，我知道她也是个母亲，但其作品里的奇异事物一直鼓舞着我。即使我不试图模仿她，但对我而言它们仍是一种鼓励。它们仿佛在我的本能方面起到了平衡作用。比如，在这种场合下别开低级玩笑，要抓住这两个人物之间所发生情感的核心，尽管他们不是人类。我觉得这特别有启发性。它有内容面，还有职业道德面。尽管她会说一些她"几个月不写作"的事，但是她的职业道德非常好。她会不断地忙于一种研究，为她写过的一切提供素材。总有一种感觉——好吧，我这么说吧：她给我的一条建议是，写你想读的书。如果你写的不是你想读的书……

安妮：就有些不对劲。

克里斯托弗：是有些不对劲。比如，你的计划是什么，朋友？你想得个奖，因为你觉得这会让你看起来很酷。她的故事总体上如此鼓舞人心的原因就在于，它与其他许多成功的故事很相似。人人都会说"你在想什么？"我的意思是，当她在 20 世纪 70 年代进入旧金山湾区的作家工作坊并表示想写吸血鬼的故事时，他们觉得她疯了。但就是在这里，她重塑了这个完整的类型，《娱乐周刊》上整整一期的当代吸血鬼小说作家都说这一切全是因为她——

安妮：他们并没这么说过。

克里斯托弗：他们说过。他们绝对说过。就像安妮·赖斯专刊一样。然而，一路上所有人都告诉她这种努力太傻了。但我觉得这就是启发灵感的东西。这就回到了威廉·戈德曼关于电影行业的那句话：没人会知道什么事有用。没人会知道。因此，你最好的选择是全身心地投入你所热爱和充满激情的事中去，以及你想阅读的书中去。

问：克里斯托弗，在一切被说出来和做出来之前，你希望在职业生涯中取得什么样的成就？

克里斯托弗：好吧，我热爱电影行业，而且我仍然想要在电影行业工作，我在这个领域正有所开拓……所以我一直都是这种想法。但我不想孤注一掷，花费 15 年才把东西做出来。我觉得我现在处于超自然流派中，有各种各样的故事想讲，并打开了一个新门路。在三部真正的侦探悬疑小说中我做过许多不同的事，我不是说我以后不会再写悬疑小说，而是觉得这是令我兴奋的源头。

问：安妮，你希望你的遗产是什么？

安妮：哦，孩子。我想那就是我写的所有作品。你懂的，全部。我一本接一本地写，希望我最好的作品还在前面等着我。我想继续保持下去，做许多不同的事。我已经写了许多自己想写的情欲小说，接下来确实想在某个时候写救世主基督系列的第三本，完成这个三部曲。但我觉得写起来会非常困难，也许要过很长时间才会去尝试，也可能不会再写。但是，我对下一部作品的期待一如既往。我想继续尝试，继续做事，多写点关于鬼魂的书。

问：你会写更多经典吸血鬼系列小说吗？

安妮：我不会拒绝任何事……

问：关于写作技巧或者整个创作生涯，你们俩还想再说点什么？

安妮：保护你的声音和视野。保护它们——如果继续上网和阅读网络评论会对你不利，就别再这么做了（笑）。非常危险。网络之外还有一大片丛林呢。

做点能让你写作的事，而不是阻碍它的事。无论你的职业生涯处于哪个阶段，无论你的作品是已出版、未出版，还是刚刚起步，都要以作家身份走遍世界。这会让你清楚你是谁，你想成为什么，不要接受任何人的嘲笑。

72. 简·斯迈利：聪明的幸运

阿德里安娜·克鲁佐

从 1980 年的处女作《巴恩·布林德》（*Barn Blind*，一部聚焦于家庭矛盾的美国田园牧歌式作品）到 1992 年的普利策奖获奖作品《一千英亩》（*A Thousand Acres*，美国当代语境下对《李尔王》的重述），简·斯迈利一直以"文坛玩家"自居——把玩文学类型，将历史与当代融合，还解构古今历史。斯迈利说，她的"玩"纯粹是好奇心使然。这在其日常谈话中表现得尤为明显：她常把"有趣""琢磨""懂得""学习""理解"等词语挂在嘴边。她的广泛兴趣在其作品中也显露无遗。

作为艾奥瓦作家工作室的毕业生和前教授，斯迈利已陆续发表 21 部小说，几乎涵盖了所有类型，包括青少年小说《橡树谷牧场的马》（*Horses of Oak Valley Ranch*）系列、悬疑小说《备用钥匙》（*Duplicate Keys*）、历史小说《利迪耶·牛顿的全真实旅行与历险记》（*The All-True Travels and Adventures of Lidie Newton*）和《私人生活》（*Private Life*）、幽默小说《哞》（*Moo*）与《马之天堂》（*Horse Heaven*）、挪威史诗《格陵兰人》（*The Greenlanders*）、当代小说《诚信》与《山中十日》（*Ten Days in the Hills*）、短篇小说集《悲伤时代》（*The Age of Grief*）和中篇小说集《平凡的爱与善良》（*Ordinary Love and Good Will*）。

斯迈利也写非虚构作品，内容无所不包：她在《卡茨基尔手工艺》（*Catskill Crafts*）中写山城的工匠，在《赛马年》（*A Year at the Races*）中记录马的生活，此外还有名人传记《计算机发明者：数字先驱约翰·阿塔纳索夫》（*The Man Who Invented the Computer：The Biography of John Atanasoff，Digital Pioneer*）[①]，以及探讨写作的挑战与演变的《13 种看待小说的方式》（*13 Ways of Looking at the Novel*）。

如今斯迈利完成了她的首部文学三部曲《过去的一百年》（*The Last Hundred Years*）。这三本书以同样的篇幅与时间跨度，讲述了兰登家族及其五个孩子的故事。这五个孩子分别是弗兰克（作者曾说他是主角——他自己更是深信不疑）、乔、莉莉安、亨利和克莱尔。故事从 1920 年讲述到 2019 年，地点包括艾奥瓦州的农场、一些美国大城市以及偏远的乡村。小说里有 40 多个人物经历了出生、结婚和死亡，而外部世界则经历了战争、经济危机、社会动荡和气候变化。三部曲以 2014 年的《运气》（*Some*

---

① 国内翻译为《最强大脑：数字时代的前世今生》（尹辉译，新世界出版社 2015 年出版）。——译者注

Luck，《一千英亩》的读者可以辨认出故事发生地在艾奥瓦州的登比）为开端，接下来是 2015 年 4 月出版的《预警》（*Early Warning*），最后以 2015 年 10 月完成的《黄金时代》（*Golden Age*）作为完结。三部曲一经发表，立即成为畅销书。

那么，兰登家族和作者本人将何去何从呢？在下面的访谈中，斯迈利向我们分享了三部曲、写作技巧、出道以来出版业的变化，以及为什么她自认为是最幸运的女人。

问：在《过去的一百年》中，每一章的时间跨度是一年，三本书涵盖了整整一个世纪。这是一项雄心勃勃的工程。是什么激发你产生了这个想法？

答：这个想法始于三部曲的标题，故事的结构也由此而来……我希望所有的人物都有来有回，实现某种意义上的平等。

我希望在一百年的维度中，每一年都是平等的，不去给特定的年份增添光环或负担，然后把故事编织在其中。可能有人已经这样做了，但我还没有读到过类似的书。这或许是一个引人入胜的概念，我想看看它会带来什么。

我希望这是一个全新的想法。起初，我没有把它当作一个崭新或是大胆的想法，只是抱着试试看的心态。随后，我被故事中的人物和他们彼此之间的关系吸引，这种写作形式让我沉醉其中。人物间的对话与互动推动着我不断创作。我真的很想看看他们做了什么，很想看看他们之间的联系，他们建立了怎样的家庭，创造了怎样的生活，这实在太有趣了。你知道的，有些书的确比其他书更有趣，而这本书有趣到不可思议。

问：对于故事发展的历史背景，你是如何选择的呢？

答：我读过很多历史资料，其中有一些记录得非常详尽。我的主要目的是赋予每个人物不同的性格特征并加以突出。我把他们带入这个世界，然后努力去感知以他们的性情和阅历，他们将会对这个世界做出怎样的反应。比如说，弗兰克的协调能力很强，他很勇敢，也很大胆，或许还有点以自我为中心——很显然，他与哥哥乔走进世界的姿态将截然不同。我不太清楚结局会怎样。我的意思是，我大概了解历史发展的方向，知道他们将要面对什么，但事情总会接踵而来。

问：在《黄金时代》一书中，你是如何处理 2015—2019 年这段时间的呢？

答：嗯，通过虚构。因为故事发生在农场里，所以我本应该把关注点放在"气候变化""天气状况"诸如此类的问题上。不过我认为在未来，气候和天气将是很清楚的。所以，我在细节上做了一些尝试，还在 2016 年选举了新一任总统。看看我猜得对不对，我们可以拭目以待……我想是时候尝试一下了。你知道吗？预测一点未来，并检验它是否正确，其实给我带来了很大的帮助，这促使我反复思考对于未来我该做点什么。

问：你有着长期、丰富且成功的出版经历。你是否觉得这个行业发生了很大的变化？作为一个新人，是否很难取得像你这样的成功？

答：说真的，我也不知道。你得问问我在艾奥瓦作家工作室的朋友们，问问他们有没有这种感觉。在我们当中，有些人非常成功，有些人没那么成功，有些人很早就放弃了，还有一些人仍在为之努力。我认为我们那时候有个优势，就是出版不成问题。当时有形形色色的出版公司，许多专业出版社给我们提供了入行机会，只是大多数的门槛都比较高。

我最好的朋友和我一起在艾奥瓦作家工作室工作，后来她搬到了纽约，成了一名编辑。她是一位非常有前途的作家，但不想写书，于是就放弃了写作，成为助理编辑。她的老板很喜欢她，给了她一定的自由，让她出版了几本我的小说。就这样我得到了我所需要的入行机会。那些小说都是我认为的"练习之作"，我并不是什么了不起的人物，但偶尔也会有人拍拍我的头，这是一件很棒的事情。所以，这在当时是一个很好的开端。

如今，进入这一领域的途径有所不同，但仍是存在的，不仅可以通过出版公司发行，还可以自助发行。所以真正的问题不是能不能出版，而是能不能赚钱。没有人知道这个问题的答案，这是只有通过回顾才能发现的事情。如果你很幸运，你可以说，嗯，我想我做到了；如果你没那么幸运，你可以说，好吧，我想我没有做到。

但我真的没有什么建议，不是因为出版界自我从业以来发生了变化，而是因为它一直在变化。作家克里斯·奥法特（Chris Offutt）写过一篇关于他父亲的文章，说他父亲写了很多年的色情作品，大概写了几百部。那时候有人写神秘小说，有人写其他类型的通俗小说，但都无人问津。其实，狄更斯刚开始在杂志上连载自己的作品时，也曾被搁置在一旁。所以，对我来说，真正重要的似乎是有一群持之以恒的读者去读书，去读小说。你懂的，只要有忠实读者喜欢，它们总会被出版。

问：在你看来，现在找写作社群是不是比互联网出现之前更容易呢？

答：我的女儿在书籍之乡（Book Country）工作，我觉得征求她的意见很有必要。书籍之乡是一个非常有趣的网站，因为它就像一个线上作家工作室。你可以一边写作，一边与人交流，阅读并从中学习，获得建议。书籍之乡很棒，我很高兴她在那里工作，我觉得她学到了很多东西。我试图从她那里得到建议；可她却没能从我这里得到建议（笑）。

在我看来，写作的历史与人们找到一个帮助他们写作、互相学习、理解自己作品的社群的历史密不可分。几乎不会有人谁也不认识，然后带着一部独立完成的作品出现。通常作家所做的第一件事就是进入一个对写作感兴趣的社会体系或社会群体。这些人会鼓励你，给予你所需要的批评。莎士比亚如此，弗吉尼亚·伍尔夫（Virginia Woolf）如此，查尔斯·狄更斯也如此。这样做对你有好处，尤其是在你年轻的时候；你可以轻松地进入文学世界，感觉到自己与周围的人紧密相连，并且向他们学习。

现在，我们不可避免地在互联网上这样做。这样更好还是更糟，我也不知道。类似的事情自雅典出现以来就一直在发生，只不过换了种形式。文学是一种交流方式。当我们第一次开始组成社群时——无论是在工作室，还是在帕特农神庙闲逛——都是因为我们想要交流。我们只是随着世界的变化而改变我们的沟通方式。虽然交流的工具发生了变化，但交流的欲望、讲故事的欲望始终如一。

问：你称自己早期的小说为"练习之作"。

答：是的！我太幸运了。我是安东尼·特罗洛普（Anthony Trollope）的忠实读者，他的小说《凯利夫妇》（*The Kellys and the O'Kellys*）是我最喜欢的小说之一，这部小说是他在爱尔兰时写的，在英国卖得很差。他的两部爱尔兰小说，《凯利夫妇》和《巴利克洛兰的麦克德莫特家族》（*The Macdermots of Ballycloran*）都销量不佳。但他有机会默默无闻地写这些小说……我感觉我们的经历有些相似。他写了几部小说，出版了，获得了一些读者，逐渐有了做此类事情的感觉。当他写《巴彻斯养老院》（*The Warden*）的时候，他已经知道自己在做什么了，因为已经从练习之作中汲取了经验。

当局者迷，但从外部来看，如果你的第一本书就取得巨大成功，那你的处境会更艰难。因为你知道什么呢？你什么都不知道。然后压力来到了自己身上。"练习之作"的好处就是没有压力，没有人会在乎，所以你可以尽自己所能去写，并从中学习，而不是写一本热门小说。

你渴望进步，至少在我看来，你最终做着自己想做的事情，是因为你对这个想法充满好奇。我写作的驱动力一直是好奇心。我更喜欢写那些我一知半解的东西。这样，写小说会变得非常有趣，因为我正在发现一些自己从前不知道的事。

我刚开始写作的时候，很早就有了几个想法。随着我的成长，我再把这些想法一一实践。在写《格陵兰人》的前几年，我就有了这个故事的想法，但我知道自己实力不足，无法完成它。我的练习之作是一部推理小说——《备用钥匙》……我小时候读过很多悬疑小说，尤其是阿加莎·克里斯蒂的小说，而且我知道，如果去写悬疑小说，就能学会如何设计情节。这样做至少可以多学一点知识。后来，我想自己可以去更多地构思《格陵兰人》了。

问：在《一千英亩》获得普利策奖后的 24 年中，你出版了很多书，但《一千英亩》仍然可以引起人们的广泛关注。在你看来，它是你写过的最好的作品吗？

答：我从来不说"最好"。我认为这都是私人化的。所以对我来说，重要的不是"你最好的是什么"，而是"你最喜欢的是什么"。这完全取决于什么更适合你。我不相信最佳榜单，我认为这只取决于个人选择。我会说自己很喜欢《格陵兰人》，很喜欢《马之天堂》，很喜欢《哞》。幽默小说永远不会成为"最好的"，因为它们的读者总是很挑剔——比一般读者要挑剔得多。我也喜欢《预警》。

我对《一千英亩》没有太多的想法。我知道自己很幸运，运气好的话，就会越来越好。

问：你觉得自己很幸运吗？

答：当然啦！你怎么能不这样想呢？我的意思是，最大的幸运就是去做自己想做的事，一旦你做到了，就会被定义为是幸运的。我认为在某种层面上，这也是对成功的定义。如果你不必为了生存而将你想做的事情置于次要地位，那么你就是幸运的。

　　我当然明白这需要运气。但我不会因为这个而放弃写作……我知道自己一直都很幸运，我的工作就是继续写下去。

73. 加思·斯坦：照亮

杰茜卡·斯特劳瑟

　　对于小众群体而言，加思·斯坦从来不是个陌生的名字。他曾在游轮上担任"海上剧院"的舞台管理，他为社区剧院写作舞台剧，他拍了一些纪录片，他在独立出版社出版过不少备受好评的小说。通过这些，他做到了许多人梦寐以求但未能如愿的事情：只通过艺术来安身立命。

　　后来，他做了一件在别人看来不啻在文学上自寻死路的事情：用狗的视角写了一本书。

　　这本名为《我在雨中等你》的书有个独特的叙述者，一条名叫恩佐的狗，它渴望成为一名人类赛车手。这本书颇受欢迎，在 2008 年出版后，俘获了大量读者的心，销量超过 400 万册，并连续三年盘踞于《纽约时报》畅销书排行榜。

　　如果是你，你接下来会怎么做？

　　好吧，假如你是加思·斯坦，你会马不停蹄地继续前行。你将卖出电影版权。你将为青少年写一本这本书的特别版本《在雨中奔跑：作为狗的一生》（*Racing in the Rain：My Life as a Dog*），并改编成图画书《小狗恩佐在雨中奔跑》（*Enzo Races in the Rain!*）。你还将更进一步，和其他作家组建一个成功的非营利组织——"西雅图七作家"。（"我们将竭尽全力，创造更大的价值。"加思·斯坦这样告诉我。他要让这个组织打造"作家-当地书店和图书馆-公众"共赢的关系。）

　　最后，当然，你还要写更多新书。

　　《穿过森林的男孩》（*A Sudden Light*）以木材商的后人和他们摇摇欲坠的豪宅的命运为中心，一部分是成长故事，一部分是幽灵故事，还警示人类大自然因人类的巧取豪夺而付出的代价。2014 年 10 月，在精装版发行几周后，它就出现了在了《纽约时报》的畅销书排行榜上。然后……

　　好吧，后面的故事未完待续。福运可能接连两次降临在同一位作家身上吗？加思·斯坦将和我们聊聊如何写作一本真诚之书。

问：如果《我在雨中等你》采用其他叙述者的视角来写，那将会是一本截然不同的书。《穿过森林的男孩》源自你的话剧《琼斯兄弟》（*Brother Jones*），但其主角并不是小说的叙述者。那么，你是如何选择故事的叙述者的呢？

答：嗯，在《我在雨中等你》中，我一开始就知道，让狗成为叙述者是唯一的办法，要不然它就只是一部常见的家庭剧了。但写《穿过森林的男孩》时，我花了很长时间去寻找叙述者，因为它篇幅很长，还跨越了几代人，而我偏偏喜欢用第一人称来写（一种视点人物写作手法）。

我花了数年时间，描写了里德尔家族五代人的故事。我想，这就是小说。我用十万字写了这个家族从 1890 年到 1990 年的经历，自认为写得挺好，可当我重新阅读时，忽然发现这不是小说，只是我为准备写小说所做的研究。

于是，故事就开始变化了。我想写这个家庭当下的故事，对过去的救赎，以及这个家庭如何解决数代人遗留的问题，不过要从当前的角度来写。那么谁能担任小说的叙述者呢？

就像你说的，琼斯兄弟是主角——我不得不说，这是这个剧本的缺点之一。他真是太啰嗦了——他儿子叫他"胡扯淡"。他太没个正形了。要想成为一个好的主角，他必须有一个明确而实际的目标。无论他是否能做到，无论他真正想要的是什么，目标都是推动故事发展的动力。

正因如此，崔佛出现了，他是琼斯的儿子，也是小说的叙述者，而话剧里的琼斯是没有儿子的。我之所以让他出场，是因为他没有被里德尔家族的黑暗历史污染。他对此一无所知，父亲也从未对他透露一星半点。所以当他的父母离婚，父亲带他来到里德尔祖宅时，他是非常纯洁的，有个简单、清晰、客观的目标："希望父母破镜重圆，我如何才能做到这一点？"现在，有很多条道路通往这个方向，正如滚石乐队所说，你不能总是得到你想要的，但如果敢于尝试，你就能如愿——我认为他是一个很好的主角，对吧？

但让崔佛成为主角，问题也接踵而至：他要通过观察来了解所有的家族历史，这很难。于是，我安排 38 岁的崔佛带着妻儿回到祖宅，并告诉他们自己 14 岁时发生了什么。

通过这种方式，你可以从一个成年人的视角来展开讲述。崔佛作为一个已通达事理的人，可以将之前发生的事情说得更加清晰。这也可以让我将故事发生时间设定在 1990 年，一个数字化之前的纯真时代。我希望年轻的崔佛独处于一个陌生环境里。他在书中只离开过北方庄园两次——我希望他具有一种孤独感。他的母亲，他所深爱和依恋的人，只是一个遥远的声音（她从自己在英国的家中打来电话）。他的父亲一直保持沉默，他的祖父可能患有阿尔茨海默症，他的姑妈总是在玩乐，从不给他直接的答案。他唯一能信赖的，就是本杰明·里德尔的鬼魂。这就是我把所有故事整合在一起的方法。

问：正如你所提到的，你并不害怕写出一个不符合读者期待的故事结局。那么你在开始写作时就知道故事结局吗？我想不会，如果你把十万字都弃之不用的话……

答：那只是我的自欺欺人。你知道的，当你开始写作时，你不会坐下来说："你知道我要做什么吗？我要坐下来，花两年半的时间写人物梗概。"这样就太让人泄气了。你不会这样做的，你会说："哦不，我的小说不是这样的，它将会有第一部分、第二部分。"我就是这样说服自己的。第一部分写的是历史，第二部分是小说。你知道，这只是自欺欺人。不过，作为作家，我们必须这样说。我们是在垒砌高山，而非鼹鼠丘，这需要花费很长时间。当我在写作工坊上课时，我发现大多数作家都认为他们的小说已经完成了，但实际上并没有。你必须先写好初稿，然后请聪明的读者予以反馈，再花一年左右的时间完善它，然后还得反复修改，永无止境。我们多么希望这部作品可以早日完成，但必须说服自己，它还需修改锤炼。

我总是知道故事如何结局。我觉得如果要写小说，就必须让人物有个目标，而不只是让他四处游荡，否则故事不会有任何进展。不过，结局必须符合故事的发展，所以结局可能会发生改变。你可能会预设一个结局，但它未必是正确的结局。

我曾上过电影学院，在戏剧结构设置方面功底颇深。我会先写下整个故事的梗概，随着写作工作的推进，故事中的细节会越来越丰富。但如果在写作中自发性地萌生出一些与梗概不同的情节，我会保留它们，并且改写梗概，让其与该情节适应。

因为这些自发性的灵感才是写作艺术的精髓。与之相比，我的故事规划只是技术，对吧？这就是我保留自发性情节的原因。不过接下来要做的才是魔法所在。我会说，我写的任何初稿都是关于自己的——我有一个想法，我想写个故事。而接下来的每份草稿都是关于人物和故事的，我的工作就是推动这个故事的发展。故事是虚构的，但它包含着人们会相信的戏剧性的真相。这时候，它与作者无关，而只与作品本身有关。

作者必须靠边站，否则就会阻碍故事的自然发展。每个人都可能读到过一种书，读的时候心里暗想："在这个情节发生之前，我真的很喜欢这本书，但现在不想买了。"因为作者试图做一些违背故事或人物自然发展的事情。你不能这么做。如果你想让某件事情发生，就必须提早设置好它。如果你想在第 180 页写某件事，最好在第 17 页就埋下伏笔，这样你笔下的人物就会将读者带到你想去的地方。

问：你曾做过电影制作人，这段经历对小说写作有哪些影响？

答：我想成为一名作家，但在我读大学的时候，"我想当小说家"的想法是非常不负责任的。所以我读了电影学的艺术硕士。但我讨厌剧本写作，就是讨厌——我对它有些过敏性反应。我很幸运地在哥伦比亚大学结识了一位教师，纪录片导演杰夫·巴茨兹（Geof Bartz）。他说我很努力，带我去剪辑室。他告诉我如何用所能找到的事物来讲故事，告诉我纪录片是什么。纪录片属于非虚构作品，但它依然有故事、主角或值得关注的人物，他们会遇到一些障碍，故事有冲突、有高潮，也有事情的解决，它也要符合戏剧结构。我喜欢剪辑电影。我想去拍纪录片，而且干了十年，制作过各种片子，也拍过自己的电影。这段经历给了我很多时间去发展自己，成为一个会讲故事的人。

我很喜欢对年轻作家说，无论在生活中还是在写作时绕弯路，都是好事。这些弯路会指引你前往你该去的地方。如果有人问："如果让你在捷克共和国政府部门工作两年，你会怎么做？"我会说，应该去。你随时都可以回到小说写作中来，所以你要尽可能地去积累生活体验。

写作也是一样。如果有个新人物加入，或者你的人物做了一些意想不到的事情，你必须让他去做。如果遇到死胡同，你总是可以回到你的写作大纲上。但这种情况的发生大都是有原因的。

写作技巧是可以教的，但写作中的灵感是没法教的。我需要灵感，它是我所渴求的，我可以用它来征服那些严苛的编辑。我记得有个大作家曾说："大胆地创作，冷静地编辑。"我要说：写作时要使之丰满，编辑时要使之精炼。在初稿中，你可以将脑中想到的所有东西都写进去，尽管有许多可能并不恰当。我们在写作过程中会进行自我编辑——哦，这部分最后不会保留。别担心这个，先把它写进去。它会增加作品的趣味，也会对后文产生启发。先写完，再去瘦身。你知道吗，我们喜欢胖乎乎的宝宝。他有肉乎乎的脸颊，肉乎乎的手臂，肉乎乎的手指——我们喜欢这样的宝宝！这很好。但婴儿长大后，我们就会希望他拥有紧实的肌肉。

问：我采访过一些作家，他们在推出轰动性作品后，出新书时总感觉压力很大。这种情况对你有什么影响？

答：长白发？我儿子说我有一头"复古"的头发（笑）。确实很难，因为背负着重重的期待，会一直思考比如我之前是怎么写的，我还能写得出来吗。

我以前从来没有按合同工作过，我不喜欢——我会感到内疚，因为写一本书的时间比预期的要长。我会马上告诉出版商我不能以同样的方式写书。我写的所有书的主题都很相似，但我在"宇宙作家协会"制定了一条规则：每个作家一生中只能写一本关于狗的书，仅此而已。所以我不得不坚守这条规则。

问：你遇到过阻力吗？

答：没有……但如果说是压力，那的确有。如果一本书还没有尽善尽美，我是不会出版的。这对于其他工作而言的确不公平。如果写它需要 20 年，那我也只好花上 20 年。

作家和读者之间有一种信任感。你花费时间来阅读，那我就给你一个好故事，既精彩刺激，又引发你的思考，让你掩卷之时还不由地希望能与小说人物相处得更久。如果你的作品没有达到这种水平，就不要轻易推出它，因为会破坏这种信任感。所以从这个意义上说，如果你坚持下去，就像我试过的那样，压力就会变成让作品达到那个水平的动力。

不过，有时你不得不说："好吧，这本书达不到那个水平。"然后你必须把它放在一边。但我们不用为此感到沮丧，要说："嗯，我在精进自己的手艺，学习如何成为一名作家，我在练习——这是一个好时机。"

问：对于现在流行的巡回签名售书活动，你怎么看？

答：我去过很多次巡回售书会。把书推出来并为它做宣传真的很重要。对我来说的确很重要。因为每个人都希望我失败。总的来说，对于其他最近大获成功的作者来说，续作的表现并没有很好。我会成功吗？我不知道，我会试试的。如果我不得不把书放在每个人的手里，和他们一起阅读，就像我和我七岁的孩子做的那样，那么我会这么做，因为我相信这是本好书。

问：《我在雨中等你》的电影版正在制作中，你参与其中了吗？

答：我没有……你知道哪部改编得最好吗？西雅图图书剧院上演的话剧，由一名演员扮演小狗恩佐。记得在剧院里，我旁边那个家伙对故事毫无所知，很明显是他妻子哄骗他来的。我俯身对他说："我知道这看起来很可笑，但你要坚持下去。因为到了戏的结尾，你就会相信那名演员是狗。"演出结束时，我看到他流下了眼泪。如果这部电影能有一些这样的魔力，那将棒极了。所以我一直在祈祷。

译后记

作家文摘出版社是出版写作工具书的老牌出版机构，出版了大量实用的写作指南，由此凝聚了一批颇具影响力的写作教师。他们当中的詹姆斯·斯科特·贝尔、拉里·布鲁克斯、杰夫·格尔克、奥森·斯科特·卡德、玛丽·科尔等均有图书在中国人民大学出版社出版，且广受写作爱好者的欢迎。这本《小说写作完全手册》集作家文摘出版社众多优秀写作教师之力，针对小说写作给出了具体的方法指南与建议，具有很好的指导性，是不可多得的小说写作工具书，对于写作爱好者来说，写作中遇到的大部分问题都可在这本书中找到解决思路。

作为一部体量颇大的写作指南，本书当得起"完全"二字——数十位写作教师对小说写作的方方面面，包括叙事艺术与技术、写作过程、类型小说写作、为作品寻找和培育市场等做了全面而深入的论述，且对斯蒂芬·金等十余名作家做了深度访谈。希望本书能为写作爱好者学习写作技巧、熟悉写作过程与出版环节、了解作家的写作状态提供有益的参考。

本书的翻译由专业团队进行，付出了大量时间与精力。然由于翻译及编校工作繁重，书中难免有错漏之处，还望读者不吝指正。本书翻译分工如下：

第一部分，由云南民族大学外国语学院教授、硕士生导师赵俊海负责。

第二至第五部分，由上海大学创意写作教授、博士生导师谭旭东带领，柳伟平博士（中国计量大学），高诗棋（上海大学）、张杏莲（上海大学）和宁丹蕾（上海大学）三位硕士翻译。其中，第二部分由高诗棋翻译初稿（约 5 万字），第三部分由柳伟平翻译初稿（约 5 万字），第四部分由张杏莲翻译初稿（约 5 万字），第五部分由宁丹蕾、柳伟平翻译初稿（各 5 万字）。梁哲浩（上海大学）和柳伟平参与了第二稿的整理与修订，谭旭东负责统稿、修改和定稿。

创意写作书系

这是一套广受读者喜爱的写作丛书，系统引进国外创意写作成果，推动本土化发展。它为读者提供了一把通往作家之路的钥匙，帮助读者克服写作障碍，学习写作技巧，规划写作生涯。从开始写，到写得更好，都可以使用这套书。

综合写作		
书名	作者	出版时间
成为作家	多萝西娅·布兰德	2011 年 1 月
一年通往作家路——提高写作技巧的 12 堂课	苏珊·M. 蒂贝尔吉安	2013 年 5 月
创意写作大师课	于尔根·沃尔夫	2013 年 6 月
渴望写作——创意写作的五把钥匙	格雷姆·哈珀	2015 年 1 月
文学的世界	刁克利	2022 年 12 月
从创意到畅销书——修改与自我编辑	詹姆斯·斯科特·贝尔	2016 年 1 月
来稿恕难录用——为什么你总是被退稿	杰西卡·佩奇·莫雷尔	2018 年 1 月
虚构写作		
小说写作教程——虚构文学速成全攻略	杰里·克里弗	2011 年 1 月
小说写作完全手册（第三版）	《作家文摘》编辑部	2024 年 4 月
开始写吧！——虚构文学创作	雪莉·艾利斯	2011 年 1 月
冲突与悬念——小说创作的要素	詹姆斯·斯科特·贝尔	2014 年 6 月
视角	莉萨·蔡德纳	2023 年 6 月
悬念——教你写出扣人心弦的故事	简·K. 克莱兰	2023 年 6 月
情节与人物——找到伟大小说的平衡点	杰夫·格尔克	2014 年 6 月
人物与视角——小说创作的要素	奥森·斯科特·卡德	2019 年 3 月
情节线——通过悬念、故事策略与结构吸引你的读者	简·K. 克莱兰	2022 年 1 月
经典人物原型 45 种——创造独特角色的神话模型（第三版）	维多利亚·林恩·施密特	2014 年 6 月
经典情节 20 种（第二版）	罗纳德·B. 托比亚斯	2015 年 4 月
情节！情节！——通过人物、悬念与冲突赋予故事生命力	诺亚·卢克曼	2012 年 7 月
如何创作炫人耳目的对话	詹姆斯·斯科特·贝尔	2016 年 11 月
如何创作令人难忘的结局	詹姆斯·斯科特·贝尔	2023 年 5 月
超级结构——解锁故事能量的钥匙	詹姆斯·斯科特·贝尔	2019 年 6 月
故事工程——掌握成功写作的六大核心技能	拉里·布鲁克斯	2014 年 6 月
故事力学——掌握故事创作的内在动力	拉里·布鲁克斯	2016 年 3 月
畅销书写作技巧	德怀特·V. 斯温	2013 年 1 月
30 天写小说	克里斯·巴蒂	2013 年 5 月
从生活到小说（第二版）	罗宾·赫姆利	2018 年 1 月

书名	作者	出版时间
如果，怎样？——给虚构作家的 109 个写作练习（第三版）	安妮·伯奈斯 帕梅拉·佩因特	2023 年 6 月
写小说的艺术	安德鲁·考恩	2015 年 10 月
成为小说家	约翰·加德纳	2016 年 11 月
小说的艺术	约翰·加德纳	2021 年 7 月
非虚构写作		
开始写吧！——非虚构文学创作	雪莉·艾利斯	2011 年 1 月
写作法宝——非虚构写作指南	威廉·津瑟	2013 年 9 月
故事技巧——叙事性非虚构文学写作指南（第二版）	杰克·哈特	2023 年 3 月
自我与面具——回忆录写作的艺术	玛丽·卡尔	2017 年 10 月
写我人生诗	塞琪·科恩	2014 年 10 月
类型及影视写作		
金牌编剧——美剧编剧访谈录	克里斯蒂娜·卡拉斯	2022 年 1 月
开始写吧！——影视剧本创作	雪莉·艾利斯	2012 年 7 月
开始写吧！——科幻、奇幻、惊悚小说创作	劳丽·拉姆森	2016 年 1 月
开始写吧！——推理小说创作	劳丽·拉姆森	2016 年 7 月
弗雷的小说写作坊——悬疑小说创作指导	詹姆斯·N. 弗雷	2015 年 10 月
好剧本如何讲故事	罗伯·托宾	2015 年 3 月
经典电影如何讲故事	许道军	2021 年 5 月
童书写作指南	玛丽·科尔	2018 年 7 月
网络文学创作原理	王祥	2015 年 4 月
写作教学		
剑桥创意写作导论	大卫·莫利	2022 年 7 月
小说写作——叙事技巧指南（第十版）	珍妮特·伯罗薇	2021 年 6 月
你的写作教练（第二版）	于尔根·沃尔夫	2014 年 1 月
创意写作教学——实用方法 50 例	伊莱恩·沃尔克	2014 年 3 月
创意写作思维训练	丁伯慧	2022 年 6 月
故事工坊（修订版）	许道军	2022 年 1 月
大学创意写作·文学写作篇	葛红兵 许道军	2017 年 4 月
大学创意写作·应用写作篇	葛红兵 许道军	2017 年 10 月
小说创作技能拓展	陈鸣	2016 年 4 月
青少年写作		
会写作的大脑 1——梵高和面包车（修订版）	邦妮·纽鲍尔	2018 年 7 月
会写作的大脑 2——怪物大碰撞（修订版）	邦妮·纽鲍尔	2018 年 7 月
会写作的大脑 3——33 个我（修订版）	邦妮·纽鲍尔	2018 年 7 月
会写作的大脑 4——亲爱的日记（修订版）	邦妮·纽鲍尔	2018 年 7 月
奇妙的创意写作——让你的故事和诗飞起来	卡伦·本基	2019 年 3 月
有个性的写作（人物篇+景物篇）	丁丁老师	2022 年 10 月
成为小作家	李君	2020 年 12 月
写作魔法书——让故事飞起来	加尔·卡尔森·莱文	2014 年 6 月
写作魔法书——28 个创意写作练习，让你玩转写作（修订版）	白铅笔	2019 年 6 月
写作大冒险——惊喜不断的创作之旅	凯伦·本克	2018 年 10 月
小作家手册——故事在身边	维多利亚·汉利	2019 年 2 月
北大附中创意写作课	李韧	2020 年 1 月
北大附中说理写作课	李亦辰	2019 年 12 月

创意写作课程平台

从入门到进阶多种选择，写作路上助你一臂之力

扫二维码随时了解课程信息

　　"创意写作课程平台"由中国人民大学出版社"创意写作书系"编辑团队精心打造，历经十余年积累，依托"创意写作书系"海量素材，邀请国内外优秀写作导师不断研发而成。这里既有丰富的资源分享和专业的写作指导，也有你写作路上的同伴，曾帮助上万名写作者提升写作技能，完成从选题到作品的进阶。

写作训练营，持续招募中

- **叶伟民故事写作营**

　　高人气写作导师叶伟民的项目制写作训练营。导师直播课，直击写作难点痛点，解决根本问题。班主任 Office Hour，及时答疑解惑，阅读与写作有问必答。三级作业点评机制，导师、班主任、编辑针对性点评，帮助突破自身创作瓶颈。

- **开始写吧！——21 天疯狂写作营**

　　依托"创意写作书系"海量练习技巧，聚焦习惯养成、人物塑造、情节设置等练习方向，21 天不间断写作打卡，班主任全程引导练习，更有特邀嘉宾做客直播间传授写作经验。

精品写作课，陆续更新中

- **小说写作四讲**

　　精美视频＋英文原声＋中文字幕

　　全美最受欢迎的高校写作教材《小说写作》作者珍妮特·伯罗薇亲授，原汁原味的美式写作课，涵盖场景、视角、结构、修改四大关键要素，搞定写作核心问题。

- **从零开始写故事**

　　高人气写作导师叶伟民系统讲解故事写作的底层逻辑和通用方法，30 讲视频课程帮你提高写作技能，创作爆品故事。

精品写作课

作家的诞生——12位殿堂级作家的写作课

中国人民大学习克利教授10余年研究成果倾力呈现，横跨2800年人类文学史，走近12位殿堂级写作大师，向经典作家学写作，人人都能成为作家。

荷马： 作家第一课，如何处理作品里的时间？

但丁： 游历于地狱、炼狱和天堂，如何构建文学的空间？

莎士比亚： 如何从小镇少年成长为伟大的作家？

华兹华斯和弗罗斯特： 自然与作家如何相互成就？

勃朗特姐妹： 怎样利用有限的素材写作？

马克·吐温： 作家如何守望故乡，如何珍藏童年，如何书写一个民族的性格和成长？

亨利·詹姆斯： 写作与生活的距离，作家要在多大程度上妥协甚至牺牲个人生活？

菲兹杰拉德： 作家与时代、与笔下人物之间的关系？

劳伦斯： 享有身后名，又不断被诋毁、误解和利用，个人如何表达时代的伤痛？

毛姆： 出版商的宠儿，却得不到批评家的肯定。选择经典还是畅销？

一个故事的诞生——22堂创意思维写作课

郝景芳和创意写作大师们的写作课，国内外知名作家、写作导师多年创意写作授课经验提炼而成，汇集各路写作大师的写作法宝。它将告诉你，如何从一个种子想法开始，完成一个真正的故事，并让读者沉浸其中，无法自拔。

郝景芳： 故事是我们更好地去生活、去理解生活的必需。

故事诞生第一步： 激发故事创意的头脑风暴练习。

故事诞生第二步： 让你的故事立起来。

故事诞生第三步： 用九个句子描述你的故事。

故事诞生第四步： 屡试不爽的故事写作法宝。

图书在版编目（CIP）数据

小说写作完全手册（第三版）/（美）《作家文摘》编辑部编；赵俊海等译. -- 北京：中国人民大学出版社，2024.4（2025.8　重印）
（创意写作书系）
书名原文：The Complete Handbook of Novel Writing，Third Edition
ISBN 978-7-300-32646-7

Ⅰ.①小… Ⅱ.①美… ②赵… Ⅲ.①小说创作-创作方法-手册 Ⅳ.①I054-62

中国国家版本馆 CIP 数据核字（2024）第 056219 号

创意写作书系
小说写作完全手册（第三版）
《作家文摘》编辑部（the Editors of *Writer's Digest*）　编
赵俊海　谭旭东　柳伟平　张杏莲　等译
Xiaoshuo Xiezuo Wanquan Shouce

出版发行	中国人民大学出版社		
社　　址	北京中关村大街 31 号	**邮政编码**	100080
电　　话	010 - 62511242（总编室）	010 - 62511770（质管部）	
	010 - 82501766（邮购部）	010 - 62514148（门市部）	
	010 - 62511173（发行公司）	010 - 62515275（盗版举报）	
网　　址	http://www.crup.com.cn		
经　　销	新华书店		
印　　刷	天津中印联印务有限公司		
开　　本	720 mm×1000 mm　1/16	**版　　次**	2024 年 4 月第 1 版
印　　张	30.25 插页 1	**印　　次**	2025 年 8 月第 2 次印刷
字　　数	467 000	**定　　价**	79.00 元